科幻文学馆
Science Fiction Museum

2012

第三届

全球华语科幻星云奖
获奖作品集

董仁威○主编

天津出版传媒集团

百花文艺出版社

图书在版编目（ＣＩＰ）数据

2012第三届全球华语科幻星云奖获奖作品集 / 董仁威主编；陈楸帆等著. -- 天津：百花文艺出版社，2013.9

ISBN 978-7-5306-6324-0

Ⅰ.①2… Ⅱ.①董… ②陈… Ⅲ.①科学幻想小说-小说集-中国-当代 Ⅳ.①I247

中国版本图书馆 CIP 数据核字(2013)第 222413 号

选题策划：成　全　　　　　装帧设计：郭亚红
责任编辑：成　全　刘　勇　责任校对：魏红玲

出版人：李华敏
出版发行：百花文艺出版社
地址：天津市和平区西康路 35 号　　邮编：300051
电话传真：　+86-22-23332651（发行部）
　　　　　　+86-22-23332656（总编室）
　　　　　　+86-22-23332478（邮购部）
主页：http://www.bhpubl.com.cn
印刷：天津泰宇印务有限公司
开本：787 × 1092 毫米　　1/16
字数：292 千字　　插页：2
印张：27.5
版次：2013 年 9 月第 1 版
印次：2013 年 9 月第 1 次印刷
定价：49.00 元

目录

G代表女神

陈楸帆

以 G 女士之名为全人类所崇拜的她,原本有一个泯然众人的俗名。她生于本世纪初的大萧条时期,一座金凤花盛放的沿海城市,①双亲皆为普通白领,为了避灾与生计,经历数次辗转迁徙,最终落足于此,恰好应了金凤花的花语"逃亡"。

　　出生时,父母因其性别而欢欣不已。在彼时的社会结构中,女性多半能享受经济与家庭地位的双重优待,也从另一侧面流露出双亲对自身遗传性状的信心。然而,医生一句话便粉碎了他们对女儿未来人生的美好预期。

　　做好准备,她是个石女②。

　　在医学上,石女的情况分为许多种,而 G 女士属于相对严重的那种:先天性的子宫与阴道缺失,意味着没有月经,无法进行正常的性生活及生育,但幸运的是,她的卵巢完好,因此第二性征的发育不会受阻,可由人工授精及代孕来繁衍后代。

　　在她成年之后,可通过手术进行器官再造,确保能享受到正常的家庭生活。医生安慰道。

---

① 金凤花盛放的沿海城市,暗喻广东汕头,金凤花是汕头的市花,那里也是小说作者的故乡。
　　——批注
② 石女,也称为石芯子,是民间对因先天原因丧失性行为条件及能力的女性的称呼。——批注

没有服用孕酮，也没有家族癫痫史，G女士的父母只能将此不幸归结为命运，并默默地接受它。

尽管家庭极力地隔绝她与一切性知识的接触，G女士仍然在十三岁时觉察到自己与其他女性的根本不同。

妈妈，她们一直在流血。从学校回来的G女士惊恐万状。

母亲用尽心思编造出一个美丽的童话，将她的不同粉饰成上天赐予的礼物。最纯洁的天使，她说，让你远离污秽和邪恶。至少在十八岁之前。

G女士饱受羡慕与嫉妒，因为没有痛经的困扰，她的体育成绩稳定，尽管周期性会有来源不明的情绪波动，但她仍然比其他女孩显得沉静而笃定。她小心地保守着秘密，因为她本能地感受到女孩间交际的规则在于党同伐异，而离群的孤雁一般结局不会太美好。

她的好奇与焦虑随着年龄与日俱增。

她从图书馆和网络大量地获取生理学的知识，直到近乎绝望。她明白自己此生体验到真正的性爱的可能性微乎其微，除非科技产生巨大的飞跃。

在即将踏入十七岁的门槛上，她遇见了那个男孩，他们传纸条、打电话、约会、看电影、亲吻……做一切恋人们做的事情，她几乎相信自己就要过上所谓的"正常人生"……但最终他还是落荒而逃。

关于她的外号和传说在学校里不胫而走，她哭过，想过自杀，但最终没有，一种原发性的女性主义思想开始萌芽，她已经走到了人生选择的岔路口。

她拒绝成为某人无知觉的玩偶，哪怕那个人不明就里地爱上了她的灵魂，并妄图以此来取悦她。这不是女人存在的意义。

G女士告别了伤感的中学时代，以一头短发及中性装扮迈入大学校门。

大学是塑形人格与价值观的重要时期，每个人都要勇于尝试，找到自己人生的方向。老师如是说。

G女士是个听话的好学生。她开始研究高级的"泛生理卫生知识"，可她学习尝试得越多，就越不满足。就像拼图少了一块，越是试图把注意力分散到其他板块的缤纷，就越发急迫地想要知道它完整的模样，想到抓狂。

匮乏是一切行为原初的动力。弗洛伊德在这个案例上是对的。

G女士从外界转向内心,她不再寻求各种提升阈值的刺激体验,因为她知道,那只会使自己越来越难以得到满足。她的专业是哲学,她试图从形而上的思辨中寻找那一块缺失的拼图,可惜从柏拉图到奥古斯丁到康德到拉康到齐泽克,理念世界的版图被不断打破和重组,最终归于一片虚无的荒漠。她跋涉得筋疲力尽,却找不到一眼甘泉。

在一个阳光充沛的礼拜日清晨,她听到了风中传来的钟声,怦然心动。

这也许是一种天赋。G女士深入校园内的各大社团,与团友们彻夜长谈之后得出了一个结论。某些人生来要比其他人更容易获得宁静与升华感。也许是大脑的模式识别作祟,当他们遭遇生命中的重大选择时,通过某种方式,能得到一种达成目的的神经性官能症状,以便指引他们做出决定。

她查询了大量资料,通过对脑颞褶施加电刺激加上大剂量内啡肽,能产生等效的反应。

这意味着,点选自助套餐,她也能成"羽化升仙"。

她小小地利用了一位医学院的女性同好,经过一番周折,获得了所需的仪器和药物。她们签署了一份并无法律效力的免责声明,以及一个意味深长的握手,作为双重保险。

黑暗中,G女士听见自己的心跳变沉、变快,仿佛原始部落的鼓点,篝火般跃动,巨蛇般蜷曲。

来了。

G女士猛地一震,一道闪电划破混沌的脑海,如白鸽降在前额,沉入颅腔,落在她的颈后,进而顺着脊髓蔓延到全身。她下颌微张,面部肌肉颤动,眼眶盛满泪水,巨大的幸福感如熟透的苹果,压弯了她每一寸神经末梢。

这是她从未体验过的平和与安详,仿佛体内敞开了一扇大门,通往没有边界的广袤时空。那里温暖而明亮,生命片段如恒河之沙,流光溢彩,徐徐漫淌。

她流着泪,许下愿望,请赐予我——所丧失的——一切。

她丧失了知觉。

醒来时,实验室里空无一人,许久她才想起自己身处何方。

她跌撞着出了大楼,身上莫名燥热。午夜的校园空空荡荡,只有发情的野猫偶尔穿过街道。她漫步到了湖边,树影婆娑,月色如水。她感到衣服下的皮肤发紧、发烫、发黏,触感异常。她褪去了衣物,细细察看。一缕夜风拂过,月光下,她的身体如湖面泛起涟漪,原本平滑如镜的皮肤,被一片皱襞状的隆起所占据。

惊恐之余,她用指尖触碰那片隆起,一阵未曾体验过的强烈快感如电击流遍她的全身。她几乎忍不住要高呼起来。又一阵风掠过,她的身体像麦浪一般起伏,仿佛每个小小隆起之下,都埋藏着一颗威力巨大的快感地雷,等待着被挖掘引爆。

这便是她所达成的夙愿。

雨淅淅沥沥地下起来。

雨滴带着重力加速度,穿过凉白的月光,闪烁着,坠落在她皮肤的丘陵上。那是另外一种形式的快感,快速而密集,爆炸的威力由点连成线,又蔓延成片。她丧失了时间感,似乎所有的雨滴都是同时击中,又同时溅离,如子弹一般,穿越了肢体。她感到了痛,伴随着巨大的虚脱,体液混合着雨水,包裹她的身体,滑腻柔软,如同一条黄鳝。她想呼救,却不能,她想自己就快要死了。

雨停了。

G女士被路人送进了医院,体表无任何伤痕的她,辗转于几个科室间,最后落入神经科大夫S的手里。简单的体诊和问诊之后,S大夫如获至宝,他婉拒了其他预约的病人,关起门来细细研究。脑电图、CT造影、功能性核磁共振成像均无异常显示,S戴上乳胶手套,一次又一次地让G女士隆起、分泌、颤抖、虚脱,他换上另一副干燥的乳胶手套,神情淡定,胯间无物。

这是第一个"亲密接触"G并让她有感觉的男人,他似乎无意停歇。

她无法遏制某种奇异的感受,这个男人变得不同,不同于另外四十亿个雄性的同类,她说不出来哪里不同,当他触摸她的瞬间,世界扭曲成克莱因瓶①的形状。至少在他举起柳叶刀之前。

你知道吗?S说,他们从未在G身上找到更多的神经末梢。你将带来一场

---

① 克莱因瓶是指一种无定向性的平面,没有"内部"和"外部"之分,由德国数学家菲利克斯·克莱因最早提出。——批注

6

革命。

G面对着这个求知欲旺盛的男人，他心无杂念，并不渴望着肮脏的其他。但一场幻境终将破灭，G猛然挣醒，她带着惊恐中过度分泌的汗液顺势夺门而逃。

她奔跑着，全身赤裸。在那个年代，这行为并不算出格，唯一的担忧来自交管部门，人类大脑的局限性决定了注意力无法同时聚焦在路况与奔跑的裸女身上。

G女士被空中巡逻机拦在半路，她的裸体影像以不同角度投射在十五公里外的监控屏幕墙上，电子合成人声要求她出示身份证明，她扭头看了一眼路边的斜坡，这个动作被捕捉、放大，默认为意图逃跑，巡逻机射出约束电流，G女士随着弧光闪过，应声倒地。

屏幕墙上，六十四个方格以不同角度、尺度和分辨率展示着同一具胴体，黄色的涟漪在方格间来回荡漾，那是一种异乎寻常的颤动。监控员站了起来，椅子倾倒，发出巨响，他拨通了一个电话。①

醒来之后，她发现自己被固定于一张病床上，床边是各种仪器，四周是白色墙壁。房间里有三个男人，一个貌似医生，正在摘除她身上的电极；一个侧身站着，捻着雪茄，却没有抽，用余光打量着她，目光复杂；第三个大腹便便地陷在沙发里，见她醒了，做出关切状。

他说，我们会治好你的，我们保证。

G女士感觉虚弱，她艰难地挤出三个字。不需要。

站着的男人与坐着的男人交换了一下眼色，笑了。

G挣扎着要起身，侧身男人做了个手势，医生解开拘束带，她发现自己披着蓝色水洗布连体病服，尽管宽松，可还是难免与皮肤有所摩擦，她呻吟了几声，三个男人同时不自然地调整了姿态。

蓝色水洗布上出现了斑斑点点的湿痕，勾勒出弧线形的版图。

看来你需要一件新衣服。那个站着的男人终于开口了。

三天后新衣服送到，这不是那种便宜货色，甚至也不是那种用钱能买到的

---

① 这样的场景设计是否让你联想起了那些未来感十足的科幻大片呢？——批注

奢侈品。它只为 G 女士而存在。看似一件普通的紧身衣,摸上去竟是胶体般的质感,特殊的纤维构造中密布细微的气囊,当某处受力时,气囊形状发生改变,将压强迅速分散到邻近结构中,最大限度降低对 G 女士体表的刺激。

他们甚至贴心地提供了多种颜色和纹样供选择。

G 看着镜中银白色的线条,脑海瞬间闪过的却是 S 手中的柳叶刀,事情发生得太快太密集,她还没来得及回味,苦心追求的所需却已变成随时致命的绝症,她觉得自己在迅速衰老,尽管每次短暂的 Happy 后总是容光焕发,某种无法言说的东西却在悄悄改变。①

她想,S 或许也经历了同样的过程吧。

一周之后,M 先生和 P 长官再次登场,他们拿出了一份合约。G 女士隐约感到这两个男人惧怕自己,却又用表面的威严来掩饰恐慌,她故意摩擦自己的身体,看他们窘迫的反应。她笑了,心想这是自己有生以来最接近正常女人的时刻。

合约类似一份演艺经纪委托, 但远为冗长烦琐,G 女士反复阅读多遍仍不得要领。M 先生抓过合约,抛到房间的另一端,用那复杂眼神盯着她,说,你所需要做的,就是享受,其他的,我们会负责。G 女士沉思了片刻,觉得自己并没有其他选择,至少在这间封闭小屋中没有。

我需要一个艺名。

他们大笑不止,说你已经有了。

G 女士之名在上层社会里秘密流传开来,表演以邀约制举行,价值不菲且高度保密。受邀贵宾会单独进入密闭 VIP 房间观看演出, 但不允许有肉体接触或言语交流。试运行阶段之后, 他们设计了缩微的仿古典歌剧院马蹄平面结构,但只保留环绕包厢座位,每次最多可容纳六十四名客户,在保证隐私权的同时,观看者可以选择多种显示模式,包括放大为三十英尺高人体的最大化模式。

他们甚至还设计了竞价与捐献模式, 在满足客户互动的同时实现利益最

---

① 从这时开始,G 女士一直苛求的东西,正在一点一点地吞噬她的生命和灵魂。——批注

大化。①

G女士感觉自己在起变化。

最初她需要佩戴遮光镜与耳机来进入状态,这舞台空无一人,白光之外,漆黑近乎洪荒宇宙,那些位高权重的男人便藏匿其中,依靠她来获取快感。她难免躯体紧张,无法如他们所说,全情享受,耳机中每每传来指令,她便照做,却离纯粹的愉悦愈远,最终都是要靠施加外力来抵达目的地,然后浑身湿滑地致敬下台。

他们不断地变换场景,在雨中、在森林、在沙漠、在海底大战巨型章鱼怪,在天鹅绒铺就的宫殿中受酷刑,在外星球的黏液漩涡中逃生,像是上世纪七八十年代的B级色情片,剧情最后总是走向双重意义上的廉价高潮。

G女士自觉像娱乐他人的玩偶,却难忘校园里那幕初体验,带着如此深刻的象征主义意味,风在抚弄她,雨在撩拨她,这超越了一般格式塔的意义。她突然醒悟了,自己已经不需要任何男人,风是她的男人,水是她的男人,光是她的男人,整个世界就是她的男人。

这成为她日后性学思想的重要命题之一。

而那些真正的男人,那些掌控世界的大佬,G女士摘下遮光镜,直视那片虚无的黑暗,仿佛与其中虫豸般藏匿着的雄性对视。你们,她轻启双唇,耳机中传来嘈杂的质问声。

不过是低等生物和肮脏的寄生虫而已。

她的语音讯号通路被屏蔽了。来自世界各地的大人物们不会乐意听到一个玩偶对自己的评价,况且是不那么善意的评价。但事情正在起变化。

G女士握住了时代的命根子。

专家说,第三次性危机已经到来了。如果说人类以性安全与性认同为主题的第一和第二次性危机都由于技术进步而顺利度过的话,那么第三次危机可以说是根本性的打击,人类的性感出了问题。性欲减退,出生率下降,人口老龄化、中性化趋势,这些都是表面现象,更致命的是,人类作为一个物种的进化驱动力

---

① 商业社会的原则就是任何东西都能被标上价格,而且越是稀缺价格越高,只要有人愿意照单全收,就是一笔好生意,而做G女士这笔生意,除了金钱之外,还有更多人际关系的附加值!——批注

消失了,像衰老而松弛的阴茎,这才是最可怕的。

当药物和器具都无法激发性趣时,人们发现了G女士,像天赐的恩宠。

G女士的身价水涨船高,她觉察到了这点,并善加利用。

她开始设计属于自己的场景,在公交车上的摩擦,在快餐店的邂逅,在操场上的器具训练……这些缺乏戏剧冲突与视觉奇观的场景经常遭到诟病,却成为后来学者珍贵的研究材料。一个共识是,这些日常生活化的场景反映了G女士青少年时期备受压抑的性幻想。

她要求看到她的客户们,就像这个行业的旧传统,所有的人都在聚光灯下,没有面具,没有单向玻璃。

这引起轩然大波,许多人愤而离席,认为侵犯了隐私权,却又回头要求加价码以获取面部打上马赛克的特权。

没有特权,没有例外。G女士如是说。

M先生和P长官隐约感到遥控器已经不在自己手里。

G女士提供了无线力反馈手套作为弥补。客户可以在特定时段戴上手套,虚拟抚摸G女士的身体,并获取相应的反馈,甚至潮湿感。这一增值服务受到热烈追捧。

随之而来的,她要求每个VIP包厢的窗台外亮起一盏灯,客户功成之后,灯光由绿转红,然后她会为房间内喷洒上和她体味相仿佛的费洛蒙香水。

G女士就是这样改变游戏规则的。

现在她成了主人。①

当G女士在那些日常场景里渐入佳境之时,她可以任意调出客户的图像,黑暗中飘浮着各种男人的头像、半身像,随着她的眼球移动而放大、缩小、卷曲、拉伸,她呻吟、扭动、颤抖、体表如台风般卷起漩涡,她看着那些绿灯闪烁、亮起、变红、熄灭,她感知那些男人细微的反应差异,与重力的拉扯,与岁月的搏斗,最后化为粗重的喘息,淡入虚无。

她觉得自己既像驯兽员,又像科学家,她研究着冥冥之中的一切,乐此不疲。

---

① 当需求旺盛的时候,谁掌握稀缺性,谁就有最终的话语权。——批注

直到那个人出现。

那个人的灯始终是绿着的，从踏入房间那刻起，而当其他的灯如夜间航道般逐一变红熄灭时，他的灯依然亮着。

G女士调出他的图像，放大，一张毫不出众的面孔，和一条宽大得不成比例的特制裤子，掩盖着令人不安的秘密。她用尽所有已知的伎俩，却仍无法把灯变红。看着那人走出房间，她感觉挫败，有生以来第一次，她急切地想要知道这个男人的所有情况。①

很抱歉，这已经越界了。M先生冷静地说。而且，这或许是我们最后一场剧场演出，我们的合约被中止了。

他们认为这不合法？这是G女士唯一能想到的理由。

不。M先生笑了，眼神依然复杂。风向变了，他们认为，你应该属于全人类，而不是少数权贵阶级。但你仍然需要一个经纪人，不是吗？

G女士直觉认为这与那个男人有关。她感觉恐慌，在舞台的聚光灯下是一回事，在日光之下又是另外一回事。可她再次别无选择。

在广场上的首次公开演出最后演变成一场秩序失控，惊魂未定的G女士被军用直升机接走，看着脚下的万人空巷，她痛苦地闭上眼睛。

这不是你的错。M先生安慰着战栗的G女士。我们应该只在媒体上表演。

事实上不止媒体，他们授权制造了便携式全息成像装置，预存有二十四次精选表演。地下软件黑市出高价进行破解，但能用技术解决的问题就不算是问题。一种朴素的观点认为，G女士传导的能量以现场为最强，便携式全息成像装置次之，大众媒体再次、逐级递减，盗版由于有违良心，效能为最低。

G女士拒绝了所有的演出邀请，她陷入了沉思。欲望高潮能带来身心愉悦，能唤起性感，能释放出人心深处蛰伏的力量，却充满破坏力，无法自控，无法引导，这不是这个世界所需要的性。以爱拯救世界的幻想已经破灭了，没有必要用性再上演一次。

---

① G女士拼尽所能而得到的自我价值定位，在这一刻瞬间崩塌，于是她暴走了，将走上一条自我毁灭的不归路。——批注

那么，我存在的意义到底何在？

她再次陷入自我认同的精神危机。她尝试进入"空"，念数呼吸，放下执念，直观妄念往来起灭，却怎么也无法抵达心境清净的如来境界。G女士惊异地发现，在她心中挥之不去的，除了那个绿灯不灭的男人，还有手持柳叶刀的医生S。

很显然，他们俩之间有一个共同点。对G女士免疫。

她突然清晰看到了下一步……

G女士即将登场的这场秀规模空前，全球转播权卖到了世界杯足球赛开幕式的价位，现场观众均经过严格审核以确保安全。暖场嘉宾阵容强大，催情电子乐圣手DJ Pho将狂欢气氛烘托到临近沸点，主角以戏剧性的方式登场了。

那是一个由直升机吊降的球体，停在离地两百英尺的高度，由体育场顶部特制的支架结构悬挂稳定。所有大屏幕出现球体特写，透明外壳在探照灯下折射出琉璃般的效果，G女士穿着半透明紧身衣，宛如新生胎儿般蜷曲着漂浮于球体中。

欢呼声如爆炸般起伏，灯光渐暗，全场静默，犹如一场加冕或是圣典。

一根光柱由下而上托住球体，经折射后化为光的喷泉洒向四周，色彩随着电子鼓点痉挛般变换着，没有药物，所有人却仿佛置身一场派对，光与色在视网膜上跳跃融合溢出，猛烈刺穿着受众的神经，医护人员忙碌地运送着因过度兴奋而晕厥的肉身。

G女士舒缓地展开身体，模仿着亿万年间进化的生灵，最终顿为人形。她凝视着七彩光晕下虔诚的人山人海，张开双臂，微笑。

屏幕上开始闪烁巨大的荧光字，全场观众跟着节奏齐声高呼。

MAKE ME COME!

MAKE ME COME!

MAKE ME COME!

一束纤细的绿光由观众席出发，穿过空旷的夜空，射入球体，大屏幕切换成特写，绿色光束经外壳折射，击中G女士胸前，光感紧身衣闪出一簇蓝白色的微型闪电，传导到皮肤，汗毛竖起。

观众们这才明白座位下激光笔的用途。

无数根雨丝般的光线涌向光球，在体育馆正中央形成了一束不匀称光锥，聚拢到球内，如同狂怒的潮水，把 G 女士吞没，电弧如同季风时节的南太平洋云层，在她身上盛开，乳尖、腋侧、腹股沟、耳垂、脐间、掌心……她仿佛是一幅缓慢旋转的分形图，皮肤与肌肉呈现出与肢体高度相似的螺旋形态，如同曼陀罗，生产着无穷无尽的汁液与快乐。

这一切通过全息屏幕冲击着所有人的视野。人群已然疯了。

安保部门紧急调集力量，眼看局面濒临失控。

G 女士在狂乱中仿佛又回到最初那个雨夜，她透过暴风骤雨般的光帘，望向夜空，繁星点点，什么都没有改变，高潮中的人类，依旧受限于时空，被困于这感知的囚笼。她突然觉得内心无比澄澈，无比宁静，一切都被凝固在此刻，那些晶莹的液滴、闪烁的尘埃、纷乱的光斑，以及，整个世界。

停。她说。

停。

光线从球体上枯萎凋零，音乐静止，人群由沸腾逐渐降温，他们迷惑不解地望向那面能够代替思考的屏幕，所见即所得。G 女士平静如初，她拭去脸上的液体，面对这十万名力比多的信众，她决定献上反高潮。

不存在高潮。她说。我只是假装。

一切皆是幻觉，一切源于自我，一切终归寂灭。

观众们努力理解这俳句里的含义，他们感觉幻灭，有人哭了起来，有人愤怒地试图冲破安保封锁墙，但更多的人只是默默地起身、离席、退场，像他们曾经拥有的性感视觉从生命中消退一样，只是时间问题。令人心碎的画面通过卫星信号覆盖了百分之八十五的地球人口，整个世界陷入了不应期。

G 女士看着满场狼藉，全身虚脱。她不得不说谎，她已无力扮演救世主的角色，虚妄的希望会将她与全人类一并烧毁，她所能做的，只有把性感的权力交回给每个人。

她没有想到的是自己的境地——面临疯狂极端者的全球追杀。

她的特殊体质无法接受整容手术所带来的后遗症，唯有隐姓埋名，逃亡于国境之间。她曾试图向以往的客户寻求庇护,毕竟其中多是翻云覆雨的人物,可她被无情地拒绝了,理由与那些追杀她的人一样,欺骗。更讽刺的是,自从得知真相之后,G女士的表演就再也无法激起他们哪怕一丁点的欲望。

所以从某种角度上来说,我并没有欺骗。G女士想。

幸好M先生如约支付了一笔巨额酬劳及毁约赔偿金,他张开双臂,又放下,最后只是淡淡地一句保重,随即消失在黑色的凯迪拉克中。

逃亡是艰难的,尤其对于G女士这样的标志性人物。

她花了大价钱躲到人迹罕至之地,又花更多的钱来收买那些为她服务的人。敏感体质所要求的特殊器械使得她无法掩人耳目,G女士在数年间如同迁徙的鸟,从阿尔卑斯山脚,到库苏古尔湖畔,她甚至尝试在汤加共和国租下一个无人岛,但平静总是短暂的,疯狂极端者们无孔不入。

最后一次侥幸逃脱发生在新西兰南岛的米尔福德峡湾。好心的当地向导提醒他,一群粗鲁的外来人在通往蒂阿瑙镇的道路上拦截过往车辆,他们出示的正是G女士的照片。没有火车站,没有定期客运航班,四周是陡峭的山崖与冰川,G女士无助地望向那名瘦弱的年轻人。年轻人避开她的目光,转向水中倒映的麦特尔峰。

他们的船被拦下了。

显然航运公司也被收买了,几名壮汉没有出示任何证件就在船舱里搜开了。那里面是什么,领头的男人指着甲板上的暗门。

鱼。年轻人打开门,腥臭扑面,又补充道。死鱼。

头头皱着眉头退后几步,示意另一个马仔下去查看,那个人走到门洞前,咒骂了一句,屏住呼吸,捋起袖子,把手伸进鱼堆。

G女士全身滑腻,她几乎要被腥气熏晕过去,四周的鱼尸开始被搅动,细密的鳞片摩擦着她的皮肤。她咬紧牙关,用尽全身力气忍住呻吟,这时一只手抚过她的脚踝,一股强烈的快感袭来,她无法控制肌肉的颤动。

马仔脸色一变,把手抽了回来,凶狠地盯着那个脸色煞白的年轻人,数秒之后,他趴到船沿开始呕吐。

妈的,还有没死透的。他咳嗽着骂道。

G女士厌倦了这种生活。她决定了结自己，以永恒的处女身，在被处刑之前。

她回到了出生地，那座金凤花盛开的城市。她在离家一条街外的酒店住下，远远地看着衰老的父母，昔日场景历历如昨，她觉得自己很早以前就老了。她想留下点什么，除了钱，可又觉得什么都不值得留下，尤其是回忆。

似乎除了父母，她并没有真正爱过谁。她把全部生命用来追求高潮，最后死于高潮。全是高潮的人生是否就意味着没有高潮？她想不明白自己错在哪里。为了变得与众不同而泯然众人，或者相反。抑或是妄图以有限的肉体寻求无限的边界，万物有限，宇宙、自由、爱。

欲望高潮也不能例外。

她成了自己的信徒，却发现无可牺牲。

在一片混乱的思绪中，她打开了酒店的按摩浴缸，十六喷头五挡力度控制，多种模式可选，她将在这池翻腾的液体中脱水而死。

G女士深吸了一口气，沉身其中。快感，源源不绝的快感包裹着整个身体，她比水流扭动得更猛烈，眩晕，她呛了一口水，欲望高潮永不止息地抽打着每寸肌肤、刺穿每个毛孔，疼痛，她有点后悔，试图伸手去关闭，滑脱，她竟然虚弱得无力从浴缸中坐起，重力拖拽着她往下沉去，黏滑的体液如暗流涌动，她的视野开始模糊，那种熟悉的时间凝滞感困着她，如同树脂困住飞虫。

一切皆是幻觉，一切源于自我，一切终归寂灭。

一切终归寂灭。

寂灭。

一只大手将她从水中拎起，拖到地上，又把她翻过身脸朝下，挤压胸腔将水控出，G女士剧烈地咳嗽着，水和着血沫从口中喷出。

她并没有看到那个人的正面，但一张脸从模糊的意识中如泡沫浮出，逐渐成形。

那个永远亮着绿灯的男人。

是他。他的眼中充满关切，而不是欲望，世界重新扭转成克莱因瓶的形状。

你救了我。G女士从没想过这句经典台词竟能从自己口中说出。

不,是你救了我。

那个男人将 G 女士的手引向自己的胯部,她触及一个硬物,但并不是阴茎,而是容器样的保护装置。她似乎明白了什么,另一个心愿成真的信徒。

你不会了解我经历了什么。男人低低地说。如果没有你,我将无法独活。

G 女士看着他,像是看着被闪电劈开的另一半自己。

没人能比我更了解。她回答。①

G 女士和 F 先生面朝大海,并排站着,但并不靠着。

海风轻拂,他们没有交谈,也没有动作,只是站在那里,闭着双眼。浪花扑打着沙滩,没留下痕迹,什么也没留下。

他们像忘记了时间,忘记了空间,忘记了忘记。

漫长得像海天之间的一道休止符。

然后,他们到了,缓慢地、猛烈地、潮湿地、同时地,到了。

---

① 虽然有些另类,但这确实也算得上是个英雄救美的经典桥段。——批注

沉思者笔下的伤心事

吕哲

　　一个女人,生而便失去了做女人的权利。于是,她费尽心机,拼尽全力想要找回属于她的那份幸福。然而,当梦想成真的时候,她却发现自己变成了异类。起初,她因此而不安,甚至沦为他人操纵的傀儡,但渐渐地傀儡开始学会操纵拉线本领,成为控制者。但就在她以为自己获得了操纵一切的权力时,却遭遇了一次彻底的失败。为此,她绞尽脑汁,倾其所有,奋力一搏,但结果却是身败名裂。最终,一切带着伤感的颜色归于平凡之后,她才重新获得了身心的平静。

　　从任何角度来说,陈楸帆和他的《G 代表女神》都显得那么不同寻常。先说说作者其人。如今的科幻迷们可能已经不太记得陈楸帆在科幻界的首秀——发表于《科幻世界》一九九七年第一期的《诱饵》。当时的陈楸帆还是广东汕头一中的一名初三学生。在那篇作品中,陈楸帆讲述了一个外星人用糖衣炮弹攻占地球的故事。尽管当时他的文笔还稍显稚嫩,但已经多少能够让人从中体会出他那招牌式的冷峻而不戏谑的创作风格,也在某种程度上奠定了陈楸帆式科幻的基本格调。《诱饵》为陈楸帆赢得了当年第六届校园科幻故事大赛的一等奖(因该奖项设有特等奖——少年凡尔纳奖,陈楸帆实际获得的是该奖的第二档次奖项。当时同获一等奖的共十人,陈楸帆是第二年轻的获奖者),与陈楸帆一同获奖的还有李梦吟、钱笑、李忆仁等人,但一直保持科幻创作并持续至今的只有陈楸帆一人。所以,严格说起来,陈楸帆在第三届华语科幻星云奖上摘得的新人奖(银奖)前面倘若要加上"资深"二字怕也不为过。

事实上,陈楸帆的科幻创作的第一个高峰出现在他的大学时代。在入读有着深厚人文底蕴的北京大学中文系(后又在北京大学艺术学院攻读影视编导专业双学位)后,陈楸帆一方面要投入繁重而紧张的学业,另一方面又要花精力在北京大学科幻协会的组织和运作工作中。即便如此,他还是在科幻创作上投入了极大的热情。二○○○年,他的小说《O》获得首届庄子杯北京高校原创科幻大奖赛第一名。二○○四年,他的《坟》又摘得首届高校科幻作品原创之星奖,并发表于《科幻世界》二○○四年第五期。这篇作品可以看作是陈楸帆式科幻风格形成的标志作品之一。这是一条介于一般意义上的软科幻和硬科幻之间的创作路径。在《坟》之后,陈楸帆又沿着这条路径创作发表了《亲爱的,我没电了》、《丽江的鱼儿们》、《最后的诱惑》、《宁川洞记》以及中篇小说《深瞳》等多篇科幻作品。对于这些作品的特点,用北京师范大学教授吴岩老师的话来概括就是:"象征多于写实,零度情感多于极度情感,对心理学等软科学的青睐多于传统硬科学的青睐,对构成哲理的探索多于对生活哲理的探索。"(作品集《薄码》跋)正因如此,陈楸帆也得到了"中国的威廉·吉布森"的头衔。

从北京大学毕业后,陈楸帆进入了号称"世界顶级创新基地"的互联网企业谷歌公司。随着年龄的增长和社会阅历的丰富,陈楸帆的科幻创作也在悄然发生着转变,用他自己的话来说:"其实从《鼠年》开始就可以发现我的创作开始转向,从以前迫切的自我表达思想(不管有没有思想),到开始注意故事性和人物发展,开始对读者友好,这是写作技巧逐渐成长的结果。"在这个大前提下,陈楸帆创作完成了《G代表女神》。从类型上看,这是"一种十分经典的科幻'What If'模式,也就是从一个假设前提出发去推演一个世界,而细节和逻辑在其中扮演了十分重要的角色。"但《G代表女神》并非仅此而已,其之所以能够在众多佳作中脱颖而出,荣膺星云奖最佳短篇科幻小说金奖,凭借的正是此文在喧嚣下隐藏的寂静,在狂野中渗透着凄凉,在片段中凝固的永恒。

诚如作家王蒙所言:"对于青年来说,没有比性与革命更吸引人的了。"而在女主角G女士身上,这两者兼而有之,只是前者是显著的,后者则是隐性的。从某种意义上说,G女士患有的先天性疾病是她的原罪,让她在前半生里不得不在性的问题上承受等而下之的地位,而这种地位处境是她无论从其他任何方面都无从弥补的。所以,这也就注定了G女士的一切悲剧都源于她要对这一命运进行抗争,并将此变成了一种执念。事实上,G女士从最初追求成为一个正常的女性,逐渐异化为对某种概念性体验的执着,并为此付出了她能付出的一切。结果,她得到的,远比她想要的多得多。起初,这带给G女士的是茫然和恐惧。但在一个高度发达的商业社会中,她的稀缺性价值很快就得到了最大限度的发掘。而G女士也在不断的调试中,开始变被动为主动——无论她是否情愿,她都成了引领众人的"女神"。只是立于众人之上的成就感,丝毫未能减少"原罪"带给她的自卑和恐慌。在一次她自以为失败的"表演"后,她失控了,走上了自我毁灭之路。但是,当她从神坛上骤然坠落的那一瞬间,她才真正开始了救赎之旅。最终,G女士找到了自己的"十字架",永远地埋葬了过往,心灵复归于平静,并坦然地接受了自己。

《G代表女神》最初发表在最世文化旗下的《文艺风赏》双月刊上。该刊的主编笛安在推介这篇小说的时候曾说:"《G代表女神》用一种惊世骇俗的想象,轻松完成了对这荒凉世界的悲悯。我们大家读完这篇小说时,每个人共同的感受都是:不知道该说什么好,但是,很伤心。"而《文艺风赏》的出品人郭敬明在自己的微博上谈到这篇小说时曾说:"虽然这篇文章披着一件惊世骇俗的外衣,但它给人的感觉却不是猎奇,而是悲凉!想要落泪的震撼!"而作为第三届华语科幻星云奖给予这篇小说的评价则是:"用机器色调的异形文字,裸示现代灵魂在技术困境下的迷惘、孤独和挣扎。"以上三段评价的着眼点虽然稍有不同,但却能帮我们更深切地触摸这篇小说的精神内核。

　　毫无疑问,《G代表女神》给陈楸帆带来了荣誉,但这显然不会让他放慢前进的脚步。他在接受采访时曾说,现在的他对于人、人类、人类社会有了更加广阔和深入的了解。而他的工作环境,让他有机会能在一年内行走十个国家,接触世界各地不同的风土人情和市井百态,为其创作提供了丰富的源泉。在同辈科幻作家中,陈楸帆对于科幻小说和小说创作的理解也是最为成熟的。相信,在中国科幻正在加速融入世界科幻主流的大背景下,像陈楸帆这样既有国际视野又具有文化自觉的科幻作家将成为中国科幻走向世界的重要推手。

回到原点

陈奕潞

一

颜茶剪完头发的时候,已经是夜里十一点了。拉直比上卷更消耗时间。[①]店主人忧虑地看着玻璃墙外面的天,话音里有了内疚,"有人来接你吗? 要不要我帮你叫辆车?"

颜茶把衣服上的头发拍掉,动作又轻又舒缓,有老人家才有的淡泊,"没关系,我家离这里很近的。"

出了门才觉得夜真的很深了。郊区的小路,人烟稀少。石桥又窄又短,水渠里浮荡着满满的菖蒲和野草。银白色的花穗在夜里显出鳞片一样的滑和冷,萤火虫和嗜血的白蛉在荒原上漂泊,有不知什么在哭的声音在远山的影子里虚虚实实地歌着。

颜茶深吸了一口气,朝着那片荒山走去。

她选的方向并不是回家的路。她的家在市区,有灯有火有人气的市井之地。她走的路却是另一个方向,更偏、更黑、更远离人间烟火。过了二三十分钟,有个人盯上了她。他骑着车在她身后不远不近地跟,嘴里口哨轻佻地吹。

颜茶很喜欢这样的时候。暗夜,森林,没有边际的田野,星空和神明在头顶

---

① 女性特有的生活细节体验。——批注

很高很遥远的地方。她离家很远,无依无傍。她可以毫无顾忌地迷路,可以走到死胡同里,可以去空无一人的工厂与废楼。只有这样的时候,她才会觉得这个世界是公平的,它从你这里拿走了什么,就要拿另一样东西来置换。

不过她还是小心地和那个人保持了一段距离。不管他是开玩笑还是真的不怀好意,颜茶都不想在这个时间离其他人太近。

她看了看表:十一点五十三。①

那是一家二十四小时营业的自选超市,建在加油站的旁边。她进去买了薯片和玉米饼,结账的时候发现那个人依旧在窗外徘徊。她猜不出他的年龄和职业,她骨子里是个内向的人,从不会主动和人说话,更不用说观察陌生人的言行举止借此来推断对方的身份。

所以她思考这些用了很长时间,结论却并不乐观:她只看出他的眼睛很亮,像是喝醉的人,又或是没有吃饱的野犬。

她从超市出来后,他寸步不离地跟着她,不时地用自行车的前轮撞她的小腿。她的裙子很好看,白色和粉色相间的花图案,她一直很喜欢。也许是因为这个,第三次被撞的时候,她扭过头来,想要说两句什么,结果却被人直接推倒在路边。那个人伸手掐她的脖子,他一身酒气,笑得十分天真。

她在那时想起来他是谁。然后下一秒,她忽然消失了。②

二

十层楼的公寓,它在第五层。每层三户人家,它在正中间。

颜茶躺在床上,盯着天花板。贴近下巴的地方还残留着那个人红色的指痕。她等心跳平稳后坐了起来,手里还捏着那一袋子零食——薯片、饼干、牛奶、玉米饼、香肠片……都在。

---

① 对时间的强调,暗示了小说的科幻核心构思。——批注
② "鬼"出现了!小说的科幻线由此展开。——批注

换鞋子、刷牙、洗脸。然后坐在电视机前,撕开薯片袋。一面看体育新闻,一面听厨房小炉子上牛奶"噗噗"地沸腾。

她反应很慢,有些别人一眼就能看穿的事,她要隔上三五天才能明白。电视里热火赢了马刺,成了 NBA 的总冠军。她关了电视,抱着热牛奶回到床上,看了半章小说。然后,猝不及防地,眼泪大颗大颗地砸进茶杯里,如三分投篮,精准痛快。①

第二天上课的时候,眼圈还是红的。教民法的老师笑嘻嘻地拿她开涮,其他人都笑了,颜茶自己却仍旧呆呆怅怅。直到中饭,大师傅恶狠狠地给她加了一碗牛肉汤和四个小笼包,那张脸才渐渐亮起来,于是她又恢复成那个天生乐观、百毒不侵的颜茶。

"今天晚上乐队训练,你来不来?"林茜一面从她碗里偷菜,一面问。

"什么时间?"

"九点到十二点。"②

颜茶愣了一下,"这么晚?"

"有车接送的,"她神秘兮兮地眨了眨眼,"她们都来,还有宋翊寒。"

那名字很不一般,不远处的几桌人都抬起头来看。

颜茶低头思索了很久,"不,还是不去了。"

下午因为运动会的事提前下了课。颜茶从学校出去,坐地铁,到万仕街,一个人吃冰淇淋,一个人看电影,一个人逛蜡像馆。到了晚上七八点,华灯初上,她买了火车票,单程,一路向北。四个小时后她到了天津。

那是她坐火车能到达的最远的城。③

逛街。看着街上陌生的人,听陌生的方言。在夜市上吃糖葫芦④,吃羊肉串,

---

① 要是被语文老师看到一定会被批"比喻不当",但这么写的确很能说明女主角的心境。——批注
② 此处作者以一种漫不经心的笔调,点出了"十二点"这个关键词。——批注
③ 坐四个小时的火车能到天津的话,以普通快速列车计算,女主角最有可能的出发城市是秦皇岛,这个推论基于两点:第一是该地要有规模较大和层次较高的大学,第二是要有午夜前能到天津的火车,而唯一符合这个条件的城市就是秦皇岛。当然如果是坐动车组的话,从锦州出发亦可,但因动车没有晚班,故从锦州出发的假设不成立。——批注
④ 在天津,糖葫芦叫"糖墩"!——批注

跑到街边看陌生的老人家下棋打牌。她变得很健谈。她在学校和家里的时候,都很安静,看见陌生的老师和邻居还会脸红。然而一旦到了夜里十点、十一点的时候,她就莫名地勇敢起来——想要说话,想要遇见更多的人,想要听见不同的声音,想要做更多不同的事。

她会和酒鬼打不正常的赌,去那些同龄人不敢去的地方。去公墓、去监狱、去地下歌舞场、去鬼气森森的废弃教堂……还有午夜的海,还有山。她真正没试过的,是在午夜十一点五十九分从摩天大楼的顶上跳下来。

她当时只是坐在那里,半身倾向外面——她其实知道没有危险,她计算过落下所需要的时间,六秒多一点,而且她的表很准——然而她还是不敢。她想如果是其他人的话,也许已经做过更疯狂的事了。乘船漂到海里去、坐飞机到空无一人的沙漠中心、攀爬到悬崖顶端……自己真的很没胆。她恨铁不成钢地想。

然后那个念头又像潮汐落夜后海滩上的贝壳一样浮露出来:

还有其他的人和她一样吗?[①]

三

第二天下了雨。颜茶忘了关窗,有只灰鸽子误打误撞飞了进来。颜茶把它放走了。第三天晚自习回来的时候,那只鸽子果然又被困在了那里。[②]

颜茶从前也试着把房间里的东西拿到外面去。垃圾、牛奶瓶、空盒子……然而每到午夜十二点,它们都会自动回到原来的位置。她不得不在阳台搭了个垃圾间,存放废纸和其他用不上的东西。后来她学会了在外面解决食物和其他问题,偶尔买东西回来,也会全部吃完。

似乎只要进到过这个房间,无论是人还是物,就永远无法离开。

她叹了口气,隔天去买了鸽子粮,又拿纸盒做了小屋,拿颜料上了色,安了

---

① 此处是为男主角出场预置的伏笔。——批注
② 又一位"受害者"出现……——批注

两个门放在窗口那里，方便它进出。

颜茶每次出门都会很小心地锁好门。不是怕东西被偷，就像之前说的，这个房间里的东西是偷不走的。她是害怕有贼被困在这个家里——每天夜里十二点，和她一起躺在那张木头大床上。她也想过是那张床或者那只钟的问题，试过把那张床拆散挪开，把钟打烂。然而结果只是发现自己躺在地板上，不知道躺了多长时间，而已。

她想过去找警察，想过给家里的大人打电话抱怨。但她最终还是做了胆小鬼。她不想被人当作异类，而且她很能忍。她虽然知道早晚有一天，她要把这件事告诉给什么人，也会有人帮她把这件事解决，然而一旦习惯了什么，她就会渐渐忘记它的危害。这一点和她那做了一辈子皮革女工、最终得了皮肤癌的外婆很像。

颜茶在星期四的时候见到了宋翊寒。他不是一眼看上去十分帅气的人，五官不够锐利，没有那种咄咄逼人的气势，也不显得十分聪明，反而有种孩子气的随意。他站在那里和一群人说话，他们的眼睛都盯着他一个人。他看了看表，拍了拍身边那个男生的肩膀，一脸歉意地转身。颜茶不由自主地跟过去，一直出了图书馆，出了校园。

到了星际广场那条步行街的边上，她才忽然意识到自己在干什么。没有任何犹豫地，她拽过那个卖气球的小丑，把自己藏在一堆灰太狼和海绵宝宝的气球后面。等心跳不那么夸张了，她才抬起头看过去。

他已经不见了。

她是在夜里十二点的时候发现那只鸽子死掉的。下午她又坐地铁去了离城区很远的小镇，上了渡轮，过了江，听山上庙宇里的老和尚讲了一夜的经，下山的路上把一群等日出的高中生吓得够呛。

也不知道为什么，她看见那只鸽子倒在地板上的第一个反应不是伤心。她默默地帮它清理血迹，默默地把它和她给它做的房子捧到天台，默默地点了一把火，把它们烧干净。

鸽子是被利器划开肚子死掉的。也许是小孩子，也许是饭店厨房的大师傅，也许只是山里野营的食客，也许什么都不是。颜茶想着这只鸟最近这几天的生

27

活,猜测它都去过哪里,见过什么,有没有碰见自己喜欢的白鸽。也许它之前有一个家,也许它有一窝很小的雏鸽。也许那天它正和自己的家人说最后的话,然后忽然间午夜钟响,它就被送到这里……颜茶发现眼泪出来的时候,它们正坠落在火焰上,红色变成苍白的金黄色。①

她回到家,发现有人来过了。东西没有翻乱,但她只一眼就看见了摆在窗口的那一盒白色的花。那是白得发亮的小铁皮盒子,半盒子水,半盒子白荷。蓝色的夜摆放在它身后,那种不动声色的新鲜华艳,惊怖震撼。

铁盒下压着一张纸,半行字,"别太难过,别忘锁门。"②

四

颜茶一晚上都没有睡着。她做了很多梦,一张张人脸从眼前晃过,她试着从他们当中猜出那个送花的人是谁,但她很快就厌倦了。只要隔天夜里十二点就可以亲眼看到那个人了。她只要准备好手机和小刀,随时准备打给"110"就好。也许可以在床上安一个机关,把那个人弄晕掉。她认真地思考,并真地画了图、设计了圈套。

等到了那天夜里,那个人却没有出现。

第一天。第二天。第三天。

他都没有出现。③

到了第四天的时候,林茜终于忍不住了。

"你最近发生了什么事吗?为什么天天来上课了?还老老实实和我们一起上自习了?"

颜茶盯了她半晌,而后一本正经地把书一撂,"快到期末了,你也该好好学

---

① 从某种意义上说,鸽子成了女主角的替罪羔羊,同时也暗示着女主角惨淡的命运之途。——批注
② 神秘人现身,高潮将至!——批注
③ 有点欲擒故纵的味道。——批注

习了。"

颜茶其实是很高兴的。她买了花瓶,把荷花养了起来。她买了彩色的小便笺,开始在房间四处留言。她很容易想到事情好的方面:既然有人有办法进来而又不被十二点的魔法抓住,那么她自己也早晚有一天能从这笼子里出来吧?

她想过其他可能,比如那个人是不是用其他工具把花从窗口送进来?比如那个人会不会藏在房间的某个角落里,等她不注意再偷偷溜走?她脑筋转得很慢,但她想得很周全。

最终结论是:她不是唯一一个被圈在这个房子里的人。有个人比她厉害,他也进到这个房间了,但他没有被限制住。如果她找到了他,那么事情就可以完美解决了。①

既然这样,就没有理由不好好上学了。她又开始买喜欢的衣服和小东西,还有吃的。乐队那边,她开始很卖力地练长笛,还被选上参加艺术节的正式表演。她是很单纯的人,一旦高兴起来,就会认真执着得令人刮目相看。至于那个没有出现的送花人,她想得很简单:留字条给他,天长日久,总有一天,他会露面和她交谈的。

放寒假的前一天的夜里,颜茶在一家酒店里坐到很晚。她在大厅里听那个陌生的女孩子弹钢琴,长毛地毯让浮华的金色十分温馨。她在深夜的街上找到了一家营业到十一点的书吧。冷色的光,咖啡色的地板。她在那里找到了一本拉·封丹的寓言,她小的时候一直想周游世界,到喜欢的画家和喜欢的作家出生的地方,看一看。她被困在那座公寓里之后,就很少想这些了。不过她也不是很难过。有些人,就算是没有被十二点的魔法所束缚,也不能自由地飞翔。大家都是被不同的笼子关着、不同的链子锁着,不过有些人的笼子大一些,有些人的锁链长一些罢了。

她就坐在那里看书,直到开书吧的老先生拿着茶杯开始撵人。她到了公园里,坐在秋千上,后来又干脆坐到滑梯上,一路滑到地面。那个公园是新开的,颜

---

① 真相开始浮现,但女主角的结论显然过于乐观了。——批注

茶以前没有来过。树林阴仄，影子又浓又暗又密集。有个像是格林童话里的小房子立在不远，白色的墙壁从暗夜森林里突兀出来，如同鬼怪的骨骼。她想进去看看，最终还是没有。二楼亮着灯火，白色的窗纱后光影幢幢，那是年迈的老人家为了省电而点的小灯。她不想闯进去，而后又当着他们的面凭空消失。

颜茶在那个瞬间，被人扑倒在灌木丛里。她没来得及喊。那个人用什么东西塞住了她的嘴，而后一手举着刀子，一手在她身上摸索。他拿到了她的包，另一个人从里面翻出了钱和手机，他们互相交换目光，头不约而同地点了点。那间小房子的灯忽然亮了，颜茶在那个时候看见了面前两个人的面容。都是十四五岁的男生，稚气未脱，而又过早地光芒暗淡。

她真的没有害怕。还有不到半分钟就到十二点了。她知道看见抢劫的人的脸不是件好事，有很多人被打劫的时候，会主动闭上眼，这样就不会被对方记恨。她瞪着眼看着那两个男生，看着他们当中的一个人的脸忽然扭曲起来，并恶狠狠地把刀挥过来。她其实不是吓傻了。她只是忽然想起了一件事情，就像猛然间摸到了电灯开关，整个房间都亮起来。

而后她看见了第三个人，他把她从那两个人的手中推开。而后她听见叫喊声和警车鸣笛的声音，看见有一道银白色的光在空气中划出破裂音。

而后她从他们身边消失，回到原点。①

五

颜茶最初见到宋翊寒，是在医院的义务献血窗口。她排在他的前面，大概一天半后，她收到自己 HIV 阳性的报告单。

两个月后，市里开始疯传宋翊寒得了艾滋病的事。颜茶家里的人暗自庆幸，以为是医院弄错了标本。颜茶的妈妈兴冲冲地带她去了三家不同的医院复查，结果却木偶人一样地败退回来——三次都是(+)。

---

① 高潮突现，但转瞬即逝，是到了亮底牌的时候了！——批注

30

死神玩腻了镰刀后,玩起了病毒和针头,尽管不知道是采血的过程中出了什么差错,很显然,宋翊寒是被颜茶感染的。①

家里的大人都想不出颜茶是怎么被感染的。她们家的人的记忆都不是很好。也许是住院的时候?她小时候做过一次心脏手术。不过尽管很笨很迟钝,颜茶家的人也懂得有些事最好不要被太多人知道,他们把秘密藏得很好。宋翊寒则不同。他把自己得了艾滋病的事弄得尽人皆知,做了很多公益活动,但丝毫没有提颜茶和他的关联。

她有时会很怕他,觉得他会杀了她。那天在超市外面看见他,他喝醉的样子像另一个人,眉眼、唇牙、双手。她以为他想掐死她。

然而刚刚,在那个灌木丛里,他又救了她。他把颜茶从那两个人身边推开。如果他不这么做,十二点的时候,她会把那两个人一起带回这个家,就像那些被她拎在手里的零食一样。

她躺在床上,盯着天花板。

隔天的时候,没有见到宋翊寒。新闻头条也不是"艾滋病患者勇斗歹徒",整件事连影都没有。按理说,既然有警察去了,事情应该不会这么简单就完结才是。

她仍旧每天四处游荡,夜里十二点被送回家里。她察觉家里有一些变化,具体是什么,她说不出来。好像是有什么东西消失了,死掉了。她总闻到一丝若有若无的香椿的味道。她开窗放东西南北的风进来,却吹拂不散。

然后大概一个月后,她听说了宋翊寒死在公寓里的消息。

他是被一个互助协会的会员发现的。他们有一个定期的聚会,他没按时参加,电话也打不通,于是他们就去了他的家里。他腹部受了十二处刀伤,因为感染而死。在他家里他们还找到了一水池的荷花和一个可以发出警笛声音的MP4。

然后,一件十分奇怪的事在网上流传开来。宋翊寒的家安了铁门,一般人很

---

① 感染 HIV,显然是作者为了将男女主角联系起来,而故意设置的桥段,但这样的处理,就整体的情节设计来说,多少有些牵强。——批注

31

难进去。那些会员是把铁栅锯断才进去的。那天帮着把宋翊寒抬出来的有三个人，这三个人后来都住进了那间公寓里。这多少有点诡异，按他们其中一人的说法：迫不得已。

有个昵称为"红月"的网友说，那个公寓被下了死咒，凡是进到过那个房间的人，都必须在夜里十二点零一分回到那里。①

颜茶看着笔记本屏幕上跳动的字符，手里的饼干就悬在半空里。她有好长一段时间没有明白那个"零一分"的含义，然后等她明白过来的时候，她踉踉跄跄冲出卧室。她在整个屋子里寻找。壁橱、阳台、洗手间……然后她在厨房的一个角落里，发现了一摊已经干涸的血迹。

如果说，她是单脚穿着水晶鞋的辛德瑞拉，他就是被双重魔法限制的王子了。②

她去他的墓地。她抱了一大束百合，还有天竺葵。她是很拘谨的人，于是没有同他长谈。

她说她会念完大学，考一个土木工程的硕士。

她说她会想办法把那两座房子拆了，她的，和他的。

她说她参加了他创办的互助协会，现在已经升职为副会长了。

她说完就在他身边坐着，听地球在他们脚下静静旋转。坐地日行八万里，巡天遥看一千河。这样说来，每个人都是被囚禁在这颗蓝色的原点上，被它的魔法所浸淫，却也因为这桎梏，而奋不顾身地想要活得自由。

夜深如海，星空觐见而又诀别，远处山影层叠，妄生为魇。

她说对不起。

---

① 一分钟的时间差，构成了整篇小说科幻构思的连接点。——批注
② 真相大白，但透着心酸。——批注

来自异空间的逆袭

吕哲

　　一个女孩,不管她身处何处,不论她离开多远,只要到了午夜十二点就会如中了魔咒一般回到自己居住的小房间里,没有原因,没有破解,没有期限。而且,她不是这个谜局唯一受害者,只要有活物闯入结界之内,便无法逃脱……这就是陈奕潞的《回到原点》,一篇渗透着诡异和魔幻气氛的科幻小说。

　　陈奕潞之所以引人注目,很大程度上是因为她作为一个非《科幻世界》系的科幻作者,两次角逐星云奖,两次均有斩获,先后以《神的平衡器》取得最佳长篇科幻小说奖(第二届),以《回到原点》取得最佳短篇科幻小说奖(第三届)。尽管两次收获的都是银牌,但比较起来,只有王晋康先生三届星云奖"长、中、短篇大满贯"的成绩才在她之上。而王晋康先生以《亚当回归》出道是在一九九三年,陈奕潞开始崭露头角却是在二〇〇九年,十六年间的岁月流转展现的恰恰是中国科幻作家群体在世代交替中的大变局。

　　《科幻世界》系是笔者在二〇〇一年前后提出的一个概念,主要是指自二十世纪九十年代以来,以《科幻世界》杂志为平台崭露头角的一大批科幻作家,其中包括我们非常熟悉的王晋康、韩松、星河、何夕、柳文扬、凌晨、赵海虹、绿杨、潘海天等人,当然其中最火的无疑就是刘慈欣。进入二十一世纪,《科幻世界》系作家中又多了陈楸帆、长铗、江波、程婧波、迟卉、郝景芳、夏笳、飞氘、宝树等众多青年才俊。毫无疑问,《科幻世界》杂志与《科幻世界》系作家之间的相互影响,构成了二十世纪九十年代以来中国科幻文学发展的叙事主轴。在经历了二十世纪八十年代初中国科幻短暂的"黄金时代"后,《科幻世界》(包括其前身《科学文艺》和《奇谈》)几乎成了中国科幻这块"薄田"上唯一一守望者,并用一己之力引领中国科幻发展方向近二十年。甚至从某种意义上说,在相当长的一段时间里,《科幻世界》就是中国科幻的标准,而《科幻世界》的读者就是中国科幻读者群的绝大多数。但如今,这种情况正在发生微妙的变化,陈奕潞的蹿红正是这种变化的表征。

或许陈奕潞也曾经是《科幻世界》众多的读者之一,但她的文学经历基本上与《科幻世界》无关。二〇〇九年,陈奕潞在一场选秀式文学大赛——第一届"THE NEXT·文学之新"新人选拔赛中成功跻身最终十二强,并成为郭敬明旗下上海最世文化发展有限公司签约作者。随后,她的小说作品便常见于《最小说》及其姊妹刊《最幻想》杂志上。二〇一一年,陈奕潞出版长篇小说《神的平衡器》、《骑誓·冰川骑士的第十二条规则》;二〇一二年,又出版了《秘境之匣》和《2037 化学笔记》,以职业作家的标准来衡量,可算勤奋。

然而,对于陈奕潞连续入围华语科幻星云奖,在所谓的"科幻圈"内却也颇有微词:有人觉得她之所以入围是因为粉丝众多,甚至背后可能有水军助阵,以至于提出了修改赛制的建议;还有人认为她的作品根本算不上科幻,拿科幻界的奖是文不对题。其实,这些问题都是相互联系的,所涉及的是当今中国科幻发展的一个核心问题:经历了二十多年的连续发展之后,中国科幻文学的评价标准是否已经可以多元化,或者已经走向了多元化。

如果我们用以往评价原创科幻作品的标准来看陈奕潞《回到原点》,首先遇到的问题就是无从定位,因为这篇小说已经"软"到了几乎没有"科"而纯粹是"幻"的程度。不要说女主角(和几乎通篇都处在背景描写中的男主角)会在每天的固定时间被吸回到某个特定地点的技术细节完全处于黑箱状态,甚至作者从始至终似乎就没有想有所交代的意思。对比一下柳文扬的名作《一日囚》,这个问题就愈发凸显出来——虽然《一日囚》中也没有具体交代如何将一个人永远困囚在同一天的时间内,但作者仍旧通过情境想定和逻辑推演成功地描写了囚徒在面对时间牢笼时的种种遭遇,而且整个作品也是基于时间与空间关系的科学哲学命题。由此看来,对于陈奕潞作品根本不是科幻的指控,岂不是要成立了?且慢,在正式宣判前,还是让我们先看看自己对于科幻的种种成见是如何而来的吧。

今天中国科幻作家群体的主力仍然是《科幻世界》系,尤其是在二十世纪九十年代崛起的新生代科幻作家,他们大都有理工科的教育背景,而最早接触的科幻范本往往是古典的凡尔纳、威尔斯作品,"黄金时代"经典作家克拉克、海因莱因和阿西莫夫等人以及前苏联和东欧的科幻小说。这些作品直接影响了这一代科幻作家对科幻的理解——尽管不是唯一的影响因素,又通过他们的作品影响了科幻读者群的阅读价值判断。因此,在《科幻世界》系作家和他们的核心读者群里有着浓厚的技术控倾向,这也就是为什么挑错挖硬伤一直是科幻读者们最喜闻乐见的一项活动的原因。但陈奕潞显然不是这种类型的作家,通过阅读她的作品,我们不难发现,网络文学和数字化的视听媒介才是她创作的本源。而她的科幻创作代表的是赛伯时代一种全新的科幻表现形式的萌芽——简而言之,科幻不再需要描述如何用编程语言编写程序,又如何转换成计算机可以识别运行的二进制代码,再又如何呈现在显示器上的全过程,只需把显示器上出现的最终结果告诉读者就可以了。

所以,《回归原点》的重点不在于技术,而在于氛围。作者故意营造了一个科幻悬疑片式的场景氛围,让女主角从困惑、苦恼走向绝望,但在厄运降临的一刹那,白马王子式的希望之星从天而降,但最终当谜题的底牌被掀开的时候,一切却又回到了疑惑的原点。这种氛围为王的创作手法在她的长篇小说也有所体现:《神的平衡器》讲述的是一个典型"末日"后生存故事,《秘境之匣》写的是穿越旅行，《2037 化学笔记》写的则是以"化学元素周期表"为噱头的生存游戏——总之，就是走进电影院，带上 3D 眼镜，然后"走你→"的感觉。

陈奕潞的出现对于中国原创科幻未来的发展走向是否会造成影响，如今还难以准确评估。但是，作为一个出道仅三四年的作者，能够取得两夺星云奖的佳绩已经实属难得，而且众多读者粉丝的追捧无疑为她的职业生涯提供了重要的动力。如果说，陈奕潞的创作还有什么需要亟待改进之处的话，那就是要夯实基础，苦练创作的基本功。对于陈奕潞和"陈奕潞们"来说，她们不可能永远是"少年作家"，不可能永远躲在类型文学和网络文学的自留地里，掩饰自己创作功力和驾驭文本能力的不足。在这方面，迈克尔·克莱顿、丹·布朗、J.K.罗琳都是值得学习的榜样。

最后，还有一点尤其应该引起我们的注意，在所谓更生代科幻作家中，有很多人有着与陈奕潞相同或相近的成长背景和创作观，而在资本大潮席卷中国图书出版业的大背景下，越来越多的科幻作者开始走向职业化或半职业化的写作道路。继陈奕潞之后，陈楸帆、飞氘和宝树等人也成了最世文化公司的签约作者。这是否意味着中国科幻界持续二十余年的固有格局即将被打破？恐怕还有待观察。

杀死一个科幻作家

夏笳

○

　　亲爱的读者诸君,请试想某一天晚上,你走进自家客厅,看见自己的尸体在地板上横陈,心脏处插着大号牛排刀,血浆像黄石公园的火山爆发一样喷溅满地。面对此情此景,你会作何感想?

　　尽管身为科幻作家,每日与外星人劫持、机器统治人类、小行星撞击、太阳系二维化一类怪力乱神纠缠不清,然则看见尸体的一瞬间,我依然觉得,这场面未免太科幻了一点。

　　为避免语无伦次,还是从头讲起。①

一

　　周五下午五点,我开车回家。九月,城市刚刚褪去燥热,晚风里有雨后街道

---

① 看了这样的开头,是否让你觉得这种气氛有似曾相识的感觉呢?对了,就是日本富士电视台《世界奇妙物语》的开场白,不过显然作者的语气比那个带着墨镜的讲述人田森要轻松惬意得多。——批注

39

湿漉漉的味道。路过大型连锁超市,我停下来买了一瓶一九九五年的长城赤霞珠干红和一束白百合。干红用来配牛排,百合用来装饰餐桌,两件事安安都特地打电话叮嘱过,绝不可以忘记。

付款时收银员问我是否有会员卡。自然应该有,但翻遍钱包与全身口袋都找不到,大概出门时就忘记带出来。于是想起早上安安也曾就会员卡的事提醒过我,但我还是忘得一干二净。心情有点沮丧,为这点小事,日后免不了要遭到她没完没了地数落。

人类的可悲可笑之处就在于无法预知未来,如果此刻有一位剧透之神在身边,它大概会慷慨地安慰我,大可不必为那张成本不足一元的薄卡片操心,因为今晚九点钟我将准时看到自己的尸体横躺在客厅地板上。

路上很堵,到家时天色已晚。我怀抱红酒与百合花,不便掏钥匙开门,于是抬起手肘按下门铃。悦耳的电子铃声响过三下,有轻快的脚步声从门后传来。

开门的居然是苏菲,腰间还系着围裙。看见是我,她嘴角立即浮现出女演员般华丽的笑容,像身穿金色比基尼的莉娅公主一样惹人遐想。①

"怎么这么晚啊,这都几点了?"她声音娇憨,伸手要接我怀里的花束。近处看,她今天的妆容格外精致。

对于她的热情,我没有立即回应,在别人家里公然做出主妇的模样,未免显得有些招摇。

安安紧跟着从厨房出来,同样系着围裙,头发随意绾起盘在脑后,用一只墨绿色蝴蝶结发卡别住,显得利落又不失女人味。她安静的声音穿过苏菲的身体飘到近处来。

"是啊,怎么这么晚?"

"堵车堵得要死。"我远远冲她笑,这时墙上的钟表刚刚敲响六下。钟是安安的妹妹送我们的结婚礼物,不知她为什么想起来送钟,但模样确实精美,有玫瑰花与小天使一类的装饰,每到整点还能以婚礼进行曲报时,与新家的气氛相得益彰。

"也没多晚,刚刚六点而已。"我又笑。

---

① 典故出自科幻电影《星球大战之绝地武士归来》。——批注

将葡萄酒与白百合递给苏菲,再脱下大衣交给安安,这样两人都有事忙,我也偷空坐下喘一口气。屋里弥漫着逼人的香气,大概是牛尾汤,加洋葱番茄玉米一起煮。

"好香啊,晚上吃什么?"

"等会你就知道了。"安安淡淡笑道。

不知为何,有点心神不宁,仿佛不慎走入一间藏有异形或者终结者之类诡异存在的房间。膝盖发抖,背上冒汗。或许剧透之神已经提前在向我发出警告了也说不定。

二

六点半开饭。先端出熏鲑鱼色拉和番茄奶酪做的冷盘,然后上牛尾汤。尽管只是三个人在家吃饭,餐具之类依然摆放得很正式。为了增加气氛,甚至关掉灯,点上蜡烛,组合音响里放出如泣如诉的小提琴四重奏,名字我叫不上来,大概是安安前两天新买的。

葡萄酒倒入水晶杯,烛光下折射出血般嫣红的光。

"碰一个?"我率先举杯,两个女人也将面前杯子拿起。

"等一下,我先来!"苏菲快人快语,"咱们今天吃这顿饭呢,主要是为了庆祝志伟哥新书出版。所以我得先敬志伟哥一杯。志伟哥[①],祝你新书大卖,卖它个几百万本,从此成功混入畅销书作家队伍!"

几百万!哪有这样的好事,这年头科幻小说能卖三万本就算奇迹,这丫头是存心逗我开心。[②]

"那就借你吉言。"我满脸假笑与她碰杯。水晶杯"叮"的一声轻响,仿佛往深

---

① 男主角的名字来自曾与夏笳合作写科幻小说的一位男性作家。——批注
② 所谓"三万本"可以看做是一种自嘲,科幻小说在中国一直是以小众读物的面貌示人的,就算像《三体》系列那样大卖四十万册的好成绩,也只够得上通常意义上的"畅销书"的一个零头罢了。——批注

井里投入一粒石子。

安安在一旁淡淡笑道："说这么热闹，还不赶紧把你的书给人家送一本。"

"对对。"我点头，去一旁取来散发油墨气息的新书。封面装帧颇为精美，并无一般青少年科幻读物那种低幼化的配图，而是以素色花纹为底，上面印着"时间旅行者的情人"①几个白色小字。照例未能免俗地配有腰封，用远比书名大若干倍的字号标出十几位行业泰斗的姓名与推荐语，若仔细分辨，其中一位与科幻有关的人士都没有。很显然，出版商的意图是将其包装为都市青年白领时尚读物，若操作得好，或许真能浑水摸鱼卖上十万本也未可知。

至于小说内容，则无甚新意，大致讲一名男子突然获得时间旅行的能力，于是穿梭于六个不同时代，与七名女子分别相爱厮守的故事。因为这些女子各自有其无与伦比的美丽之处，导致男子最终也无法做出抉择，只能将生命尽量平分给这些女人。男子死去之后，七名女子分别在不同时空中为他举行葬礼，追忆与他曾经度过的似水年华。这是全书中最为煽情之处，据说编辑部的小姑娘们看到这里，无不像被按下按钮一般潸然泪下。

我将书递给苏菲，她接过去掂一掂，仿佛在揣测蛋糕盒子里是否藏有钻戒，随即唇角轻扬，似笑非笑地说道：

"这本书我已经有了呀，志伟哥你忘了？"

诚然，我早在此之前送了一本给她。若要再准确些，便是昨天中午，我开车接她去吃饭时，在车里亲手交付与她，内页中甚至偷偷写有几句肉麻不堪的话，想必她回去后已经看到了。既然如此，何必在安安面前说出来，这丫头存心找事。

我只好假笑，"拿着吧。书嘛，多一本不多。"

边说边翻开扉页签名，即使礼貌客套，此种过场程序也不可少。我用与畅销书作家相称的潇洒字体写下：

"苏菲女士惠存。两情若是久长时，又岂在朝朝暮暮。李志伟赠。"

一边写，一边感到有一只光溜溜的脚在餐桌下偷偷蹭我的腿，自然不会是

---

① "时间旅行者的情人"应该是参考了奥德丽·尼芬格的小说《时间旅行者之妻》及其同名改编电影。——批注

安安的。我佯装不知,只管埋头签名。

写好递过去,苏菲接过去笑道:"那就谢谢大作家啦。"

安安也在一旁笑,"什么大作家,你就会捧他,捧得他不知道自己是谁了。"

餐桌下那只脚,依然贴在我腿上摩挲。

苏菲收了书,再次举杯道:"安安姐,我还要敬你和志伟哥。祝你们俩下个月顺利结成革命家庭,生个小作家出来。"

安安在烛光里侧脸看我一眼,唇间流露出蒙娜丽莎般神秘莫测的微笑。我不由自主地握住她的手,感觉到纤纤玉指上的铂金订婚戒指。

三只水晶杯在空中相碰,又一粒石子,掉入黑洞般深不见底的井中。

安安道:"那我也祝苏菲早日找到一个如意郎君,最好下次能带过来,我们四个一起吃饭。"

苏菲叹气道:"唉,我哪有安安姐这么好福气呢,找到志伟哥这么个好男人,温柔体贴,一表人才,有房有车,还是个作家,说出去不知多有面子!"

安安道:"以你的条件,什么样的找不到。眼光别放那么高,挑三拣四的。男人嘛,没有十全十美的,有时候就得将就点,能过日子就行,对吧?"

她边说边看我,我也只得顺着往下说道:"要求高点是好事。有机会让安安姐介绍几个青年才俊给你,都是当年她挑剩下的。"

马屁果然拍得及时,安安假意撇嘴,眉梢眼角却满是笑。苏菲也笑,桌下那只脚却狠狠踩下来,杀气力透脚背,连木地板也险些贯穿。

我不禁"嘶——"的一声。

"怎么了?"安安疑惑地看我。

"没事没事……"我咬牙强忍,"那什么,我去趟洗手间。"

三

我迈着轻快的步伐逃离客厅,穿过走廊,走进厕所。房子刚刚装修好不到两个月,高档瓷砖与实木地板散发出白璧无瑕的崭新气息。我喜欢这气息,那些地狱一般的赶稿日里,是它们神圣的光辉在远方地平线上召唤我前进。再写两万字,便可买下一平方米厕所瓷砖……再写五万字,可以升级为带清洗与自动烘干功能的高档马桶……科幻作家也得吃喝拉撒,也得在地球上买房买车,我咬着牙写了十年,终于换来今天的一切。有时夜里做噩梦,梦见瓷砖与高级马桶突然间分崩离析,重新变回电脑屏幕上寒酸的科幻小说,一行一行消失不见,于是大吼一声醒来,内裤都被冷汗湿透。所幸只是梦而已,绝对没有刺穿现实薄膜的可能性。

嘴里不由自主哼起《星球大战》主题曲。前进吧,天行者,银河系的历史又揭开新的一页!

我拉开裤链,对准高档马桶撒了泡尿,冲水,扭开洗脸台龙头,洗手,洗脸,顺便从镜中仔细端详自己。三十岁,相貌只能说是平庸,因为常年熬夜抽烟写稿,所以脸色憔悴,牙齿发黄,最糟的是由于缺乏运动,已经有肚腩顶着腰带上面的衬衫微微鼓出来。尽管如此,与周围其他三十岁男人相比,状态还算不坏。穿上名牌衬衣,坐在咖啡馆一类蛮有文化气息的场所,再请专业摄影师拍照润色,配以"畅销书作家"的头衔登上杂志封面,依旧可以吸引过往女高中生们的目光吧。

我一边浮想联翩,一边用手指蘸水抹平头发,嘴里依旧哼着《星球大战》主题曲。身后马桶一直传来抽水声,好像完全没有停下来的打算。我皱眉过去查看,买来还不到两个月的高档马桶,五万字换来的高档马桶,像爱伦·坡笔下的莫斯肯大漩涡般旋转不停,发出气势磅礴的声响,令人心情甚是不爽快。我将所有按钮依次按一遍,喷水、喷香水、热风烘干,莫名其妙的功能如音乐喷泉一般交错起伏,说也奇怪,折腾一番竟好了。

我哼着歌,满意离去。

四

离开厕所,穿过走廊,向客厅走去,突然感到周围异常安静。安静分很多种,有些平淡无奇,有些则是怪物口臭一般带有压迫感的死寂。此刻我感觉到的便是后者。墙上的钟表突然响起，庄严肃穆的婚礼进行曲，宛如身穿白纱的大天使们沿着走廊列队前行。

乐声中我缓缓推开门，便看见地板上的尸体。[①]

客厅灯光大亮，一片狼藉，仿佛刚刚有台风刮过，原本应该被精心安置在各处的物品以散漫随意之姿态滚落满地。尸体横躺在受灾现场正中央，脸侧向一边，扭曲的姿态令人想起名画《马拉之死》。胸口插着刀，若要再准确说明，是上周刚买回家的德国进口组合餐具中，最大号的一把牛排刀。整个刀锋足有二分之一长度都深深插入尸体心脏部位，血不断涌出，将深蓝色衬衣染成近乎紫黑色，并且还在沿着实木地板的缝隙不断向四周蔓延。

因为开头处已经剧透，所以此处不必再卖关子。根据死者的脸与身上衣着，可以轻易辨认出，那人正是我自己。

我！自！己！

婚礼进行曲庄严肃穆的旋律恰在此时停止，紧接着响起当当的报时声。我抬头望去，钟的指针竟指向九点。

整个状况完全超出正常人类的理解力范围，只能凭借生物本能行动。我不知道祖先们在漫长的进化过程中，给我的 DNA 链中存留了多少有用的逃生基因。大概仅够我在完全无意识的状态下，像尾巴被烧着的耗子一样逃回厕所吧。

灯光惨白，我将门反锁，随即浑身颤抖地滑坐在地，对着面前崭新光亮的高档马桶发呆。

五

据说当大灾难来临时，厕所是最好的庇护所，此处空间封闭，结构稳固，水源充足，并且有许多毛巾。毛巾的重要性，科幻迷几乎尽人皆知，不必在此浪费

---

① 这个桥段是来自英国科幻电影《关于时间旅行的热门问题》中的场景。——批注

宝贵的时间解释。

我用毛巾蘸冷水擦脸,以恢复一点平静,然后鼓起勇气,对着镜子里的自己进行如下提问——

数字"14"的平方等于多少?

"196"。

宇宙飞船上天的速度是?

"7.9公里/秒"。

群星的尽头在哪里?

川陀。

宇宙、生命以及一切的终极秘密是?

"42"。

谁是天行者卢克的父亲?

黑暗武士——达斯·维达。

谢尔顿·库珀博士的智商是?

"187"。

加州理工学院物理系,出生于美国得克萨斯州东部,十一岁上大学,十五岁去德国海德堡学院做客座教授,研究方向是弦理论,一个硕士学位两个博士学位……①

足够了,没有问题,我的神志十分清醒,没有疯,没有失忆,也不是在做梦。为确保万无一失,我又捏起手臂上的肉用力拧一下,十分之痛!

门外一点声音也听不到,仿佛整座房子暂时陷入时间的缝隙停滞不动。时间!这个关键词令我想起一个重要细节,看见尸体的一瞬间,客厅里的座钟正敲响九下,而我离开餐桌去厕所的时候,应该尚不到七点。

唯一合理的解释是:我穿越了。

因为穿越,所以能看到另外一个自己。也即是说,七点钟的我穿越到两个小

---

① 川陀出自阿西莫夫的《基地》系列,是一颗虚构的行星;"42"出自《银河系漫游指南》,是科幻迷都知道的黑话;天行者卢克及其父亲均出自《星球大战》;谢尔顿·库珀博士出自哥伦比亚广播公司的情景喜剧《生活大爆炸》。——批注

时以后,看见九点钟的我,用科幻小说中的逻辑来思考便迎刃而解。问题是,九点钟的我胸口插着大号牛排刀死在客厅地板上,这样重口味的场景,恐怕任何穿越爱好者都吃不消。

我再次用毛巾蘸水擦脸,将新冒出的冷汗拭去。原地打转思忖良久,终于下定决心,将厕所门拉开一条缝向外张望。走廊光线暗淡,隐隐有熟悉的乐声从客厅飘来。

小提琴四重奏,如泣如诉。

六

再次推门进入客厅,看见一切如故。烛光幽暗,地板整洁,任何像尸体的东西都看不到,也并无一点凌乱痕迹。苏菲与安安依旧坐在桌边,一起扭过脸来看我。或许心理作用使然,总感觉她们眼神闪烁,如同夏夜古井边的鬼火。

"怎么去那么久?"苏菲先开口。我抬头看墙上钟表,差十分七点。

"是啊,汤都要凉了。"安安抽动嘴角勉强笑道。

我胆战心惊落座,看来暂且是回到正常时间里了。喷香扑鼻的牛尾汤果然已经凉透,表面凝固起一层腻腻的油花。

安安起身,去厨房端来主菜。盖子掀开,是上好的澳洲带骨牛排,以颇专业的手法煎至五成熟,尚在滋滋地往外流淌汁液,在跳动的烛火映照下,像许多油光水滑的虫子争先恐后钻出来。我不由得一阵恶心。

苏菲俯身吸气,陶醉道:"这牛排真嫩!安安姐你怎么弄的啊?我每次都弄不好。"

安安笑道:"多试几次你就会了。"

两人边说边动手。切开红嫩的肉,剔去硬脆的骨,未凝固的血浆流淌出来,脂肪层迸裂,喷射出近乎残忍的香气。我坐在那里看她们吃,肉块被送进两张丰满红润的唇里,四排珍珠般的皓齿反复咀嚼,柔软的丁香小舌搅拌舔舐,最后被吞下雪白的喉咙。两人的吃相我都再熟悉不过,却从未像此时此刻看来这般陌生可怖,仿佛两头食肉霸王龙正蹲在白垩纪丛林中心情愉快

47

地大快朵颐。①

咯吱咯吱，咯吱咯吱，咀嚼与吞咽声在小提琴四重奏中四处蔓延。

"怎么不吃?"安安停下刀叉看我，"都是按你喜欢的味道做的。来，趁热吃。"

她抬手就把刀伸到我盘子里来，替我切肉剔骨。大号牛排刀，插在尸体心脏处的牛排刀!刀锋上的光芒宛如油滴，随着烛火跳动一颗一颗淌下来。血水四溅，像喷射的黄石公园火山。②

"我……我自己来吧……"我勉强开口，喉咙却干涩沙哑。

牛排刀提在手里沉重得很，我慢慢用力，操纵僵硬的手指紧握住刀柄。刀柄据说是由某种高级木头制成，枫木或者胡桃木?这会完全想不起来，总之花费不菲。这样昂贵的刀插进胸口是何感觉?是否如传说中的绝世宝剑，心脏已被剖出，还来不及感到痛?指尖微微用力，刀尖轻易没入五成熟的嫩牛排中，像摩西分开红海，尘归尘，土归土……突然间墙上钟声大作，我手一抖，牛排刀从指间滑落，"砰"的一声钝响。

婚礼进行曲残酷无情地炸开寂静，恍如全副武装的地球部队入侵潘多拉星，把白衣小天使们像扔燃烧弹一样抛至每一寸空间。

我满脸冷汗，背脊冰凉。鼓起勇气抬头看钟，七点整。

"怎么搞的你，心神不宁的。"安安对我皱眉，弯腰去捡刀。我堆起脸上肌肉对她假笑，为避免解释，匆忙从盘子里挖起一大块色拉往嘴里塞，却差点被腌橄榄呛了嗓子。

七

墙上的钟嘀嗒嘀嗒响着，弹珠一般飞快地流逝。

七点十分，吃牛排。

---

① 其实我们通常所说的霸王龙是有广义和狭义之分，狭义的霸王龙属于暴龙科，主要活跃在侏罗纪时期，而在广义上霸王龙是暴龙科兽脚类恐龙的一个通俗叫法。所以，此处若改成"两头食肉暴龙正蹲在白垩纪丛林中心情愉快地大快朵颐"似更科学些。——批注
② 典故出自科幻灾难电影《二〇一二》。——批注

七点二十分,依旧吃牛排。

七点三十分,终于撤下牛排,端上新鲜的提拉米苏蛋糕。我趁此机会点燃一根烟猛抽。

七点四十,两个女人依旧吃蛋糕,我依旧抽烟。无论是牛排还是蛋糕,我都几乎没有吃下,尽管如此,却完全没有饥饿感。面前的烟灰缸里,烟蒂不知不觉堆积如山。

"啊呀呀,太好吃了!"苏菲将最后一块蛋糕送进嘴里,猫一般满足地伸出舌尖舔嘴唇,"唉,我还说减肥呢,一不小心又吃多了。"

安安笑道:"你这么瘦,还减什么肥啊。我才是呢,最近又没空去健身房,胖了好几斤。"

"你是要结婚的人嘛,多吃一点也是应该的,结婚可累人呢。"

"结不结婚,还不都是伺候他。"

我半晌才领悟到,安安所说的"他"是指我。因为心不在焉,指间香烟已不知不觉烧掉一半。安安伸手过来,夺下烟蒂摁灭。

"你也少抽一点吧,真是,这么大味。来帮我收拾。"

苏菲乖巧地摘下餐巾,"我帮你吧,让志伟哥歇着。"

两个女人起身,收拾桌上残羹冷炙,杯盘相碰叮咚作响,若是换一个环境,也未尝不能当作音乐欣赏。我再次抬头看表,七点五十分。

距离九点还有一小时零十分,大号牛排刀响声清脆。

"我……我再去趟洗手间。"

八

时间旅行究竟是怎样发生的,对此,所有科幻小说都措辞暧昧,语焉不详,像男生谈论自己初次遗精一样隐去各种技术性细节。即便有少数作者厚颜无耻地大谈特谈,也往往会被读者不耐烦地跳过,白白耗费精力与纸张不说,被技术宅挑硬伤的滋味更是不妙。因此我在写《时间旅行者的情人》这本书时,完全不提供任何拗口的科学名词与技术描写,男主角只凭借一系列特殊的动作便能穿越,只不过这些动作极端微妙,且需配合特定的思维活动同步进行,因此正确完成的成功率不高。这也正是他阴差阳错地穿越到六个不同时代、结识七位美女的主要原因。

也许我在瞎编乱造的过程中,无意间勘破了宇宙终极奥义?也许那些会发光、会旋转、会吱哇乱叫电闪雷鸣、会制造虫洞汇聚虚量子修改宇宙弦参数的高科技玩意才是真正的无稽之谈?也许时间旅行从来都像把灯泡放进嘴里再拿出来或者舔自己的胳膊肘一样简单,只是从来没有人做到过?

我试图一步一步重复之前做过的动作,拉开裤子拉链,立在高档马桶前,勉强挤出半泡尿,冲水,扭开龙头,洗手,洗脸,审视镜子里的自己。头发蓬乱,眼中有血丝,除此之外与之前并无明显不同。

一边用手指蘸水抹平头发,嘴里一边哼《星球大战》主题曲,或许因为紧张,旋律走调得厉害,仿佛联合舰队在布满虫洞的空间里七扭八歪地艰难行进,若是配合此种音乐升起字幕,想必星战迷们非但不感动,反而会手持光剑将我斩成碎片吧。哼到一半,身后的抽水马桶安静下来,连滴水声都听不到。我凑过去,像对着许愿池祈祷一般虔诚地跪下查看,洁白的高级马桶里只剩一汪清水,波澜不惊,令人想起生命出现之前的原始海洋。

九

再次出门,穿过走廊,一步一步走进客厅。钟声响起,坠落天使们奏起婚礼进行曲。我抬头看钟,八点整。

叹一口气,说不清庆幸还是焦虑。距离九点还有一个小时。

客厅里空荡荡的,桌上餐具蜡烛都被收走,灯光暗着,小提琴四重奏已停止。从客厅后的厨房里,隐隐传来水声、收拾杯盘声与两个女人说话的声音。

浑身疲倦,像被终结者连续追杀三天三夜。我拖着脚步,慢腾腾地走进卧室。

十

卧室完全按照安安的品位装修布置,白色与深红为主,十分典雅华贵。黑暗中隐约能看见墙上的巨幅婚纱照,高悬在双人床上方,仿佛美国人插上月球的国旗,无时无刻不在宣告对这房间至高无上的领土权。照片上一对男女笑得极为灿烂,像用砂糖与天鹅绒反复打磨过,每个切面都自动反射光芒。

这样灿烂的笑容,是否就能与幸福画等号,我对此毫无概念,就像不知道提拉米苏蛋糕与搜狗拼音输入法之间应该如何换算一样。

懒得开灯,于是直接甩掉拖鞋侧躺在床上。卧室墙上没有钟表,因为安安睡眠很浅,连秒针走动声都不堪忍受。尽管如此,我依然感觉到嘀嗒嘀嗒的声响,从空气中每一粒分子的震颤中流过。子在川上曰,逝者如斯夫。逝去的不仅仅是时间抑或青春,还有生命,货真价实的生命,毫不抽象,毫不形而上,我本人的生命在嘀嗒嘀嗒流淌。

九点钟,火山将准时喷发,携带宝贵的生命离开这个世界。

嘴里发干,想抽烟,然而卧室里并没有烟。客厅或者我自己的书房里随便抽,卧室则一点烟味也不允许有,这也是安安的规矩。正在胡思乱想,突然听到屋里有响动,我像被通了电流的科学怪人一样从床上惊跳起来。

屋里静悄悄,看上去毫无异状,然而方才分明是听到声音,错不了。我四下环顾,必然有某人或者某物藏在这屋子里。

先检查落地窗帘背后,然后是衣柜,门一扇一扇猛然拉开,每次都以为会有僵尸迎头扑过来,然而没有,只看见我的高档西装衬衣与安安的连衣裙规规矩矩悬挂着,感受不到一丝生命迹象。

最终只剩下床。我浑身冷汗,慢慢跪下,地毯很柔软,因为也是高级货。床底下会藏着什么呢?无穷无尽的变态想象翩然而至,我伸手抓住床单一角,正要用力掀开,突然有一只冰冷的手从后面掐住我的脖子。

心脏几乎停跳,我惨叫一声瘫软在地。

"你干吗呢?"熟悉的声音从背后传来。

勉强回头,即便光线幽暗,依然凭轮廓认出是苏菲。

"你……你怎么……"我结结巴巴。

黑暗中,苏菲娇媚的笑声宛如美人鱼般魅惑人心。

"我来看看你啊。你是怎么了,一晚上都没精神?"

怎么可能有精神,比起死亡本身,更可怕的是在死期临近前被提前吓死。

"难道……是婚前……纵欲过度?"

"什么乱七八糟的?!"

"真的没有?我搜搜看……"她边说边伸手拉开床头柜,从里面轻车熟路地摸出一盒杜蕾斯。

"这是什么?"她歪着头在我眼前摇晃。

我一股无名火冲上脸,劈手抢过,扔回抽屉里,压低声音怒斥道:"胡闹什么!"

短暂安静片刻。

这丫头大概没料到我会发火,瞪着眼睛呆坐一会,反而笑起来。

"好,好呀,现在你就会对我发脾气了……"

她一边说,一边将手伸到背后,慢慢抽出什么。刹那间我魂飞天外,仿佛看见美丽性感的 T-X①将上半身扭转一百八十度对我说话。悬念终于揭晓,女魔头终于现身,手里拿着刀,锋利沉重的,大号牛排刀。

脑海中飘过我们共度的无数美妙时光,像走马灯一般旋转,莫非这就是传说中的濒死体验?美丽的苏菲,娇憨的苏菲,小猫一般软软的身子,生气时凶神恶煞,转眼间又笑得花枝乱颤……一瞬间,我竟然有点庆幸握刀的不是安安,两个女人我都亏欠,硬要挑一个来杀我,似乎还是苏菲更胜任些。理由说不上来,大概就像写小说塑造人物一样,凭借某种直觉吧。

背脊顶着坚硬的床脚,无路可退。

苏菲突然挥手向我砍来,冷风扑面,我举手欲挡,却没有预想中的剧痛与冰凉触感。什么都没有。

从指缝中向外偷看,隐约看到发光物,却不是牛排刀,是苏菲的手机。屏幕

---

① T-X 出自科幻电影《终结者Ⅲ》,是"超尖端合金+液态金属拟真皮肤"构成的美女机器人杀手,货真价实的红颜祸水,被称为终结者中的终结者。——批注

上有照片，一男一女，头凑在一起笑得很甜，或者说腻歪也未尝不可，肩膀露在被子外面，显然都没有穿衣服。

"自己睁眼看清楚，啊！"苏菲提高嗓门，声线因愤怒而微微发抖，令人想起被直升机吹过的水面，"你这个婚能不能结成还不一定呢。"

照片上的女人是苏菲，男的自然是我，若仔细端详，从这个角度拍出来的脸形居然还蛮耐看的。

问题是，此时她拿出照片，显然不是为了让我欣赏自己的脸。

"你……你想怎么样？"我结结巴巴地说。

"我没想怎么样，是你想怎么样！"苏菲将手机往床上一摔，顺势抱膝坐下，俨然受气小媳妇模样，"你说喜欢我，离开我没法活，可又答应了安安跟她结婚。你说这么多年来她的梦想就是跟你结婚，做贤妻良母，你说毁了这个婚约就是毁了她这一辈子。好，你们两个，我谁也伤不起，我不破坏你们，我死心塌地当小三行了吧！可你也不用当着她的面欺负我吧，只有她怕受伤害吗？我就不会痛啊？"

说到激动处，她声音由尖厉转为哽咽，眼中泪光闪闪，我见犹怜。

"我……我怎么欺负你了……"

"你自己心里清楚！"

"我哪有欺负你……"我用力叹气，"唉，你们两个，要我的命啊……"

我伸手替她擦眼泪，她咬牙扭脸躲开，一副不共戴天的阶级仇敌模样，不过这种游戏玩得多了，我早有经验。大丈夫风流一世，靠的不过"潘、驴、邓、小、闲"①五个字，眼下便是伏低做小的时候。我又不屈不挠伸手拉扯她，往复好几回合，终于她身子一软歪过来，一张梨花带雨的小脸倚在我胸口，连精致的眼妆也不曾哭花。我对准位置，不由分说低头吻下去。无数历史经验教导我们，男女之间平息争吵，这是最佳方案。

---

① "潘、驴、邓、小、闲"出自《水浒传》中的"王婆贪贿说风情"一节："潘"是指要有潘安般的好相貌；"驴"是指男人身体强壮，龙精虎猛；"邓"是指要有亿万财产，身价不菲；"小"是指要有足够的耐心和恒心；"闲"是指要有很充足的休闲时间。换成今日的网络流行语就是"高富帅"啦！——批注

十一

记得《时间旅行者的情人》刚写好时，我打印出来拿给安安看。她看完后沉默良久，然后问："你们男人心里，为什么都梦想身边能有不止一个女人呢？"

我百般辩解说这只是小说，纯属虚构，请勿对号入座。安安不依不饶，一定要听我说心里话。

心里话究竟是什么，实在答不上来。对人类绵延千万年的集体心理做深层剖析，或许并非我一个科幻作家能够做到。

"硬要打个比方，大概就跟你们女人买衣服一样吧。"我最终这样回答，"每次看见好衣服，都骤然生出非它不可的感觉，好像这辈子只买这一件衣服就足够了，一旦拥有别无所求，千真万确，赌咒发誓，连自己也相信是真的。然而买回家穿几次，又开始想要新衣服。旧的依然很好，依然可以隔三岔五拿出来穿，只是……只是这辈子总不能只穿一件好衣服呀，没有这样的道理。对吧，是这样的心情没错吧？"

类似的问题苏菲也问过，我也拿同样的话回答她。苏菲毕竟脾气暴躁，一巴掌甩在我脸上喝道："衣服不要了还能捐献灾区人民呢，老婆你捐出去试试看?!"

老婆自然是捐不得，我也没能耐穿越时空去跟七个女人谈恋爱。原本以为这辈子有两个女人就能知足常乐，事到如今，却连小命都有可能丢掉，真是天大冤枉。

十二

苏菲小猫一样的身体柔若无骨，皮肤在薄薄的蕾丝连衣裙下发烫，我用手心缓缓摩挲，即便要死，也该做个风流鬼才是。

正吻得酣畅，突然有什么东西在我脑海里响起，好似哥斯拉登陆纽约市前空气里传来的狂啸，或许是剧透之神又在对我发布警报了吧。我一把将苏菲推开。

"什么声音？"

"声音？"苏菲茫然四顾，"没有啊。"

"嘘！"我用一根手指按住她的嘴唇。

四下一片寂静，宛如被废弃的庞贝古城①。

"真没有啊。"苏菲压低声音，"你今晚是怎么了，疑神疑鬼的。"

我翻身下床，蹑手蹑脚潜行到卧室门口，耳朵贴在门上听了听。听不到什么声音。

转动把手，突然将门拉开，外面空无一人。

苏菲在身后怏怏不乐地说："没人吧。"

我终于松一口气，回头低声道："没人你也别在这待着，小心一会安安过来看见。"

"嘁，多稀罕你这破房间似的。"

苏菲身子一拧跳下床，腰身摇摆，像蛇妖一样曼妙地滑走。走到门前又故意回头嫣然一笑，伸一根手指点点嘴巴。

我愣了好一阵才醒悟过来，连忙奔去安安的梳妆台前照镜子。果然，脸上沾了鲜亮的口红印。

十三

刚把脸擦干净，安安就走了进来，手里端一杯热咖啡，香气十分诱人。

咖啡？这么大晚上的谁要喝咖啡？

不等我开口，她先朝我脸上打量。

"哎，你怎么……"

---

① 庞贝古城位于意大利亚平宁半岛西南角坎佩尼亚地区，始建于公元前六世纪，公元七十九年毁于维苏威火山大爆发。——批注

55

"我……我怎么了？"我做贼心虚，不禁提高音量。

"苏菲呢？"她又环顾四周。

"苏菲？我没跟她在一起啊！"我理直气壮。

安安愈加仔细地看我，我挺直腰板一脸坦然。无意间低头一瞥，却瞥见右手背上残存的口红痕迹，浅浅一抹，有如飞碟落地时留下的烧熔痕迹，将一切行踪暴露无遗。

"你的手……"安安目光也随之移动。

我迅速把手藏到背后，"怎么了？"

"我看看。"

"干吗?!"

越是心虚，越得理直气壮，况且事到如今别无他法，唯有拼死抵抗一条路。安安硬要看我的手，我硬是不让，两人像老鹰捉小鸡一样绕着转圈子。拉扯间，咖啡杯陡然一滑，散发苦香的滚烫液体全洒在手上。

确切地说，是右手。

再确切地说，我的右手。

刺痛感沿着神经网络向全身蔓延，我像煮熟的虾米一样，整个身子缩成一团，脑门上爆出粗大青筋。

"啊！"

"哎呀，没事吧?!"安安惊慌失措。

一整杯滚烫咖啡泼在手上，不是温热，是滚烫，亦不是一两滴，是一整杯。若是谁说没事，我立即将他扭送非正常人类研究所。

安安没头苍蝇一般在屋里乱转，一会拿毛巾蘸凉水来冷敷，一会找出纱布和药来包扎。我痛不欲生，怒不可遏，一瞬间对两个女人都恨之入骨。都说色是刮骨刀，果然应验，难道两个都是敌方派来折磨我的女特务不成?!

"靠，轻点！"我痛得忍不住骂娘。骂娘这种事与教育程度无关，纯粹祖先遗留在基因中的本能作祟，原始人搬石头砸了自己脚，必然也是暴跳如雷地骂娘。

"忍一下，马上就好。"安安声音低得几近耳语。

她跪在地上，替我红肿发亮的右手裹上纱布，动作十分轻柔，缠了一圈又一圈。不知为何,这让我想起潘多拉替冥王哈迪斯包扎伤口的场面,心中不禁浮现几分伤感。

突然间,一颗眼泪掉下来,落在我缠着纱布的手心里。

我吃一惊,抬头看安安。她哭了。

"怎么了你?"我问。

安安低声啜泣,眼泪像断了线的珠子往下掉。

"你是不是觉得我特别烦?是不是觉得我特别没用?"她的声音极为细弱,仿佛还没孵出壳就要夭折的雏鸟,"其实你讨厌我,恨我,是不是?恨不得我立刻消失掉,是不是?"

"没……没有啊,你这是怎么了,好好的?"突然间形势大逆转,变成我理亏。

"我怎么了?"安安凄然一笑,"我不知道自己是怎么了,只觉得我快疯了。每天,每天我都做噩梦,梦见我一个人在教堂里,穿着婚纱,捧着花,等着你,你总是不来,外面雨下个不停,天黑了,来参加婚礼的人也一个一个走了,我一个人坐在黑暗里,一边哭,一边喊你的名字,你在哪呢?我不知道你在哪……"

我总是不忍看女人哭。尽管安安经常在我面前哭,每次目睹还是心软,像半透明的夹心水果硬糖,外壳融化,里面全是黏的稠的绵软的。我伸手扶住她抽动的肩头,安安突然抬头,眼泪还在眼眶里打转,却露出怨毒的神色。这样的神色,我从来没在她脸上看到过,像美杜莎的蛇眼,令人浑身冰冷,化作石块。

她继续用细弱的声音说着,说着,像是梦呓。

"我找啊找,找啊找,最后终于把你找到了。你猜在哪,在一口棺材里面,黑黢黢的大棺材,你躺在里面,像睡着了一样,特别,特别安静,再也没有人能把你抢走了,谁都不行,你是我一个人的……"

她竟然一边说一边笑起来,那神色实在奇怪,像绿芥末配上绵软的草莓冰激凌一样充满诡异的违和感。我不禁惊恐地后退,却退不动。右手被死死握在她手里,这女人,她疯了!

我忍痛一甩,抽出手,身子却失去平衡倒在床上。手碰到羽绒枕头下面冰凉坚硬的什么东西。我将枕头掀到一边。

是刀。

大号牛排刀。

今晚九点时将会插入我胸口的大号牛排刀。

今晚九点时将会插入我胸口的大号牛排刀,原来一直藏在卧室枕头底下。

为什么?

我彻底石化,浑身僵硬冰冷动弹不得。安安眼神怨毒,伸手将刀握住。惊慌之余,我只来得及抓起一只羽绒枕头挡在胸前。

若论价格,大号牛排刀与单只羽绒枕头大概相差无几;至于实用性,如果大号牛排刀的攻击力为一百,那么羽绒枕头的防御大约是五,加上我自身战斗力充其量也只有五而已,这样一想,觉得场面十分可笑又十分可悲。

"志伟……"安安带着哭腔喊我的名字。

"你……你不要过来啊!"我也带着哭腔哀求。

人类理智再次失效,只剩祖先遗传的逃生基因进入自动导航模式。我先将防御力为五的羽绒枕头用力扔出,砸中安安的头,自然是不能输出任何实质伤害,但似乎造成了有效的心理攻击。安安"哇"的一声大哭起来,我趁此机会跳下床夺门而逃。

十四

客厅里的钟指向八点五十分。

胸插大号牛排刀的尸体如同黑洞,在九点整静静等待,我则一整晚都在不可避免地向那里滑去,终将在十分钟后一脚踏入,可耻而又可悲地完成合体。

老子还没活够!老子还没写出一部真正伟大的科幻小说!老子不能死!

安安一边哭喊,一边手握大号牛排刀向我走来,她早已不是我温柔美丽的未婚妻,而是 T 病毒侵染的行尸走肉、僵尸、杀人魔![1]苏菲从厨房里跑出来,当然还有她,两个女人是一伙的。对此我也不必再客气,抓起手边能摸到的一切向她们扔去,大部

---

[1] "T 病毒侵染的行尸走肉"、"僵尸"、"杀人魔",喜欢《生化危机》的兄弟姐妹们都兴奋,有木有?——批注

分都未能砸中,哗啦啦掉落在昂贵的实木地板上碎裂。每扔出一样东西,我的脑海中都飞快闪过它们的价格与标签,水晶杯、骨瓷盘、烟灰缸、唐三彩,让它们都见鬼去吧!

女人的哭泣与呼喊在一声声碎裂中蜿蜒起伏,不知为何,这声音此刻听来分外过瘾,好像在打实战游戏。我且战且退,退出大厅,跑过走廊,一头钻进厕所,将门"啪"的一声关上。

大灾难来临时,厕所是最好的庇护所,此处空间封闭,结构稳固,水源充足,并且有许多毛巾。①

我用力喘息,将氧气泵入肺中。门外哭喊声与脚步声渐渐逼近,时间,时间,嘀嗒,嘀嗒,嘀嗒。宝贵的生命在流淌。

事到如今,逃生的路只剩一条。

我再一次重复那套动作,拉开裤链,对准高档马桶颤抖着撒尿,冲水,扭开龙头,洗手,洗脸,从镜子里端详自己,用手指蘸水抹头发,嘴里哼着走调的《星球大战》主题曲。身后马桶抽水声持续不停,仿佛打算坚持到世界末日宇宙尽头。我飞扑过去,依次按下所有按钮,热水,热风,香水味,我将脸埋在高档马桶中,桃李芬芳,如坐春风。

整个银河系的命运在马桶中旋转,冲刷,终于平静下来。

十五

透过厕所门缝向外窥视,外面的世界是凶是吉,难以预测。

光线似乎比之前明亮不少,气氛也宁静安详,犹如世界大战前飞过天际的鸽群,纯洁无瑕,尚未来得及被任何邪恶势力玷污。我小心翼翼走出厕所,穿过走廊,推开客厅门。客厅明亮整洁,没有遍地狼藉,亦没有胸口插有大号牛排刀的尸体。

抬头看表,五点五十分。

我成功穿越回五点五十分的世界,天堂一般美妙的,周五下午五点五十分的世界。

---

① 前面也提到过这一细节,这是第二次,毛巾的重要性可参见《银河系漫游指南》。——批注

59

虽然不便过分张扬,但还是忍不住单膝跪地,摆出各种超级英雄造型,以庆祝自己逃过一劫。此时此刻我必然是被主角光环笼罩着,《二○一二》早就告诉我们,即便全人类都毁灭,科幻作家也能活到最后一刻。

后面厨房里传来水流声、煤气火焰声与切菜声。我蹑手蹑脚潜行过去,趴在门后偷窥。安安与苏菲正立在料理台前准备晚餐,仅看背影就能认出。案板上堆满各种新鲜食材,汤锅在炉子上小火慢炖,加入洋葱番茄玉米的牛尾汤咕嘟咕嘟。我陡然间感到饥饿,虽然两个小时前刚吃过晚饭,但吃下去的分量不多,此刻腹中空空如也。

"志伟哥怎么还不回来啊,这都几点了?"苏菲的声音透过蒸汽传来。

安安淡淡答道:"大概有点堵车吧。瞧你,怎么比我还着急。"

这样想来,此刻另一个我应该正在回家路上,或许快到楼下了也说不定。

牛尾汤逼人的香气四处弥漫,肚子里咕噜咕噜直响。饥饿宛如太空中旅行的古董飞船,慢悠悠孤零零地穿过亿万光年,目之所及不见星辰,只有比虚空更虚空的无限黑暗。

厨房近在咫尺,各色食物有如黑洞,散发出致命的引力波,然而我却不敢贸然闯入。按照常理,此时我分明不该在这里,毕竟不是每个人都善于接受科幻小说中的逻辑。

我返回客厅,想找些零食充饥,费心寻觅却一无所获。安安对饼干薯片一类零食恨之入骨,在她心中,唯有健康天然的才配被称作食物,才有权利登堂入室,占据厨房空间,客厅门口则恨不得贴出"零食与狗不得进入"的标牌才合理。

门铃声突然响起。按铃的不是别人,正是我自己。

苏菲的声音从厨房里传来:"咦,是志伟哥回来了吧,我去开门。"

想要去其他房间躲避却已来不及。仓皇间我瞥见餐桌,粉红色印花桌布亦是安安同事送的礼物,十分宽大,一直垂到地面。我顾不得多想,掀起桌布躲进去,旁边随即掠过苏菲踢踢踏踏的脚步声。

门开了,隔得老远听见苏菲笑得娇嗔。

"怎么这么晚啊,这都几点了?"

紧接着,安安的脚步声也从厨房里出来。

"是啊,怎么这么晚?"

"嗨,堵车堵得要死。"一个熟悉又陌生的声音回答道。紧接着墙上的钟奏响婚礼进行曲,那个声音自我辩解般说一句:

"也没多晚,刚刚六点而已。"

不知为何,觉得这声音多少有点招人烦。

十六

叫不上来名字的小提琴四重奏如泣如诉,客厅光线黯淡,只有烛火幽幽闪烁。

我蜷成一团躲在餐桌下,像尚未发育完全的胎儿,硬被塞进狭小漆黑的母亲子宫中。实木地板冰凉坚硬,硌得尾巴骨生痛。尤其难熬的是各种食物香气从头顶飘来,我周围却只有三双套在拖鞋中的脚,散发出算不上恶臭,但也绝不能说好闻的气味。

对话声断续传来,像重看熟悉的肥皂剧,只是看不到画面,仅能凭声音猜测剧情。

"碰一个?"

"等一下,我先来!咱们今天吃这顿饭呢,主要是为了庆祝志伟哥新书出版。所以我得先敬志伟哥一杯。志伟哥,祝你新书大卖,卖它个几百万本,从此成功混入畅销书作家队伍!"

"那就借你吉言。"

什么吉言,虚伪!

"说这么热闹,还不赶紧把你的书给人家送一本。"

"对对。"

"这本书我已经有了呀,志伟哥你忘了?"

"拿着吧。书嘛,多一本不多。"

餐桌上传来沙沙的写字声,餐桌下,一只光脚像银鱼般从拖鞋中滑出,一点一点向我的脸逼近。我只好屏住呼吸尽力闪避,勉强为它让出道路。那只脚终于成功抵达目的地,在穿西裤的腿上磨蹭。

"那就谢谢大作家啦。"

"什么大作家,你就会捧他,捧得他不知道自己是谁了。"

银鱼般形状完美的脚,依然得意地在另一条腿上游走。不知为何,突然很想拿刀将这脚利落地刺穿,或许与穿西裤的腿一起钉在地板上,看着血浆汩汩流出,才能令郁结的心情稍微平复。

"安安姐,我还要敬你和志伟哥。祝你们俩下个月顺利结成革命家庭,生个小作家出来。"

"那我也祝苏菲早日找到一个如意郎君,最好下次能带过来,我们四个一起吃饭。"

"唉,我哪有安安姐这么好福气呢,找到志伟哥这么个好男人,温柔体贴,一表人才,有房有车,还是个作家,说出去不知多有面子!"

祝你全家祖宗十八代都嫁给作家。

"以你的条件,什么样的找不到。眼光别放那么高,挑三拣四的。男人嘛,没有十全十美的,有时候就是得将就点,能过日子就行,对吧?"

"要求高点是好事。有机会让安安姐介绍几个青年才俊给你,都是当年她挑剩下的。"

银鱼般的光脚如同雷神之锤,狠狠向下跺在另一只脚上。虽然是另一只脚,我却也隐约感到有疼痛袭来。

"嘶——"

"怎么了?"

"没事没事……那什么,我去趟洗手间。"

十七

穿西裤的腿起身离开,我趁此机会,赶紧将头伸往空出的位置下面,小心翼翼地透过桌布透气。在桌下蹲了快一个小时,此刻四肢麻木头脑昏沉,若是再不赶紧补充氧气,怕就要可耻地闷死在这里。

餐桌上陷入短暂沉默。只有刀叉碰撞声、咀嚼声与喝汤声。

片刻后突然听见安安的声音:

"苏菲,咱们俩认识多久了?"

似乎迟疑了片刻。

"从中学到现在,十好几年了吧。"

"你和志伟呢?"

"也有三四年了吧。"

"你觉得他这个人怎么样?"

"他……挺好的呀,我一直都说他挺好的。"

"好在哪?"

"我不都说过嘛,有钱、有文化、对人好、长得帅……是个女的都想嫁。"沉默一瞬,她反问,"你觉得呢?"

安安笑道:"呵呵,是啊……想一想,这么好的男人,很快就要变成我老公了。"

"这还不好?"

"是,挺好……"

又是片刻沉默。我屏息凝神,竖起耳朵聆听,突然听见安安的一声啜泣。

餐桌上异常安静,那是大灾难过后,惨白微弱的朝阳照在城市废墟上的岑寂。此情此景令人无言以对,只好跟随整个世界一起沉默不语。

安安深吸一口气,终于说道:"行了,我都知道了。"

"知道什么?"

"你知道我知道什么。"

苏菲竟无语。

安安又叹气,一字一句地说:"苏菲,你们过去的事,我不管,以后的事我也不管,眼下我就想好好把这个婚结了,在家里做个好太太,这是我一辈子的梦想。我都快三十了,菲儿,错过这一个,以后还有谁会要我,你说是不是?看在我们这么多年姐妹的分上,你成全我好不好,啊,就算我求你了……"

沉默如灰色穹庐,笼罩四野,漫长的灰暗的布满尘埃的核战爆发后的天空。

安安细弱的啜泣在这片天空下绵延,仿佛拴着红气球的脆弱丝线。

许久才听见苏菲不无凄楚的声音。

"你别哭了。"

安安努力抑制住啜泣,丝线断裂,红气球向着尘埃满布的天空中飘去。

"别哭了……"苏菲喃喃着,像说给自己听,"安安姐,你放心,我没想跟你争,从来没有。"

沉重的脚步声逐渐逼近,那幕后的罪魁祸首刚上完厕所归来。更确切点说,是刚刚穿越到九点看完自己的尸体仓皇归来。

屋里气氛有一瞬间尴尬,我想象三人面面相觑的模样,突然觉得大家都很可怜。

人类就是这样可笑又可悲的生物,视野被时空所限,如井底之蛙,却兀自狂妄自大。如果真有一位全知全能的剧透之神守护在身边,随时拍着肩膀低声告知每一件事的前因后果来龙去脉,好像自宇宙中俯瞰,一眼便能看清整颗地球的形状,那样的世界或许会有所不同吧。至于到底如何不同,身为科幻作家的我却无从推断。想象力在此枯竭,好像搁浅的蓝鲸,在沙滩上被一点一点晒成肉干。

最终是苏菲先开口:"怎么去那么久?"

安安接道:"是啊,汤都要凉了。"

不过片刻工夫,两个女人已经像寇克船长与史波克般结成奇妙的同盟关系,这种神秘的作用力与反作用力,恐怕我一辈子也搞不明白。①

主菜端上来,牛排香气绵延百里,我肚子愈加咕噜咕噜狂叫。

咯吱咯吱,咯吱咯吱,咀嚼与吞咽声在小提琴四重奏中蔓延。

"怎么不吃? 都是按你喜欢的味道做的。来,趁热吃。"

"我……我自己来吧……"

钟声突然敲响,与此同时,沉重的牛排刀笔直掉落,像杨氏单缝实验的粒子一般,精确地穿过我包着纱布的右手与身体之间的缝隙落地,"砰"的一声钝响。

我惊出一身冷汗。

"怎么搞的你,心神不宁的。"安安边说边弯下腰来捡刀。我屏住呼吸,慌忙

---

① 典故出自著名科幻电视电影系列片《星际迷航》。——批注

将刀颤颤巍巍推到她脚下。幸好她并未多看,握住刀柄起身。

时钟刚好敲响了七下。

十八

墙上的钟嘀嗒嘀嗒,生锈的弹簧一般逡巡不前。

七点十分,餐桌上的仨人吃牛排。

七点二十分,依旧吃牛排。

七点三十分,撤下牛排,端上提拉米苏蛋糕。餐桌上的志伟点燃一根烟抽,我闻见烟味,除了饥饿外更增添一分煎熬。

七点四十分,依旧吃蛋糕,抽烟。

"你也少抽一点吧,真是,这么大味。来帮我收拾。"

"我帮你吧,让志伟哥歇着。"

杯盘相碰叮咚作响,如同电影片尾曲。或许因为饥饿与缺氧的缘故,我竟有点昏昏欲睡。

"我……我再去趟洗手间。"

餐桌上的三人依次离开客厅,我偷偷探出半个身子,闻见食物香气,如雨后松林里的蘑菇一般鲜美可人。饥饿感翻涌上来,我再也无法忍耐,趁着黑暗爬出桌布包围。双腿麻木无法站立,只能像小矮人一样可怜巴巴地蹲在桌边,伸出一只手在桌上摸索。

指尖碰到一个冰凉坚硬的东西。又是大号牛排刀,阴魂不散的大号牛排刀!

我握刀在手,对其怒目而视。非得找个办法妥善处理不可,若是没有这把刀,这一连串倒霉事也就不会发生。正在环顾四周思考对策时,突然听见脚步声从厨房走来,本想躲回桌下,又突然想起安安马上会来收拾餐桌。我慌不择路,拖着麻木的双腿向最近的卧室爬去。

钟表当当作响,敲响了八下。

十九

卧室漆黑一片,我没走几步,就狠狠踢到床脚上,身子失去平衡,一头栽倒在床上。

脚趾钻心疼,像被整支沃贡人(《银河系漫游指南》中的反派外星种族)的拆迁队伍强行碾过。我张大嘴无声地嘶喊,抓过羽绒枕头紧紧咬住。脑海中陡然浮现出巨大沉重的荒谬感,令人不禁质疑宇宙生命与一切存在的意义。

好不容易等疼痛稍微褪去,门外又突然有人走来,脚步声踢踢踏踏,如同终结者逼近。我几乎抓狂,扔下枕头一个鱼跃跳下床,刚想拉开衣柜门往里躲,脑中却再次响起剧透之神的警报,此处躲不得!原因无暇细想,只得凭借逃生基因的指引,身子卧倒在柔软的高档地毯上,顺势一滚,爬进床下躲藏。

脚步声进来,慢腾腾走到床边,我从缝隙中看到两只脚,又是我自己的脚。

咯吱一声,有重物压在床上。

房间里一片寂静,我屏息凝神,不敢发出半点声响。

床上那家伙对我的存在一无所知,依旧安逸地躺着,时间一分一秒在空气中无声流逝。此时此刻,突然有一个关键词,像小行星撞击木星大红斑一样准确命中我的大脑:

刀。

大号牛排刀。

今晚九点将会插入我胸口的大号牛排刀。

今晚九点将会插入我胸口的大号牛排刀,被我无意中留在了枕头下面。

原来如此!

脑中轰然一片,涌起数公里长的巨大波涛。我不禁懊恼得握拳砸地,却忘了被烫伤的右手,剧痛中忍不住发出一声闷哼。

床上的家伙被声音惊动,"噌"的一声跳下,鲨鱼一般在屋里逡巡。先是拉开衣柜门搜索,没有发现,又向床边走来。

我尽力往角落里缩了缩。

一双脚停在床边,慢慢跪下,手抓住床单一角,正要用力掀开。

另一双脚悄无声息地走进来。

螳螂捕蝉,黄雀在后。

寂静的房间里突然爆发出一声惨叫。

我竟幸灾乐祸地松了一口气,暂时安全了。

男人和女人的声音从头顶上方传来。

"你干吗呢?"

"你……你怎么……"

"我来看看你啊。"

我趴在床下默默盘算,该如何逃出这个鬼地方。

"……我死心塌地当小三行了吧!可你也不用当着她的面欺负我吧,只有她怕受伤害吗?我就不会痛啊?"

"我……我怎么欺负你了……"

"你自己心里清楚!"

"我哪有欺负你……唉,你们两个,要我的命啊……"

头顶上的床垫发出被挤压的声响,咯吱咯吱,仿佛巨型沙虫在洞穴里蠕动。我无声地叹一口气,开始手脚并用,慢慢从床底下往外爬。

床上的一对狗男女专心缠绵,对周围一切毫无知觉。我趁此机会潜行到门边,慢慢转动把手。

门无声地打开,我刚松一口气,就看见安安一脸错愕地站在外面。

二十

好巧啊,原来你也在这里。[①]

据说这是自人类发明语言以来,应用范围最广的一句打招呼用语,足以应付任何突发状况,无论是上厕所遇见老板,还是打开衣柜看见没穿衣服的同事。

---

① 不知作者写下这句话时,是否想到了张爱玲的《原来你也在这里》。——批注

我曾经写过这样一篇科幻小说,非常短,只有一句话:

"地球上最后一个人坐在屋子里,这时外面传来了敲门声,他拉开门对外面说:'好巧啊,原来你也在这里。'"

此时此刻,看见安安的脸,脑海里迸出的唯有这句台词。

逃生基因再次切换到自动模式,我上前一步,挡住安安的视线。她刚要开口说什么,我已奋不顾身扑上去紧紧抱住她,顺带反手将门关上。

门内依稀传来说话声。

"什么声音?"

"声音?没有啊。"

"嘘!"

我抱住安安的脑袋使劲往怀里塞,不让她听到这一切。

二十一

趁安安反应过来之前,我硬是将她从卧室门口推到客厅,一把摁倒在沙发里。

"你……"安安惊诧万分。

"我,我太高兴了!"我表情夸张地挥动双手,"老婆,我终于出书了!你不高兴吗?!"

"不是吧,刚才还好好的……"安安伸手摸我额头,"你没事吧,看你一晚上都不对劲。"

我推开她的手,"没事没事,我就是……就是高兴……"

"你手怎么啦?"安安突然惊叫。

"啊?手?"我这才想起右手上的纱布,连忙将手藏到背后。

"手没事啊!"

"你手受伤啦?什么时候弄的?我看看,怎么也不说一声。"

"我手没事,真没事,你看错了!"

突然又有人走进客厅，是苏菲。

"哎?！你？"苏菲大吃一惊，"你不是……"

她迷茫地瞪着我，又回头看卧室方向。

"我哦哦哦哦哦哦哦啊啊啊啊啊啊啊——"我像疯子一样冲上去拦住苏菲，"哦对啦我有个东西要给你看，你，你跟我过来一下，这边，快快快！"

我不顾一切，硬推着苏菲往外走，安安傻呆呆地坐在沙发里看着我。

"志伟你……"

我回头大喊："你别过来！"

"啊？"

"那什么……"我搜肠刮肚，调动一切脑细胞扯谎。"你去那个厨房……那个……咖啡……对了煮杯咖啡，快快快！"

二十二

我推着苏菲迅速离开客厅，卧室里还有另一个志伟在，只得拐进书房，还好书房里没人。我关上门，猛喘一口气。

"怎么回事？"苏菲声音有点发颤，"你刚才不是才……"她又回头，想出门看个究竟，我连忙一把将她拉回来，为了不让她出声，只好故技重施，抱住她的脸又是一通狂吻。

门外一串轻柔的脚步声经过，安安正向卧室走去。

苏菲从我怀中挣脱出来。

"你搞什么啊?！"

我按住她的嘴，"嘘！"

"你手怎么了？"苏菲看见我的手，也是一惊。

"手？手没事！真的没事！"

"没事你裹纱布干什么？"

"我……我裹个纱布怎么了？碍着你了吗？这是我家，我怎么连裹个纱布的自由都没有了呢?!"

"不对呀,刚才还好好的,就这一眨眼的工夫……"

"我都说了没事没事,你不要想这么多好不好!"

"手给我看看。"

"不给!"

"给我看看!"

"不给不给就不给!"

正相持不下,卧室方向突然传来一声杀猪般的惨叫。

"啊!"

我愣了一下,然后想起另一个关键词。

咖啡。

一整杯滚烫的热咖啡。

我如梦初醒,看着被烫伤的右手,纱布经过整晚的折腾,已经变得又脏又皱,好似木乃伊的裹尸布。

天作孽,犹可违;自作孽,不可活。

"什么声音?"苏菲满面惊诧。

"声音?没有声音啊!"我颤声说。

"我明明听到有声音!"

"真的没有!"

苏菲还想争辩,我万般无奈之下,只好又上前去企图抱住她。

苏菲再次将我推开,这次力气颇大,我被推得后退好几步。还想不屈不挠再次上前,"啪"的一声脆响,苏菲直接狠狠甩了我一个耳光。

"我知道了,你故意的是吧?"她一脸愤怒地瞪我,恨不得用目光温度直接将我升华为等离子态。

"谁,谁故意的,我怎么故意了……"我结结巴巴地辩解。

"靠,当我三岁小孩耍着玩呢?啊?至于么整这么一出,你累不累啊?!"

"我没有啊……"

"没有?没有你搞这么神经兮兮的?!"

"我……"

卧室方向再次传来带着哭腔的惨叫。

"你……你不要过来啊！"

是那把被遗忘在枕头下的大号牛排刀。

哭声、惨叫声、砸东西的声音断断续续传来。整个世界如同一根脆弱的宇宙弦，被拉紧，拉紧，拉紧。终于啪的一声，彻底坍缩了。

"天哪！"我忍不住喃喃自语。

二十三

"怎么了？到底怎么回事?!"苏菲也声音发抖，她清楚地听见我的声音从卧室传来。

我用力把苏菲按在椅子里，"你你你……你别动，你在这待着，我出去看看。"

我握住门把手轻轻转动，将门打开一条缝，呼的一阵乱响，另一个李志伟像发疯的霸王龙一般从面前跌跌撞撞跑过。

我"砰"的一声把门关上。

"怎么了？"苏菲问。

"没事！"我颤声回答。

喘了一口气，我再次开门，看见安安手提大号牛排刀，女鬼一般披头散发地慢慢走来，边走边呜呜地哭。

我又要关门，苏菲一把将我推到一边。

"安……安安姐……你这是怎么了这是……"

安安哭得上气不接下气，失魂落魄地向客厅里追过去，苏菲紧跟在她身后。客厅里翻天覆地，各种碎裂声砰砰啪啪响起，仿佛有霸王龙破门而入，要将这屋里的一切碾为齑粉。

疯了，整个世界彻底疯了。我抱着头躲在门背后，发出痛苦的呻吟。

闹腾片刻,声音稍微平息,只听见安安的啜泣声愈加凄厉。我慢慢从书房出来,朝客厅内偷看,只见安安瘫倒在一片狼藉中,苏菲在一旁搀扶着她,神情呆若木鸡。

"这……这到底是怎么回事……"

安安凄厉地号了一声:"这婚我结不成了!"

不知为什么,苏菲也哭了起来。

我趁她们不注意,闪身从客厅门口溜了过去。

二十四

厕所门在眼前"砰"的一声关上。

我蹑手蹑脚走到门口,耳朵贴上去倾听。各种声音宛如飞船启动程序一般依次响起。拉开拉链,撒尿,冲水,洗手洗脸,哼歌,冲水,冲水,冲水。

终于安静下来。

我鼓起勇气推开门,里面空无一人。

二十五

另一个李志伟消失了。

从这个时间点上穿越回去,回到三个小时之前。此时此刻,我又变成这时空里独一无二的李志伟。

不知为何,我长长地舒了一口气。

结束了。

噩梦一般的游戏,终于结束了。

我走回客厅,听见安安还在梦呓般喃喃自语。

"结不成了,这婚结不成了……"

"安安姐,有话好好说……你……你先把刀放下……"苏菲小声说。

安安怨恨地瞪着手中的刀，长抽一口气，大号牛排刀哐当落地，苏菲连忙把刀踢到一边。刀锋在满地狼藉中一路滑动，刚好停在我脚边。

我低头看着刀，像史前草原上未进化完成的猿猴看着一块黑色碑石，《查拉图斯特拉如是说》的庄严旋律在耳边响起。世界为何而存在，我为何而存在，时间是什么，宇宙又是什么，如何开始，又如何终结。所有问题与答案统统搅作一团，像大爆炸最初的一瞬，没有上下左右前后，没有起因经过结果，没有答案，没有问题。①

我有气无力地笑一笑，弯腰捡起刀，向安安与苏菲走去。

"喂，没事了……"

两个女人抬起头，同样用猿猴般迷茫的眼神看我。

"其实……其实都是误会……"

话未说完，我不小心踩到一小块碎瓷片，向后一滑，大号牛排刀脱手而出，被高高抛向天空。

在《查拉图斯特拉如是说》庄严神圣的乐声中，时间线被无限拉长。我如同慢镜头一般，缓缓地、轻轻地仰天倒下，倒在狼藉一片的高档实木地板上，银光闪闪的大号牛排刀在天空中翻转、上升，然后掉落，几万年时间流逝了，猿猴进化为人，发明武器，发动战争，杀死成千上万无辜的生命，而我即将成为其中一个。

普普通通的一个。

刀锋准确地插入胸口，划破皮肤，割开肌肉，穿过肋骨缝隙间的薄膜，刺中跳动的心脏，血浆四处喷溅，有如黄石公园火山爆发。一个科幻作家就这样被杀死了，死在二〇一二年世界毁灭之前。

"啊——"安安与苏菲尖厉的叫声划破长空。

我躺在那里，好像被钉在地板上的昆虫标本，四肢不甘心地抽搐几下。温暖的血浆在身下蔓延，淹没地板上各种碎片，恍如汹涌的洪水，将一片又一片破碎的大陆吞没。

黑暗，黑暗漫天席地向我卷来，仿佛被黑洞吞噬。黑暗边缘的星星逐渐黯

---

① 典故出自经典科幻电影《二〇〇一之太空漫游》的配乐。——批注

淡,光芒向着紫外一端移动。最终我什么都看不见了,黑暗漫延开来,像遮住眼睛的一块布,把整个世界远远推开。

"志伟!志伟你怎么了志伟!说话啊!"

"快!打电话给医院!"

两个女人的脚步声匆匆远去,这时墙上的钟刚刚敲响了九下,婚礼进行曲宛如星云一般旋转,弥漫,缥缈无依。紧接着,我听见另一双轻快的脚步声渐渐靠近。

逐渐暗下去的视阈里,一张熟悉又陌生的脸出现在客厅门口,正惊恐万分地向我望过来。①

---

① 结局场景设计似乎过于动漫化了,要知道普通牛排刀的重量都很轻,而且大部分都是圆头的,在一般单元住宅约三米多高的范围内,自由上抛后又恰好刀头朝下,以直线加速度落体的力量下落,并能保证穿透衣服、皮肤和肋骨的三重保护而刺入一个普通人类胸腔内的几率有多高,大家应该都能估算得出来吧。当然,如果是换成加重型的军用匕首,可能成功的几率会高些,但也没法保证百分之百吧!——批注

穿水晶鞋的西班牙舞娘

吕哲

"杀死一个科幻作家"——这真是一个妙不可言的主意! 但凡杀人,无外乎为钱、为情或者为仇。可是,科幻作家似乎是最不容易跟上面这三样沾上边的,所以这样的题目底下能够写出来的只能是一篇科幻小说。而能写这样一篇科幻小说的,放眼当今的中国科幻界,怕是也只有夏笳同学了。

提起夏笳,在钟爱科幻、奇幻的粉丝圈里几乎无人不知无人不晓。但可能很少还有人记得这位才貌俱佳的双子座"妹纸",其实本名唤作王瑶,生于颇具传奇色彩的十三朝古都——西安。同样具有传奇色彩的是她那科幻味十足的高等教育经历:本科就读于北京大学物理学院大气科学系;二〇〇六年考入中国传媒大学攻读电影史论专业,获硕士学位;二〇一〇年进入北京大学中文系,攻读比较文学与世界文学,获博士学位。从理科到艺术,再到文学,这个穿越幅度在现今中国的高等教育体制内可绝不是容易做到的。不仅如此,在笑面繁重学业的同时,她竟还能抽时间写科幻,还不是一般的写写而已,而是要独树一帜,自创一派,想想也知道是多不容易的一件事。

夏笳的科幻小说被称为"稀饭科幻",也就是比人们通常说的软科幻更"软"。有人这样总结道:所谓"稀饭科幻"者,就是淡化科幻因素在文本中的重要性,而将表达自己情趣、兴致放在首位的科幻作品。这样的科幻小说比那些动辄星系、银河量级的科幻小说要"轻"得多,也"私"得多,似乎也更符合现在九〇后为主的次时代科幻读者们的阅读口味,因而夏笳的高人气也就不难理解了。

二〇〇四年,夏笳以《关妖精的瓶子》获得科幻银河奖最佳新人奖。其实,就算没有其他作品,单靠这只"瓶子"就足以让夏笳在二十一世纪头十年的中国科幻创作史上占有一席之地。小说以英国物理学家詹姆斯·克拉克·麦克斯韦在一八七一年出版的《热的理论》一书中,为批判"热力学第二定律"而设计的一个假设存在物——"麦克斯韦妖"为创作基础,虚构了一个几千年来经常跟人类物理学家打赌,却总也无法取胜的妖精。故事结局,当然是以物理学家麦克斯韦的轻松获胜而告终。可以说,这是一篇几乎完美的科幻童话,是展现人类崇高科学精神的一幕轻喜剧。

二〇〇五年,夏笳凭借新作《卡门》再获得科幻银河奖,不过奖项换成了读者票选奖,足见读者们对这篇小说的喜爱。就夏笳本人来说,似乎也对《卡门》非常满意,曾在二〇一一年为《科幻世界》写的专栏《夏笳讲写作》中多次提到《卡门》。这篇小说以星际酒吧和克隆人艳舞女郎为背景,写了一个灰姑娘式的励志故事,但遗憾的是,当主角小卡门完成了从丑小鸭到白天鹅的蜕变,却在瞬间的辉煌过后,永远地谢幕了。读过《卡门》,笔者不知怎的竟联想到来自台湾地区的科幻大师张系国的短篇科幻《金缕衣》,两篇小说在内容上并无相干,但在情绪表现上却正好是南辕与北辙,放在一起对看,颇有趣味——同样是通篇压抑的情绪基调,前者在一种被动的压抑氛围中积蓄能量,结尾处终于迸发出绚烂的烟火;后者则主动让压抑的气氛层层加码,最终当有着人工智能设计的金缕衣为了给被砍成碎片的机器人妻子复仇而紧紧扼住人类丈夫的咽喉时,所有被压抑的情绪顿时消弭于无形之中。如果你不知道什么叫做"不在沉默中爆发,就在沉默中灭亡",那就请来看这两篇小说吧！其实，从某种意义上说，夏笳和张系国也确有相似之处：两人都有理工科的教育背景，但作品中更多渗透的是人文情怀。

此后，夏笳发表的作品越来越多，但读者从中窥见的"魅影"也越来越多，比如《汩罗江上》中可以看到屈原传说和杰弗里·兰迪斯的科幻小说《狄拉克海上的涟漪》的影子，而《百鬼夜行街》中则有着——"日漫中百鬼夜行的意象，《垃场之书》的环境与人物关系设定，《聊斋志异》中的人物形象，《赶在陷落之前》的文字气息，还有《机器幽灵岛》中的技术设定。"这种互文性写作以前往往只出现在习作中，但夏笳却以此为基础创造了一种新的科幻写作模式，诚如她自己所言："唯一能肯定的，是这么多年来一直在尝试用自己喜欢的方式写科幻小说。"(作品集《关妖精的瓶子》后记)而如果要对夏笳喜欢的这种写作方式进行总结的话，那大概就是：通过对既有文本构成要素的拆解和重构，灌注新的意义，赋予其新的文学生命力——这让你想起了什么？笔者的第一反应是弗兰肯斯坦的怪物！

《杀死一个科幻作家》也开始于这样一个借来的灵感，夏笳自己告诉了我们它的来历——英国科幻片《关于时间旅行的热门问题》中，主人公是个重度科幻宅(三人组)，正在兴高采烈地谈论着时间旅行中的禁忌与套路，紧接着，其中一个人去了趟厕所，回来发现满屋子死尸，其中甚至包括他自己！

以此为起点，夏笳写了科幻微电影《死局》的剧本，然后将剧本改写成了小说。就小说本身来讲，《杀死一个科幻作家》没有脱离时间旅行类科幻作品的基本架构。尽管作者并没有花任何笔墨去描写男主角实现时空穿梭的技术细节或理论依据，使之完全处于黑箱的状态，但却展现了此类科幻作品共同的哲学母题——时光旅行能否改变因果律？很显然，不管《杀死一个科幻作家》男主角如何费尽心机的想要摆脱九点钟时，胸口上被插上一柄牛排刀的宿命，但最终还是没有逃过命运的安排，而且时间旅行串起了所有的因果链条。因此，不管读者们对于这篇小说的人物、环境、气氛，或是行文叙事等有怎样的吐槽，但不可否认的是，《杀死一个科幻作家》是一篇区别烂俗穿越剧的地道科幻小说。尤其应该指出的是，《杀死一个科幻作家》脱胎于一个"零成本"科幻微电影剧本——既要"零成本",又要科幻,这本来就是带着双重枷锁的舞蹈。而当它再度被改编成小说的时候,作者又选择了基本保留原貌这条性价比最高的改编路径,我们又怎能奢望它成为华丽巨制呢?

现在有不少人在网上唱衰夏笳,其实大抵都是些恨铁不成钢的言论。如果你看过夏笳的所有文章和视频,并经常关注着她的微博的话,你就会发现,夏笳是同辈作家中最有理论自觉的一个。在她为《科幻世界》写的专栏《夏笳讲写作》中,基本上没有照本宣科的官话套话,而是把一般创作理论与自身的创作实践融会贯通后的肺腑之言,对于初学写作的人来说,很有借鉴意义。但从某种意义上说,深厚的文学理论功底和丰厚的观(看)阅(读)积累对她来说,既是财富又是包袱。毕竟,文学研究者和作家是两个完全不同,甚至相互矛盾的角色。文学史上能将二者统一于一身的成功范例少之又少。所以,夏笳若想百尺竿头更进一步的话,就必须给自己一个明确的定位,甚至要做出取舍的选择。当然,我们相信,能够写出《关妖精的瓶子》的作家绝不缺乏灵气和创见,但我们更愿意看到的是一个从容淡定,又不失幽默机智的女科幻作家夏笳。

在冥王星上我们坐下来观看

宝树

○

　　翟南和迪克发现,他们现在大概是全宇宙中仅剩的两个人类了。

　　在多少个世纪的冬眠之后,他们被方舟一号的主控电脑从无梦的沉睡中唤醒。电脑告诉他们,飞船已经返回了太阳系。翟南和迪克从冬眠舱中爬起来,摇摇晃晃地走进驾驶舱,脑子昏沉沉的,还没有完全清醒过来。他们没来得及查看电脑上的数据,只是向舷窗外望了一眼,就立刻瞪圆了眼睛,张大了嘴巴,呆若木鸡。

　　从这里看去,太阳是一个硕大的红色圆盘,外面似乎还有一层稀薄的"云团",看上去比昔日地球上看到的太阳要大许多,很像是从水星轨道上看到的景象。但是光芒却黯淡了一些,而且变成了狰狞的血红色。

　　翟南扑到电脑前,一行行查看着航行数据,满心希望飞船是出了什么差错,把他们带到了另一个星系,见到的是另一颗恒星。但电脑告诉他们,这里毫无疑问是太阳系,他们距离太阳大约五十个天文单位,正穿过柯伊伯带,进入太阳系的内层空间。

　　翟南的心往下一沉,这里是从太阳到地球距离的五十倍,从这里所看到的太阳,本该是几乎辨认不出形状的一个光点。但现在,却是一个硕大无朋的红色巨怪。

翟南知道,这意味着太阳已经膨胀为一颗红巨星。电脑分析显示,太阳的半径已经越过了金星轨道。类地行星说不定已经全部被太阳吞没,木星等外行星也已面目全非。

两千五百年过去了,太阳已经膨胀为一颗红巨星,人类文明毁灭了。[①]

一

方舟一号是大约两千五百年前离开太阳系的,那时是公元二〇四八年。飞船航行的任务,是为了应对二十一世纪上半叶突然爆发的太阳危机,为人类寻找合适的移民星球。

太阳危机的出现早在一九六〇年就显露端倪,当时科学界发现太阳核聚变产生的中微子只有标准模型的三分之一左右。这一问题一度被认为通过中微子震荡理论得到了解决,但仍然留下了许多悬疑和争议。自二〇〇八年以来,太阳出现了一系列古怪的异常现象:太阳黑子一度完全消失、在可见光波长的输出少了几乎百分之零点一,在远紫外线波长上少了百分之十一,磁场强度也下降到了上一个周期的一半,使得日鞘层收缩,进入太阳系内部的宇宙射线大为增加……这一切最初还只是被当成是普通的科学疑难,但二〇一五年的一场强烈耀斑爆发导致整个地球范围内的电磁通讯全部中断,终于使人们认识到问题的严重性:太阳出毛病了。

经过三年的研究,科学界公布了一项震惊世界的结果:原来的太阳结构模型有根本性的错误,太阳并非像人们以为的那样,是一颗处于其生命中期的主序星。恰恰相反,太阳的生命周期已经接近尾声。

根据新的模型,早在六亿年前,太阳就已经进入了自身的演变末期,发生过一次小规模爆发,光度大为增加。正因为如此,才消融了地球上覆盖的厚厚冰

---

① 末日不是最悲哀的事,最悲哀的是作为幸存者目睹末日之后的悲惨世界。——批注

雪,促进了原始生物变异,导致海洋中发生寒武纪大爆炸,赋予智慧生命的出现以最初的推动力。而之后的若干次生命灭绝事件,如奥陶纪—志留纪灭绝事件,以及二叠纪和三叠纪之间的大灭绝,都与太阳表面的突发闪烁有关。人类纪元早期冰河时代的来去是太阳活动不稳定的表现,而人类文明时代是太阳活动的最后一个稳定时期。如今,太阳已经进入末期的末期,诸多迹象表明,它即将迎来最后的生命阶段:它核心已经燃尽,外围的氢气层即将被点燃,释放出巨大的能量,让它膨胀为一颗红巨星。[①]

根据新的理论演算,最后的爆发,最晚将在两千年内发生。一旦爆发,太阳的直径将在短时间内膨胀两百倍左右,达到金星甚至地球轨道,地球绝对不可能幸免。而实际上,太阳只要多释放一点光和热,人类就完蛋了。

此后三十年,人类社会开始了疯狂的自救努力,联合国改组为地球联合政府,整个人类世界都将重心倾斜到逃离太阳系的任务之上,宇航事业以一日千里的速度发展起来,远超过阿波罗登月后半个世纪的总和:十年内,人类登上了火星、水星和木星卫星,并发射了上百个太阳探测器;二十年内造出了恒星际飞船的雏形并掌握了人体冬眠技术;三十年后,向一个合适星系的方向发射了第一艘载人冬眠飞船方舟一号,它将作为改造系外行星的先驱,为人类即将到来的星系大移民铺路。翟南记得,那时候由于宇航科技令人鼓舞的高速进展,人类对于未来还是满怀希望的。

但是方舟一号,却比预计返回时间晚回来了一千多年,并且他们的任务也完全失败了。

这次航行的本来目标,是七十多光年外一颗推测带有宜居行星的恒星,但是出发后不久,在太阳系边缘的奥尔特云中,飞船就从一颗幽灵般的彗星边上擦过,这次事故导致方舟一号损失了一节冬眠舱,船上的八名船员中六名死亡,

---

① 此处关于地球历史上几次生物大灭绝都跟太阳有关的论述是作者创造的自洽理论,目前科学界对这几次生物大灭绝的一般解释是:一、奥陶纪大灭绝:具体原因已不可考,但多数科学家倾向认为是由于银河系中某颗超新星的伽马射线爆发,射线风暴直袭地球造成的;二、泥盆纪大灭绝:由超级地幔柱喷发引起;三、二叠纪大灭绝:由西伯利亚洪流玄武岩爆发引起;四、三叠纪大灭绝:由大西洋中央火山大爆发引起;五、白垩纪晚期大灭绝:一般认为是由小行星撞击地球引起的,这次灭绝也终结了恐龙时代。——批注

只剩下了两个。而航向也大大偏离了原来的方向，飞向一百五十光年外的另外一个星系。由于他们在冬眠中，等发现时为时已晚。那个星系位于一片原始星云中，除了一对刚刚在星云中诞生的炽热双星外，还没有形成行星。人类绝不可能往那里移民。翟南他们刚到那个星系，就知道自己的任务是不可能完成的。

他们急于知道太阳系的状况，但当时他们被包裹在绵亘几光年的星云内部，在那里，遥远的太阳是完全不可见的。他们不清楚太阳系现在的情况，只得借助若干较近的亮星定位，让飞船自动返航。因为绝大部分时期处于冬眠中，对他们来说，时间只过了十年左右，但在太阳系中，两千五百年的岁月已经悠然流逝。他们晚回来了一千多年。

最终，地球还是没有逃过这一劫。太阳在预测的期限内爆发了，这是他们一直在担心，内心却不愿正视的可能。如今变成了无情的现实。

飞船又向太阳系内部飞了一段距离，陌生而巨大的太阳如同一只血红独眼，满是狰狞地盯着他们，简直令人发疯。即使是木星轨道之外，也处处弥漫着太阳喷发出来的等离子气体，亦即他们依稀看到的"云团"。整个太阳系简直像是变成了一间巨大的桑拿房。到处都找不到半点人类可能藏身的场所，甚至留下的卫星、飞船、太空站之类的遗址也没有找到。翟南知道，那些残骸不是已经坠入太阳或其他外行星，就是飘荡在广袤的空间深处，无从寻觅。飞船不断通过各种波长的电磁波、中微子、引力波发出信号，却没有收到任何回复。[①]

翟南他们更关心太阳爆发的时间，是否给人类以逃生的余地。显然时代越晚，越有利于人类逃生。这一点并不难查明。太阳的猛烈膨胀，必然在瞬间辐射出巨大的能量，而会在整个星系范围留下无法抹去的痕迹。飞船在土星环上采集到的岩石样本显示，在两千四百多年前，这些岩石曾受到过超出正常值至少几亿倍的辐射。也就是说，在他们离开地球后最多几十年，太阳就发生了灾变。但冬眠中的他们当时却一无所知。

二人的心进一步沉了下去，稍有常识就会知道，这么短的时间内，人类科技不会有很大进步，逃生的机会几乎是零。残酷的宇宙没有给人类机会。

---

① 作者对于太阳系毁灭后的情景描述，颇为详细，可见事先有做功课。——批注

一片死寂中,飞船越过了木星轨道,没有地球的踪影。不过他们发现了火星,唯一一个残存的类地行星。由于太阳的光度暴涨上千倍,火星已经变成一个表面遍布岩浆的酷热地狱,成了名副其实的"火星"。这里不可能有任何人生存。当火星上熔岩滚滚的景象在荧屏上出现后,迪克沉默了半晌,然后一言不发,从舱室的墙壁上取下一柄激光枪,抵在自己的太阳穴上。

"你干什么?!"翟南惊呼。

"不干什么,"迪克沙哑着嗓子,哽咽地说,"只不过想了结这一切。地球早已经坠入太阳,人类已经灭绝了,我还活着干什么?只需要按下扳机,我就会从宇宙中最可怕的孤独里解脱出来,重新见到亲爱的爸爸、妈妈、玛丽……"

"别冲动,现在太阳已经膨胀得太大了,也许地球正好转到了太阳背面……"翟南无力地找着连他自己也不相信的理由。

"别自欺欺人了!"迪克吼道,"连火星都变成了烤肉,地球早他妈的被太阳一口吞下去了!"

"但我们还有人类的基因库!我们还有希望……"飞船的基因库里有上千男女及其他重要生物的干细胞,并有进行克隆的设施,理论上可以令人类重新繁衍出来,这也是当初派遣方舟一号的目的之一:为人类保留火种。

"别做梦了!刚才我已经检查过,在我们穿越原始星云时,基因库受到了大量高能射线的辐射,人类基因全部毁灭!整个宇宙中只剩下我们两个男人了。"迪克苦涩地摇头。

翟南软瘫在地,这最后的一击将他推向了崩溃边缘。他无力去阻止迪克,事实上,他自己也有这么做的冲动。

就在迪克要扣下扳机时,飞船的电脑发出了突兀的提示音。它接到了太阳系的另一侧,一个星球上发出的微弱信号。

难道地球真的还存在?他们对视一眼后,激动万分地扑到电脑面前——

不,不是地球,是大约一百八十亿公里外,太阳系尽头的一颗小小的星球。电脑告诉他,信号来自冥王星。那颗曾经被列为九大行星之一,又不幸被开除出去的著名矮行星。如今,由于太阳爆发过程中损失了大量的质量,引力减弱,它的轨道也大为外移,所以他们一时没有发现。

无论怎么都好,有信号就有希望,他们命令飞船掠过太阳,飞向另一侧的冥王星。

二

在路上,他们不断试图和信号源联系,获取进一步的详情。但收到的回复都一模一样:只是给出冥王星上的一个坐标,机械地指引他们降落,这似乎是一个智能程度很低的自动回复系统,却是冥王星上有人类存在的希望所在。

终于,太阳的血红烈焰在身后远去,太阳系尽头,一个小小的世界显出了形状。

冥王星自从二〇〇六年被开除出大行星的行列后,就逐渐淡出了公众视野。在翟南他们的记忆中,冥王星只不过是一个死气沉沉的冰冻世界。而今的冥王星却和他们记忆中的不太一样。由于太阳在膨胀后,光度暴涨了千倍,冥王星虽然轨道外移,温度却大为升高,大约有零下二三十摄氏度的样子,表面的固态氮和甲烷已经蒸发成了稀薄的大气,让整个行星裹在一层淡淡的黄色之中,远处血红色太阳的照耀,更是给它镀上了一层美丽的橙色。这给了翟南和迪克一种感觉,好像人类已经将这颗星球改造成了宜居的家园一样。

但当飞船进入大气层后,这种错觉很快消失了。绝大部分地表仍然满目荒凉,只有赤裸裸的冰雪,没有人类或任何生物存在的迹象。但飞船跟随着信号的指引,找到了明显的人工建筑。翟南看到,信号所来自的地点,是一个巨大的圆形广场,它修筑在一座数千平方公里的岩石高原上,直径约有十公里,从中心到四边有多条对称的辐射形的道路,像车轴一样排列起来,如同印在冥王星表面的菊花形纹章。

信号指引着飞船,在广场上缓缓降落。随着高度的降低,他们看到在广场上停着许多形状各异的飞行器,如同一个巨大的停车场,看上去颇为热闹,这景象带给了他们更多的希望。广场的正中心有一座大约三百米高的白色纪念碑,四四方方,像是古埃及的方尖碑,上面有着多种语言的铭文,他们认出了其中英、法、中、日几种文字，内容都是一样的："地球文明之碑"。

当他们按指示在一处空地上降落后，终于出现了进一步的信号，有人对他们说话了：

"尊贵的来自宇宙的客人，欢迎来到冥王星。这颗星体的名字，在我们的语言中是'死神之星'的意思，但这个命名只是一个巧合。最初的命名者不会想到，几个世纪后，这颗孤独的矮行星将成为我们这个早夭文明最后的墓地所在。"他们注意到，它使用的语言是相对简单的英语，似乎并非是对人类同胞，而是对可能的外星访客所说的，让他们尽可能听懂。

即使人类已经毁灭，也要在这无常的宇宙中倔强地刻下自己的名字，向宇宙证明自己曾经存在过。翟南感慨地想。

广播继续着，首先简述了地球的位置和人类的历史，然后，"……在我们纪元的二十一世纪上半叶，人类发现太阳已经到了自身演化阶段的末期，经过探测，确定了太阳膨胀的巨大灾变将在近期内发生。为了应对灾难，人类制订了若干逃生计划。但我们知道，不论逃生能否成功，在这过程中地球不可避免地会毁灭，因此地球联合政府决定，在冥王星上建立我们文明的最后一个纪念碑和博物馆，并将地球上重要的岩石、化石、生物标本和人类历代的珍贵文物、历史文献、影像图片等移到冥王星上保存，这个博物馆之大是史无前例的，地球上各大博物馆、图书馆、纪念馆和档案馆中的重要藏品都将尽可能转移到这里，藏品将达到五千万件以上。我们还在这里建立了地球大部分生命物种的完整基因库，它们将在接近绝对零度的液氢中保存数千年以上。这一切，都在地下五百米的深处，以防止太阳灾变、陨石撞击等来自外界的破坏。"

翟南和迪克对视了一眼，都感到了彼此的兴奋，即使这个星球上并无人类存在，只要得到冥王星上的生命基因库，那么即使人类已经灭绝，包括人类在内的地球生物系统也仍然可能重生。莫非冥冥中真的有一位上帝，要再给人类一次重生的机会？

"欢迎参观我们的地下博物馆，目前对银河系内的游客免费开放。"那广播最后幽默地来了一句。但翟南觉得，这语气似乎有些古怪。

翟南和迪克商量了一下，为了以防万一，让迪克先留在船上，由翟南去地下的博物馆探索。翟南穿着宇航服,走下了飞船,此时冥王星这一面的太阳已经落下,夜空中,冥月卡戎正发出冷冷的寒光。它虽然半径只有月球的三分之一,但是由于距离冥王星只有两万公里,看上去远比地球上看月亮要大得多,表面坑坑洼洼的撞击坑都清晰可见。卡戎正悬在方尖碑顶上,看上去像是"地球文明之碑"上顶着的一个大球。这或许是有意为之,由于卡戎和冥王星之间的潮汐锁定,彼此相对的方位是不会变化的。

"没错,地球文明顶个尿……"翟南自嘲地想,向方尖碑走去。

冥王星的表面重力还不到地球的十分之一,行走十分灵便。翟南足尖点地,如幽灵般飘飞着,在死寂的广场上四处徘徊。他发现情形并没有第一眼看上去那样美好。这个广场上其实遍布崎岖的岩石,很不平整,看来人类还没来得及对自己最后建造的这座陵墓进行进一步的修整和装饰,就已经被灭顶之灾所吞噬。

广场上那些停泊的飞行器也露出了破败的真面目,它们基本上都是用于在太阳系内部旅行的行星际飞船,式样简陋,技术低级,可以想象在最后的大灾难时期,大量难民乘坐民用飞船蜂拥而至的情形。有一些看上去降落时就坠毁了,还有的碰撞在一起。因为冥王星表面有稀薄的大气和水,经过两千多年,这些飞行器已经有了明显的锈蚀现象。这使得广场看上去很像翟南小时候见过的那种报废汽车的处理场。整个广场在卡戎的月光下显得一片凄冷,鬼气森森。

信号指引着翟南走向纪念碑的底部,当他到达那里时,一扇自动门打开了。翟南小心翼翼地走进去,发现那是一部电梯,电梯门合上后,屏幕上数字闪动起来,将他迅速带到地表以下。看来在过了一千多年后,这里大部分设备还运转良好,当然,从广播介绍的情况来看,可能也支撑不了多少年了,他们回来得还算及时。

电梯带着翟南到了五百米深的地下深处,他走出电梯,最初是一片黑暗,但是灯光很快亮了起来,他发现面前是一条长长的甬道,大约七八米宽,四五米高,一眼望不到头,两边都是房间,每隔十米左右有一盏灯,已经依次全部点亮。

然后,他见到了毕生难忘的情形,那噩梦般的场面几乎令他软瘫在地。

甬道中横七竖八倒着尸体，至少有好几十具，在低温且空气稀薄的地下，这些尸体虽然已经完全干瘪，但保存得相当完好，许多人的面部神情还能看得很清楚，那扭曲的脸颊、大张的嘴巴、怪异的姿态无不显示出，这里每一个人都死于极度痛苦中。

<h1 style="text-align:center">三</h1>

翟南好不容易让自己镇定下来，他推测可能是这里的空气维持系统突然崩溃，导致人类呼吸的空气外泄到地表或者由于别的原因被抽走，气压急剧降低，使得这些人几分钟内全部死去。他们大概是这个博物馆里最后活着的人，也可能是除自己和迪克外，最后活着的一批人类了。

但他们是谁？博物馆内的工作人员？看上去可不太像……

"迪克！你知道吗？我看到了——"翟南想把看到的一切告诉同伴，但是耳机里一片沉寂，他这才想起来，自己在半公里深的地下，一般电磁波无法穿透，需要用中微子通信。为了节省能量，他决定待会再说。

翟南深深吸了几口气，冷静几分之后，扭头向两边看去，两边每隔几十米，就有一扇门，每扇门背后显然都是一个展室，按照时间排列。房门都紧闭着。门口用拉丁文、英文、法文、德文和中文等七八种语言写着不同的名称："地球和生命的形成"、"太古宙及元古宙"、"埃迪卡拉纪及寒武纪"、"奥陶纪"、"志留纪"、"泥盆纪"……

这些庄严的地质名词略微驱散了翟南内心的恐惧，他小心翼翼向前走着，尽量不看地上的尸体。他在标有"地球和生命的形成"的第一个房间门口停下了脚步，看到门口的说明，那是铭刻在墙壁上，有一千多字的短文：

　　地球形成于四十六亿年前的原始太阳系。最初，地球表面完全是融化的，被一层岩浆的海洋所覆盖，一亿多年后逐渐形成了固体的地壳，频繁的火山喷发使得地球内部气体被释放，从而逐渐形成了大气层。来自外层空间的流星的撞击带来了丰富的水分，从而在地球表面出现了海洋。大约四十亿年前,生命形成于原始海洋中,由于火山、闪电、空间辐射所释放的高能让简单化合物得以通过多种反应组合成较为复杂的有机分子,它们进一步相互作用和结合,直到一个足以复制自身的大分子的出现……

看上去像一个给中学生科普的自然博物馆,但这是完全必要的,翟南想,地球已经不复存在,地质学和古生物学的基础已经没有了。即使来到这里的外星人科技再发达,也不会知道这个星球曾经是什么样子,这个星球上的生命和智慧又是如何诞生的……需要有人对他们讲述这一切,这些对我们来说无比重要的知识才能保存下来。这个房间里展出的会是什么呢?远古的岩石标本?最早的藻类化石?原始地球的模型,还是什么书籍或图片?

他还没有去推门,但可能有什么电子设施监测到了他的出现,门自动打开了,展室中的灯光也随之点亮。翟南向里面看去:那是一个非常大的房间,长上百米,宽三十米左右,有五六米高,房间是乳白色的,光源在上面,但看不到灯,似乎整个天花板都在发光,光线十分柔和而明亮。

但除此之外,这个房间里空空如也,什么都没有。

翟南走进了房间,期待着有什么智能设施忽然闪现,比如从地下升上来一个放置着展品的平台,或者墙壁上出现介绍的三维画面,但他失望了。他转了一圈,不断在各处停下来细看,房间冷漠地迎接着他的到来,并没有拿出什么东西给他欣赏的意思。

"喂,展品呢?"翟南下意识地问了一句,好像要那个刚才喋喋不休的广播回答似的,当然,没有听到任何答复。

翟南在里面待了两分钟,困惑地摇了摇头,退了出去。

下一个房间在对面,"太古宙及元古宙",门口有着英文说明:

太古宙开始于三十八亿年前,结束于二十五亿年前。这一时期火山活动和板块运动仍然十分猛烈。但是海洋中已经出现了细菌和蓝藻等最早期的单细胞生物……

翟南没有仔细看便再次推门进去,结果是一样的,仍然是一个空空荡荡的房间,似乎展出的不过是"无"本身。

翟南隐隐想到了什么,他退了出来,快步走向"埃迪卡拉纪及寒武纪"、"奥陶纪"、"志留纪"、"泥盆纪"……一个个房间看过来,结果基本都是一样:里面什么也没有,只有一个房间有些东西:两具和外面类似的干尸,倒在房间中央。

翟南不甘心地一个个房间看过去,却没有任何发现。前几个房间还有铭文解说,到了后面的,连铭文都不复存在,只有一个空洞的名称。当古地质时期结束后,人类的时代到来了,"灵长类的进化"、"猿人时代"、"旧石器时代"、"新石器时代"……毫无例外,大部分房间是全空的,少部分有几具尸体及杂物,似乎他们曾经生活在这些房间里。而那些古老的世界如同从未存在过,只是一个空洞的名字。

最后到了有记载的历史时期。翟南站在空无一物的"两河流域文明"的展室里,待了片刻,忽然想明白了是怎么回事,猛然间,他无法抑制地哈哈大笑起来,笑得眼泪都飙了出来。

倾全球之力建造这么一个地球和人类的什么博物馆,都白费了,白花心思,白费力气!

很显然,这里刚刚建好不久,内部装修还没有完成,正式的转移工作还没有开始,可能第一批文物和资料还没上船,太阳大灾变就到来了。地球上的一切在瞬间汽化,什么史无前例的博物馆、资料库、基因库……根本就不存在,这里除了一堆难民的尸体,什么也没有。哦对了,还有那自吹自擂的广播。

人类向宇宙展览的只有一种东西:自己的失败。无法逃出太阳系的失败,无法在这里存活下去的失败,无法转移出哪怕是最小的一块化石、一个头骨、一个陶罐的失败!如果有外星人来到这里,大概会乐不可支地将这个笑话向全宇宙广播:你们知道吗?在银河系的那个角落,有一个愚蠢得令人难以置信的种族。他们家的炉子要爆炸了,他们不去赶紧修理,也不另外换个地方,而是在自己家的后院挖个大坑,想把值钱的东西放进去,结果刚挖好坑,什么东西也没放,自己家的房子就炸掉了。他们在世界上留下的唯一纪念,就是那个什么都没有的大坑……

翟南坐倒在地,笑声渐渐止息,悲从中来。他想哭,但是哭不出来。

四

不知过了多久,对讲机里传来迪克的声音:"怎么样,有发现吗?有没有活人?找到基因库了没有?你千万别出什么事,我一个人在上面,都快发疯了!"

翟南想了想,觉得迪克情绪很不稳定,暂时还是不要告诉他实情为好,只有含含糊糊地说:"你别急,这里面很大,我正在探索,目前还……有什么发现我会马上联系你。"

翟南站起来,从房间中出去,机械地继续走了下去。他经过一个又一个展室:"古埃及文明"、"古印度文明"、"古代黄河文明"……不久后,每个展室的划分更细了,"公元前五世纪的希腊"、"罗马共和国时期"、"罗马帝国"、"秦汉时期的中国"……区分全面而系统,规模宏大胜过罗浮宫。但他不用看也知道,那里面都是空的,只是一个个一无所有的房间而已。

沿着长廊慢慢地走着,翟南觉得,自己像是沿着时间的长河走向下游,但下游不是一望无际的蓝天碧海,而是突然被一个深不见底的悬崖所隔断,人类历史就是从那里跌了下去,变成了一道瀑布,从此坠向虚无的深渊。如今所有的水都已经流干,剩下的只有干涸的河床而已。他甚至怀疑,走到那尽头之后,自己也会掉下深渊,从此消失……

长廊中的尸体仍然三三两两地出现,但翟南现在没有刚才那么恐惧了,他多观察了那些尸体几眼,忽然有一个奇怪的发现:这些尸体都是男人,而且是青壮年男性。他回想了一下,一路上的上百具尸体中,他没有看到一个女人,也没有老人小孩。这不会是巧合。

这又是为什么?难道最后来到这里的只有壮年男人吗?这不太可能吧?

揣着一肚子的疑问,翟南终于走到了甬道尽头,一扇巨大的门在他面前,上面有一块牌子,铭有"地球生物基因库"的字样。这里应该就是整个地下建筑的核心了。

他伸手去推,那扇门纹丝不动,但是过了片刻,自己打开了。那是一扇足有一米厚的合金大门,里面最初是一片漆黑,不久便透出了明亮的光线。

翟南发现自己站在一片蔚蓝色的海洋之前,他的面前是一块巨大的绿色大陆,形状异常熟悉,是亚洲。在一刹那,翟南几乎有一种自己正悬浮在那个已经消失的地球上空的错觉,一阵晕眩。

然而很快他就发现了不对,那块大陆是奇异地向着他凹陷的,仿佛地球被翻了过来。翟南定了定神,才发现在他面前的实际上是一个巨大的球形大厅,直径大约有一百米。大厅的背景是蓝色,镶嵌以绿色的大陆图案,和地球上的位置完全对应。看起来就好像是在地球的内表面一样,而他大概在赤道位置,沿着弧形的墙壁,在大约六十度、四十五度、三十度和赤道等"纬度"上都有过道,上下以楼梯衔接,而墙上密密麻麻,有数不胜数的孔槽。

这或许是人类最后一座伟大的建筑了。这个形状,当然不是一个方便省力的设计,却充分展现出设计者对于地球的眷恋之情。再一次看到熟悉的"地球",翟南觉得自己的眼角湿润了。

他又向身边的墙上看去,那里所对应的区域相当于赤道穿过的太平洋中部。在一些小槽边上,他看到了一堆斜体的拉丁字母:"*Orcinus Orca*"、"*Geochelone Nigra*"、"*Sphenodon Punctatus*"……虽然不懂是什么,却很容易想到是生物的拉丁学名。翟南思忖片刻,忽然明白了过来。这个巨大的球形大厅自然就是基因库,生物基因应该就以某种方式储存在这些墙壁上的小槽中。但这些小槽却大多空空如也,这是怎么回事?

他总算看到一个槽孔中有什么东西,他轻轻抽出来,是一个方片形的透明晶体,里面有一道夹层,但却是破掉的,边上缺了一个口子,里面自然已经空空如也。如果里面曾经存储了什么基因或细胞的话,现在也肯定没有了。

翟南将那晶片放回去,困惑地摇了摇头,然后不经意地向下看去,顿时倒抽一口冷气,血为之凝固。

在大厅的底部,横七竖八都是尸体,情形和外面相仿佛,但是比外面要多得多,触目惊心。翟南粗略估计了一下,这里的尸体大概有五百具以上,仍然都是男人,毫无例外。

而在尸体的中间,相当于南极洲的位置,有一个巨大的黑色正方体,边长约有三十米,中间有圆柱形的凸起,翟南知道那是什么:这个设计是一种小型核聚变反应堆,可能是整个基因库的动力系统。要将几百万种生物细胞保存几千年,必须保持极低的温度,需要大量的能量才能维持。

更确切地说,曾经是,因为它没有半点正在运转的迹象,所有的指示灯都熄灭着。翟南的心沉入了深渊:这样一来,无论基因库里有什么东西,如今都已经丧失保存条件了。

"来自宇宙的蠢驴们,你们来了,你们他妈的终于来了!"一个男人的声音忽然响起,并在大厅中不断回响,和刚才平静的广播声不同,这声音充满了绝望和怨恨。

同时,在大厅墙壁上,"印度洋"的中部,出现了一面宽大的显示屏,一个披头散发,胡子拉碴,大约三十多岁的男人出现在他面前。他的形象是亚洲人,穿着脏兮兮的二十一世纪的灰色工作服,手里拿着一杯好像是啤酒的饮料,坐在一个胡乱堆放着各种东西的房间里。翟南一时也看不清楚房间里是什么。

令他震惊的是,他讲的是汉语。翟南自己的母语。

难道还有人活着?这个念头刚在翟南的脑海里浮现,对方就打消了他的幻想:"不用看了,你看到这录像的时候,我已经死了很久。我叫鲁若,是建造这座地下掩体的工程师之一,这个仿地球形的基因库就是我设计的。我是整个宇宙中的最后一个地球人。

"我不知道你们是虫子、蜥蜴还是什么章鱼的样子,不知道你们是从哪个傻帽星球来的,也不知道你们是商人、科学家、考古学家还是无意中跑到这里来的倒霉蛋,总之既然来了,就是我的客人。现在我有一个好消息和一个坏消息。你们要先听哪一个?"说着,他诡异地咧嘴笑了起来。

翟南看着那家伙的坏笑,目瞪口呆,不知所措。

"还是我来说吧,坏消息是:你们这些白痴白跑了一趟,什么也捞不着,好消息是……算了待会再说吧,我先告诉你们,为什么什么都找不着。我会告诉你们这一切,当然你们能不能听懂,我就管不了了。

"我估摸着宇宙中总会有些傻帽在四处寻宝,虽然我们是个未开化的破烂星系,总也会有些独一无二,让人感兴趣的地方,历史、文化、生物基因……至少可以拿来猎奇。所以你们来了,不是吗?你们以为在这里可以发现这些?然后可以让你们回去在银河系的考察报告上增加一笔光彩的履历?错了,这里什么也没有!

"告诉你们吧,从来就没有在冥王星建立地球文明博物馆的计划,这一切只不过是烟幕!哈哈,烟幕!"

五

鲁若说得兴起,仰头灌了一口啤酒。翟南屏息死死盯着视频中鲁若的嘴巴,感到有某个巨大的秘密即将揭开。

"在太阳爆发的危机中,"鲁若继续说,"首先想到的自然是向更远的行星或巨行星的卫星移民,但太阳膨胀后,火星、木星和土星都必然受到灾难性的影响,不可能安全。天王星没有大卫星,海王星也只有海卫一的一颗大卫星,而且距离海王星过近,不够稳定,当海王星轨道改变时很可能坠入海王星的云层中……所以事到临头,人类又想起了早已经被遗忘的冥王星,这颗矮行星注定和人类有不解之缘。

"经过分析,冥王星是最有可能让人类逃过这一劫的太阳系大天体,因为它距离太阳最远,受到的波及最小。可惜,同样因为它太远了,地球上根本没多少人能到达这里。即使我们倾尽全力向冥王星移民,也只能移几千人,不到地球人口的十万分之一。虽然几千人已经足够我们的种族繁衍下去。可问题是,另外几十亿人不会干。

"每个人都想走,但如果自己走不了,也不愿意让别人走,这就是我们这个种族的自私本性……更不幸的是,我们的星球上实施的是一种全民投票公决的'民主'制度,结果是可想而知的,任何向冥王星移民的计划都被否决了。"

翟南想起在太阳危机爆发后不久,确实有这样的提议,撒一部分精英到冥王星上去,保存人类的火种,但在民众的强烈反对下,这种声音很快就消失了。取而代之的是派遣他的"方舟计划",现在想想看,所谓"方舟计划"其实是很不现实的:跨越星际空间过于漫长,即使在最好情况下,来回一趟也要上千年时间,而太阳可能在此之前就会爆炸!更不用说,第一次恒星际载人航行,绝不可能如此顺利,中间不知道会出多少问题,他们两个能活着回来都是奇迹。①

似乎猜透了他的心思,鲁若接着说:"为了应对民众,地球联合政府取而代之,推出了一个'方舟计划',让几个傻帽宇航员去宇宙中碰运气,寻找移民的星球,鬼才相信他们能活着回来。昨天我们连上个火星都困难,今天就能到银河里摸鱼去了吗?这不过是缓解民众心理压力的安慰剂。我们一共造了三艘'方舟',第一艘成功了——至少发射成功,第二艘却失败了,飞船在发射台上就炸成了灰;第三艘新型方舟还没造好,太阳就爆发了。即使是第一次发射的方舟一号,根据最后接收到的数据,也偏离了预定轨道,肯定完蛋了。

"不管怎么说,'方舟计划'给了民众一点希望,但实际可行的方案当然还是在冥王星建立移民点,这件事必然要依赖全人类的工业体系,并且消耗惊人的资源。为了应付民众的反对,各国领袖终于达成了秘密协议,以建造人类文明纪念工程的名义进行冥王星掩体工程。理由是冠冕堂皇的:留下人类文明的纪念啊,向宇宙展示人类的成就啊……再找几个科学家、文学家、电影明星来游说一番——当然要秘密给他们来冥王星的名额——最后这个提案终于在地球联合议会勉强获得了通过。

"我们花了三十年时间,耗费了无数人力物力,终于完成了冥王星计划的主体工程。但民间的反对和质疑从来没有消失过,整个过程必须在社会大众和媒体的监控之下。所以我们造了毫无用处的纪念碑,并且将地下生活区外表造成博物馆的样子,贴上标签,以掩盖真正的方案。但是人类的能力还是太有限了,很多设想中的方案由于资源不足无法实现,最后建成的部分只能供一千人左右长期生活,而不是事先预期的三千人。

"虽然开始冥王星工程的目的并非是给你们这些外星虫子拣便宜的,但无论如何,基因库是重中之重,早在工程完工之前,数百万种动植物的冷冻细胞第一时间就已经运过来了。另外我们也的确打算运一部分文物和珍宝过来保存。只是一切还来不及进行,太阳灾变就发生了。

---

① 群体利益与个体利益的冲突,从人类这个种族诞生之时便有了,当然会一直延续到其灭亡的那一刻,作者对此的描述无疑是准确的。——批注

"幸运——不,或许更应该称为不幸——的是,太阳的膨胀有一个过程,前后持续了好几年。最初几天太阳异变还不显著,没有给地球致命的打击,可以供人类逃生。预先通知的一千多名社会精英中的大多数人都到位了。可这帮所谓的精英,不管是财阀巨头还是国家元首,或者什么科学家工程师,碰到灾难和一般老百姓也没什么区别,这个要带老婆孩子,那个要带情妇小秘,还有人要带七大姑八大姨的,一群蛀虫……最后人数整整多了一倍。加上纸包不住火,秘密在最后关头终于泄露出去,全太阳系能弄到飞船的有钱人都玩命地往冥王星赶,大部分人在路上就挂了,可最后还是有将近五千人到了冥王星上……那时候,我们还没有扯下文明的面纱,犹豫一番后,最后把他们都放进来了,不过收缴了武器。此时太阳已经膨胀了一倍,地球仍然存在,但是表面已经没有任何生物了。侥幸逃生到这里的,只有大约六千人左右。"

六

　　"只能供一千人生活的生态维持系统,现在有了六千人,外星虫子们,你们说应该怎么办?"荧屏上鲁若怪笑着问。翟南心中一寒。

　　"不用说我也知道,在宇宙中任何地方都是一样的,"鲁若继续说,"丛林法则,弱肉强食!我们这个种族又有一个特点,雌性的平均体力远不如雄性……

　　"首先出现的就是氧气的问题,这里的空气循环系统最多只能供一千多人呼吸,六千人一来,不得不动用储备的液氧,但至多只能支持六个小时,是的,只有六个小时。最初人们还假惺惺地商讨什么妇孺优先,什么牺牲一部分人的道德。但氧气耗尽的一刻很快到来,最后一个小时里,人人都喘不过气来,挣扎在死亡边缘。这个时候没有任何思考的空间和讨论的余暇,按照国家、种族、语言、宗教进行抱团也都来不及了,窒息得快死掉的人们只能按本能行事,杀死身边最容易杀死的人,来减少氧气的消耗。

　　"不知道是从哪里先爆发的,总之窒息让所有人都变成了野兽,杀戮此起彼伏,大约半个小时之内,所有的老人、孩子、女人都倒在了血泊中,大量比较弱的或试图保护妻儿的男人也被杀了……"

"你们是畜生吗？怎么能这么做！"翟南忍不住骂了出来。没有女人和孩子，人类不可能延续下去啊！[①]

鲁若长长叹了一口气："随便你怎么想，这是无法抑制的生理本能。在那个时候，能多呼吸一口空气，都是比金山银山更大的诱惑，比亲情和爱情更重要的需求了……最后我们只剩下了大概一千五百人，半小时内消灭了人类现存人口中的百分之七十五，这是我们这个种族自有人口控制以来最伟大的成就。

"一千五百来人！空气勉强还能够用，但仍然超出冥王星基地的承载能力上限。我们又撑了两个多月，把能吃的都吃光了，包括之前四千多人的尸体。我们倒是没有直接吃，而是扔进了食物循环系统。这并非出于道德上的戒条，而是因为这样才可能最大限度地利用其养分，不浪费任何一点不可直接食用的成分，连皮带骨头都可以吃。

"但仍然不够，大部分人还是饿得发慌。这时候不知道谁传出一个谣言，说可以去吃生命库里储存的细胞，虽然那些细胞都小得看不见，但是谣传说包裹着它们的营养质解冻后也是可以食用的。甚至有无知的谣言说其中包含着从细胞变成人所需要的全部养分，喝一口可以补充一个月的能量……饥饿让所有人都变疯狂了，首先是一两个，然后是所有人像潮水一样拥向基因库，当然，很多人明明不相信这些谣言，但是想着如果自己不去就要吃亏。人们关闭了冷冻系统，跑进去胡乱吃了一通，结果，很快人们就发现这是胡扯，谁也没有吃饱，甚至没感到自己吃过什么东西……我们倒是没有吃掉全部的细胞，但是冷冻系统一关闭，基因库上升到室温，又没有人想着妥善保存，那些细胞很快都死光了……"

"你们这些白痴！"翟南忍不住破口大骂道。

"在为了吃一顿饭而毁掉了地球四十亿年来的全部进化成果之后，"鲁若呷了一口啤酒，悠然续道，"发生了更惊心动魄的事件。在剩下的一千五百来人中，发生了人类历史上最后一次战争，是唯一一场在外星球进行的战争，也是唯一

---

① 人类的悲剧一直就在于当他们最需要理性的时候，跑出来的往往是野蛮的兽性。——批注

98

一场全人类都参与的战争。剩下的男人们分裂成两个阵营,彼此大打出手。战争的主要工具是拳头和棍棒……具体过程我懒得说了,总之,最后剩下了大约七百人,勉强足够在冥王星上活下去了。

"我们活了三年。

"是的,三年。我们呼吸着浑浊的空气,喝着肮脏的水,食用着自己粪便制造出来的食物,没有新衣服可以穿,没有澡可以洗……特别是,没有女人。我们像狗一样活了三年,看不到任何希望……看看我喝的东西,你们以为这是什么可口的饮料吗?是他妈的用人的排泄物制成的饮用水!"鲁若举着那杯淡黄色的"啤酒"对他吼道。

"在这三年中,除了那些连上帝都觉得恶心的事情之外,我们最主要的,甚至称得上美好享受的生活乐趣就是看电影。基地的主电脑里还没来得及储备电影,但我的电脑里还有一千五百部影片,拿出来跟大家分享,够我们看的了。看那些昔日地球上的人的生活,看他们的音容笑貌,悲欢离合,天伦之乐……试图忘记在这个地狱里发生的一切,想象自己还生活在地球上,生活在那些都市、小镇,或者乡野,在家庭里、酒吧中、汽车上、教室里、图书馆、医院……过着平凡而幸福的生活,过着他妈的人过的日子。

"一千五百部片子,我们坐在那里,看了三年,每天从头看到尾。最后,终于连电影也看腻了。就在这个时候,地球最后毁灭了。我们目睹了地球坠入太阳的全过程。请看,这就是我们曾经的母星。"

荧屏上出现了地球和太阳的画面,这一画面显然是在冥王星上通过望远镜从几十亿公里外拍到的。相当模糊不清。看上去地球只是太阳表面的一个运动的小圆点。只听鲁若继续说:

"自从太阳开始膨胀以来,随着太阳质量的损失,对地球的引力渐渐减小,地球的轨道也在外移,从而延缓了死亡的到来。虽然地球还存在,但这时候地球的大气已经被太阳风吹散,海洋也蒸发干净,表面被岩浆覆盖,早就没有活人了。但我们还是希望它能够逃过被太阳活活吞掉的命运。地球好像也预感到了自己的悲惨前景,沿着螺旋形轨道拼命向外逃着,几乎要逃到了火星轨道上,但是从太阳中喷发出来的等离子气团却弥漫在它的轨道上,令它的速度不断下降,而逐渐被膨胀的太阳赶上。

"地球的密度远远大于膨胀的太阳,不会因洛希极限①而粉碎,但在这过程中,太阳引力引起的剧烈地质活动仍然导致地幔的喷发,撕裂了整个地壳层。古老的大陆板块四分五裂,被掀了起来,脱离地球而坠入太阳……此时,地球如同火海表面的一只飞蛾,再怎么挣扎也不可能脱离太阳的控制了。终于,已经非常靠近太阳表面的地球被一道将近十万公里高的日珥裹在里面,整个燃烧了起来,放射出最后的,惊人的光芒。然后迅速被卷入了太阳内部,再也看不见了。整个过程就好像青蛙伸出舌头吞掉一只飞虫一样轻松,甚至没有在已经硕大无朋的太阳表面激起多少浪花……这时候,我们才真切地知道,家园已经毁了,我们这七百个男人和这颗渺小的星球就是地球文明最后的残余了。"

随着鲁若的叙述,翟南看到了地球渐渐被太阳的光芒所湮没。画面本身很平淡,但翟南却战栗着,沉浸在鲁若描绘的壮丽而又恐怖的画面中。

"目睹地球的毁灭后,绝望日复一日压了下来,我们不知道希望和欢乐,甚至生命也越来越远去,摆在我们面前的,只有一条路可以走:离开这个变态的宇宙。

"我不知道你们这些外星虫子有什么天才的法子能离开这个宇宙。或许我们人类没有那么了不起的技术,不过即使对我们这些低级生物来说,还是有一个最简单的办法的。哈哈!"鲁若毛骨悚然地大笑了起来。

"当然,不是每个人都想用这个办法,或者说,也许每个人都想到过,但大部分人还是没那个胆子……这个时候,需要有人帮他们做决定,而这个人就是我这个工程师,我已经腻歪了这一切。我趁他们不注意,关闭了空气循环系统,让空气泄露到外部去,在十五分钟内一切就完成了。"鲁若狞笑着说。

"天哪,你杀了所有的人!"翟南不由惊呼出声。

"这没有什么稀奇的,"鲁若似乎预料到了翟南的惊怒交加,不以为然地说,"就算我不这么做,他们也活不了多久。三年,三十年,六十年,有什么区别?等你

---

① 洛希极限是指行星与其卫星间的最小可能距离。小于这一距离时,行星对卫星的潮汐作用,造成卫星解体。也适用于双星系统。这一理论因法国天文学家洛希首先提出而得名。——批注

们到来的时候,我们肯定早已经死光了。而我在录完这段录像后,也会选择同样的归宿……

"不管怎么说,远来都是客。既然来了,总得给你们看点东西,让你们知道我们地球人的生活曾经也没那么糟糕。下面是我刚才说过的好消息,让我给你们展现一下我们地球文化最精彩的一部分吧。"鲁若贼兮兮地笑着,随即他的头像消失了。一系列久违了的电影画面出现在荧屏上。

翟南还没有从地球毁灭的阴影中走出来,就看到了不可思议的一幕,他的眼睛瞪圆了:

一条繁华的街道上,一个穿着校服的美丽少女袅袅婷婷地走着,樱花落在她的身上,她笑得那么甜,那么美……

翟南屏住呼吸,盯着这似曾相识的画面,无边的感伤涌上心头。可这时候,迪克又在呼叫他了:"翟南,下面究竟怎么样了?我好像听到有人说话,你找到人了吗?"

"没有人,"翟南平静了一下心绪说,"一个人也没有。我只是在……看电影,你要不要下来一起看?"

七

一小时后。

荧屏上繁花似锦,光影流动……

还有坐在球壁的赤道上观看的翟南和迪克。

"这个该死的鲁若,居然还收藏了这么好的电影!"迪克骂道。

正当电影故事渐入佳境之时,鲁若那猥琐的马脸又切到了画面之前:"打扰一下,外星虫子们,我想我有必要跟你们讲解,电影是一种艺术表现形式,对人类来说极具观赏性,是一种独特的视觉和听觉享受——"

"混账,快滚开,别挡着老子看片!"翟南和迪克异口同声地叫道,这令人恋恋不舍的画面几乎已经让他们忘记了一切烦恼和痛苦,在长久的压抑和紧张之后，他们终于得到了解放，他们不愿意再想别的什么事，哪怕就是沉醉片刻也好。

鲁若当然听不到他们的抗议，还是兴致勃勃地讲了半天乱七八糟的东西，然后说："很遗憾，自从太阳危机爆发之后，地球上完全进入军管状态，电影这东西就没人有闲心再拍了。你们看到的，是我本人辛辛苦苦收藏的早期作品……都是经典，宇宙中再也不会出现的经典。不过你们这些从几千光年外来的虫子，又怎么能欣赏其中的妙处呢？对你们来说，这只不过是外星生物学研究的材料吧？

"对了，顺便说一下，我还给你们安排了一个余兴节目……那就是在整整五分钟之后，一颗一百万吨 TNT 当量的核弹将在你们脚下被引爆，让你们同时也爽上天，这个安排够创意吧？"

翟南和迪克顿时惊呆了。翟南向他们进来的那扇门看去，不知何时，那扇门已经关闭了。

"明白了吗？"鲁若恶狠狠地说，"你们掉进了落后的地球人的陷阱！凭什么你们这些外星虫子能在银河系里耀武扬威，乘着超光速飞船来去自如，我们只能在这个鬼星系里哭着等死？就算老子死了，也要拖你们一起下水。这个地下基地本来就是用核弹炸出来的，我们准备了四枚核弹，用了三枚，最后还剩下一枚，我特意把它留给你们。一旦有人进来，就准备引爆。我倒要看看，你们那些超级技术能不能防止自己被炸成一坨屎！"

"你这个婊子养的蠢货，哪有什么外星人，我们是你的同胞！"迪克大叫道，两千多年前的鲁若当然听不到。翟南跑到门边，用力砸门，那门却纹丝不动。

"你们出不去的，"鲁若从容地说，"就算你们的技术能轰开这一米厚的合金大门，电梯也被封死了，距离地面还有五百米呢。除非你们会瞬间移动，否则不可能在五分钟内离开核弹的威力圈。

"不过，我还是给你们一个机会。只要能回答出我的三个问题，而回答和电脑里所储存的答案符合，核弹的倒计时就会停止。当然，必须用人类的语言回答，你们的回答会经过智能分析，和电脑里储存的答案进行匹配。你们要是不会说人话，那我也就没办法了。不过你们放心，这些问题都是全宇宙所关心的终极问题,不会问你们地球上那些犄角旮旯的事的。你们明白了吗?"

鲁若说话的同时,电影画面仍然在应景地继续着,主人公越来越大声的喘息和呻吟不断通过电磁波的转换,传到他们耳中。

"浑蛋,该死的疯子!"迪克大声叫骂着,虽然他曾经企图自杀,不过此时却万万不想被人炸死。"闭嘴,迪克!"翟南烦躁地说,"事情已经到了这个地步,骂也没用,不如听听这个浑球说什么!"

迪克终于安静了下来,鲁若开始提问了:

"第一个问题:人类如何才能永生?"

"让细胞无限复制自身。"翟南思考片刻后说。没有反应。

"不断制造克隆身体,移植大脑!"迪克说,还是没有反应。

"摒弃肉体,思维上传!"

"永久冰冻,直到宇宙末日!"

…………

他们想出了七八种答案,但无论怎么说,电脑都没有任何反应,只有两具肉体纠缠得越来越激烈。最后二人也都词穷了。流着冷汗,看着时间不断流逝……

"主啊,救救我吧!"迪克下意识地说,他虽然不算虔诚,但忽然眼睛一亮:"我明白了,信仰主,肉身复活,才能获得永恒的生命!"他满怀希望地等了片刻,电脑还是没有搭理他。

"Damn it! 我们完了。"迪克绝望地叫道,捂住了脸。

这时一个念头划过翟南的脑海:

"那个……"他嗫嚅地说,"死马当活马医吧……信×哥,得永生?"这是在他的时代很流行的一句谚语,不过他自己也不明白是什么意思。

他等了片刻,觉得自己太傻了,怎么能说这个?正想说点别的,荧屏的左上角忽然出现了一个绿点。

"恭喜你,答对了。"鲁若平静地,"下一个问题。"①

---

① 相信所有人读到此处一定都会被雷倒。——批注

103

八

翟南愣愣地,还没有意识到自己已经闯过了一关。这怎么可能?但第二个问题已经传入他耳中:

"请听题!第二个问题是关于数学基本定律的:一加一在什么情况下等于三?"

"这……一加一在任何情况下也不等于三啊!"迪克抗议说。他挠着头,忽然间灵光一现——

"啊哈!我知道了!"迪克兴奋地道,"在一男一女制造小生命的时候……"

鲁若没搭理他,迪克又紧张了起来:

"呃,难道不是?让我想想……对了,在二被称为'三'的时候……"迪克绞尽脑汁,又想出了一个答案。还是没用。

"难道是在黑暗森林状态下进行数学攻击,改变基本数学规律的时候……"迪克的脸色变了,想起来翟南在飞船上跟他讲过的某本科幻小说中的情节。

鲁若还是没有出现。眼看着时间不断流逝,迪克冷汗涔涔,大口喘息,几乎要绝望了。这时候翟南终于开口了,一字一顿地说:"一加一在算错的情况下等于三。"

"回答正确!恭喜你!"鲁若出现了,"看来你一定来自一个超高智能的种族。"[1]

"这……这他妈也可以啊!"迪克简直要抓狂了。

"这个嘛,你要是看过赵本山的小品就知道了。"翟南苦笑着说,他也是刚刚才想起来。在太阳危机后,艺术发展早就停滞了,人们只有反复消遣公元世纪的艺术品,所以二十一世纪初叶的相声小品还一直被人们所熟知。可是这个鲁若竟然拿赵本山的小品去考外星人,还有比这更疯狂的吗?

"好了,不要高兴得太早了。最后一个问题,也是宇宙中最为深奥和艰难的

---

[1] 呵呵,大家都给雷焦了吧,如果笔者是翟南,一定会高呼:"本山大叔威武,春晚精神不朽!"
　　——批注

终极问题:生命、宇宙和一切的答案是什么？"

"哇哈哈哈！"迪克终于得意地狂笑了起来,"这个问题难不倒我,我十五岁的时候就把《银河系漫游指南》倒背如流了,你这个蠢货,给我听好了,生命、宇宙和一切的终极答案是——'42'！"

可是鲁若没有回应,时间继续流逝着。

"Forty–two！也不对？Quarante–deux！Zweiundvierzig！Yonjuni！"

迪克把自己所知道的各种语言中的"42"都说了一遍,还是没有反应,气得怒骂道:"你这个白痴！笨蛋！难道那么著名的小说你都没看过吗？"

不,也许答案是别的什么。翟南想,是上帝的爱？是生命意志？是最高理念？还是真空中的一个泡泡？种种哲学的、科学的、文学的、宗教的答案涌进他脑海,但他知道,绝不会是随便某一个答案那么简单。

"还没想出来吗？只有一分钟了,就快来不及了。"鲁若又出现了,怪声怪气地笑道。

时间一分一秒地流逝,迪克重复了好几遍各种语言的"42",但是毫无用处。

"Fuck！你这个变态,他妈的去死吧！"翟南忽然听到身边的迪克大吼一声,他还没来得及反应过来,就看到迪克拔出了激光枪,抬手向着荧屏上鲁若的脑袋扣动了扳机！

"不要！"翟南惊呼一声,但来不及了。激光当然伤不了早就死了两千多年的鲁若的影像,只是在影像所投射的墙壁上多了一个黑点而已。而迪克刚扣动扳机后不到一秒钟,从大厅的北极点上,一道明晃晃的光束便对着他劈了下来,正中他头顶,迪克哼都来不及哼半声,就仰天倒在了地板上。

这是可以预料的,这个大厅既然是整个冥王星基地的核心,包含着人类最重要的基因库,在设计时面对破坏性攻击,当然不可能没有自动防护反击的武器系统。但是迪克在极度激动中,忘记了这一点。

"迪克！"翟南扑到迪克身边,只见到他全身几乎都被烧成了焦炭,他颤动着双唇只说了半句话:"妈的,反正都一样……"就缓缓闭上了眼睛。

翟南坐倒在地上,脑子里不悲不喜,只是一片木然。这么多年来,他和迪克两个相依为命,如今只剩下他一个人了。宇宙中最后活着的一个人,和行尸走肉毫无分别。在那一刹那,他理解了当初鲁若的心情,与其这样,不如死掉算了。他甚至期盼核爆炸快点到来了。

反正都一样。

地球就是毁于一场核爆,天然的核爆,想当年它也诞生于同样一场核爆……而今人类最后的遗迹毁于人类自己制造的核爆,真是公道得很。赤条条来去无牵挂……

鲁若表情下作地打破了翟南的恍惚:"最后一次机会,说吧,生命、宇宙和一切答案是什么?如果说错了,核弹就会立刻爆炸。"

"不知道,我怎么知道?"翟南喃喃道,等待着最后毁灭的到来。

但是一秒钟过去了,两秒钟过去了……一切如常。周围的一切仍然存在。相反,迎接他的是这样的幽叹:"答对了。没有人知道答案,所以答案就是:不知道。"

九

这算什么,黑色幽默?

翟南还没有明白过来,就看到屏幕上换了一个画面。仍然是那个房间,仍然是一脸颓废的鲁若,但鲁若的脸上,那种玩世不恭的表情消失了,而代之以一种凝重的、无法化解的哀伤:

"我知道我在做一件没有意义的事……这段录像不会有人看到的,就算被外星人看到,也根本不可能有人答对这三道题目,这盘录像和一切都将毁于核爆炸的烈焰……不过,不管怎么说,如果你能看到,那么你就看到了。而你——"他脸上出现了一个古怪的表情,仿佛在说一件荒诞得连自己都不相信的事,"你不会是别人,在整个宇宙中只有一个人能做到这一点。你是翟南,方舟一号的翟南。我等的——就是你。"

在时间之河的上下两端,翟南和鲁若遥遥相望,两千五百年的洪荒岁月横亘在他们之间。一个痛苦地闭上了双目,一个惊奇地睁大了眼睛。

这是一场不可能发生的对话，但却真的发生了。

"太阳系毁灭了，冥王星基地也完蛋了，方舟一号是人类唯一的希望，我以为自己早就放弃了这个希望，但是在最后的时候我才知道，在我内心深处仍然从未放弃过这个念头：总有一天，方舟会回来，你们会找到殖民地，人类会得到重生……这个希望太渺茫了，但它依然存在……"说到这里，他居然哽咽了，抑制不住的泪水从他的面颊上流了下来。

"你明知我们会回来！你还要引爆核弹，你还害死了迪克！你这个疯子！"翟南忍不住大声骂道。

"其实，三个问题的回答是什么并不重要，只要摄像装置检测到人类的形体，只要你们的回复是用人类的语言，核弹就不会引爆，这只是一个玩笑。"鲁若像为自己辩解一样说道，"但如果有人能答对三个问题，不，只要有人能答对其中任何一个问题，那个人必然是你，翟南。下面的话是专门要对你说的。"

鲁若深深吸了一口气，"翟南，你这小子。我知道你多半已经在外太空喂黑洞去了，不过就让我想象你已经回来，已经建立了人类在外星系的第一个殖民地，站在了这个大厅中，并回答完了三个问题……这会让我感到一点安慰。也许在某一个可能的宇宙中这一切真的会发生……你当然不知道我，我是当初应征方舟一号宇航员的千百个落选者中的一个，但我早就知道你，作为第一个离开太阳系的人类，你是世界级的名人。我在电视上看到你们通过遴选、接受训练，出发，飞过木星和土星……我专门研究过你的资料，甚至看过你上大学时在水木社区上发的帖子……我嫉妒你，翟南。①

"但你是我的同胞，不仅是同胞，而且是同类。我知道，我们在深处都是相同的……一样的宅男，一样的鲁若②……因此，你是最佳的人选，你听着，我要送你一样礼物……一件非常非常珍贵的礼物……"

礼物？

"想知道吗？在这个墙壁中间有一扇小门，就在亚洲东部的位置，你来吧。"

---

① 原来是清华大学的高才生，难怪！难怪！——批注

② "翟南"者，宅男是也；鲁若则是中国西南少数民族古语的音译，意为"娱乐、歌舞"。——批注

翟南依言,沿着弧形的墙,走到北半球亚洲东部的方位,找到了墙上的那一道门。门在他面前自动打开,翟南飘了进去。

里面是一个气密舱,只有五六米长,尽头是另一扇门,翟南进了那扇门之后,发现自己站在一个宽大的,满是屏幕和仪表的房间里,他看出来,这就是冥王星基地的总控制室。这里几乎是真空,没有灰尘,温度极低,因此在两千五百年后,还保存得相当完好。但房间里没有一个人。

"进左边的小门。"鲁若继续指示说。

翟南找到了那扇门,推门进去,发现正是荧屏上他看到的那个又脏又乱的小房间。房间的布置和二十一世纪普通的单身宿舍一样:床上的被子还没有叠,桌子上胡乱放着些杯子和碗碟,地上扔满了酒瓶和纸团……鲁若的尸体就对着电脑,仰倒在椅子上,脑袋上多了一个大洞,四周是早已冷凝并挥发了的鲜血,只剩下一片深褐色,身下掉着一把手枪……鲁若早已经是一具干尸。

"礼物就在桌子上。"鲁若在他耳边说。

翟南在鲁若的手边发现了一个小小的 U 盘,一个银灰色的长方体,只有一个拇指那么大。

"这个 U 盘有四个 T 的容量,里面有一千五百部电影,都是我在地球上的时候精挑细选的……我们在这个基地里看了整整三年,如今转送给你。这是最耐用的高级设备,里面的资料保存一万多年没什么问题。这个礼物你还满意吧?可以在回殖民地的飞船上打发打发时间。"

翟南苦笑了一下,鲁若死了也不忘摆自己一道。什么礼物!不过是那些乱七八糟的片子。鲁若一定以为,自己如果回来了,那么就证明在外星球的殖民改造初步成功了,飞船上有一个人类的基因库,里面有大约一千人的基因,在外星球重建人类社会并非不可能。

但鲁若不知道,飞船上的人类基因库已经在穿越星云时毁于高能辐射,而这里的死者都是男人,尸体的保存状况虽然还不错,但所有的水分都蒸发了,不可能找到可以用来克隆的完好细胞。退一步说,就是能够找到完好的细胞,也只能克隆出男人来。

更何况,方舟一号的任务失败了,根本就没有找到殖民地,飞船残旧不堪,能回到太阳系已经是奇迹,再次出发去外星系的希望也很渺茫。

因此,人类注定了还是要灭绝。就算看完了这一千五百部电影,之后在致命的孤独中,可能他自己也要走上和鲁若相同的路了……

那还有什么意义?无论在外太空孤独地漂流,还是在冥王星上等死,都是一样,还不如现在自行了断……

翟南忽然有一种冲动,抓起那U盘,就要往地上摔去。但这时鲁若的声音又响起来了:

"顺便告诉你一声,"鲁若忽然又说,"这个U盘同时也是一把智能钥匙,里面储存了我的信息,可以打开基地最底层的能源供应系统,在那里,还有一个残存的基因存储模块……"

翟南感到自己的胸口被重重撞击了一下,忽然觉得自己无法呼吸了。

"是的,你猜到了吧?那里有这些影片女主角们的基因。"

十

翟南的心跳得如脉冲星的自转一样飞快,他奔跑着,跳跃着,迅速穿过充满死亡气息的大厅,向外跑去。鲁若的声音在他耳边回响着:

"她们是少年的梦想,她们是中年的寄托,她们是老年的慰藉……

"她们是青春,她们是爱,她们是光。

"她们是饱受瞩目的一个人群。她们的美丽照亮了我们的精神,她们的坦诚刺透了我们的伪装。她们的柔软融化了我们的坚硬……"鲁若梦呓的声音传了过来。

翟南冲出了大厅,奔跑在长廊中,一个个房间:二十世纪、十九世纪,十八世纪……从他身边掠过。他如同逆流而上,奔向人类历史和文明的源头。

"第一次耀斑爆发后不久,在二〇一八年,建立地球生物基因库和保全人类精英的紧急移民的计划就雷厉风行地付诸实施。由于她们身份单一,根本不可能全部进入只有几千人的精英行列,有些人可能连备选名单都上不了。但是人选基因库的门槛就要低得多,基因库里预计将储存十万人的基因。那些掌握决定权的财阀和高官们以'优化人种'为借口,竟然指示分给了她们整整一百个名额……因此,虽然她们的娇躯已经重新回归太阳之神的怀抱,但她们的一部分终于来到了这里。"

唐朝、汉朝、罗马帝国、古典希腊……一个个离他而去。俱往矣,多少风流人物,没有留下一点痕迹。

"我是工程师,对于基因库的分布情况了解得很清楚。人类基因库分为几百组,按重要性和种类的不同装在不同等级的模块里。她们的基因大部分为最低重要性的,所以放在库中一个不起眼的角落里。在基因库被洗劫一空的时候,我总算趁乱把她们的基因模块抢救了出来。我还想救出更多的基因模块,可是等我回去,基因库已经完了……只有她们了。"

殷商文明、克里特文明、苏美尔文明、古埃及文明……一个个空空荡荡的房间,这些文明真的存在过吗?那些人生活在怎样的世界里?他们穿着怎样的衣服?在怎样的城市或乡村里生活?他们如何狩猎和种植?他们如何相爱和繁衍?五千年的人类文明,虚无缥缈,抓不住一点实在。

"为了保险起见,与动物基因的储存不同,人类基因储存模块有独立的液氮冷藏系统,有能够支持三天的备用能源,以防万一。我将她们的基因储存模块抢救出来之后,就悄悄来到地下,设法将整个模块接到了主基地自身的能源系统上。虽然整个基因库需要专门的一个反应堆供电,但单独一个模块的耗能是相对很小的,所以如果没有人来,这个模块将与主基地存在同样的时间,直到能源耗尽……"

新石器时代、旧石器时代、尼安德特人、爪哇猿人……人类一步步退向历史的尽头,褪去所有的人性,退到他们的动物母亲中去……

"但是基地的克隆设备在最后的混战中被毁掉了,懂得克隆技术的专家和工程师也都死了,我无力让她们重回人间。她们只有放在那里,直到时间的尽头,等待着奇迹般的爱和拯救,或者永恒的死亡。如果是后者,她们的美将不复存在于宇宙间,她们的名字也不会被任何一粒灰尘记住。"

更新世、上新世、中新世、渐新世……白垩纪、侏罗纪、三叠纪、二叠纪……猿人们从草原上缩回到了树上，从树上回到了地洞里，从地洞里回到了河边，回到了大海里……它们四脚着地，乳头消失，褪尽皮毛，披上鳞片，它们的大脑越来越小，四肢也缩回到身体里，它们变成了鱼，无忧无虑，在大海中畅游着……

"但这还不是最可怕的。比起这来，更可怕的是她们被那些外星虫子们发现，被复制出来，然后就像河马和鳄鱼一样被展览，被指指点点，被嘲笑，甚至被当成老鼠和青蛙一样解剖……想想吧，我们人类最美丽、最优雅、最可爱的成员，就这样被那些不懂得人类之美的虫子们反当成是丑陋的怪兽，肆意蔑视和踩躏……谁能够忍受这些？所以我宁愿用核弹炸掉整个基地，也不会让外星人得到她们……"

寒武纪过去了，埃迪卡拉纪也消失了，显生宙在他后面，元古宙和太古宙也离他而去。漫长的时间逆旅中，人类一步步变成了虫子，虫子分解为一个个细胞。细胞又破碎成无数基因的碎片，若干大分子结构，消散在原始海洋中。最后，海洋也已干涸，地球散归星云，太阳还没有诞生，甚至宇宙大爆炸也没有开始……

"老实说，我并不十分相信你会回来，但是我听说，宇宙中存在无数种可能状态，也会产生出无数平行宇宙……也许在一百万亿个宇宙中你都会像条狗一样死掉，但是仍然会有一个宇宙，你会回来，会听到我说的话，会找到她们……"

翟南走进了电梯，按了最底下一层。电梯向下沉去，如同沉向虚无的深渊。

但现在翟南知道，在世界的深渊里，在无垠的时间的荒漠中，在多少次因缘聚散之前，甚至在创世之前，在黑暗而混沌的水面上——

她们在那里等着他，如同太古的鲛人们，唱着古老而魅惑的歌谣。①

鲁若的最后一句话是："如果你听到这一切的话，请你把她们带回人间吧。"然后，是一声轻得几乎听不到的叹息，接着只有一片寂静。

不，不是把她们带回人间。相反，是请她们把人间带回到这个宇宙，这个疯狂而冷酷的宇宙……翟南想。

---

① 极具画面动感的一段描写。——批注

电梯门开了,但面前并没有路,而是一堵金属墙,如同死亡一样横在他面前。墙上除了一个方形的小孔,一无所有。翟南思忖了一下,将那把智能钥匙放了进去,方孔中闪现出了绿光,于是那道墙升了上去。在他面前出现了一部巨大的黑色机器,如同一头远古怪兽一样蹲在这地下的洞穴中,等待着死亡。

而在那部机器之前,在一堆黑色的管道和电线中间,有一个不大的正方体,晶莹透亮,半透明地发出蓝莹莹的光。他屏住呼吸走过去,轻轻摸了摸那正方体。被他的触摸所感,上面的智能显示界面上立刻出现了许许多多的名字,古雅的汉字间镶嵌着俏皮的拉丁字母……

这些名字,有的他认识,有的他不认识,但他知道,她们一定都是非常美丽,非常可爱的……她们沉睡在这模块深处,如同森林中的睡美人……每一个闪烁的名字,似乎都在向他点头,向他致意……

"原来你们……你们真的都在这里……"翟南喃喃说,泪水从他的眼角流下,转为啜泣,终于变成了号啕大哭。他紧紧抱住那个正方体,像是抱着人类最后的希望。

尾声

"那后来呢?"

"后来,就有了新地球。有了一代又一代的人,有了各种各样的动物植物。有了我们世界的历史。有了我们的爷爷奶奶、爸爸妈妈,也有了我和你。雪奈,这,就是我们祖先的故事,也是我们这个世界的——起源。"翟卫说。

雪奈若有所思地点了点头,望着远处弧形的海天之际,陷入了沉思。此刻,她正和少年翟卫一起,坐在一块悬崖边的岩石上,面朝大海。万顷碧波倒映在她的深瞳中,轻轻微风吹拂着她乌黑的秀发,雪白的浪花拍打着她脚下的峭壁。

雪奈向天上望去,一轮玫瑰红的太阳正挂在东方的天边,像盘子一样硕大。而在天穹之顶,则是一个更为巨大的蔚蓝色月亮,隐隐地还可以看到月亮表面闪着波光的海洋……

她很难想象，以前的太阳看起来只有现在太阳的十分之一大小，但却是金黄色的；而以前的月亮，是一个灰蒙蒙的球体，表面一滴水也没有。当然，那是另一颗行星的另一个月亮。万物生灭，那颗行星连同它的月亮都已化为青烟。

她也很难想象，以前那个世界比现在的要大很多，地平线几乎是一条直线，引力要大十多倍，每天有二十四个小时，而不是一百五十个。甚至还有所谓的四季，一个人一生中可以经历无数个春夏秋冬……那个世界真是奇怪，奇怪极了。

她更难想象，如今这春风和煦的星球，这个碧海蓝天的世界，这个生活了好几万人的大花园，在过去亿万年的时光里一直是零下两百多度的冰之地狱，是没有任何生命的星系边缘，以死神的名字被命名。而在那个以前的世界消失后两千五百年，这个新地球才得以出现。在十六岁的她看来，世界好像一直都是这样的。

"……后来，我们的祖先翟南留在了这里，留在冥王星上，"翟卫继续说，"并将它重新命名为新地球。新地球有百分之二十五的成分是由水冰组成的，利用方舟一号上的设备很容易分解出氢和氧气来，加上本来的固态氮，加厚和改造它的大气并不困难。它围绕太阳的公转周期本来是二百四十多年，太阳膨胀后变为一千三百年左右，它的轨道偏心率很高，近日点离太阳只有三十多个天文单位，当它逐渐向太阳靠拢时，由于太阳光度的激增，它变得和昔日的地球一样温暖，它表面的冰层会融化，变成液态海洋，更容易播种生命，改变世界。我们目前正在第一次海洋时代初期，海洋时期将会维持四百年左右。因为新月亮和新地球之间相互潮汐锁定，表面海洋分布稳定，并不会引起很明显的潮汐……"

"好了好了，"雪奈有点不耐烦地打断了他，"不就是从那些历史书上看到的东西嘛，说到现在，闷死啦。"

"刚才你不是很爱听吗？"

"刚才是讲故事啊，我喜欢听故事，可不喜欢听这些什么科学数据……喂，我们去那边看古飞船的残骸吧！听说里面还有鬼呢！"

　　雪奈朝翟卫眨了眨眼睛，一笑转身走了。翟卫赶紧跟了上去。在开满鲜花的草地上，他们欢笑着、打闹着、飞奔着，如轻盈的天使，如同矫健的小鹿，一步可以迈出十多米，如飞如翔，尽情地舞动着青春的翅膀。他们一前一后，向着这座岛屿的中心而去。那里，在森林和草地的中间，在美丽的爱之广场中央，在新月亮的正下方，屹立着一座古老的方尖碑。那座如今已爬满了常春藤的巨碑上，"地球文明之碑"几个大字正在玫瑰色的阳光下熠熠生辉。①

---

① 作为一篇末日题材小说，作者并不意外地给了我们一个光明和充满希望的结尾。——批注

一个被精心讲述的好故事

吕哲

一次为寻找希望的旅程，却以失望告终。当疲惫旅人回到家门口时，却发现家园早已化为灰烬。就在他们几近绝望的时候，乍现的一丝曙光又给他们带来了新的希望。但当他们迫不及待地向希望奔去的时候，等待他们的却是一个潘多拉魔盒！

读过宝树的《在冥王星上我们坐下来观看》，一定会有人称赞他是一个会讲故事的作家。而他个人的创作经历也颇具传奇色彩。很多科幻读者对于宝树的第一印象来自他给刘慈欣的《三体》系列续写的同人作品《三体X：观想之宙》——这是由原作者刘慈欣和《科幻世界》杂志社双重授权的唯一一部官方同人小说。其实，在此之前，这位北京大学的高才生已经翻译出了美国学者托马斯·内格尔的名作《你的第一本哲学书》，并在网上有百万字的著述，可谓厚积薄发。

就像很多读者知道的那样，宝树是一块超级"磁铁"，也就是当今中国科幻界的"一哥"——刘慈欣的铁杆粉丝。在接受访谈时，宝树也坦诚《在冥王星上我们坐下来观看》的创作灵感在很大程度上是一篇大刘曾经计划写、却终未动笔的名为《在冥王星上我们坐下来哭泣》的小说(参见《科幻世界》二〇一二年第三期)。而从某种程度上说,这篇小说的确是得到了刘慈欣科幻的真传。

《在冥王星上我们坐下来观看》在整体上来说,是一篇末日题材的科幻小说。这在二〇一二年这个所谓的末日之年,显然是非常讨喜的一个流行题材。不过,宝树的"狠毒"之处就在于他几乎没有给人类留下一丝生机——太阳已行将就木,大灾变无可避免,但人类文明对此毫无办法,连逃亡都有心无力,只得胡乱地抓些稻草来救命。故事的主角翟南和迪克搭乘的星际飞船就曾经是那些希望稻草中一部分。可惜,他们的任务失败了。当他们回到太阳系的时候,不得不面对一个残酷的事实——他们是这个宇宙中存活的最后两个人类。此后,绝望与希望便随着故事情节的演进不断交替出现,读者的情绪如乘坐过山车一样忽上忽下,而作者则始终挥舞手中的魔棒保持着自己的节奏。最终,当潘多拉魔盒被翻到最后一层的时候,人类最终被自己救赎,种族得以延续,精神得以升华。

在这篇作品发表后,读者们的评价呈现出两极分化的态势。称赞者多津津乐道于其环环相扣、紧张刺激的故事结构,有推理悬疑小说的范儿。批评者则多指责小说后半部分的某些情节设计过于夸张或随意,比如人吃人、三个恶俗的问题、女演员的基因等。对此,宝树在他的访谈中已经有所回应,其中也谈到了刘慈欣的科幻创作理念对他的影响,并反复提到了"宇宙零道德"的观念。这倒是给了我们一个充分理解这篇作品的有效途径。

宝树的科幻理念源自刘慈欣。而刘慈欣的科幻创作之所以能够在当今的中国科幻界独领风骚,在很大程度上来源于他对科学、对社会、对历史的独特理解。比如,刘慈欣笔下的外星人并不像大多数科幻作品中所表现的那样仅仅是个被怪异化了的人物形象,而是基于他对"外星人"这个科学概念的理解,通过逻辑推演分析其思想和行为特点,并以此作为创作的基石。从这个角度上说,刘慈欣的外星人是更接近"真实"的外星人,是现实主义的外星人!而比外星文明更加可怕的是宇宙本身,亦如《流浪地球》中所呈现的情景。从某种意义上说,《在冥王星上我们坐下来观看》的末日情结来源于《流浪地球》,但却较之更甚——《流浪地球》中起码人类还能给地球装上发动机,而《在冥王星上我们坐下来观看》中人类却完全呈现出彻底的无力感。在这一点上,宝树比刘慈欣更现实、更彻底。

至于说到"宇宙零道德",其实并不是没有道德,而是说道德作为一种形而上的存在是建立在一定基础之上的。"人们首先必须吃、喝、住、穿"——当然还要呼吸空气,如果当这些基本的生存条件都成了问题的时候,社会性的道德约束就很难不让位于生存需要造就的求生本能,即便人们明知那样的做法最终也将是自取灭亡。宝树向读者们展示的就是这样一个悖论——一个无解的悖论。但作者到底还是仁慈的,给了所有人最后的希望,也就是那些女演员们的基因库。这也是《在冥王星上我们坐下来观看》最为人诟病的一点。其实,诸君大可不必如此敏感,这只是一个文学意象,与情色无关,仅仅是代表人类性欲与繁衍的一个符号而已。所谓"食色性也",不过尔尔。

《在冥王星上我们坐下来观看》的男主角名叫翟南,也就是"宅男"的谐音。凑巧的是,宝树也常被粉丝们戏称为"宅男科幻作家"。这里自然有些戏谑和恶搞的成分。但似乎很多人忽略了一个事实:从原始的意义上来说,"御宅族"是个中性的称谓,其中还隐含有出于对某些特殊知识特别的精通而引起的尊敬感。由此看来,科幻的确是件很适合"宅"的事情。而如果宝树不介意"宅男科幻作家"这个头衔的话,我们倒是很乐于看到他宅出更多优秀科幻作品来。毕竟,与其他类型文学相比,讲一个好故事对于科幻创作来说是个更艰难的挑战,而在同辈里,宝树应该是最会讲故事的作家之一。

时间画廊

黄海

五十年才有一次聚首的小学同学会,相见时男男女女多是银发人了,有县长、法官、中小学老师、大学教授、商人、家庭主妇、医生、护士、公司职员,几乎涵盖了社会的各个层面,却都已到待退或退休之年,青青校树的毕业歌声,犹在耳畔回响,童年时代校园里的青草味和欢声笑语依稀可闻,一幕幕的光景在眼前与现实交叠……

　　时光魔术把每个人从青春年华带到感伤的晚年,多数人已儿孙绕膝,仿佛逝去的只是眨眼间的一笑,而昨天已了。一个童山濯濯的男生,站在树荫下拿着麦克风唱歌,头顶反射着即将西沉的夏日阳光,仿佛每个人又回到小时候的样貌神态,每个心版成了联络两个时代的感光片,每个人都飘过同样的念头,五十年只是一刹那罢了,实在分不清楚时间是怎样在人世进行幻化成长和衰老魔术的。

　　余兴节目是参观超大型想象画廊,它就坐落在都市的繁华地带,一座耸立云霄的高塔式的建筑,在那可以俯瞰整个大台北,进入永恒,透视人生与宇宙的终极的秘境。

一

　　在想象画廊里,我们是旅者,探首窗外可以见到五彩霓虹在都市的众多楼房中眨眼闪耀,台北街上车如流水人如蚁,忙忙碌碌的情况和过去每一天似乎都是一样的,回廊里,挂着数不清的千篇一律的人脸照片,都是以我为主角的摄影画像,前一张与后一张,几乎是一模一样,看不出任何差异,朋友,且慢感到单调无聊,身处在一个满是复制画像的回廊里,如果我不告诉你真相的话,你无法明白时间轨迹的奥秘。我把生命中每一天的自己外貌都制作成了画像,贴在回廊的墙壁上,每年就有三百六十五张画像,闰年多了一张,它们都是真真实实的自己,生命中的每一天,都留下了清楚的画面印象——今天的我与昨天的我,昨天的我与前天的我,前天的我与大前天的我……依次排列,每一张画面的外貌几乎是完全相像的,无法分辨彼此的差异。①

　　太阳底下没有新鲜事,就像每一张几乎不变的画面,我们盯着挂在墙壁上的每一张脸,逐渐加快速度移动视线,画像上的样貌变化也在不知不觉中进行着,我前一个月、两个月、三个月的样子,以至于前一年两年的样子都出现了,不知不觉中,空间画面已经变成了时光隧道,不记得当初我是怎样从两鬓霜白、顶上微秃的老年人,变成双目炯亮,神采俊逸的美少年,所谓朝如青丝暮成雪,忽然时间反转,人生画面倒转,顺着回廊往下走,时间也在飞快地往后倒退,我也越来越年轻,一年一年地倒退回去,我们终于走到孩提时代当初分手的地方——也就是四十年前高唱骊歌的那年,于是,大家一起手牵着手唱着青青校树,萋萋芳草的歌,跌入童年时间的河流里,想象与现实交错重叠,我们感到朝如青丝暮成雪的恍惚和不可思议。

　　设计这趟旅游,是对时间逻辑的玩笑与质疑,如果今天的我与昨天的我是完全一样的,那么第一张《暮成雪》和最后一张《朝如青丝》也必定完全相似,现在的我与画面中的人也必定一样青嫩俊俏,所有的人也都没有例外。最后,机器快速的倒转画面,回到我出生时的第一张照片,我把它放大,成为立体三维空间的壮观大画面,甚至可以听到出生时的哇哇哭泣声,站在画面中沉思默想,依稀每个人多少有着难以言宣的失落和伤怀。

　　初生的婴儿消失不见了,所有的旅者都飘浮起来,进入隧道一般的黑洞,恍

---

① 脸或者说容貌是人们彼此识别的重要媒介,容貌的变化是每个人都必然要经历的过程,作者在此将容貌的变化当作是个人人生历程的缩影,甚妙! ——批注

惚是置身在母亲的产道里,模糊脆弱的人体,就在黑暗中一个母亲的子宫里挣扎踢动着手脚,最后,我们看到的只是一个小小的点,那就是最初的人形,我的来源,一如每个人的来源。

二

想象画廊的身历境超大画面影像,呈现出开启了的一个大窗子,众多旅者随着镜头飘出窗外, 以君临万有的视界感觉到有若置身天空自由自在飘翔着,起初是熟悉的台北繁华街景,高楼大厦林立,摩托车与汽车塞满了每条道路,污染的废气蒸腾成一层薄薄的黑色云雾, 行人像鱼群在污浊的池水中游荡着,淡水河是台北的一条秽气熏蒸的排泄管道,兼作垃圾场,与台北光华亮丽外貌极大的不相称,渐渐的,在水晶耀眼与雷电交加中,天地变色,成排成列的楼房缩陷地底,乌烟瘴气的都市景观不见了,朦胧中出现眼前的是一片美丽澄明的大湖,四周密密生长着蓬勃瑰伟的樟树,那圆锥状的白色花朵在绿色野地犹如众多耀亮的眼眸,在风里闪动,清幽的湖面上有摇桨的船在碧波里荡着,眼前正是一幅熟悉的中国山水画,湖的四周有原住居民住着,过着打猎捕鱼的生活,携带种子和农具的汉人,逐渐来到,在河流沿岸垦荒种植,西方的船队也从天连海海连天的那边出现,逐渐驶入大湖里,天地悠悠,景象如幻,旅者与天地已经融为一体。

空中传来如神祇洪钟般令人敬畏的解说:“一六三二年,西班牙的船只溯淡水河入台北湿地——当时台北还是个咸水湖。而当汉人大批移居台湾岛时,独木舟仍然是很多湖泊河流上的主要交通工具。”

旅者心中悸动又感动,真能相信这一切仅仅是三百多年前的景象?众多的唏嘘和心头的噗噗之声,犹如野地里喷出清泉的微响。来自住洋房、享冷气、开汽车的现代的旅者,如何能够想象熙熙攘攘的台北,当年曾是青山绿水的翡翠世界犹如蓬莱仙境?独钓寒江雪,孤舟蓑笠翁的情景?与现在的人烟稠密,连呼吸都感到要窒息的境遇,真是不可同日而语。超大画面呈现了台北曾经在一九六三年的葛乐里大台风来袭时,被水围困成了水城的景象,在全市断水断电半瘫痪的状态下,还真的有独木舟在街头巷尾出现,兜售食品或日用品,两种时空环境的叠影,格外引起观者的思古幽情。①

众多的旅者似天地间的游魂,时间和空间已经没有分际,人是被自然揉捏在一起的小个体,七情六欲只是自然冒出世界的泡沫或叹息。身在云深不知处,美丽之岛的蓊郁山林和处处花海,奇幻迷人,到处可以看到樟树、红桧、扁柏、相思树、铁杉、笔筒树等构成的绿野山峦,而草泽植物中,芦苇、滨雀稗、盐汁草、铺地黍、白茅、白花、马鞍藤、苦槛蓝、姬草海桐……平常在都市里未尝得见的,都一一呈现,旅者几乎可以闻到那种盘古开天以来的清鲜空气。

旅者飞升得更高更远,视界更加辽阔,台湾与福建之间的海峡景观倏忽呈现眼前,差不多一万年前,海峡还曾是陆地,台湾岛与内陆随时可以互通,人和动物在这片广阔的天地间居住迁徙是很自由的,镜头扫过的大地是一片清宁祥和,日出在遥远宁谧的地平线,青山草原与云霞共旖旎,生物与人只是大自然的点缀。旅者都在惊叹,如果人间还有什么赏心悦目的事,经历一次这样壮丽旅游就已足够铭心刻骨,真有几辈子的话也忘不了的。

无形的时间与空间似水似雾似光一般化开了,光沫四散,旅者化身为无数粒子,视野更开阔,置身太虚之中,目睹整个星球的形貌,地球和月亮越来越小,甚至连太阳的光芒也只是个小小的圆盘,八大行星早已隐去不见,太阳逐渐缩小,成为星光中的一点,壮丽璀璨的银河和星云,犹如天空中的耀亮的锦绣,即使光在太空中行走一年的距离,都不足以作为此次旅行的计算尺度,一万年、百万年,只是宇宙中刹那的微秒,人的一生甚至不如星星的一次爆炸眨眼。

终于,众多的旅者以超越光速的粒子向宇宙最深沉遥远的边疆飞去,差不多是一百五十亿光年的远处吧,那是一个幽暗神秘的隧道,出口处有模糊的光晕在招引,如神祇洪钟般的声音在表白:"宇宙在诞生时是个比基本粒子更小的

---

① 对于今天的我们来说——无论是否是台北人,很难将这样的过往经历与如今那座精致而现代气息浓郁的台北城联系在一起。这其中包含的不仅是沧海桑田的力量,还凝结着属于人类的智慧和辛劳。——批注

超迷你宇宙,是个不可思议的原点。"①

抵达宇宙的原点后,旅者恍然有所领悟,宇宙诞生与人的诞生竟然不可思议地对应着,都是从神奇的原点开始的。老早就有人在怀疑,人只是重演宇宙的生和死罢了,许多濒临死亡的人都有类似的经历:在愉快的飘浮状态中看到隧道和光,逐渐向出口的方向飘浮。仔细追究起来,大概人在死亡时,意识会飞快地回溯一生的经历,甚至回到出生的原点,就似婴儿通过母体的产道面,挣扎向外面有光的世界,一如宇宙从太初超微小的密集原点爆炸,成为大霹雳火球,而太空中的星球因为死亡而爆炸后,产生的元素灰和星际间的气体云,所含有的钙、铁等元素,正是制造人体骨骼和血液的主要成分,形成了人类的皮肤与神经,人类的来源,竟然和宇宙有着神秘的关联,正是中国古来所谓的天人相应。②

三

时光分明是宇宙戏剧的主宰,画廊的荧幕呈现的大窗口恢复现实景观,台北的繁华街景一如平日,是个声音与色彩纷乱迷人的大染缸,它也是在三百多年前的咸水湖上,盘踞着众多的水泥丛林,随时蒸腾着烟雾和生产垃圾的城市怪兽。就是不明白,人间总要发生这么多的纠葛争端,十几亿人就有十几亿个心灵,每一个心灵都似一个奇妙的宇宙,却总是在贪婪中竞争彼此吞噬占有,每个人脑都有一百四十亿个神经细胞,每天都要死亡三十万个,直到躯体衰老,谁说这种情形不像人间的争战和宇宙星球的演化?

画窗再度开启,旅者要向未来出发,无数钻石般的光芒,在眼前熠亮,仿佛伸手随时可以抓它一把送进口袋,倏忽一阵风卷残云,整个星球已经尽收眼底,一幅活生生的世界区域地图已经摊开来在眼前慢慢地展示转动,突然可怕的蕈

---

① 从一座城的历史,上溯到人类的历史,生物的起源,星球的诞生,最终来到了宇宙的原点,寥寥数语间,便已铺展开一幅幅恢弘的画卷,行云流水中颇见功力! ——批注
② 将宇宙起源理论与中华传统中的"天人观"相融合,颇有中国特色! 也是后文伏笔所在。——批注

状云在某个地区上升，广大的油田在核子爆炸中全部被掀翻了，火光冲天，就像千万个太阳在天空燃烧，随后黑烟蔽空，即使在大白天也看不到作为大地之母的太阳，整个星球很快地被可怕的黑云所笼罩，所谓核子冬天促使地球提早进入冰河期，最后连海洋也冻结了，地球成了一个冰星。

在冰雪的侵袭下，人类大量死亡，许多地方恢复了穴居生活，喜马拉雅山的雪人繁殖得特别快，甚至向人类学习语言，终于与人类杂居在一起，台湾海峡结了冰，雪人就从大陆移居到台湾岛来，到了天气变得较暖时，雪人想要回去大陆探亲了，雪人与人类成群结队的跨过台湾海峡前往对岸，人性与兽性便又混杂成为新的人性，而对岸的族类也大批地往南迁徙，甚至冲向太平洋寻找新的居住地。

另一个文明在浩劫后建立起来了，新人类在受创中学习宇宙宏观的法则，百多亿个细胞的脑袋，进化到等同于银河系千亿个星体的数目，变成头脑发达硕大而四肢萎缩短小，与机器结合的金刚不坏之身，发展出神祇般的智慧生命，每个人的心灵都像佛陀一般的仁慈，有包容一切之心。一位先知在观察夜空星象时，发现一个形貌似婴儿的银河，而不禁呐喊欢呼起来。

一个世纪又一个世纪过去了，也许人类只是地球的过客，那么地球再过五十亿年呢？相对于我们同学分别再相会的时间，是一亿倍吧，不多久，太阳成了一个"红巨星"的大火球，面临死亡开始膨胀，而地球的大限也已经来到，地表的水分全部被蒸发殆尽，生命消失，想象今天所见到的蔚蓝天空，都给红色膨胀的太阳整个占满了，如果还有人在地球，只消看到这幅景象就会恐怖得发狂。最后，地球连同水星、金星都被卷入太阳里面，成为太阳的一部分，算起来星球的寿命也不过百亿年罢了，和人寿的百岁同样都有相同的极限。①

摇篮中的婴儿终究会长大，地球只是人类的摇篮，时间画廊的旅者想象着宇宙的终极，那必定是在无限遥远的未来，但一定还是会来到的遥远未来。人是用星球的碎片所打造的，当智慧的生灵以星云为脏腑，粒子为神经，光能为血

---

① 在结束了探源之旅后，作者又以画廊影像导引着人们向未来而去，一部超迷你版的太空歌剧展现在读者面前。——批注

脉,星球为细胞,就是那种恍惚间有物混成的浑融状态,变成天人合一了。那么,在宇宙天人的最后结局呢? 就像某些人在死亡时幻见的光和隧道,想象画廊终于映出了生命随着宇宙同朽的刹那——如果生命能够与宇宙同朽的话——前面一缕微光在招引,生命与宇宙的原形必须冲向那微光的尽头才能得到答案,终于冲向光的尽头,依稀传来一种庄严的天声混合着人声:"把这个孩子拿掉了,真可惜。"原来我们活在一个被堕胎的宇宙里,宇宙正在等待着另一个胎儿的出生。①

---

① 小说结尾之处大大出人意料,有奇峰突出之感,又暗合了贯穿全文的东方式的"天人一体"思想。所谓"文似高山不喜平",小说立意奇诡,又能娓娓道来,读罢又觉意犹未尽,不愧出自文章大家的手笔。——批注

泼墨谭玄天宇间

吕哲

　　提起黄海,很多大陆的科幻读者或许会觉得很陌生。但在台湾科幻圈里,黄海老师可是一位响当当的人物。这不仅因为他是与张晓风、张系国齐名的台湾科幻文学奠基人,还因为他几十年如一日笔耕不辍,在台湾地区乃至整个华语世界推广科幻文化。

　　黄海,本名黄炳煌,祖籍江西,一九四三年生于台中市。毕业于台湾师范大学历史系。曾任照明出版社总编辑、《科学儿童周刊》主编等职。以《联合报》编辑退休后,黄海兼任静宜大学、世新大学"台湾文学"、"科幻文学"等课程讲师,在东吴大学开办"科幻与现代文明"讲座,还曾任台湾交通大学科幻研究中心倪匡科幻奖、U-19科幻小小说奖等科幻文艺奖项的评审委员。在从事文学创作的数十年间,黄海的作品跨越成人文学与儿童文学领域,传统文学与科幻文学的文类,著作等身,享誉华语文坛,在海峡两岸多次荣膺重要的文学奖项。

　　台湾地区的科幻文学自创立伊始, 便与岛内纯文学界有着不解之缘,很多台湾的科幻作家同时也是纯文学作家，这在其他地方是不多见的。《时间画廊》就是一篇能够充分体现台湾科幻独有文学气质的散文体科幻小说。

小说起始于一场久别重逢的同学会，已过耳顺之年的一群老人们步入了一栋超大型想象画廊。起初，人们看到的是自己的"历史"，通过一张张画像回溯到自己的孩提时代，乃至生命的起点。随后，人们随着时光逆流而上，沧海桑田，斗转星移，一直来到了宇宙的起源处——奇点，目睹了诞生时的壮丽景象。紧接着，游客们又掉头奔向未来，随着人类的进化之旅，直至人类与宇宙实现了天人合一。但当这趟奇妙之旅抵达终点的时候，人们却发觉"原来我们活在一个被堕胎的宇宙里"……

自从人类第一次抬起头仰望星空开始，"我们从何处来，又将往何处去"的疑问便始终困扰着人类。很多科幻作品都试图用文学的方式来破解这一命题，比如将人类居住的宇宙描绘成运行在一台超级计算机里的虚拟现实程序，又或是把我们的宇宙放进异种生物的储物箱里。黄海的"时间画廊"却用一种充满了东方智慧的方式，给了我们完全不同的答案：从一个人的生命历程，到一个物种的发展进化，再到星球乃至宇宙的始终，终究脱不开周而复始的循环往复，天人一理，概莫能外。从中，我们不难察觉到一种道法自然的世界观和宇宙观。

读过《时间画廊》，笔者不仅想起了张系国先生关于"全史"的论述：历史不仅包括"过去"，也包括"未来"。而科幻作家从某种意义上说就是串联起过去、现在与未来的节点。黄海用《时间画廊》这篇大写意式的东方科幻美文，向海峡两岸，乃至整个华语世界的科幻读者，展现了他的"全史"。无论你是否认同文中的科学或哲学观点，但毫无疑问都会从中得到美的体验——那是属于科幻独有的"美"！

多余的世界

张系国

联邦境遇改造员唐森的情境胶囊

雨一直落个不停。

唐森从窗口望出去,新海默城整齐的街道倒有一大半浸在水里。街上少数几个行人紧紧裹住雨衣低头疾走,有一个人的帽子飞了,他赶快追上去捡起来。可见风也很大呢。唐森用左手的五个手指轻按住玻璃,他可以感觉到风阵阵吹动玻璃窗的劲头,连窗框也在震动。唐森的右手藏在大衣口袋里,紧握住一根短短的钢管。过去这根钢管曾经救过他的命。今天的情况虽然稍有不同,可是谁知道呢?干他这一行的绝对不能够有丝毫的大意。

唐森一向喜欢落雨天,但是这样绵密的雨令他感觉有些受不了了。街道上一波波的雨水仿佛浪涛般冲向路旁。如果连新海默城都这样水波汹涌,旧海默城更不知如何白浪滔天呢?唐森想起传说中有关海默城的故事:旧海默城是在二十尺巨浪的袭击下覆灭的。二十尺巨浪!唐森不禁打个哆嗦。二十尺巨浪有多高?人面对二十尺的巨浪会有什么样的感觉?但是旧海默城的居民竟在二十尺巨浪的袭击下挺了卅天和卅夜,真是不容易。①

---

① 不知道这段叙述是否受到了二〇〇四年印度洋大海啸场景的影响?——批注

现在的海默城居民还能够挺卅天卅夜吗？唐森从接受任务到现在一共不过七小时，这七小时中有五小时是在宇航飞梭上面度过，他还没有机会接触任何海默人，所以事实上也无从评估海默城居民的韧性。一想到他的任务，唐森就不免觉得有些诡异。即使像唐森这么老练的境遇改造员都会感到整个事情的经过很不寻常。七小时前他的上级秦上校匆匆召见他，只告诉他任务的指导原则，却不说明任务的具体内容。

"你的任务很单纯。"矮小光头戴圆框眼镜的秦上校把情境胶囊递给他时说，"指导原则就是——'渗透多余的世界，消灭多余的敌人。'①"

"渗透多余的世界，消灭多余的敌人。"这是什么意思？唐森追随秦上校多年，很清楚长官的脾气。秦上校不愿意说的，再怎么问也没有用。何况境遇改造员所受的训练本来就是为了执行最高机密的特种任务。该了解的背景资料，情境胶囊里面应该都会有详细说明。

秦上校只和他谈了短短五分钟。然后唐森就忙着办交接，把手头的三个案子一桩桩交代给接手的境遇改造员。三个案子都是老大难。接手的人不免哇哇叫，还以为唐森故意抛给他们烫手山芋。看他们的表情显然都记恨在心，唐森有苦难言，只能尽量仔细说明案情，对方是否领情就顾不得了。他根本没有时间去了解新任务，一直到登上宇航飞梭，唐森才有机会吞下秦上校给他的情境胶囊。

他剥开情境胶囊闪烁发光的包装锡纸时，宇航空服员立刻过来问他："先生，服晕机药吗？到呼回世界这一程乱流颇多，是有点颠。要不要我倒杯水来给你吃药？"

唐森笑笑摇摇头，他早已习惯干吞药丸。在情况紧急时，谁会来倒水给他？何况情境胶囊不是一般的药丸，不会遇水即融化，喝水反而碍事。

谁知他吞下药丸后，良久毫无反应。唐森知道情境胶囊顾名思义，不是一下就会完全发生作用的。它的好处是随着情境的变化，才会把为了应付眼前的情况所需要的数据释放出来，直接输入境遇改造员的脑子。因此境遇改造员从来不需要牢记过多的信息。当然，另外一个不用大声宣传的"好处"是即使境遇改

---

① 整部小说的题眼就在这里。——批注

造员被对方捕获严刑拷打，也招不出什么来。唐森记起一句呼回名言："你所不知道的不会伤害你，只会要你的命。"

的确，你所不知道的不会伤害你，只会要你的命。就像从前情报员把砒霜胶囊藏在假牙里，情境胶囊是境遇改造员的致命良伴，出任务少不了它。但唐森吞下情境胶囊后完全没有任何反应，却是平生第一遭。无论如何总该给些背景资料吧？难道他执行这桩任务，连任何背景数据都不需要知道？他不免想起秦上校的指示："你的任务很单纯。指导原则就是——'渗透多余的世界，消灭多余的敌人。'"

"渗透多余的世界"究竟是什么意思？难道秦上校的意思是说，呼回世界是多余的世界？但如果呼回世界是多余的世界，对于联邦完全无关紧要，那么又何必消灭多余的敌人呢？而且，多余的敌人究竟是对谁而言？是指联邦的敌人，还是帝国的敌人？还是两者有一即可？还是必须同时是联邦的敌人和帝国的敌人？

唐森在宇航飞梭上五个小时，始终想不通这些问题的答案，情境胶囊也始终没有释放出任何信息。现在他人已经站在新海默城的警察局大厦里，仍然想不通。

"唐森先生，你好。"背后有人似乎就在他耳边轻声说，"欢迎你来到呼回世界的新海默城。"

唐森转过身，却吃了一惊。他必须仰起头来才看得到说话的女子的脸孔，难怪她似乎就在他耳边讲话。那女子恐怕足足有七英尺高，满头红发一脸雀斑，虽然身材超瘦如名模，却自有一种威严。唐森连忙和对方握手，自我介绍说："你好。我是星际联邦一三四星区六二防区八八分驻所的境遇改造员唐森，请求启动认证程序。"

"不用认证了，我们知道你是谁。"红发女子不耐烦挥手道，"问题是为什么联邦的境遇改造员会无缘无故光临我们这个鸟不生蛋的地方？或者竟是帝国派遣你来？那就更加不敢当。"

唐森打量她的体型再分析她的口音，不禁怀疑她是否是盖文人①？因为宇宙

①　盖文人是张系国科幻世界中的一个有点类似吉卜赛人的星际流浪种族，善于经商和表演，但很少有人知道，盖文人其实有自食同类的风俗，"盖"的本意是盖文人自食同类后发出的满足的呼声，而盖文语中"盖朋"通常会被翻译成亲热和友爱，但这个词的本义却是"吃人"。
　　——批注

里只有盖文人无论男女身长都在七英尺以上。但是她和唐森握手时，他伸手一摸对方明明只有五根手指，而且手心温热，那就肯定不是七指的冷血盖文人。唐森心中奇怪，还是很有礼貌地问道："你是？"

红发女子冷哼一声说："居然不知道我是谁？真是天大笑话！难道情境胶囊没有告诉你吗？"

她竟然知道他有情境胶囊。不过情境胶囊是联邦境遇改造员的制式配备，本是公开的秘密。唐森踌躇了仅短短一会，决定说真话："很抱歉，我服用的情境胶囊什么都没告诉我。它并没有告诉我你是谁。"

"什么都没告诉你？"红发女子哈哈大笑，"唐森，看不出你这个白面书生，傻乎乎一副忠厚老实相，讲话却这么不老实。如果情境胶囊连这点资料都吐不出来，联邦早就该打烊，不，帝国早就该关门大吉了！算了算了，你不想说别说了。告诉你吧，我是针礼。"

"你是……真……理女士？"

"我是一针见血的针，不是真假难分的真；先礼后兵的礼，不是无理取闹的理。"红发女子道，"我姓针，单名礼，是海默城的警察局局长。你把我记成真理也无妨，难道警察局局长就不能是真理吗？"

"当然可以！"唐森不愿意刚认识就得罪这位言辞犀利的针礼女士，"不过，针局长，你的姓名实在有点特别。"

"没错。很多人都不乐意看到我担任警察局局长，因为我的姓名太特别了，似乎满身是刺。"针局长说，"但他们想想就该明白，我是真理，不是谎言，真理才是最好的选择。好了，不跟你啰唆了。唐森，既然情境胶囊什么都没告诉你，想来你也不知道你的任务是什么？"

"我的确不清楚。"唐森老实回答，"我打算立刻跟署里联系……"

"太好了，"红发女子豪放笑道，"此时此地，我们倒真的用得着一位联邦的境遇改造员。常言说得好：来得早不如来得巧，死得老不如死得妙。说不定联邦就是因为这个才派遣你来的？"

"你说什么？"唐森大为紧张，"你要我做什么？"

"放心，我会骗一位联邦境遇改造员做不该做的事吗？"针局长说，"放心吧，我是真理,不是谎言,真理才是最好的选择。"

这几句话显然是针局长的口头禅。唐森闲时爱读杂书,研究过呼回历史,知道自从九九宪章通过后,呼回各级地方官员包括警察局局长在内都是民选。这位针局长应该已经通过选举的考验。"真理才是最好的选择"倒是不错的竞选口号。

唐森转念一想,情境胶囊什么都没告诉他反而等于是一种提示。或许他眼前的任务就是协助针局长?毕竟一位联邦的境遇改造员所掌握的资源,远远超过一位地方警察局局长能动用的全部力量。

他跟随针局长步入市政大楼的直达电梯,她的满头红发几乎触及电梯顶,必须略为低头。针局长一按电钮,说:"唐森,真人面前不说假话,我们确实面临很大的困难,或许你可以帮忙解决一下。奇怪,你怎么了?"

"局长?"

"你的额头上似乎长出一堆像笋尖一样的小鲮角来。"针局长盯着他看,看得唐森满身不自在又有点恼火,只好回瞪她脸上的雀斑。针局长完全不怕他看,诘问道:"唐森,你该不是三族后裔吧?"

虽然情境胶囊毫无提示,好在唐森熟读呼回历史,知道三族指的是蛇人、羽人和豹人①。他连忙应道:"局长过奖了,我不是三族后裔,和呼回世界并没有特殊血缘关系。再说联邦也不会派遣和当地有特殊血缘关系的境遇改造员来执行任务。"

"我当然知道。"针局长盯着唐森看了好一会,喃喃道,"鲮角又消失了,奇怪,好像你可以随心所欲控制鲮角的出没。好了,没事没事。"

唐森有点生气她无缘无故大惊小怪,但他决定不予理会才是上策。他们走出电梯时,一位司机已经站在警察局局长的专车旁边等候。针局长挥手叫司机

---

① 蛇人、羽人和豹人是呼回世界的三个原住民种族:蛇人相传是神和人杂交而生的异种,身材细长,三眼、六足(三对爪)、有长尾,喜肉食,卵生,性狡猾,喜独居;豹人是人首豹身之形态,是穴居种族,曾经在呼回历史上著名的新旧帝党之争时,协助新帝党,攻陷国都索伦城;羽人,顾名思义,是长有翅膀、能在空中飞行的种族,成年羽人鸟面尖嘴,奇丑无比,但羽人少女却堪称世间绝色,如果羽人少女剪去翅膀,则能变成普通的呼回人,代价则是放弃享受长生的机会。——批注

离去。唐森早猜到她会自己开车,便毫不犹豫上车。果然红发女子说:"就我们俩,唐森你不在意吧?"

唐森还来不及说什么,车子已经冲出警察局,驶入滂沱大雨中。好在唐森心里有准备,不然还以为针局长的专车突然驶入海里。唐森睁大眼睛用力看,玻璃窗外竟什么都看不见,针局长却加速度向前冲。"唐森你一定以为我发疯了。不用担心,我没有疯,路熟倒是真的。你一定觉得我过于高大,脚不方便踩刹车。不用担心,这车有特殊设计,可以用双手操控。"

"局长,我们去哪里?"

"你说呢?"虽然看不见眼前的路,红发女子依然神色自若,"既然你是第一次来海默双子城,即使你不承认情境胶囊给你任何指示,如果情境胶囊会说话,它一定会说:现在才下午三点,趁着天色还亮,到旧海默城走走吧。"

"针局长,我犯不着对你撒谎。"唐森说,"无论有没有情境胶囊指示,我都会全力支持你。只是我们必须彼此信任,不然就没得玩了。"

"说得好!"针局长豪迈笑道,"我也请你放一百二十个心。我是真理,不是谎言,真理才是最好的选择。"

针局长说着,车子似乎飞上半空,又似乎落入谷底。唐森勉强打哈哈说:"到旧海默城的路真像坐云霄飞车。如果不是局长讲过你路熟,我真会以为我们已经落海了呢!"

针局长看他一眼,徐徐说:"老实告诉你吧,这并不是到旧海默城的路。哪个浑蛋居然故意把蛛网桥路拆掉一段,所以我们的确落海了!"

唐森看着车窗外的海水迅速由乳白变成淡蓝然后深蓝,只有默默点头表示同意。针局长果然没说假话,他们的确是落海了。唐森有些懊恼。第一次到海默城,想不到就成为海底鳖,他的上司秦上校知道了会怎么想?

"唐森,"针局长说,"我们的境遇越来越不乐观,再过几分钟车子落到水底,就更加不容易逃脱。如果你真是联邦的境遇改造员,现在就看你的本领了。"

即使她不说,唐森的右手早已紧握住一根短短的钢管。联邦的境遇改造员当然不是无能之辈,但是他并不急于采取行动。等等看,他就不信情境胶囊还会保持缄默。他看看针局长,针局长看看唐森。针局长突然扑哧一笑:"唐森我们像不像一对蹈海殉情的情侣？我们像不像朱丽叶和罗密欧？"

别马瘦不知脸长，唐森心想，谁要和你殉情？紧握住短钢管的右手却并未闲着。这时车子大震动一下就平稳停住，应该是已经落到海底。恰在这时候他肚内开始有些感觉。来了，情境胶囊总该启动了！

"唐森，"针局长脸上的笑容逐渐消失，说，"殉情不过是句玩笑话，你再老实总不会把这句话当真吧？再隔几分钟海水就会灌进来，你还等什么？你真是境遇改造员吗？老天我不会认错了人吧？天哪！为什么我永远认不清楚男人的真面目？"

来了，终于来了。唐森肚内的情境胶囊咕咕作响。他看着满脸雀斑的红发女子殷切的神情，突然有种被人期待的幸福感觉。唐森决定再稍稍等一会。

一张黑色的毛毯紧紧裹住老麦唐诺先生

雨一直落个不停。

艾比和飞飞虽然躲在候车亭里面，狂风吹来，挟带来阵阵豪雨，打在候车亭的铁皮屋顶上面咚咚作响。艾比的鞋子已经泡水，裤子全湿了，黏在身上很不舒服。

艾比一向喜欢落雨天，但是这样绵密的雨令他感觉有些受不了。尤其现在艾比的肚子已经很饿了，这雨就更加烦人。为什么还不停呢？只要稍停一会，他和飞飞就可以赶快跑回家去。今天是本学期的最后一天，接下去就放寒假了。为了庆祝放假，姆妈一定已经为他和飞飞准备好可口的晚餐。但是下这么大的雨，艾比想要跑回家都没有办法。如果冒雨跑回去，全身淋得湿透，姆妈一定会骂他。是要忍受肚饿，还是挨姆妈骂？

"艾比，"飞飞用头擦着他的裤子说，"我饿了。"

"我也饿了，"艾比拍拍小黑狗的头说，"我们再等一会，也许雨就快要停了。"

"呜，我饿了。"飞飞冲到雨里又赶快逃回到他们躲雨的候车亭里面，它抖动全身的毛,水溅了艾比一脸一身。艾比大嚷,"飞飞!你做什么?"

"对不起,"飞飞连忙说,"我不是故意的。"

艾比假装生气,不理飞飞。小黑狗低下头来,一只耳朵竖得老高老高。每次艾比看到飞飞竖起一只耳朵的傻样子就不禁觉得好笑。真是最没用的笨狗,连两只耳朵都不懂得摆平衡,看起来好滑稽。他正想教训飞飞几句。眼前不远的路上,突然有辆飞车从蛛网桥路的缺口冲上天,然后几乎成垂直插入水里。艾比惊讶得张大嘴巴,对飞飞说:"飞飞,你看见了吗?"

"看见什么?"

"有一辆车落水了,看起来好像还是警车呢。"艾比说,"走,我们过去看看。"

艾比还来不及采取行动,小黑狗跳起来,四脚骤然张开伸长了好几倍,原本瘦小的身躯竟扩张成为一张黑色的毛毯,遮盖在孩子的身上。艾比怒道:"飞飞,你这是做什么?让我站起来!"

飞飞却不理会艾比的抗议,依然像毯子般压盖在孩子身上。这时从蛛网桥路的缺口两端突然各出现一辆工兵坦克,从坦克前方的炮口吐出带钩的钢线,和另外一辆坦克吐出的带钩钢线刚好联结起来。工兵坦克左右转动炮塔,不断吐出带钩的钢线,迅速把钢线织成钢网。两辆工兵坦克随即射出一片片薄合金钢板铺在钢网上面,没有多久蛛网桥路的缺口就完全修补好,整个过程不到五分钟。两辆工兵坦克随即缓缓驶入水里,冒出一阵水泡后消失不见。

黑色的毛毯慢慢收缩,变回一条瘦小的黑狗。艾比跳起来,拿大拇指点点黑狗的湿鼻子说:"坏狗狗,为什么不让我看?"

"因为那些人可能是坏人。"飞飞说,"姆妈一再关照,要我们小心点。我只好预先防范。"

"神经病!就算是坏人,我也可以偷看啊。我当然会小心的。飞飞你下次再这样,我就不理你了!"

"对不起,"飞飞摇着尾巴说,"下次我不敢这样了。看,公共汽车来了。"

一辆黄色的公共汽车摇摇摆摆开到他们躲雨的候车亭前面停下来。这辆公共汽车老旧得不行,不仅引擎不停在冒烟,原本应该是鹅黄的车身都已经熏成黄褐色,车窗的玻璃脏得好像毛玻璃般灰灰蒙蒙的。候车亭在以蛛网桥路为中心的旧海默城市区的最外围。学校下课后,本来艾比只想躲一阵雨然后自己跑回家去。但是雨一直没停,公共汽车倒来了。他改变主意,决定不如搭公交车回家。艾比和小黑狗上车时,驾驶公共汽车满头白发的老麦唐诺先生对他挤挤眼睛。

"麦唐诺先生,"艾比很有礼貌地说,"飞飞和我可以上车吗?"

"你当然可以上来,但是飞飞是谁?"

飞飞连忙摇摇尾巴,汪汪叫两声。老麦唐诺先生说:"你就是飞飞?学生搭车不要车票,小狗搭车可要买票的。"

艾比知道老麦唐诺先生跟他开玩笑,带了小黑狗往后座跑。公共汽车里面一个乘客都没有。艾比正想对飞飞说,今天真好,我们爱坐哪里都可以,回头一看,小黑狗再度变形,变成一张大毛毯,把老麦唐诺先生紧紧裹得水泄不通,像一个人形大包裹。艾比很生气,骂道:"飞飞,你到底有完没完?他是老麦唐诺先生,不是坏人。你难道不认得老麦唐诺先生吗?"

"他不是老麦唐诺先生。"毛毯说,"赶快逃。"

老麦唐诺先生在毛毯里面唉哟唉哟叫嚷。艾比略作迟疑,说:"飞飞,小心不要伤害到老麦唐诺先生。"

"我不会。"毛毯说,"赶快下车!"

艾比跑下车时,瞥见那张毛毯里伸出两只爪子,转动方向盘把公共汽车开向海里。公共汽车快要落海时,一条黑狗迅速跳出车门,朝着艾比跑来。

"飞飞,你没有伤害老麦唐诺先生吧?"

"才不会呢,他们蛇人最擅长游泳了。"

"你怎么知道老麦唐诺先生是蛇人?"

"他不是老麦唐诺先生。"飞飞说,"说不定老麦唐诺先生已经被蛇人害死了,真可怜。这个是冒牌货。"

冒烟的公共汽车在海里载浮载沉。艾比眼尖,看见老麦唐诺先生已经爬到车顶,对他俩挥手。

"飞飞,你确定他不是老麦唐诺先生?"艾比有些困惑。但是老麦唐诺先生下一个动作更加令他吃惊。老人家的腰肢竟然非常柔软灵活,一颗白发苍苍的头

141

先入水,然后才是身子,就像……就像一条白首黑身的怪水蛇,朝大海游去。

"看见了吗?"飞飞说,"这个怪物绝对不是老麦唐诺先生。好在他刚才被我略施小计摆了一道,不然我们绝对逃不掉。"

虽然还在下大雨,艾比管不了这许多,说:"飞飞,我们赶快跑回家吧。"

"好主意!"

十二岁的瘦小男孩和小黑狗在雨里沿着蛛网桥路飞奔。艾比的家在旧海默城市区中心。越接近城中心,蛛网桥路越密集,但是街道上并没有多少行人。他们经由蛛网桥路的无数座互相连通的桥,跨过一栋栋水下房屋。因为下雨,有的水下房屋四周的围墙还不断漏水。艾比的好朋友尼克家的围墙竟然破裂一个大缺口,涌进去的水势相当惊人。尼克的年纪比艾比大几岁,家里只有他和他父亲两人。最近半年他父亲到外星经商,家里剩下尼克一个人,艾比不免替尼克担心。但是尼克家里好像没有人,艾比在门口叫了许久,都没有人响应。他没奈何跨过最后一座桥,回到自己的家。艾比家和尼克家同样是老式的水下平房,不像后来建的水下大楼都在一二十层以上。艾比家的围墙里有一株弓着腰的老树,木桥就搭在老树弯弯的主干上,有楼梯向下通到大门口。大门两旁都被老树浓密的枝丫和树叶遮住,落雨的时候门口和楼梯上满是落叶,好像走在山路上。艾比和小黑狗跑回家里,想不到家里也没有人。艾比有点心慌,还设法壮起胆来安慰飞飞:"飞飞,姆妈一定是出去买菜了,马上就会回来。"

"我不怕!"飞飞说,"我不是胆小狗。艾比,你也不用怕。"

嘴里虽然说不怕,艾比心里还是挺害怕的。姆妈怎么会出去呢?平常这个时候,她早就把香喷喷的饭菜准备好,在家里等他放学回来。飞飞也会有一大盆狗食。姆妈一声令下,他们三个就迫不及待开始大吃特吃。姆妈的胃口比他还好,如果艾比和她抢菜吃,姆妈就会瞪他一眼,嘴里碎碎念:"没大没小,一点样子都没有!"骂完照样给他大筷子地大筷子地搛菜。

艾比饿得受不了,到厨房开冰箱找东西吃,飞飞也摇着尾巴紧跟在他身边。他找到一块蛋糕,欢呼一声,飞飞却在一旁叹气。他知道飞飞对蛋糕毫无兴趣,怎么办呢?难道要自己动手做饭?有了,总算在冰库里找到一包香肠。艾比看过姆妈炸香肠,依样点燃炉子,把香肠一根根放入煎锅。现在轮到飞飞欢呼了,艾比却是手忙脚乱。

就在此时,艾比听到外面一声巨响,好像是从尼克家的方向传来。艾比留神倾听,才注意到外面雨已经停了。虽然不再有巨响,艾比好像听到一连串"噗噗"的声音。他吓坏了,坐在地上,想和飞飞抱在一起,才发现飞飞不见了。

"飞飞!"艾比再害怕也得找到飞飞。他小心翼翼进入没有光的走廊,却发现大门敞开。飞飞又变成一张毛毯,用它的身躯挡住大门。

"飞飞!"艾比大嚷,"赶快进来。"

想不到毛毯转过头来说:"艾比,你没事吗?"

艾比这才看清楚,用庞大的身躯挡住大门的是姆妈不是飞飞。他如释重负,不能不欢呼了,同时又有点不安。

"姆妈,你现在才回来!我找不到飞飞,它失踪了,不会被坏人抓走吧?"

艾比挤到姆妈身边,两个人把大门塞得满满的。姆妈摸摸艾比的头说:"不用担心,飞飞知道怎么照顾它自己。你吓坏了吧?那帮人真不该把海默城闹得鸡犬不宁。"

"是谁呀?"艾比抱着姆妈,他的双臂还搂不过来姆妈圆滚滚的肚子。他用脸颊摩擦姆妈粗长的褐发。姆妈却突然皱起鼻子说:"什么东西烧焦了?艾比,你又在干什么?不是告诉过你,我不在家不要动炉子吗?"

姆妈冲进厨房,煎锅里的香肠都已经变成焦炭,冒出阵阵浓烟,好在没有着火。艾比有些不好意思,可是并不忘记撒娇:"姆妈,你好久都不回来,我饿了。"

"饿了,不会先吃点饼干吗?"姆妈将焦香肠倒掉,把煎锅冲洗干净。然后她拿出一盒鸡蛋和干面条,对艾比笑笑,"今天没空买菜,只好做个鸡蛋面给你吃,好不好?"

艾比用力点头,这时他看到小黑狗从外面回来,忙拍手笑道:"姆妈,飞飞回来了。飞飞你跑去哪里?我们都急坏了。"

小黑狗和小主人在地上滚成一团。可是飞飞随即跳起来,警觉地竖起一只耳朵,然后冲出大门。姆妈也察觉了,随手关掉炉火,端着一锅滚烫的面汤走到门口。艾比紧紧跟随在她身后。

院子里站了三个胖女人,见到姆妈都拱手行礼。那几个女人虽然胖,比姆妈还差得很远。姆妈对她们点点头，说："今天也未免闹得太不像话了吧？你们都是干什么的？"

胖女人面面相觑，其中一个说："不好意思，我们实在管不住。"

"管不住更要管！"姆妈大声说，"这点小事都应付不了，岂不让外人看笑话？现在情况如何？"

发话的胖女人恭敬回答说："应该算恢复正常。您要不要过去看看？"

"我先照顾孩子吃晚饭，待会再过去。可是你们一定不能自己先泄气，要不断对自己说：我能够办到，我能够办到！你们强，显出法相，对方自然就弱，这是一定的道理，明白吧？"

"明白！"三位胖女人一齐回答。

"好，你们显出法相让我看看。"

三位胖女人一齐大声说："大法无边，说变就变！精神饱满，法相庄严！"

姆妈检阅她们的法相，满意道："这还差不多。你们先开车到城南郊外的海滨等我，我一会再用无线电话和你们联系。"

"要不要留个姊妹在外头放哨？"带头的问。

"你当我是谁？"姆妈大怒道，"这还用你操心？"

三位女干员不敢再说话，齐齐拱手转身走了。艾比知道姆妈还要出去，虽然心里仍有点怕怕的，但是飞飞回来了，姆妈也特地给他做了鸡蛋面，他暂时安下心。

艾比抬头朝他们家四周看看。蛛网桥路上面人影憧憧，不时传来尖锐的口哨声。艾比不明白究竟出了什么事情，但是他直觉感到今天的海默城和往常大不一样。

"艾比，进来吃面。"

"姆妈，你刚才说，那帮人不该把海默城闹得鸡犬不宁。那帮人是谁？"

"你不用管这些，吃完，早早上床睡觉。八点钟一定要上床，知道吗？"

艾比一面低头吃面，一面忍不住问："姆妈，学校已经开始放寒假。如果我睡不着，我可以去尼克家看看吗？"

他的话还没说完，抬头一看，姆妈已经不见了。艾比看看飞飞，小黑狗也看看他，对他摇摇尾巴。小黑狗摇尾巴可以表示"是"也可以表示"否"，要艾比自己猜。凡是飞飞自己不确定的时候，它就玩这个把戏，因为谁也不能说狗摇尾巴有什么不对。外面天色阴沉。艾比想想，还是打消了去尼克家的念头。

三根竹竿和一条狼狈的落水狗

唐森一条腿弯曲压在身子底下，仰面朝天躺在地上。从腿麻的程度来判断，他维持这个姿势恐怕已经有相当长的一段时间，但是他清醒过来似乎并没有那么久。地面很潮湿，用左手摸来摸去都是细沙，唐森怀疑是不是海底。但是如果这是海底，他应该早就不能呼吸，应该早就死了！所以这不可能是海底。也许这是海滩？

唐森的右手还紧握着一根短短的钢管，唯一的不同是钢管微微发烫。那么刚才已经发射过了，为什么他竟然毫无印象？

他回想不久前的一幕：他坐在针局长的车子里，连人带车落入海中。

这一幕他记得很清楚。他也记得他一面等待肚子内的情境胶囊发生作用，一面随时准备发射钢管。可是这之后的事情就变得模模糊糊。他努力设法回忆，仍然记不起来。这时他感到有人踢他发麻的大腿。

"好了，不要装死。"穿着警察制服的高瘦棕肤女人踢着他大腿说，"还不起来干什么？要我们找担架来抬你回去啊？"

唐森说："针……针局长呢？"

"针局长早就走了。"那位女警不客气地说，"你起来不起来？我们不能等你一辈子。"

唐森坐起来，发觉刚才他的确是躺在沙滩上。天快要黑了，加上乌云密布，天色显得更加阴沉，好在雨已经停止。离沙滩不远的公路上停着一辆不断闪着警示灯的警车。但是附近并没有断崖，也看不到闻名宇宙的蛛网桥路，因此唐森无法确定是否这就是他们落海的地方。

那位高瘦的棕肤女警旁边还站着另外两位高瘦女警，三个人围绕着他，好像观察一条狼狈的落水狗。针局长的部属倒是一个比一个高瘦,好像是他的周围插着三根竹竿。她们虽然拿着警棍、穿着警察制服,唐森怎么看都不觉得她们像警察。

"针局长走了,她的车子呢?"

"针局长自己开车,她走了当然车子也开走了。"

"奇怪,"唐森说,"我明明坐在针局长的车子里,连人带车落入海中。难道刚才车子没有落海?还是已经被拖吊车拖走?"

三位女警面面相觑。带头的说:"针局长只交代,等到你清醒过来就带你回去。你的车子有没有落海,我们并不清楚。"

"不是我的车子,是你们局长的车子。"唐森知道和她有理讲不清,说,"算了。你们想带我回去哪里?"

"回局里去。你是凶杀案的人证。"

凶杀案的人证?简直越说越不像话。唐森只好迅速拿钢管对着三位女警察各自轻轻点击一下。他的动作极快,一下子三人都动弹不得,眼睛骨碌乱转,流露出恐怖的神情望着唐森。唐森说:"放心,我不会伤害你们。现在我让你们说话,但是不许乱嚷,否则我不客气。你们提到的凶杀案,究竟是怎么回事?"

为首的女警赶快说:"最近海默城出了一连串凶杀案,据说是一名连环杀手干的。刚才又有一桩。局长才从无线电里知道坏消息,现在应该已经赶到现场去了。"

唐森听了不免好笑:"你们的局长要赶到凶杀案的现场去,而我人在这里,我怎么可能是人证?"

带头的女警一时语塞。另一位女警对带头的说:"多姐,刚才局长并没有说他是人证,你一定听错了。"

被唤做"多姐"的女警坚持说:"小钧,我可没有听错。局长说过他和凶杀案有关,才会要我们把他带回局里。"

第三位女警也对带头的女警说:"多姐,局长是说,没有他就破不了案。"

"对啊,小琳,如果没有他就破不了案,当然他一定和凶杀案有关,是凶杀案的人证。"带头的女警仍然振振有词,"我没有听错。我怎么会听错?"

唐森哭笑不得。有"多姐"这么自作聪明的部属,海默城的警察局局长还真不好干呢! 他开始有点同情针局长。既然出了凶杀案,职责所在,他要求带头的女警立刻带他去现场。那位女警虽然不愿意,看在唐森手里的钢管的分上,不敢坚持反对,但是要求先用警车的无线电话和针局长联系。唐森再拿钢管对着三位女警察各自轻轻点击一下,让她们恢复行动自由。

带头的女警用警车的无线电话呼叫针局长,她倒响应得很快。女警和针局长在无线电话里讲了几句,就把电话递给唐森。针局长对唐森说:"唐森,很抱歉,因为出了点事情,你又倒在地上呼呼大睡,叫都叫不醒,我不得不先走一步。谢谢你救我脱险。"

"应该的。"唐森不知道自己做了什么,但显然他的情境胶囊及时发生作用,"局长,听说是出了凶杀案。我可以到凶杀案的现场看看吗? "

"当然。"针局长很爽快,"莫度多,你送唐先生过来,然后你们仨都回局里待命。"

既然被局长指派送唐森,莫度多的态度起了一百八十度的转变,显得和气多了,一面开车一面说:"唐先生,局长用无线电话通知我们到旧海默城的蛛网桥路入口附近寻找您,然后送您回局里。她只说没有您就破不了凶杀案,并没有告诉我们您是谁。我们也不知道您救过局长。两位同僚和我都不大会说话,有什么得罪之处,请您多多包涵。"

唐森心想,最不会说话的就是你自己,和你的两位同僚何干? 他懒得和莫度多计较,随口问道:"你们发现我躺在沙滩上? "

"是的。"莫度多恭恭敬敬说,"因为局长说,没有您就破不了凶杀案,所以我们才会误以为您是凶杀案的人证,真对不起! 如果局长不这么说,我们最多认为您不过是个酒鬼? 或是个吸毒犯而已。"

"真谢谢你抬举,看出我不过是个酒鬼或吸毒犯。"唐森说,"你们局长也过奖了。人生地疏,我不一定能够立刻侦破凶杀案。刚才你说是连环凶杀案? "

"是的。今年已有四桩凶杀案,算上今天就是五次。遇害的都是海默城有头有脸的人物,至今一件案子都没破。所以市民都很紧张不安,有些不良分子还乘机示威闹事。他们几乎每天都在闹。海默城的警力不足,穷于应付,只好向别的城求援,到现在都没有响应。唐先生,情况真的十分严重,我们局长头很大呢。"

原来如此。难怪秦上校没有办法讲清楚唐森的具体任务是什么。看来他的任务不仅是破案,恐怕还包括对付某些不良分子的团体,甚至有可能是国际恐怖组织。但这个任务虽然比较复杂,对一位有经验的联邦境遇改造员而言也算不了特别难办。为什么秦上校要说,他的指导原则是:"渗透多余的世界,消灭多余的敌人。"这个指导原则有什么特殊意义?是不是除了联邦的敌人以外,帝国的敌人也潜伏在海默双子城?

"多姐,"另外一位女警小钧这时从警车的后座插嘴说,"你还没有告诉唐先生,遇害的都是吴家人或者和吴家有密切关系的人。"

"什么?"唐森吃了一惊。"凶手连环杀人还选择特定对象?这更加恶性更加重大。"

"是啊,"第三位女警小琳也从警车的后座插嘴说,"那些讨厌吴家的人还乘机落井下石,乱发恐吓信,搞得和吴家有关系的人都人人自危。"

"你说讨厌吴家的人,指的是于家或者和于家有关系的人?"唐森忙问。

"咦,"莫度多说,"您也知道吴家和于家不合?唐先生虽然是外地人,连本地的望族之间的纠葛都搞得这么清楚,您真不简单啊。"

"多姐,"小钧说,"难道你还看不出来吗?唐先生一定也是干我们这一行的,所以事先做过调查研究。"

"说不定唐先生就是上级派来的空降部队。"小琳也插嘴道,"难怪局长指望您破案呢。"

"唐先生,"小钧说,"如果您破案,不仅局长,连我们都要感谢您,太感谢了!"

三人你一言我一语。唐森委实受不了,大吼一声说:"都给我住嘴!身为警察,最要紧的就是一定要做到守口如瓶。你们这样胡言乱语,和无知的老百姓有什么两样?"

"哇,"莫度多头一缩说,"唐先生不要这么凶,好不好?两位同僚和我都是好意,我们平常讲话就是这样红绿讲,如果有什么得罪之处,请您多多包涵。"

唐森略通呼回语,知道呼回语对于"造假"有特别严密的分类,就如阿拉伯

148

语对于"马"有特别严密的分类一样,都表现这个文化的特色。呼回语用"黑白讲"来形容胡说八道,至于胡说八道能够讲得那么天花乱坠又似乎有一点真实性,就用"红绿讲"来形容。他也觉得自己有点过火,对三位女警道歉:"对不起,我不是责骂你们。不过你们身为警察,说话一定要小心,胡乱猜测的话不要说,因为这不是红绿讲,只能算是黑白讲。"①

唐森说完,自己也觉得好笑。他突然想到,联邦的"标准星际语"里面那么多以"胡"打头的词:胡言乱语?胡乱猜测?胡说八道……是不是代表对姓胡的人的歧视呢?依照联邦的世界大同理想,这似乎也是一种潜在的种族歧视。②

莫度多说:"唐先生请放心。出了这辆警车,我们三人一句话不多说,绝不红绿讲。小钧、小琳,你们可听见了?"

小钧、小琳齐声说:"中!我们绝不红绿讲。"

唐森知道呼回语的"中"可以代表"是"也可以代表"否",要看上下文和当时的情境才能够决定,真给他们三人搞得无法。好在警车这时已经回到新海默城,不一会抵达出事的地点。早有警察封锁附近街道。唐森老远就看到红头发高大的针局长站在路中央不断挥手要莫度多停车。她迎上来对正在下车的唐森说:"莫度多可对你做过简报?"

"我们交换了意见。"唐森问,"死者是谁?我可不可以大概了解一下背景资料,然后检验尸体?"

"这些事情都会让你做。"针局长不耐烦说,"不过我们先谈最要紧的事。你是联邦境遇改造员。我希望你立刻施展你的看家本领,复制当时情境,以便追踪捉拿凶手。"

唐森连忙解释道:"局长,你可能不清楚。我虽然是联邦境遇改造员,并不能任意复制情境。联邦情境署明文规定,一切复制情境或有可能改造情境的行动,必须事先由情境署长或有关部会签字批准。"

"不能任意复制情境,那你来这里干什么?好了,又要跟我说,你不知道你的

------

① 呼回语言体系也是张系国科幻的一个独创。——批注
② 看来,标准星际语中还真有不少汉语的成分呢!——批注

任务是什么这些鬼话。我告诉你,这些鬼话都是放屁!全都是放屁!"针局长对唐森说,"好嘛,好嘛,就算联邦规定复制情境必须由情境署长批准,我们可以一方面送最急件公文上去要求批准,一方面你尽快做好复制情境的准备工作。你需要什么,我们尽量来配合。"

"这个……"唐森为难道,"局长,这违反联邦的规定,我很抱歉无法这么做。"

针局长怒道:"这么婆婆妈妈,亏你还是联邦的境遇改造员!你知道你的前身是什么人?你的前身是情报员,懂不懂?遇到类似的情况,情报员恐怕枪都拔出来硬干,准备杀身成仁?舍生取义。如果全像你这样婆婆妈妈,大家都不玩完了。"

"你说得很对。"唐森说,"就是为了防止情报员擦枪走火,所以现在不再有情报员,只有境遇改造员。可是境遇改造员必须严格遵守联邦规定。这是我们的守则。"

针局长抓着满头红发说:"唐森,有一天我真会被你活活气死。你要我跟你下跪吗?为了破案,你要我跟你下跪,我就跪。好了吧?"

唐森还在踌躇。针局长看到一群记者蜂拥而至,对他做个"我跟你下跪"的嘴型,迎过去应付。唐森听到她对记者们说,联邦已经派了干员前来协助破案,但是破案需要一点时间;市民要相信她,因为她是真理,不是谎言,真理才是最好的选择。唐森想,好在她还没扯上境遇改造署,但是如果被情势所逼,针局长恐怕什么话都说得出来。

出了这么大的事情,人命关天,也怪不得针局长,这么想唐森就比较释然。形势比人强,今天反正准备跳火坑。但是不管是否要复制情境,唐森都必须按部就班从第一关开始,然后一关一关慢慢来。他向莫度多比个手势,棕肤女警立刻跑过来问:"唐先生,要去检验被害人的尸体吧?"

唐森点点头。想不到莫度多还算善解人意,或许她只是平常太多话,在工作时仍然是个可靠的伙伴。不论他的任务是什么,唐森知道这是他开始用心干活的时候了。

狗脸风筝断了线飞上天

艾比从沉睡里惊醒过来。他不知道自己睡了多久,看看床头钟,才晚上九点半。刚才的噩梦令他不安。他梦到许多坏人来他们家,他却找不到姆妈,一下子吓醒。艾比最怕从睡梦中惊醒,因为他担心无法再度睡着,越是担心就越睡不着。好在小黑狗仍然趴在他的床前熟睡,令他安心不少。艾比扭开床前灯,跳下床推一推飞飞。小黑狗睁开一只左眼。

"艾比,什么事?"

"飞飞,你没有睡着吧?"

"即使睡着,现在也被你吵醒了。你是不是要上厕所,希望我陪你去?"

"我不用上厕所。但是我睡不着。"

艾比坐在地上,倚靠着小黑狗热乎乎的身体数自己的手指头,数了一次又一次。有时他数对了数到十根手指,但也有时候他数错了只数到九根手指。过了一会,小黑狗再度发出打鼾的呼声。艾比推一推小黑狗问:"飞飞,你没有睡着吧?"

飞飞不回答。艾比忍不住想法捉弄它。虽然小黑狗的两只眼睛都闭上,艾比设法掰开飞飞右眼的眼皮,看看飞飞有没有在里面,然后又掰开飞飞左眼的眼皮。小黑狗算是很有耐性了,任由艾比捉弄,只张开嘴打个哈欠说:"艾比,你真顽皮。"

"我睡不着。我们聊天好吗?"

"有什么好聊的?"小黑狗说,"还是去睡觉吧,躺下去过一会也就睡着了。"

"不要睡觉嘛。我们当然有好聊的。"艾比急了,想到一个话题。"对了,飞飞,你是机器狗吗?飞飞,我一直怀疑你不是真的狗。今天下午你一下变成一张黑色的毯子,更加使我相信你是机器狗。"

"我倒希望我是机器狗。"小黑狗说,"如果我是机器狗,就永远不会饿,也不需要吃东西,更不需要睡觉。如果我是机器狗,我就不会做错任何事情,让主人生气。"

"可是真的狗不会变成毯子,也不会说话。"

"你怎么知道不会？"飞飞笑道，"自从人类带着宠物进入太空，被宇宙辐射光照射过的人类和宠物的身体都起了变化，成为新的变种。过去的宠物都不会说话，现在大部分都会了。过去的人类身体不能够弹性变形，现在大部分都可以。"①

"那么你就是变种太空狗。变种太空狗应该比从前的狗更加聪明强壮，对不对？"

"也许聪明强壮一点，不是很多。"

"那么我就是变种航天员。变种航天员也应该比从前的人类更加聪明强壮，可是庞校长永远骂我们笨！"艾比想起来就很生气。"就拿练空手道来说，去年暑假我央求姆妈让我加入空手道暑期班。我表现得很好，暑期班结束前已经升绿带了。今年却被庞校长连降两级，降回白带。他说暑期班不是正式的学校所以不算。不公平，真不公平！"

"不要抱怨，再努力努力，你又会升回绿带的。"

"可是我浪费了一年的时间，不然早就可以成为黑带了！"艾比说，"我告诉姆妈，姆妈却不肯去和庞校长理论。她说我们不是特权阶级。飞飞，特权阶级是什么意思？"

"因为姆妈是警察局局长，她不愿意别人给她的孩子特殊的待遇。如果你有特殊的待遇，那就成了特权阶级。"

"哦，可是我又不是要求什么特殊的待遇。"艾比说，"有时候我觉得姆妈根本不关心我。她永远在忙她的，很少会想到我。或许她觉得我根本是多余的，没有生我最好。假如我爸在这里就好了。"

艾比虽然这么说，其实他对爸爸只有极为模糊的印象。他只记得他很小很小的时候爸爸就离开家，姆妈说爸爸为了他们必须到外地工作。有一次他正在睡觉，好像爸爸回来了。等到他醒来，爸爸又已经走了，却留下一条小黑狗。姆妈

---

① 在张系国的科幻世界里，受辐射变异的不仅是狗，也包括人。在"城三部曲"中，便描写一个名为 Chu 族的奇特种族。这一族人的最大特点是五官都长在头顶。据说，第三次星际战争时，驻守呼回世界第九颗行星的部队，长期暴露在辐射线下，其后裔发生了变种，遂演化出 Chu 族。——批注

说爸爸带飞飞回来,就是为了保护他。后来有次姆妈半夜摇醒他,抱着他大哭,告诉他无论如何不要忘记最爱他的爸爸。从此爸爸再没有回来过。但是艾比看到飞飞,仍然常会想起爸爸为了保护他带给他这条小黑狗,现在成为他最好的朋友。

"假如我爸在这里就好了。"艾比喃喃自语道。

"胡说!"飞飞立刻纠正他,"姆妈最爱的就是你。你不要胡思乱想。刚好这两天她比较忙,平常她什么时候不关心你了?"

艾比想到另外一个点子,说:"对了,飞飞,姆妈不肯去和庞校长讲,你帮我去和庞校长讲,好不好?"

"那怎么行,我不过是一条狗。谁也不在乎我说了什么。"

"飞飞,你不必自卑。庞校长说过好些次,一切动物生而平等。他既然这么教导我们,他自己也应该会尊重聆听一条狗的话。飞飞,你不是说,将来我去念大学,你也要去念法律当律师吗?这给你一个锻炼的机会。"

"艾比,"飞飞笑了。"将来你去念大学,如果我陪你去,当然也要找一桩事情做做。我对法律还算有兴趣,但并不是非念法律不可。再说,据我的了解,到目前为止动物还不可以进研究所拿硕士、博士学位。我只是一条狗,他们不会让我变成狗硕士、狗博士。"

艾比沮丧地说:"反正你也不肯帮我的忙就是了。姆妈和你都是一样,什么事情都不肯帮我,好烦!"

"嘘……"小黑狗突然用小爪子捂住艾比的嘴。艾比也警觉到窗户外面有一闪一闪的蓝光。他想起下午看见的一幕,还有刚才做的怪梦,意识到事情不简单。旁边的小黑狗身体越变越细长,狗头盘旋在空中,然后低下来在他的耳边说,"抓着我……"又越升越高。

小黑狗的身体变成一条粗毛绳,狗头的那一端绕着屋梁打个结。艾比抓住绳子的尾端,随着粗毛绳越缩越短升上去,在小黑狗的帮助下爬上屋梁。飞飞恢复原形,小声说:"外面来了坏人,把我们包围了。"

他们还能往哪里逃?艾比游目四顾,看到屋顶的气窗,用手指指。小黑狗也看见了,却摇摇头。艾比明白坏人包围住他们的房子,他们逃出去恐怕也逃不远。这时有人推开房门，东看西看，看了好一会说："没有人在家，都逃走了。"

艾比听出来是他的朋友邻居尼克的声音。如果不是飞飞阻止，他真想大声叫："尼克！"另外一个人也进来到处搜寻，说："不在床底下，也不在衣柜里。没走多久，他们走不远的。"

艾比听出来，这是公交车司机老麦唐诺先生的声音。尼克和老麦唐诺先生怎会结伴来找他？也许他们都是假扮的？好在他们都没朝梁上看。他们刚离开，小黑狗说："抓着我……"又变成一条粗绳荡下去。艾比抓着粗绳落地，和飞飞躲入衣柜里面。艾比知道坏人刚才搜过柜子，应该不会再搜一遍。

果然门又开了，外面的人再度回来仔细搜寻了一圈，终于离去。艾比和飞飞确定他们走了，才推开衣柜的门。

"我们赶快去告诉姆妈。"艾比说。

"姆妈现在一定很忙。"小黑狗忙说，"我们不要给姆妈添加烦恼，但是我们必须设法把坏人引开。"

艾比想了想，说："有了，我有个办法。"

"什么办法？"

"飞飞，你没有恐高症吧？"

小黑狗一听，大惊失色说："不行，我不干。"

"我连话都没有说完，你紧张什么？"

"我知道你在想什么。"小黑狗说，"不行，我不能飞上天。"

"又不是要你飞很高。"艾比说，"你能够变成毯子，就能够变成风筝。你只要飞过屋顶就可以了。"

"但是我飞走了，你怎么办？"

"不要担心。你引走坏人，我会趁机和姆妈联系。"

小黑狗考虑再三。它实在不想变成风筝，但是也没有别的好办法。飞飞把他的身体完全撑开成为薄薄一片风筝皮，骨骼变成风筝的支架，狗头变成风筝顶上的装饰。艾比看了，喝彩道："好一个别致漂亮的狗头风筝。"①

---

① 这么卡哇伊的百变神狗，估计谁都想要吧。——批注

154

飞飞无可奈何对他挤挤眼,首先扇动风筝的两翼仿佛扇动翅膀般,一鼓作气飞近屋顶,然后倒吊在屋顶下面。飞飞变回原形,像蝙蝠般倒吊着慢慢挪到气窗的位置,打开气窗,从气窗爬出去。隔了一会,果然听到外面老麦唐诺先生大嚷:"看,狗头风筝!他们想趁着月黑风高逃走,不要让他们跑了!"

"赶快追啊!"邻居尼克喊,"我去拿气枪。"

艾比没有想到尼克这么狠毒,还想拿气枪打飞飞。这样的人居然一直假装是他的好朋友,真是何等险恶的坏人。但是他相信飞飞不会被尼克打到。艾比等到外面安静下来,一闪一闪的蓝光完全消失,赶紧拨电话给姆妈。电话响了许久都没有人接。艾比不知道该怎么办,这时外面又出现一闪一闪的蓝光。尼克在喊:"艾比!我是你的朋友尼克。你听见我说话吗?"

艾比不做声,轻轻挂断电话。

"艾比,你出来吧。"老麦唐诺先生说,"我们捉到你的小黑狗了。小黑狗以为它的本领很大,以为它变成断线的风筝就可以逃走。可是不要说变成狗头风筝,它变成老鹰风筝也逃不脱我们的掌握。"

"艾比,出来吧。"尼克说,"只要你出来,我们不会伤害飞飞的。"

艾比知道劫数难逃,姆妈又不接电话,他怎么办?为了救飞飞,他只有投降了。

"尼克。"艾比说,"如果你们不伤害飞飞,我就出来。"

"放心好了。"尼克说,"我们没有伤害飞飞。"

"我怎么知道?"艾比说,"能让它来见我吗?"

"尽管放心。"尼克说,"我让飞飞叫一声,你就知道它没事。飞飞,飞飞,哇,这狗仔居然咬我!你这只坏狗狗!"

"飞飞!"艾比着急大嚷,"飞飞!你没有事吧?"

飞飞汪汪大叫,尼克和老麦唐诺先生跟着乱喊。艾比很少听到飞飞这样发怒大叫,心里更加着急。就在这时候,他听到一架直升机螺旋桨有规律的旋转声。

情境胶囊可以当作消夜吗

唐森一直在等待情境胶囊发生作用。但是情境胶囊真正启动时,他竟然昏晕过去或者睡着,总之是毫无所觉。这种奇怪的情况过去从未遇到过。幸好他们有惊无险,逃过了海底一难。听针局长的口气是唐森救了她,不,应该说情境胶囊救了他俩。

显然,秦上校派他出任务前就做好万全的准备工作,给他一颗特效情境胶囊。唐森早就听说过关于这种特效情境胶囊的流言,但它的存在并未获得官方的证实。据说有些情境是联邦不想让业务员知道的,特效情境胶囊就跳过业务员直接处理。

但事后唐森居然毫无记忆,这么看来特效情境胶囊的功能比他所了解的更加强大,科技署的人可不是绣花枕头。唐森一方面感到欣慰,另一方面也感到屈辱。有了特效情境胶囊,还要情境改造员做啥?他不过是给特效情境胶囊作为寄居所的躯壳,他根本是多余的。难道他被派到呼回世界,就因为他是多余的人?

"唐先生,马上就到了。"女警员莫度多可能看到唐森脸色不快,以为是对她开车太慢感到不满,一再道歉解释说,"对不起,这一路太挤,车子开不快。"

"不要紧的。"唐森说,"这么晚了,这里还热闹得很。"

"海默旧城的夜市区越晚人越多,不论本地人或者观光客都要到这里凑热闹。"莫度多说,"现在还不是观光盛季,不算太拥挤,等到夏天还要更拥挤呢。"

唐森从车窗看出去,街道的两旁都是小摊,每家摊子都围了一圈人,有的甚至围上好几圈。莫度多羡慕地说:"不要小看这些摊子,一个摊位每月的租金都上数百万元,收入用不着说每月上千万。一个小摊位生意好的时候,可以抵海默新城一栋商业大楼的月租。唐先生,我们刚才去检验尸体的那栋商业大楼,整栋大楼的月租收入可能比不上这里的一个摊位,因为它在新海默城的地点太偏僻了。"

莫度多不提检验尸体还好,一提验尸,唐森就不免火大。"不是我挑剔,你们的验尸官是干什么的?我看了验尸官的报告,竟然只有短短几行字。这么草率,太不负责了。不仅不负责,她的态度也很坏。我问验尸官的问题,她一概不答复。"

"蒙特验尸官不是我们海默本地人,她是蒙罕①城市政府派来支持我们的。我们都看不惯她,因为她太骄傲、太自大。"莫度多显然很高兴唐森和她意见一致。"唐先生,您是联邦直接派来的空降部队。等到您完成任务,一个报告打上去,狠批蒙特验尸官几句,她就会得到她应得的报应。"

莫度多只要一开口就滔滔不绝。"不过刚才的事情,唐先生,我倒觉得不能完全怪蒙特验尸官。为什么?因为根本没有完整的尸体可以检验,再好的验尸官也无能为力。凶手的行凶手段实在很够残忍,竟把遇害人活活烧焦,好好一个人完全烧成焦炭。唐先生,既然人都成焦炭了,蒙特验尸官恐怕也做不了什么。"

"当然还是有很多可以检验的,"唐森说,"就看验尸官愿意不愿意把这案子当回事。"

"唐先生,这话您完全说对了!"莫度多说,"蒙特验尸官不是我们海默人,她始终不把海默城当回事,这是她最大的问题。"

"好在我并不靠她。"唐森拿出小钢管,打开钢管下端的小盖子看了一眼,满意地说,"刚才我趁她不注意,采集了死者的遗灰。很多检验我可以自己做。"

莫度多笑道:"唐先生,您的本领真不小,出门还自带随身实验室!幸好吴宗义厂长碰到您,真是他的运气。当然他被烧焦是他运气不太好,不过如果因此案子能破,没有更多的人遇害,还算是幸运的。"

"这位吴厂长,"唐森问,"他有仇家吗?如果有仇家,是不是于家人?"

"唐先生,您真是料事如神。"莫度多说,"当然如果算老账,于家和吴家永远是仇家,但这是一百年前的事情了。罗密欧和朱丽叶两家结仇也不会超过一百年,对不对?于宁远医生应该不算是吴厂长的仇家,其实他俩是合作伙伴。据我们的了解,吴宗义的工厂资金大部分来自于宁远医生的投资,您就知道他们的关系如何密切了。"

"什么工厂?"

"生化工厂,"莫度多一面把车子开进车立方停车场,一面说,"于医生另外拥有一家美容化妆品公司,它经销的产品主要来自吴宗义的工厂。"

---

① 蒙罕是盖文人的聚居地。——批注

"这位于医生显然很能干，又懂得多元发展。但是两人是合作伙伴，并不表示他们不能够翻脸变成仇人。很多的合作伙伴后来均演变成仇敌。"

"这就是局长要我们调查清楚的。"莫度多把车子开进缩小机，说，"唐先生，下车吧，我不希望把您压扁了。局长一再明确指示，即便是警车，除非是紧急状况，我们一样要遵守规矩停车。"

车立方像是个巨大的魔术方块。停在车立方的缩小机里的警车不一会就被缩小成孩子的玩具般大小，很容易就存入魔术方块的一格里。莫度多摇头说："虽然我知道这是停车最好的方法，但我还是不怎么喜欢这种缩小科技。唐先生，您不觉得有点恐怖吗？"

"还好。因为只有无机物才能够压缩，有机物不行。而且压缩的比例有限，最多三倍半，正确的数字是'3.572'。"

"所以如果人还在车子里面，就会被压扁！"莫度多说，"我每次做噩梦，都是梦到忘记孩子还在车里熟睡，车子开入缩小机就把孩子压扁。"

"你有几个小宝宝？"

"一个都没有，"莫度多说，"这是我另外的一个噩梦。好了，不谈这些，我们去拜访于医生，看他有没有不在场证明。"

车立方停车场就在海默旧城步行区的边缘。海默夜市从步行区辐射状延伸到附近街道，因此这一带的蛛网桥路挤满了车辆和行人。唐森不禁觉得奇怪："于医生那么有钱，为什么不住新城，还要住在旧城这边？"

"有时候越有钱的人反而越保守。"莫度多说，"况且旧城住家远比新城舒服，生活机能更好。我们局长的家也离这里不远。"

"说到你们针局长，"唐森说，"于医生是重要线索。为什么她自己不来，要派你来取口供？"

"局长的孩子艾比才十二岁，半大不小的年纪，身体又很瘦弱，晚上她总不能不回去照料一下。而且，"莫度多不无骄傲地说，"我们局长最信任我。而且，"莫度多不无敌意地说，"唐先生，您不觉得您的问题有点太多吗？您好像对谁都不信任，是谁欠了您什么？"

这下又轮到唐森道歉，忙对棕肤女警解释"怀疑一切"是他的职业习惯。自从来到海默城,唐森好像一直在道歉。他告诉自己最好紧紧闭上嘴巴。

于医生的家几乎就在蛛网桥路区的正中心,是一栋旧式的三层水下楼房,四周有相当宽敞的花园。从蛛网桥路望下去,唐森可以看到花园里枝叶扶疏,甚至还有一座凉亭。这在寸土寸金的海默旧城应该是不可多得的奢华住宅。唐森的右手习惯性紧握短钢管,跟随莫度多走下楼梯。想不到主人于医生已经站在门口等候。

于医生是位红光满面的胖绅士,脸孔圆得像圆规画出来的,唯一令唐森奇怪的是他好像眼睛有问题,说话时一直不停眨着左眼。于医生问清楚两人是谁,就对他们说:"两位请进。针局长打电话告诉我宗义遇害,我真是难过极了。宗义死得冤!死得可惜!我对局长说,我愿意出一亿元悬赏捉拿凶手。这次无论如何要把凶手揪出来,替宗义讨个公道。"

"为什么你说吴厂长死得冤?"唐森好奇问道。莫度多狠狠瞪他一眼。唐森不理会她,继续说,"我是星际联邦一三四星区六二防区八八分驻所的境遇改造员唐森。我想知道,你说吴厂长死得冤,究竟冤在哪里?是否凶手杀错了人?"

于医生愣了一下,眨巴着左眼回答:"我说宗义死得冤,并没有什么特别的意思。我总不能说宗义死得不冤,对不对?"

莫度多说:"于医生,唐先生比较不习惯我们海默人讲话的方式,请您不要介意。我要问您的是,今天下午三点到六点这段时间,您在哪里?"

"当然在诊所。"于医生说,"我的诊所就在一楼,所以我今天下午并没有离开家。我的三位护士都可以作证。两位护士现在已经下班,但是有一位还在值班。"他按动墙上的电钮。"我请安棋上来,你们可以跟她谈谈。"

"可以顺便看一下你的诊所吗?"唐森问。

"请便。我的护士会回答你们的问题。今晚我还有病人和家属要和我讨论手术细节,我就失陪了。"于医生对刚上楼来的漂亮女护士说,"安棋,这两位是警察局的人。今天下午吴宗义先生遇害,他们有一些问题要问你。"

名叫安棋的护士点点头,带他们下楼到于医生的诊所。唐森忍不住问:"刚才于医生对你说,下午吴宗义先生遇害,为什么你一点也不惊讶?"

"因为整个海默城都在谈论这桩凶杀案。"护士说,"只要走上街,就听到人们在讲。"

"但是你并没有离开诊所一步,你怎么知道?"

"那是于医生,他并没有离开诊所一步。我因为晚上值班,中间出去用过晚餐。"护士说,"不论是什么地方,媒体都疯了一样拼命在报导,想要不听都不可能。"

唐森左右四顾,仔细观察于医生的诊所。莫度多继续问护士:"今天下午三点到六点这段时间,于医生都在诊所吗?"

"是的。"

"你愿意到局里作笔录,证实今天下午三点到六点这段时间,于医生都在诊所工作?"

"我愿意。"

问完两个问题,莫度多就没有问题再问,傻傻看着唐森。唐森心想,平常这么多话,到紧要关头却变成哑巴。但是他学乖了,不再随意放炮,只接下去淡淡问护士一句:"于医生的专业范围是什么?"

"整容。"安棋护士说,"于医生是海默城最有名的整容医师。不仅在海默城,甚至在整个呼回世界都大大有名。很多人都是远道从别的地方特地到我们诊所来接受治疗。"

"那么收费一定很昂贵?"

护士笑笑:"为了美貌,有人愿意花钱的。"

"的确,为了美貌……"唐森指着一架机器问,"这是什么?"

"从太阳系进口的最进步的整容机器。太阳系的女人十分注意容貌,因此太阳系的整容机器也比较先进。要不要我仔细介绍?"①

"不用,这份说明书给我看看就够了。对不起,我坐下来读。"他坐在办公桌前专心读说明书,莫度多趁机和护士聊天。唐森很快看完了,把说明书放回原处,然后对莫度多说,"我们走吧。"

出了于医生的家,莫度多立刻就有话说了。"唐先生,因为您是联邦的境遇改造员,针局长非常尊重您,所以我们也都很尊重您。虽然我们知道您很了不

———————————

① 特殊的需求催生特殊产业,历史上历来如此。——批注

160

起,但是您也犯不着对于医生那么凶,对不对?"

"我凶吗?真是天晓得!"唐森笑笑,"办案不凶,我们办案人员吃什么喝什么?古人有个名词,叫做弗洛伊德式失言,意思就是一时不小心说出真心话。于医生无缘无故说吴厂长死得冤,你不觉得很奇怪吗?"

"没有什么奇怪。我们海默人讲话比较客气,总是替别人着想。"莫度多说,"于医生是本城的名人,连针局长都敬他三分。他们于家势力很大。您大概听说过,现在呼回世界一切大小官职都是民选,警察局局长也是民选。得罪于家,对我们针局长没有什么好处。"①

"那么无法破案得罪了吴家,对针局长会有好处吗?"唐森说,"好了,我们不必抬杠。我刚才在于医生的诊所趁那位护士不注意,扫描了桌上于医生的行事历。因为如果在行事历上写字,后一页会有前一页笔尖留下的凹痕,虽然不甚明显,可是使用高分辨率的扫描笔仍旧能够读得出来。我发现行事历上面有人写了几个字。小点滴。这是什么地方?"

莫度多大为佩服,说:"咦,唐先生,我还以为您专心阅读整容机器的使用说明书呢,不晓得您趁机搜集情报……"

其实行事历上写的是"小点滴晚十一时M",但唐森隐藏起后一半没说,也不问莫度多谁是M,仅仅问道:"小点滴是什么地方?"

莫度多说:"小点滴是吃消夜的地方。现在要去吗?"

唐森考虑了一下。自从在宇航飞梭上吞下情境胶囊到现在,他还没有吃过任何东西。一颗情境胶囊可以当作消夜吗?他的结论是不可能,何况是这么一颗包藏祸心的特效情境胶囊!

莫度多突然又变得善解人意起来。"唐先生要去小点滴吃消夜,我们就不用到车立方拿车,直接走过去比较快。"

对,到海默旧城吃消夜去,唐森想,天下没有比吃消夜更重要、更快乐的事!②

---

① 地方实力派总是政客既忌惮又需拉拢的对象。——批注
② 感觉像是要去士林夜市!不过实话实说,张系国笔下的海默城,多少都有点台北市的影子。——批注

麦老先生有块地咿呀咿呀哦

艾比躲藏在屋梁上仅足容身的空间,听到直升机螺旋桨的声音,赶快从气窗钻出去,爬上屋顶。直升机停留在艾比家的垂直上空,打开探照灯用强光到处扫射。驾驶员看到艾比在屋顶挥手,就逐渐调整直升机的位置。然后两名重装备的警察从直升机敞开的侧门攀绳而下,一前一后在屋顶着地。一位保持戒备,另一位把艾比抱上吊椅,为他绑好安全带,示意直升机吊起艾比。

艾比在半空中观察他家四周的蛛网桥路。虽然是夜晚,附近倒被探照灯照耀得有如白昼。但老麦唐诺先生和尼克早就失去踪迹,他们一定是听到直升机的声音就逃走了。艾比最关心的还是飞飞。飞飞呢?从空中看不到小黑狗在何处。可是很奇怪的是,竟有一群花豹在他家的附近乱窜。普通动物都不会进入蛛网桥路,因为他们知道进了蛛网桥路就是死路一条。等到艾比的吊椅升得再高,他依稀可以看到旧海默城四周的海洋,巨大的水蛇在海里游泳。巨大的水蛇?难道老麦唐诺先生又变成水蛇逃走了?

艾比的吊椅接近直升机时,姆妈张开双臂在等着他,大声喊:"艾比!"艾比还来不及张开双臂,姆妈就把他连人带吊椅一把拉进直升机。

艾比暗感欣慰,姆妈果然亲自坐直升机来救他。可是飞飞却被坏人绑架了。艾比一想起来就很难过。飞飞因为要保护他,设法转移坏人的注意力,才把自己变成狗头风筝。想不到艾比没有事,反而是飞飞被坏人抓走。

"姆妈,我们一定要赶快去救飞飞。"艾比被姆妈拉进直升机里,立刻提醒姆妈,"网桥路到处都是坏人。姆妈,迟了飞飞就没命了。"

"你放心,飞飞不是一般的狗狗,它知道怎么照顾自己。"

"飞飞是因为保护我,才会被坏人抓走的。我们一定要去救它。"

"当然要去救它。"姆妈说,"飞飞的责任就是保护你。有它在,我很放心,因为我知道它会寸步不离跟着你。现在反而有个难题。飞飞不在,谁来保护你呢?我只好先带你回警察局。那些人再凶悍,总不敢公然到警察局闹事。"

"我不要去警察局,我要跟你一起去救飞飞!"

"不行。"姆妈说,"飞飞被绑架到哪里都不知道,所以我们必须到处搜寻。太晚了,这些地方都很危险的,我怎能带你去?"

"可是飞飞是我的狗狗。我不要去警察局,我要跟你一起去救飞飞!"

姆妈有点不高兴。"艾比,不要再孩子气。如果我能够带你去,还会不带你吗?讲理一点,我一有好消息就会告诉你。"

艾比看到姆妈发脾气,心里再有一万个不乐意也只好安静下来。直升机在警察局大门前的广场降落。警察局里面乱哄哄的,像个被戳破的黄蜂窝。几乎所有的人都动员了,不仅是警犬队,连专门检查海默城下水道和排水系统的水狸大队都整装待发。那些水狸套了口罩,乖乖站成一排,不知道的人还以为它们是经过特殊训练的警犬。艾比想要走过去跟水狸玩,却被姆妈一把抓回来。今天她的火气特大,艾比不敢顶撞她。姆妈要艾比乖乖坐在计算机房里,她说计算机房最安全,交代了几句,随即带了重装备的警察大队冲出去。

各种队伍都走了之后,警察局里面突然变得非常安静,安静得反而令艾比心里发毛。起先计算机房还有一位值班的警察,不久她也出去处理事情,计算机房里只剩下艾比一个人和一排排闪烁发光的计算机。

虽然已经是深夜,艾比并不觉得困。他闲得无聊,就打开计算机,上网去搜索。老麦唐诺先生和尼克带走飞飞,能够躲到哪里去?尼克没有什么数据可查。但是老麦唐诺先生是公交车驾驶员,海默城公车处应该有关于他的资料。艾比查寻海默城公车处的公交车驾驶员资料,果然老麦唐诺先生的替身阿凡达首先从屏幕跳出来唱道:

> 麦老先生有块地,
>
> 咿呀咿呀哦。
>
> 他在空地养小鸡,
>
> 咿呀咿呀哦。
>
> 这里叽叽叽,
>
> 那里叽叽叽。
>
> 这里叽,
>
> 那里叽,

这里叽，

那里叽。

到处都是叽叽叽，

麦老先生有块地。

咿呀咿呀哦。

阿凡达唱完一段老词,接下去又继续唱两段新词:

麦老先生有块地,

咿呀咿呀哦。

他不种地当司机,

咿呀咿呀哦。

这里要司机,

那里要司机。

大客车,

小快递,

消防车,

带云梯。

公共汽车缺司机,

麦老先生有块地。

咿呀咿呀哦。

麦老先生有块地,

咿呀咿呀哦。

他抵押地买机器,

咿呀咿呀哦。

车里装机器,

车外装机器。

飞上天，

钻入地，

能潜水，

会游戏。

你说神奇不神奇，

麦老先生有块地。

咿呀咿呀哦。①

　　艾比听了老麦唐诺先生的计算机替身阿凡达唱歌，差一点活活笑死。第一段"他在空地养小鸡"艾比还听过，第二段"他不种地当司机"和第三段"他抵押地买机器"可能是老麦唐诺先生自己编的吧？可见老麦唐诺先生还真喜欢公共汽车！艾比沉住气，继续检查海默城公车处的车辆动向记录，果然被他发现一些异常的现象。

　　他发现老麦唐诺先生平常驾驶的76路公交车，三辆车中间只有两辆仍旧在路线上行驶，第三辆车却神秘失踪了。他查到第三辆车的车牌号码，再通过卫星定位系统搜查，发现第三辆车目前所在的位置竟然是在大海里！

　　这辆76路公交车应该就是老麦唐诺先生，不，小黑狗飞飞开到海里的那一辆。但是艾比仔细检查它的位置，发现它并不在接近蛛网桥路的近海。公交车好像后来又被人移动过，竟在离岸相当远的海底。这怎么可能？

　　艾比用手指一揿，放大屏幕上面失踪公交车的位置附近的海域图。屏幕上面一片淡绿色，看不出什么。但是再仔细看，可以看到淡绿的海有一些墨绿的条纹。艾比检查相关地理资料，发现这一带的水域本来就是海默旧城外海的珊瑚礁区，海底地形崎岖。公交车被移动到这里，的确不容易被人发现。艾比灵机一动，这是否就是上学期历史老师讲的，呼回传说里海底城的所在地？

　　海默人一向就相信海默的外海有个海底城，但是没有人知道究竟在哪里。76路公交车落在海里，却自己移动到珊瑚礁区，似乎间接证实海底城不是海默

---

① 这段蹩脚的歌唱预示了此后的情节走向。——批注

人的幻想。

有了这个大发现，艾比兴奋极了。这时刚好姆妈通过警用无线电话和他联系。艾比说："姆妈，我知道飞飞被带到哪里去了。他被抓到海底城了！"

"飞飞被囚禁在海底城？什么海底城？"

艾比就把他的大发现告诉姆妈，又说："如果坏人把海底城建在珊瑚礁区，别人很不容易发现海底城的秘密。而且，那个假老麦唐诺先生，它根本就是条大水蛇，才会钻到海底去。"

"虽然很荒唐，但也不是全无可能。海底城可能是坏人的走私贸易和运输中心，主要的货仓就藏在珊瑚礁底下。艾比，你注意看，在珊瑚礁附近有没有类似通风口的装置？"

"姆妈，我没有看到通风口，可是珊瑚礁附近有一条长长的灰黑色痕迹，不知道是什么。"

"这可能就是通风口了。好，我立刻带人坐直升机过去搜查。"姆妈说，"艾比，你真聪明。艾比！艾比！"

但是艾比再也无法回答。他眼睁睁面对指着他的黑洞般的枪口，心想姆妈一再说警察局里面最安全，姆妈竟然完全错了！

情境改造员唐森在小点滴的奇遇

棕肤女警莫度多把唐森带到小点滴门口，自己却不肯进去，说："唐先生，我就在这里向您告辞，先回家了。等会吃完消夜，您可以叫出租汽车回旅馆。"

唐森本来还以为小点滴是家小吃店，想不到竟是栋六层大厦。和海默旧城其他的水下大楼一样，这六层大厦是从地面往地底生长的。唐森从小点滴的大门口向下头张望一眼，不禁惊叹不已。每层楼都开着一排落地长窗，窗沿挂着霓虹灯，里面灯火辉煌。每层楼里面都挤满了顾客，传出阵阵闹声和音乐，分明是座不夜城。

"什么消夜店竟然有这么大的排场，这还算小点滴吗？"

女警莫度多不禁笑了："称它为小点滴确实有点委屈，因为它的歌舞节目实在不输给任何一流的观光饭店。不过小点滴的消夜倒是宇宙驰名，外星来的观光客都爱来这里见识见识。但是它的价钱不便宜。人们爱说：小点滴大破财。唐先生要有心理准备。不好意思，我先走了。"

唐森可以理解为什么莫度多急着先告退。到底她是女警察，除非是执行任务，否则不宜涉足这类风月场所。如果莫度多留下来，他们两人都难免尴尬。那么他自己呢？唐森耸耸肩膀。他是情境改造员，有什么情境不能够适应？不能够改造的？

莫度多临走又回头对他说："对了，唐先生，您一定不习惯吃虫卵之类的呼回风味小碟。我建议您只点面食，因为面食无论在宇宙何处都差不多，吃了也不担心肠胃出问题。拜拜。"

唐森谢谢莫度多的忠告，昂首阔步走进小点滴。大门两旁的两排女招待员一齐鞠躬欢呼："客至！唐先生，欢迎欢迎。"

唐森吃了一惊，然后又释然。小点滴一定装设了个人信用卡遥感识别器，能够直接阅读他身上佩戴的宇宙万邦信用卡。这么看来，至少在商业应用方面，呼回世界的科技发展并不落后其他先进星球多少。

一群千娇百媚的女招待蜂拥围上来。唐森右手接过一位蓝衣女招待递上的热毛巾，左手拿了另一位红衣女招待奉上的冰甜酒，简直有点忙不过来。好在第三位黄衣女招待没有献上什么，可是她娇声说："唐先生，您的朋友在等您，请您跟我走。"

这次唐森倒是真的吃了一惊。"我的朋友？我在这里没有朋友。"

黄衣女招待咯咯笑道："唐先生，放心好了，是您的朋友不会错。请您跟我走。"

唐森只好跟她走，他的耳边似乎有人轻声唱道："唐森你大胆地跟我走，跟我走，莫回头！"

声音重复好几次。唐森听了一会，忍不住问带路的女招待："是你在唱歌？"

黄衣女招待含笑看他一眼，娇声说："谁在唱歌？"

唐森想重复唱给她听，又觉得这实在太怪异，女招待会以为他自作多情，改问:"我的朋友,他等我很久了?"

"夏娃娃鲁小姐刚到没有多久。您放心,她是我们这里的常客,朋友很多,不会寂寞的。"

夏娃娃鲁。唐森咀嚼这个名字,肚内的情境胶囊没有任何反应。等一会,有了!唐森的脑海里突然出现有关的信息。夏娃娃鲁是海默城的呼集团旗下的记者。呼集团拥有呼报社、呼周刊、呼电视等,在海默城极有影响力。夏娃娃鲁在呼报社工作已经有三年,最先跑文教新闻,最近才改跑社会新闻。

"我明白了,原来夏娃娃鲁是记者。这真太好了!即使我们现在还不熟,很快就会变成好朋友。"

黄衣女招待不免又看唐森一眼,她一定觉得这位客人有神经病。但是唐森实在太高兴,顾不得女招待的反应。肚内的情境胶囊一旦有反应,他就不再是单枪匹马,所有情境改造的资源他都可以通过情境胶囊运用自如。当然,他和针局长今天能从海底脱险,情境胶囊应该已经起了作用,但是他还是渴望直接获得证实。现在情境胶囊肯定已经启动,唐森太高兴,真太高兴了。

他的耳边似乎有人继续轻声唱道:"唐森你大胆地跟我走,跟我走,莫回头!"

唐森响应道:"只要你告诉我往哪里去,我就放心跟你走。"

带路的女招待听见了,耸耸肩膀,她对唐森的奇异举止似乎已经见怪不怪。唐森远远看到一堆男人包围着一位坐在沙发上的金发女子,他知道一定就是夏娃娃鲁。那位呼回女郎也看到唐森,笑着对他招手。

"我亲爱的,你终于来了。"

所有的人,包括带他来的黄衣女招待,都定睛看着唐森;唐森则定睛看着夏娃娃鲁。金发女郎的皮肤略嫌黝黑,虽然穿着朴素,但是身材火辣,大眼高鼻,无疑是个美人坯子。唐森轻轻握住夏娃娃鲁向他伸出的纤纤玉手,低声说:"你好。我是星际联邦一三四星区六二防区八八分驻所的境遇改造员唐森。"

夏娃娃鲁一挥手,包围她的人知趣散去。她拍拍沙发对唐森说:"唐森先生,请坐。"

"谢谢。"唐森说,"我应该称呼你为夏小姐,还是夏娃小姐,还是夏娃娃小姐？"

"难道你的情境胶囊没有告诉你？"夏娃娃鲁不怀好意说，"都不对，应该是夏娃娃鲁小姐。夏娃娃鲁既是姓也是名，所以你不能把夏娃娃鲁截断。你不可以把我锯成两节。"

唐森并不惊奇夏娃娃鲁也知道他有情境胶囊，坦然说："不敢，情境胶囊也有技穷的时候。夏娃娃鲁小姐该不会是盖文族吧？因为只有盖文人的姓也就是名。"

"你看我长得像盖文人吗？我有几根手指？"夏娃娃鲁显然有些恼怒，"既然是联邦的境遇改造员，怎会这么缺乏常识？要知道宇宙之大，并不是只有盖文族的姓才是名。"

唐森又赶紧道歉。夏娃娃鲁挥手说："算了算了。唐森，你当然知道我是呼报社的记者，可是你知道今晚我为什么要找你？"

"因为白天发生的连环凶杀案？"

夏娃娃鲁说："当然白天发生的大案子等会我们也要谈，不过这倒还是次要。我主要想采访你。"

"采访我？我有什么好采访的？"

"你是联邦的境遇改造员。我们的读者都对境遇改造很有兴趣，想知道你对境遇改造理论的看法。"

又来了！唐森最怕就是这个，连忙摇头说："我虽然是联邦的境遇改造员，只是奉命行事，对境遇改造理论没有任何看法。退一步说，即使我有看法，也不方便告诉你，在你们的报纸上发表我个人意见。我现在有任务在身，不能胡言乱语。夏娃娃鲁小姐一定能够谅解我的苦衷。"

"这样好了，谈谈你为什么决定成为联邦的境遇改造员？你是我采访的第一位境遇改造员。我们的读者都对境遇改造员的工作很感好奇，他们想知道，什么样的人会从事这种工作？有胆量的人？爱冒险的人？究竟是什么样的人？"

"需要钱的人。"唐森说，"境遇改造员的工作，都是有钱人不愿干的活。"

"不怕死的人？"

"那倒未必。境遇改造员的任务并没有一般人想象那么危险。我不是为境遇改造署做招募宣传,但是境遇改造员的工作和一般的公务员其实差不多,如果小心执法,出事机会不大。待遇不错,有年终奖金、退休金和特别任务加给。每年还有三星期休假。"

夏娃娃鲁忍不住笑出声来:"给你这么一讲,境遇改造员简直成了朝九晚五的公务员,无趣极了。是否你想故意误导我们的读者?"

"为什么我要故意误导贵报的读者?"

"或者你避重就轻,不愿意讲出境遇改造工作的真相。"夏娃娃鲁说,"唐森先生,我不是刚出道的年轻记者,请你不必把我当作傻瓜。"

"对不起,我并没有这个意思。"唐森说,"夏娃娃鲁小姐,我实在有点饿。假如你不介意的话,我们不妨边吃边聊。"

他点了碗扁汤面和三样呼回风味小菜。夏娃娃鲁说她不饿,只点了杯饮料,一边看他吃,一边继续询问。碰到这位难缠的女记者,唐森只有自叹倒霉。

"唐森先生,我知道你不想谈,但是我还是要回到境遇改造理论,你不愿意表达意见也没关系。"夏娃娃鲁显然还不死心。"你知道,呼回世界有大半数城市已经废止死刑,另外一小半城市还没通过,这里头包括海默城。本来废死已经列入下次市民公投项目,应该会顺利通过。但自从连续发生凶杀案,大家又开始热烈讨论是否应该废止死刑的问题。很多人认为,如果废止死刑,对这种残忍成性的杀人凶手就无法制裁,所以万万不能废止死刑。唐森先生,你觉得呢?"

"唔唔。"唐森暗叹,为什么情境胶囊不事先警告他?害他连安安静静吃顿消夜的机会都丧失,早知如此不该来。扁汤面里面有许多花花绿绿像虾米般的作料。唐森看不出是什么东西,又怕是虫类。转念一想,虾不就是水里的虫?这么一想就硬着头皮继续吃。夏娃娃鲁看着他吃,却一副事不关己的神情,似乎即使他吃到活虫一样见死不救,继续发表她的宏论。

"我个人反对死刑,但是我们的确不能放弃制裁凶手的唯一利器。"夏娃娃鲁说,"有一种说法是境遇改造员可以复制凶手杀人当时的情境,以其人之道,还治其人之身,让他一遍遍尝试被杀的痛苦滋味,永无休止。这样的惩罚,也许可以代替死刑。你同意不同意这种说法?"

"唔唔。"

"比如说，连环杀人凶手被抓到以后，你愿意复制他杀人当时的情境，让他一遍遍尝试被杀的滋味吗？"

"这要看境遇改造署怎么决定，我就怎么执行。"

"如果境遇改造署袖手旁观，要境遇改造员自行决定，你怎么办？"夏娃娃鲁认真地说，"唐森先生，这不是不可能发生的事。我调查过近十年一三四星区境遇改造的案例，至少有五分之一的案例，境遇改造署责成境遇改造员就地裁决。所以境遇改造员的权力其实非常大，你不可能不知道。"

夏娃娃鲁睁大眼睛看着他。唐森简直食不知味，放下面碗叹口气说："夏娃娃鲁小姐，我本来是到小点滴吃消夜，尝尝你们海默城的传统美食，你何苦一再相逼？"

"真对不起。但是你并不只为了吃消夜来小点滴。"夏娃娃鲁丝毫不放松，"你想要找一个人，那个人叫做M，对不对？我知道M是谁，他已经走了，但是我可以带你去找他。"

夏娃娃鲁竟连M都知道，但唐森并未觉得惊奇。不论这位厉害的女记者说什么，他都不会感到惊奇。"现在我谁也不想找，只想回旅馆去睡觉。"

"联邦的境遇改造员怎可知难而退？这太不符合境遇改造员的英雄形象了！"夏娃娃鲁说，"这样好了，我们合作。我可以带你去找M，条件是你接受我的采访时必须实话实说。"

"不可能的，联邦的境遇改造员还不至于这么没出息。"唐森站起来，对夏娃娃鲁说，"夏娃娃鲁小姐，我们后会有期。"

他也不管夏娃娃鲁如何回应，走到门口柜台结了账。大门两旁的两排女招待员一齐鞠躬欢送："再会！唐先生，谢谢光临。"

唐森走出小点滴的大门，一辆大红色的摩托车冲到他面前，差点撞到他，好在唐森还算身手敏捷，闪向一边避过。骑车的长腿帅气女子脱下头盔露出一头金发，甩动长发说："好啦，我带你去找M，没有任何附带条件。"

"为什么突然变得这样好心？"

"就算我天良发现好了。或者说，我也想见识见识联邦的境遇改造员如何办案。这样的合作，不算过分吧？"

唐森想了想，这么晚了，即使他要回旅馆也得有人送他，何况……但是他又得坐人家的车，而且每况愈下，这次坐的是摩托车后座，不会又摔到海里去吧？这么漂亮的大美人，他又不方便一把搂住对方，坐在后座岂不危险万分？

"放心，"夏娃娃鲁好像能够阅读他的念头，戴上头盔说，"我的骑术很好，不会出事的。"

或许不会，或许会。唐森知道情境胶囊已经启动，他不必再担心什么。但他仍旧下意识摸摸口袋里的短钢管。

他坐上夏娃娃鲁的摩托车，不敢大胆搂住女子的纤腰，只好用双手紧紧抓住摩托车架子。"坐好了。"她一声娇吼，推下面罩，这位霹雳娇娃就飞车冲向蛛网桥路。唐森坐不稳，不能不乘势搂住夏娃娃鲁的纤腰。他满脸通红，幸好夏娃娃鲁看不见他。

"我们去哪里？"唐森一连问了好几次，夏娃娃鲁哈哈大笑。

"何必问，这样乱闯乱冲不是很过瘾吗？"摩托车飞到半空中，然后落在蛛网桥路的另外一段，幸好没有落海。"我带你去一家古玩店。"

"你说是夜店吧？"

"不是夜店。古玩店。"

"半夜三更去古玩店，"唐森说，"好像有点奇怪。"

"半夜三更不去古玩店，什么时候去？"夏娃娃鲁说，"这家古玩店名叫三个小金人，你会喜欢的。"

唐森暗道侥幸。原来唐森在于医生的诊所趁护士不注意，扫描了桌上于医生行事历的前一页，上面有几行字。他对莫度多提到小点滴，并未提及全文是"小点滴晚十一时 M"。他也未对莫度多提及，另外一行字写的正是"三个小金人"。

夏娃娃鲁的摩托车驶得飞快，渐渐往高处走，远离开海默城。唐森不免心生疑惑："夏娃娃鲁小姐，这家三个小金人古玩店会开在山上吗？这路好像越走越偏僻。"

"怎么，你害怕了？"夏娃娃鲁说，"我还以为联邦的境遇改造员都是天不怕地不怕的好汉呢。"

摩托车驶进弯弯曲曲的山路,到了山顶,夏娃娃鲁终于停了下来。唐森走到山崖边,海默城的夜景尽收眼底。夏娃娃鲁指给他看旧海默城和新海默城的相关位置。新海默城的高楼大厦依着山边,然后是一条闪烁着灯火的长长的路,连接到旧海默城。有趣的是旧海默城每区的灯火颜色各不相同,中央区是蓝色,然后是橙黄色,外围是白色。这片灯海一直延伸到大海里,变成星罗棋布的渔火。然而远远看去,只有各种颜色的灯火密集或疏松的区别,却无法分辨什么是海什么是陆。

唐森观看半晌,点头说:"海默灯海果然名不虚传。谢谢你带我来这里欣赏夜景。"

"我去过你们闪族①的首都加得蓝。"夏娃娃鲁不无感慨地说,"加得蓝那些高耸入云的万丈巨厦,蜿蜒山岭的亿兆金城,我们呼回世界都没有。但是我们总还有些别的。我住在加得蓝时,特别怀念海默的夜景,时时思念这个地方。许多呼回人去了加得蓝就不想回来,他们甚至看不起呼回世界。可是我决定还是回来这里。"

"要我是你,也会选择回到海默城。"唐森认真说,"夏娃娃鲁小姐,有一点我必须澄清。我并不是闪族人。"

"你既然不是闪族人,为什么要当境遇改造员?"

唐森干笑两声说:"这是太长的故事,改天有空我慢慢讲给你听。"

"你讲。我们现在都有空,你可以讲整个晚上。"

"不是要去三个小金人古玩店吗?"

"谁在乎什么三个小金人古玩店?!你讲。"

唐森考虑了一下,说:"好吧,只要你有兴趣听……"

他选择山崖边一块大石坐下来,眺望着海默城夜景的一片灯海,讲述他的过去。

"我是孤儿。我们家是西鲁星人。你知道,西鲁星过去一直被闪族帝国统治,

---

① 闪族是张系国科幻世界中最强大的星际种族,他们拥有强大的科技和军事能力,闪族帝国堪称星际社会的霸主,让人很容易联想起人类历史上的罗马帝国。——批注

几次被闪族屠杀，都没有屈服，最后终于赢得独立。我爸在第四次星际战争时参加联军的远征军，在攻击闪族的前哨星球时阵亡，但是一直没有找到他的尸体。有人说他并没有死，也有人发誓看到我爸加入反抗闪族的游击队。

"四战结束后，我妈带着我到闪族世界的三十一个星球，一个星球一个星球继续寻找。她受尽千辛万苦，不幸在走完最后一个星球后病故，可能因为她找不着我爸已经心碎。有一对好心的闪族老夫妇收容了我。但是那时候我心里一直不平衡，对闪族非常反感，不想依赖养父母的资助继续求学。所以从公立中学毕业后，就报考联邦技术学院，毕业后通过会考进入境遇改造署，成为联邦的境遇改造员。

"我选择住在闪族统治的星球，因为我妈的坟在那里，我不忍心离开她。我不能把她留在一个完全陌生的星球，隔着多少光年的太空，她想回家也找不到路回去。"

唐森说着哽咽了。夏娃娃鲁说："原来如此。对不起，我刚才错怪你，还以为你是闪族子弟。我和从前的你一样，对闪族非常反感，因为我的恋人也死在闪族手里。你说你不愿离开你母亲的坟，怕她找不到回家的路。我连恋人的坟在哪里，我都不知道。"

"他最后一次离开时对我说，万一他战死，以后如果要见面，就到我们从前约会经常去的原野找他。那片原野现在遍地黄花，或许其中有一株就是他。"

看到夏娃娃鲁伤心流泪，唐森不禁紧紧握住她的手说："同是天涯沦落人，相逢何必曾相识？不必说你错怪我，根本没有关系的。很多人以为联邦的境遇改造员都是闪族人，其实并不是这样。"

夏娃娃鲁收泪道："听你的口气，现在的你对闪族不再反感？"

"怎么说呢，"唐森叹道，"大概现在我比较成熟，我明白闪族人和我们一样是人，一样逃不过生老病死的过程。其实都是人，但是因为误解互相不信任，甚至互相屠杀。闪族人误解我们，我们误解闪族人。这样冤冤相报，永无止境。"

"那么可能我没有你成熟。"夏娃娃鲁说，"到现在我还是很恨闪族人。但是我同意你说的，人和人彼此需要了解，因为有时候还是免不了必须彼此合作。我以为你是闪族人，所以本来要带你去三个小金人古玩店，介绍你认识几个海默城的重要人物。"

就在这时，夏娃娃鲁的无线电话突然响了。她接电话讲了几句，二话不说立刻跳上摩托车。唐森知道她改变主意，也赶紧上车。她一路沉默，送唐森回到新海默城唐森住的旅馆，停住车仍不说话。唐森下了摩托车，还来不及讲一句"谢谢"，夏娃娃鲁已经扬长而去。

坏脾气的变种太空水狸

如果不是坏人拿枪对着他，艾比倒真是乐得其所。并不是每天都有人带他坐直升机，也并不是每天都有人陪着他玩捉迷藏的游戏。可惜飞飞不在他身旁，不然他可以继续快乐玩下去，一直到姆妈回来。

而且，是什么样的坏人拿枪指着他啊！艾比从来不知道水狸有这么聪明，居然会说话，并且还能使用武器。那只绑架他的水狸正拿枪指着他大声说："把口袋里的东西都掏出来。"

"好啊，都在这里。"艾比把口袋里的东西掏出来堆放在桌上，"你看，没有移动电话也没有任何电子玩具。"

"不许碰！"水狸凶起来时还真像回事，"走。"

"去哪里？"

"不许问！"水狸说，"你是俘虏。俘虏没有资格问任何问题。"

"你是变种太空水狸，所以才会说话，对不对？真好玩，我从来没有见过变种太空水狸。"

"胡说！我不是变种太空水狸。"水狸说，"你才是变种太空艾比。"

水狸竟然知道他的名字，令艾比很诧异。"是的，我是艾比。你叫什么名字？"

"我是亚当七世。"

"亚当七世。那么你爸爸是亚当六世，爷爷是亚当五世？"

"当然。你怎会这么笨？"亚当七世不耐烦说，"我虽然是水狸，却绝不会回答这种笨问题。况且你是俘虏。俘虏没有资格问任何问题。"

"亚当七世,你真是只坏脾气的变种太空水狸。"艾比说,"小心,坏脾气的结果是没有人愿意和你做朋友。"

"笑话!谁在乎朋友?"

亚当七世嘴里虽这么说,到底有点顾虑,不再一味责骂艾比。水狸握着枪逼迫艾比走出计算机室。艾比说:"亚当七世,你知道这里是警察局吗?你逃不出去的。"

"我逃不出去,你也活不了。"水狸说,"记住,你敢喊叫一声,你就死定了。"

艾比心想,你不过是只小小的水狸,我还真的怕你不成?亚当七世走到走廊尽头的墙角,打开地上的下水道盖子,竟然示意艾比爬进去。

"这么窄小的下水道,我进不去的。"艾比抗议道,"亚当七世,人可不是水狸。"

"你的头明明可以进洞。头过身便过,懂吗?"亚当七世吼道,"无论人或任何动物都一样,头过身便过,男儿当自强。进去!"

艾比无奈,只好爬进下水道,水狸紧紧跟随在后。洞里一片漆黑。起先他们接近垂直角度往下爬,爬了一会,下水道从垂直逐渐变为水平,虽然依旧窄小,但是好爬多了。艾比担心从哪里冲来污水把他们淹死,好在下水道除了底部有些积水,其他倒还干净。又爬了一会,亚当七世突然喊停,在黑暗里叮叮咚咚敲打了一阵,又搬开一个盖子。他们爬进连接的洞穴,没有多久豁然开朗。这洞竟有两三个人高,而且每隔一小段路墙上就有一盏长明灯。水狸并不需要灯光照明,所以这地道显然是为了人设计的。但是谁会使用这地道呢?

远处有汽车引擎的声音,车头灯的亮光越来越接近。一辆冒着黑烟的老旧黄色公共汽车在他们面前停下。艾比看清楚公交车的路线牌子……

"76路!"艾比觉得简直不可思议。那辆76路公交车不是远在珊瑚礁的海底吗?现在这辆又从何处来的?公交车的车门慢慢打开,一位白发老者微笑着走下车来。

"麦唐诺先生!"

"艾比,我们终于又见面了。"老麦唐诺先生说,"我怕你找不到路,特地差遣亚当七世去接你。"

水狸嘀咕道："不是找不到路,是他不肯来。"

"亚当七世,你今天表现不错。"老麦唐诺先生拍拍水狸的头。艾比知道水狸和老麦唐诺先生是一伙,那么飞飞一定也在这里。

"飞飞呢？"

老麦唐诺先生呵呵直笑,水狸也咧开嘴。

"你还没看到？"老麦唐诺先生把身上的黑色披肩解下,往地上一扔。那披肩自动收卷成为一条小黑狗,艾比欢呼一声,搂着小狗。

"飞飞！"

飞飞也忙着舔他的脸。"真对不起,艾比,我没能保护你。"

"不要这么讲,我们都平安就很幸运了。"

老麦唐诺先生说："说得不错,总算大家都平安。我们走吧,两位请上车。"

亚当七世说："麦唐诺先生,我就不去了,免得水狸大队少了一员要角,引起人类的疑心。这些人类笨得像什么似的。他们要我们负责检查下水道,不是脑壳坏掉吗？哈哈。"

亚当七世迅速消失在连接大隧道的洞穴里。艾比和小黑狗上了公交车,老麦唐诺先生发动引擎,公交车沿着漫长的地道缓缓行驶。本来艾比以为这是唯一的地道,但是不久他们来到三岔路口,过了一会又是一个三岔路口。艾比很快就记不住老麦唐诺先生选择哪条路。现在即使老麦唐诺先生让他下车,他也走不回去了。

"飞飞,这真是地底的迷宫。谁建造地底世界的迷宫呢？"

"我们回不去了,艾比。"飞飞自责说,"都是我不好,我应该记住回去的路,但是我实在记不住。我太没用了,我对不起你,对不起姆妈。"

飞飞不讲姆妈还好,一提到姆妈,艾比也忍不住大哭。哭到后来,连老麦唐诺先生都忍受不了,停住车对艾比说："不许再哭！要知道,男儿有泪不轻弹。虽然你还是小孩,也要练习表现得很坚强。再哭就不是呼回好男儿,我要请你下车自己走！"

艾比吓得不敢再哭。老麦唐诺先生继续开车,冒着浓烟的公交车摇摇晃晃,经过一个又一个路口。艾比注意到有的路口其实并不是路口,而是一小方一小方开辟的园地,顶上都有个人工小太阳,照耀着底下园地里绿油油的各种植物。艾比问老麦唐诺先生说:"地底世界还有菜园?"

"地底世界不但有菜园,还有果园和麦田。"老麦唐诺先生说,"地底世界生产的果蔬粮食,够养活海默城半数人口。别的我不敢说,有一点我可以保证:以后不论有没有洪水战争天灾人祸,海默城不会再有大饥荒。只要我经营的地底世界存在一天,易子而食的惨剧就一天不会发生。"

"可是万一地底世界淹水呢?"飞飞忍不住问。

"不会的。"老麦唐诺先生很有自信地说,"地底世界的隧道和防水墙都是我亲自设计的,保证不会淹水!"

公交车摇摇晃晃终于到了地道的尽头停了下来。老麦唐诺先生要他们下车。原来地道的尽头是一架巨大的升降机。两个人和一条狗进入升降机,门关上后,升降机就缓缓下降。两边的大玻璃窗显现出海底的奇观,一丛丛漂亮的珊瑚礁和海草,各种颜色的鱼群游弋其中。

"这就是海底城?"艾比问。

"对的,"老麦唐诺先生点头说,"艾比,你终于到了海默珊瑚礁区的海底城。"

艾比在课本和故事书里面读到过许多关于海底城的故事,再没有想到自己会亲身来到海底城,简直兴奋极了,连珠炮般问老麦唐诺先生一大堆问题,后者都笑而不答。艾比几乎忘记老麦唐诺先生是坏人,吵着要老麦唐诺先生带他参观海底城。老麦唐诺先生说,今天太晚了,明天再参观吧。他们出了升降机,就是海底城的指挥中心。老麦唐诺先生要艾比和飞飞到指挥中心一旁的小房间去休息,自己回到指挥中心去处理事情,在一排排计算机间东奔西跑忙碌得很。

今天经历太多太多事情,艾比躺在床上翻来覆去哪里睡得着,到最后实在太累了,终于迷迷糊糊睡去。他一觉醒过来,也不知是白天还是黑夜,就跑回指挥中心。老麦唐诺先生仍然在忙碌,小黑狗飞飞倒乖乖坐在老麦唐诺先生旁边陪着老人家,看起来很得老人家的欢心。艾比再度提起参观海底城。老麦唐诺先生被艾比吵不过,最后只好说:"我实在没空,让诺基带你们去好了。"

"诺基,诺基是谁?"

老麦唐诺先生指指地上。艾比这才注意到地上有只褐色的巨大蟑螂，两只触须正不停左右摆动。

"老天，诺基是只大蟑螂！"艾比十分嫌恶，说，"我宁可请亚当七世带我们去，至少亚当七世是水狸。"

"是蟑螂又怎么样？"有个声音说，"小小年纪，不要随便就歧视别的生物。在学校老师怎么教你的？你难道不知道，一切生物都生而平等吗？"

"哇，好厉害，会说话的蟑螂！"艾比说，"麦唐诺先生，蟑螂怎么会说话？别告诉我，它是变种太空蟑螂。"

"我不但会说话，还会唱歌和讲笑话。我是全能的蟑螂。"诺基说，翘起两只触须。"你称呼我变种太空蟑螂，一点都不过分。"

艾比虽然非常想参观海底城，到这时候不能不坚决说："麦唐诺先生，我不要诺基带我参观海底城，不然我宁可不去。"

飞飞跑过去嗅嗅诺基，一张口就咬断诺基一根触须，蟑螂立刻倒在地上发抖。艾比大惊说："飞飞，我说不要诺基带我参观海底城，但是你也不必咬伤它。"

小黑狗不但不停止，反而再补上一口，咬断诺基剩下的一根触须。蟑螂不再动弹。飞飞说："放心，诺基不是活蟑螂。它是遥控的机器蟑螂。"

这时有人哈哈笑道："还是飞飞聪明，一眼就看出诺基是遥控的机器蟑螂。"

"尼克！"艾比听出是他的邻居尼克的声音。一位帅气的年轻人从布帘后面走出来，把机器蟑螂捡起来放入一个小盒。这人果然是尼克。艾比对尼克可没有好脸色。飞飞倒很友善，摇着尾巴跑过去嗅尼克。尼克笑说："飞飞你放心，我可不是遥控的机器人。"

"小心这家伙，飞飞，你变成狗头风筝时，尼克还想用鸟枪打你。"

"你以为我真会这样做吗？"尼克说，"拿气枪不过是吓唬吓唬飞飞。"

"反正你不是好人就对了。"艾比说，"尼克，我一直以为你是我的好朋友、好邻居，没有想到你竟然这么狠心。"

尼克耸耸肩。"我是不是好人，现在并不重要。喂，小子听着，你不要诺基带你参观海底城，我可以带你去。"

"慢着。"老麦唐诺先生说，"尼克，你要带他们去参观海底城可以，但是千万不要忘记他们的身份。他们是俘虏,懂吧? 所以不许到处乱跑。"

尼克点点头,正要转身,老麦唐诺先生又说:"尼克,昨天变形金刚车被人偷走开入海里。幸好我装了自动驾驶仪,它自己找路回来。我后来开过车,似乎没有大问题。但你还是要彻底检查有没有什么不易察觉的损害。"

"我知道,我会做好维修工作。究竟谁偷的,你我心里都有数。"尼克转身对艾比和飞飞说,"两位要知道,你们的身份是俘虏,不许到处乱跑。现在两位请跟我来。"

艾比和飞飞跟随着尼克,再度进入海底城的庞大升降机。

三个小金人古玩店的秘密

唐森一觉醒来,旅馆床旁小几上的闹钟的指针已经指在九点十分。昨晚临睡前预先设定的闹铃竟然没响! 他自觉惭愧,连忙跳下床。

"太迟了!"他对自己说。大半个早晨就这样浪费掉,他的调查工作到现在还没展开呢!

想起昨晚,唐森就有些莫名的惆怅。昨晚是夏娃娃鲁主动要求协助唐森寻找 M,可惜未尽全力。但是唐森对自己说:求人不如求己。何况堂堂一位联邦的境遇改造员,本来就不必靠人帮忙也一样干活!

唐森下楼到旅馆正厅,柜台的服务员对他说:"唐先生,昨天晚上您要我们为您租的摩托车就在外面等候。"

他走出旅馆,一位穿着白色风衣蓝色牛仔裤的长发年轻女子果然已经站在摩托车旁等待。这辆黑色的摩托车虽然不如夏娃娃鲁的大红摩托车拉风,但是看起来也不太坏。

"你是租车公司派来的吗?"唐森问。

租车公司的小姐点点头,把车钥匙交给唐森。唐森看她不像有别的同事陪她一起来,忍不住问一句:"我拿到摩托车以后,你怎么回去?"

"唐先生请放心,我会搭公共汽车回公司去。"年轻女郎的笑容很灿烂,"公司一样要付我薪水，我却可以慢慢悠悠坐着公交车游荡，爱想什么就想什么，这是我一天最快乐的时光。"

唐森点点头。是啊，半杯水是半满还是半空，就看你自己的心情和认知。何况夏娃娃鲁也并没有故意修理你。人家接到电话时脸色都变了，显然家里出了状况，应该是真的有急事。

唐森决定自己驾驶摩托车去调查在海默旧城的三个小金人古玩店。他已经是识途老马，在蛛网桥路里穿来穿去，不久到了海默旧城的城中心。他并没有停进车立方，随便把摩托车停在路边，假装是客人进入古玩店东看看西看看，看了许久，却没有人来招呼他。

唐森心中奇怪，但他东看西看倒发现一些蛛丝马迹。这古玩店很怪异，无论电子墙上的广告还是桌上摆的宣传品，都自称代卖的玉石来自外星。柜子里摆的玉石倒是光彩夺目，和一般的古玩很不一样。

"先生您好。我能够回答您什么问题吗？"一位打蝴蝶领结，长得很体面的年轻人终于过来招呼他。

"你们专门代卖外星的玉石？"

"是的，您请坐，我可以为您解说一下。"体面的年轻人说，"先生贵姓？哦，唐先生。唐先生，我能不能请您先拔一根头发，让我们做个计算机 DNA 分析？很快的，两分钟就好。"

他不禁好笑。"我买玉石，和我的 DNA 有何关系？"

"唐先生，您不愿意做计算机 DNA 分析也没有问题。可是我们发现，一个人的 DNA 和他喜欢的玉石有极密切的关系，几乎可以说是命中注定般准确。"

"有这样的事！但这是买给别人的礼物，拿我的头发做 DNA 分析就没用了。"

"是的，唐先生。"体面的年轻人并不死心，"但是如果您能事先取得对方的一根秀发，哪怕只有短短的一寸，您给她买的礼物就会令她百分之百满意哦！"

"下次吧。我有个问题。你们这些玉石真是从外星来的？"

"当然，"体面的年轻人指指电子墙上不断变换的画面，"都是本公司在外星的分公司直接开采，然后送来本地的工厂加工处理。每件饰物都有它的出生纸作为证明。"

"外星的玉石……能够算是古玩吗？"

"这要看您对古玩的认知了。"年轻人正色说，"外星的历史不是呼回的历史，所以外星不可能有呼回的古玩。但是人家有人家的历史，也有人家的古玩。所以……"铃声响起，年轻人对他做个抱歉的手势说，"对不起，我先接个电话。"

年轻人低下头去，在电话里小声说："这是尼克，有什么吩咐吗？是的，我立刻处理。M，您请放心。"

唐森暗笑，他已经听到他想弄明白的疑问。年轻人放下电话，毕恭毕敬站起来。唐森有些诧异他前倨后恭。年轻人大声说："针礼局长您好！"

一只手搭上唐森的肩膀，唐森不用回头也知道是谁。红发高大的针局长说："还是联邦的境遇改造员最有干劲，一早就来三个小金人古玩店调查。查出了什么吗？"

唐森笑笑。针礼局长既然出马，他的调查不能不暂时告一段落。体面的年轻人一路赔笑送他们出来。他俩站在三个小金人古玩店外面，针礼局长再问一句："查出了三个小金人的秘密？"

"不怕局长见笑，"唐森说，"三个小金人的秘密你一定早就清楚。昨晚不是还说要带我来这里？"

"什么？"针礼局长诧异道，"我可没有说过，你讲什么啊？横竖我知道的不算数，还是先听你讲。"

"好的，"唐森不缓不急地说，"三个小金人古玩店的幕后老板是海默城的名流M。他很可能和于家的后人于宁远医生共同策动杀手作案，杀害吴家的后人。原因吗？并不是为了报世仇，因为金钱和爱情都远比世仇更重要。当然也不是为了爱情，呼回世界没有罗密欧和朱丽叶。我怀疑M和他的同伙与外星商人勾结做生意，但是吴家挡了他们的财路，双方利益冲突，也可能是两派窝里反黑吃黑，但还没有找到具体证据。"

"真厉害！"听完唐森的说明，针礼局长慢慢鼓掌，"不愧是联邦的境遇改造员，不到一天就查出这么多东西。可我还是不能不说，你错了！唐森，你知道你错在哪里？"

唐森摇摇头。针礼局长说:"你错在不该被夏娃娃鲁迷惑,把调查的矛头完全指向 M。"

唐森老实不客气说:"无论夏娃娃鲁说什么,都和我的推论无关。针局长,你身为海默城的警察局局长,却偏袒 M 这大财阀,恐怕你的说法经不起实证的考验。小心出了事,不但你警察局局长的位子保不住,搞不好还可能坐牢!"

"不必恐吓我。你知道 M 是谁? M 不仅是古玩店的老板,也是呼回世界最有影响力的经济学家。于医生以及被杀的吴厂长,他们都是呼回世界的开明派,受到 M 的影响,才会全心全意和外星人做生意。"

"这正是我所怀疑的,你讲出来反而证实了我的推论。虽然于医生及吴厂长都受到 M 的影响,并不表示他们中间没有利益冲突。"

"呼回世界的开明派要和外星人做生意,但是保守的势力呼报社极力反对。"针礼局长说,"你知道呼报社是什么组织? 呼报社并不是报社,至少在开始时不是报社。它是呼回四异①里的豹人和蛇人的混血儿后代所组织,呼报社就是'护豹蛇'的谐音,反过来念就是'蛇豹护'。它的宗旨是'反明复清',他们要铲除呼回世界所有的开明派,恢复保守的呼回清谈古制。他们要打倒的对象倒不一定限于吴家或于家。"

唐森想反驳,但针礼局长越说越激动:"为了贯彻'反明复清'的主张,呼报社甘心情愿变成帝国的爪牙。他们的口号是:'摧毁堕落的世界,消灭堕落的敌人。'依照他们的说法,呼回世界堕落了,如果不能恢复清谈古制继续堕落下去,就成为他们摧毁的对象。我干不干警察局局长是一回事,保卫呼回世界可责无旁贷!"

唐森大惊,追问道:"你确定呼报社的口号是——'摧毁堕落的世界,消灭堕落的敌人。'"

"当然。在他们的内部文件里经常提到这两句口号。放心吧,我不会说谎的。我是真理,不是谎言,真理才是最好的选择。"

唐森没话说。针礼局长继续说:"最近一连串的凶杀案是不是呼报社干的,

---

① 呼回四异就是蛇人、豹人、羽人、Chu 人。——批注

我还没有掌握足够的证据,不敢随便说。但是应该不会是 M 干的。我不敢说绝对不会,可是 M 并没有行凶的动机。"

"真的没有行凶的动机,还是你认为他没有行凶的动机?"

针礼局长说:"没有就是没有,不必咬文嚼字。你还有一点也说错了。你说呼回世界没有朱丽叶和罗密欧,这也不尽然。当然这和本案无关。"

针礼局长还想再说什么,一辆警车突然出现,驾车的棕肤女警员莫度多气急败坏对针局长说:"局长,刚刚收到简讯。今早又有人遇害,凶杀地点在新海默城。"

针理局长咒骂一声,对唐森说:"这下海默城的媒体要闹翻天了,我必须立刻过去处理。你要不要跟我一起走?"

唐森说不用了,他有租来的摩托车。他看着针礼局长和莫度多匆匆乘警车离开,心里充满疑惑。想不到"摧毁堕落的世界,消灭堕落的敌人。"竟然是呼报社的口号。他的上级秦上校却说"渗透多余的世界,消灭多余的敌人"是他办案的最高指导原则。这两句话实在太相像,是巧合还是另有蹊跷?究竟是怎么回事?

这时唐森的四周升起团团菊黄色的迷雾,像一圈圈切好的菠萝片,很快把他笼罩在里面。唐森没有料想到超级情境胶囊突然起了作用,好在他训练有素、处变不惊,自己先安稳盘膝坐下来,然后诚意正心。他遇见过这种场面,知道情境胶囊正在进行情境改换的工作。等到一圈圈的菠萝迷雾消失,唐森发现他置身在一间宽敞的办公室里面,办公桌后面坐了一个人。他看清楚那人是谁,立刻站起来,立正大声唤道:"长官好!"

一艘黄色的潜水艇

艾比、小黑狗飞飞和尼克乘坐海底城的升降机回到他们来的那一层,昨天老麦唐诺先生驾驶的公共汽车还停在升降机门口。尼克要他们在升降机里等候,自己却上了公共汽车。艾比诧异道:"不是去参观海底城吗?为什么要坐公共汽车?"

尼克说:"等一会你就知道了。"

他竟然将公共汽车驶进庞大的升降机,下车一按升降机的电钮,升降机缓缓升到最上一层。出了升降机就是海底城的地面出口,旁边是个广场,再过去是庞大的船坞。艾比看到船坞的巨大标志牌写着"海默造船厂",明白这是海底城的掩护。一般人只看到造船厂,却没有想到造船厂旁地底下就是海底城。

尼克要艾比和飞飞跟他上公共汽车。等到大家都坐好后,尼克一按驾驶台的电钮,公共汽车的门窗就全部自动关上。尼克再按驾驶台另一个电钮,船坞的控制塔有一个大爪子把公共汽车吊起,慢慢放进船坞旁的水道里。公共汽车漂在水中载浮载沉,起先甚至有点倾斜。然后尼克发动引擎,公共汽车居然不再倾斜,缓缓朝水道的闸门前进。艾比乐坏了,说:"我知道这公共汽车又是什么了。它是变形的潜水艇!"

"是的,这公共汽车看上去丝毫不起眼,其实是老麦唐诺先生发明的变形金刚车,可以上天下海,也可以变成潜水艇。"尼克戴上船长的帽子,骄傲地说,"现在潜水艇要出海了。"

尼克把黄色潜水艇停在闸门边,拉一拉垂下来的绳索,水道的闸门就慢慢打开。黄色潜水艇通过闸门,驶向外海。一群多彩的长尾巴海鸟伴随着黄色潜水艇进入海域。

这时正好是呼回世界的黄昏。海底隐藏的巨大海兽一个个都浮出水面。艾比看到呼回世界独特的海兽,简直吓呆了。海兽很像地球古代的长颈恐龙,可是它的嘴巴并非长在头上,而是长在颈子上面。换句话说,海兽的嘴巴不是水平画的一条线,而是垂直画的长长一条线,它的颈子有多长嘴就有多大。当海兽要吃东西时,颈子上的垂直大嘴就完全张开,两边是长长两排牙齿和无数形状如锯齿的锐利舌头。一个小动物可以被海兽的上嘴巴吃掉,然后两排牙齿和锯齿舌头一溜啃食下来,到海兽的下嘴巴时小动物已经骨肉完全分离,很容易就被海兽生吞活咽。艾比从来没有看过其他动物有更恶心可怕的嘴巴。

海兽在粼光闪闪的大海中遨游,然后向海中一个小岛的沙滩前进。原来在沙滩上万头攒动,许多只海狮在欢欣吼叫,等待着海兽的造访,却被海兽当作点心吃掉。艾比看了,很替海狮抱不平。但是尼克说这是天意,否则海狮数量太多,同样会饿死。

观看海狮岛后，黄色潜水艇下潜进入珊瑚礁区。有几头巨大海兽居然跟随他们一起下潜，但是隔了不久大概觉得无趣，一个个转头游开。潜水艇在珊瑚礁区转来转去，找到一处平坦的沙滩地爬上岸，门窗都自动打开，依然是一辆黄色公共汽车。尼克协助艾比穿上潜水衣，在公共汽车附近的浅海采集珊瑚。玩了一会，尼克说时候不早，他们该回去了，就又乘坐黄色潜水艇回到海底城。

虽然尼克始终没有解释什么，但是艾比已经看出尼克不像要加害他和飞飞的样子，反而处处在保护他们。他越想越不明白，忍不住问尼克："尼克，我可不可以问你。你和老麦唐诺先生都不像是坏人，可是你们为什么要闯入我家，绑架我和飞飞？"

尼克笑笑，说："为了做给别人看。"

"做给谁看？"

尼克不回答。艾比知道他不肯讲，改变话题说："老麦唐诺先生让你管这么多事，他一定很信任你。姆妈从来不肯让我管任何事。"

"我比你大四岁呀。"尼克笑道，"你才十二岁，急什么？"

"我好羡慕你，尼克。"艾比真心诚意说。

"傻瓜，我才羡慕你呢！"尼克说，"你妈对你那么好，家里什么事情都不用你操心。我多么希望我爸爸也在我身边，我就不必像现在这样，什么事都得自己料理，而且还得帮老麦唐诺先生管他的事，真累死我了。"

"你不知道，姆妈有时候对我并不好，又常常工作到很晚才回家，简直都把我忘了。"

"那算什么？晚回家总比不回家好。"

这时黄色潜水艇已经回到海底城的船坞闸门。尼克把黄色潜水艇停在闸门边，拉一拉垂下来的绳索，水道的闸门就慢慢打开。黄色潜水艇通过闸门，驶入船坞。船坞的汽笛突然响了。尼克听到汽笛声，面色大变，对艾比说："不好了，他们来了。"

"谁来了？"

尼克一把捉住艾比说："艾比，你刚才看我操作潜水艇，应该看清楚了。能够依样操作吗？"

　　艾比并没有特别留神注意尼克操作潜艇的步骤，连忙摇摇头。背后的飞飞却说："我会操作潜水艇。"

　　尼克和艾比不约而同惊奇喊道："飞飞，你会操作潜水艇？"

　　飞飞毫不犹豫摇摇尾巴。小黑狗不管说什么都是摇摇尾巴，真正的意思还要看它狗脸上的表情，再看当时情况来解释。尼克无奈说："好吧，飞飞，也只有信任你一次。等我上岸之后，你就把潜水艇再开出船坞，躲到珊瑚礁区海域，离这里越远越好。尽可能不要使用无线电话，免得被追踪定位。不论谁用无线电话和你们联络，只要不是艾比的姆妈的声音，千万不要理。"

　　"如果是你的声音？要不要理？"飞飞问。

　　"也不要理。"

　　"如果是老麦唐诺先生的声音呢？"

　　"都不要理。"尼克说，"飞飞，你趁我和老麦唐诺先生不注意，夺得黄色潜水艇，和艾比逃出海底城。我们追捕你们都来不及，懂吧？"

　　"我懂。"飞飞说，艾比在一旁也点点头。

　　"好好保重，我走了。"尼克说完就打开潜水艇的侧门，从潜水艇甲板跳上船坞。

　　飞飞真的满能干，在驾驶台跳来跳去忙碌操纵潜艇。小黑狗看尼克踏上岸，用嘴巴一推倒档，把潜水艇再度开出船坞的闸门。艾比不停回顾，潜水艇离开海底城后，船坞的汽笛继续狂响了许久，奇怪的是并没有人来追赶他们。

　　"飞飞，"艾比说，"尼克和老麦唐诺先生故意放我们走，他们应该是好人。可是昨天你看到老麦唐诺先生，却一口咬定他是坏人。"

　　"因为昨天开公共汽车的并不是老麦唐诺先生，"飞飞说，"那是蛇人化装成老麦唐诺先生。"

　　"好吧。后来尼克和老麦唐诺先生侵入我家，要绑架我们。他们究竟是真的尼克和老麦唐诺先生，还是假的？"

　　"唔……我猜那时候他们是真的。就像刚才尼克讲，是为了做给别人看。"

　　"什么时候才是真的？什么时候才是假的？"艾比说，"飞飞，我真给他们搞糊涂了！"

小黑狗摇摇尾巴说："反正有时候真有时候假，人类不都是这样吗？"

"我看你也搞不清楚。"艾比说，"飞飞，你看姆妈会不会也有时候真有时候假？"

"不会的。姆妈爱你的心永远不会变。"小黑狗说，"艾比，我在船上找到一本故事书，可能是尼克的，要不要我读一篇给你听？这篇故事的题目叫做——《裸树》，也许听了你可以了解母亲对孩子的爱。"

艾比点点头。飞飞打开书，开始念道：

年轻的母亲喜欢种花植草，孩子也跟着她在园子里团团转。看孩子趴在地上聚精会神观察生长中的植物，她特别感动。她知道孩子注定要成为武士，这是她的丈夫临死前最后的遗命。"让他去索伦城比武，替我报仇！"她再爱孩子也不能违背孩子父亲的遗志，不送他去习武。但在动刀动枪之余，孩子能够和她有同样的兴趣，一起观察一株植物，就是上天给她最大的恩宠。

有一天她在缝衣时，孩子突然跑来对她说："妈，你快来看，有一棵植物病了，茎都开始变色！"她吃了一惊，跟随孩子到园中。果然植物的绿茎上面出现密密麻麻的褐色纹路。她不禁笑了："它没有病。这棵不是草本植物。你知道它是什么吗？它是蜡梅树，现在虽然很幼小，将来会长成一棵大树的。因为是树，所以它的茎不能永远维持青绿。它必须给嫩枝穿上厚厚的褐色树皮，到了寒冷的冬天才能够保护自己。"

孩子惊讶地抚摸幼小的蜡梅树，绿茎上端还是嫩绿，下端已经变褐变硬。她忍不住继续说："就像你，将来你成为武士后，也必须穿上厚厚的盔甲才能够保护自己，尤其是保护你的心脏。穿上盔甲，对手就无法伤害你。"

孩子似懂非懂点点头。年轻的母亲虽然这么说，忍不住转过头去拭泪。平常孩子的手掌被一根木刺扎伤，她都要心疼好久。她无法想象有一天孩子必须上场比武，和敌人拼个你死我活。

十几年后孩子离开她到京城去，临走对她说："妈，记不记得从前你跟我说，蜡梅树必须给嫩枝穿上厚厚的树皮，到冬天才能够保护自己；武士也必须穿上厚厚的盔甲，才能够保护心脏？后来我想了很久。你说得虽然对，可是如果这样就没法让人接触我的心，我宁可不要。"

她没有想到孩子还记得她的话，立即大声纠正他。孩子没有再说什么，笑笑走了。孩子走后，她一直记得他临走时的笑容，连做梦也会梦见。孩子常常写信给她，有一次又提到故乡的蜡梅树。"妈，蜡梅树已经长得很高了吧？前天我去索伦城的公共浴池，看到一位大个子，我认出来他是习武的同伴。这么高大的壮汉，却温柔搀扶他的祖父来公共浴池。所以我知道世界上一定有裸树存在。"

这年冬天，京城盛传有位呼回武士大胆向统治的闪族武士挑战，连杀三十三名对手后，终于力竭被闪族首席武士杀死。传说中的呼回武士无疑是个疯子，因为他居然没有穿戴胸甲，才会被敌人一剑插入心脏。

她听到这消息，知道逝去丈夫的心愿已了。那晚她梦到园中的蜡梅树长得更加高大茁壮，枝丫却都恢复到青绿的颜色。她在梦中温柔对孩子说：
"孩子，你说对了。瞧，那就是你说的裸树。"

艾比注意听完故事的结局，不得不叹口气说："这故事太悲凉，不要再念了，我不想听。"

他跑上潜水艇的甲板。这时潜水艇已经回到珊瑚礁区海域，停泊在他们早先来过的那处海滩前面。小黑狗把潜水艇停泊好，跑上甲板来陪伴艾比。太阳逐渐倾斜，紫日西沉，海滩也泛着紫色。接近海滩的浅水里翻滚着鱼群，众多海鸟又来了，绕着潜水艇慢慢飞翔，然后疾潜入水捕鱼。

艾比和小黑狗坐在甲板上望着呼回世界的日落。紫日落入海洋，天色不久就暗了。飞飞轻轻哼着一首呼回民歌：

紫日西沉，
又到了。
晏享时分，

蓦然回首。

但见那，

一片孤城。

潜水艇开始有规律的左右晃动，大约是涨潮的关系。艾比不知道他们必须在这里停留多久，突然好想念姆妈。她现在不知道在哪里，什么时候姆妈才会想起他来，也来找他？

谁要吃唐森的肉

唐森没有想到秦上校会通过超级情境胶囊突然现身。当然他知道这是情境胶囊制造的胶囊情境，可以说是假象，但是有时候假象比真相更加逼真。

办公桌后面坐着的头发几乎全秃、蓄短髭的矮个虽然是秦上校的投影，却成功投射出唐森的顶头上司的眼神。唐森不禁想，情境胶囊的投影技术越来越趋完美，连秦上校圆形眼镜后面关爱的眼神都不含糊呢。但是最令他感到受宠若惊的还是秦上校十分重视他的任务，居然特地前来访查。他再次激动喊道："长官好！"

"够了，别再大声嚷嚷。"秦上校说，"启动认证程序。"

"是，长官！"

这就是秦上校和别的技术官僚不同的地方。照理说他们都置身在情境胶囊制造的胶囊情境内，并没有认证的必要。秦上校仍然一丝不苟，他的军人素养表露无遗。

唐森先验指纹，然后检查瞳仁，最后验血，一步步执行认证程序。等到认证完毕，秦上校才点头说："唐森，你执行本次任务，到目前为止有什么具体收获？"

"报告长官，我奉命到呼回世界海默城执行任务，到现在刚好是第二天。虽然对任务本身的认识仍然有限，但是已经和海默城的警方建立良好的工作关系，协助他们调查一桩凶杀案。"

唐森把他参与连环凶杀案的办案经过简单报告一遍,秦上校不置可否。直到唐森讲到他认为海默城的大财阀M可能是主谋,和针礼局长认定呼报社是元凶的看法恰恰相反时,秦上校方才点头说:"你的推论没有错。调查M和他的同党,才是办案的正确方向。我们这行有个说法:银子在哪里,尸体就在那里。反过来说也是一样:尸体在哪里,银子就在那里。"

唐森难得受到秦上校的肯定,继续说:"长官,我也是这么想。只有一件事情我搞不懂。想不到呼报社的口号竟然是:'摧毁堕落的世界,消灭堕落的敌人。'长官曾经指示过,'渗透多余的世界,消灭多余的敌人。'是我办案的最高指导原则。呼报社的口号和办案的最高指导原则如此相像,这是故意考验我吗?"

秦上校说:"唐森,我派遣你来呼回世界,不是要你帮助海默城警方调查凶杀案。当然你这样做也没有错,可以取得他们的信任。但是你还有更重要的目标。"

"什么才是更重要的目标?我实在不明白。"

"有什么不明白的?"秦上校说,"我说过,'渗透多余的世界,消灭多余的敌人。'才是你办案的最高指导原则。你仔细想想,一切都明白了。"

"但是多余的世界是什么世界?呼回世界吗?多余的敌人又指的是谁?如果是多余的世界里面多余的敌人,我们又何须在乎它?"

秦上校并不正面回答,递给唐森一个蓝色的八角小盒,说:"你也知道我的脾气,一旦交给特派员任务,尽量不再做进一步的说明。特派员做不做得到,是他本人的造化。但是我来并不是为这个,唔,当然也是为这个。这小盒不必打开,到了特定地点和特定时间,你就交给特定的人。好了,去吧。"

唐森还想再问,秦上校已经不耐烦挥挥手,唐森只好把要说的话吞回去。

情境胶囊迅速把情境改变回到旧海默城,唐森仍然站在古玩店门口,旁边是他租来的黑色摩托车。每次他和秦上校会面,他都弄得糊里糊涂,到事后才逐渐明白,终于恍然大悟。但是这次稍有不同。关于办案方向,秦上校的说法和针局长恰恰相反,这倒也罢了。正如秦上校所说,办案并不是他的目的,他还有更重要的目标。但是究竟什么才是更重要的目标?

唐森正打算骑上黑色摩托车,他的目光却被对面商店橱窗里的电视吸引住。电视新闻正在报导早晨发生的凶杀案。新闻播报员说,在凶杀案现场发现一个蓝色的八角小盒,可能是凶手有意或无意间留下来的。如果有人见过这种八角小盒,或者知道谁有八角小盒,请和办案单位联络。

八角小盒,这不是秦上校最后交给他的那件东西吗?连颜色都一样。秦上校怎么说的?"这小盒不必打开,到了特定地点和特定时间,你就交给特定的人。"那么八角小盒只是个信物而已。

唐森再看电视新闻里播放的遇害者的照片,不禁全身一震。遇害的姑娘,不就是早上骑摩托车给他的女郎吗?他还记得她讲到可以闲散坐公交车慢慢回到公司,那种快乐的神情和纯真的笑容,想不到竟已经被炸弹炸死了。一个无辜的可爱少女,烧得全身焦黑,实在太惨了。

一个可怕的念头,像闪电一样打得唐森全身发麻。他简直站不住脚,一跤跌倒在地上。他突然明白,很可能自己就是连环杀手!

这个想法太恐怖了,但是唐森不能不面对铁的事实。他的行动受超级情境胶囊控制,可以不让他知道就指挥他做出最不堪的事情。秦上校最后提到八角小盒时,脸上显现出令人玩味的神情。他因为对老长官过于尊敬,当时视而不见,但是事后他不能不回想秦上校的奇异神色。

还有,因为胶囊情境毕竟是虚境,通常如果秦上校要在胶囊情境里交给他什么东西,会指定一个地方,例如火车站的寄物箱,要他离开胶囊情境后再去拿。但是这次破例没有,他也忘记追问。没有给他八角小盒的原因很明白:他不久就会发现,小盒在特定时间已经交给特定的人。

天哪!唐森真是欲哭无泪。假如遇害者是个无恶不作的凶神恶煞也还罢了,偏偏是个纯洁可爱的姑娘。难道她遇害只是因为秦上校要给他一个信息,让他明白谁在掌控谁?这未免太残忍、太过分了。他一直将秦上校视为天神,想不到秦上校竟是魔鬼!

唐森从地上爬起来时,已经暗暗做了决定。他不想继续被秦上校利用,下决心要将吞下的超级情境胶囊挖出,即使因此失去联邦境遇改造员的职位,即使因此必须丧失生命,他也在所不惜!

他跳上摩托车,回到新海默城他住的旅社。附近的道路果然被警方封锁住。

唐森亮出联邦境遇改造员的证件,穿过警方的封锁线,找到针局长。针局长看到唐森就没好气地说:"伟大的联邦境遇改造员!要继续牺牲多少条人命,你才肯动用复制情境的本领追踪捉拿凶手?"

"不必费神捉拿凶手了。"唐森说,"凶手就在你的眼前。"

针局长怒道:"唐森,一个无辜的姑娘遇害了,我现在没有心情跟你开玩笑。"

"我不是开玩笑。"唐森正色说,"我就是凶手。"

他简单说明他的上级如何利用超级情境胶囊控制他,以及蓝色八角小盒的线索。针局长仔细听完,说:"有这样的事情!对不起,唐森,我还一直怪你不肯动用复制情境的本领,是我错怪了你。"

"我才应该说对不起。"唐森平常自认是一条硬汉,这时却控制不住自己的眼泪,哽咽说道,"这位姑娘平白为我送命,太不值得。"

"但是我并不认为你是凶手。"针局长说,"理由很简单。连环凶杀案这已经是第六桩。前四次凶杀案发生的时候,你根本还没有来到呼回世界,所以不可能是你干的。但是你的上级或者什么人故意利用这机会栽赃给你,倒是很有可能。"

"或者利用这机会送信息给我,要我彻底服从他们。"唐森拭泪道,"无论如何,我不愿意继续被他们利用,我准备将吞下的超级情境胶囊挖出来!"

"挖得出来吗?我很怀疑。"

"如果挖不出来,我宁可死了算了。"

"别说丧气话。"针局长说,"我想到一个人。事情糟到这个地步,只有找他求救。"

"是谁?"

"于宁远医生。"

"但是这位于医生是整容医生,他⋯⋯"唐森没好意思接下去说,于医生懂得什么?

"不要小看于医生。"针局长像是猜到他的想法,说,"整容手术对于医生而言只是雕虫小技,他真正的本领绝不止此。咱们走。"

针局长说走就走,开车带唐森回到旧海默城于宁远医生的家。于医生看到两人,脸上出现疑问的表情。唐森知道上次和于医生的互动不是很愉快。但是人在屋檐下,不得不低头。唐森道明来意,把他被秦上校利用的故事叙述一遍,讲清楚即使他丧失性命,也要动手术把肚子里的超级情境胶囊挖出来!

　　没有想到于宁远医生听了哈哈大笑,一张圆脸显得更加满圆。他说:"你以为超级情境胶囊可以动手术从肚子里挖得出来?"

　　针局长忙说:"挖不出来就算了,不必勉强。"

　　唐森却坚决无比,说:"不!一定要挖出来!"

　　"两位先别闹,请听我解释。"于宁远医生说,"根据我的了解,超级情境胶囊不止是一颗胶囊。人服用超级情境胶囊后,它会分解为胶囊微片,随血液流到全身,深植肌肉里。超级情境胶囊的厉害就在这里。它把人体变成一个它完全可以掌控的分散系统。所以超级情境胶囊不是动手术就可以挖得出来的。"

　　针局长说:"谢天谢地!"

　　唐森失望地说:"那么,于医生,我该怎么办?"

　　"还是有办法的,就看你有没有决心忍受痛苦。"于宁远医生说,"我做了多年整容手术,发现女人为了美貌或者生育下一代可以忍受极大的痛苦,男人在这方面就非常差。但是男人可以为一个抽象的理想忍受痛苦,不过经常会受骗上当。"

　　唐森说:"于医生,有什么好方法你请直说。"

　　"那就得把肌肉里的超级情境胶囊微片一片片都挖出来,这显然不是一般的手术所能办到的。幸好我因为从事整容手术的需要,在海默湾发现一种食人鱼。这种食人鱼经过训练,可以把像针尖一般的细嘴插进人的肌肉里面,吞食我训练它们去吞食的东西。当初我训练它们是为了吞食胖子的脂肪。灵极了!只要病人肯忍受千万只食人鱼钻进肌肉里的痛苦,减肥要减多少公斤都可以办到!当然时间一定要控制得非常准确。如果太久,人肉就被千万只小鱼食尽,成了人皮骷髅。"

　　唐森说:"于医生,你有把握能训练食人鱼吞食超级情境胶囊微片吗?如果办得到,就来吧。"

虽然针局长十分反对，唐森仍然坚持要动手术。于医生先替唐森动了一个小手术，切开手臂的肌肉，果然用小手术钳夹出一片超级情境胶囊的微片。于医生说："用这一片微片，就可以训练我豢养的千万只食人鱼，各个变成扫雷专家。你们要欣赏这幕奇观吗？"

唐森看看针局长，耸耸肩说："当然，不看白不看。"

针局长却说："谢了，我还有许多事情要处理，没有这个雅兴。"

她躲到于医生的办公室里打电话。唐森跟随于医生走到他家的诊所的最下层。原来这一整层分割成一个巨大的水池和五个较小的个人池。巨大的水池豢养食人鱼，个人池就是于医生的病人接受减肥治疗的地方。

于医生拿出一罐红色的喷筒，一面用喷筒对着超级情境胶囊的微片喷一下，一面解释说："你一定奇怪，食人鱼为什么会喜欢吃情境胶囊的微片？这就是答案。我喷过之后，微片就带有食人鱼最爱吃的小虫虫的气味。食人鱼记性最好，吃过一次它就永不会忘记，从此将小虫虫的气味和情境胶囊的微片连接在一起。这个方法就是根据巴甫洛夫原理所做的修正。"

于医生又拿出一罐蓝色的喷筒，用喷筒对着超级情境胶囊的微片再喷一下，继续解释说："你一定奇怪，一片微片怎么够千万只食人鱼吃？这就是答案。我喷过之后，微片就带有食人鱼最恨的水蛇的气味。但是这气味恰好比第一种小虫虫的气味稍微弱一些。食人鱼因为喜欢小虫虫的气味，勇猛吞下情境胶囊的微片，然后才发觉微片带有它最恨的水蛇的气味，立刻把微片吐出来。第二条食人鱼接着把微片再吞进去吐出来，很快所有的食人鱼都吞过微片。这样训练出来的食人鱼，先会钻入肌肉去吞下微片，离开人体后立刻吐出来。这方法很巧妙吧？"于医生像孩子般得意地说，"我发明的方法，在许多星球都申请到减肥技术的专利呢！好了，我们来试试。"

于医生把喷过两种气味的超级情境胶囊的微片掷入巨大的水池中，果然水池像沸腾一般，里面万头攒动，所有的食人鱼都来争食。隔了一会，水池里渐渐安静下来。等到完全安静了，于医生对唐森说："食人鱼都调教好了。但是你还有机会反悔。"

唐森说："我不会反悔。"

于医生说:"那就请你脱光衣服,下到三号个人池里。我已经根据你的身体复位好浸泡的时间是三十七秒。你竖起大拇指给我讯号,我就打开闸门,让食人鱼进来三号个人池。三十七秒一到,我就再度打开闸门。"

"是否在大水池内放置鱼饵,用鱼饵的气味引诱食人鱼出去?"

"不,这样太慢了。食人鱼最怕强光。所以时间一到,我会打开三号个人池池底的灯光,同时打开黑暗的闸门。食人鱼被强光一照,就会统统逃到黑暗的大池去。"

唐森心一横,就脱得赤条条走进三号个人池。于医生站在开关旁等着他打手势。这时针局长刚好进来,看到这个情景简直吓呆了。唐森挥手和针局长道别,然后竖起大拇指,大声喊道:"来啊,谁要来吃我唐森的肉?"①

海现彩虹桥

黄色潜水艇在珊瑚礁区海域停泊了一夜。第二天清晨,艾比被隆隆的声响吵醒,仿佛有一列火车从他的头顶上驶过。他跑上甲板看看,不免大吃一惊。

一艘巨大的灰黑色太空运输舰就停在潜水艇的正上方,几乎遮盖了大半个天空。太空运输舰没有任何公司标志,也没有任何国徽或联邦的邦徽。但是隆隆的声响并非来自太空运输舰,反而来自海底。

一座五色缤纷的桥架冉冉自海底升起,越升越高,桥架延伸时发出隆隆的声响。那彩虹桥快要碰到太空运输舰时,运输舰底部的舱门慢慢打开。彩虹桥的最前端的巨大钢爪随即向四方扩展,扣住运输舰的舱门。桥架里暗藏的履带开始转动,一箱箱的货物顺着彩虹桥由太空运输舰直接输入海底。直到货物卸完,履带开始反方向转动,一箱箱的呼回出口货物便顺着彩虹桥由海底送上太空运输舰。然后彩虹桥又收缩沉入海底。太空运输舰等到底部的舱门关闭,便缓缓升

---

① 果然如此,唐森这个名字就是从唐僧转化而来的,《西游记》里的妖怪们千辛万苦、绞尽脑汁都没吃到的唐僧肉,换了个马甲,结果都喂了这些食人鱼,有趣! 有趣! ——批注

空消失不见。

原来太空运输舰运送货物到呼回世界,是这样神不知鬼不觉直接送入海底城。海底城输出货物也同样方便。艾比记得在警察局的计算机中心,他曾经看到计算机屏幕上的影像,在珊瑚礁附近有一条长长的灰黑色痕迹。他告诉姆妈,姆妈认为是海底城的通风口。现在他才明白,原来是运送货物的彩虹桥。艾比看呆了,竟没有注意到偷偷爬上黄色潜水艇的一名蛇人。蛇人站在船舷举起长矛,幸亏飞飞很机警,及时用水枪把蛇人冲入大海。艾比看到潜水艇四周都是游泳的蛇人,对飞飞说:"我们被蛇人包围了,赶快下潜!"

小黑狗和艾比躲进船舱。飞飞拉长身躯,用狗嘴扳动操作杆,潜水艇就快速往下沉。起先还可以听到外面蛇人用力敲打潜水艇的船壳。等到潜水艇下沉更深,敲打船壳的声音就完全听不见了。艾比吐舌道:"好危险,差点就被他们捉住。昨天尼克叫我们躲到珊瑚礁区,可是现在这里也不安全了。我们去哪里?"

小黑狗摇摇尾巴。艾比说:"有了,还是找姆妈求救。我们可以用无线电话和姆妈联络。"

飞飞连忙说:"无线电话会被窃听和定位,不大好吧?"

虽然飞飞提出警告,艾比还是要飞飞将潜水艇浮出海面,使用无线电话和姆妈联络。但为了防窃听,他不敢持续使用无线电话太久,电话响一阵没人接就挂掉。几次后,倒是姆妈自己先打回来。艾比听到是妈妈的声音,高兴得大嚷。

"妈,你知道吗?我们在潜水艇里,昨晚还在潜水艇里面过夜。妈,飞飞还会开潜水艇呢。"

"飞飞真能干。"姆妈说,"你们在船上有东西吃吗?"

"有的。虽然只有饼干,味道还不坏。"艾比说,"可是妈我好想回家,我好想你。"

"我也想你呀。"姆妈说,"但是现在你们不能回家,太危险了。你们还是先回海底城。"

"可是尼克叫我们不要回海底城。"

"不要紧的,我会来接你。"说完姆妈挂断无线电话。

既然姆妈这么说,艾比就要飞飞把黄色潜水艇驶回海底城。潜水艇才走了一程,又听到蛇人敲打船壳的声音。艾比说:"不好了,蛇人回来了。赶快下潜。"

船壳上面敲打的声音越来越响,而且从船头到船尾都有蛇人在敲,听起来很恐怖。艾比说:"潜水艇能不能再潜深一点?"

飞飞指着仪表说:"这深度仪只到五十尺,我们已经潜到五十尺深。再潜深这个小潜水艇恐怕不安全。"

"可是蛇人居然也能潜到五十尺深!他们大概戴了氧气面罩。"艾比心生一计,说,"我们不能和蛇人比谁潜得深,总可以比谁潜的更靠近海兽。"

小黑狗飞飞一听就明白了。黄色潜水艇转舵驶近珊瑚礁,并且释放出大量气泡,再加上蛇人敲打船壳的声音,果然有一头巨大海兽被吸引过来。那头海兽立刻发现黄色潜水艇的外壳爬满蛇人,老实不客气张开长长的大嘴,露出两排牙齿和无数根舌头,好像舔冰糖葫芦般一口一个蛇人,把黄色潜水艇的外壳舔得干干净净。

艾比和小黑狗从潜望镜望出去,正好潜望镜对着海兽长长的大嘴,整个遮住潜望镜,十分可怖。艾比惊叹道:"这头海兽的胃口真好。它大嘴一张,所有的蛇人都没了。我们趁机赶快回海底城去。"

飞飞小心让黄色潜水艇慢慢增速,免得惊动海兽。好在那头海兽吃撑了,四只鳍完全不动,大头和长颈悬挂在海中原来的位置,并未追赶潜水艇。他们回到离岛,把潜水艇停在船坞里,跑过广场,乘坐海底城的升降机回到指挥中心。老麦唐纳先生看到他们回来,大为惊异。

"尼克不是安排你们坐潜水艇出海了吗?尼克!"

尼克应声从隔壁房间出来,看见艾比和飞飞也吃了一惊。

"你们为什么回来这里?不是叫你们躲在潜水艇里面,谁的无线电话都不要接吗?"

"可是姆妈说,她会来接我们。"艾比理直气壮地说,"你说过,我只需要听姆妈的话。"

"糟糕,那些人都在这里,怎么办?"尼克气得抱着头。

老麦唐纳先生说:"好了,尼克,这也不是艾比的错,他并不知道这里的情况。现在的问题是把艾比和飞飞藏在哪里?"

他突然低声说："哦，太晚了。艾比和飞飞，记住，无论怎么样你们都不要说一句话，自然会有人来救你们。"

就在他讲话的时候，十来名豹人和蛇人相继在指挥中心出现。老麦唐纳先生回复平常的轻松态度，高声说："尼克，这两个就交给呼报社处理吧。"

尼克满脸抱歉，示意艾比和飞飞走到豹人和蛇人的面前。豹人和蛇人立刻围绕住他们。为首的蛇人一声令下，可怜的飞飞颈项就被套了绳圈。看管它的蛇人拉拉绳子，小黑狗就哀鸣几声。艾比很难过，可是爱莫能助。他自己倒没有被捆绑，只由一名蛇人拿长矛对着他。

老麦唐纳先生眼看艾比和飞飞被豹人和蛇人捉拿，装作无所谓，不经意的问道："你们打算怎么办？"

"把他们送回呼报社。"为首的蛇人说，"谢谢你的合作。我们永远是最亲密的战友。"

连艾比都看出来，呼报社和老麦唐纳先生表面上虽然是合作伙伴，但是暗中互相较劲。老麦唐诺先生和尼克先前故意捉拿艾比，其实是为了保护他不落入呼报社的蛇人和豹人之手。艾比明白，这些人才是真正的坏人。但是太迟了，他再也逃不走了。

一行人离开海底城指挥中心，坐电梯回到地面的出口。呼报社离海底城指挥中心并不太远，几乎可以说是邻居。他们走了一会，艾比远远就看见一栋五层楼的庞大建筑物，那就是呼报社的大本营。一个戴长羽毛帽子的高大蛇人在门口等着，旁边站着一位俏丽的金发女子。

看到艾比和飞飞，戴长羽毛帽子的高大蛇人哈哈大笑说："几次三番设法绑架针局长的爱子作为人质，都失败了，我总算等到这一天！夏娃娃鲁，你赶快去写信给针局长，看看现在是我忌惮她，还是她忌惮我。"

"需要写信吗？"金发女子说，"庞社长，打电话勒索是不是比较快？"

戴长羽毛帽子的庞社长摇摇头："第一，这不叫勒索，可以说是和对方沟通的一种方式。第二，写信白纸黑字比较正式，给对方的感觉是我们非常重视他们，而且一丝不苟，立刻能够赢得对方的好感！夏娃娃鲁，你是我们呼报社年青一代记者里的佼佼者，必须做个好榜样。你们这些年轻人不知道文字的力量。呼报社既然以**恢复**呼回固有传统文化为己志,就不能走快捷方式,更不能偷懒!"

"我了解。"夏娃娃鲁说,"庞社长,我这就去写信。等你签好字,要不要我跑一趟,亲自送到海默警察局直接交给针局长?"

"中!"庞社长笑道,"假如你不介意的话,最好你自己跑一趟。做好事固然要注意细节,做坏事更绝对不能马虎。要让对方充分感受到我们的诚意和敬业的态度,就不敢不接受我们提出的条件。这就叫做盗亦有道。"

这位蛇人庞社长倒令艾比想起他的小学校长庞校长。虽然一个是蛇人,一个是人类,他们的确有许多相像的地方,连长相都有点相似。但是庞校长大概不敢公然鼓吹"做坏事不能马虎"和"盗亦有道"。庞社长和庞校长,究竟哪一个比较坏?艾比想,这倒是个有趣的问题,想着想着他不禁偷笑了。

夏娃娃鲁临走时,狠狠看了艾比一眼,好像在责备他到了这个地步还笑得出来。艾比直觉感到他从前一定在哪里见过夏娃娃鲁,但是又不能确定。但是他记起老麦唐纳先生说过,无论如何都不要说一句话。他决定乖乖闭上嘴巴,耐心等待姆妈来救他和飞飞。

帝国圆桌会议的首席经济学家

痛!痛!痛!

唐森再度醒转时,脑子里只有一个"痛"的意念。如果有地狱的话,他已经进过地狱,但是侥幸活着回来。于医生站在他的床旁观察他,看他清醒过来,对他说:"早安。你一定没有想到吧,你一睡就睡了十三个小时!"

虽然全身都在疼痛,唐森仍然挣扎坐起来,对于医生说:"早安。我真的睡了十三个小时?对不起,我的警觉性太差了。"

于医生竖起大拇指说:"你能忍受常人无法忍受的痛苦,实在了不起!我很佩服你。"

"超级情境胶囊呢?"唐森虚弱地问。

"所有超级情境胶囊的微片,都进入食人鱼的肚子里,然后被它们吐入水池。"于医生说，"放心，超级情境胶囊不再存在，你自由了。"

唐森知道自己不再是超级情境胶囊的奴隶，心情大为愉快。但是他看不到另外一位心中惦念的人，忍不住问于医生："针礼局长呢？"

"针局长早上来看过你，看你还在昏睡，她有事先走。"于医生说，"在她走之前，嘱咐我带你去见一个人。这人就在三个小金人古玩店等我们，离这里不过五条街。你走得动吗？"

唐森一听就猜到是谁。虽然他全身都在痛，仍然忍痛站起来跟着于医生走。好在走了一会，身上的痛楚便消失不少。一路上胖胖的于医生跟他说说笑笑。不打不相识，自从于医生为唐森动过食人鱼手术，两人似乎成为知己。于医生还开玩笑说，今后他可以改行，专门替境遇改造员除去超级情境胶囊。

他们走到三个小金人古玩店，那位体面的店员尼克已经站在门口等他们，向两人一鞠躬，立刻带他们到内间的办公室。一位白发老先生对着唐森直笑。于医生为唐森介绍说："这位就是老麦唐诺先生，他也就是M。"

唐森不假思索地说："您好。我是星际联邦一三四星区六二防区八八分驻所的境遇改造员唐森。"说完他才想到，他抗命自行除去体内的超级情境胶囊，现在恐怕已经不再是联邦的境遇改造员。但是他讲惯了，一时还改不过口来。

于医生介绍两人见面后，就先告退。老麦唐诺先生用力握住唐森的手说："听于医生说，从来没有人敢采用这么恐怖的方法除去超级情境胶囊，你居然做到了，真够勇敢！为这个，我必须称你一声勇士。"

"我不是勇士。"唐森老实说，"我只是没有办法继续当那些人的工具。"

老麦唐诺先生点点头说："我了解。我从前也曾经是帝国圆桌会议的首席经济学家。替你开刀的于医生，你不要以为他只是美容整形专家。他在帝国生医研究院的地位，说出来会吓你一跳。但是我们都觉悟了，觉悟的原因和你一模一样，因为我们没有办法继续当帝国的工具。"

老麦唐诺先生这样轻描淡写说出"帝国"两字，倒令唐森吃惊不小，忙说："我不敢说我是帝国的工具。连环凶杀可能是少数人所为，也可能是……"

"不必替帝国讲话了。"老麦唐诺先生说，"这绝不是少数人的作为。你以为你的上级秦上校胆敢在呼回世界私自发动连环凶杀计划？他有这么大的胆子？

他和你一样,不过是帝国的工具而已。"

"但这为的是什么?"唐森还是很困惑。

"为的是让呼回世界无法挑战独霸宇宙的闪族帝国。"老麦唐诺先生说,"呼回世界衰颓很久,一直到出现外星贸易对象,经济逐渐复苏,才又强盛起来。你知道,呼回世界的外星贸易对象其实并不存在。但是不存在的贸易对象对呼回世界的经济反而大有好处,因为经济学就是心理学。这不仅不是骗局,反而是呼回世界唯一的出路。"

"对不起,我听不懂你在说什么。经济学我完全是外行。"唐森老实说。

"没有人是经济行为的外行,只是一般人都把经济学想得太难了。"老麦唐诺先生说,"两个原始人躺在椰子树下睡大觉,的确生活悠闲,但是没有任何享受可言。有天其中一个原始人突然想通了,告诉另一人只要给他一颗椰子,他就愿意替另一人下海抓鱼。第二天另外一个原始人也想通了,告诉他的邻居只要给他一颗椰子,他就愿意替邻居上山砍柴。如此你来我往,那颗椰子换手无数次,两人都越来越忙,生活也越过越好,什么服务都有别人提供。

"其实人一样可以为自己忙碌工作,享受自己提供的服务。可惜人只愿意为别人给的一颗椰子工作。如果那天两人又想通了,觉悟到这么忙碌实在无聊,不再交换那颗椰子,他们也可以停止所有经济行为,回去过原始人躺在椰子树下睡懒觉的单纯生活。所以我说,经济学就是心理学。人的经济行为主要是因为经济心理学提供一个动机,让人人都努力为别人工作。但是为别人工作的同时也就是为自己工作。所以一个人无法奋发工作,必须有个多余的人作为对象,这是人性。同样道理,一个世界要振兴经济,也必须有个多余的世界!"

老麦唐诺先生继续说:"三十年前,我还是帝国圆桌会议的首席经济学家时,就发展出多余的世界的理论。我提出如下的假说:一个多余人的工作价值减去一个同等原始人的工作价值就是他的剩余价值,一个多余的世界所有人的工作价值减去所有同等原始人的工作价值就是多余的世界的剩余价值。这就是当年震惊经济学界的麦唐诺假说。

"多余的世界的理论和一些古典的旧理论有密切关系,但是应用更加普遍。因为多余的世界不必是真实的世界,所以多余的世界的剩余价值不需依赖资本家剥削，就好像椰子里面的椰子汁，只要打开椰子就喝得到！有的经济学家说：天下没有白吃的午餐。但是多余的世界的剩余价值，的确是人人可以白吃到的果实。

"我进一步指出，虚构的外星世界就是多余的世界！因此任何世界都可以有个多余的世界。但是我的经济学理论令帝国十分担忧。因为如果经济学就是心理学的话，任何星族、任何世界，只要勤奋努力自力更生，都可以发展经济，甚至有一天会赶上帝国。对于独霸宇宙的闪族帝国，这是它所无法接受的。所以他们剥夺了我首席经济学家的职位。但是那时我已经决心要回到他们认为落后贫困的呼回世界来。即使不将我撤职，我也会自动辞职。

"我回到呼回世界，不断鼓吹自由外星贸易。起先只是空谈，幸亏有于宁远医生、吴厂长这些人协助，落实了虚构的外星世界。我们表面上和外星贸易，拿呼回世界的矿藏制成美容药剂，和其他星系交换重机械和机器人。其实这些重机械和机器人也是呼回世界的产品，我的海底城和地底世界就是生产这些重机械和机器人的基地。海底城和地底世界是这样开发出来的。外人称呼这是呼回之春。的确，我们的目标就是重振呼回！"①

唐森开始明白老麦唐诺先生、于宁远医生、吴厂长等人的庞大计划，不能不佩服他们的远见。"难怪秦上校说，我的任务是：'渗透多余的世界，消灭多余的敌人。'"唐森说，"想不到落后的呼回世界竟会令帝国如此紧张。"

"因为我们的世界是叛逆的世界。"老麦唐诺先生说，"但是帝国是否真的很紧张？其实也不见得。恕我直言一句，假如帝国真的非常紧张的话，不会只派你一位境遇改造员来。"

唐森纠正老麦唐诺先生说："不对，帝国驻防在一三四星区的兵力非常有限。是联邦派我来的。"

"当然，联邦是帝国的白手套，但是联邦的部队里面真正有战力的还是帝国

---

① 这个经济理论听起来有点匪夷所思。简单来说，就是把经济体内部的体内循环包装成体外循环，在人们的观念中制造产品的性状差异（国产货和进口货当然不是一个价钱），以此来赚取剪刀差，然后把虚增出来的账面收入再投入到实体经济当中去，通过制造经济泡沫来实现真实的繁荣。这不知道应该怎么评价才好。——批注

的部队。的确，帝国在一三四星区驻防的兵力有限，可见我们的世界对于帝国并不太重要。"老麦唐诺先生笑道，"这并不是坏事，否则我怎能在此胡说八道？你也早就被秦上校召回去了。"

唐森听来稍为安心。"你说得不无道理。这样看来，连环凶杀案不见得是帝国的阴谋，应该还是呼回世界当地的保守力量的反扑。"

老麦唐诺先生说："可能是呼报社搞的，但是幕后有帝国授意。他们不希望看到呼回世界开发进步，所以处心积虑破坏我。可是我也不能和呼报社完全撕破脸，因为有时还必须利用他们的力量。幸亏我和海默警方关系很好，呼报社奈何不了我。但因此连海默警察局的针局长和她的独子艾比，都在呼报社监控的名单上。呼报社几次想绑架艾比，都因为我的保护没有成功。针局长是于家的后代，可她过世的丈夫就是吴大方的孙子。你想，于家或是吴家中的任何一方会为难艾比吗？只有呼报社……"

老麦唐诺先生还没说完，他的体面助手尼克和棕肤女警员莫度多匆忙推门进来说："夏娃娃鲁有短信来，知道艾比的下落了。他就被囚禁在呼报社大本营。"

老麦唐诺先生以手加额，说："好极了！你们赶快去营救。不然我就真的对不起针局长了。"

莫度多笑道："幸亏有针局长的独子艾比做饵，又有夏娃娃鲁做内应，这次我们总算逮到机会，可以直捣呼报社的巢穴！"

老麦唐诺先生对他的体面助手说："尼克，你带领众兄弟跟在警方后头。如果警方顺利把呼报社一网打尽，就不要轻举妄动。万一警方投鼠忌器，急切间不能得手，你们知道该怎么做。"

尼克和莫度多都走了，老麦唐诺先生对唐森说："我不把你当外人，你全都听见了。"

"是的，一切都明白了。"唐森说，"很抱歉，我连我是否还是联邦的境遇改造员都不敢确定，所以虽然很想跟着去，毕竟没有立场。"

老麦唐诺先生说："我了解。呼回世界的事情你就不必插手，你好好去吧。祝你幸运。"

的确不错,唐森想,现在是他想法解决自己的问题的时候了。

他走出三个小金人古玩店,茫然四顾,他该去哪里?呼回世界又开始下雨,一颗颗豆大的雨珠打在人行道上面,溅起片片水花。唐森正在踌躇,对街商店为屋檐遮住的阴暗角落里有个矮子无声咧开嘴巴对他招手。他仔细看过去,不能不大吃一惊。

那人不但是秦上校,而且是秦上校的本尊。

小黑狗嘴一张吐出一个火球

呼报社的大本营是一栋五层楼的建筑,虽然并不甚高,占地面积却非常广大。艾比和飞飞被看管他们的两名蛇人带着在大本营里面转来转去,简直像进入一个庞大的迷宫。原来迷宫里面一大半是蛇人的住处,也有少数几间大厅是豹人专用的运动场所。靠外侧有窗户的房间则是呼报社社员的办公室。两名蛇人最后带他们到一间没有窗户的小房间,把他俩关在里面。艾比和飞飞并不抱怨。艾比只希望两名蛇人赶快离去,他和飞飞就有机会逃走。

可是两名蛇人非但没有离开的意思,反而搬来两把椅子,一屁股坐在门口。艾比暗叫声糟糕,这下他们什么逃走的机会都没有了。他看看飞飞。小黑狗快乐摇着尾巴。

"你乐什么乐?"艾比没好气地说,"我们逃不出去,只好等姆妈带了警察来救。就怕他们找不着我们在哪里。"

"不会的,"小黑狗飞飞说,"我们来玩猜谜游戏。蛇人最怕什么?"

艾比想了半天想不出来,说:"我不知道蛇人最怕什么。"

"猜不出来,可以问他们。"

艾比没奈何,问看守他们的两名蛇人:"蛇人蛇人,你们最怕什么?"

蛇人彼此互望一眼。其中一位哈哈笑道:"我们蛇人天不怕,地不怕,什么都不怕!即使我们真怕什么,当然也不能告诉你。"

另一位说:"你们不是爱玩猜谜游戏吗?给你一个提示好了。我们蛇人最怕老婆,哈哈。"

第一位说:"不对。我们蛇人最怕老鼠,哈哈。"

另一位说:"错了。我们蛇人最怕大象,哈哈。"

两名蛇人笑弯了腰,艾比可不觉得有什么可笑。飞飞却说:"都不是,蛇人最怕的是这个。"

两名蛇人闻言抬起头来。小黑狗嘴一张,吐出一个火球袭向左侧的蛇人;再嘴一张,吐出另一个火球袭向右侧的蛇人。两名蛇人都被吓住了,不由自主往两旁躲开。那两个火球竟然在半空中改变方向黏到两名蛇人身上,蛇人满地打滚都摆脱不掉,被烧痛得惨呼连连。

"哈哈,原来你们蛇人最怕火攻。"艾比和小黑狗赶快往外跑,边跑边说,"飞飞,我都不知道你会喷火,好厉害!"

飞飞说:"我本来不会喷火。前天你睡觉时,老麦唐诺先生教我如何使用自燃火弹。他说对付蛇人最有用,果然不错。"

艾比和小黑狗在呼报社大本营的迷宫里跑了一阵。艾比说:"不对。飞飞,我们好像迷路了。"

"不会的。跟我来。"原来小黑狗来时一路在墙脚都撒尿,这时它就跟踪来时撒尿的气味,转弯抹角似乎很能。艾比正想赞美它,不料到了第七个转角,前面突然跳出一个粗壮的豹人大汉,几乎一脚踩住小黑狗,飞飞汪汪叫着赶快避开。豹人大汉哈哈大笑道:"这条小畜生,你想往哪里跑?"

"凭什么唤我小畜生?"飞飞反唇相讥道,"你骂我就等于骂你自己。"

"为什么我不能骂你小畜生?"豹人大汉问。

飞飞看那个豹人大汉不是装傻,是真的不懂,只好解释说:"因为你是畜生,我是畜生,我们都是畜生。畜生不好骂自己畜生。"

"都是畜生又怎样?谁说畜生不能骂畜生?"豹人大汉说,"我偏要骂!畜生!"

小黑狗嘴一张,吐出一个火球。那个豹人大汉正骂得开心,一时大意没有防备,尾巴被火球黏上,哀号着带着火球败走。

艾比和飞飞在迷宫里又转了一会,终于找到出口。他们小心翼翼接近出口,避免被豹人卫兵看见。除了豹人卫兵之外,艾比瞥见戴长羽毛帽子的高大蛇人庞社长也站在门口,好像在等待什么。

这时小黑狗轻咬艾比的裤子,艾比就跟随飞飞从门口上方的通风口爬出去。爬到外面的屋顶,这时艾比可以看清楚庞社长在等什么了。三架警察局的直升机在空中盘旋,却并不忙着立即降落。原来呼报社大本营外面的树丛里和大树上都躲藏着蛇人狙击手,庞社长俟机发令攻击直升机大队。艾比吓了一跳,小声对飞飞说:"你如果还有自燃火弹,现在可以派用场了。"

他再回头一看,哪里还有小黑狗的踪影。不一会大树上的蛇人身上着火,哀号着从树上摔下来;树丛里的蛇人不久也满头着火跑出来。蛇人狙击手一个个被自燃火弹击中,自顾不暇,无法主动攻击直升机。三架警察局的直升机顺利降落,让警察大队下机,再迅速升空躲避弹雨。庞社长见状破口大骂,命令他的豹人卫兵誓死抵抗,自己却躲藏起来。

小黑狗回到艾比身边,艾比抚摸着飞飞的头说:"做得好!"他们趁着双方交火,从呼报社大本营一直跑到针局长身旁。针局长正在指挥警方突击队进攻呼报社大本营,看到艾比和飞飞跑过来,又是高兴又是心疼,骂道:"要死了,还不赶快躲到后头去!快去快去。"

等到他们躲好,针局长方才拿起扩音器,对着呼报社大本营广播说:"庞社长和蛇豹护的弟兄们,我是海默警察局的针礼局长。你们被包围了,及早放下武器,举起双手投降吧。我实实在在告诉你们,你们已经无路可走,只有投降一途。我是真理,不是谎言,真理才是最好的选择。"

她一连广播了几次,都没有回应。针局长对警察大队说:"放蜂!"

警察大队立刻开始行动。二十名警察各提一个蜂箱,对着呼报社大本营打开箱盖。成群的大黄蜂飞进呼报社大本营的五层楼建筑后,有好一阵没有动静。突然间五层楼的建筑都在震动,蛇人和豹人四散奔逃,有门的就夺门冲出,没有门的就跳窗逃走,争先恐后向外跑。警察早就在外面草地设置救护站等候,只要蛇人和豹人自动过来戴上脚镣、手铐或尾巴锁链,就替他们清除掉身上的黄蜂。

艾比和飞飞在旁欣赏这一幕奇景。艾比对飞飞说:"我明白了,蛇人和豹人不仅怕火,也怕大黄蜂!"小黑狗快乐的摇摇尾巴。

最后一个出来的是呼报社的庞社长。他的长羽毛帽子不见了,脸肿了半边,身上爬满无数黄蜂,模样十分狼狈。但是他一副威武不屈状,大声对他的部下说:"蛇豹护的弟兄们,为了避免伤及无辜,我命令大家立即停止抵抗。"

一位豹人傻大个回应道:"社长,不用您吩咐,弟兄们早就缴械投降了。"

艾比看那豹人傻大个,正是在迷宫里面挡他们路的豹人大汉。他着火受伤的尾巴用纱布包扎起来,但是纱布有点松散,好像举着一面白旗,难怪傻大个投降特别快。庞社长狠狠瞪傻大个一眼,继续说:"呼回同胞们,请不要为我哭泣。让我们一同高呼:明天会更好,蛇豹护伟大的祖国!"

庞社长说完,被捕的蛇人和豹人都用力鼓掌。庞社长做个戏剧化的手势要求大家停止鼓掌,说:"这类演说最要紧的是必须稍微有点押韵,效果就会更好。再来一次——"

> 呼回同胞们,
> 请不要为我哭泣。
> 明天会更好,
> 蛇豹护祖国大地。

庞社长说完,被捕的蛇人和豹人加倍用力鼓掌。庞社长又做个手势要求大家停止鼓掌,说:"我是个完美主义者。如果这演说的句子长短一致,效果就会特别好,值得后世传颂。你们请听——"

> 呼回同胞们,
> 别为我哭泣。
> 明天会更好,
> 蛇豹护大地。

庞社长说完,被捕的蛇人和豹人都哭了,发誓要追随庞社长继续奋斗,连警察们都感动落泪。但是也有一个声音唱反调说:"社长,还是句子有长有短好,您念出来更加动人。"庞社长一看又是豹人傻大个,狠狠瞪傻大个一眼说:"又是你！少来。"

庞社长从容被捕,他麾下的蛇人和豹人也都俯首帖耳就范。这时直升机大队飞回来,轮流降落在呼报社前面,把他们都载回海默警察局。庞社长和他的部下上了直升机,仍然齐声高唱道——

> 呼回同胞们,
> 别为我哭泣。
> 明天会更好,
> 蛇豹护大地。

没有人写信给上校

唐森冒雨穿过大街,挤到秦上校的身旁。两人并肩面对大街站着,观赏那越下越绵密、声势浩大的雨。还好两人躲雨的这块角落刚好被屋檐遮住,只有飘来的雨丝。唐森不知道该如何称呼秦上校。他已经变成叛徒,总不能还是尊称他长官,想了半天只好说:"上校,您好。"

"这雨的势头真不小。海默城的冬天比我想象的还要糟糕,不亲自来不能感受到冬天的旅人多么难熬。"秦上校说,"当然我不止是为了来看雨。半天没有你的消息,所以我亲自来看看。"

"对不起,的确有一阵子没有给您发消息。"

"不仅你没有消息,所有我派遣到呼回世界的特派员都没有消息,你说奇怪不奇怪?"秦上校拿出烟斗,说,"你们年轻人都不爱写信,没有人发消息给我。过去的时代就没有人写信给上校,这个时代更没有人写信给上校。"

这是唐森第一次听秦上校提起,联邦境遇改造署还派遣别的特派员到呼回世界来,不禁惊讶道:"长官,还有别的特派员?怎么我都不知道?"他一急,"长官"竟然脱口而出。对方假装没有注意到他改变口气。

"按说不必瞒着你,"秦上校说,"但是我们这一行讲究单线联络,况且事情发展得太快，来不及告诉你了。你都还好吧？"

唐森不知道该如何回答。秦上校拿开烟斗，咧开嘴巴无声地笑了，替他接下去。"没有被食人鱼吃掉，算你的命大！可惜好好一颗超级情境胶囊，却落入几千条食人鱼的肚子里，要想回收也不容易。"

显然秦上校什么都知道。唐森反而庆幸他不必多做解释，索性大胆说："上校，随便你怎么处分我都接受，但是我不愿意再做帝国的杀人工具。"

"谁说你是杀人工具？"秦上校诧异道，"我有派你去杀人吗？有没有？"

"没有。但是那位租车行小姐无辜送命，她是我害死的。"

"那位租车行小姐可能是某方派出的杀手杀错人，又不是你干的。你不相信我，总可以相信你信得过的人。针局长不是告诉你，不可能是你杀的？连老麦唐诺都说过，连环凶杀案可能是呼报社干的坏事。不管是谁杀的，这是他们呼回世界内部的斗争，和帝国毫无关系，更和你奉命执行的任务毫无关系。干我们这一行必须能够清楚分辨什么是内部斗争，什么是外部斗争。"

唐森垂头丧气，说："我不管什么内部斗争？外部斗争。虽然帝国利用超级情境胶囊借刀杀人，但是害死她的还是我。我对不起她。"

秦上校不理会唐森的丧气话，继续说："提到这位老麦唐诺，我倒要给你看一些数据。他哪里是什么帝国圆桌会议的首席经济学家，全是他自己吹嘘的。老麦唐诺在呼回世界里既沾黑道又染白道，是个黑白通吃的厉害角色。他在地面上是经济学家又是财阀，在地底下是黑帮头子。他搞的是个变相的老鼠会。这个金字塔骗局根本是呼回世界的政客和财阀政商勾结，再加上黑道势力运作的胆大包天诈欺集团。"

唐森抗议道："不对。老麦唐诺先生虚构外星世界是用来作为贸易的对象。他发明的经济理论振兴了呼回经济。"

"你听他胡扯！他所谓的虚构外星世界，其实是真实外星世界，也就是老麦唐诺走私贩毒的对象。三个小金人古玩店，是和所谓的虚构外星世界联络的中心。受骗的不仅是本地的呼回人，其他星族也有上当的，而且越搞越大、越搞越不像话。我派你来，本来是为了调查这个案子。上次你回来报告好像头脑还很清楚，怎么一下子全糊涂了？"

"我没糊涂。"唐森说,"我只是秉着良心办事。老麦唐诺不是坏人,呼报社才是坏人的非法组织。你也说连环凶杀案是呼报社干的坏事。好在有夏娃娃鲁做内应,针局长和莫度多正带领海默城警方直捣呼报社的巢穴,救出针局长的爱子艾比,把呼报社的豹鬼蛇神都一网打尽。我也算尽力而为了。"

秦上校越听越摇头:"你这是睁着眼睛做梦!但是装睡的人是叫不醒的。我要你选边站,你居然选择站在老麦唐诺和针局长这一边。对不对?对不对?"

唐森不说话。秦上校再度摇头道:"好小子,你以为我已经无法用超级情境胶囊控制你,就可以大胆抗命?好吧,姑念你在本署服务十三年间屡建奇功,这次我不惩罚你。你的任务由其他两位特派员接手,你搭下一班宇航飞梭回去吧,但是出任务后的例假取消!"

唐森简直无法相信自己的耳朵。秦上校居然让他好好无事走开,令他非常惊异。

"可是关于这次任务,"唐森说,"我还需要和其他两位接手的特派员办交接吗?"

"他们人早已在这里,现在却跑得鬼影不见,不知道他们在干什么。不必交接,你回去再写报告吧。"

秦上校递给他一个信封。唐森打开一看,里面是宇航飞梭的机票,不禁非常感激,一再说:"长官,谢谢你,谢谢你。"

"不必谢。"秦上校说,"你已经给我带来够多的麻烦,搭下一班宇航飞梭回去吧。"

秦上校收起烟斗,撑开伞步入雨中,他矮小的身形消失在旧海默城的街头。唐森细细咀嚼秦上校的话。他左思右想,唯一的解释是秦上校想留一步活棋,将来万一出事,好利用唐森为自己开脱。但无论如何是秦上校有意放他一马。为什么秦上校对他这么好?

虽然秦上校给他买好宇航飞梭的机票,要他回联邦境遇改造署,可是他还能回去吗?如果不回去,他下一步该怎么走?唐森一时想不明白,决定只有走一步算一步。

几个小时以后,唐森坐在宇航站的候机楼等待搭乘飞梭班机。海默电视网正一遍遍播放警方直捣离岛上面恐怖分子的巢穴,救出针局长的爱子艾比的新闻。电视播报员并没有直接提到呼报社,只说离岛上的大型建筑是恐怖分子的巢穴。唐森坐出租车到宇航站的一路上,已经看到警方的直升机镇压离岛上的恐怖分子,豹人和蛇人四散奔逃的画面。针局长本人虽然没有上镜头,从电视里却可以听到她的声音,镇定指挥救援行动。唐森知道针局长的爱子艾比无恙,心中十分欣慰。

就在他快要登上宇航飞梭之前,电视突然播出最新的消息。画面切换到旧海默城的主要商业区,一群突击队员冲入三个小金人古玩店,逮捕了老麦唐诺先生。然后于宁远医生也在他的整容诊所里面被捕,来整容的女士们个个吓得花容失色,努力遮住自己的脸免得被人认出。唐森看到电视上老麦唐诺先生和于宁远医生被捕的一幕,人整个呆住了。电视旁白说这是联邦肃贪小组的特别行动。

"什么联邦肃贪小组,"唐森骂道,"根本是帝国的突击队。别以为天下人都这么好骗!"

唐森明白他太天真了。秦上校早有打算,他根本不在乎蛇豹护集团,因为他真正的目标是打击呼回世界的呼回之春组织。

电视的画面随即切换到另一场突击战:一架帝国的重装备攻击直升机飞近海默城警察局,在警察局前面的广场降落。突击队跳出攻击直升机,冲入警察局大楼。唐森不禁气愤大嚷,引得宇航站候机楼的旅客都看着他。帝国突击队进入警察局大楼不久,就带着上了手铐的针局长出来。

电视播报员说:"联邦肃贪小组今天下午出人意料地在海默城逮捕了本城的知名人士麦唐诺先生和于宁远医生,然后又逮捕了海默警察局的针局长。今天上午针局长才指挥警方直捣恐怖分子的巢穴,救出爱子艾比,想不到下午自己反而被联邦肃贪小组逮捕。正是螳螂捕蝉,黄雀在后。"

唐森晓得不妙,他们都中了秦上校的计,包括针局长和老麦唐诺先生。老麦唐诺先生还以为帝国不会注意到小小的呼回世界的呼回之春组织。其实秦上校早已布置好,要全力打击他们,让呼回之春永远不会来临。

"联邦肃贪小组发言人表示,为了扫荡官商黑道勾结、杜绝欺诈走私,联邦巡回法庭将迅速处理本案,明天上午就提审三名嫌犯。"

尽管候机楼一遍遍播放登机时间已到,听到最后一段新闻,唐森决定放弃登上宇航飞梭。他随手把机票扔入垃圾桶,大步离开飞梭站。

变种水狸亚当六世和亚当七世

艾比和飞飞找到变种水狸亚当七世之前,的确吃了不少苦头。

其实艾比也不确定他是否能找到亚当七世,但是他别无选择。他和飞飞跟随姆妈回到警察局不久,警察局大楼就警铃大作。随即帝国突击队冲了进来,值勤的警员根本挡不住他们。针局长知道事态严重,立即对艾比和飞飞说:"我去应付帝国突击队,他们大不了逮捕我一个人。你们赶紧躲入储藏室,寻机会逃出去找老麦唐诺先生,让他想办法把你们藏起来。飞飞,好好保护艾比。"

虽然姆妈要他们躲入储藏室,艾比知道他们不可能一直躲在储藏室不被发现。他记起那天跟随亚当七世逃入下水道的一幕。好在下水道的出口就在储藏室外面走廊的尽头。艾比先叫飞飞打开下水道盖子钻进去,然后自己也跟着钻进去。

进了下水道,艾比立刻发现事情不是他想象的那么容易。变种水狸亚当七世带他找到地道之前,东钻西钻转了许多弯,还打开衔接的下水道出口的盖子,可是现在他全都记不得了。他们乱钻了一阵,都是走进死路。艾比真是欲哭无泪。

小黑狗摇摇尾巴说:"艾比,要不要我来试试?"

飞飞带路东钻西钻,但是最后又到了死路。艾比叹气道:"飞飞,你也比我高明不了多少,怎么办?"

此时艾比突然感觉到他的背上有什么东西在爬。他吓了一跳,大嚷道:"飞飞,有蛇!"

"有蛇吗?不要吓人。"有声音说。

原来是亚当七世拍他的背。艾比看到黑暗中亚当七世的一对黄色眼珠子,真是高兴极了。

"亚当七世,是我。"

"谁唤我亚当七世？"

艾比连忙说："我是艾比，海默警察局针局长是我妈。上次你从警察局把我绑架到这里，你难道不记得吗？"

黄色眼珠子眨巴眨巴地说："原来亚当亚当亚当亚当亚当亚当亚当还干过这种荒唐事，实在有欠管教。"

"那么你不是亚当七世？"

黄色眼珠子大乐道："你当我还很年轻是不是？我没那么年轻啦。老夫是亚当六世，人家唤我亚当亚当亚当亚当亚当亚当亚当。你们要找亚当亚当亚当亚当亚当亚当亚当亚当，我带你们去。对不起，你可能听不习惯。我们水狸彼此互相称呼，不喜欢几世几世这么唤，这样显得太生疏了。我们宁可唤对方的全名，比较亲切。"

艾比逐渐明白，说："话是不错，可是万一对方是亚当八十三世，岂不要唤他……"

"八十三次亚当，一次都不能少！"亚当六世说，"天性客气的水狸，就是要这样来表现它的体贴周到。所以我们不喜欢给孩子取很长的名字，那是存心跟亲戚朋友过不去。好了，我不多说，带你们去找我的儿子亚当亚当亚当亚当亚当亚当亚当亚当吧。"

"我们要去哪里？"艾比问。

"去水狸的殖民地伊甸园东。听过伊甸园东吗？"

"没有听过。"艾比老实说，"离这里不远吧？"

"说近不近，说远不远。"亚当六世说，"如果嫌远，我就带你们去伊甸园西，那是快乐水狸的殖民地。但是我的儿子亚当亚当亚当亚当亚当亚当亚当不是水狸同志，他不住在伊甸园西，所以你们去那里也没用。"

他们只在下水道走了一小段路，亚当六世就打开一个盖子，要艾比往洞里爬，一面说："头过身便过，男儿当自强。进去！"

艾比好奇问道："亚当七世也这么说。是你教的吗？"

"这还用教？"亚当六世嗤之以鼻，"所有的水狸都知道。这是基本常识。"

艾比爬进洞去，发现这洞特别狭窄弯曲，真的几乎只能容纳他的头，必须发挥"头过身便过"的本领，手足并用匍匐爬行。他顺着洞越爬越往高处走，钻出洞时发现自己已经出了地底世界,置身于地面上。亚当六世高呼:"看,这就是伊甸园东!"

伊甸园东是怎样奇特的水狸殖民地啊!虽然是在河边,这里有丘陵有树木有花草有虫鱼,岸边和水里横七竖八都是被水狸咬断的树干。一群水狸很文雅、很有修养的互助合作,用咬断的树枝和树干在河里筑坝。在坝的内侧,沿河岸都是水狸的家,也是用同样的材料修建的半圆形建筑。

艾比欣赏伊甸园东的奇景,好奇地问亚当六世:"奇怪,为什么这些水狸的家都没有门?你们怎么进出呢?"

"我们的住宅的门从外面是看不到的,因为它面向水底。"亚当六世耐心解释道,"为了安全,住在里面的水狸必须游泳从水底进出。所以外出打工的水狸丈夫回家就弄得一身湿,必须在客厅晾干,水狸主妇才准它进入内室。由于这个缘故,水狸主妇在家里有很大的权威,她讲话说了算。呵呵,我们伊甸园东是女贵男卑!"

伊甸园东有百来户水狸家居,每家住着一窝水狸,通常是四五只。听说有外客来了,一传十、十传百,所有的水狸都跑出来看热闹,团团围绕着艾比和飞飞。亚当六世给艾比介绍所有的雄水狸。他们都叫亚当,从五世一直到二十四世。亚当六世再给艾比介绍所有的雌水狸。她们都叫夏娃,从二世一直到三十二世。

除了和艾比打招呼,虽然他们天天见面,水狸彼此仍然不厌其烦互相打招呼。谁也听不到对方在说什么,只听到所有的水狸都在嚷叫亚当亚当亚当亚当亚当……或是夏娃夏娃夏娃夏娃夏娃夏娃……然后水狸们彼此鞠躬。他们要分手时,又重复着同样的礼节。

艾比被水狸们吵昏了头,连亚当六世给他介绍亚当七世,他都没有听见。还是亚当七世拔出手枪来,艾比才注意到他。

"亚当七世!"艾比大叫,"很高兴再度见到你。"

亚当七世可没有艾比这么兴奋,拿枪指着艾比说:"你来伊甸园东做什么?想找我麻烦?我可没有那么好欺负!"

亚当六世眼看艾比和亚当七世一见面就起冲突,有点尴尬,找个理由赶快避开。艾比趁着亚当六世走开,告诉亚当七世,海默警察局针局长被帝国突击队逮捕,他必须找到老麦唐诺先生,所以来找亚当七世帮忙带路。

亚当七世听了,不为所动说:"我昨天刚从警察局的水狸大队退休,想不到老麦唐诺先生那边立刻也不要我了,随便编个理由请我滚蛋。人类真是现实,简直令我心凉。本来我混得相当不错,是双面间谍,两边都给我钱。今后我的生活会很苦,连讨老婆的钱都没有。我不再是从前快活乐观进取的亚当七世,那只水狸已经死了!我今后是哀愁悲观保守的亚当八世。"

"你不是亚当七世过得好好的吗?"艾比问道,"为什么要改名叫亚当八世?"

"为什么要改名?"亚当八世愤愤不平说,"我没有钱讨老婆,可是又不能没有后代。这在伊甸园东是大逆不道的事情。所以我只好自己当自己的后代。"

"你爸爸亚当六世,他还不知道你已经改名变成亚当八世吧?"

亚当八世低头说:"我还没……还没敢告诉他。"

"这样好了。"艾比说,"亚当七世,你看到那条小黑狗吗?它是飞飞。老麦唐诺先生很喜欢它,还教飞飞如何使用独门暗器自燃火弹,用火弹大败蛇人。我请飞飞教你使用自燃火弹,然后去求老麦唐诺先生派你当敢死队,你就有收入了。如何?"

飞飞在旁边听了,一只耳朵高高竖起,尾巴依然在摇。

亚当八世大喜过望,说:"此话当真?"

"一点不假。可是我们必须先去海底城,找到老麦唐诺先生。"

"没问题,找老麦唐诺先生的事,全包在我身上。"亚当八世说,"走,我们立刻出发去海底城。"

亚当八世即刻动身,艾比和飞飞连忙紧紧跟随。变种水狸找到下水道的入口,打开一个盖子就往洞里爬,嘴里喊道:"头过身便过,男儿当自强!"艾比也已经习惯了,跟着爬进去。

他们在洞里爬了一会,到了连通的地底隧道,艾比就可以站起来快跑。亚当八世一边快跑一边说:"从现在起还是唤我亚当七世,我不用当我自己的儿子了。放着老子不干,谁也不乐意当自己的儿子,对不对?还有,敢死队究竟干什么活啊?在路上慢慢讲给我听吧。"

巡回法庭上的闹剧

联邦在呼回世界没有自己的法院，所以巡回法庭开庭必须借用当地的呼回法院。唐森骑着租来的黑色摩托车赶到海默新城的呼回法院时，已经将近早上九点。他以为自己迟到了，询问门口值勤的法警，才知道联邦巡回法庭延到十点钟才开庭。法警要他掏出大衣口袋和裤子口袋里的东西，双手高举通过电子检查站。唐森依言做了。他口袋里的东西包括一根短短的钢管，但是他知道钢管不会被怀疑，因为检查员还以为是一支较粗的钢笔。通过电子检查站，他赶紧跑到服务台，刚好拿到最后一张旁听证，暗呼好险，否则就进不去了。

还有一点时间，可以到法院附设的餐饮部用早餐。唐森进了餐厅，才发现餐厅连一个窗户都没有。他记起来，在呼回导游书上读过，呼回世界的法院都没有窗，因为"正义女神是盲目的"。但是没有窗的房间未免气闷，尤其是餐厅。法院附设的餐厅布置十分简陋，就是几张长桌和围绕的板凳。靠门口的长桌放了一盘切好的白面包、一盘小圆黑面包、一盘红毛虫辣味涂酱和一壶已经加了牛奶和糖半温的咖啡，要吃早餐的人可以随便拿。早餐的价钱一律五仙，吃早餐的人自己扔钱到另外一个盘子里面，盛钱的盘子和盛面包的盘子都一模一样。这样的早餐，恐怕比犯人吃的还差。来用早餐的人大都是呼回法警，难怪他们一副肠胃不良要死不活的神情。唐森想这时如果有人劫狱，他们一定统统束手就范。

唐森胡乱咬嚼一块黑面包，喝了半杯温咖啡，一面用早餐一面冥想。昨天秦上校说，"渗透多余的世界，消灭多余的敌人。"是办案的最高指导原则，他这句话露了馅。秦上校可能是帝国的爪牙，不，秦上校一定是帝国的爪牙。联邦至少在表面上还有个崇高的宗旨，闪族帝国却完全保守反动。唐森明白在此时此刻他绝不能离开呼回世界，因为他可能是唯一了解本案内情的人。即使他不能出庭作证，也要在旁听席聆听联邦巡回法庭的审判。他不相信巡回法庭有足够的证据判三人的罪。而且判罪必须有个罪名。什么罪名呢？诈欺？走私？太可笑了！

为了这场审判，他放弃回联邦境遇改造署的机会，可是唐森并不后悔。后悔的反而是误信秦上校，浪费掉十三年的生命。人生有多少个十三年？还好他没有家小之累，或许还可以在海默城重头再来。

时间快到了,唐森随着多位媒体记者鱼贯进入法庭的旁听席。这法庭竟和餐厅一样布置,除了几张长桌和板凳什么都没有,当然更不会有窗户。不久法警带进来老麦唐诺先生、于宁远医生和针礼局长三人。红发的针礼局长人高马大,特别引人注目。她老远就看见唐森,对他嫣然一笑。肥胖的于宁远医生被打肿右眼,满头白发的老麦唐诺先生左手缠着纱布,幸好针礼局长没有受伤,令唐森稍感欣慰。他们三人一排站定,法警宣布联邦巡回法庭正式开庭,要大家起立。唐森看到巡回法庭的法官缓缓步入法庭,不免大吃一惊。

怎么可能是他!

秦上校坐下来的时候,一瞬间他的目光和唐森的目光接触,双方各自惊异的眼神稍纵即逝。秦上校清清喉咙,随即开始说话。

"联邦法庭包括民法庭和军法庭两大类,各级法庭组织都是如此,是两个完全平行的结构。一般的巡回法庭多半是民法庭。但是此次受审的三名嫌犯的案情十分严重,牵扯到叛乱罪。民法庭无法审理叛乱罪,所以联邦高等法院经过慎重考虑,将三名嫌犯移交特别军法庭审理。由于联邦高等法院在今天早上才做成此项决定,所以开庭时间稍有延误。本席现在宣布,联邦巡回法庭的特别军法庭开庭,由本席主审。"

秦上校刚说完话,法庭就陷入一片混乱,抗议的嘘声和叫骂声此起彼落。唐森简直无法相信帝国胆敢这样胡来硬干。不但帝国的突击队直接侵入呼回世界逮人,而且把嫌犯立刻交给特别军法庭审理。难道帝国完全不考虑呼回人的反应?

旁听席的媒体记者也忍不住站起来大声抗议,虚有其表的法警根本无法制止。秦上校见他讲话时没有人理会,手一挥,两排帝国突击队迅速进入法庭维持秩序,把最激烈的抗议者一个个打昏拖出去。其他人只好乖乖坐下。

等到法庭内稍稍恢复安静,秦上校继续说:"本席不会容忍任何人破坏法庭秩序。再有类似行为,就依照蔑视法庭的罪名先关起来再审判!"

他这么一说,没有人再敢吵闹。秦上校咧开嘴无声笑了,拿起三本厚厚的起诉书说:"本席说过,三名嫌犯都犯了叛乱罪。这是三份起诉书,让你们三人看看,有什么意见就提出来。"

秦上校要法警把三本起诉书分别拿给三人。针礼局长立刻站起来说:"叛乱罪是何等严重的罪名。可是我们究竟叛了谁?是叛了联邦还是叛了帝国?还是别的我们连听都没有听过的组织?我们叛乱的证据在哪里?"

"当然有证据。不但有证据,还有证人。"秦上校手一挥,就有一个高大的蛇人跑上证人席。针礼局长说:"他是呼报社的庞社长,最近一连串凶杀案,很可能就是他和他的手下干的。你不但不调查他,反而传他作证!"

庞社长脱下插长羽毛的高帽子,得意洋洋向法庭的观众和媒体记者挥手。秦上校假装没看见,并未制止。庞社长举手宣誓后,指着三人大声说:"这三人叛乱,我就是证人。他们想杀害我,可惜没有成功。呼回同胞们,别为我哭泣。明天会更好,蛇豹护大地!"庞社长一连唱了几次,还想继续唱。连秦上校都听不下去,要他退席。

针礼局长冷笑道:"这就算作证?这三份起诉书,我们三人连看都没有看过,就根据这种莫须有的证词判我们的罪,公平吗?合理吗?"

秦上校说:"当然公平合理。起诉书你们现在也看到了,本席并没有故意不让你们看,对不对?有什么意见没有?"

针礼局长说:"我们才拿到起诉书,神仙也没法这么快读完,如何能够表示任何意见?这简直荒唐。我要抗议!"

"抗议驳回。"秦上校说,"既然起诉书你们都看过并且没有任何意见,本席即将宣判。"他说着拿出三本判决书来。

"你连判决书都预先准备好,实在太荒谬了!"于宁远医生大怒,跳上板凳大呼道,"有这种袋鼠法庭(即不遵循法律的法庭,是法律术语),是呼回人极大的耻辱。同胞们,暴政必亡。我们不容许袋鼠法庭扭曲法律,在呼回世界胡作非为。"

法庭里本来已经安静坐下的观众和媒体记者,都忍不住再度站起来抗议,却被帝国突击队很有效率的一个个打昏拖出去。唐森也站起来抗议,准备趁机和帝国突击队大干一场。想不到等到所有的抗议者都被打昏拖出去,他发现法庭里只剩下秦上校、三名嫌犯、法警、帝国突击队和他自己。

"总算安静了,"秦上校说,"现在本席宣读判决书。"

就在这短短几十分钟里,联邦巡回法庭的特别军事法庭以极惊人的效率将三人依照叛乱罪起诉,然后立刻判刑。老麦唐诺先生是主谋,判三十年有期徒刑;于宁远医生和针礼局长是从犯,各判十年有期徒刑;但是针礼局长知法犯法,罪加一等,追加十年,所以一共是二十年有期徒刑。判刑后立刻执行,七天内送外星边疆的劳改营。

宣判后,老麦唐诺先生等三人还来不及说话,就被法警两个伺候一个架出去。秦上校手一挥,法警和帝国突击队都退出法庭。法庭里只剩下秦上校和唐森两个人。

"叫你走,你为什么不走?"秦上校叹口气说,"不过我早知道你不会走。你迷上了那位红头发的海默城警察局局长。"

"上校,你以为呼回人会像木偶一样任你摆弄?你这么做,呼回人一定起来造反。帝国也未免太不讲道理了。"

"就怕他们不造反哪。"秦上校掏出烟斗来,从烟袋拿出烟丝塞进烟斗。"我的任务,不,你的任务,不,我们的任务,就是要逼他们造反。"

"为什么?"

秦上校抽口烟斗,说:"你一定听过这样的说法:帝国不仁,以万邦为刍狗。你知道这是什么意思?"

"听过这说法,但是我不知道是什么意思,也没有兴趣了解。"

"帝国不会无缘无故对任何人采取报复的行动。但是反过来说,帝国也绝不能对任何人仁慈,镇压绝不手软。所以说:帝国不仁,以万邦为刍狗。明白吗?"

"不明白。"唐森说,"你刚才说,你的任务是逼呼回人造反。为什么?"

"我们的任务是逼呼回人造反。"秦上校纠正他,"都说官逼民反。但如果官逼民仍然不反,如何是好?这种民就是刁民,这个世界就是多余的世界!我们的任务就是——'渗透多余的世界,消灭多余的敌人。'究竟何者是多余的世界,由帝国评估决定。"

"老麦唐诺先生的虚构外星世界,才是多余的世界。我的任务是渗透多余的世界,我也的确做到了。老麦唐诺先生……"

"老麦唐诺是个大傻瓜!"秦上校说,"你也是个大傻瓜。你不想想,帝国怎么会对虚构外星世界有任何兴趣？老麦唐诺要和虚构外星世界做生意，尽管去做。我们的任务是——'渗透多余的世界，消灭多余的敌人。'呼回世界才是多余的世界，呼回人是多余的敌人。"

秦上校反复说，像念咒一样。唐森终于听懂了，他藏在大衣口袋里的右手紧握住一根短短的钢管。秦上校也觉察到，立刻说："你想干什么？"

"我要汽化你。"唐森简短地说，"你才是多余的敌人。"

"任务是上级指派，不是我凭空捏造，杀了我也解决不了问题。"秦上校柔声说，"你难道看不出，我一直在保护你吗？因为你是星战孤儿，我和你爹又是老朋友，我始终把你当作自己的儿子看待。没有我的保护，以你这种牛脾气，怎么可能活到今天？"

"我不需要你保护。"唐森说，"你是多余的敌人。"

"你不要傻，和呼回人一鼻孔出气。这个世界有什么好眷恋的？男不耕女不织，大多数人靠着走私贩毒讨生活。每个人都有许多面貌和各种身份，呼回人自己美其名为人相、法相、魔相，其实都是假象！这个世界什么都是假的，人人作假，根本是没有希望的世界，多余的世界。"秦上校径自说下去，"再说，你不满意三名呼回人被判重刑。是你自己提供的信息，我们才能找到针局长他们三人叛乱的证据。所以你也有责任。"

唐森悔恨交加，说："我太迟才清除掉超级情境胶囊，是我的错。我会照顾针局长的儿子长大。你看着好了，针局长的儿子长大，他一定会报仇。所以你最好现在就杀了我。"

秦上校不禁失笑道："唐森呀唐森，难道你到现在还搞不明白？帝国不仁，以万邦为刍狗。帝国不是黑道，不会无缘无故杀害任何人灭口。他们三人被判刑是罪有应得。可是你要照顾针局长的儿子是你的善举，帝国不会对你采取不利的行动。事实上，如果我是你，恐怕也会这么做。

"但是有什么用？你一个人敌不过帝国的。任何人都无法和帝国为敌。假如你父亲还在，他一定也会这样告诉你。你以为我没有尝试过吗？我们都曾反抗过，我们都失败了。我唯一能够做的，就是保住老友的儿子，勉强算是对得起老友。任何人都无法和帝国为敌。这么多年了，我还不清楚吗？"

秦上校摘下圆形眼镜,显现出疲倦的神色。有一个瞬间唐森觉得秦上校似乎在向他求饶,但是他知道绝不能信任这狡猾的老狐狸。秦上校可以前一分钟流下鳄鱼的眼泪,下一分钟又设计害人。

唐森说:"在死之前,你还有什么可说的?"

秦上校摇摇头。"我的任务已经结束,不,我们的任务已经结束。我很累,我已经活得太久太久,死在你手里是我的荣幸,也是我的心愿。但是唐森你要记牢,无论如何你不是呼回人……"

他还没有说完话,唐森已经按动钢管的汽化钮,将秦上校汽化成为一缕青烟。他看不清楚秦上校脸上的表情是悔恨?心碎?或是别的什么。他很奇怪秦上校并没有试图反抗,或许他的动作真的比秦上校快太多,但他将永远不会知道答案。

如果投票刚好是两票对两票

虽然地道里的灯光很黯淡,变种水狸却跑得飞快。小黑狗还没有问题可以跟得上,他的名字本来就叫做飞飞。艾比就追赶得很吃力,不能不对水狸喊道:"亚当七世,可不可以请你跑慢一点?"

"不能再慢,因为马上就要涨潮了!"亚当七世说,"要知道,海底城的地道四通八达,多半在水平线以上,只有这一段刚好在水平线以下,一旦涨潮就会被淹没。我倒没有问题,只怕你们两位不能适应。"

水狸这么说,艾比和飞飞只有努力快跑。果然地道不久就有海水灌进来,而且水势来得很猛,很快就有半尺来深。幸亏他们已经跑到另一个交叉路口,过了路口就是上坡路,再不会有淹没的危险。艾比记起来,老麦唐诺先生曾经说过,海底城永远不会淹水。看来老麦唐诺先生不是说错了,就是没有认清水的力量。

亚当七世说,大家都走累了,今晚就在这里休息。水狸和小黑狗都没有问题。水狸趴下来,小黑狗蜷成一圈,就都睡了。但是艾比就不同。地道很潮湿,石板又很坚硬,艾比以为他一定睡不着。想不到他躺在石板地上立刻就睡熟,还是飞飞舔他的脸把他叫醒。

"天亮了吗?"艾比说完才想起来他们是在地底下。果然亚当七世冷冷地说:"这里可没有天亮这回事。我们快走,不能耽误时间啊。"

亚当七世一马当先,继续带着大家往前猛走,一走就是好几个小时。艾比想,这只水狸倒真不怕累。正想着,亚当七世突然停下来。艾比以为水狸好心让他们休息一会,亚当七世却说要大家留神倾听。艾比听了一会,只听到拍击地道墙壁的水声。

艾比说:"这是退潮的水声。"

亚当七世说:"不是水声,有人在讲话。"

飞飞说:"不是讲话,有人在哭泣。"

艾比终于也听到了,的确有人在哭。他们朝着哭声的方向跑去,不一会看到一位英俊的年轻人坐在石板地上,哭得很伤心。

"尼克!"艾比喊道,"你在这里。真太好了。"

"有什么好?事情糟透了。"尼克边哭边说,"老麦唐诺先生被他们抓走,于宁远医生和你妈也被捉了。"

亚当七世大惊失色说:"老麦唐诺先生被抓走,我也完了,今生今世讨不到好老婆。"

"姆妈是在警察局被帝国突击队捉走,"艾比说,"都不知道是什么缘故。"

"你们大概还没听到最新的消息。今早他们在联邦巡回法庭受审,说他们三人犯了叛乱罪。"尼克哭道,"海默电视台刚才报导,他们三人都被判重刑,要送到外星边疆劳改。"

艾比听到尼克这么说,不免放声大哭。小黑狗飞飞不断自怨自艾。亚当七世急得在一旁转来转去兜圈子。

哭了一阵,艾比首先恢复镇静,对大家说:"我们一定要想办法把他们救出来。"

"怎么救呢?"尼克丧失往日的从容,唉声叹气说,"如果有什么办法就好了。可是对手是装备精良的帝国突击队。我们怎么打得过帝国突击队?那无异以卵击石。"

"有办法的。"艾比说,"只有从地底下的隧道才能够救人,只有坐潜水艇才能够逃出敌人布置的天罗地网。"

艾比这么说,尼克立刻明白他的意思,跳起来说:"一点也不错!老麦唐诺先生设计的变形金刚车就是我们的秘密武器。我们先设法找出他们被关在哪里,然后乘坐变形金刚车变的黄色公共汽车从地底隧道去救他们。等到救出他们,变形金刚车下海就变成黄色潜水艇,潜入水底就逃脱成功了。这个办法值得一试!"

尼克一旦沉住气,做事比谁都更有条理。他立刻带大家先回到海底城的指挥中心,因为他认为在指挥中心最容易掌握所有的资源。然后尼克分派任务给大家:艾比上网搜查三人被关的地点,尼克检查以及保养变形金刚车,飞飞和亚当七世担任随车保镖。

因为时间紧迫,飞飞立刻教导亚当七世,如何将老麦唐诺先生发明的自燃火弹藏在嘴里,然后用力一喷,喷得又远又准。没有多久,一条小黑狗和一只水獭都变成喷火专家。亚当七世学会这绝招尤其得意,连走路也扭腰摆臀故作姿态,把自己打造成小型的喷火怪兽。飞飞和亚当七世在海底城的指挥中心到处搜寻,找到两箱自燃火弹,全部搬上变形金刚车。

尼克仔细检查老麦唐诺先生设计的变形金刚车,又有新的发现。变形金刚车不仅可以变成公共汽车和潜水艇,而且可以变成会钻洞的穿山甲。这个发现令尼克雀跃不止,因为到了三人被囚禁的所在,公共汽车可以伸出一个自动旋转的尖嘴,从地底挖洞。这个装置解决了从地底救人的最大难题。

各项准备工作进行都很顺利,唯一不顺利的反而是艾比上网搜查三人被关的地点,发现老麦唐诺先生等人被关在三个不同的监狱,所以一次只能救一个人!但是如果救一个人成功,敌人提高警觉,其他两人可能从此再也救不出来。问题是先救谁?

艾比把搜索的结果告诉尼克。尼克立刻召集大家开会,讨论这个严重问题。艾比当然希望先救妈妈,飞飞和艾比立场一致。尼克希望先救老麦唐诺先生,亚当七世为了找工作所以支持尼克。如果投票,刚好是两票对两票,怎么办?

尼克说:"这问题关系到三个人的生死,我们无法用投票来解决。而且两票对两票,即使投票也无法解决。我们只好采用讨论的方式来说服别人。我先说,为什么应该先救老麦唐诺先生?理由很简单。地底隧道、自燃火弹和变形金刚车,全都是老麦唐诺先生设计和发明的,没有他的发明根本不可能救出任何人!所以,不第一个救老麦唐诺先生似乎说不过去。"

尼克说完,三双眼睛都看着艾比。艾比讲不出像尼克这样有力的理由,着急得眼眶都红了,说:"我讲不出很好的理由,只能求求大家给我一个机会,让我和姆妈能够在一起。没有姆妈,我不知道怎么活下去。我……"

艾比说着大哭。亚当七世看了不忍,说:"本来我希望先救老麦唐诺先生,这是因为要找工作讨老婆。但是看到艾比这样我很难过。所以我弃权,对这个问题不表示意见。没有老婆我一样能活下去,说不定活得更快乐。"

飞飞照例摇摇尾巴。尼克考虑良久,最后才说:"老麦唐诺先生是我最崇拜的人,照理说应该坚持先救他。然而我有个感觉。如果先救老麦唐诺先生成功,其他两人肯定再也救不出来,他们会被送到外星边疆劳改。如果先救其他两人中的一位,以老麦唐诺先生的博学多智,在呼回世界声望之崇高,他很可能不会被送去劳改。一旦呼回法院重新修改判决,另一人也可能因此沾光。所以我勉强同意先救艾比的妈妈针局长。"

艾比哭着谢谢尼克。尼克说:"不必谢,这是我的直觉,不一定对,如果错了我会后悔一辈子。但是我们也可以反过来思考这个问题。万一我们营救不成功,不仅我们没命,被救的人也会有生命危险。我的意思是,如果不去救你妈,她还能活下去。如果去救,反而可能害死她。所以先救的人可能更加危险。你了解这后果吗?"

艾比想了想,仍然点头。"我知道很危险,不过至少得试试,我们要死也死在一起。"

尼克说:"事已至此,只能救三人中的一人,没有别的办法。就这样决定吧。"

他们一切准备好,艾比、飞飞和亚当七世都坐上黄色的老旧公共汽车。尼克便驾驶这辆变形金刚车,开足马力朝着地道冲过去。

其实三貌夏娃都是我

那晚唐森在旅馆里一直睡不安稳,噩梦连连。秦上校虽然没有直接在他的梦里出现,但是他的话在梦中不断回响:

"唐森你要记牢,无论如何你不是呼回人……"

"无论如何你不是呼回人……"

"你不是呼回人……"

他不想听,不停按动钢管,然而在梦中钢管完全丧失作用。他知道是梦,强迫自己醒过来,果然钢管好端端放在床头柜上。他重复对自己说,他不再是境遇改造员了。

"我不再是境遇改造员了。我做的事,无论是好事还是坏事,做了就做了,不能再改变。昨天我杀了秦上校,很可能冤枉了他,也可能并没有冤枉他。我杀了秦上校,我也害了租车行的女子,我必须永远背负这两条人命,这是我终生的歉疚。我违背了我作为境遇改造员的誓言,但是后悔是没有意义的,况且我不可能改变我或者呼回世界的境遇。"

他反复对自己说,他不再是境遇改造员,但是连他自己都不相信他的话。他抹一抹自己的脸,脸上都是泪水。他打开窗户,在窗前跪下来,面向窗外升起的月亮。清冷的月光,倒令他逐渐冷静下来。

第二天,唐森去探监。二〇六监狱在新海默城的郊区,再过去就是蜿蜒的回回大山的支脉。不知道是什么年代盖的二〇六监狱暗红色的建筑外观像烧窑。或许这就是最初的用途,后来才改为监狱。来探监的人必须从烧窑口的大门进入,经过层层警卫,通过一条长廊,越往里走房顶越低。会客室的房顶已经够低,唐森的头几乎可以触到房顶。再往里走,房顶低得简直不像话,连他活动都有困难,高大的针局长恐怕活动更加困难。据说犯人进来先往前面的牢房,然后越换越后面,住到狗洞般低矮的牢房,最后下场不问可知。想到针局长可能受到的种种苦楚,令唐森十分不忍。

唐森从来没有料到,会在这种情况再度见到针礼局长。那么骄傲的女子,她能够适应吗?他希望能够带些好消息给她,可惜实在没有好消息。监狱的会客室

226

一定有人监听,他也不方便讲秦上校的事。再说,这并不是什么值得庆祝的事情,多想反而令他感到更难过。

他心情恶劣,没留意到一位矮胖的褐发女子悄悄进入会客室隔着玻璃板的另外一边。直到对方拿起电话听筒,唐森才恍若大梦初醒,忙拿起另一个电话听筒,两人隔着玻璃板对望,像陌生人般打量对方。

唐森问:"你就是……针礼局长?"

"对,我就是针礼局长,没想到吧?记得吗?我是真理,不是谎言,真理才是最好的选择。"矮胖女子一面没有把握的微笑,一面偷偷观察唐森的神色。

"我知道你有三种面貌:人相、法相和魔相。"唐森说,"我本来就知道的,只是突然看到你的人相,因为从来没有见过,所以一时还不能够适应。"

"你倒很诚实。"针礼局长勉强笑道,"是情境胶囊告诉你的吧?"

"我从书上读到的。你大概忘记,我的身体里已经没有超级情境胶囊了。"唐森说,"书上说,变种的呼回人可以随意改变面貌和身形。所以你施展伸骨术拉长自己,就显现出法相,变成瘦高个子的针局长;压缩些就显现出魔相,成为女间谍夏娃娃鲁;完全自然松弛就显现出人相,变回艾比慈爱的母亲。"

"没错。"针礼局长担心道,"你喜欢我的人相、法相还是魔相?不必回答。我知道男人都喜欢夏娃娃鲁。其实三貌夏娃都是我,为什么没有男人能够欣赏我的全部?"

唐森耸耸肩。"我第一次见到夏娃娃鲁,就猜夏娃娃鲁是你。当然你的魔相夏娃娃鲁很美丽,但是你的法相和人相各有各的长处,我都可以接受。"

"可是我的人相……会不会显得很胖?这是我真正的相貌。你能不能喜欢一个胖女人?"

"当然!"唐森斩钉截铁说,"我不需要眼睛。只要你一开口,我就认出真正的你、豪气的你、令我着迷的你。你胖?你瘦?你高?你矮,对我而言都是唯一的你。"①

---

① 这话说得真够爷们儿!——批注

针局长显然受到感动，握着电话听筒叹口气说："谢谢你，可惜我们现在讲这些已经太迟了。我只求你一桩事，请你务必找到艾比，把他带走。我绝不要艾比跟随我到劳改营受苦，免得被帝国派人一起杀害。如果你肯带走艾比，我做鬼都会来报恩。"

唐森毫不犹豫，一口答允针局长的托付。"这本来就是我的想法。不过你要忍耐，不许说丧气话。你无罪入狱服刑太不公平，我会替你上诉，一定要把你救出来。你不可以自暴自弃。我说到做到，一定会把你救出来。"

他正说话时，地底轰隆轰隆作响，隔在唐森和针礼局长中间的玻璃板碎了，土地分裂进开。一辆黄色公共汽车，顶着一个不断旋转的尖嘴，从土里冒出来，开车的是唐森在三个小金人古玩店曾经见过的体面年轻人。车上的男孩半身挂在车窗外对针礼局长大嚷："姆妈！我们来救你了。"

"艾比！"针礼局长高兴得流出眼泪，"好孩子，你来了，小心别摔了。飞飞、尼克，你们也来了。"

一条小黑狗从车门跳出来，后面跟着一只水狸。尼克对针礼局长和唐森喊道："两位快上车，让飞飞和亚当七世挡他们一阵。快快快！"

唐森协助变胖的针礼局长蹒跚爬上公共汽车。等到狱卒弄清楚是怎么一回事情，他们纷纷从地上爬起来向公共汽车开火，嘴里大喊："有人劫狱，赶快捉住他们！"

唐森听到狱卒喊"有人劫狱"，不免暗自惭愧。他是联邦的情境改造员，掌握绝对优势的火力，但是除了来探监外，竟然没有想到他也可以劫狱救出针礼局长，比孩子们还不如。幸亏孩子们主动出击，改变了情境。

小黑狗和水狸一左一右各自张开嘴，吐出一个个火球奔向狱卒。但是唐森比他们更快，不停按下手里钢管的汽化钮，狱卒便一个接着一个消失不见。现在轮到唐森对小黑狗和水狸嚷道："你们赶快上车！"

他们都上了公共汽车。尼克怪吼一声，扳下倒档。黄色公共汽车起先沿着刚钻出凹凸不平的洞穴以极慢的速度退回地道。有些狱卒还奋力追赶，小黑狗和水狸从车窗探头出去不断朝追兵喷出火球。一旦进入地道公共汽车就越退越快，把追逐的人远远抛在后头。小黑狗和水狸一齐鼓掌，尼克哈哈大笑。

可是他们笑得太早了。公共汽车转入地道不久，尼克咒骂一声，把车停下来。

"怎么回事？"唐森问道。尼克指指前方，原来的地道完全被崩下的石块堵住，还有些碎石不时滚下来。唐森知道这绝非偶然，他仔细观察地形地势，对尼克说："刚才我看到，你的车头有不断旋转的尖嘴。是不是你的车具有穿山甲的功能？"

尼克说："变形金刚车确实具有穿山甲的功能，但是我不知道它能不能穿过这许多石块堆起的小山。"

唐森握住一根短短的钢管说："我的兵器能够汽化石块，但无法穿透石山。所以我可以汽化石山底层最接近的石块，然后你开着穿山甲推开石块。这样一步步前进，也许逃得掉。"

他们两人合作，每次唐森汽化一批石块，尼克的穿山甲立刻把邻近的石块推开，为公共汽车打出一条通路。黄色公共汽车慢慢前进，竟然顺利通过山崩的一段地道。

尼克狂笑道："太好了！下次我们可以用同样的方法救出老麦唐诺先生还有于医生。"

唐森可没有这么乐观。他收起钢管，暗道一声侥幸，他们居然逃出秦上校生前精心布置的天罗地网。但是或许秦上校故意网开一面，下次再和帝国决战，可能就没有这么幸运了。但至少在这一刻，他们是自由的。

他曾以为多余的世界就是绝望的世界。或许多余的世界并不是绝望的世界，而是希望的世界？

公共汽车在地底的隧道里疾驶，隧道的另一端就是大海。艾比得意地对针礼局长说："姆妈，出了隧道，很快我们就会在黄色潜水艇上面了。姆妈，这都是我想出的主意，幸亏有尼克帮忙，还有亚当七世，还有飞飞。对不对，飞飞？"

小黑狗摇摇尾巴。艾比把头藏在针礼局长怀里说："姆妈，从此我们再不要分开，好不好？"

针礼局长摸摸艾比的脸颊,温柔地说:"当然,孩子,从此我们相依为命,再也不会分开。"

　　唐森看看身边紧搂住孩子的三貌夏娃,还有车里的一条小黑狗、一只变种太空水狸和开车的体面年轻人。他终于明白他的任务是什么。他知道保护他们就是星际联邦一三四星区六二防区八八分驻所的境遇改造员唐森今后唯一的任务。①

---

① 本作可独立成书,亦可当作系列小说来读。写到这,作者又留下伏线千里,读者朋友们若是感兴趣,需等待这个系列的新作面世。未完待续。——批注

老骥伏枥，志在苍穹

吕哲

　　"渗透多余的世界，消灭多余的敌人。"——伴随着这两句浸透着神秘色彩的"咒语"，一代宗师张系国带着他的新作"海默三部曲"之第一部《多余的世界》重返科幻界，给全世界的华语科幻读者又奉上了一份饕餮盛宴。

　　张系国是华语科幻界的宗师级人物，原籍江西南昌，一九四四年出生在抗战烽火中的"陪都"重庆。一九四九年，年仅五岁的张系国随父母南迁。他自幼喜爱文学，十九岁时出版自己的第一部长篇小说《皮牧师正传》。一九六六年，张系国入读美国加州大学伯克利分校电机系，仅用了短短两年零三个半月时间就取得了计算机科学博士学位。这期间，张系国一直笔耕不辍，除了继续纯文学创作之外，也开始关注西方科幻小说。

　　一九六八年十月，张系国的科幻处女作《超人列传》在台湾《纯文学》杂志上发表。从此，张系国的科幻创作一发而不可收。一九七二年，张系国以"醒石"为笔名，在台湾《联合报》副刊开辟名为"科幻小说精选"专栏，译介世界各国优秀科幻作品。一九七八年，张系国开始在《联合报》副刊上以"星云组曲"

为总题发表原创科幻作品,并在一九八〇年结集出版。稍后,他又在一九八五年推出了《夜曲》、一九九四年推出了《金缕衣》、一九九九年推出了《玻璃世界》等三部短篇科幻小说集。

从一九八一年夏天开始,张系国开始创作被誉为"华语太空歌剧巅峰之作"的长篇科幻小说"城三部曲"。三部曲的第一卷《五玉碟》首先于台湾《中国时报》连载,后由知识系统出版社于一九八三年一月出版。第二卷《龙城飞将》和第三卷《一羽毛》则分别于一九八四年和一九九二年出版,创作出版前后历时十余年。再加上分别作为引子和收束的短篇小说《铜像城》与《倾城之恋》,构成了张系国笔下呼回世界的"古典时代"。

如果以当今为时间起点的话,"城三部曲"的中心舞台是未来人类建立的宇宙殖民地——呼回星区。但在呼回世界自己的历史中,《城》的故事发生在过去的呼回世界的京城索伦城,而《多余的世界》却发生在未来的呼回世界边陲的海默城。两个文本所设定的时空背景完全不同,只是具有一些共同的文学意象,如蛇人等。据作者自述,《多余的世界》是"海默三部曲"的第一部。第二部《下沉的世界》和第三部《翻转的世界》预计将分别于二〇一三年和二〇一四年完成。后两部也将继续叙述联邦境遇改造员唐森的传奇故事。

从类型上说,《多余的世界》是科幻小说、间谍小说及青少年小说的综合,尤其是作者熟练地运用多人物视角、多线程叙事的创作手法,令整篇小说高潮迭起,极富可读性,凸显出作者非常的写作功力,也显示出作者创作理念的变化。

在创作"城三部曲"时,作者所关心的,一直是历史决定论的问题,换句话说,就是如何理解我们的历史和人类的处境。为了增强这种历史感,他构想了呼回文字、发明了呼回独悟哲学和独悟姿势,制定了呼回世界的婚姻制度,编纂了索伦城浩瀚的历史,描绘了呼回世界地图,又虚构了各国权威学术机构对呼回历史的研究。这些精妙的设计虽然增强了呼回世界的真实感,但客观上却造成了阅读舒适感的下降。说到底,无论是太空歌剧的作者还是读者,都是生活在现实中的人,他们能够创造(或者接受)对未来星际生活的想象,但这样的想象终究是以现实为模板的。

而到了创作《多余的世界》时，作者显然选择了一种更加纯粹的创作路径，将创作的重点聚焦于文本本身。无论是以唐森为中心的谍战线，还是以艾比和飞飞为中心的童话线，都营造得有声有色，而在收束处，又做到了水乳交融，焕然一体，令人不禁拍案叫绝，彰显张系国一代文宗的不凡笔力，也激起了读者们对续作的期盼之心。

《多余的世界》能够在本年度华语科幻星云奖中篇小说组中力压群芳，折桂而归，绝非偶然。在全世界范围内，中篇科幻小说创作的困难程度远远高于短篇科幻和长篇科幻——短篇科幻可以靠一个精妙的创意相始终，长篇科幻则给了作者足够的挥洒空间。而中篇科幻创作堪称是带着锁链的舞蹈，不仅考验着作者构建科幻情景的能力，更对创作者的文字驾驭能力有超高的要求，要达到"增一分则太肥，减一分则太瘦"的炉火纯青之境界，非得有极高的创作天赋和丰富的经验积累不可。在这方面，放眼当今华语科幻文坛，除了闯荡文坛近五十载的张系国之外，恐难再有第二人。而大奖颁奖词中，"华文科幻的探险先驱和导师，复魅失落文明的离合悲欢"的表述，不失为是对作者和作品最恰当的评价。

汪洋战争

何夕

山洞

入口给人以狭小的错觉,如果不是亲眼所见谁也想不到这里面布置了一个作战指挥部之后仍然显得宽松,可以用便携式书架隔出一间卧室来。也许因为和大头领初次见面的印象过于深刻,此后的岁月里迦英的脑海中常常浮现出这幅幽暗的景象,以至于多年以后当他在这个星球上最奢华的府邸里午夜梦回时,偶尔还会以为身处某个幽暗的山洞,而自己仍然是那个懵懵懂懂编号为"4577"的小勤务兵。

大头领拉旺刚刚起床,有些睡眼惺忪。这时迦英看到大头领将一根条状物塞进了口中龇牙咧嘴地咀嚼。迦英很快知道早起吃一根产自印度东北部山区的生辣椒是大头领的习惯,为的是让自己能快速清醒。那种辣椒的烈度是人所共知的,所以当迦英知道这一点后心里对大头领生出不可遏制的崇敬。迦英是来接替沙牧尔的,在昨天的一场小规模遭遇战中沙牧尔为了掩护大头领身中五弹。拉旺此时咀嚼辣椒时的凶恶表情显然不止是因为味觉的刺激,因为在他的眼中燃烧着一团仇恨的火焰。他手里轻轻摩挲着一个银色的铭牌,上面写着一个数字和沙牧尔的名字。

"大头领,我见过这个牌子。"迦英突然怯怯地说了一句。

"哦?"拉旺并不意外地回头,这时可以清楚地看到他凌乱的头发和胡须。

"沙牧尔和我都是塔吉村的,两个月前沙牧尔回村时曾经拿出来向我们炫耀过。"迦英解释道。

"你看到过几次?"拉旺的态度很和气。

"就一次。后来他也回过村子,但再也不肯拿出来了。"

大头领沉默了一下,"你知道后来他为什么不拿出来吗?"

迦英想了想,摇摇头。

"展示身份牌违反了我们的纪律,他受到了严厉的警告和惩罚。我们是战士,铁的纪律是胜利的保证。"拉旺接着说,"敌人凶残而狡猾,任何大意的行为都可能导致严重后果。另外请记住一点,叫我向导,不要叫我大头领,而且任何时候都不要对我敬礼。在我们的队伍里人与人之间没有这些差别。"

迦英点点头,表示自己明白了这个道理。他不由自主地瞄了眼山洞口子外低悬的那个圆盘,现在是清晨,月亮还没有完全隐没。迦英知道敌人就在那里,正是那些红眉毛绿眼睛的家伙夺走了人类的幸福。

大头领从桌上拿起一样复杂的工具在铭牌上来回操作,这个工具是山洞里少有的带有科技性质的东西。迦英后来才知道大头领是极少亲自制作铭牌的,新战士的身份铭牌一般由连长或是营长制作。片刻之后铭牌上的名字已经换成了迦英的,"这个是你的了。"大头领说着话将牌子递给迦英,"你外出执行任务时最好把它留在营地,这样会少许多麻烦。"①

"那个数字还没变呢。"迦英小声地提醒道。

"哦,那个是不用变的。"大头领瞄了铭牌一眼,"数字可以重复使用,我们不能让数字变得太大,这样会增加敌人对我们的警惕,敌人非常强大。"这时大头领顿了一下, 似乎有些明白迦英何以有此一问,"人类会永远记得沙牧尔的,他活在这里。"大头领用拳头捶了捶胸口,发出沉闷的"咚咚"声。

迦英捏了捏铭牌,坚实的金属边硌疼了十六岁少年的手,心里却真切地升腾起某种很充实但他现在还无法完全明了的感觉,近似于……幸福。

---

① 一个游击队员牺牲了,但他的存在以一种仪式化的方式被传承了下来。——批注

月球

由于没有地球引力的保护,月球背面的陨石坑密度大于正面,从联邦总部大楼望出去大片起伏的凹坑一直展布开去,就像是一片被放大了亿万倍的橘子皮。建筑物的保护罩能够承受绝大多数陨石的冲击,那些超出承受力的小行星则是被提前拦截清除。出于安全考虑联邦总部两年多前迁到了月球的静海,在这里指挥对叛军的清剿。而自从叛军掌握了难以防御的大功率激光武器之后,总部再次迁移到了月球背面。[①]

大总统巴契夫满脸不快地审视着戡乱战报,长条桌上的部门头头们一个个小心翼翼地观察着,这个时候他们最不愿意听到的就是自己的名字。

"科恩。"大总统点了一个名字,"你们安全部不是报告说派出的斩首部队绝不会失手吗?为什么清除名单上的九个人里还有将近一半的人活着?"

一个谢顶的胖子很快站起身,在月球的低重力环境下他肥胖的身材对行为基本没有什么影响,他粗大的喉结蠕动了一下,"我们为这次行动准备了半年时间,为了避免他们对这轮行动产生警惕,针对九个组织的大规模斩首行动同时进行。在逃脱的四人中,其中三个组织的头目是用牺牲替身的方式欺骗了我们。还有一人当时情报部门已经确定了他的位置,但当时他和参加婚礼的几百人混杂在一起,无法实施远程打击。等特遣分队到达时他已经逃掉了。"

"'地球团结阵线'……怎么又是婚礼?"大总统再次看了眼资料,禁不住嘟囔了一句。[②]

科恩似乎明白大总统所指,"是的,大总统您的记忆很准确。七个月前我们清剿'地球团结阵线'时也遇到过一场婚礼,无功而返。"

"地球团结阵线"在现有的九个地球抵抗组织里实力排名一直靠后,控制的地盘不大,从掌握的情况看其人数也非常有限。在联邦总部做出的敌情判断里

---

① 故事中想象的未来全球政府显然是一个靠军事强权维系的中央集权政治体系,其实从全球治理发展的角度来看,人类社会未来发展出这类政府的可能性极低。而作者做这样的情节设定,显然是为了服务于整个故事的主题。——批注

② 显然,这段情节是受了美军在阿富汗、伊拉克战争中真实经历的启发。——批注

它的危险度排名有时候是八有时候是九。根据情报分析这个组织具有坚定的反叛决心，但实力普通难成大患，今后最大的可能性是与另一个更强大的反抗组织合并。

联邦国防部长拉姆斯菲尔德发言道，"当时你们发射一枚四级导弹就可以解决问题了。现在一切又要重来。谁知道下一次找到他们要到什么时候。"

科恩有些不安地瞄了眼大总统，但他看不到什么表情变化，这使得他稍稍镇定了些，"这个我们当然知道。其实一枚五级导弹就足够了，但是那些当时在场的人全都会死，里面绝大多数都是平民。你们知道的……"科恩咽了口唾沫，"战争公约里禁止这种行为。"

巴契夫有些不耐烦地合上卷宗，"安全部没有做错。从联邦统一前的列国时代算起，公约已经实行了几百年，我们的时代不应该成为例外。请国防部尽快根据情况制订下一阶段作战计划，重点消灭斩首行动已经见效的几股叛军。安全部继续之前的工作，不过那些人知道了我们的行动，你们以前的方法是行不通了。另外制订更好的方案吧。"

会议人员依次退出。拉姆斯菲尔德走到门口又折返过来，"先生，能问一个问题吗？"

大总统似乎早有预料地点点头。

"我认为安全部这次的处理属于失误。本来是一枚五级导弹就能解决的事情，现在我们至少要付出一千倍以上的伤亡代价了，就因为一个迂腐的公约。"拉姆斯菲尔德的声音显得很低沉，他仿佛看到成千上万联邦士兵倒在血泊中。

大总统的目光变得有些飘忽，仿佛想起了什么，过了一会他低声说道，"你知道的，几天前我们刚刚发表声明谴责叛军违反战争公约。在这种时候我们更有必要维护公约。"

"是的，我知道这件事。我参与了声明的起草。"拉姆斯菲尔德表情沉稳地看着大总统，"但我不认为一份谴责抵得过在红翼山谷牺牲的四十二名战士的生命。"拉姆斯菲尔德的喉结困难地蠕动了一下，"我最优秀的一位学生就在其中。我甚至不知道怎么表彰他们，因为他们并没有立下一寸军功。"说到这里拉姆斯菲尔德不由自主地想起那些可怕的现场照片，这个以铁血著称的军人的声音不禁有些颤抖。

大总统沉默了几秒钟，"既然公约存在了这么多年自然有它的理由，我们还是遵守吧。"

巴契夫开始埋首文件，他没有注意联邦国防部长极度悲哀的眼睛里闪过一丝愤怒的火焰。

外星人

这片山区属于兴都库什山脉的余脉，也称部族地区，即使在全球一统的联邦时代，部族的势力仍然保持着余威。越野车在这里的道路开得不快，越往前走景色越荒凉，沿途的崇山峻岭中偶尔能看到几处低矮破旧的土坯房，趴在荒山野草之中，远远望过去，很难分清哪里是房、哪里是地。狭窄道路上间或遇到几辆装载木材的破旧卡车或是"挂满"当地人的客车。汽车扬起的尘土挡住了视线，司机叫苦不迭，紧抓着方向盘神情紧张。

迦英拉着扶手，任凭身体在座位上颠簸。他已经习惯了每隔一段时间的迁徙，有时坐汽车，有时是驴车和马车。车里只有三个人，其他地方都塞得满满当当的，但并不是生活用品，而是大头领的书。除了书以外，大头领对于他用过的物品从不留恋，即使他曾经很喜欢的也一样，按照他的说法是"留下来都送给当地老乡吧"。但迦英其实很怀疑是否真有老乡能够发现那些伪装极好的山洞，实际上常常是几个月后的某一天大头领又带着大家转回到某个以前的山洞，那些物品还好好地待在当初的地方。

直到现在，迦英对于此次迁徙的地点都是不明就里的，他内心里隐隐觉得虽然有情报的关系，但似乎更多取决于大头领某个时刻的直觉。大头领天生就比他人拥有更敏锐的洞察力，他似乎兼有狼的嗅觉和狐狸的智慧。半个多月前的一个深夜，在没有任何征兆的情况下大头领突然从睡梦中起身，嚼着辣椒命令大家紧急转移。结果驴车刚刚走出几公里便听到山洞的方向传来惊天动地的爆炸声。迦英知道那是联邦军队的"滚球"炸弹，威力足以削平整座山坡。这样的紧急转移发生过很多次,有时是在大头领睡觉的时候,有时则只是大头领刚好抽完一支烟的当口。迦英已经习惯了随时上路,迦英坚信在大头领的大脑里一定有某个神秘的声音在护佑着他,他能察觉到普通人感觉不到的异常。而在老乡们那里传得更是神乎其神,有人说大头领是天上的星辰降临人世,有人说他是伟大的阿赫迈德沙·杜兰尼(十八世纪中亚地区杜兰尼王国的创立人)再世,有千里眼和顺风耳的神奇本领。有人把这些话告诉了大头领,大头领爽朗地大笑着说,"这是当地人对我们的祝福,说明整个人类和我们在一起。"

大头领特别喜欢提到"人类",在他的表述里芸芸众生无所不能,是决定世间万物成败的总诀。"全人类是水,我们是鱼,融入全人类之中,我们就是不可战胜的。"大头领常常这样教导战士们,听到这样的话,无论是战士还是老乡都会觉得有一种外在的力量突然注入自己的身体,也许这就是大头领所说的那种"不可战胜"的感觉。

塔吉是最可靠的堡垒村之一,迦英没想到这次转移的目的地居然是自己的老家。想到那些从小到大的玩伴现在还在土里刨食,他不由地用力挺了挺瘦弱的胸膛。迦英伸手摸了摸那块铭牌,心里有些犹豫带不带着它回家,他想象着自己在母亲和妹妹面前拿出铭牌的一刻该有多么风光。不过迦英最后还是放弃了,携带身份牌容易被敌人发现。大头领曾经告诫过,一定要在打击敌人的同时保护自己。

住在堡垒村的日子是难得的放松的时光。在这里基本不用担心什么突发的情况,长老和村民都衷心地爱戴着大头领。"地球团结阵线"以前的名字并没有"地球"二字,这是两年前大头领加上去的,当时联邦总部因为担心热核武器的攻击刚刚迁到月亮上。迦英这段时间来也见识渐长,毕竟天天和大头领在一起,有缘见到一些情报资料,他知道有两个组织已经拥有了这种魔鬼的武器。一份情报上说联邦军队到处搜寻的一枚核弹其实就埋在一位村民家地窖的甜菜堆里。当然那位村民并不知情,他以为这是一箱待价而沽的铜矿石,每天一大家子在火山口上生活如常。大头领的另一个创造是给联邦政府改了名字:"月球佬"。按照历史学家的分析和评价,大头领这个小小创造的影响无法估量,实际的军事价值超过三十个整编师。大多数历史学家认为从后来的发展看,联邦政府迁到月球的决定无疑是失策的。不过也有极少数的历史学家认为这个决定是正确的,因为有情报显示叛军可能制定了对首都进行热核攻击的计划。拉旺的创造很快不胫而走,人们忘记了政府的迁移是一种战时措施,"月球佬"成了联邦政府的专称,似乎那些人本就是来自月球的异类。在地球的各个抵抗组织里、在山地、在丛林、太行山下的青纱帐、在密西西比平原的麦浪中,"月球佬滚回去"的声音星火燎原。

说明一点,做出评价的历史学家是外星人。

武器

"兵者,诡道也。故能而示之不能,用而示之不用,近而示之远,远而示之近……攻其无备,出其不意。此兵家之胜,不可先传也。"

大头领在读书,借着山洞门口传进的光线,大头领投入到了他自己的世界当中。迦英这个时候的工作是比较轻松的,闲坐或是打盹都可以。大头领看书很少出声,但有些段落他却总是反复诵读。大头领告诉迦英,那是一本来自古老东方的著作,蕴涵着人类顶级的智慧。迦英其实不太明白大头领的话,他觉得这些拗口的话虽然听上去很艰深但不过就是一堆文字,抵抗战士们都认为发明了飞行船和磁爆坦克的人更了不起。抵抗战士因为没有这些尖端武器,交战时总是处于下方,常常要付出几条人命的代价才能击毁或是俘虏一架联邦军的装备。"地球团结阵线"虽然有自己的兵工厂,但规模和水平不仅无法同联邦军相比,同另外几个抵抗组织相比也差很多。不过大头领似乎对此并不在意,他对武器的态度超出所有人的想象。大头领并不像外界传说的那样是一介武夫,恰恰相反,他对武器有一种天生的疏离感,不到万不得已他甚至都不愿意碰一下枪把,似乎那些让抵抗战士们喜爱不已的武器会刺痛他的手。出于安全需要,大头领配备了一支老式的鲁格手枪,但绝大多数时候都待在迦英腰上多出来的一个枪套里。有一次迦英小心翼翼地问大头领为什么不随身带枪,大头领爽朗地一挥手说,"敌人的子弹是打不中我的。"看着迦英迷茫不解的表情,也许是出于对这个半大孩子的忠心的奖赏，大头领补充了一句，"如果到了需要我拿起枪的时候，枪也就没有什么用处了。"然后大头领发出自信的笑声走出洞，留下迦英一个人沉浸在这句高深莫测的话语里独自思量。

现在大头领开始读另一本书，但不是原本，而是由大头领亲自抄写的小册子。里面的话迦英听得耳熟无比了，迦英觉得大头领对这本书早就倒背如流，因为在他平常的讲话中那些句子总是很恰当地涌出，每次都让战士们热血沸腾。每当那种时候迦英就不禁想大头领其实是有武器的，而且是一种威力无比的超级武器，但不是握在手中，而是深藏在他睿智的脑海里，这武器能让战士变得英勇，也让敌人战栗。

故事

月球总部在安全上有足够的保证，官邸中基本上不需要什么警卫力量，大总统开始享受一天中最轻松的时刻。卡佳快乐地扑过来，将红红的脸蛋埋在祖父的怀里。小姑娘六岁了，在这远离地球的地方从未体会过战争的残酷。既然在月球背面看不到地球的战火，那不如索性让孩子们与战争绝缘，这几乎是这里所有人的想法，所以很少有人在孩子面前提到战争的事情。而在地球上的情况则完全不同，巴契夫不禁想起看到的纪录资料，一些叛军战士死去的时候几乎就是孩子，他们的人生还没有真正开始就已经结束了。有张照片里一个男孩双手紧紧抓着枪把，似乎以为这个东西能将他与厄运隔离开，仅剩的一只独眼瞪得很大，仿佛要掉落出来，死亡将最后的迷惑永远定格在了惨白的天空之下。这样的孩子参战肯定违反了公约，不过叛军好像没有把这个当回事。

"给我讲故事。"卡佳扯住祖父的衣领，"接着昨天的。"

大总统将思绪收回眼前，"好啊，我的小卡佳。昨天讲到哪里了？"

"讲到你的爷爷，也就是爷爷的爷爷年轻时干活不小心扎破了手指的故事。"

大总统"哦"了一声，昨天他是给小卡佳讲了那个故事，不过真实的情况是左手食指和中指被机床切断了，为了不让孩子过于害怕他做了一点艺术加工。大总统抬头瞄了眼墙壁，他的祖父神情肃穆倨傲地坐在那幅已经稍许褪色的油画里，看不到残疾的左手。家族就是从祖父那一辈的小作坊开始兴旺发达的，直至建立起后来的工业帝国。而在此之前家族一直只是普通之极的农人，不过在古老的传说里家族祖先却有着非同一般的遭遇，如果不是凭着那种不可思议的幸运，所有的一切都已沉入永恒的黑暗……大总统心中一凛，中断了对这个超出心脏负荷的问题的回想。

"卡佳告诉爷爷，那个故事告诉我们什么道理呢？"大总统和蔼地抚弄小女孩褐色的鬈发。

"告诉我们做事情要细心。"卡佳奶声奶气地回答，她觉得祖父的问题真是太简单了，不过还是很得意地接受了祖父赞许的目光。

"对的，我的小卡佳真聪明。"[1]

真正的故事

大眼第一百九十七次从寐境中苏醒。

"露茜"自动系统在第一时间接通信息管道，大眼立刻知道了这是一次时长为三十个行星年的标准的寐境，神尺表现平静，说明期间没有发生什么特殊事件，否则系统会提前终止寐境。按照章程还需要大眼在例行的为期十天的苏醒期进行复核。不过由于系统的高可靠性，复核工作基本上只是形式罢了。大眼有些无聊地调阅历史年表记录，有些是文字的，更多的则配合了图像资料。这种单调重复的工作早就丧失了吸引力，大眼只是在履行自己的职责。大眼做着这项工作的时候心思早已回到遥远的菲星，那是一个和蓝星迥然不同的世界：天空中一颗太阳恒定大小，平均距离两万亿公里之外另有两颗太阳忽大忽小。在故乡晴朗的夏夜，大眼和露茜曾经无数次牵手走过。虽然大眼知道菲星上自己熟

---

① 人总有平凡的一面，但大多数时候，历史的宏大叙事总是有意无意地忽略了这一点。——批注

悉的一切早已逝去,但是记忆并不受制于理性,自有一套逻辑。

蓝星的最近三十年显然不平静,统一的联邦只稳定运行了十来年就被分裂势力冲得七零八落,战火在这个星球上熊熊燃烧。不过话说回来,战争在蓝星上本来就不是什么稀罕事,从这颗星球上诞生人类以来没有一天停歇过战争,争斗似乎写进了这种两足猿猴的基因里,让他们甘之如饴不能自拔。曾经有不少人类学者不理解原始部落为什么会花许多时间和精力从事狩猎,根据统计狩猎获得的能量根本无法抵偿总体消耗,实际上让部落得以长期生存的是妇女们从事的采集活动,如果男人放弃狩猎从事采集的话生存质量必然更好。但后来学者们终于意识到这种狩猎行动最重要的功能是保持一支武装力量,为随时可能发生的战争做准备,与狮群豢养雄狮是同样的道理。大眼知道这个秘密的时间远远早于人类自己,那时候他刚和露茜一起降落到这颗蓝色星球不久。①

大眼想到这里不禁瞄了一眼断崖下的冰瀑,那是他为露茜选择的葬身之所,想来露茜应该对此感到满意,至少几百年来当她偶尔进入大眼梦中时并没有对此表现过什么抱怨。直到今天大眼都不能理解露茜当年的那个决定,经过行前魔鬼般严酷的训练的她不该犯那样的错误。而对露茜来说最可悲的一点在于她付出生命的代价并没有得到相称的结果,神尺的规律至今仍然是不解之谜。现在想来露茜一定是被那地狱般的场面搅乱了心神,以至于做出了愚蠢的举动。这时候大眼心里突地滚过一阵刺痛,让他有点难以呼吸,看来时间并没能平复一切。大眼同露茜的相识实在太久了,幼年时他们一起进入的训练营,实际上大眼根本想不起没有露茜的时候自己做过些什么。从小他们就知道虽然菲星已经是银河联邦的成员,但由于地理位置的偏僻,菲星只是一个不入流的小成员。的确,银河旋臂的边缘地带物质非常稀薄,菲星不要说与辉煌壮丽的银核区星球相比,就连与那些位于旋臂中段的第三世界星球相比,地位也是天壤之别。

---

① 其实,原始人类之所以聚群而居,最根本的还是在于争取最大的生存机会和基因传递的需要。但人类社会区别于以往任何动物群落的根本点,在于人类劳动创造了社会分工,而科技的进步使得社会分工日益细密化和专业化,随着而来的是维持社会有效运转所需的群体规模越来越大,这让人类不得不从野蛮的相互对抗状态转向寻求以适当的方式相互合作,实现共存。——批注

实际上如果不是一位神族巡游者偶然经过这片从来不屑一顾的区域,同时菲星上又正好机缘巧合在进行一次粒子实验引起了神族的注意,那么到今天菲星都还是一个孤独的宇宙弃儿。大眼并没有亲眼目睹神族降临的时刻,那时候的他还是母腹内一团无知无觉的血肉,但他从后来见到的记录资料上感受到了当年那狂热的气氛。神族巡游者从天而降,化身为菲星长者的形象,所有人载歌载舞向神族表达敬畏。菲星的智者已经知道银河系的广袤超出一切想象,而神族巡游者却能够在瞬间往返自如。如果这一过程是按照传统的能量耗减方式进行,那么根据智者阿朵①的计算这至少需要同时熄灭一千颗太阳。但神族显然自有奥妙难言的方法,因为星空依然闪烁。

菲星人的欢乐并没有持续太久,神族巡游者宣布他将离去,而且不再回来。菲星人难以掩饰自己的失望,巡游者显然了解菲星人对高级技术的渴求,但他明确地表示了拒绝,理由并不是菲星人理解的传授难度太高,而是因为智慧物种只能依靠自己的力量融入宇宙,任何干涉都将扰乱"法则"。资料真实记录了神族巡游者提到"法则"这个词时庄重肃穆的语气,让人清楚地感觉到面对"法则"即使身为神祇也须匍匐身躯。

神族巡游者的告别礼物是一支晶莹剔透的"神尺",从中分为"蓝"、"红"两种颜色,一道简洁的黑色游标横亘底部。巡游者解释说当游标停留在底部意味一切正常,进入蓝色段时意味着警告,说明神圣的"法则"受到了冒犯。而如果冒犯行为加剧则游标将进入红色段,这意味着菲星人将遭到外来的严厉惩罚。而如果游标超出红色段……说到这里时巡游者停顿下来,加上一句意味深长的话:"你们还是祈求不要出现这种情况吧。"

智者阿朵鼓起勇气上前提出盘桓在每个菲星人心中的疑问:"至高无上的神族啊,请给卑微的菲星人以指示:'法则'到底是什么?"

巡游者仰望天空久久沉默——这是记录里独有的一次关于神族也需要思考时间的例证——然后说了两个字:"生存"。

这是神族在菲星上留下的最后线索,此后的许多年里,无数菲星智者为这

---

① 菲星上居然还有智者这种角色存在,不可思议! ——批注

个浅显至极的词汇绞尽脑汁。从字面上看这个词并不需要任何解释，但如果仔细思考就会发现它高深莫测的内涵。如果"生存"指的是生命的存续，但马上就会面临一个难解的悖论：生物圈本身由食物链构成，生命个体的存续必然伴随着另一些生命个体的毁灭。而且神尺的表现也似乎佐证了这一点，黑色标尺总是在蓝色部分游移，意味着菲星上一直发生着冒犯"法则"的事件，而在每年的渔猎季节更是可以明显发现黑色标记的异动。

巡游者逗留菲星时对这个区域进行了仔细探寻，结果发现了在大约三个菲星光年之外有另一个太阳，它的第三颗行星上生活着一种两足智慧生命。[①]

堡垒村之死

接到开拔命令的时候迦英正在家里帮忙翻晒小麦，看着金灿灿的粮食和母亲枯皱脸膛上的笑容，迦英觉得浑身上下都充满力气。塔吉村和周围的几个村子以前都属于法尔汗老爷，后来法尔汗老爷被村民们赶跑掉了，他的土地和牲口都被村民分了。当时法尔汗的大儿子试图武力阻止，但冲突中飞来的一颗子弹让他安静地闭上了嘴。

迦英一直记得那个欢乐的日子，大家都兴高采烈地清点自己名下的那份财产。村政府大院的告示牌前挤满了人，沙牧尔的舅舅鲍回尔是村里最有学问的人，他不知疲倦地站在台阶上反复地宣读着告示。沙牧尔在人群里睥睨四下，仿佛站在台阶上的不是他舅舅而是他本人。那时的沙牧尔还不知道自己七天之后会参加大头领的队伍，一百零七天之后自己的一切将凝固成数字"4577"。

"没变啊，交的地租和以前一样。"人群里一个愣头愣脑的庄稼汉开口道。

他的话立刻招来一阵嘲笑，所有人都仿佛获得了一种智力上的优越感。

"坎图尔你这个糊涂虫，这能比吗？以前土地是法尔汗老爷的，现在是自己

---

① 问题在于，为什么"神"不把同样的消息也告诉地球人呢？——批注

的了。"达乌德长老拿手杖敲了敲坎图尔的腿。

"就是,地是自己的,就算多交一倍也愿意啊。"说话的是兴奋得满脸通红的鲍回尔。

受到嘲笑的坎图尔觉得这句话在道理上有漏洞,有些不服地反击道,"多交一倍哪成,就不如以前了,那日子就过不了啦。"

鲍回尔被顶得一愣,但口里并不松劲,"我们交的租是给 '地球团结阵线' 的,知道吗? '地球团结阵线' 啊,是我们自己的军队。"说到这里鲍回尔激动起来,无师自通地振臂高呼,"'地球团结阵线' 万岁!万岁!"

村政府大院以前是法尔汗老爷的住宅,四周环绕着高十米、厚四米的土墙,土墙周围是茂密的石榴园、葡萄园以及一片长满大象草的荒地。也许是被喧闹声惊动,一个人影从大门里走了出来。他神情激动地注视着高呼口号的鲍回尔,用同样高亢的声音回应道:"全人类万岁!"

这就是塔吉村的人们第一次见到大头领拉旺的情景,当时在场的人每次向别人提到这件事情都会加进一些新的内容,有人信誓旦旦说那一刻东边的天空突然变得通红,但也有人以神的名义作证那一刻天降甘霖,这些纷繁的无法共存的说法最终使得那一分钟里发生的简单事情变成了不可思议的传奇。现在大头领已经到过多次塔吉村,村民已经见惯了拉旺的音容,他们的敬仰丝毫没有减退。

刚赶回指挥部迦英就看到一副匆忙的景象,那些书已经打包,参谋长正向大头领解释着什么。

"只是一个五十人左右的小分队,没有重武器。"参谋长仿佛在做什么努力,"情报显示这是一次奇怪的突然行动,不过并非针对我们。他们不知道我们在这里。"

大头领赞许地看着参谋长,"应该嘉奖我们忠诚的情报人员。知己知彼,百战不殆。他们为我们赢得了宝贵的撤离时间。"

参谋长小声地建议,"我们可以不撤离。警卫连加上我们有一百多人。我们能够消灭他们。"

大头领脸上的表情变得凝重,"我已经下达了撤退命令,难道你忘记了我们制定的优势兵力作战准则吗？"

"当然，我没忘。"参谋长声音变得有些低，"在战役战斗部署方面必须集中绝对优势兵力，即五六倍，至少也要三倍于敌的兵力方可作战。"

拉旺脸上露出笑容，"那就好。去准备吧。不过我们也不能放过这些家伙，可以打一次放羊战。"

迦英感到一阵兴奋，放羊战是最英勇也最具有传奇色彩的游击战术。乔装成放羊人的战士暗藏武器接近敌人，然后迅雷不及掩耳地发起突然袭击，往往能以极小代价杀死大批敌人。在十多天前红翼山谷的那次放羊战中，一名英勇的战士扮作受伤的牧人，将炸弹绑在自己和羊群身上，与四十二名联邦军士兵同归于尽。

参谋长点点头转身出门，仿佛又想起什么，"情报称法尔汗的小儿子是这支队伍的指挥官。估计他们是想回到塔吉村夺回财产和土地。塔吉村是最早的一批堡垒村，这里的人非常拥护我们。"参谋长低声强调一句，"这是我们的土地。"

拉旺沉默了，右手不自觉地拿出一根辣椒放进嘴里嚼动，仿佛在下什么决心。过了几秒他开口道，"同敌人打阵地战就正好中了他们的圈套，我们要在运动中用一切手段机动灵活地消灭敌人的有生力量。我们追求的是最终的胜利，如果患得患失舍不得坛坛罐罐，我们就放不开手脚，就会陷入泥潭。"拉旺久久地盯着参谋长的眼睛，似乎在传递着只有他们两人才能明白的某种信息，"执行命令吧。"

迦英要到一些年头之后才最终理解了大头领此刻的目光中所包括的含义，同时也明白当参谋长转身出门的时候为什么会突然佝偻了身躯。撤退命令执行得很迅速，迦英没有时间回家同母亲及妹妹说再见，实际上他永远都没有这种机会了。指挥部撤离后不久，小法尔汗认识的两位塔吉村牧羊人因为缺水向联军小分队求助，几分钟后周围的人们听到了一声巨响。袭击使用了黏附作用极强的白磷弹，十一名阵亡的联邦军士兵实际上是被烧熟了。再后来的历史在细节上成为永久的谜团，没有人知道究竟是小法尔汗一开始就打算血洗塔吉村呢还是十一名战友临死前的惨叫让这支装备精良的部队失去了全部理性。半小时后的塔吉村成为人间地狱,眼睛血红的士兵不让任何村民靠近,不听任何解释,他们疯狂地发泄着仇恨和子弹,无视任何人的呼号,仿佛在他们面前苦苦哀求的不是一个个活人而只是一群异类。鲜血从一个个身体里喷涌而出,转瞬便被干燥的土地吸收殆尽,只留下大片红褐色的斑块。

硝烟开始散去,小法尔汗全身无力地斜倚在大院门柱上,除了他之外每个人的子弹都打空了。"塔吉村"的牌子摔在地上成了几截。

…………

拉姆斯菲尔德面无表情地站立,身躯笔挺。他的肩章已经取下,同帽子一起整齐地叠放在面前的桌子上。宣布撤销他的国防部部长的命令刚由大总统宣读完,他接下来将要面对的是联邦最高法院的指控。

塔吉村事件带来的影响超过了任何人的想象。来路不明的血腥现场视频扩散全球,联邦军人对手无寸铁的村民的屠杀铁证如山。虽然小法尔汗以及参与这一事件的所有人都被立刻抓捕并送交军事法庭,虽然军方发表声明称小法尔汗率队突袭塔吉村的行为没有得到任何正式命令,属于个人行为,其初衷是想夺回法尔汗家族的财产,因为途中受到了炸弹袭击才丧失理智酿成惨剧,但所有人都知道这些理由根本于事无补。为了平息民愤,联邦紧急撤换了多名高级将领,现在轮到了国防部部长。

安全部部长科恩一直有些犹豫是否发言,最新的情报表明拉姆斯菲尔德很可能不是无辜受过。小法尔汗在军校时曾经是拉姆斯菲尔德最欣赏的学生之一,单凭小法尔汗个人的力量要伪造军令难以成功,一定有更强大的力量提供了帮助。科恩一直觉得自从导致四十二名联邦士兵丧生的红翼山谷事件发生之后,这个铁血军人身上似乎发生了某些难以捉摸的变化,据说拉姆斯菲尔德非常器重的一个学生就在那次事件中丧生。科恩最终没有开口,他想还是找机会先向大总统汇报之后再说。

两名警卫来到拉姆斯菲尔德身边将他身后的椅子移开,拉姆斯菲尔德环视了一下同僚,最后目光停在大总统处。他举起手想要行礼,但目光瞟了一眼桌上的肩章,于是这个动作变成了有点不自然的一次挥手。

异动

　　大眼刚一苏醒便看到了在神尺上剧烈振动的黑色游标。连接冬眠维生系统的控制部件显然更早发现这种变化，按照设计好的程序启动了唤醒过程。不过大眼并不认为这次就一定会发生实质性的事件，就像卡法城那次一样，神尺在剧烈振动之后上升了一大截，但最后并没有突破阈值。

　　蓝星是菲星的观察星球，这是神族巡游者的旨意。在星辰稀薄的银河系外缘，像这种相隔仅仅三个菲星光年(对蓝星来说是四点三光年)同时又都具有原生智能生命的行星比邻而居是极其罕有的现象。当巡游者宣布了蓝星的存在之后，菲星人的欣喜若狂的反应完全在意料之中。对宇宙的了解越多菲星人就越明白，一个没有"备份"之所的文明是非常危险的，小行星撞击、恒星灾难、地壳变动、气候异常等因素都可以轻易摧毁一个孤本的世界。没有等到智者阿朵开口询问，巡游者就给出了不容置疑的答案。蓝星人正处于农耕时代，综合技术水平比菲星落后三百至六百菲星年。但这样微小的差距在宇宙尺度上完全可以忽略不计，也就是说这两颗星球的文明其实属于同一个层次，这意味着蓝星人的原生权利受到"法则"的严格保护。菲星人虽然更加先进却无权染指蓝星，但可以在不加干预的前提下派出观察员。①

　　大眼和露茜从数千名志愿者中被选中——说是志愿者也许不大贴切，因为所有候选人加入计划时都还不到七岁。其实谁也不知道他们这一代人究竟能否踏上旅程，一切都还需要取决于亚光速飞行技术的突破。事情在大眼二十六岁那年变得明朗，第一艘恒星际飞船顺利试飞，四个月后大眼和露茜终于朝着天空中最令人神往的那个方向进发。加速期和减速期分别持续了三个菲星年，中间是将近九年的三分之一光速巡航期。但大眼和露茜在整个行程中的年龄只增长了六岁——平淡的巡航期他们依靠冬眠技术在寐境中度过。降落点位于两块大陆结合处的高原，这座被蓝星土著称作雪山太子的雪山自古罕有人迹，是观

---

① 允许菲星派出观察员本身就是给予特权的表现，而地球人既不知情也得不到同等的权力，这本身就是不公平的，当然跟"神"讨论公平问题本来也是很可笑的事情。更何况，对于当时的地球人来说，不要说是巡游者，就是菲星人都可以算是神明啦！——批注

察者理想的栖身之所。多年前巡游者安放的神尺就矗立在雪山之巅。

游标已经静止下来,停在了距离蓝、红分界线不足一个手指长度的地方。这让大眼感到吃惊,他清楚记得自己在进入本次寐境之前游标离分界线还有一个手肘的距离。大眼有些手脚忙乱地调出"露茜"自动系统的数据,结果显示神尺比较大的异动在近段时间发生过三次,大眼被系统唤醒便是因为累计幅度超过了设定值,而让大眼大吃一惊的是这个累计幅度竟然超过了已经保持了数百年之久的卡法城事件纪录,这只能意味着有某些非同寻常的事情在这个星球上发生了。

大眼开始查找蓝星在这三个日期上发生过的事件,但结果却让他再一次陷入迷惘。由于蓝星的战争还在继续,这三天里发生了数不清的生存与死亡交织的事件。在这些浩如烟海的资料里找出到底是哪些事对应着神尺的异动实在是一件让人气馁的工作。实际上神尺从来就没有真正停歇过,它总是处于幅度不一的振动之中,神族近于魔幻的技术赋予了它洞察万方的能力,这加大了大眼的困难。但是大眼不打算放弃,他全身心地投入到甄别工作当中,忘记了进食,忘记了睡眠。过度的劳累让大眼的大脑出现了幻觉,有几次他感到智者阿朵的目光正从故乡星球上注视着自己,还有一次他真切地感到露茜在身后轻轻抚摸他的肩膀。

唉,露茜,在卡法城到底是什么让你迷失了心智?

屠杀

伴随着颈骨的断裂声,又一个儿童的头颅满地乱滚,活着的孩子恐惧万状,甚至忘记了哭泣。他们的父亲和兄长们早已死去,再也不能给他们以保护。母亲们则被绳索牵着,每一颗小小头颅的滚落都会伴随着一阵撕裂心肝的惨叫。这时有士兵砍断绳索从人群中拖出一具躯体扔在旁边——那是又一个哭号中活活窒息而死的妇人,她的双眼令人不安地圆睁着,脸上一片乌青。其实对她来说在此刻同孩子一道离开世界未尝不是一种解脱,起码能够葬身同一片荒丘。活着被那些野兽般的鞑靼人带走更是噩梦的延续，如果那样她将受尽世间屈辱，然后在粮草告罄时成为一块块锅里的烂肉。鞑靼人吃人的故事已经不是传说了，他们只携带很少的军粮，在鞑靼人眼中异族人就是取之不尽的两脚绵羊。[1]

这时一阵金角号令传来，屠杀者意犹未尽地收拾沾满鲜血的弯刀。尸体的耳朵被一一割下装入羊皮袋，这是计功的凭证。法卡城久攻不下，兵营里又发生着莫名的怪病，攻破卫城的杀戮让这一队士兵感觉畅快无比。阿拉坦一边擦拭弯刀上的鲜血一边给旁边人讲述自己看到了紫色精灵的怪事，他赌咒发誓说就是这个精灵让自己少砍了一个人头，阿拉坦的话激起一阵肆意的哄笑。屠杀者带着战利品离去，身后是仍在冒烟的卫城——那曾经有千百人生活的繁华之地现在已成鬼蜮。

所有人都没能注意到远处山冈上的两个身影。

大眼不理解露茜有何必要来到这里。为了探寻神尺的运动规律，他们在蓝星上安置了许多观察设备，每当神尺发生较大异动时，可以用来比对并分析结果。大眼和露茜来到蓝星已经六年，神尺比他们到来更早。在过去的一百年当中这个星球上一直在进行着有史以来最大的征战。蒙古铁骑先是征服了东方，然后又以惊人的速度向西，攻伐毁灭一座座城池。神尺显然对此有所反应，每一次蒙古人举起屠刀的时候都会在神尺上激起振动。按照巡游者的提示，这意味着至高无上的"法则"受到冒犯。仪器对神尺的观测非常细致，任何异动都可以准确到极小的时间和幅度范围，现在可以肯定眼前这座卫城的覆灭的确激起了神尺的反应，数百人丧命让游标上升了小小的幅度。通过对蓝星历史资料的查证，大眼知道蒙古人不久前在古老东方屠杀了六千万人以上，而在西征过程中屠杀的人更是超过两亿。只是那个时候神尺尚未降临，没人知道在那样的情况下游标将作何反应。对神尺的观测和研究是菲星智者交给大眼和露茜的核心任务，而现今战火连连每天都上映着生存与死亡的蓝星是最适宜的实验场。

但是大眼和露茜都感到了挫折。六个蓝星年以来他们记录下了无数次神尺的异动，借助众多辅助观察设备，他们甚至可以将某次异动准确对应到地球某

[1] 对于亲历者来说，比蒙古征服者更加可怕的是那些令人毛骨悚然的传说。比起蒙古人的快马硬弓，这些传说摧毁人心的力量要强上百倍、千倍。——批注

个角落里发生的具体事件——比如皇族正在围猎烧山，又或者是眼前这样的屠城。但是，综合所有的数据他们找不到神尺异动的规律。比如同样是屠城，四个月前的那一次死亡人数上万，但神尺的异动幅度却小于死亡人数更少的这一次。搜集的数据越多，大眼和露茜就愈加困惑。最令研究者难受的莫过于一样东西明明白白地摆在眼前，但就是无法洞悉其中的秘密。为此伤神的不仅仅是大眼和露茜，通过量子通讯的传送，菲星的智者们体会到了同样的挫折。

虽然口头上不会承认，但大眼在内心其实已经有了放弃的念头。大眼早就没有了当初的雄心壮志，现在他觉得自己做的就是一项工作而已。但露茜显然没有放弃，不知从何而来的力量一直支撑着她。就像这一次，神尺刚表现出异动露茜就拖着大眼赶到现场，目睹了屠杀的过程。

"神尺异动停止了，最终上升幅度比例为蓝色区域的一百二十万分之一。"大眼看了眼携带的仪器。神尺游标的运动时刻不停，但能够观测出幅度变化的异动是少数。

露茜仿佛没听见，眺望着远处那片鲜血尚未干涸的土地。大眼有些痴迷地欣赏着露茜的侧影，心里涌起幸运的感觉。大眼和露茜是法律上的配偶，出发的时候他们在菲星上留下一枚受精卵，现在已经是一位帅气的小伙子了。现在的大眼对任务不再上心，但能与露茜朝夕相伴他觉得很快乐。

"'法则'不可理喻。"露茜开口道。

"你说什么？"大眼有些紧张地问，他其实听得很清楚。

"我说'法则'不可理喻。"露茜回过头来，她脸上紫色变得很深，这是菲星人激动时的表现，"一座卫城毁灭，成百上千的人被屠杀。"

"你想说明什么？"大眼小心地问，"蓝星人是很野蛮，其实在菲星的蒙昧时代也发生过许多类似的事件。"

露茜直视着大眼，"可你想过没有，这样的屠杀在神尺上却只造成不到百万分之一的幅度上升，根据记录这已经是六个地球年以来观察到的排序第五的上升幅度。你想想这意味着什么？"

大眼愣了一下，他还没有想到过这个问题。

"我只在菲星的史书中见到过这种场面。"露茜有些悲戚地说，"一群人被另一群人杀死,用最残忍的方式。"

"这一次算是规模很小的,根据蓝星史料记载,在过去的一百年当中曾经发生过许多次几十万上百万人的杀戮。"大眼语气平静地提醒露茜,"如果神尺在那个年代就降临不知道会作何反应。"

"这个星球上生活着无数物种。每天都发生着无数杀戮事件,但神尺显然对于发生在统治物种身上的事件反应最强烈。但是,"露茜指了指远处血色的大地,"现在发生了上千人的死亡事件,而当前蓝星人类总数大约五亿,你想想看,就算某种力量突然消灭所有蓝星人,按照本次神尺的异动进行比例换算也不过是上升一半。"

大眼有些茫然了。现在的菲星罕有发生大规模战争,他和露茜在蓝星的观测工作被寄予厚望。菲星人并不关心蓝星物种,只是希望通过对蓝星的观测来寻找神尺蕴涵的规律,以免因为冒犯"法则"而招致灾难。但现在按照露茜的分析,就算地球上的统治物种全体灭亡都不会触动"阈值",那这个观测还有什么意义。

灾难前夜

"不过我倒是很可能发现了一点线索。"露茜突然露出神秘的表情。

"什么……线索?"大眼低声问道,这时他的大眼睛突然睁得更大了——一个面色苍白无比的人类男孩从露茜的身后现身,他看上去吓坏了。

"是我干的。"露茜坦然地看着大眼,"既然按照常规的观测方法我找不到神尺的规律,那就采取这种极端的做法吧。"

"干涉!"直到这时大眼才从震惊中回过神来,他立刻意识到发生了什么事情。如果说那句高深莫测的"生存"算是暗示,那么对于干涉的禁止则是神族巡游者的明示。

"我发现如果战争中涉及儿童时神尺的表现似乎有所不同。我用编制的程序对以前的数据进行分析,结果表明这个猜想很有道理。就如同刚刚经历的这一次,蒙古人先杀死了成年男子后杀死儿童,神尺的表现前后有着明显的不同。为了更确切地验证这一点,我在一名儿童即将殒命的时候突然带走了他,结果发现神尺对这个单一事件竟然也发生了可观测的反应。"

大眼神情复杂地看着露茜,"这是干涉……"

露茜艰难地点点头,"我想……是吧。现在我等待着母星的裁决。"

大眼下意识地跟着点头。只能这样,还能怎样呢?虽然大眼和露茜花了十五个菲星年才来到蓝星,但量子通讯却是即时的,现在母星的智者们已经了解发生的一切,裁决很快就会传到蓝星。

大眼不愿意继续往下想,他平静地问道,"你的结论是杀戮儿童对'法则'的冒犯程度更高?"

"我的确这样认为。"露茜有点无奈地回答,"但是刚才我查看了数据,按照程序的统计分析就算所有的蓝星儿童同时死去,阈值仍然不会突破。所以我觉得自己并没有找到规律——尽管我付出了这么大的代价。如果能观察更多一些事件的话我一定可以……"

露茜的话戛然而止,一缕紫色的血液突然从她的口角溢出,给她面容增添了一种怪异的美。大眼和露茜对望一眼,他们都明白什么事情发生了。这就是裁决,来自四点三个蓝星光年之外,由安装在观察员心脏里的芯片忠实地执行。露茜趔趄倒地,尽管有所预料但她的眼睛里流露出的对世界的不舍仍是无比浓烈。大眼此刻的脑海只剩一片空白,在后来的漫长岁月里大眼曾经无数次回想这一刻,但他能记起的一切就像是一幅浓雾中的黑白照片,与其说是回忆不如说更像一种幻觉。①

对露茜的惩罚由菲星的智者做出,神族似乎认可了这个措施,菲星没有因此受到追究。那个蓝星人类的孩子自始至终一语不发,也许他还没有从可怕的遭遇中回过神来。大眼当时已经失魂落魄,没有注意到男孩何时离去。这个叫巴契夫的孩子一直活了下去,在他后来对子孙们讲起的故事里,大眼和露茜是从天而降的紫色皮肤精灵,说着不可名状的话语。巴契夫无数次对家人说起这个

---

① 朝闻道,夕死可矣。只可惜,露茜到死仍旧带着困惑。——批注

故事,他希望后人们永远记得家族遭遇的苦难以及那不可思议的救赎。

大眼安葬了露茜,在雪峰冰层之下的露茜宛如生者。大眼开始查看露茜留下的程序,因为时间的原因程序在界面上并不完善,但程序表现的非凡智慧让他惊叹不已,同时也加重了他的悲伤。大眼作了一些小的补充修订,然后用"露茜"为这套程序命名,他想这应该也是亡者的意愿。

处理完这一切花了不少时间, 对低处的蓝星人来说夜晚其实已经降临,但云海之上的雪山之巅正上映着辉煌的日落。大眼四下环顾,如果一切不出意外这将是未来三十年里他最后一次看到太阳。冬眠舱已经就位,大眼要到未来去寻找"法则"的规律——他知道这是露茜的心愿。

这时突然传来尖锐的蜂鸣,"露茜"观测到了神尺的异动,剧烈程度超过了以往任何一次,这是一次超级异动。大眼立刻开始分析这一刻蓝星发生了什么事情,但结果让他彻底迷茫了。遍及蓝星的观测设备没有记录下什么显得特别的事件,神尺的异动又一次表现出露茜所说的"不可理喻"。如果露茜活着也许能从中分析出一些原因来,但现在大眼真的感到无能为力。大眼叹口气,拖着疲惫不堪的身躯走进冬眠舱,虽然明知道超低温冬眠时不可能有意识活动,但他内心里依然希冀着能在长梦里和露茜相见。

夜色终于彻底笼罩了这个半球,但对蓝星来说这即将过去的一天非比寻常——因为这是公元一三四五年,灾难前夜。

卡法城

阿拉坦回到营地才知道自己就要回家了。

攻城梯已经拆散,上面残留的宝贵的铁钉被一颗颗仔细回收。那些没有住人的帐篷已经变成一捆捆皮革堆放在地上——无药可治的怪病在过去一个月里夺走了不少人的性命。那些病人先是浑身发冷,就像掉进了冰窟窿,裹上三层羊毛毯也无济于事,剧烈的头痛让他们生不如死。然后是狂语、昏迷,皮肤上渗出血水、长出恶疮。病人的痛苦持续几天,之后死亡降临。和通常的死者不同,这些病人死后的皮肤全部呈现出一种古怪的黑紫色。

千夫长在传达撤军命令的同时也下达了最后一次进攻命令。一排排高近两丈的抛石车瞄准了卡法城，牛皮绞绳发出"吱吱嘎嘎"的声音让人头皮发麻。这时阿拉坦看到了和他来自同一个部落的巴特尔，准确地说是巴特尔的大半截躯干。四天前阿拉坦亲手埋进土里的那具尸体被挖了出来，同另外几具已经半腐烂的尸体一起架在了抛石车上。这时候雪亮的弯刀划过，已经绷到极限的牛皮绳陡然得到解脱，巴特尔的尸体高高飞起，像一只黑色的秃鹫。

"露茜"记录下的神尺异动正是发生在此刻，但真正的梦魇却一直持续。几天之后大群意大利商人开始逃离遍地死尸的卡法城。他们登上帆船，抛弃了那些感染怪病的同伴，他们没有注意到满身跳蚤的老鼠也跟着上了船，随着他们一同驶向地中海。商人的船队还在海上的时候就不断有人感染了这种怪异的疾病，水手们纷纷死去。这时卡法城被黑死病笼罩的消息已经传遍四方，整个欧洲变得人心惶惶。船队回到意大利，但没有人同意他们靠岸。一三四七年十月船队抵达了西西里的墨西拿港，惊恐不安的港口负责人对船只进行了隔离，但为时已晚，就在第一根泊船缆绳连接到岸上时，老鼠连同它携带的死神就此登陆欧洲。

欧洲历史上开始了最骇人听闻的恐怖灾难，包括英伦三岛和北非国家无一幸免。此后短短的两年内，黑死病将占欧洲三分之一人口数的两千五百万人送进地狱。这个事件在蓝星上留下了无比深重的影响，一首恐怖的儿歌就此流传了整整七百年，让人不寒而栗：

> 圈圈玫瑰花开，
> 花束装满口袋。
> 阿嚏，阿嚏，
> 我们全都死去无人掩埋。

三十年后大眼例行苏醒时这一切已经过去，神尺在此后这段时间里并没有发生大的异动，似乎几千万人的死亡对神尺来说算不上重大事件，这似乎再一次印证了神尺的"不可理喻"。但是大眼隐隐觉得从因果论的角度出发这恰恰解释了卡法城即将沦陷时的那次莫名其妙但是非常剧烈的异动,也许神尺背后那无与伦比的"法则"拥有超越时间的力量,早已预见了整个事件的发展。大眼觉得这应该就是唯一的解释,但是,这是怎样的一种能力啊!神……能做到吗?

时间从不理会大眼的感受,它自顾自地冲向不可知的未来。由于超低温冬眠,历史在大眼的意识里变成了跳动的一张张卡片,苏醒期的短暂连续反倒显得不那么真实。几百年里卡法城事件一直保持着神尺异动的最高纪录,不仅让大眼也让菲星的智者困惑不堪。难道神尺背后的"法则"真的不可理喻?①

老虎与猴子

迦英已经十九岁了,他比以前强壮了许多,唇上的胡须变粗了,不再是少年人的细髯模样。在梦里他偶尔会见到妈妈和妹妹,但她们的脸总像蒙着一层雾似的看不真切。记得村里的老人说过如果在梦里看不清某个人的脸说明这不是活人,于是醒来后的迦英总是泪流满面。

塔吉村已经不存在了,但塔吉村的名字却常常被人提起。在每个新战士入伍时的培训里塔吉村事件都是必不可少的内容,而在每一个放羊战战士的最后送别仪式上也同样会播放那些珍贵的视频。塔吉村已经成为了一个血红色的符号,让所有人的眼睛都变得血红。

但迦英没有看过那些资料,一次也没有。他试过,但做不到,他无法睁着眼睛面对那些画面。大头领在这一点上对迦英的胆怯似乎有点失望,不过他没有说什么,迦英在其他时候表现的勇敢和忠诚胜过此前的所有警卫,让人无可挑剔,他绝不怀疑当自己身处险境时这个大孩子会毫不犹豫地用身体抵挡敌人的子弹。

战争的局势倒是有些出乎拉旺的预料。当初塔吉村的屠杀画面被记录下

---

① 到此,作者已经开始要揭开"法则"的谜底了。——批注

260

来是一种偶然，那些监控设备原是用于安全警戒的。拉旺命令将拷贝火速送达"地球团结阵线"的各个分支。联邦军的暴行激起了滔天的仇恨，每个眼睛变得血红的民众正当其时地得到一支枪和一块"地球团结阵线"的战士铭牌。保卫地球！杀死月球佬！每个人都发出了愤怒的吼声。短短时间里成千上万的民众加入进来，"地球团结阵线"就像一头蛰伏已久的巨龙，终于开始舒展身躯。

联邦政府发现真正的敌人出现了，在新任国防部部长科恩收到的情报中已经将"地球团结阵线"的实力排名度上升到了第一位。而最让人感到害怕的是包围在"地球团结阵线"身上的迷雾，时至今日联邦情报人员甚至都不知道它拥有的确切军队总数，只能估计为十万至五十万之间，如此巨大的误差使得这个结论完全失去了意义。而"地球团结阵线"的大头领历来就是谜中之谜，连名字都无法最终确定。有的情报上说他叫"拉吉"，有的说叫"卡森"，甚至还有情报说他是一个东方人名叫"那旺"。下属都称他为"向导"，同时禁止任何人在公开场合向他敬礼，这使得狙击手根本无法确定目标。自从逃脱了几次斩首行动之后他更是深居简出踪迹难觅。在战争中人们往往喜欢用某种动物来比喻自己的对手，国防部不少人觉得"向导"是一只凶猛的老虎，但科恩不这样认为，实际上他觉得这个对手更像是一只猴子。科恩觉得老虎这样的对手看似强大实际上弱点也很明显，在自然界里老虎都有固定巢穴，而且总会拼命保护自己的地盘。这看似合理的举动实际上却恰恰是致命所在。对手可以从容不迫地侦察准备，可以选择最恰当的时机，可以利用老虎保卫领土的习性设置圈套……而猴子在自然界中从来都是居无定所四处游荡，它们狡猾无匹，对曾经栖身过的任何一株大树都毫无眷恋之情，得到战利品时尽情享用，失去时也绝不留恋和怜惜。科恩觉得东方古老故事里的那只掰玉米的猴子非常确切地描述了这种动物的特性，贪婪、喜新以及由此造成的远远超过正常状态的破坏能力。

当然这只是科恩作为敌人的想法，不过如果迦英有机会听到科恩的这番评价一定会大吃一惊，因为拉旺最欣赏的动物恰恰正是猴子。当时部队准备从刚攻克的开罗城撤退，将领们不情愿放弃这座繁华的都市。拉旺罕见地发了一通火,然后告诉大家说,"不要留恋坛坛罐罐,当取得最终胜利的时候开罗城将重回我们的怀抱。在这一点上我们应该多学习猴子,它们灵活机动无牵无挂,让敌人无法找到和打击它们。你们知道吗?它们甚至连跳蚤都不长。"

"真的吗?"一位青年将领有些冒失地问。

拉旺爽朗地大笑,"猴子身上从来不长跳蚤,因为跳蚤无法在宿主身上产卵,而只能产在宿主的固定居所之中。猴子居无定所,所以从不受跳蚤的困扰。即使偶尔有一两只跳蚤落到了猴子身上,危害也不可能长久。只有老虎这种占据固定地盘的动物才害怕跳蚤。所以我们应该学猴子,让联邦军这只跳蚤见鬼去吧。"

大头领的讲话总是那么有趣,迦英觉得大头领的脑海里似乎有无穷无尽的知识,信手拈来就能深深感染所有人的情绪。大头领用他无人能及的能力确定了他无人能及的威望,在其他一些抵抗组织举步维艰的同时,"地球团结阵线"却是一派蒸蒸日上的景象,已经至少有两支以前更加强大的武装力量申请结盟,甚至不惜放弃自己的旗号。按照现在的形势发展来看,"地球团结阵线"在地球范围内赢得胜利已经不是个梦想。但是迦英看得出大头领被什么事情困扰着,这使得大头领即使在大笑的时候也无法完全舒展眉头。迦英隐隐能猜到那是因为什么,他觉得那是一个死结,而以他的知识则根本无法猜测大头领将如何解开这个结。

迦英已经是第三次陪同大头领来到这里了。地方不大,又堆了不少东西,剩下的空间只容得下一个人。迦英先下来将箱子从甜菜堆中清理出来,然后大头领再下来。在暗淡的光线下,那个浑圆的金属物体显得其貌不扬。但迦英知道这个东西可以在一瞬间将百万人带进地狱。迦英并不知道大头领此刻内心所想,在他的眼中大头领只是轻柔地抚摸着那东西光滑的外壳,就像是抚摸一件心爱之物,口中念念有词。迦英本能地想听清楚大头领在说些什么,但他失败了。直到许多事情最终发生之后的某一天迦英偶然回想起深窖中这奇怪的一幕,他才恍然悟到原来大头领说的话他早就耳熟能详,而整个人类的命运正是在地窖里的这一刻急剧转向。

乌兰

迦英已经很久没有住过山洞了,现在这座房子是原来的一个政府要员的官邸,装饰不算富丽堂皇但内部条件非常舒适。今天大头领的安全由另一名警卫负责。在保卫章程里大头领的警卫至少应该有一个排,但大头领坚持只要两名警卫,一名是迦英,另一名是后来增加的一位叫艾莎的女兵,迦英觉得她身手一般,但她对大头领的忠诚却确定无疑地写在还略显稚嫩的脸上。

但迦英今天并不能休息,他接到的任务是配合一部影片的拍摄。部队的胜利持续扩大,一些大型城市已经易守,"地球团结阵线"已经有了自己的宣传机构。到了约定的地方导演已经等候多时了。

剧本的主人公叫乌兰,这个名字让迦英像被火灼一般跳起来,他仿佛觉得一股血腥气从遥远天边腾起,陡然冲到了自己面前。

导演安慰地拍拍迦英的肩膀,"我知道你的感受。你妹妹是一个英雄。根据提供给我们的资料,你妹妹十岁时就参加了儿童部队,出色地完成过任务。十二岁参加了妇女干部培训班,是同期学员中成绩最优秀的。"

迦英从短暂的失神中清醒,导演明明就站在他面前,但他觉得对方的话像是从很远的地方传来,充满不真实的感觉。他一把抓过导演手中的几页纸急速浏览,然后他便僵立当场。

这怎么可能,妹妹比自己小两岁,但是按这个盖着机密印章的资料来看,乌兰实际上是家里最早加入"地球团结阵线"的人。迦英一直以为在塔吉村的放羊战里妹妹只是一个不知情的起掩饰作用的平民,按照联军之前的惯常做法并不会为难她,她的死属于个案和意外。但现在看来真相并非如此,另外那个寡妇才是不相干的平民。迦英回忆着过往,想着妹妹在家时的点点滴滴,但即使是现在他也想不起乌兰曾经露出过任何蛛丝马迹。迦英脸上突然露出一道瘆人的笑容,是了,资料上说过的,她是最优秀的学员,当然有无数个方法严守秘密。迦英想象着乌兰细嫩的小手启动炸药引信的瞬间,在那一刻她年轻的头颅里到底想到过一些什么。她想到过贫穷但是却温暖的家吗?她想到过母亲日渐苍老的面容吗?她想到过自己这个哥哥吗?她想到过自己十四岁的美丽身躯即将化为一团丑陋的肉泥融进草原吗？她想到过自己的人生其实根本就没有开始吗？她想到过……塔吉村将从这颗星球上永远抹去吗？

在机密档案的下方迦英看到了大头领的批示，迦英知道塔吉村事件掀起了反对月球佬的滔天风暴，非常诡异地改变了战局，由于后果极其重大，各方力量的智囊团至今仍然在研究这一事件。大头领显然对这个影响了战局的事件非常重视，在批示里他给予了乌兰崇高的评价："伟大的战士，光荣的牺牲"。迦英看着这几个字，目光变得模糊。他抬起头，朦胧中仿佛看到天空中浮现出乌兰羞涩的笑容，十四岁的清澈眸子天真地注视着大地。迦英的泪水终于不可遏制地涌出，他颤抖着瘫坐在地。

凶手

单人囚室非常狭窄，窗户以及窗外的天空都是显示屏给人开的玩笑。这里是月球卫戍部队的驻地，拉姆斯菲尔德知道在上法庭之前自己要在兵营的监狱里度过了，这段时间他已经习惯了以新的身份面对那些曾经的下属。不知道是不是错觉，他总觉得那些人虽然没同自己讲话但目光里中的敬意却更甚过从前。拉姆斯菲尔德有些出神地想着自己的心事，以至于根本没有听到身后的任何响动。等他看到一位军人朝他敬礼时才意识到一定出了什么事，然后他看到几名守卫瘫倒在地，几名荷枪实弹的士兵正簇拥着自己。

"法尔汗你在做什么？"拉姆斯菲尔德有些诡异地望着对方。

小法尔汗指着后面的人说，"他们救了我，然后我来救你。请跟我们走。"

拉姆斯菲尔德犹豫了一下，但还是顺从地跟着士兵们登上一辆月球运输车。小法尔汗坐在他身边，有些紧张地望着前方。

"我们去哪？"拉姆斯菲尔德问。

"联邦政府一直在犯错误，他们已经无法控制局面了。现在该是我们承担起责任的时候了。"小法尔汗看上去颇有主见。

拉姆斯菲尔德觉得眼前这个少壮军人脸上有一种他不能完全明了的表情，

这个曾经熟悉的人不知怎的竟然让他有一种陌生感，"你知道后果吗？"

"我当然知道。"小法尔汗不屑地说，"虽然我在塔吉村并没有开枪，但我愿意和我的队友同生共死。军事法庭为了平息事态，必定会严厉地判决我们，死刑算是最轻的了。政府肯定也能查出你曾经给予我的协助，你将面临至少终身监禁的惩罚。老实说我并不害怕，也许以前有点，但现在我真的不害怕。但是——"小法尔汗深吸一口气，注视着曾经的国防部部长，目光炯炯，"我觉得不公平。将军，这些日子我反复回想了发生的所有事情，你没有错，我也没有错。"

"你指什么？"拉姆斯菲尔德冷哼一声，"你的队伍屠杀了几百位无辜平民。"

"他们是平民吗？"小法尔汗突然反问。

"当然。"拉姆斯菲尔德愕然道，"事后我们调查过塔吉村的死者，你们到达的时候'地球团结阵线'的人早走了，剩下的人都是平民。因为这个事件非常重大，我们的情报工作做得很细，即使到现在我们也没有发现村子里的死者里有武装人员。"

法尔汗郑重地摇摇头，"你们现在可以仔仔细细地研究那些人，反正他们都死了，再也不会绑着炸弹冲过来，也不会跷着拇指笑容憨厚地从你身边走过，然后从怀里掏出武器一枪打烂你的后脑勺。'地球团结阵线'的人称我们为'月球佬'，他们根本不当我们是同类，总是不择手段地对付我们。"法尔汗的身体不可抑制的颤抖，像是沉浸在了可怕的回忆中，"那个叫乌兰的女孩我认识，很漂亮，她只有十四岁。我到现在一闭眼都还记得她当时的笑容，我根本想不到有着这样笑容的人居然能够毫不犹豫地引爆白磷弹，就像是摆弄自己心爱的洋娃娃。天哪，她还是一个孩子。"

拉姆斯菲尔德不再做声，等待着小法尔汗平静下来。小法尔汗擦了擦额上的汗水，"他们也许是无辜的，但杀死他们的人不是我们，而是'地球团结阵线'的人。"

"为什么？"

小法尔汗的声音变得冷酷，"他们以塔吉村平民的身份袭击我们，其实就是给所有的塔吉村平民穿上了军装。所以——"小法尔汗的语气变得铁一般硬和冷，"我们没有屠杀平民，我们杀的是军人，都是军人。"

拉姆斯菲尔德僵立在了当场,他终于知道在这个下属身上到底发生了什么事情,同时他隐隐地觉得自己正在卷进一个重大事件里。

拉姆斯菲尔德所不知道的是,就在小法尔汗说出这番话的瞬间,远在三十八万公里之外的梅里雪山之巅,一道黑色游标陡然向上拉出惊悚的折线。

大总统

巴契夫心情复杂地环视着面前的 群人。他觉得自己似乎应该说点什么,但又觉得说什么都没有太多意义。是告诉他们自己从来就很厌恶战争,还是告诉他们自己的一位祖先曾经从几百年前一场悲惨的屠城中逃脱,所以自己也厌恶杀戮。这听起来都是一些可笑的理由,就像是为自己在这场战争中的无能开脱一样。不管怎样,战争进行到现在,是该有人负责的。既然现在大家都望着自己,看来这个该负责任的人就是自己了。

小法尔汗轻蔑地望着巴契夫,目光中甚至还有一丝愤懑,在他身后是一群面色不善的少壮军官。拉姆斯菲尔德适时地上前一步,双手似乎无意地稍稍分开,形成一个阻拦的动作,"大总统,请允许我转达一些曾经受到压制的意见。"

巴契夫淡然一笑,"我以为自己已经不是大总统了。"

"不,我们只有一个大总统,名叫巴契夫。"拉姆斯菲尔德扫视了一下四周,制止了少壮军人的躁动,"没有人比您更适合担任这个职位,只有您才能团结所有人。我是一位军人,而且是一位有自知之明的军人。"

"既然我是大总统,"巴契夫显出倨傲的神色,"我记得大总统的办公室非经请示不得擅入。"巴契夫转头望向科恩,他正脸色灰白地蜷缩在房间的一隅,"是这样规定的吗?科恩先生。"

"是这样的。"科恩挺直了腰,大总统的镇定让他不禁微微脸红。

拉姆斯菲尔德不卑不亢地直视着巴契夫,递过一页文件,下方需要签名的地方空着,"我只想说一句话:我们是军人我们不怕流血,但我们怕那些可笑的束缚,怕那些迂腐的条条款款,我们只想以牙还牙,以眼还眼,就让我们打一场纯粹的战争吧。"

巴契夫久久地注视着洁白而干净的纸面，手中的笔悬停在一厘米的空中。一时间有无数意象从他的脑海里划过，有祖先的悲鸣叹息，有小卡佳的咯咯轻笑，还有塔吉村里四处漫溢的血河……最后定格的是一只男孩脸上的独眼，无助地瞪视冷漠的天空。

巴契夫的笔猛地落下。

大眼的疲怠

大眼一直没有进入冬眠。这段时间大眼下意识里总感觉到有什么事情即将发生。"露茜"记录下的神尺异动越来越频繁,蓝星各地的观测器发回的数据量也呈指数式增长。虽然大眼并不完全清楚"露茜"的运行机制,但神尺的异动以及如此高密度地数据采集量都表明蓝星上一定发生了某些特别的事件。蓝星现在处于战争时期,神尺当然会有所表现,但这样的频度显然非比寻常。大眼注意到一个现象:如果以时间为轴线,神尺似乎有越来越敏感的趋势。比方说发生在蓝星二十世纪的屠杀对神尺的影响往往大于发生在十四世纪的同等规模屠杀,也就是说神尺在蒙昧时代似乎更加迟钝,而在文明时代则变得更敏感。可惜露茜没有机会见到这种趋势,否则以她的智慧一定能够得出更多成果。不过这种差异只是在统计学意义上存在,就个案来分析仍然只能得出一个结论:不可理喻。

观测器发回的数据显示蓝星上的战争似乎进入了一个与此前非常不一样的状态。之前双方基本上是呈现热点式的攻防战,战争规模有限。而现在则变成了犬牙交错的对抗,在夜半球发回的资料中能清楚看到双方的重武器在大地表面撕扯出巨大的火红色伤口,吞噬了众多人口稠密的城市。大眼知道这是一个叫做"地球团结阵线"的组织同地球联邦政府的战争,从现在的局势来看战争的结果已经趋于明朗。联邦军明显处于下风,大眼几乎可以肯定他们就快退守月球了。不过按照大眼的分析战争到那时就该结束了,双方都不可能彻底消灭对手,因为他们面对着不可逾越的障碍。

大眼想也许等到那时自己就该进入冬眠了,这个任务已经拖得太久,他已经身心疲惫,而答案还在遥不可及的未来。其实母星有过派人接替大眼的打算,以现在的技术力量新观察员只需半个蓝星年就能到达。但大眼拒绝了这番好意,也许是时间的力量吧,他对这片土地产生了某种难以言述的情感。更何况露茜就在这里,他怎么可以让她在异域的土地上独自孤单。

霸王的故事

大头领站在城楼上朝广场上的人群频频挥手,震天的欢呼将天空的云彩也赶得没了影子。迦英注视着屏幕上的大头领,体会着放松的心情——真正的大头领此刻正同他一起待在这间绝对安全的建筑里,那个在城楼上挥手的人是一名替身。五个月前的一次集会上大头领最后一次出现在公众面前,一名乔装的联邦特工在被迦英击中的同时开了枪,艾莎在最后的时刻用胸膛为大头领挡住了那颗罪恶的子弹。

十天前"地球团结阵线"攻克了这个星球上的最后一座被联邦军控制的城市,今天的盛会就是为了庆祝这个伟大事件。大头领小口撕下半截辣椒,跟以前相比他现在已经少有沾这个东西了。

"这是人类的胜利。世界终于回到了人类手中。"拉旺兴奋地总结道,一只虚空中的三维地球仪悬在他的面前,在他眼睛里反射出明亮的光芒。

"新政府筹备委员会的工作非常顺利,委员们一致主张由您担任首届政府大总统。"参谋长欣喜地说,这时他仿佛想起了什么,脸上浮现出浓重的悲伤,"胜利来之不易,我们牺牲了几百万名战士,是联邦军队的好几倍。还有上千万的无辜平民。"

迦英情不自禁地点头,他完全被参谋长的情绪感染。由于武器装备的差异,抵抗战士的伤亡率远远高于联邦军队,加上后来联邦军改变了对平民的态度,造成平民伤亡也大幅上升。

大头领挥了挥手,似乎不愿意大家过多地沉浸在这种感伤的情绪中,"可是我们的军队却越打越多,牺牲了几百万现在又有了几百万,这就是全民战争的威力。在全民战争的汪洋大海中,敌人的失败是注定的。下一步我们要巩固成果,原来的联邦政府忽视了地区差异导致的分裂势力,我们绝不能再犯同样的错误了。"拉旺的语气非常郑重,这时他的目光望向窗外,现在已近黄昏,月亮的影子淡淡挂在天边。"当然,还有那里。"

参谋长点点头,"忠于原联邦政府的二十万人盘踞在月球,他们发来了和解照会。他们愿意放弃地球,永久居留在月球上。我们……"参谋长环视了一下身边的诸多同僚,"我们觉得这样也不失为一种可行的方案。"

拉旺扫视了一眼这些忠诚的下属,嘴角难以觉察地牵动了一下,然后他转过头,仿佛漫不经心地对迦英说,"小伙子,如果一个人同你决斗,他输了向你求饶,你怎么办?"

迦英一愣,有些不知所措地看了眼四周,这里全是些大人物,每个人的职务都能让他乖乖闭嘴,他不明白大头领为什么单单问自己这个问题。拉旺和气地笑笑,"不要紧张,怎么想就怎么说。"

迦英胆气一壮,"那要看他伤得怎么样?"

"接着说,小伙子。"拉旺眼里放出光来。

"如果他伤得轻我就饶了他。如果他伤得很重……"迦英咬了咬牙,"我就杀了他,避免今后遭到报复。这是部族里的老规矩。"

"哈哈哈……"拉旺发出爽朗的大笑,"看来你们这些大人物还比不过一个毛头小伙子的见识啊。如果是小的过节当然可以和解,但是如果饶恕不可调和的仇恨就是对自己的犯罪。在东方人的历史中有一位叫项羽的霸王,他离成功只有一步之遥,却因为沽名钓誉宽恕了敌人,最终失败自杀。我们绝不可以学他。"拉旺的笑容陡然消失,"所以,月球佬必须投降,没有任何条件可讲。如果他们卷土重来,人类就会吃二遍苦,遭二茬罪,就会千百万人头落地。"

"但是……"参谋长面露难色,"您知道的,他们拥有那种力量。"

这时拉旺说出了那句让所有人永生难忘的话,"不,他们没有。我们才有。"

最后通牒

十岁的卡佳已经不像以前那样黏人,自顾自地在画板上涂鸦。巴契夫在卡佳身后看着画板上的一座陡峭得不正常的开满野花的山坡,心里涌起一阵歉疚。卡佳只是很小的时候在地球待过,她肯定已经想不起任何地球上的景色了,这幅图像显然出自想象——地球上的重力不可能形成那么陡的山坡。对卡佳来说世界就是由黑色的天空、毫不闪烁的繁星以及陨石坑组成的,最多加上人工农场里一点可怜的植物,这基本也是她所有作品的题材。按巴契夫的见识来判断卡佳无疑有着优秀的绘画天赋,但现在她的才能却被局限在了一个单调的小世界中。巴契夫叹口气,朝办公室走去,那些人应该已经在那里等着了吧。

拉姆斯菲尔德依然一身戎装,按他的说法自己现在才称得上名副其实的国防部部长。在以前大一统的联邦时代国家界限已经消亡,国防部部长这个称谓其实有些不伦不类,更像是一个习惯而已,而现在的他则是实至名归地领导着月球的防务工作。在他看来自己的担子不重,防守月球是一件非常轻松的任务,地球叛军没有能力将军队大规模送到月球,如果一次次地送小批量部队上来则等同于送死。

他将一份资料递交给大总统,面如止水,倒是一旁的科恩显得有些紧张不安。

巴契夫虽然在三天以前就看过这份文件,但还是再次认真地翻阅了一遍。这是一份地球人递交给"月球人"的正式照会,其实就是一份最后通牒,限令"月球人"必须在七十二小时之内放弃武装投降,否则"地球人类"将给予他们毁灭性打击。

"他们是在虚张声势。"拉姆斯菲尔德不屑地说,"我们都知道他们根本没有足够能力进攻月球。现在已经过去了七十二小时,一切正常。"

巴契夫微微颔首,虽然不算专家但基本的军事常识他还是知道的。"你是说我们不用理会他们?"

"当然。"拉姆斯菲尔德自信地回答,"战争中像这种最后通牒是常用的手段,目的是在气势上打击对手,多数时候只要不当它是一回事它就没多大作用。"

"但是——"是科恩的声音,他的脸色有些发白,"如果这不是虚张声势呢? 我的意思是——他们是有能力进攻月球的。"

"你在说什么?"拉姆斯菲尔德粗暴地打断科恩的话,"他们有能力一次送十万士兵上月球吗? 要进攻月球除非他们使用……"拉姆斯菲尔德的声音戛然而止,他用力甩头似乎想摆脱某个让他感到不舒服的念头,"总之他们绝对来不了月球。"

科恩喘着气,"你也想到了对吧。他们有这个能力,他们至少掌握着一百枚核弹头。"

"你一定是疯了。"拉姆斯菲尔德已经有了歇斯底里发作的倾向,"没人会动用那东西。要知道我们至少有一千枚核弹头,是他们的十倍,他们绝不敢使用那玩意的。"

这时候拉姆斯菲尔德的手机突然响起,他接听了几秒钟脸色陡然变得比科恩更加惨白。他放下手机,眼神涣散而恐惧,"他们发射了一枚 W 级核弹,就在两分钟之前。"

巴契夫下意识地朝窗户外看。科恩则显得专业一些,"能拦截吗? 记得我上一次从地球到月球花了两天多时间。"

"W 级核弹不是载人航天器,飞行线路也比航天器简洁得多。虽然比较老式,但也达到了第三宇宙速度,现有技术根本无法拦截。大约四个小时就能到达月球。"拉姆斯菲尔德停下来沉默了几秒钟,然后接着说道,"应对措施倒是现成的,章程早有规定。"

这句话就像是一记重锤,巴契夫的身形陡然间仿佛矮了一截。是的,一切早有规定。核武器诞生这么久以来仍然是一种不可防御的武器,或者说唯一的防御方式就是超量还击——专业术语叫做"确保相互摧毁",但是所有人都知道这意味着什么。巴契夫看着墙上的日历艰难地咽了口唾沫,难道这就是人类历史的最后一天? 这时他突然想起了什么,"他们发射了多少核弹?"

拉姆斯菲尔德一怔,似乎没有料到巴契夫会有此一问,他摁了手机上的几个键,办公室对面的屏幕上立刻显出了一幅全球地图。过了几秒钟拉姆斯菲尔德肯定地说，"一枚。"他露出迷惑的神色，"W级核弹当量约十万吨，属于小型核弹。核弹杀伤力大致是冲击波占百分之五十，光辐射占百分之三十五，贯穿核辐射占百分之五，放射性沾染占百分之十。月球没有空气，冲击波这一项基本无效，剩下几项中贯穿核辐射威胁最大，但是按当量计算杀伤半径也只是一公里多。"拉姆斯菲尔德摇摇头，"这不像是一次全力攻击。"

"会不会是一次误发射？"科恩插话道。

"这不可能。"拉姆斯菲尔德说，"它的轨道明确无误地指向月球，我们必须按章程办。大总统，您没有多少时间准备了。"这时他才发现巴契夫双眼紧闭，全身正在不可抑制地颤抖，"大总统，你怎么了？"拉姆斯菲尔德问道。

巴契夫的颤抖继续着，但眼睛总算是睁开了，他指了指壁橱，科恩连忙倒了一点龙舌兰酒递给他。巴契夫有些失神地看着面前的两个人，他不是软弱，其实战争进行了这么久他早已心如铁石。巴契夫也曾经无数次设想过最后时刻到来时的情形，但让他意想不到的是当一切真正发生的时候自己居然满脑子里只剩下一个画面：一座陡峭的开满野花的山坡。卡佳的技法还显得稚嫩，颜色也用得太夸张了些，但是巴契夫觉得这幅稚嫩的图画珍贵无比，而他现在觉得自己手中握着一支沉重的墨笔，正要毁去这幅画。

"不，不。"巴契夫发出凄厉的叫声，将桌上的一干事物悉数掀开，"我做不到。"巴契夫直视着拉姆斯菲尔德，"还有四小时对吧。一枚核弹对我们的反制力量的打击有限，我到时候会做决定的。这是命令。"

拉姆斯菲尔德捡起地上的文件，"我们先离开这里。通知所有人进防御掩体。"

顿悟

许多年来大眼无数次地设想过这一时刻发生的事，但真的等到这一刻来临却又觉得一切都像是在做梦。

"露茜"的反应是最早的，尖锐的鸣声将大眼的目光吸引到神尺的方向。原本璀璨夺目的雪山峰顶这时被更加强烈的光线笼罩,大眼觉得似乎有一道光芒朝着天顶急速远去,但他立刻意识到这是一个错觉——神尺的通讯不可能是可见的形式,更不可能以这样低的速度。在神尺到达蓝星七百年之后,阈值被突破了。

观测器的报告几乎在同时送达,情报显示占据蓝星的一方朝月球发射了一枚原子武器。大眼沐浴在神尺夺目的光芒中浏览报告,程序分析结果正不断涌来,过往的数百年时光在大眼眼前再次流淌而过,他觉得露茜就在身后脉脉凝视着自己……刹那间像是有道闪电自脑海中划过——天哪,他陡然明白了一切。原来这就是"法则",巡游者说的没错,"法则"就隐藏在生存与死亡当中,那么简单、那么精致、谈不上美丽,也不是丑陋,只是无比的真实。

大眼的顿悟在第一时间就传到了菲星,不久之后智者的面孔出现在了量子通讯仪的屏幕上。在遥远的彼端,智者阿朵也一直处于断断续续的冬眠当中,对"法则"的追寻就是他生命的全部意义。而现在一切终于有了答案,阿朵苍老的面容上带着心愿得偿的表情,如痴如醉。[①]

冒犯

核弹爆炸地点位于月球基地东北三公里处,这应该是经过精心的考虑。辐射瘫痪了附近大部分电子设备,由于疏散及时没有人员伤亡。爆炸发生十分钟后联邦政府接收到了地球新政府发出的措辞严厉的通牒,限令"月球人"一小时内放下武器投降,否则将"彻底灭亡"。没有人再去怀疑这份通牒的真实性,巴契夫在此后的半小时里将自己关在一间办公室里,那间屋子的墙上一直挂着几幅技法稚嫩的油画,没人知道这段时间他在想些什么。从屋子里出来之后巴契夫下令解除了拉姆斯菲尔德的军事指挥权,然后交给科恩一页纸——那是一份投降书。

---

① 对菲星人来说,这是顿悟的一刻,但对地球人来说,却是走向地狱的序曲。——批注

消息在第一时间传达到了地球的每个角落,世界沸腾了。民众喜极而泣,战士们对空鸣枪,庆祝和平来临。在北美平原的某处,一行人正从地下掩体的电梯里走出来。迦英大口地吸着新鲜空气,在下面这些日子感觉人都有些发霉了。参谋长在他前面不远处,额上汗迹斑斑,领口湿乎乎的。拉旺步子最大,将一干人等抛下了几个身位,迦英意识到职责所在急忙跟上去。这时拉旺回过头来,他的这个动作让所有人都不禁停下脚步。大头领的脸上光洁而红润,同其他人的狼狈形成了鲜明的对比,他四下环视了一周,发出豪迈的大笑,"我早就说过,我们拥有他们不具备的力量,因为我们敢于亮剑。记住一句话:狭路相逢勇者胜。"这时迦英猛然想起在地窖里大头领口里反复念叨的正是"勇者胜"三个字,原来一切早在计划之中。人群激动起来,平原上响起一阵阵欢呼声。"亮剑——亮剑——","勇者胜——勇者胜——",人们一次次地重复大头领的语言,星球上掀起了声音的海浪。

但是一切突然静止了下来,就像是有某个隐形指挥家向整个星球的人同时发出了一个休止符命令。迦英看到大头领脸上的笑容突然变得僵硬,似乎看到了一件无比奇怪的事情。与此同时迦英也看到了那一幕。说是"看"其实有些牵强,根据后来的分析这一刻所有人感受到的图像应该是某种力量直接作用于神经系统的结果。虽然每个人本身的感觉器官仍然正常工作,但图像却没有重叠的现象,看来那种力量选择性地关闭了原有的神经信号。图像是一片黑幕上显示的两行文字,其中一行是地球上最为通用的英语,另一行则无人认识。根据事后整理的最权威的记录其内容如下:"神圣'法则'在地球遭到一级冒犯,其原生智慧种族不再对本行星及其卫星享有专治权。地球纳入保护性共管,菲星种族取得该行星百分之五十管理权限。"①

黑幕持续的时间并不长,世界很快恢复了原样。每个人先是以为自己出现了幻觉,但周围人群的反应却让人不得不相信这一切。这是什么?是神的旨意?

---

① 其实,既然"月球佬"已经降服,那么人类实际上就已经避免了自我毁灭的命运,在这种情况下,"法则"仍然要惩罚人类就没什么说服力了。地球人甚至有理由认为,关于"法则"、神族巡游者之类的都是菲星人为了论证它们侵占地球的合法性而编造出的谎言。当然,地球人仍旧可能会为了斩草除根而用核武器彻底灭了"月球佬",但那充其量只是个未遂的行为,"法则"、神族巡游者以及菲星人是否有点太心急了呢? ——批注

外星人的恐吓?或者,是月球佬玩的新花样?但是来自月球的信息否定了后一种可能性,所有人都收到了同样的信息。就在局面混乱不已的时候,侦察卫星报告亚洲的梅里雪山出现不明物体,正急速飞往北美洲。

大约十分钟后北美平原上的这群人听到了轻微的嗡嗡声,他们抬起头望向天空,没有人说话。这就是飞碟了——还能是什么呢。跟传说中一样的形状,像个碟子,悬停在东北方的半空中。担任警戒的两架武装直升机发射了导弹,但导弹在接近飞碟的瞬间突然返回,循着原路击中了直升机。所有人都被这一幕彻底震慑,导弹不是乒乓球,不可能被弹回,导致这个现象的原因应该是某个小区域的空间方向被反转了。这样的东西说它是一种技术已经不大合适了,如果非要加以描述恐怕称为"神迹"更准确一些。

之后飞碟并没有什么进一步的举动,似乎它只在受到攻击时采取还击行为。参谋长看出了这一点,他命令警戒部队停止进攻。过了几分钟飞碟上缓缓打开了一扇门,在大眼到达地球七百年之后,地球人第一次见到了他。

汪洋战争

最后一次联络信号已经发出,大眼仰望天穹难以描述此刻的心情。来自母星的首批恒星星际移民将在蓝星时间一个小时之后到达,对菲星人来说无论怎么评价事件的意义都不为过,在荒漠的宇宙里孑孑独行这么久之后他们终于拥有了"备份"之地,从此伟大的菲星文明面对宇宙将不再感到那种深入骨髓的害怕……

经过几个月的痛苦历程,地球人最终选择了接受现实。其间有过几次规模不大的突袭,试图摧毁梅里雪山上的外星设施,他们大概认为这样能够阻止与菲星的联系。当然,所有的行动均以失败告终。现在地球人总算安分下来,他们将学习与菲星人共同管理这个星球。按照"神谕"的要求,作为冒犯"法则"的一方,地球人将不再拥有军队,除此之外在联合政府里两个种族对地球享有相同的权利和义务。

地球人安排了郑重的仪式迎接异星移民，他们在北美平原上为每艘着陆的飞船铺上了红色地毯，由于军队已经解散，民乐手代替军乐队演奏着迎宾曲。陆续走出舱门的菲星人友好地挥动上肢——这应该是菲星移民刻意学习的地球习俗。这一幕让大眼颇感欣慰，对于地球人现在的合作态度最感满意的其实是大眼，经过数百年的相处他对蓝星以及人类的情感已经变得无比复杂，虽然不愿意承认但有时候他的确感到自己对蓝星有着强烈的归属感。当然，按目前的状况来看这种感觉已经无可厚非。

事情发生得非常突然，大眼根本还没意识到怎么回事就看到一艘艘飞船底部的红地毯向上冒起道道光柱，贯穿船体后激起连绵不断的爆炸，就像是厂袤的大平原上突然长出了无数根明亮的巨刺。与此同时那响彻四周的迎宾曲也变成了激昂澎湃的宣言："地球属于人类，外星佬滚回去。"这时那些先前身着盛装的欢迎人群开始像潮水一样发起冲锋，他们从帽子里裙子里发髻里抽出武器，将子弹倾泻到毫无防备的菲星人身上。"我们全民皆兵，我们将战斗到底。我们将在天空作战，我们将在海洋中作战，这是我们的土地，即使世界毁灭我们也绝不投降。这是全人类的战争，要将侵略者埋葬……"伴着拉旺热血澎湃的演讲，更多人从远处拥来，从着装上看都不是军人，但是他们手中都拿着武器。无边无际的人潮让那些体积庞大的飞船也变得渺小，就像是一片片在汪洋大海中苟延残喘的树叶……

大眼声嘶力竭地狂呼，他的肢体奇怪地张开，像是要阻拦什么让他无比恐惧的东西。没有人理会这个显得无比害怕的外星人，也没有人知道大眼在害怕什么。

…………

阿朵：原来我们都错了，巡游者所说的"生存"是特指本物种自身。

大眼：是的，在食物链中的生存总是伴随着毁灭，这是不可调和的矛盾。但如果这样解释就不再有矛盾了，物种的行为只要不导致本物种自我毁灭就没有违反生存"法则"。

阿朵：这也正可解释为什么卡法城事件会造成神尺的强烈异动，因为蒙古人自身并不能抵抗鼠疫，他们扩散黑死病的行为具有毁灭本物种的巨大可能。蓝星历史上物种被致病微生物毁灭并不是个案，那次地球人逃过一劫其实非常侥幸。同时这也能解释塔吉村事件中的神尺异动,他们推崇的全民战争将所有平民置于极度危险当中,对本物种的生存构成了严重威胁。

大眼:还有那枚原子武器。在敌人可能毁灭自己的前提下发起进攻,将物种全体当作"人盾"和"筹码",将胜利寄望于对手的"不忍"和"怯懦",这种可能导致本物种彻底毁灭的终极赌博游戏终于越过了阈值。

阿朵:是啊,蓝星人长久以来推崇的那些行为中居然包含着这么可怕的危险,他们的历史中充满着似是而非的荒谬。蓝星人曾经制定了战争公约,对战争行为的限制正是为了保护平民,说明一些智者隐隐觉察到了这种危险,可惜很多情况下蓝星人对此不屑一顾。在菲星也有过这样的时期,所幸我们没有走得那么远。

大眼:这种对自身都敢于毁灭的物种虽然常常"取胜",但却让"法则"深为忌惮,因为这样的物种是不可理喻的,谁也无法估计它们会做些什么,如果能力足够它们甚至可能造成宇宙的湮灭。

阿朵:这一切真有意思,因为拥有智能,生命开始认识宇宙的结构,但是宇宙的"意义"一直闭锁着,现在我们总算一窥门庭。宇宙中肯定还有一些更深远的"意义",它们必定无比壮丽而有趣,真想知道啊。①

…………

快停下这愚蠢的行动吧,地球人。大眼宛如疯狂地嘶喊着,试图阻止某件事情的发生,他觉得自己就像一只蚂蚁,面对着正在倾覆的大厦。这时大眼的脑海里突然升起一个无比清晰的感觉:一切都来不及了。

仿佛是为了印证这种感觉,大眼眼前的一切突然消失不见,巨大的黑幕突兀地占据了整个视野,一行英文一行菲星文传达了相同的内容:"神圣'法则'在地球遭到零级冒犯,可判定其原生智慧种族已经进入了进化的歧枝。此类罕见的敢于自我毁灭的智能物种为达目的不择手段,对所居住星系及周边乃至'法

---

① 如此看来,菲星最有智慧的生物也不过尔尔。其实,人类文明本身就是在不断地与种族灭绝危险进行对抗的过程中向前发展的:黑死病肆虐欧洲,的确曾经吞噬了无数人的生命,但却直接促进了西方现代医学的萌芽和发展;原子弹的爆炸曾经敲响了核冬天的丧钟,但在目睹了核爆后的惨烈景象,便有了不再使用这种大规模杀伤性武器的共识。人类之所以能够跌跌撞撞地走到今天,就在于我们有吃一堑长一智的能力。由此可见,"法则"缺乏了点辩证法的精神。——批注

则'均构成严重威胁,'法则'授权并帮助菲星种族对该物种予以清除。"

黑幕消失了,世界回到本来的面目。战场的喧嚣停止下来,但爆炸的余声还在隐隐传来。一个高亢的声音在中断片刻之后再度响起:"这是外星佬的诡计。他们害怕了,他们就要失败了,全民战争的汪洋大海将彻底埋葬他们……"

但是没有人行动,除了拉旺的嘶喊之外整个战场变得无比安静。人们抬起头,不知什么时候天空中突然出现了无数形状怪异的飞行器,同那些菲星移民飞船不同,这些飞行器是突然凭空出现的——这还能称作"技术"吗?

大眼认出了这些菲星的武器,它们不属于移民计划,看来是另外的某种力量将它们从几光年之外突然送达这里——这超越了菲星的技术水平。没有人能够统计出飞行器的数目,它们遍布天空遮住了太阳,但是世界并没有暗下来,飞行器发出的蓝色光芒照得大地一片惨白。星球上的每个人都僵立着,这也许是"人类"这个物种第一次全体感受到自身的无比渺小。

迦英不由自主地随着人流走出掩体,这违反了安全条例,不过现在应该无所谓了。拉旺走在后排,在强烈的蓝色光芒映照下他的脸色一片灰败。不知怎的迦英突然觉得这一行人就像是囚犯,正在走向自己最后的审判之地。眼前是一幅只有在噩梦才能见到的图景,大地浑浊灰白像是天空,而天顶难以计数的飞行器则组成了海洋,世界颠倒了,一切都不再真实——除了那让人窒息的疯狂感。

倒悬的蓝色海洋开始发生变化,像是听从于某个无形巨人的指挥,无数白亮的光柱从每艘飞行器里同时发射,汇聚在一起宛如海洋里倾覆的滔天白浪,席卷奔腾,将亿万人吞没。①

---

① 说到底,神族巡游者也好,菲星人也好,都不是永垂不朽的真神,"法则"再神圣也不过是游戏规则罢了。在宇宙这座黑森林里,地球人只能怪自己的眼不够尖,腿脚不够快,枪械不够精良。——批注

天地不仁,如之奈何

吕哲

偶然间发生在偏远乡村中的一幕惨剧,竟然成了决定历史发展走向的转折点。一个原本默默无闻的游击队头目,一跃成为万人敬仰和追随的领袖。然后,就在最后胜利到来的时候,"神"指派他的使者降临世间,将一切清零。

《汪洋战争》的作者是名列中国科幻界"四大天王"之一的何夕,有"中国言情科幻第一人"的称号。何夕的科幻创作始于他的大学时代,从一九九一年至一九九六年,何夕发表了有影响的科幻小说九篇:《一夜疯狂》、《光恋》、《缺陷》、《电脑魔王》、《小雨》、《漏洞里的枪声》、《平行》、《本原》、《盘古》,其中,《光恋》和《平行》获得了中国科幻银河奖。此后,何夕曾一度搁笔,直到一九九九年才重新开始科幻创作。从这时起,何夕开始以平均每年一篇的速度发表科幻作品。虽然称不上高产,但质量极高,在一九九九年至二〇一〇年间曾九次获得银河奖,并两获华语科幻星云奖,获奖频次之高,无人能出其右。

何夕的科幻创作涉及的领域很多,手法也很多样。著名科幻作家韩松曾经如此评价何夕的科幻小说:何夕的小说是一流的,是科学、道德与柔情的结合，讲述生命、社会和物理世界的真相及冲突，每每有出人意料的震撼。而将科学、道德与柔情结合的这类科幻小说也的确是何夕最擅长的创作领域。不过，在《汪洋战争》中，何夕的创作重心却转向了发生在未来的"重大历史题材"：在小说中，作者不仅用文艺化的手法探讨历史的偶然性，还提出了一个振聋发聩的问题：宇宙间的最高道德标准到底是什么？

《汪洋战争》有两条叙事线索：一条是围绕着反抗组织游击队与迁往月球的联邦总部之间的斗争展开的，另一条则围绕着菲星派往地球的观察员大眼和露茜以及他们守护的"神尺"展开。前者可以视为小说的主线，后者则点出了小说的要旨。而要读懂这篇小说必须同时着眼于这两个方面。

在第一条线索中，作者虚构了一个全球战争的场景，并突出地描写了一个偶然事件导致历史走向彻底改变。但如果细读文本，我们就不难看出，作者用了很多看似闲笔的桥段，暗示了这种偶然中所蕴含的必然性。是的，偶然中蕴含着必然，必然通过偶然加以表现，这便是历史呈现的基本形态。但这并不是作者想要表达的全部，于是作者在第二条线索中加入了一个来自宇宙间更高文明层级的干扰项——当然，这个更高层级的文明指的是给予菲星文明"启示"的神族巡游者。

其实，如果我们跳出小说自身的逻辑，而站在一个中立的立场上来看待这个情节设定，就会发觉其中的吊诡之处：既然神族巡游者认为地球和菲星是几乎处在同一个文明层级水平上的话，那为什么不把同样的启示也带给地球人？对此，或许会有很多种解释：比如，神族巡游者在此犯了机会主义的错误，让菲星人能够先到先得；再比如，神族巡游者早已预见到了地球文明终将走向自我毁灭，所以故意不向地球人传达启示。当然，更极端的可能性是神族巡游者的确向地球人传达了启示，但地球人没听懂。这就有点神秘主义气氛了。不过考虑到菲星上居然还有"智者"这种角色存在，它们可能的确比地球人更适合接受"神谕"！

当然，或许我们也可以把这个问题反过来想，就算神族巡游者没有把地球存在的消息告诉菲星人，以地球和菲星之间几乎可以忽略不计的距离，以及两个文明之间实际存在的文明差距,菲星首先发现地球并发动殖民战争的几率要远高于地球文明采取同样举措的可能性。因此,神族巡游者交给菲星人"神尺"并一再强调法则,实际在客观上保护了相对弱小的地球文明。

事实上,不管神族巡游者的初衷如何,作者最终让不遵守"生存"法则,也不知悔改的地球人被彻底毁灭了。当然,这也多少让神族巡游者处于"不教而诛"的尴尬境地,或许这是因为地球人在群体的意义上来说太过愚蠢,但既然神族巡游者自认有超然于上的大智慧,却为什么没有"投火为君餐"的慈悲心呢?说到底,所谓"生存"法则本身就存在着以词害意的内在矛盾,如果说法则的全部奥义就在于"物种的行为只要不导致本物种自我毁灭就没有违反生存'法则'",那么消灭异族,拓展生存空间也就具有合法性,而所谓原生者的权利云云不过都是欺人的谎言。在蒙古骑手的眼中,卡法城里的人不过是一群待宰的羔羊;在地球人眼里,月球佬是必欲除之而后快的仇敌;对菲星人来说,地球是它们理想的第二家园,地球人如果不愿意屈服的话,早晚会成为他们的盘中餐或者刀下鬼。而神族巡游者不过是彻头彻尾的文明优越论者,他既给菲星人侵夺地球的举动穿上了"合法"和文明的外衣,也剥夺了地球人的异议权。由此,"法则"的神圣性荡然无存,沦落为强权卫护下的教条。难道不是吗?如果神族巡游者真的如此法力无边的话,他大可以等地球人自我毁灭后,再把地球改造成适合菲星人居住的环境,然后交给菲星人居住。如此一来,自作自受的地球人就没有了抱怨的理由,菲星人也不必背负任何道义上的责任,这难道不是"神"应该有的智慧和仁慈吗?

阅读过《汪洋战争》很多读者都认为,这篇小说与何夕以往创作风格有很大的差异,似乎更接近刘慈欣的《三体》系列。的确,"宇宙是片黑森林,每个文明都是带枪的猎人。"所谓的黑森林理论中渗透着作者对于星际文明存在方式的科学分析和人文解读。而《三体》的成功也确实为中国科幻创作的新标杆,但这并不意味着所有科幻创作都要向《三体》看齐。令人忧虑的是,这种苗头似乎已经出现。但从更深的层面说,这还不仅仅是个见贤思齐的问题,事实上《三体》中蕴含的某种不安全感情绪,也正迎合了当今社会的现实。或许,这也正是引起众多科幻作家共鸣的东西吧。

老子云:"天地不仁,以万物为刍狗。"讲的是自然法则不以人的意志为转移。而"仁者,人也",人类需要认识和尊重自然法则,更需要认识和尊重人本身。过往的人类文明史已经一再证明,这个过程无法通过外力强加实现,只能通过人类自身的物质和精神的提升来达成。作者当然不会真心希望人类自取灭亡,只是用一种艺术的手法提出了一个警示——人类对自然法则应有敬畏之心,而这种敬畏感首先是体现在对生命和生命价值的尊重。由此可见,真正的"神尺"就埋藏在历史和文明的最深处,埋藏在每个人的心中。

移魂有术

江波

如果一个人相信他有前世,而且有很多个前世,他的生命一次次轮回,不断结束,却从未终结。他相信如此,而且以一种肯定的口吻告诉你,你一定会认为他疯了,这和现代科学观念水火不容。宇宙里没有去处,可以容纳从古到今无数个灵魂以及因为人口膨胀而即将产生的更多的灵魂。

　　然而眼前这一个,却让我不得不信,因为他关于前世的回忆让我拿到了五百万。一个人可以疯疯癫癫,然而如果疯到了和钱过不去,那么就是真的疯了。他把信息告诉我,而我真的拿到了钱。①这个事实意义重大,可以颠覆我的世界观。我一直是一个非神秘论者,一个人有前世,这充满了神秘色彩,让我不敢相信。然而,实实在在的五百万放在面前,还有什么世界观值得让人坚持?哪怕让我相信我的前世是他的一条狗,因为对主人俯首帖耳、恭敬有加而得到这笔飞来横财,这也值了!

　　我克制住自己的兴奋,平静地把拿到五百万的消息告诉他,他异常激动,"这是真的,这是真的!"他反反复复,只说这一句话。

　　我悄悄退出,把他一个人留在房间里。走出房门,我情不自禁拿出那张小小的卡片,它代表五百万新欧元,或者我可以拥有阿尔卑斯山脚下某个著名度假

————————

① 欲令毁灭,必先令其癫狂。这笔意外之财显然成了主人公命运的转折点。——批注

地的一套别墅,永久产业,而且不用缴纳物业税。我情不自禁在上面亲吻。作为一个著名医生,这显然有失风度,然而医生也喜欢钱,更何况是天上掉下来的五百万。天知地知,他知我知,想到这里,我的心突然一沉,一切手续合法,但谁知道有没有第三个人知道这笔钱,虽然是赠予,但是如果被人捅出去,只会引起无数羡慕嫉妒恨,绝不会有什么好结果。

"梁医生!"屋子里的人突然大叫起来,我慌忙把价值五百万的卡片塞进兜里,推开房门,以专业的步伐走了进去。

"什么时候能给我做催眠?"他说,语气急促、迫不及待。

我清了清嗓子,让语调显得平静而专业,"催眠有一定危险性,你昨天刚做了深度催眠,如果再做,可能会对大脑造成损伤,造成不可逆的后果。我们最好等两天。"

"不行,"床上的病人大叫,"我要马上就开始。你拿了钱就要办事。"

我一时语塞。我很想把病历本狠狠地摔在他的脸上,扬长而去。然而这样只能一时痛快,没法堵住他的嘴,再说,一个阴险的念头不可控制地生长出来,只有他死了,这五百万我才能踏实地拿着。

好!我把心一横。

一个人既然想死,那么就成全他。我拿出一副公事公办的面孔,"我必须再次提醒,频繁进行深度催眠会导致神经衰竭,进而导致脑死亡,甚至生命危险。催眠所使用的阿匹胺苯片剂,属于神经麻醉剂的一种,可能导致心律失常,甚至呼吸衰竭。"

"我知道!"年轻人暴怒,"你只管做就是了。"

我走出病房,拿着一份告知书,还有一份催眠协议。我决意要让他去死,但一切看起来都要符合规范,而且无懈可击。这对于一个决心昧着良心的医生,虽然有些麻烦,却并不是太难。病人痛快地在上面签了字。我拿过来一看,倒吸一口凉气。

王十二!这是他签下的名字。这是他认为自己应该是的那个人,而不是他自己。我感到被一个疯子戏耍了一道。

"李先生,你必须签自己的名字。"我正告他,然后给他一份新的协议书。

"什么？"病人有些困惑，"我签的当然是我的名字。"

这种情况屡见不鲜，我早有准备，"这是你的身份证。"我把身份证递过去，进入这所医院，必须抵押身份证，当然身份证也可能是假的，必须和国家个人信息管理中心核对无误才行。很多病人到最后都不知道自己是谁，也没有家属来认领。必须确认一个人的身份属实，这是精神病院全体员工数十年的经验总结，或者说血泪教训。

"李川书。"他把身份证上的名字念了出来，然后愕然地看着我，"这是我的名字？"

我不动声色地点头。他的病情加重了，昨天，当他宣称自己是王十二，至少还记得李川书这个名字。人格分裂的精神病患者就是这样，最初的时候，他们感觉自己曾经是某个人，然后，他们偶尔觉得自己就是某个人，但还对真正的身份有着清醒的认识，再后来，他们已经不知道到底自己是谁，不同的人格在他们身上打架，让他们的行为变得古怪，失去逻辑，最严重的病症，不同的人格彻底地分隔开来，他们时而是这个人，时而是那个人，彼此间毫无关联，下一秒不记得上一秒的事。如果病情还有发展——病情不会还有发展，到了这个地步，死神已经在敲门。李川书的病情发展很快，他的臆想人格占据了上风。

"李先生，你先休息一下，晚饭后我再来看你。"我看他不再歇斯底里，趁机把协议书和身份证拿了回来，把床头的阿匹苯胺片放回药袋。不管用什么办法，杀死一个人总是需要很大的勇气，我得承认，我是一个懦夫，方才的杀机不过短短的几分钟，就消失得干干净净。我慌忙掩上门，趁着病人仍旧平静，逃也似的走了。①

医院在山上，远离市区。下晚班的时候，山道上通常没有车，因为习惯，也因为五百万，我把车开得飞快。突然间，迎面射来强烈的灯光。该死，会车也不关远光灯！然而我来不及抱怨，猛踩刹车，强烈的惯性让我重重地撞在挡风玻璃上，车歪出山道，撞上路边墩子。对面的车缓缓开过来，有人下车过来看个究竟。

---

① 金钱的确能够蒙蔽人的理智，但正要动手去了结他人的性命，也绝非是寻常人能够做出来的事情，在这点上，作者的描写很到位。——批注

"你他妈的怎么开车的!"虽然我一直认为自己很有涵养,还是忍不住破口大骂。

来人却一声不吭,只是走到我的车边,掏出一个手电筒,照着我。

"你干什么!"我感到愤怒,同时有些惶恐,来人高大威猛,黑黑的身影颇有些压迫感。我的声音不自觉地小下去,却仍旧保持着愤怒的语调,"开车要当心点,别拿远光灯晃人。把你的电筒拿开。"

他收起了手电,我依稀看到一张标准的黑社会冷酷脸,不带一丝表情,没有一丝歉意,只是直直地盯着我,就像狮子盯着猎物。我突然感到害怕,只想逃走,"快点走开,我要开车了。"我壮着胆子呵斥他,然而声音虚弱无力。

他扬起手,我闭上眼睛,然后听见玻璃破碎的声音。车门被拉开,还没有搞清怎么回事,我就被拖拽出来。我不认识他,不知道他到底要干什么,只是本能地感到绝望,伸手紧紧地抓住车门,大声叫喊救命。猛然间,后脑一疼,眼前一黑。我昏了过去。①

我醒来,脑袋仍旧昏昏沉沉。阳光刺痛了眼睛,我伸手遮挡。

"梁医生。"有人喊我,逆着阳光,依稀间是一个黑色的身影。我回想起夜晚所遭受的袭击,猛然一惊,站了起来,"你是谁,我在哪里?"

来人缓缓向前走来,在我面前不到一米处站住。他衣着光鲜,西服笔挺而得体,左手上,两枚硕大的红宝石戒指异常引人注目。

"我们在一个很安全的地方,放心,不会有事。"他缓缓地说,样子很沉稳,风度翩翩。这样的神态和语言让我安心下来,至少他不会抽出棍子来打人。"我被打晕了,"我回想起那个模糊的黑影,心有余悸,"有人袭击我。"

"办事的误会了我的意思,他应该把你请来。我已经狠狠地骂了他,希望梁医生不要介意。我会赔偿你的医药费和车子。"

他说得分外客气,我却心中一凛——眼前的人有钱有势,没准还是黑社会的大佬,我还能介意什么,能够全身而退就是万幸了。

"我,"我嗫嚅着不知道如何应答,最后说,"找我有什么事吗?"我连他的姓

---

① 俗话说,有横财必有横祸。果然不假!——批注

288

名称呼也不敢问。

"很好,既然梁医生这么客气,我就开门见山。你有一个特殊的病人,"他说,"他叫李川书。"一句话仿佛惊雷,我的心突突直跳。这一定是那个五百万惹出来的事,五百万的钱从某个账户里取出来,这一定惊动了某些人。

"不错!"我尽力掩饰心虚,"他有什么特殊?"我刚问出口,马上意识到自己失言,"哦,我不想知道太多。您想做什么?只要能帮忙我就帮,只要不违法就行。"

对方露出一个微笑,"梁医生太客气了。我只是想请梁医生帮一个小忙,绝对不违法。"他向前凑近一点,"我要一个详细的记录,包括这个病人的一言一行,他说的每一个字都要记录下来。当然,我会为此付出一点酬金,不多,一点小意思,但是梁先生你必须承诺记录完整,而且对这件事绝对保密。"

他既没有提到那五百万,也没有要求我去杀人越货,我慌忙点头,"好,好。我一定帮忙,怎么联系你呢?"

他从口袋里掏出一部手机,递给我,"你必须每天用笔记录,你们医院的那种记录册正合适,不要为了省事用电子簿。这里边有一个电话号码,每天下班前打这个电话,会有人告诉你在哪里交接记录。"

我接过手机。这是一部三屏虚拟投影手机,大米公司的旗舰机,好像叫做 TubePhone,我只在网上见过,售价两万四千,是我两个月的工资。我从来没有敢奢想这样一部手机会握在我的手里,而他所要求的只是每天打一次电话。①

我小心翼翼地把手机放进兜里,"放心,我一定会把这件事办好。"

他点点头,突然说:"我知道你拿了五百万。"我的心头咯噔一沉,害怕地看着他。

"这五百万是你的。"他微笑着,"我可以告诉你,这五百万是从我的账户上拿走的,但是,它是你的了。"

---

① 月薪一万二千元看着不少。现如今,就算是一线城市的精神病院的年轻医生,普遍收入也都只有三五千元。不过,从后文中出现了"一千元的纸币"之类的词句可知,故事背景应该设定在近未来,考虑到通胀因素的话,一万两千元的实际购买力也应该差不多。——批注

我感到额头上沁出一层冷汗。

"事情结束之后，你还可以拿到另外五百万。"他看了看我，脸上充满笑意，"一千万欧元的酬劳，这应该让你感到满意。"

我心头发怵，说出来的话不自觉也带着颤音，"这钱不是我去拿的，是李川书让我去拿的。我没动这钱。"

"别怕，这就是你的钱。你该得的酬劳。这当然不是小钱，这笔钱可以让人体面地过一辈子，所以，你必须把事做好。我相信梁医生你一定有这个能力。"

我麻木地点头。他微笑着向我伸手，"我们的合作一定很愉快。"

连续一个星期，我生活在担忧和恐惧之中。让我监视李川书的人叫王天佑，那天谈话之后他让人送我出来，正是那个绑架我的大汉，一路上我连大气也不敢出。但是我的眼睛并没有闲着，沿途豪华庄园的派头展露无遗，我做梦都没有想到能在这样的一个庄园里出入，它像极了欧洲中世纪的田园，有模有样，有滋有味，甚至还有一两个穿着某种欧洲传统服饰的人，在小溪里泛舟，清理漂在水面上的落叶。虽然我的见识浅陋，但大致也明白此间的主人试图把一种欧洲的氛围复制过来，尽量原汁原味。这样的手笔和气魄让我感觉自己仿佛只是一只小小的啮齿类动物，在荒原上迷失了方向，没有藏身之地，甚至忘记了奔跑，而庄园主人巨大的阴影覆盖了我——他是飞翔在天上的猎鹰。①

一千万欧元！我从来没想过能拥有如此巨大的一笔财富。有了钱，可以周游世界，然后去做自己喜欢的事。我还不知道那是什么，但是那无论如何不会是端坐在一群精神病中间，听他们讲述不知道属于哪个世界的故事，或者干脆没有故事，只有狼嚎一般粗犷的原始野性。

一千万！这个巨额数字平衡了我的担忧和恐惧。我悉心照顾李川书，比曾经照顾过的任何一个病人都要细致。我从来不打他，也严禁护士对他进行打骂。我和他聊天，记录他说的每一个字，然后按照电话中的要求，把包装着记录的纸袋每天丢进各种不同的信箱。

---

① 作为故事里的大 Boss，这么容易就让人知道自己姓字名谁，家住哪里，实在算不得聪明。
　　——批注

李川书不是那种喜怒无常的精神病,他只是人格分裂。大部分时候,他是李川书,但也有时,他叫王十二。每当他自称王十二,他就变得脾气暴躁,动辄发火。也只有当他变成王十二的时候,他才会记得给过我五百万,要求我给他办事。因此,我深刻地希望他一直是李川书。不管是李川书还是王十二,他都是一个理智清醒的人,因此并不难以交谈。他显然对于自己为什么待在一所精神病院感到困惑,为此多次询问我,甚至威胁要踩死我。我只是一个小小的医生,根本不知道每一个病人背后的故事,然而被一个病人问倒是一件很丢脸的事,我只有很严肃地告诉他,医院有责任保密,他既然进了医院,总有原因,不准多问。

然而我却产生了一点好奇,到底这个李川书为什么被送到这里?

我找到院长。如果有人要送五百万给这所精神病院,那么合适的对象应该是院长而不是我,我看到院长,竟然有一丝偷了别人东西的愧疚。但愧疚归愧疚,钱的事我根本不会提,煮熟的鸭子还有可能飞了,我的一千万还没煮熟呢!

"宋院长,最近一一七号经常性癔症发作,他已经分不清现实,很暴躁,把他转到重症监护室吧。"

我这样和院长开场。对于一个精神病人,送到重症监护室基本上等于死刑,我在医院的八年里,看见许多人被架进去,出来的时候都面目全非,不是成了彻底的白痴就是人事不省,成了植物人。他们要进行强迫性治疗,用大电流烧灼神经,甚至进行部分大脑切除,这是对付重症精神病人最后的手段。理所当然,院长拒绝了这样的要求,"这怎么能够上重症的条件,不行!"

"他自称王十二,还说自己很有钱。他家里真有钱吗?如果有钱,我们给他安排一个贵宾房,特殊照看。"

院长白了我一眼,"疯子说的话你也信!有一个单人房已经很好了。快回岗位上去,别老旷工。"

看起来院长并不知道关于五百万的事,他也并不关心这个病人。

"马上。我把他的卷宗拿回去研究一下,这个案例很值得研究。"我露出一副醉心专业的样子。

"好了,你去和老李说一声,暂时调用一下卷宗,就说我同意的。"院长很有些不耐烦,只想快些打发我走。

我很知趣地退出了院长办公室,到了病人档案处查阅卷宗。

他的卷宗简单得有些简陋:

> 李川书。男,二〇五五年七月八日生。家族无病史。根据病人家属的描述,该病人两年前离家,不知去向。二〇八二年六月回家,逐渐有癔病症状,由偶尔发作发展为经常性发作。初步诊断为深度人格分裂。各种病理性检查均正常,体内未见激素异常,精神疾病诱因不详。发病未有攻击性行为,社会危害度低。建议住院疗养保守治疗,适当控制病人行为。

这样的一个病历说明不了什么,关键还是他失踪的两年,也许就是这两年,他成了另一个人?我正打算合上卷宗,突然被备注栏里的一行小字吸引:病人家属要求对病人进行单人看护,并预支三年的看护费十五万元,接受器官捐献的声明,已签字。

我暗暗吸了一口凉气。这行简单的字里大有玄机,一个精神病人,只要身体健康,就是合格的器官捐献者。在精神病院这样的地方,因为各种原因死掉一个人是很常见的事,如果家属签订了一份这样的声明,病人就随时处于危险之中。一旦达官贵人们有需要,一个精神病人的小命又有谁在乎?

我翻到页首,把病人家属的姓名地址记下来。

当我找到李川书的家,不由大吃一惊。这是一间残破的瓦房,应该是上个世纪七十年代的建筑,残破不堪,随时可能倒塌。这危房里只住着一个人,是个乞丐,浑身散发着酸臭味。我捂着鼻子问了他几句话,一问三不知。我丢下十块钱,然后逃出了屋子。转身看着这残破的房子,疑心是不是来错了地方。

转过身,我心中一凉——那个曾经打昏我的大汉就站在不远处,直直地看着我。他缓缓地走过来,我两腿发软,想跑都没有力气。

"老板有请。"他很简单地说。

我跟着他的车,一路上无数次想夺路而逃,却始终没有勇气。大汉的车是一辆彪悍的军用车,气势吓人,我的破车没有可能跑掉。

王天佑仍旧在那个豪华的会客厅里接待我。

"你去了李川书的家？"他半躺在沙发上，懒洋洋地看着我。我从小就知道，如果你真把此类的问话当作一个问题，那么就犯了幼稚病。这是要我承认错误。

我恭敬地站在他面前，低头垂眼，仿佛一个做错了事的仆人，"是。"

"好奇会害死猫。你知道吗？"

"知道。"

"猫有九条命，你有几条？"

"一条。"

他问得轻描淡写，我答得小心谨慎。他抬眼看着我，"为什么要去那里？"

"我看到他的家属签订了器官捐献协议，一时好奇，就想去看看。这种协议一般家属都不愿意签。"我老老实实地回答，不敢有半句虚言。

他从沙发上起身，抓住我的手，"梁医生，我知道你是一个好人。你也要相信我是一个好人，没有恶意。李川书原本是一个流浪汉，他答应了我做器官捐献，但是后来又后悔了。他的神志也有些异常。这件事我不想太多人知道，所以把他送到了精神病院，他的器官捐献是定向的，你可以去查记录。但是事情出了点差错，他趁着我不注意偷看了许多机密资料，被抓住之后，居然装疯，谎称叫王十二。"

王天佑认真地看着我，"他从我的户头里偷钱，这是他偷偷窃取的机密。我不知道他还知道多少，所以私下请你来监视他。我不想有更多的人掺和在里边。这件事你知，我知，不能让第三个人知道，否则我也不会出一千万来请你。"

他的手很潮，黏糊糊的让人感觉不舒服，但我也不敢把手抽出来，只是一个劲地点头，"我明白，我明白。"

他放开我的手，缓步走到窗前，"帮我好好照看李川书，如果他自称王十二，你就和他多谈谈。那些都是我的隐私，你要保密。"

"一定的，一定的。"我的话音刚落，落地钟突然响起，当、当、当、当，连续四声，每一下都让我心惊肉跳。

钟声刚过，一个女人的声音在背后响起，"王总，您的药。"声音委婉动听，我很想转身去看，然而心里害怕，终究没有这个胆量。

王天佑似乎有些意外，看了看钟表，"不是还有半个小时吗？怎么这么早。"

女人踢踢踏踏走进来,经过我身边,"您今天早上提前吃了药。"一股清香闯入鼻孔,我偷偷抬眼。进来的女子身材婀娜,穿着一袭紧身旗袍,露出白生生的胳膊和大腿,她正伺候王天佑吃药。也许有所感应,她扭头瞥了我一眼,正迎着我猥琐而胆怯的目光。我慌忙垂下眼,心脏突然间狂跳不止。

　　这个女人的出现成功扭转了我的思绪,让我暂时忘掉了险恶,浮想联翩。美女啊!都是属于有钱人的。等我有钱了,也要整一个,不,整好几个![①]

　　当她踢踢踏踏地走出去,我才回过神来,意识到自己正处在危险之中,马上凝神屏气,静静地等着王老板的训示。

　　他的脸上竟然现出了一丝犹豫。

　　"这样好了,"他说,"我让阿彪送你回医院。你留在医院里,全天候监护。我不想惊动你们的院长,或者任何其他人,你要明白,我不想让任何人知道我和一个精神病人有关。你所知道的一切必须烂在肚子里,明白吗?"

　　"明白,明白。"我慌忙说。

　　"另外,记住,好奇害死猫。按照我们的约定去做就好了,你知道得越少越好。"

　　他的话越是平淡,我的心越是忐忑。恐惧感压倒了对金钱的渴望,这样的一种预感变得清晰起来:不但拿不到钱,还可能把小命搭进去。

　　阿彪押送我回医院的途中,我满脑子都在想如何才能逃离陷阱,当然,我也想了如何保住五百万。当然,我什么法子都没有想出来。

　　人生真是白活了,除了和精神病打交道,啥本事都没有。

　　那就听话一点,少点好奇。

　　问题是,听话了就能活着吗?

　　真的能拿到一千万吗?

　　我继续一丝不苟地照顾李川书。我知道王老板监视着我,因此不敢再有任何好奇,他也不再要求我打电话,而是由阿彪来取走每天的记录。过了两天,精神病院的人都把阿彪当作了病人家属,问我:"这个家属怎么这么奇怪,每天都

---

① 酒色财气杀人刀!小命还没彻底保住就又起了色心,这位梁医生实在是不可救药了。——批注

要记录？"或者说，"这个家属看样子不像好人啊，你要小心点，千万别被讹上了。"

我被这样的问题问得不厌其烦，又无法说明白，只觉得无比烦闷。在烦闷中，我再次走向病房，去照看这个给我的世界带来巨大变化的李川书。

他在床边坐着，似乎正在沉思，又有点像是痴呆。看他的这个样子，我明白此刻他是李川书。如此事情就简单了。

"李川书！"我大声喊。

出乎意料，他只是抬头看着我，目光呆滞。我不由愣住，往常这样喊他，他会猛然抬头，仿佛从臆想中回过神来，然后用比我更大的嗓门喊一声到。

"李川书！"我再次大声喊。

他仍旧没有应声。

李川书就要死了！凭着丰富的诊断经验，我意识到眼前的病患正进入一个转折点。一个人格彻底战胜了另一个，他的李川书人格不再活跃，也许永远不会再出现。

我略带怜悯地看着他。虽然看惯了医院里的生生死死，我的心也并没有完全僵硬，看到一个人死去，总会替他感到悲伤，虽然他的躯壳还在，还活着。

我准备退出门去，过一会再来和王十二说话。李川书却突然从床上跳起，一把抓住我，"我不要，我不要，我不要钱，求你放过我，把它抽出来，把它抽出来，求你了！"他的胳膊很有力，紧紧地箍着我。我用力挣扎，他却紧抱着不放，情急之下，我提起膝盖在他的小腹上用力一顶。精神病患者对身体的痛楚感觉迟钝，他丝毫没有放松，我再次猛击他的小腹，他猛然张口，喷出一口秽物。刺鼻的臭味让我一阵恶心，差点呕吐，我正打算呼救，他却软软地躺了下去。然而手指犹自抓着我的袖口。

我狼狈地站在屋里，脚下是瘫倒的病人，胸口一片污秽，我把袖口从他的手指间挣脱出来。一不小心，他尖利的指甲在我的手背上轻轻一划，居然留下一道血痕。我厌恶地用脚把他的身体挪到一边，然后找来护士收拾场面，拿了件干净的工作服，去卫生间更换。为了清静，我特意走到四楼，这里的卫生间少有人来。

换好衣服，我正洗手，突然感觉有些异样。猛然抬头，镜子里，我的身后站着一个人，正直直地看着我。我大吃一惊，猛然转身，看清了来人的面目：她身着男装，却分明就是在王天佑的豪宅所见的女人。我吃惊不小，正想喝问，她做出一个噤声的手势。我也就停了下来，怔怔地看着她。①

她快速走上来，在我身上摸索，动作比安检处的警官还要利索。很快，她从我的口袋里掏出了那个昂贵的 TubePhone 手机，非常快速地把它装进一个闪着银光的口袋里。

"好了，我们可以谈谈。"她开口说话。

"就在这里？"我有点担心地望了望门。

"今晚十点，你假装睡觉，把这手机放在床头，假装不小心用枕头盖住它。然后出来见我，东阁轩林东包厢。"

"你要做什么？"

"救你的命。"她冷冷地说，"如果你想活命，就来。这个手机是个监控器。它不但能窃听，也能摄影。小心了！"她拿起银色的袋子，把手机倒入到我的口袋中，然后再次做出一个噤声的动作，悄无声息地向着门边退去。

等我回过神来追过去，她已经下了楼梯。我没有继续追，只是从口袋里掏出手机端详。工艺精湛的三屏手机闪闪发亮，可以照出我的模样。

突然间我心头一片寒意。真如她所说我已经快没命了？仔细想想前因后果，这样的可能性很大，我一个无权无势的医生，除了精神病人和精神病院，谁也不认识，如果真的有什么秘密，王天佑肯定轻易就能把我捏死。有什么比一个死人更能够保守秘密？我一直不愿意去想，巨额财富成功地蒙蔽了我的心智，而这个女人毫不留情地戳破这层纸。

无论如何，晚上要赴约。

我隐隐回忆起她穿着旗袍的模样，退一步说，和一个美女晚上十点有约，这件事本身对我就充满了诱惑力。

下楼，经过李川书的病房，我从小小的格子窗望进去。病人正躺在床上，上

---

① 彼女为何要身着男装？当然是要掩人耳目。但如果这个女人真如作者描写的那么性感靓丽，换了男装岂不更加扎眼？此处存疑。——批注

296

了夹板。夹板是对手足固定装置的俗称,再大力气的人,只要上了夹板,就丝毫不能动弹。病人似乎正在熟睡,口角边,口水不断流下。

我对他突然有了一种全新的感觉,不是医生对病人的高高在上,也不是对精神错乱者惯有的鄙夷,更不是对一堆行尸走肉的厌恶,我突然感到自己的命运和他紧紧地绑在一起,而我实际的处境并不比他更好。在那么一瞬间,我竟然和这个被捆绑在床上兀自流着口水的精神病患者有了一种休戚与共的感觉,这是多么让我惊讶。

我快步走向医生休息室,吞下两片安定,躺在床上,迫切希望来一场深沉的午休。

东阁轩是一个很高档的酒店,我闻名已久,却从来没有机会进去过。我在酒店外停留,担心酒店那光可鉴人的地面会不会显得我的衣衫过于寒碜,酒店服务生会不会在心底暗暗嘲笑。十点过了一刻,实在无法再拖延下去。我整了整衣服,鼓足勇气,向着那富丽堂皇的所在走去。

电梯直接进入包厢,当服务员礼貌地微笑着告诉我已经到了,我有些慌不择路地走出去。

这是一个很奢侈的包厢,金碧辉煌,让我感到浑身不自在。有人正等着我,不是一个,是两个。一个是已经认识的女人,另一个则是陌生的男人,还好,他看上去很斯文。①

他们并没有说话,只是默默地看着我。女人起身,走到我身边,脚步悄然无声,就像轻巧的猫。她很快把我上上下下搜了一遍,没有发现异样才开口说话,"你把手机处理好了?"

"照你说的,假装不小心盖在枕头底下。"

她示意我在桌边坐下。

偌大的桌子上摆满美味佳肴,然而谁都没有动筷子。气氛冰冷,和热气腾腾的饭桌形成鲜明对比。一男一女都盯着我,我却不知道该盯着谁,于是只好不断地转移视线,看看她,然后看看他。我用一种精神病医生才具备的坚忍毅力坚持

---

① 在梁医生看来,那个陌生的男人一定很多余吧。——批注

下来,显得面不改色、泰然自若。虽然这一次会谈可能会决定我的命运,他们何尝又不是? 否则就不用冒着巨大的风险来找我。我等着他们亮出底牌。

终于美女再次开口说话,"梁医生,这位是万礼运博士。你们是同行。"

"失敬,失敬!"我向万博士说,他微微点头还礼,却仍旧没有说一句话。

"我是王天佑的办公室助理,因此了解这件事的前因后果。"美女继续说,"他通过你监视李川书,这件事也是经过深思熟虑的。你是这家精神病院最蹩脚的医生,分派给你的病人不会引起任何注意,而且你很贪财。只要贪财的人,王天佑就能对付。"①

我一时不知道说什么。我是一个贪婪的平庸之辈,这就是王天佑决定利用我的原因?也许他们能找到一个好些的理由,至少当着我的面,可以说一说我为人随和之类。

我清了清嗓子,"你这么说是什么意思?"我企图质问她,然而语气软弱无力,听上去就心虚。

"你孤身一人,没有亲属,甚至连女朋友都没有一个。生活简单,除了在精神病院上班,几乎足不出户,网络游戏是打发时间的唯一方式。他会想办法把你干掉。"美女毫不留情,继续说,"你这样的人被干掉,尸体恐怕要发臭了才会被人发现,再合适不过。王天佑早就看好了这一点。"

一个美貌女人的嘴里说出来的话却如此毒辣,我嘴角抽搐,企图反唇相讥,却说不出什么来。

美女看出我的窘态,微微一笑,"别怕,我们会帮你对付王天佑。"

"你们为什么要帮我?"我几乎本能地问。

美女的脸上笑意更甚,"我们当然有自己的目的。但是你只需要关心自己的命,是不是?"

我把心一横,"横竖是个死,你们要是不把话说明,我不会和你们合作。而且,我要向王天佑报告这件事。"

---

① 一语中的,相信这时候梁医生的心中必定是打翻了五味瓶。对于男人来说,遭到美女如此评价,无疑是最丢面子的事情了。——批注

298

对面的两个人相互看了看,姓万的医生开口,"梁医生,既然我们露面找你,自然没有打算隐瞒什么。人为财死,鸟为食亡,一千万是很大一笔钱,但是和我们想做的事比较起来,只是一个零头。"他顿了顿,看了看我的反应,我眼睛也不眨地看着他,等着他讲下去。

"王家是超级富豪。王天佑继承了他父亲的资产,然而,老王的死因很可疑。法医鉴定他死于心力衰竭,但是我有不同的看法。我是老王的家庭医生,他的身体虽然有些老化,但是并没有那么糟糕,根据他的死状,我猜想那可能是被枕头之类的东西闷死的。当然,这样的猜想需要验尸报告证实才行,没有这种可能。他的遗体已经火化了。"

"然而王天佑没有想到,他无法继承老王的财产。老王的资产冻结,根本无法解冻,也无法继承。除了庄园,他拿不到任何东西。"

万医生停顿下来,看着我,"王家的财产至少有六十五个亿。"

六十五个亿,这是一个巨大的天文数字,我不知道究竟算是多少钱,但是很多很多,就算用一千块一张的纸币,也能压死十个大汉。我用惊愕的眼神看着万医生,"你们想要这笔钱?这怎么可能拿得到?"

"所以我们需要你加入。"

我感到自己的心在颤抖,"你们到底打算怎么办?"

万医生看着我,"这件事风险很大,你要想清楚。"

"你的生命本来已经很危险,和我们合作反而会安全一些。"美女赶紧补充。

"我和你们合作,王天佑那种人,不会放过我的。我该怎么办?"

"我来告诉你事情的经过。"万医生不紧不慢,缓缓道来。

我认真地听着。事情慢慢地清晰起来,然而,一切都匪夷所思,虽然我从医科大学毕业,这样的情形仍旧大大超出了所能想象的范围。

李川书的身上,居然有如此巨大的秘密。作为每天端坐在他面前的人,我居然毫无察觉。冷汗从额头上不断地沁出,身不由己,我卷入到一场谋杀中。

李川书坐在我面前。现在,他的名字叫做王十二。

李川书人格已经很多天没有出现,而王十二一直就在我面前。我给他进行了深度催眠,往常,催眠所唤醒的人格总是王十二,这一次,我的目标恰恰相反,希望李川书能够出现。

他的确出现了。我从他的眼神中读出这一点。

"你叫什么名字？"我不失时机地问他。

"李川书。"

"王老板怎么死的？你看见他死了吗？"我根据万博士的建议单刀直入。

"我看到了。"他说，"是他的儿子，他在骂他儿子。"

"他骂些什么？"

"我不知道，我听不清。"

"后来发生了什么？"

"王老板站起身，他的儿子很害怕。他走一步，他儿子退后一步，说话的声音都在发抖。王老板大声骂了一句。"

"我就是去死，也不会留给你！"李川书突然尖着喉咙叫了起来，他在模仿王十二的骂声。

"然后呢？"

"他儿子跪下。"

李川书的声音越来越小，他的人格正在昏睡过去。

我赶紧提示他，"王老板后来死了，你看到了，他怎么死的？"

"他突然捂着胸口倒在地上。"

"死了？"

"应该死了，他再也没有起来过。"

"他儿子呢？"

"他爬过去看，很快站起来，从床上拿来一个枕头，蒙住他的头。"

这确定无疑证实了万博士的推测，也许王老板因为某种原因昏厥，而王天佑则干脆谋杀了自己的父亲。[①]

"后来呢？"

---

① 大利所在，人伦亲情也可以抛诸脑后，悲哉！但养儿不教，教而不善，又是何人之过呢？
　　——批注

"王老板儿子放开枕头，开始打电话。"

"王老板死了吗？"

"他肯定死了，一动不动，他儿子还用脚踢他。"

"还看到了什么？"

"后来来了两个穿白衣服的人，他们和王老板的儿子争论。再后来万医生来了。"说到这里，李川书的脸上突然显示出恐慌的神情，"求求你，把它拿出来，我不要，我不要。"他尖叫着，身躯剧烈扭动。万礼云对他来说是一个可怕的梦魇，哪怕在深沉的催眠中，他的潜意识也能感觉到莫大的恐惧。

催眠无法进行下去，我给他注射了昏睡针。他很快沉睡，而我则忐忑不安地站立一旁。

王天佑身边的美女叫卢兴鹭。我不知道为什么她和万礼云会有如此大的胆量，企图吞没亿万财产，但是他们彼此间的关系一定不简单。虽然我是一个单身汉，而他们努力装出为了金钱而合伙作案的样子，然而他们彼此间的眼神还是泄露了许多信息。人不为己，天诛地灭。无论如何，他们看上去比王天佑要可靠一些，安全一些。我同意加入他们的计划。

根据计划，卢兴鹭每天下午两点会把 TubePhone 的信号导向另一个信号源，在王天佑那边，只会得到一些经过伪装的对话，而我有半个小时的时间可以和李川书深入交谈。王天佑并不想放过李川书，然而，在结束李川书的生命之前，他需要得到那些账户的秘密。整个世界，这个秘密只有着落在我眼前的这个病人身上。

王天佑的父亲王于德，他的曾用名就叫王十二。

一个亿万富翁，享尽人间的荣华富贵，眷念不舍。他惧怕衰老和死亡，动用巨额财富寻找长生的秘方，希望能活得长久一些，最好能够永远活下去。这个举动却让他加速死亡，这真是绝妙的讽刺。

当然，他的计划仍旧在进行，只不过有些偏离预定轨道。

李川书的躯体已经卖给了王十二。根据合同，王十二可以从他身上得到任何器官，代价是王十二给他两年予取予求的生活。

然而，如果给李川书知道后边发生的一切，而有一个机会重新选择，他肯定不会选择签约,或者说,如果我是李川书,肯定不会同意。

这不是从尸体上摘取器官的故事。万博士没有损伤他分毫,只是给他注射了一些针剂。根据万博士的描述,这是他十五年的心血,他可以使用药物更改人的 DNA 序列,更改后的 DNA 序列可以指导脑细胞彼此间的连接重建。当脑细胞按照一定的形式重现,一种记忆也就被灌输到这个人的脑中。理论上讲,能够把一个人的记忆完全灌输到另一个人的身体里,包括那些自我认同的潜意识。

王十二买下李川书的躯体,并不打算用作器官移植,他要的是一个完整的年轻躯体,然后把自己的记忆复制到这个躯体中,从而获得新的生命。这是一个现代版本的借尸还魂。

万医生首先在王十二的身体里投入一种 RNA 物质,它根据头脑的状况会生成相对应的 DNA 编码。然后,他把带有记忆编码的细胞从王十二身上分离,经过免疫伪装后植入到李川书的免疫系统,这种细胞中的 DNA 会制造释放信使 RNA,进入到神经细胞中对 DNA 重编。最后,李川书全身的免疫细胞和神经细胞都会被带上记忆编码,李川书的神经网络会逐渐改变,王十二的记忆会慢慢重现,王十二也就在李川书身上复活过来。在此期间,李川书就像生活在梦魇中,记忆逐渐丧失,意识混沌不清,经历无法言说的恐惧。当最后的时刻到来,李川书在自己的躯体里被压抑,他会完全成为另一个人。我一直以为这是精神分裂的病症,却从未想到这居然是因为记忆的重现。李川书并非精神分裂,而是有人在他身上复活。①

这是一个胆大包天的计划,据说万博士曾经在小白鼠身上试验过,获得成功,但从来没有做过人体试验,谁也不知道有多少成功几率,而且这样的试验完全违法,王十二买下李川书的身体,属于在法律的灰暗地带游走。

能够下决心用这样的方法重获青春,这样的人非同凡响,他同样有个非同凡响的儿子,等不及接班,干脆杀了他。

---

① 这几段描写算是整个故事的题眼了,移魂有术之"术"也就在于此了。不过,这个方法有个很大的漏洞,就是 RNA(有核糖核酸)本身是非常不稳定的,变异几率极高,很可能在还未完全改变宿主记忆时就已经在宿主体内发生关键性突变,这样一来,就可能导致记忆错乱,甚至造成精神失常。——批注

然而,万博士的重生计划并没有被终止,李川书仍旧活着,而王十二正在他身上复活。如果他真的能够完全回忆起王十二身前的情形,到底他是李川书还是王十二?一般来说,一个人把自己认定为另一个人,都会被送到精神病院。王十二还是亿万富翁的时候,他有足够的手段摆平这件事,但是当他作为一个精神病人被捆绑在病床上,恐怕神仙也救不了他。更何况,还有一个亿万富翁正虎视眈眈地盯着这件事。

　　他们都是病人。

　　我充满怜悯地看了李川书一眼,我不是上帝,拯救不了任何人,我只能拯救自己。

　　我撸起李川书的袖子,拿起针筒扎进他的胳膊。这是一个汲取式针筒,针头钻进皮肤之后自动软化,然后,仿佛有一只小虫在他的皮肤下游走。很快,针筒里充满了各种人体组织的混合液,淡红的颜色,悬浮着各种组织颗粒。这样就足够了,我把样本筒摘下,放进兜里。然后端起记录本,开始在上面涂涂画画。①

　　这一天,当阿彪来取记录本时,我竟然对着他微笑。这个冷酷的大个子被我的异常举动弄糊涂了,愣愣地看着我,竟然也露出一个傻傻的笑。我飞快地逃走。

　　一个人身上蕴藏的巨大的潜能。作为医学院的高才生,我并不是没有潜能。只不过,潜能需要梦想和激情来调动,而我的身上,经过这么多年的精神病院生涯,这两样东西已经稀缺,我成了一个贪婪而猥琐的小人,昏沉地过着日子。然而,求生的本能让我激情四溢,浑身充满能量。我仿佛回到了青葱岁月,在被窝里对着手机如饥似渴地阅读黄色小说的年代,每天晚上,把那个昂贵的手机塞在枕头下就直奔实验室,在那里忙活一个通宵,直到凌晨才回来,匆匆打个盹,第二天居然能够不犯困。我以十二万分的劲头投身到自我拯救的事业中。

　　有理由怀疑我得了某种强烈的亢奋症,然而,在这个非常时期,这是好事。

　　我在研究万博士的成果。

　　搞生物的公司最喜欢专利,因为他们知道,没有专利,他们的产品会一夜之

---

① "汲取式针筒"是个很别致的创意,大概所有对抽血打针有过痛苦记忆的人,都会希望这种针筒尽快面市吧。不过,对于梁医生来说,这是他为自己设计的局中局的开始。——批注

间被各种各样的仿制品取代，因为生物制剂，那是最容易被仿制的东西，甚至不需要仿制，只需要得到母本，就可以轻易在实验室里大量复制——生命就要能够复制自己，否则就不叫生命。凭着我的能力和条件，即便智商高达一百四十五，想搞出万博士那样神奇的研究可能性基本为零，那需要天才的直觉，持之以恒的努力，还有一些小小的却是决定性的运气。但是复制它却很容易。

我从李川书身上得到母本，我在实验室里研究 DNA 被 RNA 影响的过程，还有那些携带了记忆的 DNA 的特异之处，它们和大脑组织相关的基因组产生了很多变异，可以肯定，那就是和记忆携带相关的部分。这些异常的 DNA 很有活力，它们会不断产生 RNA，释放出细胞之外。我毫不怀疑，如果把这些 RNA 提纯，注入某个人身体中，他也会逐渐出现李川书的症状，自认为王十二。我的确这么做了。RNA 长链加上一层薄薄的蛋白质鞘膜，它成了一种结晶物。很少量的活性物质封装在小小的玻璃管中，晶体细微，看上去像是白色粉末。我把它握在掌心里，原本很轻的东西，却感觉很沉重。

这算不算是一种生物武器？这是一个巨大的问号。我制造了一种和病毒类似的东西。毫无疑问，如果我把这样的晶体大量复制，让它们和某些病毒一样能够在空气中传染，这个世界恐怕要变成一个巨大的精神病院。而且人们还不易察觉。所有的人都做同样的噩梦，所有人都有同样的精神分裂的症状，到最后，全世界都是王十二。这景象惨不忍睹，我也不敢多想。

但是我得救自己。这小小的病毒，就是我自卫的武器。

第二天阿彪来的时候，我让他进入办公室。我戴着防毒面具一般的口罩，在他面前不断地拍打记录本，粉尘扬起，借着窗户里透过来的阳光，我看见一些细微的颗粒钻进了他粗大的鼻孔。

这办法并不是一定会奏效，然而有很大的机会，它会产生效果。

阿彪显然并不喜欢我的举动，他接过记录本，警惕地盯着我。可惜，他的特长是搏斗和枪械，对于病毒显然并不在行，也毫无警惕。当一切似乎并无异常，他转身走出办公室。

望着他魁梧的背影，我有一种欣快的感觉。知识就是力量，这句话此刻显得正确无比。然而，阿彪猛然转过身来，快步走到桌前，"摘下你的面具！"他低声说,声音很低,却充满威胁,就像他的外表一样。我一时愣住,惊愕地看着他。

他没有等着,自己动手,一把把我的口罩抓了下来。

"你捣什么鬼?"他厉声质问。

一瞬间,我明白过来虽然知识很厉害,暴力却更直接,特别是像阿彪这样肆无忌惮使用暴力的人,虽然知识最后总能够胜利,却暂时只能无比委屈。

"我有点感冒,不想传染给你。"我镇静地说。

他抓住我的领子,把我拉到面前,"老实点!给老板做事,不要三心二意。"

他撂下狠话,把我重重摁在桌上,用记录本的支架不断地打我的头,直到我求饶为止。

阿彪走出屋子,狠狠地带上房门。

我绝望地瘫在坐椅上。计划赶不上变化,这些精心提纯的 RNA 类病毒载体在空气中有大概半个小时的寿命,只要我在三十分钟后才拿下面具,一切就完美无缺。然而阿彪粗暴地把一切都打乱了。携带着王十二记忆的 RNA 不仅进入了阿彪的身体,它同样在我身体里扎根下来。很快,我也会像李川书一样,变成一个精神分裂患者。

听天由命。我的脑子没有别的东西,只有这个词。突然间,我想起还有最后的一个救星——万博士。解铃还需系铃人,就是这句话。

当天晚上,我见到了万博士。我给他发了十三封电子邮件,请求见面,有十二万分重要的事情要和他商量。其实我并没有别的念头,就是想活下去。李川书的例子活生生地摆在眼前,我会逐渐地死去,而王十二的幽灵会占据我的躯体。我不想要什么财富,也不管他们想要我做什么,此时,压倒一切的念头就是活下去。

万博士显然对我突然的会面要求感到很不满,"我们说过不能随便见面。"他厉声呵斥我,"难道没有记住?"

"是的,但的确情况紧急。"我争辩,"这件事必须要让你知道。而且很危险了。"

"说!"他语气凌厉,黑着脸。

"我好像感染了李川书的症状。"我说。

万博士一愣,看着我,"这怎么可能?"

"这两天我经常短暂失神,我能记得一些关于王十二的事。这肯定不是从李川书口里讲出来的,那些记忆就在我的脑子里。万博士,有没有可能你的 DNA 修正出现了问题?它有传染性。如果是 RNA 单链病毒,的确可能发生传染。"

"这不可能。这不是病毒!"他仍旧坚持,语气却犹豫了许多。

"我确认这件事,因为我从阿彪身上观察到了这种迹象,他这两天来,我总是看到他有精神分裂的前期症状,今天,他对我说他就是王十二。说完以后,觉得不对,威胁我绝不能说出去,还用记录本狠狠打我。你看。"我露出头上的伤痕给万博士过日,一个确定无疑的证据能够支持这些半真半假的陈述。我并不是一个熟练的骗子,也没有这样的天赋,然而,情急之下,这些说辞自然而然地来到我的脑子里,几乎不需要思考。

万博士半信半疑地看着我额头上的浅浅的淤痕,眉头紧锁。

"万博士,"我再次小心翼翼地试探,"您所发明的这种 RNA 信使会不会发生变异?从一个人身上跑到另一个人身上?就像病毒一样?"

万博士疑窦重重,"这种 RNA 结构没有配对的蛋白质,无法装配成病毒,它们根本不具有传染性。除非,有直接的体液交换。"他狐疑地看着我。

我明白他的言下之意。透过体液交换的传染病很多,著名的艾滋病感染了数以亿计的人,然而,李川书是一个病人,受到严格的看护,根本不应该有这样的机会,更不可能感染阿彪。我正色道,"万博士,我也是一个医生。不敢乱说,但是如果出于偶然,这些 RNA 链条能够遭遇相应的蛋白质配型,就很容易转化成病毒形态。能够传染。要不然,你从我身上采集一点血样去化验。你一定得想想法子。否则,这就是不折不扣的大灾难。你知道西班牙大流感!"

西班牙大流感在我的脑子里一闪而过。一个多世纪前的那次不明原因的灾难,病毒袭击了欧洲,死掉了成千上万的人,而流感爆发的原因却一直是一个谜。也许那只是一次非同寻常的基因变异,本质上和万博士的发明并无不同。

是的,如果万博士所发明的东西真的成了一种病毒,它的威力应该不下西班牙大流感。当然,我并不担心人类,人类总能够生存下来,只不过需要一点代价。很多人,成千上万,十万百万千万,上亿的人会因此而死去。我所担心的,是我自己会不会变成那巨大数字中的一个。如果成千上万的人死去,我却能获救,那么这肯定就在我的备选方案中。最好的方案,当然是不要死人。我的天良没有泯灭,只是和生命比较起来,天良只能先放在一边。我望着万博士,希望天良这个东西在他身上的残存比我更多一些。

万博士沉默着。我不由焦急起来,"这种病毒发病比较慢,如果能针对性破坏它的 DNA 转录,杜绝性状发生,那么也没什么。如果迟了,恐怕到处都是精神病。王十二的事情,也恐怕要尽人皆知。"

"跟我来。"万博士低声说,转身就走。

我欣喜万分,却拿出满怀心事的样子,"这怎么办?我的手机还在枕头下压着,明天要赶回去,不然会被王天佑发现。"

"到我的实验室,一个小时足够了。但是你必须躺在车厢里。"

万博士的实验室建在深深的地下。我不知道它到底在多少米的地下,只是电梯足足运行了二十秒钟,对再慢的电梯,这都意味着很长的垂直距离。

跨出电梯,一堵墙出现在眼前,红色、蓝色、无色的液体,装在试管中,数以千计的试管琳琅满目,从地板一直堆到天花板。它们扭曲盘绕,形成 DNA 的双螺旋结构。

我发出一声惊叹,这简直是生物科学的行为艺术。

万博士快步走向一台设备,这是一台巨大的计算机,上面有某个公司的商标。我知道这种机器,它是 DNA 分析仪,得到人类基因库的授权,可以分析所有已知的人类基因组。这种机器最简单的用途是预测一个人十年后的面貌,科学预测,八九不离十,因此而受到大众的欢迎。于是它真正的功能被隐藏了,一个人的智商高低,性格如何,答案就藏在这两条双螺旋之中,双螺旋无法决定一个人最终的命运,却可以大体上将一个人归类到某种属性之中,它比任何东西都更清楚地说出你是谁。然而这样直截了当的揭露对于大多数人过于残酷,于是基因学家们很高明地把大众的视线从这些触痛中引开——他们用十年后的面貌之类无关痛痒的东西来遮蔽真实,让大众生活在一种虚假却温情的氛围中。

万博士显然用这种机器进行了一些非法的研究。他的研究成果就在精神病院的病房里躺着,而一个已经被烧成灰的人,正在这个躺着的人身上复活过来。

有什么事比扼杀一个人的灵魂,窃取他的身体更龌龊?这可能是人类最卑劣的行径。当然,李川书签了字,心甘情愿。至少曾经心甘情愿。

万博士很快整好机器,示意我过去。

我走过去,把手伸进机器的窟窿里,一阵轻微的麻痒之后,机器开始发出嗡嗡的响声,似乎是风扇加大马力的声音。

我抽回手,"我的事情做完了,该回去了吧。"

"不,你在这里等着,我们要先看看结果。"

我就在这个地下宫殿里等待着。漫长的十五分钟过去,机器缓缓地吐出一张长长的纸。万博士并没有去看,他打开电脑上的软件,开始分析数据。我忐忑不安地拾起那张纸,上面画满了各种各样的符号和代码。我曾经见过这些稀奇古怪的东西,在一门专业课上,基因代码学,然而早已经忘得干干净净。徒劳地在纸上扫描了几眼之后,我放弃了努力,眼巴巴地看着万博士。

万博士全神贯注地盯着屏幕,似乎已经忘记了我的存在。

过了一会,机器吐出第二张纸。我瞥了一眼,照样是基因代码学。万博士把报告拿在手里看着,眉头紧蹙。

"你的确被感染了。"他突然开口,"但是……"他欲言又止,眉头锁得更紧。

"怎么了,我会变成第二个李川书,是吗?"我慌忙问,声音发颤。

万博士抬眼看着我,说不上是怜悯还是惋惜,"这些基因序列和给李川书注射的并不相同,它们是被打乱的序列,它们被重新装配过,如果真的表现性状,谁也不知道到底会发生什么。"

仿佛一个炸雷在脑子里炸响,我只感到思绪一片纷乱。是的,脆弱的 RNA 序列很容易发生变异,当我从李川书的身体里得到 RNA 序列,剧烈的环境刺激很可能让基因重组,变成难以预期的东西。我可能不会变成王十二,更可能变成一个彻底的疯子。

"万博士,你是说,我会被这种病毒搞成疯子,是吗?"我勉强发问。

"你会有很多错乱的记忆,所有的记忆混在一起,可能是李川书的,也可能是王十二的,更多的还是你自己的记忆,你会分不清现实。"

万博士所描述的,正是一个癔症患者的典型情况。这比精神分裂更糟糕,因为精神分裂的患者生活在此时或彼时，他们其实还有清楚的逻辑，只是不合时宜，而癔病患者，则生活在一团混沌中，在某种意义上，他们就是一团能够行走的肉。

我猛地跪在万博士面前。这个唐突的举动让他一惊，慌忙伸手拉我，"你这是干什么！"

"万博士，救命！"我用力地在地上磕头，头磕在地上，发出咚咚的响。万博士有些手足无措，"你这是干什么，站起来说话。"他用力拉我。我仿佛有无穷的力气，一个劲地磕头，他根本拉不住。

"好了，你先起来，要不然，我们怎么想办法？"他看着我，哭笑不得的样子。

我爬起来，额头上青紫一片。我的精神从崩溃的边缘恢复，不由为刚才的举止羞愧。"万博士，我……"我想说些什么，却不知道如何开口。

"你是不是做了什么？"万博士认真地看着我，"李川书体内的这种 RNA 序列只能在人体内环境生存，怎么会跑到你身上去？你要老实告诉我，否则不知道它怎么感染你，很难找到对症的办法。"

我知道他说的都是真的。我不想拿自己的性命冒险，于是把一切和盘托出。

"我只是想救自己的命。"最后，我看着他，可怜巴巴地说。

他的脸上浮现出一层怒意，然而尽量克制着，没有爆发出来。我也不敢说话，小心地察看他的脸色。

过了半晌，他说："我先送你回去！一切都要维持正常。不要让王天佑觉察。"他看着我，"我会想办法，你不会有事。但是，"他加重语气，"必须要按照计划来！我们的风险很大，稍有不慎，一切都完了！"

"是的，是的。"我忙不迭地点头。

半个月的时间在风平浪静中过去。我度日如年。

噩梦正一点点变成现实，我时而不时会出现一些幻觉——那不是幻觉，是记忆，就在我的头脑里，只不过那不是我的记忆。

李川书被锁在病房里，现实已经很清楚，他已经彻底变成了王十二。只不过，他显然并不理解为什么自己会落在这种处境里。最初的狂暴过去之后，他变得畏畏缩缩，听见房门的声响就发抖——那些五大三粗的汉子对付任何一个敢于耍泼的精神病患者从来都敢于下手。

我走到床前进行例行观察，他躺在床上，浑身散发着臭味。恍然间，我感觉那躺在床上的人就是我。我拼命压抑着这种念头，随手在记录本上写了几句，准备退出。

王十二却突然抬起手。他的手高举，五指插开，"五百万！"他说，声音低沉，却无比清晰。

我猛然间记起还有五百万这回事。那天的情形历历在目——眼前是一笔天文数字的巨款，而下方显示着我的身份证号码，当我的手颤抖着在屏幕上按下确认，转账成功几个字跳了出来。巨大的幸福感瞬间贯穿了我，无法言说。然而短短几个月，这笔带来巨大幸福感的巨款已经被遗忘到九天云外。恍如隔世，恍如隔世！如果还有五百万放在我眼前，我会把它当作粪土一样抛弃。

我转身，麻木地向外走去，对王十二置之不理。

"我可以让你变成亿万富翁！我有很多钱，都可以给你。"王十二急切地呼唤。

我仍旧麻木地向外走。

"我给你账号，你可以去验证！"他说，"3373 6477 2478 6868 732。"

他嘶哑的声音仿佛有一种魔力，让我的脚步慢下来。当这串数字的最后一个音节结束，几个意义不明的字符串随之在我的脑子里浮现。我停下脚步，一种诡异的感觉涌上心头。

"过来，我告诉你密码。"他说，"这个账户里有一个亿，加上利息，至少有一亿三千万。"

我转头看着他，他也正努力抬眼看着我，眼里满是乞求。

我走了过，低下身子，把耳朵凑在他嘴边。

"205……708……03，确认码，TTR1914，第三密码。"

我感到一丝凉意。不需要他再告诉我什么，这笔钱的来龙去脉在我的脑子里清晰起来，而这几个彼此间毫无关系的密码，仿佛在记忆中生了根一般牢固。

"都记住了吗？你可以写下来。"王十二问。

我点点头，径直走出病房。我匆匆忙忙换下白大褂，准备去找万礼运。无意间,手指碰触到口袋,硬硬的,我的心一凉。那是大米手机,它监视着我的一举一动。王十二孤注一掷,企图用巨款来收买我,王天佑可能已经知道这个消息。

我在办公桌旁坐下,强迫自己冷静下来。当王十二的记忆在我的脑子里重现,事情的来龙去脉变得清晰。我是一个最无辜的人,被卷进来只因为我是一个精神病医生,而且看起来容易受人摆布。此刻,我居高临下,把一切看得清清楚楚。问题仅在于,我该怎么做?

"梁医生,病人的镇静剂需要重开吗?"护士走过我的门口,随口问。

我心中一动,站起身,"我跟你一块去拿药。"

我掏出手机,把它锁进抽屉,然后跟着护士离去。

当我从药房出来,被人挡住去路,是阿彪。然而他并不是奉命而来。

他的眼神里充满困惑,失去了那股彪悍的味道。他挡在我面前,"梁医生,我们得谈一谈。"我看着这个可怜的人。正如我所预料,阿彪非常害怕,他外表粗犷,内心却很脆弱,一旦发现某些事情超出了所能控制的范畴,便惊慌失措。他是危险人物,然而一旦被控制,就无比安全。

"跟我来。"我冷冷地说,手心里却全是汗,生怕他暴起,把我结结实实地揍一顿,说不定还会把我搞残废。

然而他真的听从了,乖乖地站在我身后。也许他认为我给他下了毒,手里有解药,只有听我的话才能活命。有的时候,两个人之间的强弱似乎只是气场的对决。我必须去找万博士,急迫之间,气势如虹。而阿彪,却正是心理最脆弱的时刻,再强悍的身体也拯救不了他。

这不是我的计划,却正好帮了忙。我们坐进了阿彪的车。

"去找王天佑。"我下令。

阿彪看着我,"老板没让你去找他。"

"我必须去找他,"我看着阿彪,"否则我们都活不了。你出现了一些幻觉,对吗?"

"是的,"他犹豫着,"这两天我经常头晕,有一些奇怪症状。你能帮我解决掉?"

"听我的,我们才能解决问题。去王天佑那里。"

阿彪服从了我的指令。

彪悍的军车在王天佑豪华的庄园里奔驰。突然,我命令阿彪,"从这里转进去。"前方是一条小小的支道,仅能通一辆汽车。这是一条幽静的道路,毫不起眼,道两旁树木森森,即便是大白天,也显得阴冷。

"这里?老板不在这边。"

"照我说的做!"

军车快捷地打一个转向,转入到这条林荫遮蔽的小路上。几个转折之后,一幢小楼出现在道路尽头。

"见过这幢楼吗?"

"没有。"阿彪老老实实地回答。

"在楼前停车,不要熄火,等着我。"我厉声说道,阿彪唯唯诺诺地点头。看见这样一个彪悍的大块头俯首帖耳,我不由对自己将要进行的事充满信心。

我走到小楼门前。浅灰色的门紧闭,我按下门铃,有人会从摄像头里看到我,然后大吃一惊,他会打开大门。我静静地等着。

门果然自动打开,我走了进去。这是一部电梯,我曾经来过。

万博士在电梯门边等我,他看着我,等着我解释。

"情况紧急,"我说,"李川书说了一个账户,王天佑可能知道。"

"你怎么找到这里?"万博士并不理会我所说的紧急情况,他对我的突然出现感到不安。

"这里。"我指了指头,"我的病越来越重了,总会有些突如其来的记忆碎片。我想起来你的实验室到底在哪里。我宁愿想不起来。"

万博士不再追问,侧身示意我进去,"来得正好,我也正想找你。"

实验室里没有别人。万博士在一台电脑前坐下,"我找到一些办法,可以针对性地消除你身体内的变异 DNA。"

"另一种病毒?"我问。

"你可以这么认为。我指定了几个特定的基因组靶标,这种病毒进入细胞核,能够摧毁那些已经变异的 DNA,避免你的大脑性状进一步改变。"

"但是它无法把已经改变的性状变回来。"

"是的。"万博士说,"所以越早越好,"他看着我,"在王十二的记忆占据你的头脑之前,必须消除那些已经变异的 DNA,残存的 RNA 很容易控制,它们本身的生命周期很短,只要不让它们感染更多的健康细胞,你的免疫系统很快就能把它们清除干净。"

我露出一个勉强的笑容,"那么最好的情况,我能保持现在的状态。"

"没错。"万博士把电脑屏幕转向我,"自己看看,你既然能复制记忆描摹 RNA,你的基因学基础已经足够阅读这些说明。"他站起身,"我来做准备。"

他走向一旁,站在一个庞大的仪器边,打开一扇小门,开始从里边取试管。

我低头看着眼前的资料,这是一份关于"记忆描摹 RNA"的详细说明,这一章节专门描述如何预防这种 RNA 侵入细胞。对已经改变的性状,没有办法复原,因为原本的性状已经被抹去。

我草草地浏览了几页,定了定神,开始说话,"我已经有了一些王十二的记忆,但是我并没有发疯,我还能清楚地分辨哪个记忆属于我,哪个记忆属于王十二。我想起来一笔钱,共有一亿三千万美元,这笔钱的利息每月按时汇入六个账户。"

万博士手中的动作停滞下来,他看了看我,把手上的试管放在架子上,然后面对着我,"你想说什么?"

"我那个不可靠的记忆告诉我,如果这笔钱的汇款不按时汇出,六组杀手就会奔向不同的目标。"

万博士的声音有些发颤,"我不明白你在说些什么!"

"那样也好,我已把这笔钱转入我的账户,下个月开始,也许就会有几场谋杀案发生,其中一件,也许就在这个庄园。还有,如果没有人重设这笔钱的权限,再过半年,这笔钱同样会被冻结,半年的时间,说起来也不算太长。"

"你想怎么样?"万博士的额头上渗出了冷汗。

我微微一笑,"虽然我可能变成一个疯子,但是在我变成一个疯子之前,我可以让几个人变成死尸。很简单,一场交易,怎么样?"

"你说吧。"万博士很快控制了情绪,平静地说,"我知道,从此刻起,我们真正地站到了同一条战壕里,而且,我占据了优势。"

"这件事需要卢小姐的配合,她在庄园里吗?如果在,我们今天就可以解决问题。"这是一个冒险计划,然而我知道,时间紧迫,再大的风险也值得一试。

　　我把一个药瓶交到万博士手里。他看了一眼,惊讶地抬起头,"阿匹胺苯片?"

　　我点了点头。

　　从小楼出来阿彪仍旧在等着我。

　　"老板找你。"我刚上车,他就说。

　　"那正好。"我淡淡地说。这正和我的计划配合得天衣无缝,他不来找我,我也会去找他。

　　"我怎么办?"阿彪问,他显然知道王天佑这一次找我,凶多吉少。他并不关心我的生死,但是担心自己的性命。

　　我正对着他,"我给你五百万,你是不是能帮我杀了王天佑?"

　　阿彪断然拒绝,"这不可能。我不能对老板下手。"

　　"你自己的命也不要吗?"

　　"不要拿这个来威胁我!"阿彪突然恢复几分彪悍的味道,"我是不会背叛老板的。"

　　"好吧。"我坐直身子,"但是为了你的命,你最好不要告诉任何人我们今天到了这里。你的幻觉会让你精神错乱,你看到李川书的下场,如果不尽早采取措施,你会和他一样。只有我能帮你。"

　　阿彪默默地开车,驰出小道,转向庄园内部。

　　我看了看表,四点一刻,"在这里等一等。"我告诉阿彪。

　　阿彪把车停在路边,也并不发问,只是等着。

　　时间很快过了四点半,我让阿彪上路。绿草如茵,仿佛一块巨大的绒毯,豪华的房子就在绒毯上,远远看去,就像童话里的城堡。这景象触动了我的回忆,有一种亲切的感觉。这不是属于那个叫做梁翔宇的精神科医生的记忆,它属于那个叫做王十二的亿万富翁,这所房子曾经的主人。然而,我并没有抵触,只是看着那房子,感到一阵阵温馨。也许我是谁并不重要,我活着,看着,感受着,那就是一切。变成另一个人,似乎也并没有那么可怕。可怕的是,是否因此而精神错乱。

"你喜欢这所房子吗？"我突然问阿彪。

阿彪点点头。

"你记得老老板吗？"

阿彪不说话。

我知道他记得。他从小就在王家长大，他的父亲就是王十二的保镖，死得很早，王十二就像他的父亲。他并不明白身上出现的记忆错乱的症状，那正是王十二的记忆，其中也一定有一些关于他的部分；也许他看着镜子里的自己，会涌起一些莫名其妙的情绪，就像我此刻看着他，心中却充满一种父亲的慈爱。

这件事真是奇妙，当我站在医院的门里威胁他，我想的是怎么搞死他，此刻，我竟然下定决心，必须要拯救他。而王天佑，想到这个名字，我的身体不自觉地微微发抖。我要他死！

这是梁翔宇和王十二的同谋，一个为了活下去，一个为了复仇，在这个问题上，他们找到了公约数。

军车在房门前停下。

"押着我去见王天佑，"我低声说，"就像平常一样。"

阿彪下了车，外衣口袋里鼓鼓的，明显塞了一把枪。他像往常一样押着我走到门边。我不自觉想靠近门框上的虹膜识别器，然而很快控制住，没有做出这个愚蠢的举动。

"老板，我把梁医生带来了。"阿彪对着对讲机喊。

"带他上楼。"王天佑的声音传来。我望了望门上方的一个角落，那是监视器的位置，如果王天佑就在监视器前，他会看见我正望着他。

王天佑坐在宽大的沙发上，跷着二郎腿，故作高深地看着我。

"那个李川书开口了？情况怎么样？"

"他说了一个账户，3373 6477 2478 6868 732。"我把账户报了出来。

"不错。"王天佑站了起来，"你的记性很好。那么密码呢？"

"他说这个账户有三重密码，他不肯说。"

"不肯说？"王天佑耸了耸眉毛，"难道他不是悄悄告诉你了吗？我知道密码，但是你来告诉我，对我们的合作是一个很好的考验。"

"他没说，"我保持镇静，"他只是告诉我，除了他，谁也不能使用这个账户。而且，这个账户生死攸关。"

"和谁的生死攸关？"王天佑保持着笑容，然而我能看出他的表情有一丝僵硬。

"一个姓万的医生。他说只有这个姓万的医生出现，他才肯说出密码。"

王天佑的心情变得轻松一些，冷哼一声，"这些都是我的隐私，和姓万的医生有什么关系。这是胡说八道。你是精神病医生，应该有很多办法让他开口说真话。"

"我可以试试看，"我说，"不过如果我用药物诱使他开口，很可能会把事情搞糟。"我小心地看了王天佑一眼，他似乎有兴趣继续听下去，"这种保密性很强的东西，人的潜意识都会进行保护，很可能他只会说出一个假密码。"

"没关系，多试几次。"王天佑毫不在意。

"这会杀死他，"我说，"进行催眠诱导是很危险的行为。"

"这有什么危险？不过是多吃几次麻醉剂而已。"

"神经系统的多巴胺物质会被耗尽，神经衰竭，人会死亡。"我把专业知识描述得尽量简单。

"他的整个身体都是我的，不用担心神经衰竭。他会死得很快吗？"

"我不知道，每个人都不一样。"

王天佑有些犹豫，显然，他并不想让李川书很快死去。

我仔细地观察王天佑的神色，他似乎有些不能确定时间，抬头看了看钟表。他的鼻翼翕张，神色有些恍惚。

卢小姐按时给他服下了药。

我走上前，用一种训练有素的温柔声音说话，"现在，我们把万医生找来好不好？"

"天天，到这边来。"随着一声招呼，王天佑晃晃悠悠地站起身，向我走来。

"我是谁？"

"爸爸。"在催眠的作用下，他看着我，就像看着王十二。

"我就是去死，也不会留给你！"我忽然大声喊叫起来。

"爸，别这样！"王天佑畏缩着后退。

这正是王十二被杀死之前说的最后一句话，我挺直身子，手指如戟般指着

316

他,像极了当日的情形。王天佑浑身战栗,脸部抽搐。他对父亲怕得要死,亲手杀死他之后,却又见到了他,顿时无比害怕。

"你这个不孝子,敢用枕头闷死我!财产,财产都是你的又怎么样?丧尽天良,我做鬼也不会放过你!"我说着做出打人的姿势,王天佑抱着脑袋蹲下身子,"不要,不要,你饶了我吧!"他开始号哭。

王十二的儿子就是这么不争气,是一个绣花枕头。我敢说,如果不是王十二晕倒在地,给他十个胆子也不敢动他老爸一根汗毛。

我可以吓死他。在药物的作用下,只要稍加诱导,恐惧几乎可以被放大到无限。然而这不是我的目的,我也不想犯杀人罪——哪怕永远不会被追查。

我只是想告诉他一些东西。我走过去,一把抓住他的头发,拉起他的头,附在他的耳边,"财产都是你的了,但是我们断绝父子关系,我会做鬼,一辈子让你不得安宁。"

王天佑只是哆嗦,嗯嗯呜呜说不出一句话。

我抬头看着万医生,点点头。万医生默默走上来,给他打了一针。

王天佑瘫倒在地。

"一切都按照你的计划来了,"万医生冷冷地看着瘫在地上的王天佑,"兑现你的承诺。"

"我们要看看效果。"我说,"明天,打电话给我,我们要把他送到精神病院去。然后,我们各不相欠。"

"你要记得自己的承诺!"万医生盯着我,满怀戒心。

"你可以一万个放心。"我微笑着,"只要我不变成精神病,你和小卢都安全。"

万医生从密道走掉。

阿彪走进来。我要他站在门外,他听到了全部的过程。

"他真的杀死了老老板?"他问。

"你都听见了。"我说。

阿彪默默地走出去,他再也不会为躺在地上的这个花花公子卖命。

富丽堂皇的屋子里只剩下我和躺在地上的前亿万富翁继承人。我还有最后的事要做。

我走到书桌边，拉开抽屉，抽屉里有一把保险锁。我拧动锁盘，打开保险，眼前跳出一个屏幕。我把手按在屏幕上，启动了程序。

所有的现金、证券、股权、不动产，一切的财产都从王于德的名下转移到一个叫李川书的人名下。指纹、虹膜、DNA，一切可以验证身份的东西都从我身上转入这台电脑，然后通过预留的后门进入到国家个人信息管理中心。当最后的转移完成，屏幕上出现一个巨大的摄像头。我露出一个微笑。咔嚓一声后，一张卡片从缝隙中弹了出来。

我捡起卡片，这是一张崭新的身份证，我的头像就印在上面，傻傻地微笑。

从今天起，我就是李川书！①

我收起身份证，把书桌恢复原样，然后走出门去，让阿彪送我回精神病院……

一晃十年。

当我厌倦了白雪皑皑的布朗峰，决定回去看看。虽然精神病院不是什么光彩的地方，但毕竟，那是一个我生活了八年的地方。人总是念旧。

很远我就看见了曾经的精神病院的金字招牌，李川书精神疾病研究院。欢迎的队伍排得老长，站在最前边的是宋院长。

"宋院长，很久不见，很久不见啊，您老看上去气色不错！怎么敢这么麻烦大家。"我热情地和他握手。宋院长的老脸上露出受宠若惊的表情，"这哪敢当，李老板，您是我们的大贵人。应该的，应该的！"

我微微一笑。十年前我是梁翔宇，要在宋院长面前装孙子，一旦我成了亿万富翁李川书，宋院长就再也不记得曾经存在过一个叫梁翔宇的人。钱真是一样好东西，至少可以让一些人彻底忘掉过去。

我走过热烈的队伍，走进这片熟悉的土地。一个宽敞的院落里住着特殊的病人，我走过去，和他打招呼。他猛然一惊，"你是谁，你要干什么，是不是要抢我的钱，我有很多钱，我是亿万富翁。"他说着像兔子一般跑掉，躲进了门里。

---

① 一个有趣的问题是，做了这些事的人，到底是王十二、李川书，还是梁医生，又或者是别的什么人呢？顺便说一句，不管到了什么时代，转移财产都不可能如此轻而易举，这里只是为了作者行文方便而做的艺术加工罢了。——批注

"他的病情看起来比十年前好多了？"我问宋院长。

"哪里，一直都这样。晚上的时候，杀猪一样号，如果不是您有特殊吩咐，早就给他上嘴套了。"

我点点头。虽然是我的催眠才让他生活在潜意识的恐惧中，然而这是他咎由自取，我既不内疚，也不怜悯。

当天晚上和万医生通电话，告诉他我要去拜访。他喜出望外。自从那次事件之后，我远走欧洲，他和卢小姐结婚，已经有了一个可爱的宝贝儿子。我们保持着亲密的朋友关系。一个亿万富翁很容易有几个好朋友，特别是如果你真心赞助他们的事业。

"有个特别的人，你一定要见见。"电话那边，万医生显得很神秘。

我知道是谁，却也不道破。万医生和我提了好几次，那个人总在庄园周边出没，衣衫褴褛，面黄肌瘦，他像是在等待什么机会。我很感谢万医生的好意，然而我一直派人跟着他，对他的动静了如指掌。

我见到了万医生和小卢，还有他们六岁的儿子大宝。大宝很可爱，小小年纪已经能明白光速有限，跨进了相对论的门槛。见到他，果然是聪明伶俐的孩子。午餐时分，正当万医生兴致勃勃地给我讲述关于一种记忆增强新药的最新进展，他确信这种药物会永久性地改变人类历史进程，小卢悄悄地捅了捅我的胳膊，示意我看窗外。窗外，绿草如茵，却有一个黑乎乎的人影在草皮上行走，龌龊不堪，仿佛一只动物。

十多分钟后，我站在他面前。

他认出了我，恨恨地盯着我。

"你应该感谢我，如果不是我，你已经死在精神病院里。"我说。

他无动于衷，仍旧恨恨地盯着我。

"每个人都得到了他想要的东西，李川书得到了享受，王天佑得到了梦中的财产，万医生得到了自由，你得到了年轻的生命。我只是把你们丢下的捡起来。大家都很满意。"

他仍旧无动于衷。

我拿出一张卡片，递给他，"这里是五百万，你可以在任何一家银行支取。如果你想拿回你失去的一切,这是一个很不错的开始。"

他并没有拒绝卡片。我向他微笑,然后回到了庄园里。回头看去,他已经不见了踪影。

第二天,我正在吃早餐,阿彪把报纸送过来,"老板,有消息。"

我看了看阿彪所指的地方,那是社会八卦版内一条不起眼的消息——流浪汉银行内取五百万遭哄抢,当街被群殴致死。

我点点头,心安理得地喝下一口咖啡。因果报应,这事怨不得我。

我走到窗边,万医生一家正在草坪上玩耍,其乐融融。王十二、李川书,还是梁翔宇,我不知道自己究竟是哪个,和生活本身相比,这也并不重要,只要你不是把它看得太重要。

"李叔叔!"大宝叫喊着向窗边跑过来。

我笑嘻嘻地应了一声,从窗口跳出去,把他抱起来,高高地举起。

"李叔叔,为什么我总觉得很早就认识你?"当我把大宝放下,他兴致勃勃地问。

"因为大宝乖。"我随口夸赞他。

"但是,"大宝歪着头,"我好像记得你姓梁。"他睁着圆溜溜的大眼睛,天真无邪地看着我。我心中一凛,不由向着万医生夫妇那边看去……①

---

① 所谓"螳螂捕蝉,黄雀在后",大概说的就是这回事吧。——批注

小故事,巧写成

吕哲

俗话说:勿以善小而不为,勿以恶小而为之。但很多时候,谆谆告诫,总是抵不过人性的贪欲。一个在精神病院工作的小大夫,无意中收治了一个精神分裂症患者。让人意想不到的是,这个患了"精神分裂症"乞丐的躯壳里竟然装了另外一个亿万富翁的记忆。于是,原本一点也不起眼的小大夫卷进了一场豪门家族的遗产之争。结果,这个多方角力的游戏越玩越大,越来越朝着失控的方向发展,而结局又是如此的出人意料!

看过江波的《移魂有术》,大约当初参加过一九九九年高考的"童鞋"们都有了想穿越回去的强烈愿望。当年,高考(全国卷)语文科的作文题目是《假如记忆可以移植》,这是自一九七七年恢复高考以来,语文考试中第一次出现带有科幻性质的作文题。而江波的《移魂有术》恰恰写的是"如何将记忆移植给别人",倘若当初有这样一篇范文的话,不知道有多少莘莘学子的命运会为之改变!

提起江波,读者们最先想起的可能是《随风而逝》、《湿婆之舞》、《追光逐影》以及最新出版的长篇小说《银河之心：天垂日暮》，其中《湿婆之舞》还曾被译成日文发表。而笔者读过的他的第一篇小说是发表在二〇〇三年第四期《科幻世界》上的《最后的游戏》。虽然那还只是他的科幻处女作，但已经充分表现出了他对宏大题材的独特驾驭能力。尤其难得的是，作为业余作者，能够坚持十年持续写作科幻，并勇于挑战"三部曲"式的超长篇写作。难怪《科幻世界》杂志社的副总编辑姚海军先生会称赞其是"一位年轻的、有抱负与雄心的更新代科幻作家"。

相比之前那些动辄以星系、银河乃至宇宙为尺度的小说作品，江波在《移魂有术》中挑战了一个他以前很少涉足的科幻领域——遗传物质与脑科学。对于这篇小说的科幻构思，江波曾经在百度贴吧中做过这样的解释："记忆是人脑整体物理状态的一个属性，复制了人脑，也就复制了记忆。为了复制人脑，需要把人脑在某个时刻的物理状态记录下来，或者说把这个时刻大脑的生物表征记录下来。DNA是记录这种表征的手段。如何把大脑的生物表征记入 DNA？我没有提。这种可能性存在于进化本身，进化本身就是一个生物性状不断被记录在 DNA 中的过程。然后，如果 DNA 已经记录了大脑性状，把它改造成 RNA 病毒之后，可以拥有改变寄主 DNA 的能力。如果这种病毒完全改变了寄主的 DNA，那么寄主就完全成了另一个人。但大部分情况下，病毒的感染能力没有那么强大，尤其是这个 RNA 病毒是山寨的。这就成了某些记忆片断，甚至引起精神分裂。另，一旦这样的研究起了头，是否意味着人的能力可以直接通过编程 DNA 获得？是否可以有一些特殊的知识可以通过 DNA直接输入给下一代？整个设想显然是含糊不清的，但对设计科幻小说的情节而言，足够了。"显然，作者在动笔之前，已经做足了功课，尽管其中也存在一些明显的硬伤，但毕竟科幻小说中的"科学"只要能达到自洽即可，也就是只要能自圆其说就足够了，没有必要过分苛求。反倒是小说在人物设计和情节安排等方面存在的一些短板，应该引起我们的注意。

如果我们把《移魂有术》跟美国科幻鬼才菲利普·迪克的同类题材作品《全面回忆》放在一起比较，问题或许就变得显而易见了——当然，因为好莱坞的两次改编，让人们对于改编电影的印象过于深刻，所以要特别强调一下，这里作为参照系的是迪克的原著。在《全面回忆》里，迪克塑造的主角道格拉斯·奎尔是一个在平凡外表下有着不凡身世经历的奇人。平淡的现实生活和不断从潜意识中溢出的记忆碎片让他长期处在焦躁和抑郁的氛围当中，就如同一个被压紧的弹簧，从而为故事情节的演进提供了足够的戏剧张力。而迪克的过人之处就在于设计了一个连环套式情节锁扣，在第一次给弹簧释放压力的时候，实际却是让弹簧压得更紧，到了第二次真正揭开谜底的时候，便令所有人大吃一惊。反观《移魂有术》，从最初的角色设定开始，人物形象就显得平面而呆板，实际上减低了人物间性格冲动的烈度，压缩了情节展开的有效空间。此外，在小说情节发展的几个关键转折节点上，作者的处理手法也稍显随意，不免给读者带来一些生硬之感。不过，这毕竟是善于宏大叙事的江波，第一次转向"小故事"的尝试，我们还是应该多些宽容和接纳。

人类曾经以为科学技术的进步将给人类带来无尽的幸福，但最近一百年的历史却用无尽的血泪向人们证明，事实并非如此。如今，尖端技术的发展在帮助人们更多了解世界的同时，也更加深入的了解我们自己。《移魂有术》涉及了基因技术和脑科学的前沿领域，让我们更多地了解了大脑这个灵魂的居所。但倘若再往深处探究一步，结果可能就会变得令人沮丧。须知，人类的记忆分为四种——瞬时记忆(感觉性记忆)依靠大脑皮层的后发放反应，短期记忆依靠海马神经环路，长期记忆依靠某些记忆蛋白的合成，永久记忆则依靠一些突触的改变和建立。了解了记忆的本质，我们就不难发现，纵然记忆可以移植，但移植后的记忆也已经成为了他者的记忆，与记忆的来源者无关了。从这个意义上说，希望通过移植记忆而活动永生其实是一种痴心妄想。由此可见，与其费尽心机去寻觅长生不老的妙方，倒不如踏踏实实地活在当下，做个真正有益于他人和社会的人来得实在。

钟声

郑军

尘封旧案

将自己与某国领导人的合影放大、装裱,然后夸张地悬挂在办公室墙上。呵呵,世界上有很多商人喜欢这么干,吉拉德·布尔就是其中之一。在办公室里,他高悬起自己与中东独裁者在沙漠深处某个秘密基地的合影。照片里除了他们俩,再没有其他人,所以,这张照片的意义远非那些凑数的领导人合影照可比。

这天,两名来自中东的情报官员走进位于布鲁塞尔市郊的布尔办公室,随身带着一小箱美元,在独裁者领袖的注视下交给了这位传奇工程师。布尔做生意总是要求对方付现金,以免被人追踪银行账户往来。不过,此次这两名情报官员除了交钱,还向布尔郑重建议,希望他在办公室里外都装上监控设备。

"我们有可靠的消息,有人要暗杀你!"

"你是说他们吗?"布尔从抽屉里翻出另一张较小的照片递给客人,那是他和某国炮兵司令的合影。

客人显然对布尔的经历了如指掌,笑着摇摇头,"这是你过去的事了,现在你给我们干,他们不会再把你当朋友的。"

这倒不令人意外,出售如此神奇的武器,自然会被人盯上。不过,布尔从来都不在自己的任何一处住所里装任何一种监控设备。他担心有人会窃取这些影像资料,从而查出自己与什么人交易。"谢谢你们的好意,如果他们真想要我的命,监控的意义也不大。专业保安公司会保证我的安全。"尽管都是生意上的多年伙伴,但他却拒绝了他们的提议。

"那就请你格外小心了!他们可都是训练有素的专业特工杀手!"

"我已经把命运交给了上帝。如果上帝保佑我,特工杀手哪会是他老人家的对手。"布尔朝着两名情报官员神秘地一笑,"你们放心吧,我虽然收过很多人的钱,但永远不会收你们死对头的订金。"

话已至此,两名情报官员只好离开。布尔嘴上说得轻松,心里却十分紧张,马上找来保安助理商量对策。他们决定请几个退伍的法国特种军人来对付即将到来的专业特工杀手,助理带着布尔承诺的订金离开了办公室。

布尔的办公室也是他的武器设计室,位于一座六层高的写字楼中。楼内都有严密的保安系统,只是在他租用的这一片,应他的要求不安监视器。布尔租了半层楼用作办公区,用一道防弹玻璃门将它与外界隔开,再分成几个小间,与助手们合用。从里面按个键就可以打开它,外面的人则必须触动指纹锁才能进来。

布尔——全世界著名的超级火炮专家,很喜欢待在办公室里,踌躇满志地望着满墙的火炮照片。这种型号是给美国人专门设计的,这是卖给韩国的。这两种曾经卖给了非洲某国,不过前者给了独裁政权,供他们在公路上奔驰调动。后一种给了反叛武装,供他们拆成零件,秘密运到城市边缘,再组装起来打伏击战。

是的,这就是为什么布尔对生意伙伴严格保密的原因。同时给战争双方设计武器,布尔犯这个军火商大忌已有多年。虽然他刚才向两名中东情报官员赌咒发誓,但其实在两天前,他们死对头的中介商刚刚找过他。①

此时正值假期,他的助手们都不在。防弹玻璃外面,一个女清洁工拿着保洁用具走了过来。她指指地板上的一摊污渍,好像是一些番茄汁,门里外都洒了一些。这一定是保安助理搞的,他刚才是边吃边谈。布尔很爱干净,马上打开门,示

---

① 杀头的生意有人做,赔本的生意没人干,但布尔其实并不是——至少不完全是个唯利是图的商人,准确地说,他应该是一个彻头彻尾的技术宅,以研究和设计各种火炮为乐。——批注

意女工进来把它擦掉。

只一秒钟,布尔就后悔了。他眼睁睁地看着那个女工熟练地将塑胶拖把的柄拧开、弯曲、折叠、组合……一把带消音器的手枪出现在他面前,枪口直指他的头。

"你这个……是真货?"

清洁女工抬手就是一枪,在一张火炮照片上打出一个小洞。布尔放弃侥幸心理,乖乖举起双手。女工向后一摆手,又有两个男同伙闯进来。此时布尔孤身一人,他知道这批人已经盯了自己很久,就等这个时候下手。

"你们要什么?我这里现金不多……"布尔嘴里应付着,脑子里想着对策。

"我们要'流星一号'的设计图。"化装成女工的来人说一口流利的英语,和教科书一样标准。①

"那只是种概念设计,根本没有画图纸。"布尔尽量摆出诚恳的态度,"你瞧,就像一些爱好者设计的飞碟,你不会真以为那东西能飞吧?"

三个劫匪面面相觑。那个假女工看来是他们的头,一个男人对她说:"你看,我说得没错,那东西根本不存在。"

"好吧,那意味着他也没用了!"说着,女工猛转身,将消音手枪对准布尔的眉心!

常在河边走,哪有不湿鞋。布尔曾经无数次设想,自己一旦被绑架该如何与对方周旋。事到如今,这些设想一条也不管用。布尔不由自主膝盖发软,差点跪倒在地。他知道自己受不了拷打,忙表示愿意交出"流星一号"的设计图。

那个东西就储存在布尔的电脑里。他说的是真话,因为只是种概念设计,布尔根本没想给它加密。两个男子把手按在布尔双肩上,盯着他打开电脑,调出文件,并把它下载到软盘里。然后,带头的"女工"要他打开文件,解释其中的要点,仿佛她能听懂这些复杂的设计。布尔一一讲给她听,他不相信这几个人能听懂那些技术术语。但此时,他很希望对方能听懂。来人懂得越多,越能了解它只是个不可能实现的设计游戏。

---

① 哪一种教科书呢?《新概念英语》or《走遍美国》? ——批注

"文件不全!"女工突然又用枪筒顶住布尔的额头。布尔彻底崩溃了,是的,他隐瞒了两个附件,不知道这个女人怎么猜出来的。布尔又把它们下载到软盘里。

"还有!你没有交全。"

布尔终于明白,刚才对方是在使诈。而此时,任由假女工如何威胁,他是什么也交不出来了。

当时还没有移动硬盘这类存储设备,拷贝这些文件用了十几张软盘。一个男人把它们装进一个包,背在肩膀上。"你们真的不准备付钱?"看他们要走,危险即将过去,布尔放松下来,话也多起来,仿佛是在给自己缓解恐惧,"这东西不是汽车炸弹,没钱是搞不出来的。我们可以谈谈价。你知道南非给了我多少钻石?中东有多少口油井在为我……"

女工抬起手,用一颗子弹回答了布尔的问题。布尔本人临死时都不相信,对方做事会这样干脆,这样不讲道理。

第二天凌晨,布尔的尸体在办公楼附近被发现。坚持不装监控设备的结果,就是无人知道何方神圣干掉了他。这一凶杀案当时引起了不小的轰动,谁是凶手,众说纷纭:欧洲军火商?美国特工?非洲独裁者?中东情报官员?

如果布尔在天有灵,他会否认上述一切判断,因为当天的劫匪是三个东亚人!长着黄皮肤的脸,这是布尔没防备那个假女工的根本原因,他认定那只是个亚洲移民。

一晃二十年过去了。

高科技犯罪侦查局经过长达两年的调研、开过三百多次会议、向国家顶级科学界中的四分之一进行征询,花费一千多万元,终于拿出了他们开办之初就立志要完成的一项研究——《国家高科技成果防扩散目录》。将近十厘米厚的文件里列着一千三百多种不宜扩散的高科技成果,注明着它们的性质、常规用途、可能对社会造成的危害、国内主要生产厂家以及目前的主要产量。

在李汉云局长的办公室里,杨真、迟健民、荣剑围坐在一起,看着局长翻阅他们的劳动果实。这项工程开始时,这里还只是一个调研室,而在连破众多巨案后,他们的价值已经得到充分认可,经费大增,人员暴涨,触手能够伸出国门,整个机构成为国之利器。

李汉云饶有兴趣地翻看目录,"金属酶、高效纳米储氢材料、聚合物太阳能材料……不错,这个基础打得很好。现在我布置一下后面的任务,逸云公司的案子,你们都应该相当熟悉吧?"

逸云公司是一家历史悠久、实力雄厚的军转民企业,主管电讯器材制造,论产量和质量,在世界上能排到前三名。去年,逸云公司接到一份海外加工订单,客商要一批高强度的通讯导线,逸云公司照单定做。产品出海后,在公海上被美军拦截。原来,订单的真正主人是一个国际犯罪组织,这批导线可以用来制造电视制导炸弹。由于逸云公司从前的军工背景,这笔生意不仅没赚到钱,还被美国人大肆炒作。

也正是曝出了"逸云案件",主管部门真正意识到"高侦局"研究这个防扩散清单的价值。涉及高科技的生意不是随便做的,如果早有审查限制,就不会出这样的差错。主管部门迅速投入人力物力,还指示各有关部门大开绿灯,协助"高侦局"。结果,整个名录提前两年完工。

"国家决定变被动为主动,以我们的这个研究为基础,提议全球主要科技大国在联合国下面设置一个监控高危技术全球流向的机构,协调各大国在这方面的工作,尽可能做到情报共享。逸云公司的那个买家早就在美国国土安全局的黑名单上,但咱们不知道,所以才吃了亏。"

"设在联合国下面?为什么不设在国际刑警组织下面?"荣剑时不忘自己曾经的警察身份,"联合国现在就是个清谈组织,哪有刑警组织能做实事。"

"因为这涉及国际交往,并不是简单的犯罪预防行为。"李汉云毕竟站的层次更高,"有关部门曾经接触过西方国家的同行,他们反应很冷淡。抓贩毒、抓洗钱、抓商业诈骗,这些案件他们很容易合作,但要是谈到监管高科技,那些人总是拒绝把他们的清单拿出来。"

"那就等炸弹落到白宫头上吧。"迟健民不以为然。众人一阵说笑。李汉云等大家笑够了又继续说道:"咱们不能只看人家的笑话,哪天恐怖袭击也可能落到我们头上。现在政府会派出高级代表去谈这个事情,我们局作为技术后盾也要派人去。迟健民是全局水平最高的,你肯定要去,荣剑做你的助手,协助你和西方国家的情报人员谈。"

迟健民是这里学术水平最高的,谈起科技预测头头是道,但毕竟书生气多一些。察言观色、折冲樽俎之类的活,都需要荣剑出面去做。

直到会议完毕,杨真也没领到任务,带着一丝失落感回到自己的办公室。助手姚素薇站起来问:"会开得怎么样?"

没等杨真回答,室内的专用通讯器响了,李汉云又把她单独叫了回去,"你马上准备好,带着小姚出发。西南省特种材料研究所遭遇抢劫!被劫物资就在咱们刚拿出的名单上!"

喧闹的音乐震击着耳膜……

闪烁的彩灯光线令人眩晕……

各式鸡尾酒的气味,还有空气清新剂硬生生的香味填满周围的空气……

记者池方的全部感官都被塞得满满的,不过他还是忍住不适,用力挤过人群来到舞台前。上面,一个叫永田敏的舞女穿着三点式泳衣正在独舞,享受着场里男人发出的喝彩。永田敏身材苗条,活力十足,不停地摆臀、扭腰、晃头。被染成半黄半白的头发随着身体的摇晃,像一片发散的云朵。池方拿不准她是否嗑了药,不确定一会她能不能清醒地接受采访呢。

永田敏是这个俱乐部的台柱子,她是日本人和阿拉伯人的混血儿,不仅长得漂亮,还带着几分妖艳。东京半数的黑道人物都来捧过她的场,但这并非池方来找她的目的。

十分钟后,永田敏已经换好装,一边擦汗,一边和池方来到俱乐部的休息区。即使在这里,震耳欲聋的音乐声也只是被削弱了一小半,还好,如果是嗑了药,永田敏会动个不停,现在她安静得像个塑料娃娃……池方克制住这个邪恶的念想,向对方说出了自己的身份。没想到永田敏的眼睛一下子睁得很大,"太好了,我正在等你啊!"

原来她这么好对付。池方喜出望外,马上掏出录音笔。没想到永田敏却伸出了手,"不是说好五百万吗?没交就要采访?你懂不懂规矩?"

池方被弄得愣住了,"什么五百万?"

"采访费啊,上午你们电话里和我说好的!"

池方连连摇头,表示自己这是第一次接触她,事先并没有通过电话,也许她记错人了,或者,这个女人假装糊涂,用这种方法敲自己一笔。

永田敏不耐烦地说:"没协商过?那也没关系,不管你们是哪家媒体,反正都要五百万,你拿出来我就开口。"

五百万日元不是个小数目,池方所在的网络新闻公司又不是树大根深的老牌媒体,他必须回去找老板申请才行。再说,这个女人的新闻值这么多钱吗?老板可能认为值,他是那个时代过来的人,二十来岁的池方可不觉得她会比眼下哪个影星的新闻价值更大。

"没有?那就快去拿。后天我妈妈就要放出来,独家新闻就不是你们的了。"

在如此近的距离上,池方能看到永田敏黑黑的眼圈,细细的鱼尾纹。一个年过三十的女人,她的各种缺点都能看得清清楚楚。池方无法满足对方的要求,只好悻悻地离开舞厅。一边走一边心里暗骂,此人的母亲能有女如此,也算是对她当年骇人罪行的报应了。

杨真带着姚素薇来到案发现场时,当地刑侦队还在取样调查。刑侦队长最初根本没注意她们,他的视线都放在她们身边那位高级警员身上了,那是西南省警察总部的官员。杨真她们不仅年轻,连警服都没穿,刑侦队长最初还以为她们是报社的记者。

不料,这位上级却告诉他,杨真来自一个名叫"国家高科技犯罪侦查局"的机构,一旦需要,他们有权去掌握各地大案要案的资料。他从未听说过这个机构,但是上司嘱咐他,现在这个局直通上层,如果有什么案件需要这个局的人出面,那一定与国家安全有重大关系,地方警员必须全力支持。①

抢劫案的受害者是西南省特种材料研究所。几年前,他们负责将新研制的常温超导材料铜氧化物加工成实用的材料。这并非普通的氧化铜,而是经过纳

①　一般来说,高侦局应该是个副部级单位。——批注

米技术加工后形成的方形晶体。当它被渗入稀土元素时,就会在二十几度的常温下产生超导性能。然而,这种材料虽然被发现已久,导电性能惊人,但质地却很脆,不易加工成板、线等形状,长期得不到开发利用。如今他们已经成功生产出一百公斤重的细板材,可以铺设在磁悬浮轨道上。特种材料研究所派出一辆专用车,拉着这捆板材送给西南省立大学磁悬浮实验基地。

抢劫现场在一处山路拐弯处。公路上的痕迹表明,劫匪可能手持武器拦住汽车,命令司机开到公路旁边一处在建住宅的空地上。由于拐了个弯,公路上来往车辆看不到那里发生的事情,然后劫匪一拥而上,杀害了司机和全部技术人员,将车子洗劫一空。他们抢走了车厢里看似值钱的所有东西,包括公私电脑、每个人的手机、钱包,连受害者口袋里的硬币都没放过,甚至连大家路上吃的方便食品都抢走了,也包括那一百公斤重的板材。劫匪们在这里另备了一辆小货车,他们把这些东西装上小货车,扬长而去。

当然,这个偏僻的地方没有任何视频监控,当地警员根据现场的各种痕迹还原了作案过程。现在,研究所所长也来到现场,看到有这么多同事死亡,所长泪流满面。

"整辆车上最值钱的就是那一百公斤材料吗?"杨真问道。

"很难说出它的价值,花了一千多万科研经费才搞出这么点东西。"

"但你们没考虑武装押运?"

悲伤归悲伤,感觉对方的口气中带着质问,所长说话立刻谨慎起来,"武装押运?我们又不是银行。这个东西还在实验阶段,它不是废钢铁,找个收破烂的就能变现。依我看,劫匪根本不知道那是什么东西,稀里糊涂就一起抢走了。"

"它的外观是什么样?"

所长让助手拿来笔记本电脑。丢失的材料是五厘米宽的金属带子,卷成一捆,看上去就像掺了杂质的铜。一群文化程度不高的劫匪,在抢劫中顺手牵羊将它捎走,也并非不可能。

"这次你们没有责任。"杨真安慰这位悲伤中夹杂着一丝恐惧的所长,"不过以后国家可能会出台一份名单,列入名单的材料,无论制造还是运输都要有严密的安保措施。你们这个材料正好在名单里。"

杨真和姚素薇对此案作了详细记录,但没有下任何结论。当地警员除了常规侦察外,还派了大量便衣寻访附近一百公里范围内的全部废品回收站,希望找到那一捆"旧铜带"。

时间一天天过去,有两个劫匪被当地警员发现,在围捕中被击毙了。线索从此中断,当地警员无法知道作案者是否只有这两个人,将一百公斤的重物抬走,显然不是两个人能办到的。而那捆"旧铜带"也毫无下落。刑侦队的推测是:劫匪胡乱抢劫一通后离开,路上冷静下来,发现那捆铜带很显眼、不易销赃,干脆一扔了之。

他们推测的依据是,被抢走的手机从未在二手市场上被卖出,显然劫匪后来意识到那种能被追踪的东西根本无法脱手。案发现场附近层峦叠嶂,随便把铜带扔到哪里,可能一个世纪都不会被发现。

杨真回去将"铜带案"列为悬案,记录在"高侦局"的档案中。

恐怖女王

这天,位于日本东京的府中监狱特别监管处释放了一个十分敏感的囚犯。为避免记者蜂拥而来,午夜刚过,这名囚犯就被请出监狱大门。

这是个瘦小的女人,年过花甲,戴着一副树脂眼镜,拎着一个小包裹,在黑夜里穿着一身黑衣,看上去像个幽灵。一辆崭新的小车早已停在监狱门口,一个三十出头的女子跳下来,叫了声"妈妈",拉着她迅速钻进车子,一溜烟走了。

"你买了辆新车?"这个女人在监狱里服刑十几年,不知道这款车的牌子,只知道它很新,车厢里还有没散去的塑胶味,"你做那种工作,怎么能有钱买车?"

"妈妈,这你就别管了。"驾车的女子不以为然。她把音乐开得很大,似乎是要压倒妈妈的唠叨声。

几十年前,一群日本人组成了名为"R军"的犯罪组织,他们杀人放火、无恶不作,甚至还准备炮击天皇。这位刚出狱的瘦小女人名叫永田芳子①,正是当年"R军"的主要创始人。她早年辗转中东,后来嫁给一个黎巴嫩人,生下了现在正开车的永田敏。

后来,"R军"的活动陷入沉寂。永田芳子也被日本特别警察部队②逮捕,因找不到她直接杀人的证据,只判了她二十年监禁。女儿永田敏被日本政府接到国内,结束了十几年无国籍的生活,加入了日本籍。永田芳子在狱中宣布解散"R军",这个声明算是给那个犯罪时代划了个句号。不过在声明发表时,"R军"只剩下几十个铁杆支持者,他们后来不是自杀就是选择默默无闻地度日。

一个时代结束了,永田芳子的人生还要继续。九·一一事件、两次海湾战争、全球金融危机……这些对于监狱里的她来讲,只存在于报纸和电视上。除了偶尔会见一下女儿,永田芳子和任何亲人都不再来往。

由于表现良好,永田芳子被提前释放,甚至不需要被监视生活,不必定期到警局汇报,成了彻底的自由人。如今,这辆新车上载着的就是一对普通的日本母女。

至少身份上是这样。

为了避免被记者纠缠,永田芳子的哥哥在郊区租下一间房子,让妹妹出狱后能和女儿一起生活。不过他不愿意和妹妹见面,永田芳子是让家族蒙耻的人,他只是尽亲属的职责。

永田芳子出狱前,女儿已经在这间小房子里住了段时间。看到屋子里乱七八糟,妈妈二话没说就动手打扫房间。永田芳子前半生过着艰苦朴素的准军事生活,后来又在监狱里习惯了整齐干净,对那凌乱的屋子确实印象不佳。不过现在的她远比当年包容,甚至对女儿的职业都没说什么。

就这样,永田芳子在新家待了下来。周围没有任何熟人,女儿夜里在舞厅折腾,白天呼呼大睡。有时候,永田芳子会上街转转,购物的同时留心一下周围是

---

① 永田芳子的原型是两个历史上真实存在的日本女性:永田洋子和重信房子。——批注
② 这里所说的"日本特别警察部队"是一个虚构的组织。现实中,真正专门负责此类案件的是警视厅公安部公安一课。公安警察是日本警察组织中的特殊成员,兼有政治警察和秘密警察的特点,其前身可以追溯到二战时期臭名昭彰的"特高课"。——批注

不是有便衣警察。她不相信日本警方真能对自己放心,不过似乎找不到什么可疑的人。这个小社区很偏僻,电视上每天又有那么多新闻,也没人记得这张十几年前曾经上过电视的脸。经常有邻居向这位和蔼的长者友好地打招呼。

这天早上,永田芳子做好饭,端到女儿屋里。永田敏一觉睡到中午,就坐在床上吃妈妈做的饭。芳子怜爱地望着女儿,这个孩子从小就没了父亲,自己也没怎么照顾她,这让她不忍心批评孩子的坏习惯。

"孩子,咱们还有多少钱?"

"您要做什么?"

"我想去中国旅游,散散心,但不知现在去一趟要花多少钱?"

"旅游吗?那太好了,我在这里也待得烦透了。"永田敏拍起了巴掌。这倒让永田芳子很意外,她本来准备了一大堆话来说服女儿,结果没用上。

东南亚就像一座人种博物馆,亚洲各族杂居在此。大街小巷还经常能遇到许多白人,他们并非游客,而是几代都在此的定居者。

所以,某天晚上在柔佛高科技工业区的街道上走着几个白人汉子,没有人会注意他们。这几个人背着工具包,就像是专业维修工。

柔佛高科技工业区隔着柔佛海峡与新加坡相邻。对岸地价、人工昂贵,一些高科技产业便转移到这里。

几个维修工来到一家小工厂门口,探头向里面张望。保安走过来,表情温和但手势坚决地请他们离开。忽然,一个维修工拔出无声手枪,射中了他的颈部。

保安的身体还没有倒在地上,几个维修工已经全部拔出武器。其中两个迅速占领保安室,三两下拆掉了监控装置。剩下的人迅速跑到主厂房,冲进成品室。沿途遇到的所有人都被麻醉枪一击而中,迅速倒地。

在成品室里,来人包围了一个中年白人,他是这家小企业的 CEO 和首席技术官。

"你们……"

"三十五个定位装置,全部交出来!"来人一边说,一边打开音箱,让音乐声充满整个空间。

来人浓厚的弗吉尼亚口音让这个白人老板放下心来。他们不是劫匪,是美国特种部队。当然,伴随着枪口提出的要求总是具有最高震慑力。白人总裁乖乖来到保密室,将来人要的东西找出来,放到桌子上。每个定位装置都有手机大小,三十五个堆在一起,也不过占据一小片桌面。

来人对他们要找的东西非常熟悉,其中有个人拿着验波器,一一检验每个装置,以免主人蒙混过关。都检验好后,这个人向带队头目点了点头,后者把枪举了起来!

白人老板知道这单生意有风险,但还是没料到会有这么大的风险。他尖叫着:"我也是美国人,不经审判你们不能……"

一声闷响结束了他的抗议。在高分贝的音乐声中,这声闷响几乎听不到。这个头目向身后的人示意,后者迅速戴上一个软式头盔,上面佩有视频装置,他们要在他的记录下毁掉这些装置。

为了找到最佳位置,这个记录者退到外围,剩下的人把汽油浇到这堆东西上面。另一个人已经破坏了屋子里的自动报警装置,再大的火焰也不会触发消防设备。

带队头目将汽油浇好,然后掏出引火器。忽然,一丝恐惧升上心头,他觉得有什么地方不对劲。他猛地一回头,正看到黑洞洞的枪口对着自己,这是他在世界上看到的最后一件东西。

"克鲁格,你……"

射杀他的是那个退到外围负责记录的同伙。由于其他人都围着桌子,没有人注意他的举动。两秒钟内,此人连发四枪,射穿了四个人的头颅。

克鲁格面无表情,迅速将几个同伴的尸体一一拖开,塞到床下面或者贮物柜后面。然后他敞开门,扬长而去。

两分钟后,三个白人老者走进屋子,他们当中最年轻的一个看上去也有六十多岁。他们看也不看地上的血迹,径直来到桌前,将那些定位器扫到一个旅行袋里,再把一个定时装置安放到桌子下面。

十分钟后,这里突燃大火。等消防队员到来时,只能从屋子里找到几具烧焦的尸体。次日,东南亚各大媒体上都报道了这一奇案,几名疑似抢匪的白人和受害人一起在火灾中死亡。死者身上没有任何证件。

当然，媒体上只公布了可以公布的信息。

站在东京成田机场的候机厅里，永田芳子抱拢双臂，望着远处的跑道，感慨万千。那里有世界大型机场里独一无二的景观——几幢民居。由于它们的存在，机场跑道无法建到预定的长度。

想当年，机场方面为了征地扩建，与当地居民发生纠纷。永田芳子和同伴们组成的"R军"犯罪组织参加了战斗，与上万名警察在这里徒手混战，双方都有伤亡。

那是个略显遥远的年代，永田敏还没有降临人世。现在，这个过一天算一天的女孩子从机场商店转回来，站到妈妈身边，一点也不知道妈妈在看什么。出发前，永田敏像变戏法一样把头发染黑，一点看不出是个舞女。

几小时后，两人到达中国。一路上都没有人怀疑，永田芳子知道自己的护照没有问题。接着两人逛了多处景点，永田芳子看了许多地方，但就是不和女儿留影。①外国旅客到中国城市逛街、游玩，一切似乎都很正常。

母女俩漫步在喧闹的商业步行街上。感到这地方很像东京的涩谷，不过那里的繁华已经落去。永田芳子被捕前就是从中国回到日本的，只不过那是二十年前，好像过去了一个时代。永田芳子半天不说一句话，像是要消化这二十年的巨大变迁。

在一个豪华连锁性用品商店的橱窗里，一块LED屏幕正在播放娱乐新闻，一个日本艳星来到这里为自己宣传造势。永田芳子暂时还不能接受这种开放。②

但那个节目让永田敏很是兴奋，她非常留心地看着女演员与主持人的对话。

"怎么，难道你也想像她那样？"永田芳子终于有点忍不住了。

"像她那样又如何？日本只有几千万男人，世界有几亿男人，天下还有哪个

---

① 从事秘密工作的人都有的职业习惯。——批注
② 地球人都知道，这说的是谁。——批注

市场比这大？"霓虹灯下,永田芳子的眼角闪着泪花,不过女儿并没有注意。

"唉,难道你除了钱,什么都不考虑吗？"

永田敏的脸沉了下来,"妈妈,像我这样只考虑钱的人,不会危害什么人,倒是您那样……"

一些话涌到嘴边,又被永田芳子强咽下去。她已经不再是当年的她,"妈妈只是想你有个好前途,不管什么样的社会,像你这样的职业总不会得到尊重吧？"

永田敏也觉得自己有些过分。那是妈妈过去的伤疤,如果总拿来当武器,有点残忍。两人没再说什么,加入到步行街上热闹的人群里。周围欢乐的气氛冲淡了她们之间的不愉快。

远处有一排小食摊,永田敏向妈妈打了个招呼,蹦蹦跳跳地跑了过去。用手势和半熟不熟的英语和摊贩交流着,她这买两样,那买两样。然而转头再找妈妈,那个身影已经从身后消失了。

怎么会？永田敏左看看,右找找,人群是拥挤了一些,但妈妈应该在原地不动,等着自己才是。

过了一会,永田敏感觉不妙,拨打妈妈的手机。铃声一遍遍响起,但她就是不接。

直到铃声第七遍响过,永田敏终于意识到,妈妈就在她眼前失踪了！永田芳子并不是无备而来。虽然经历过严酷的审讯和十几年刑期,永田芳子还是守住了自己的一些秘密。

这一年,与西南省接壤的象国 GDP 总值突破六十亿美元,正在加速摆脱"世界最贫困国家"的帽子。

同年,象国政府签下一份巨单,总额超过了六十亿美元,这就是"东方高铁"中线象国段项目。这个跨国高铁将从西南省出发,穿过象国,直达位于赤道的东南亚地区。完工后,三亿人将生活在八小时交通圈里。而象国这个还没建造过铁路的内陆国,一下子被并入世界上最先进的高铁系统中。

象国段工程已经分段施工。当然,施工难度比在他国要大。在他国建设高铁,由于沿途各地基础设施良好,工程部门分区设置厂房,制造路轨和各种设备。而在象国施工，所有设备都必须从外国运输，所以还必须先修建道路。在半成品公路上，大型车辆忙个不停，从西南省开出逐渐向南深入。

这天，十辆轨道运输车在两辆后勤车的护送下进入象国，他们要到达乌多姆塞的加工厂，将二十米长的轨道加工成无砟轨道，然后再铺到高铁线上。

距离乌多姆塞一百公里一处人烟稀少的公路上，上千名当地居民把车队包围了。他们打着各种标语横幅，有的还特意用英语写着"保卫家园"、"捍卫田地"等字样。

除了中国外派的技术人员，象国方面还派了官员押运车辆。带队官员怕爆发冲突，只好下车与当地人交涉。原来，高铁项目所使用的土地由象国政府征地，而这片区域是象国少数民族的聚居区，本来就与中央政府疏离，地方政府又因征地问题与当地人产生了矛盾，当地民众遂把拦截设备车辆当成了抗议手段。

发现势头不对，技术人员都下了车，集中在后勤车厢里，远远地看着象国官员与村民交涉。几名警察跟在官员身后，面对上千名村民，势单力薄。

不知道双方说了些什么，只见当地村民一哄而上，几个官员立刻被人群淹没了。接着，当地人冲上来抢夺车辆。护送官员无计可施，只好用视频记录事件过程，同时向上级汇报，结果摄影机也被当地人抢走砸烂了。

看到事态严重，技术队负责人以保护人员安全为首要任务，将大家聚到一起。抗议群众里站出来十个司机，一人一辆，将全部轨道运输车发动起来。其他人坐到车上，挥舞着旗帜、标语开向山区。

由于远离重要城市，几小时后，乌多姆塞的官员才赶到现场。经过一天搜索，他们发现十辆工程车都被开到了河边上，村民们早就将轨道倾入河中！

象国风云

在一处幽静的住宅小区里，住着一位名叫李国荣的人。老伴去世多年，两个孩子已经成家。李国荣或者与邻居下棋、练气功，或者外出旅游，过着悠然自得的生活。不过，那只失明的左眼，以及左手上断掉的两指，还是提醒着人们他有一段传奇的经历。

李国荣曾经是军人,当年随军队深入西南省边境。但一颗地雷结束了他的戎马生涯,被送回国内,在一家军工企业任职。不过,李国荣并没有扯断自己与打仗的渊源。一些世界上的反政府游击队通过非法渠道,从李国荣手上购买过一些药物和服装,以供军需。当然,这些都是如烟往事。

平时和邻居打交道,李国荣从不谈这些旧事,甚至对儿女都一字不漏。在那张和蔼可亲的面孔下面,埋着深重的秘密。

这天,一个打扮朴素的老年妇女找上门来。她向几个邻居问路,他们回答之余,顺便端详了她一下。他们都知道李国荣单身多年,所以对有同龄女人上门很是关心。这个女人戴着树脂眼镜,很像一位学者。

李国荣打开门,一看是她,二话没说就放进来。然后站在门外四处张望了一圈,确认没有被盯梢才又回到屋里。

他热情地伸出手,"欢迎你,芳子!"

来人正是在步行街上失踪的永田芳子。她年轻时在中国隐居了多年,所以音容笑貌和当地人没什么两样。

永田芳子握住他的手,在女儿面前流不出的眼泪,一下子就流了出来。外面的世界和这里恍如隔世。李国荣墙上、桌上的旧照片,处处都留着旧时代的痕迹。

两人寒暄一阵后,永田芳子迫不及待地进入正题,"'钟声'现在怎么样,能不能敲响?"

"你来得正是时候,它马上就要敲响。罪恶的世界已经深陷金融危机,全人类正需要这样一阵钟声来唤醒。"

"太好了!不过,当年有好多计划,现在能敲响的是哪一项?"

李国荣的表情僵了片刻,才又笑容可掬,不过芳子还是察觉到了那片刻的变化。

"是飞火流星①!"

永田芳子显得很激动,"是这个?我曾认为那是最不现实的一个计划。它要

---

① 这个名字不是乱起的,其实这部小说的作者是个资深球迷,大家明白了吧!——批注

在什么地方敲响？"

李国荣彻底收起了笑容，"芳子，虽然你是受人尊敬的领导，但我只能把情况说这么多。你在日本监狱里待了那么多年，我如何知道你没有背叛我们？"

永田芳子一下沉默了。她觉得自己在监狱里待了这么多年，脑子可能变得单纯了。她端着纸杯，好半天才又开口，"我在监狱里没有出卖任何人，这你们应该知道。"

"我相信你，不过我们需要考察你。准备了二十年的'钟声'，我们都不希望它在快敲响的时候遭到破坏。"

"我理解大家的怀疑，不过，不管你们要如何考察我，希望时间能快一点。我女儿不懂事，也许她很快会报警。"

"请放心，我们立刻转移。现在交通很方便，后天你就不在这个国家境内了！至于去什么地方，希望你在离开前不要问我。"

永田芳子马上点头。监狱就像时间机器，把她送到陌生的今天。在这个隔膜的世界上，除了"钟声"，她再没有关心的事情了。

作为中国安全机构的特使，迟健民和荣剑飞翔在各个超级大国之间，寻求控制高科技成果的合作。与出发前预料的完全一样，所到之处遭到一片冷遇。其实，老早各个超级大国就制定了高科技产品的防控名单，还有长达几十年的监控经验。然而，他们并不准备和中国人分享这一切。

有的时候，对方不冷不热地嘲讽说："你们中国主要生产的是低端产品，目前还看不出有什么真正的高科技需要防控。"

有的时候，勉强出来接待他们的情报官员直言不讳："我们交换的资料是否能抵消可能的损失呢？要知道，你们才是最需要监视的。"

"看来我们这次很难有所突破了。"回到驻地，迟健民不再需要端着笑容，气愤地说："这些浑蛋，还是用旧思维来和我们打交道。"

荣剑也怒道："火没烧到屁股，谁也不会急的。"

"不过，一年半载之内，会有这样的突发事件吗？"

就在这时，一个电话打到了他们下榻的酒店。对方自称是德国联邦宪法保卫局高级官员雷贝克。"我参加了保卫局和你们的会谈,感觉你们是有诚意的。现在我想和你们私下里先沟通一下,看怎么能说服我的上司们。"

象国高铁事件发生后的第四天,杨真带着助手姚素薇坐上了飞向象国的专机。不久前,"高侦局"接到上级指示,要负起保护本国海外高科技建设项目的责任,防范它们可能受到的袭击。任务刚刚接手,还没有安排具体规划,就出了这么一起案件。李汉云马上把杨真派了过去。

同机的人里,除了外交人员和外派警官外,还有一位年过六旬的老人。他身板结实,头发乌黑,看上去只有四十多岁。只是看过档案资料,杨真才敢确定他的年纪。这位名叫贺雪峰的老人经历堪称传奇。贺雪峰年轻时曾经参加过某国反政府武装的雇佣军,由于其文化程度高,人又机灵,很受重用。而后逐渐成长为一名雇佣军的中级军官。不过后来国际局势已经大变,反政府武装日薄西山。于是他放弃一切,回国下海做起了生意。凭着战场上练出来的一股子狠劲,贺雪峰搞建材,造机械,生意越做越大,如今已经拥有十几亿的身家。

不久前在冲突中失踪的轨道,正是由贺雪峰公司承制。当初,贺雪峰接下制造轨道的分包任务,为了给企业创出牌子,倾全公司技术力量,将它们打造成世界上可耐最强电流冲击的电气轨道。为创造纪录甚至不惜赔本。现在,他也随机来配合调查。

事件发生在象国乌多姆塞地区的管辖范围,飞机在地区首府降落,负责调查案件的高级治安官员朱拉玛尼已经在此迎候。象国政府将这个高铁项目视为改变国运的举措,不仅调集大批人力物力,而且各部门在政策上一律放行。正因为如此,遇到这样的干扰自然大为光火,发誓要调查清楚。

于是,杨、姚二人与朱拉玛尼一道乘车来到南塔河边的事发地。南塔河的这段河道两岸都是几米高的陡坡,没有人烟,沿公路下来,有一片篮球场大小的缓坡直插到河边。当地抗议者抢走轨道车后,把它们依次开到这里,再把轨道倾倒进河里。这里堤岸陡峭,水深十米,有的轨道斜出水面,有的已经沉没河底。

杨真她们到达时,此地已经有几十名象国政府军士兵在河里打捞电轨。宽阔的河道上停着一只大型抢险船,上面有简易吊车。为了确定轨道在河里的位置,中国方面还派来几名潜水员,身处内陆的象国没有自己潜水员。

当天晚上,潜水员完成了勘测任务。事件中一共有四十根轨道被劫走,他们在水面下找到三十六根,还有四根怎么也找不到。

"算了,实在找不到,我们厂再去造就是了。"贺雪峰不以为然地说道,"高铁轨道要求的精度极高。从这么高的位置抛下去,如果与河底礁石碰撞,或者互相撞击,稍有变形就必须修复,还不如制造新轨更合适。"

作为制造商,钱已收到,货已交出,贺雪峰当然希望多制造几根才有利可图。不过朱拉玛尼对此没有发言权,他必须执行政府的命令,和士兵一起完成打捞任务。

杨真不参与他们的争论,带着姚素薇观察整个现场,对那些轮胎痕迹进行比对。休息的时候,杨真来到潜水员那里,向他们询问勘测的具体情况。这些潜水员都是技术尖子,他们对自己的判断很自信。"被抛下去的轨道很集中。失踪的那四根轨道,要么根本没被抛下去,要么立刻就被人打捞上来运走。水流不会把它们冲走。时间很短,也不会深陷到泥里找不到。"

潜水员指指周围的环境,附近都是青山绿水,根本没有人烟。"你瞧,我们在这里干了一天活,都没看到一个路人。未必不会有人守在这里,偷偷把它们运走。"

"运走做什么?"姚素薇问道。

"这谁知道,也许这些人拿去当金属卖呗。"

一句话,让杨真立刻想到西南省特种材料研究所的被劫案。她思路已定,请大家来到那片河湾空地上,指着车辆痕迹给贺雪峰看:"这些是轨道运输车的轮胎,而这是一辆普通货车的轮胎印。它很新鲜,按照痕迹的深浅来判断,一定运载了很重的东西。我想,这辆车到这里没有别的理由,就是捞起四根轨道并把它们运走!"

"不会吧?"贺雪峰对只有自己女儿大的杨真不以为然,"虽然我不是警察,但我想,如果有人故意作案,为什么还要留下这么清晰的痕迹?"

"或者他们没有这个想法,或者他们没有这个时间。"杨真回答道,"朱拉玛尼先生,我认为这也应该作为调查内容。事件本身可能不只是抗议那么简单。"

由于运载很重,车轮的印迹很明显,一直延伸到附近的土路上。象国这片地区没有柏油路面,这么重的货车将道路压得坑洼不平。车轮的印迹伸向远处的山区。杨真现在的身份是中国政府派来的联络官员,她的话朱拉玛尼非常在意。不过,朱拉玛尼望着那片地区,却露出犹豫的神色。

"确实应该调查,不过那个地方很特殊,我必须获得上级的指示才能到那里去调查。"

象国政府实行"经济革新开放"后,钱在这个国家就不再是忌讳。再加上象国经济起点极低,公职人员也普遍贫穷,所以业余时间经常做点小生意,甚至挣些灰色收入。南塔的警官阿沛就准备赚这么一笔钱,带领三个比利时游客到森林深处寻找异兽"武广牛"。这是一种濒危物种,估计世上存活不足百只。三名比利时人声称要研究这种动物,并用克隆方法进行保护。但向象国政府申请手续烦琐,于是便向阿沛行贿,请他给自己开绿灯。

阿沛掂量了一下这件事的轻重。除了不合手续外,并没有什么危害。于是便私自批了条子,还请了假,自己带三个比利时人乘船向森林进发。这样是为了避免遇到沿途军警的检查。

三个比利时学者年纪都很大,阿沛估计他们没有七十岁,也有六十岁。如此高龄还要来野外探险,阿沛对他们的精神感到由衷的敬佩,觉得自己虽然接受贿赂,但是却办了一件好事。

三个白人老者都背着很大的包,里面不知道装了什么。阿沛曾经提议雇用当地人替他们背,不过老人们执意不允,理由是怕当地人损坏了里面的重要仪器。见他们这样在意那些行李,阿沛也不再坚持。

下了船,再往前走便是深山老林,没有任何居民点,不需要再陪送。阿沛收下钱送他们上岸,正挥手话别间,路边忽然蹿出几个青年,为首的拿着一只步枪,其他人拿着砍刀,把三个白人团团围住。

阿沛情急之下想去拔枪,这才发现因为不是出公务,自己没有配枪。那个领头的青年用枪口指着阿沛,让他回去通知三个白人的家属,每人凑十万美元赎金,十天以后在这里用钱换人,否则就撕票。

还没等他把话讲完，一个老人突然用肩膀撞向身边的劫匪，右手疾探，夺下了他的砍刀，然后把它抡起来，从后面猛劈那个领头的劫匪。谁也没料到这个老人能有如此身手，更有如此凶狠。劫匪惨叫一声，一条胳膊已经与身体分了家。几乎同时，另一个白人老者抢上去，夺下那支枪，转身一个点射，击倒一名劫匪。

片刻的变化把阿沛和劫匪都搞蒙了，等他们明白过来，唯一一支步枪已经掌握在白人老者手里。劫匪们四散奔逃，不过白人老者显然不希望他们离开这里，一枪一个，爆头身亡。

阿沛再糊涂，看到这里也隐隐猜出了问题。"你们……你们不是野生动物专家？"

"真抱歉，发生这样的事，你不可能再回去了。"那个老人举枪向阿沛瞄准："不过，你的上级会认为你和劫匪搏斗身亡，会发一笔抚恤金给你的家属。"

临死前，阿沛唯一的想法，就是后悔自己去挣不该挣的钱。

游击队员

荣剑看不准白人的年龄，不过眼前这位雷贝克怎么也快要到退休年龄了。他称自己只是一个中级官员，荣剑便姑且信之。按照约定，双方在柏林一家高档咖啡厅见了面。雷贝克介绍说，这样安排更能显示会谈的私人性质，情报人员也要多交朋友嘛。

临来之前，荣剑和迟健民征得了上级同意。两方寒暄之后，按照事先的计划，迟健民向对方介绍了"高侦局"从成立后经办的跨国大案——人工智能案、海人案、死光案。他们要用这些来说明中国在高科技防控领域参与国际合作的必要性。学者出身的迟健民放下书袋，以旁征博引之态叙述这些案子，滔滔不绝，吸引对方的注意。荣剑则在一旁察言观色。

"天啊，这些案件都是在没有明确跨国合作机制的前提下完成的吗？"雷贝克惊讶道。

"当然了，我想您也知道，你们碰到中国安全人员会是什么态度。"荣剑开始旁敲侧击，"大大小小的《考克斯报告》妨碍着我们的合作。"

《考克斯报告》正是超级大国出台，为了保护自己先进军事技术不受窃取的手段。而诸如此类正是荣剑他们此行要打破的屏障。

"有些案件我听说过，但从不知道你们在中间的作用。"雷贝克摆出坦诚的表情，"当然，它们都已经结案了。我们不妨现在就交换一下情报，涉及高科技产品，你们最近有什么难以解决的谜案吗？我们可能也有需要你们帮助解决的案件。"

交换情报？要不要请示上级？迟健民犹豫地望着荣剑。两人官职相当，但荣剑一向果断，迟健民总是让他拿主意。眼下后者决心已定："那太好了，我们手头正有一个未解之谜。"

于是，荣剑把"铜氧化物失窃案"的梗概介绍给雷贝克听。"我们没找到那捆东西，它有旅行箱大小，也许抢劫犯觉得它没有用，随手把它们丢在什么地方。但在没找到它之前，我们仍在担心它的下落。"

"超导物资……"雷贝克沉吟了一阵，显然，他即使不懂超导技术，脑子里也有一个大致的轮廓。"对于某些概念性武器很重要啊。"

"是的，粒子束武器、电磁轨道炮，样样都需要它。这东西没找到以前，它始终威胁我们国家的科技安全。"

"我可以断定的是，欧洲人和美国人都没干这件事。俄罗斯人现在也不会这么干。"雷贝克说道，"我会报告给宪法保卫局，提请他们关注这样一件东西的去向。另外，我们也丢了一件东西，希望你们能帮助寻找。"

于是，雷贝克就把发生在东南亚柔佛工业园的案件介绍给两个中国同行。那起案件虽然在媒体上广为流传，但案发时两个中国官员正在当空中飞人，没注意到它。当然，雷贝克所说的，也不是媒体上公开的那些东西。

在地球轨道上，正运行着各国各自建立的导航卫星系统。这些系统平时供民用，战时给导弹提供制导。这后一功能者除了自己的军队外，最多提供给铁杆的友邦。那位被袭杀的美国工程师却发明出一种黑客导航系统，把它放在导弹上，可以切入任何一个导航卫星系统。这意味着如果敌人能在自己的导弹上装配此系统，就可以利用美国的 GPS 系统进行制导。

这当然是美国人绝对不允许发生的事情,这位美国工程师也明白自己面对的凶险,求财心切,于是远赴东南亚建立起这家小企业。名义上制作其他产品,其实是为某些国家制造武器级的高科技产品。美国中央情报局侦查到了这个线索,他们不清楚当地政府是否清楚此事。如果清楚,对这个人又持什么态度。尽管两国关系不错,但出于绝不允许此类军事技术扩散的原则,他们派出了暗杀小组,目标是毁掉成品,不留活口。行动必须迅速,万一暗杀小组被当地警察发现,美国政府也绝不承认他们的身份。

这个"万一"的结果并没有出现,却产生了更为可怕的后果。行动小组中的一分子杀死同伴,三十五件成品不翼而飞。显然,另有一股神秘力量完成了这件"黑吃黑"式的壮举。

"这个案件目前在西方国家情报部门里很受重视,我们怀疑的目标不是某个国家,而是某个不知名的犯罪组织。他们正在拼装一种远程打击力量,这种黑客制导系统就是其中的一个环节。正因为我们不知道对手是谁,它们可能出现在世界任何一个角落。"

"包括中国?"

"是的,所以我们也非常希望得到你们的帮助。那三十五件成品看上去,就像三十五块硬盘,很容易夹带进入中国。"

三个人离开咖啡厅,完成了这次私人谈话。"这真是私人谈话吗?"在返回驻地的路上,荣剑边走边问。

"你的意思是?"迟健民的脑子平时很少拐这些弯。

"我想,他是来替德国宪法保卫局探口风的。公开场合下,他们不能随便谈及与我们的合作。"

回到乌姆多塞的基地,朱拉玛尼向杨真解释了自己的顾虑。原来,早在几十年前,这个地方的部族族长王宝,以分裂自治为名组织军队,与象国政府军对抗。全盛时期,王宝集团甚至拥有飞机大炮等重装备,占领了象国北部很大一片地方。后来,象国国内局势稳定,政府军抽出兵力,与邻国一起对王宝集团展开围剿。王宝孤立无援,只好带族人中的上层力量避入西方国家,剩下的有许多进入邻国成为难民,还有一些只能待在原地。

作为执政当局,象国政府不愿意扩大部族矛盾,对剩下的部族居民施行安抚政策。后来国际局势逐渐变化,但王宝仍然不服输,仍打着部族独立的旗号,秘密组织同族在象国边境和邻国国土上发起袭击。

这便是朱拉玛尼担心的原因。他并非怕死,而是担心此事背后有王宝集团在遥控。否则的话,当地居民不会把事情搞得这样大。涉及这些复杂的政治问题,朱拉玛尼可没有决断权。

这反而更加深了杨真的怀疑,如果有人想制造阴谋,那么寻找一个当局难以进入的地方岂不是更好?不过,没有象国方面的允许,杨真和姚素薇不能私下里展开调查,她们甚至不能携带武器入境,于是只好待在乌多姆塞等待结果。贺雪峰则表示自己业务繁忙,必须离开。"那些山民除了种鸦片,还能做什么。他们抢走轨道,无非是找地方把它切开,卖金属材料。你们在附近搜查这些回收站,肯定会找到它的。"

被看似无知的人抢夺,有可能被卖废品。如果不是刚发生过西南省特种材料研究所的案件,杨真或许不用听贺雪峰的话,自己就会往那方面想。但如此相似的两个案件,让她不由得产生了联想。"铜氧化物一案发生后,警察局都往沿海方面去查。但是西南省离这里直线距离很近,有大片国境线缺乏防控。"杨真对姚素薇谈起了自己的看法。

"是啊,但是我们现在只能待在这里……"姚素薇忽然眼前一亮:"卫星!咱们局的权限提高了这么多,局长能不能调动卫星来侦查?"

杨真高兴地用力抚摸了一下姚素薇的头发:"我也不知道李局的权限究竟有多大,但我要把这个建议提给他。轨道很长,卫星能够看到运输车辆。"

没过两天,雷贝克便再次打电话,请荣剑和迟健民去一趟。这次不再是咖啡厅,而是宪法保卫局的办公楼,雷贝克的办公室。直到现在,雷贝克也没有说出自己的职位。

"你们的情报很重要。铜氧化物被抢和黑客制导仪被抢,有可能是为着同一个目标。"

于是,雷贝克给他们讲了自己的一段经历。海湾战争结束后,他跟随联军参加了销毁大规模杀伤性武器的行动。他曾经检查过"巴比伦之子",也就是当年布尔制造的半成品巨炮。"不管这两起案件是谁主使,都与布尔当年的设计有关系。"

"是吗?可那已经是二十年前的设计了。"荣剑不了解火炮技术的发展。他只知道,如今没什么人使用二十年前的电脑或者汽车。

"即使过二百年,布尔的技术也不过时!并不是因为别人都没有他聪明,而是没有人再去研究超远程火炮。有了导弹技术以后,谁还要用那种笨东西呢?它的体积太大,根本不能快速移动。这种巨炮第一次发射后就会招来对方的导弹反击。"

"那布尔为什么还要坚持研究?"

"这是那个家伙的夙愿。"看来,雷贝克也是一位工程师出身的情报人员,谈起技术来,他总是深有感触。

"布尔小时候读过凡尔纳的小说,立志要像他书里写的那样,用大炮发射卫星。他认为这要比使用化学火箭便宜得多。一旦成功,将会给航天运载方式带来革命性变化。在未来,化学火箭只用于载人上天,而运送货物一律用他的大炮去发射。布尔一边研究军用火炮,一边推销这个梦想。结果客户们都接受了他的实用火炮,而拒绝了这个梦想。"

说着,雷贝克启动电脑,让两个人观看当年布尔的设计,各式各样的巨炮斜指天空,看上去不像是火炮,倒更像钻井设备,或者通讯塔。

"后来,他遇上中东独裁者的侄子,此人主管该国的武器研发。布尔告诉他,用自己设计的炮可以将生化弹头打到任何想打到的位置,天底下没有导弹可以拦截。独裁者相信了,给了他物质条件去实验。海湾战争结束后,当时独裁政权还在,但是按照停战协议,联军能够进入该国境内销毁大规模杀伤性武器。我专门参与过对布尔大炮的调查,在正式发表的调查报告中,我们声称'巴比伦之子'根本不实用。可真相是……"

雷贝克压低了声音,仿佛这间没有外人的屋子里藏着个监听者。

"真相是布尔距离用大炮发射卫星的梦想只差一步,只要功率再提高百分之五十,他就能办到。"

"真的吗？用化学发射药就能把卫星打上天？"迟健民是技术专家，一下子就听出了问题所在。

"完全不是，那是一门伪装得很好的电磁轨道炮！只有电磁炮才能提供这么大的威力。布尔当年为了伪装，甚至去订购英国的石油套管，让西方人误以为超级火炮要用化学火药去发射。其实内部的电磁轨道才是关键。在这方面，布尔比美国军方的研究先进。美国人有各式各样的导弹，有制空权，并不在意研究这种炮。然而布尔就是要用它发射卫星！所以倾尽全力。而且独裁者也并不傻，他给布尔的设计目标是大大简化它的复杂程度，让它可以在一两天里组装起来，或者拆开运走。这固然比不上车载导弹更灵活，但已经不是不可移动的摆设。"

论原理，电磁轨道炮并不新鲜。电力能够去移动几十吨重的列车，自然能以几十倍的速度推动几千克的弹丸。其实几十年前，美国人已经能用电磁炮，每秒四公里的速度射出弹丸。这已经是第一宇宙速度的一半。布尔这个巨炮狂人能够更进一步，也并非不可想象。

"你们可能也知道，布尔在那之前的一年被神秘人杀死。"雷贝克继续介绍着案情，"当地警察对外公布调查结果，说他是在办公室附近被杀的。其实那并非第一现场，他死在自己的办公室里，凶手不止一个，并且曾经和他待了很久，屋子里到处都有被搜查过的痕迹，显然他们在找什么东西。当时我们就有人怀疑，凶手是冲着布尔的技术资料去的。"

"可是快二十年了，那件武器始终没有出现。"这是荣剑最不能理解的地方。

"因为没有任何大国会舍弃导弹，去造这么一门大炮。实际上，布尔当年把射击效果说得天花乱坠，是为了骗中东独裁者，让他出钱。犯罪组织有可能获得它，但无法拥有必要的技术条件。几十米长的炮身，放在任何地方都很显眼。没有常温超导材料，他们得携带大量冷却剂。这些都不符合犯罪组织的活动条件。现在，他们必须获得一件东西……"

"是电磁轨道，依你看，他们需要多长？"

"二十米就够了！"

荣剑的思路马上转到了杨真身上。是的，杨真远赴象国去调查的案子就与轨道有关。而那一捆失踪的铜氧化物，现在看起来也比任何时候都危险。

"我们马上回去整理材料,同时请您转告西方国家的同行。事不宜迟,这样一个电磁轨道炮很可能正在组装中。而且,我们不知道它要打向哪里!"

通过天上地下构筑的通讯网,远在另一大洲腹地的杨真马上得到了这个消息。李汉云在传达指示时还要求她与荣剑直接联系。"批准你使用卫星加密信道,联系不必经过总部。另外,我们的侦查卫星已经在监视那个地区的公路,但没有发现可疑的运载车辆。"

杨真迅速将可疑点转告给朱拉玛尼,后者一时搞不清她说的是件什么武器。那有点出乎普通军人的经验范围。"你是说一门炮?"

"可以将炮弹打上地球轨道,命中五百公里外的目标。威胁和地对地导弹差不多。"

"难道王宝匪帮要轰炸首都?我马上向上级汇报!"

朱拉玛尼消失后,他的话却留在了杨真的脑海里。是啊,这个神秘力量跨国作案,将来还需要一片场地,还有技术专家。如此兴师动众架起一门炮,难道只是来轰炸象国首都?五百公里的作战半径,已经能打过西南省了。

象国政府对中国"高侦局"的判断十分重视,果真如此,性质就远不止部族骚乱这么简单了。军方马上给朱拉玛尼调派几十名全部武装的士兵,又派来两架军用直升机,在山区公路上反复搜索。长长的轨道不能折叠,最多只能被覆盖,直升机很容易观察到。

朱拉玛尼带着士兵们乘上军用卡车向山区进发。杨真和姚素薇坐在第二辆车的驾驶室里,用卫星电话和荣剑通话,此时,荣剑正乘中国军方的专机赶回国内,留下迟健民继续与西方各国情报部门就此案进行接触。他向杨真介绍了从雷贝克那里得到的调查资料。

"布尔当年的设计目标,是建造可以在一天内拼装或拆卸的电磁轨道炮,只有这样才能形成突袭效果。不过当时有几个技术缺环,全世界都没有人制造出来。布尔在自己的设计里留下了这些缺环。其中有能承受强大电流的轨道,有实用价值的常温超导材料。另外,如果打出去的炮弹只使用惯性制导,最终会偏差目标几公里。除非那是核武器,否则没有用途。这股神秘力量不可能打开有核国家的核武库,但是他们在东南亚截走了一批黑客制导设备。"

"凭这些能拼起一座电磁轨道炮吗?"

"已经可以了,但有个关键问题,发射电磁炮需要强大电能。象国工业基础那么差,他们能找到足够的高压输电线?"

杨真转身向朱拉玛尼提这个问题。"电?我们有的是!"朱拉玛尼回答说:"附近就有南塔水电站!"

原来,象国尽管是个农业国,但水电开发程度却很高。在高铁项目之前,象国对外贸易的最大份额居然就是水电输出。在出事的南塔河下游几十公里处,就有一个合资经营的水电站。

"犯罪分子如果用这些轨道铺设电磁炮,必须在高压线附近。我们应该……"

杨真的话还没说完,一枚枪榴弹便从左侧山坡上打下来,命中首车。第二辆车紧急刹住,差点翻倒。接着,尾车也被枪榴弹击中。"是王宝的匪帮!"朱拉玛尼大喝一声,跳下车,拔出枪,带领士兵用车辆作掩体,向左右山坡上还击。

在异国他乡执行任务,杨真和姚素薇都不能佩带武器,姚素薇更是第一次遇到这个阵势,杨真拉着她跳出车子,冒着弹雨,弯着腰跑到左侧山坡,一声爆炸发生在近旁。接着,一只冲锋枪和断手一起落在杨真面前。姚素薇吓得尖叫起来,被杨真捂住嘴。后者拿过冲锋枪,将姚素薇半拖半拉到山坡旁隐藏起来。这里是射击死角,两边坡上的阻击者无法够到这里。

交战双方对射一阵,谁也不敢动弹,战场形势稳定下来。杨真这两个人和象国官兵之间构成了十几米的空地。有个士兵想过来接应她们,马上被一阵子弹赶了回去。朱拉玛尼远远抛过来一支手枪,示意她们自卫,杨真把它递给姚素薇。

"你待在这里不要动,我上去看看。"

"师姐,他们可是正规军人,危险啊。"

"不管他们是谁,在此里打伏击肯定是为了拖延军队调查的时间,说明那个阴谋近在眼前。我必须搞清楚。"

就在这时,附近传来螺旋桨的声音,两架象国政府军的直升机飞过来支援。两侧山坡上的伏击者并不恋战,见此情形一哄而散,而且分头跑向不同的目标,这样做是为了不让追兵将自己聚歼。他们在丛林深处一定预先安排好了集中地。

朱拉玛尼顾不上杨真她们，指挥士兵分头向两侧山坡冲过去。"我们也上！"杨真把枪背在肩膀上，撕下一片衣服裹好双手，攀着藤条向坡上爬去。姚素薇从心里佩服这个身经百战的上司。杨真不仅不是军人，连做警察都是半路出家，经历过的大小恶战却不比特种兵少。

少顷，杨真已经爬到了坡上，正看到一个大个子向丛林深处跑去，便发足狂奔。这可不是当地的部族人，而是一个金发白肤的西方人！手里端着一支美军特种部队配备的 SCAR 型突击枪，这更让杨真生疑。

一追一逃，两人已经远离战场，没入丛林深处。逃跑的白人扑倒在地，反身朝着杨真射击。杨真晓得厉害，也扑倒在地，寻找着石坎、树干隐蔽自己。

"杨真，你在哪里？"远处传来姚素薇的喊声。对面那个白人朝着那个方向打出一串子弹，同时也暴露出自己的位置，被杨真逮个正着，一个点射击中胸膛。

看到对手已经倒下，杨真迅速跑上姚素薇那里。姚素薇从土坡后面爬起来，虽然狼狈，但没有中弹。杨真二话没说，向她一招手，两个人跑到白人汉子身边。那人大量失血，已经处在半昏迷状态。杨真迅速给他做了包扎，然后又检查了他的身上，除了弹药外，找到了药品、压缩食品、净水片和通讯装置。显然，这是一个准备在丛林里战斗的特种兵。

"你在这里看着他，等政府军士兵。我去追查轨道。"

"为什么不等他们？"

"政府军兴师动众，目标很大。对手肯定步步设卡。我自己去目标小得多。一会政府军士兵搜到这里，你就说找不到我，回去后也不要和我联系。"

"大姐，小心啊！"姚素薇关切地嘱咐一句，看着杨真的身影没入丛林深处。

飞火流星

即使穿行在密林中，杨真仍然可以通过卫星电话向总部联系。她向李汉云汇报了象国政府军遭遇袭击的事情。"王宝集团？"李汉云疑道，"象国方面没有搞错吗？外国势力虽然支持过他们，但现在只允许他们侨居，有十几年没有给予过武装支持了。"

"混战当中来不及调查取证，但袭击者里有白种职业军人，我亲手抓捕的。"杨真给李汉云传递了被俘者的照片。

"太好了，我要通过秘密渠道联系美国情报部门。估计他们并不知情，甚至王宝本人都不一定知情。但我可以让他们向王宝施压，或许可以从中找到真凶的线索。"

如今"高侦局"已经得到授权，可以随时与中国所有情报机构沟通，利用他们掌握的情报，自然也可以取得有关王宝集团的详细资料。

与此同时，中国军方的侦查卫星继续扫描这片地方的公路，但是毫无结果。荣剑已经降落在首都机场，一路上协调着侦查卫星的搜寻工作。然而，结果很不乐观。

"那东西如果建造起来，应该有三十米长，以四十到五十度角斜指天空。犯罪分子必须预设支架一类的东西。但是卫星在附近地区没有发现任何支架一类的东西。"

没有？怎么会？杨真相信中国军用卫星的分辨能力。如果陆地上没有，那么水里……

"南塔河！"杨真大叫，"这几天拍摄的照片，有没有南塔河上的？"

接下来将近半个小时，卫星电话里没有传来信息。荣剑已经赶到情报部门，一起分析最近三十个小时拍摄的整个地区的卫星图片。由于一开始卫星就把公路当成侦查方向，他们必须从照片的边角处寻找南塔河上的线索。等不来消息，杨真只好待在原地不动。因为南塔河与公路完全是两个方向。

"果然是声东击西。"荣剑让杨真用卫星电话接收放大的照片。"三十个小时前，河面上有一个特殊的漂浮物。经分辨，是用长条气囊包裹的金属轨道，前面后面各有一只摩托艇作为动力。我把漂浮物最后出现的地方给你。距离你现在的位置有二十公里。"

"好的，请卫星给我找路，我徒步过去。"

沿着丛林的宽阔处，还有山民们踩出的小路，杨真徒步来到南塔河边，已经能听到湍急的水流声了。此时天色渐晚,在山区黑暗降临得更早。

忽然,杨真发现前面岔路口走来几个人,中间的那个身影很熟悉,正是贺雪峰。旁边有三个握着枪的白人汉子。不用问,贺雪峰也被这群武装分子绑架了。事不宜迟,杨真跳出来,端起冲锋枪,用英文大喝一声,命令他们不要动。

几个人看到杨真,都吃了一惊。三个白人乖乖地把枪放到地上,此外还有三个沉重的背包。他们把双手高举过头。贺雪峰面露喜色,一边大步走向杨真,一边说道:"太好了,你来得真及时。政府军呢?"

"他们马上就到。"杨真虚张声势地说。不过,眼前的情形总有些不对劲。哪里不对呢?杨真忽然意识到,是三个白人武装分子的年纪有问题。他们头发全白,足有六七十岁的样子,看上去就像一群旅游者。

还没等杨真开口,贺雪峰已经来到她身边,从侧面猛地一扑,将她整个按倒在地。扑击的同时,贺雪峰用右手将她的枪口抬向天空。杨真倒地后迅速弹起,然而三个白人已经扑了上来。将她的枪夺了下来。

一分钟后,杨真不仅失去了武器,还失去了身上所有装备,包括卫星电话。她只好举着手,愤怒地盯着贺雪峰。怎么也无法搞清眼前的事情。

"她的脑子一定很乱,到了基地她才能清醒。"贺雪峰笑着对一个白人老者说道。

"怎么,你要带她去基地?"

"她是个有才能的人,总指挥也希望组织发展一些年轻人。"贺雪峰转身向杨真示意。"你不是要找轨道吗?那就来吧。我不能亲自把轨道送过来,只好用了这么多拐弯抹角的方法!"

傍晚,他们来到一座矿场。那是一个外国商人投资的云母矿,远远就能看到彩云般灿烂的岩石。前些天,这个外国商人声称投资不赚钱,宣布停业。撤走了所有工人,现在,这里聚集着从世界各地赶来的一批奇怪的老人。

杨真被带到办公楼的会议厅里,此处有十几个老人,他们的肤色有黄有白,有男有女。当中是一个中国人,一只眼睛残疾,正是李国荣。永田芳子站在不远处,现在杨真还没有注意她。

李国荣自称"钟声"行动的总指挥,对杨真说道:"你要找的东西就在外面。不过你肯定纳闷,怎么没有支架?其实,我们改造了一段角度适合的矿井,用它来埋设电磁轨道炮。"

杨真已经猜到了这个秘密,不过现在它已经不是重点。"你们想袭击什么目标?"

"你还不知道我们是谁吧。我们全是战士,来自世界各国。在你还没生下来以前,我们都是游击队员,为全人类的自由而奋斗。"说着,李国荣指了指将杨真俘虏的三个白人老者。"这位是德国的施莱格尔,这位是意大利的阿尔贝托,这位是秘鲁的阿方索,这位是日本的永田芳子。如果你不知道这些伟大的名字,那真是太可惜了。"

还在大学做学问的时候,杨真曾经研究过过去各国犯罪组织的犯罪活动历史。如今看到这些人,感觉他们就像是从教材中走出来的古董。

"你们……还……"

"全球金融危机让全人类看到了世界的没落,伦敦和纽约的人民已经走上街头。我们就要用这件伟大的武器给世界敲响丧钟!明天上午,二十多个政府的元首要在南岛开会。我们要把他们埋藏在那里!"

是的,明天上午南岛经济论坛召开,那是个方圆几平方公里的会展旅游区。炮击南岛会议中心?这将是比九·一一更惨烈的恐怖袭击。但是……"你们要发射什么炮弹?普通炸药?化学武器?恐怕布尔当年没给你留下特制弹头吧?"

"小姑娘,我们也有技术高手。"李国荣指了指会议室角落里的一堆弹头,"这是动能弹,世界上最简单的武器。每枚动能弹里面都填充着许多根实心钨棒,每根重两公斤。弹头冲入大气层后会在离地面三十公里处解体,这些钨棒体积小,熔点高,它们将以每秒几公里的速度撞向地面。带着火焰,成百上千根,你想想那有多壮观,就像一场流星雨。以弹着点为中心,方圆一两平方公里散布着几千颗流星,那将是天底下最美丽的流星雨。"

是啊,这种看似粗糙的打击方法,正是犯罪分子需要的。"但那里有你的同胞啊!服务员、洗衣工,成百上千。"

"我当然知道!"李国荣猛拍了一下桌子。"但是哪一场真正战斗不付出血的代价！"

"然后，象国政府军就会包围这里！"杨真大致估算了一下这里的地理位置，"邻国军队也会来包围，你们哪里也跑不了！"

"我们为什么要跑？"李国荣轻蔑地笑道，"只要攻击完成，我们就拿起枪，进入丛林与他们战斗！这次我们不会待多久，因为全人类就要觉醒了！"

在他身后，几个来自不同国家的老游击队员都把冲锋枪举过头顶。

"战斗到底！"

"视死如归！"

"解放全人类！"

这阵口号声让李国荣精神抖擞。她又把头转向杨真："好了，我已经满足了你的好奇心。现在要你自己进行选择。我们不杀你，是因为你有出众的才能，我希望你加入我们。你有知识、有头脑。你难道不想和我们一起改变这一切吗？如果你愿意的话，我们现在会带你离开，让你远离基地，不会被他们怀疑。然后给你安排秘密任务，我们需要年轻血液。"

望着周围这个怪诞的场面，杨真时而觉得可怕，时而觉得好笑。最后她平静了下来。如果要化解隔膜，她有一千种方法。如果要刺痛对方，她也有五百种手段。"我知道你们需要我，需要年轻人。自从我走近这里，一路上没有看到任何黑头发的人。我想，你们的理想也快和你们一样入土了吧？"

周围，几个人听罢面露愠色。杨真毫不在意。"老人可以怀旧，但不能强迫别人一起进坟墓。"

"你……你这个顽固的走狗。"李国荣愤怒地瞪着她，"难道你除了当狗腿子，就没有自己的思想吗？你被他们洗脑洗得这样彻底？"

"我当然有自己的思想。我爱我的国家！我的祖国会越来越强大！"

屋子里沉默了好一会，最后，李国荣把手摊了摊："好吧，那就请原谅我这个白发人，送你这个黑发人。"然后，他的声音又严厉起来，仿佛自己真是一个法官："我代表世界上全体被蒙蔽的人类，判处你的死刑，立即执行！"

李国荣向后面挥了挥手，令杨真大出意外的是，一个壮年白人汉子走了过来，手里举着枪。"你错了，女士，这里还有年轻人。我们这些被华尔街洗劫过的人,不在乎用大炮去轰击他们的代理人!"

此人正是美国联合特种部队的军官克鲁格。在东南亚柔佛工业区,他在最后关头枪杀同伴,把三十五个黑客制导装置留给三个欧洲来的老牌犯罪分子。后者使用假冒的比利时护照,带着这些装置深入象国腹地。

杨真一时半会搞不清这些内幕,知道无力反抗,只好跟着他走出去。一边走,脑子一边想着丈夫、母亲、哥哥、女儿,还有同事们。经常要与世界上最危险的人打交道,杨真随时可能失去生命,不过把命丢在这群人手里,杨真觉得很古怪,总觉得自己在梦中。

这位前美军特种部队军官押着杨真,走向采矿厂后面。那里有一片陡坡,杨真知道,他要让自己的尸体滚到坡下面的丛林中。现在能干什么?反抗?跳崖?杨真怎么也想不出,一点也不知道。

忽然,背后传来"噗"的一轻声,然后是沉重的倒地声。杨真情知有变,猛转身,嘴已经被一个人堵上。"跟我走!"一句清楚的母语传到她耳朵里。在他乡异国,这种声音很特别。

救她的人来不及解释,手持消音手枪,跳过美国人的尸体,向密林深处走去。到了安全地点,那人放开手,天色很晚,杨真贴得很近,才能勉强看到她的脸。那是一个优雅的老妇人。

"我是永田芳子,我带你离开这里。"

命令克鲁格将杨真押出办公楼,李国荣便迎来了他的老同党贺雪峰。两人曾经狼狈为奸了很长时间的军用物资买卖,这都是肮脏的往事。李国荣在军工企业,贺雪峰下海经商,他们用各种渠道将资金和物资秘密支持同他们一样志同道合的人,他们在大山深处建立起这个基地。投资这个矿区的所谓外国商人,也是他们的代理人。

二十年前,布尔为中东独裁者制造的巴比伦大炮。由于当地无法制造炮筒,他以定制石油套道的名义向英国公司下单。贺雪峰就是借鉴了这个计划,用自己的投资进入轨道制造业,逐渐掌握其中最先进的技术。最后接下为"东方高铁"制造轨道的订单。他专门设计了这个既能铺路,又能造炮的特种轨道。没有谁能看破这个瞒天过海之计，最多只是觉得他在质量上过于精益求精。

然而，这个计划里并不包括贺雪峰亲自到场，是李国荣派人把他半强制地带到此处，他对此深为不满。"李国荣，你为什么与王宝匪帮合作？他们是西方国家的走狗啊。"

"那又怎么样？敌人的敌人是朋友，如果不利用他们转移视线，象国人早就找上门了。倒是你，最近给组织的资金越来越少。"

"经济形势不好，又赶上全球金融危机，资金链压力大。我保住企业，咱们组织就有资金来源。如果我倾家荡产，咱们的事业呢？"贺雪峰转身冲那几个白人说道："欧洲的朋友对此深有感触吧？当年如果你们有经费，何必需要去抢劫银行？"

"哼！那你准备抄底几个南岛旅游公司的股票又怎么解释？这和抢钱又有何区别？"

"我公司里的钱都是为了组织，盗亦有道，这有什么错？一切都是深思熟虑。"贺雪峰作为犯罪组织最大的金主，以及这个计划的主角，并不甘心受到李国荣的压制。

听到这里，几个白人站出来支持贺雪峰。他的话说到了他们的痛处。想当年，欧洲的一些犯罪组织为了筹集经费，或者抢劫银行，或者绑架富商，把自己的名声搞得臭不可闻。"贺是对的，我们的目标虽然不变，但时代变了，犯罪的策略也要变化。"

"你们懂什么？一群花花公子。"李国荣对这些当年留长发、吸毒和乱交的欧洲犯罪分子并不感冒。"想当年我们吃苦耐劳，你们却在大城市里享受咖啡和美酒，还美其名曰是为了理想。"

一时间会场大乱，双方的支持者分裂成两派，互相指着对方怒骂开来。

永田芳子来这里已经有几天时间，悄悄地把周围环境都摸熟了。她是"元老"，这么做没有人怀疑她。现在，她就带着杨真从小径里逃走。一边走，一边介绍自己的情况。

"'钟声'计划当年是我提议的，我还亲自参加了行动。在监狱里我从未透露过，只是因为我想自己来制止它。"

正走着，背后矿区方面突然响起了枪声。"是象国政府军？"杨真问道。

永田芳子听了听，枪声零落，方向也很集中。永田芳子苦笑一声："不是，这是他们在内讧。"

"内讧？"

"是啊，这些犯罪分子各怀鬼胎，只要聚在一起，必会争吵不休，谁都认为自己手里才有真理。想当年，我就是不满国内的'R军'互相残杀才远赴黎巴嫩。没想到过了几十年，这些人还是没有长进。"

杨真知道，现在矿区里的人一定会发现克鲁格的尸体。因为发生内讧，暂时顾不上来追她们。于是和永田芳子一起加紧步伐。有矿场的灯在远处作标志，她们只要朝相反方向走就行。只有走出去，她们才能找到通讯装置报警。矿场正西有一个小镇，但永田芳子却带着杨真朝相反方向摸过去，她担心李国荣派人在通向小镇的路上截杀她们。

天蒙蒙亮，她们才看到一条隐约的山路。刚刚从路边走出来，一个人影突然闪到路中间，一只黑洞洞的枪口对准她们俩。

永田芳子一看来人，惊得目瞪口呆。"敏，怎么是你！"

看到女儿手里那把 SIGP-228 型自动手枪，以及那准确的握枪姿势，芳子一切都明白了。她的心里忽然升起一股莫大的欣慰。女儿并不是个卖皮肉的人，作为妈妈当然会从心里高兴。

"你是日本特种警察？"

三十年前，就是为了对付"R军"的恐怖袭击，日本警视厅才成立了特种警察部队。芳子对这个对手太熟悉了，只是没想到自己的女儿也会是它的成员。[1]

望着眼前的自己的妈妈，永田敏的枪端得平直稳定。眼圈发红。"妈妈，你果然没有悔改。"

---

[1] 这里体现了国人对日本警察组织的一个普遍误会，警视厅只是管辖日本首都东京治安的警察部门，日本最高警政机关是国家公安委员会管辖下的警察厅。而且，警视厅本身也无需再另起炉灶，本来警视厅的公安一课就是专门负责此类案件，而海外反恐行动一般由同属警视厅公安部的外事四课负责。——批注

"我只会向我的良心忏悔,不会向法庭忏悔!"芳子踏前一步,拍了拍自己的胸口。

"这个人是谁?"永田敏又把枪口对准杨真。这个女人出现在秘密基地外面,表情镇定自若,必非等闲之辈。

杨真已经知道她是谁了,无奈自己不会讲日语,只好用英语报出自己的身份:"我是中国的执法人员。现在正需要你的帮助。"

"好啊,你们竟然也在公开支持恐怖犯罪活动!"永田敏圆睁双眼,枪口又抬了一抬。

杨真拉了一下芳子的胳膊,绕到她前面,和颜悦色地说:"敏小姐,现在请听我说,你的妈妈不是犯罪分子,我们正试图阻止犯罪分子的袭击。"

那个武器太奇怪了,花了五分钟,杨真才将最重要的关键讲清楚:"一小时后,南岛经济论坛就要召开,日本首相也在其中。作为日本司法人员,你有责任保护本国政府首脑吧?"

看到女儿正在迟疑中,芳子来到她面前:"孩子,请原谅我再一次不告而别。我想挽回自己的罪过,但要用我自己的方式。在监狱里我不会出卖任何我的同谋,这是原则。"

"好吧,你准备做什么?"永田敏终于松了口。

"你一定有卫星电话,现在我要通知我的上级,紧急干预此事。"

"不,我此行是秘密行动,不可以交给你电话。我也要通知我的上级。"

"敏小姐,时间来不及了。会场设在中国,只有中国政府才能紧急疏散那里的人。"

永田敏终于输入了卫星电话的个人通讯代码,再把它交给杨真。杨真直接与李汉云联系上。"你怎么使用公开信道?这又是谁的电话?"发现杨真这个违反保密规定的举动,李汉云厉声责问。杨真来不及回答这些,马上将情况说了一遍。

电话那里有半分钟的停顿。杨真的心怦怦地跳着。如果自己不能说服上级,她就要目睹一场堪比"九·一一"的奇祸。

"你保证你的判断是准确的?如果需要行动,有可能会影响我们和象国的关系。"

"情报准确无误！必须马上有行动。"

"好吧。你把矿区方位传过来,然后挂掉电话！"

杨真如释重负,传出方位后,将电话交还给永田敏。刚才那场对话也早就被永田敏的上司监听到,她用日语紧张地解释着。

就在这时,远处传来急促的脚步声。永田敏只好挂断电话。"不能走大路",芳子拉起女儿,带着她们向密林深处钻去。

邪恶力量

经过短暂的内讧,以李国荣为首的死忠犯罪分子消灭了以贺雪峰为首的"一小撮变节者",控制了整个矿区。距离南岛经济论坛的时间已经不远,李国荣一边命令启动电磁炮,一边派人追赶永田芳子。追兵分成几批,直插附近的几条小路。此时李国荣还不知道永田敏已经潜伏到附近,他认为只要卡住这些路,让逃亡者一时半会无法到达附近城镇报警,他们就可以完成准备了二十年的大业。

山间草丛旺盛,利于潜伏,不利于行走,再加上是黑夜。永田芳子带着杨真并没有跑多远。发现附近有追兵,永田芳子只好带着她们朝着山坡爬去。

黎明来到了山区,能见度提高了,不过一道断崖挡住了三个逃亡者。对岸离这里有二十米之遥。永田敏趴在崖壁上,试图从下面找条路,却发现两根输电线从下面的崖隙里直穿而过。"这是不是矿区的电线？"

永田芳子看了看,点头称是:"这是从南塔水电站那里引来的。"

"那就是说,把它破坏掉,电磁大炮就不能发射了？"永田敏说着就拔出手枪,向输电线瞄准。

杨真拦住了她:"击中它们很困难,反而会把追兵吸引来。"

"那你说怎么办？"

"找到铁丝一类的东西,抛上去,引起短路就行。"

三个人回过身,想到附近找找有没有废旧金属材料。就在这时,一道奇怪的光线从空中照下来,她们的身影随灯光的移动而变化。三个人的目光都被吸引到天上。那不是灯光,而是一道流星尾焰,只不过是倒飞回天上。

当她们看到那颗火流星后,尖利的啸声才传过来,刺得她们不得不捂住耳朵。接着,第二道,第三道流星也倒飞回天上。

电磁轨道炮发射了。弹丸以每秒十几公里的速度飞向太空,沿途与空气剧烈摩擦、发热、燃烧,并使弹丸减速。不过由于初速度实在够快,最终它们仍能以第一宇宙速度进入地球轨道。外面的耐热层被烧光后,弹体才暴露出来,继续飞向目标。而这个初速度远远大于音速,所以她们看到火焰后很久才能听到它刺穿空气的啸声。

由于只需要用电,每隔十五秒便可以再发射。一道道火流星追尾而去。永田敏不再犹豫,她决定冒险用枪试一下。刚回头,却找不到了妈妈。杨真也发现永田芳子不见了,她们刚才站的距离不足两三米,现在周围再也没有这位老妇人的身影。

忽然,两人几乎同时意识到什么,永田敏在先,杨真在后,朝着崖边跑去。果然,永田芳子的身体横亘在两条输电线之间,冒着电火花。

"妈妈——"永田敏凄厉的声音在山谷间回响,上半身已经探出了悬崖,被杨真死死地按在地上。

周围安静下来,再没有火焰倒飞回天上。一件神奇的武器就被永田芳子用这样简单的方法破坏了。永田敏刚刚找回了自己的妈妈,却又永远地失去了她,整个人笼罩在悲哀中。杨真听到远处杂沓的脚步声,她一把拉起永田敏,是后者那一声尖叫引来的追兵。

永田敏愤愤地站起来,拔出枪。

"我们快走,你妈妈肯定不希望你死在这里!"杨真推着她,朝另一个方向摸去。

没有永田芳子带路,两个人不熟悉地形,转来转去,竟然又看到了矿区的建筑。下面的人也看到了他们,高喊着冲了上来。难道今天就要死在这里?杨真望着远山近水,觉得有这么个埋骨之处也不错。

忽然，下面的喊声停止了。杨真探头一看，发现下面的人都在望着她们的身后。两个人回头去看，只见几枚银色的影子闪电般地掠过头顶！

那是刚刚列装的 C 国"HN-2000"型尾段超音速隐形巡航导弹，一共五枚，飞过她们头顶后依次击中矿区。杨真拉着永田敏低下头，把身体埋在草丛里。高爆炸药没有吐出多少火焰，反而制造出强烈的冲击波，横扫沿途上的一切，裹挟着泥沙和草茎飞过她们头顶，差点把两个人掩没。

刚才李汉云答应立刻采取行动，杨真以为只是要对南岛经济论坛的会场进行紧急疏散，从未想到会有这样的雷霆手段。

过了半分钟，等劲风完全吹过，她们才敢探出头。几团蘑菇云笼罩着原来矿区，此外什么都看不到了。

在南岛经济会议预定召开之前半小时，各国领导人都已经到了会场。忽然，一名安保人员迅速跑到休息室，请各国元首迅速撤离。为了保持通道顺畅，安保人员都没有通知与会记者和工作人员。此时，各国元首只带着贴身翻译，他们被告之，一枚地对地导弹正射向这里！尽管杨真在电话里讲得清清楚楚，但在如此短的时间里让各国元首理解什么叫电磁轨道炮，那是不可能办到的。安保人员使用了他们能理解的概念来说清眼前的危险。

元首们刚刚上车，天空已经出现道道流星。有的政要好奇地朝天上望去，被保镖不客气地把头按下，塞到车里。车子刚刚离开会场，几百根钨棒就先后落下来。不过，黑客制导装置毕竟不完善，它们并没有朝着会场方面下来，而是掠过会场，在半公里外的海面上激出大片水柱。仿佛排炮攻击一样震撼。

事后，才发现这个疏散方式很危险。来袭的"动能弹"根本没有准星，像雨一样散布在方圆一平方公里的扇形区域内。有几艘游船被钨流星命中，形成贯穿甲板到船底的洞，很快被海水吞没了。

此时，李汉云正乘指挥专机朝这里赶来，他与保安负责人保持着通话。得到这里的情况，李汉云马上建议道："你们要截听现场附近的通讯信号。犯罪分子会在附近埋伏观察哨，校正炮击方位。然后，你们让元首车队绕圈子，不能停下来！"

这是防止炮击的最好方式，只不过这门构成威胁的大炮远在地平线下方。果不其然，一个通讯信号在内陆方向七百米处出现，那里已经处在安保警戒区外，一般游客都可以自由行走。一群特种警察迅速冲向现场。在一株榕树下，他们找到一个年过七旬的白人老者，已经服毒自杀。身上只搜出一本伪造的护照。显然，此人知道自己一出声就会暴露，以自杀式的方式执行完这最后的任务。

所有的人都焦急地等待着第二波打击。或许犯罪分子会扩大范围？或许犯罪分子会赌上一把，向会场附近任一地区炮击？

结果，"第二只靴子"再也没有落下来。

矿区被导弹炸成焦土，电磁大炮仅剩残迹。现场的极端犯罪分子们非死即伤，剩余的人退入深山，被象国和邻国的政府军合围。中国政府迅速与象国政府进行沟通，声明事出紧急，不得不实行这次导弹攻击。最后取得了对方谅解。

永田敏执意要将她妈妈的尸体从高压线上取下来。虽然水电站那边早就断了电，但现场的政府军士兵看着悬崖下的高压线，不敢冒这个险。还是杨真拴好保险绳，和永田敏一起垂放下去，把那段焦烂的尸体取了上来。

狭窄的山间公路边，停着几辆象国政府军指挥车辆，几个高级军官正通过无线电台指挥大批政府军士兵搜山。永田敏跪在裹尸袋旁，垂着头，默不作声。她从心里接受自己的妈妈，充其量不过几分钟，便又失去了她。

杨真将一杯热茶递了过来，握着永田敏的手，默默地陪着她。好一阵，后者止住悲伤，站了起来。

深山里不时传来零星的枪声，偶尔还有火箭弹的爆炸声。那是武装直升机在实施对地攻击。不过，两个人都觉得这场战斗已经远离自己。她们等待双方大使馆的人来接。一场战争消融了她们之间的隔膜。

"杨女士，你学的是心理专业？"

"是的。"

"我很想了解妈妈那些人的心态。虽然我小时候和他们中不少人有来往，但始终无法理解他们，为什么要生活在自己罪恶的幻想中。对于这种精神状态，心理学家有过结论吗？"

"有过结论，但我不了解你母亲，不知道这结论是否适合她。"

"没关系，你说说吧。"

"唔……你知道，人生中总会有许多不如意，失学、失业、失恋、经营破产、亲人去世。社会上也总有许多弊端，腐败啊、犯罪啊。让人不满的事情来自各个方面，彼此之间没有联系。但许多人不这么看，他们不认为这都是孤立事件，其中一定有某种阴谋，一定有某个恶势力作祟。现实中找不到，他们会编一个出来。过去，这种幻想中的邪恶势力可能是魔鬼、是撒旦、是女巫、是异教徒、是犹太人。如今到了科学时代，再用这些中世纪的概念不合时宜，人们就要幻想出新的魔鬼，来为世间一切不公平负责。对于你母亲那些人来说，'全人类的敌人'就是他们脑子里的新魔鬼。这个概念就是个标签，他们可以把它贴到任何自己痛恨的人和事上面。并且对它们使用暴力，而不受良心谴责。"①

永田敏低着头，默默消化着杨真的话。

"我也想请教你一个问题。可以吗？"杨真问道。

"唔，那要看你的问题是什么啦。"

"你是怎么跟踪你母亲的？她回到老朋友身边后，他们肯定要检查有没有被装上追踪器。"

永田敏诡秘地笑了笑。"我是她女儿嘛，我们有心灵感应。"

杨真知道她不肯说实话，便不再追问。一架涂着日本国旗的直升机出现在空中，永田敏向杨真伸出手。"很可惜，我们离得这么近，却只能用英语交谈。"

"我也是。"杨真握了握她的手。

几分钟后，"高侦局"的直升机也飞过来，接走了杨真。她在机舱里俯瞰着丛林，几片山火提示着正在交战的区域。

在德国联邦宪法保卫局的总部里，雷贝克正在接待两位客人。一个是军事安全情报局官员，一个是日本特种警察部队警官。和荣剑猜测的一样，雷贝克只和他们说了一半实话。

---

① 这是借角色的嘴，在讲作者的道理。——批注

"事实证明，请'高侦局'一起玩这个游戏是应该的。"雷克尔很得意于自己当初的决策。他以私人身份去和"高侦局"交换情报，及时阻止了一场大灾难。德国总理在逃出会场时丢了几份重要文件，可见当时情况之紧急。不过，这比被一枚流星击中时待在会场里要好多了。日本首相和意大利总理也都在这次危机中脱险。

"这只是一个孤立事件？"日本警官还是心存顾虑。

"不过，还是算了吧。我们心里都有数，今天能危害一个大国的可以是任何一种力量，但绝不会是另外一个大国。"雷贝克说道。

几十年前，包括"R军"在内是世界著名犯罪组织计划发起一系列绑架暗杀行动，但事与愿违，这些行动不仅没有获得公众支持，反而被社会舆论强烈谴责。于是，在永田芳子倡议下，几个犯罪头目在欧洲某地碰了头。他们认为，必须转而袭击真正的目标，或者像白金汉宫这样的著名地标才能挽回影响。然而这些目标处在严密保护之下，拿着普通轻武器解决不了问题。

于是，他们到处收集可以发动此类袭击的特种武器。这些武器可以远距离发动袭击，并且能够方便地制造和转移。他们将这个计划定名为"钟声"，意思是用它唤醒全人类。

从此，几大犯罪组织表面上销声匿迹，暗地里到处寻找能够敲"钟"的工具。为了不引起怀疑，他们经常跨国行动，西方人到东方的日本作案，永田芳子等东方人到西方国家作案，以减少被注意的可能性。她曾经带人劫夺布尔的电磁轨道炮设计图，并亲手杀死这个怪才。

没过多久，几大组织的重要领军人物悉数落网。他们只承认已经犯下的罪行，从不吐露任何警察不掌握的秘密，也不怕警方的任何心理攻势。与此同时，各国警方分别从这些组织的外围分子那里听到"钟声"计划，知道他们正在联手制造阴谋，但怎么也得不到阴谋的详情。

时间越久，对危险的担心反而越重。为了破解"钟声"之谜，各国司法部门策划了一个大胆而漫长的计划。在关押十几年，甚至二十几年后，他们在罪犯本人都没有认罪的情况下陆续释放了几大犯罪组织的首领。其中有德国的迈因霍夫、克拉尔、莫恩豪普特，意大利的萨瓦斯塔和利贝拉，日本的永田芳子等人。

在刑期将满时,他们还对这些犯人秘密用药,让他们产生心脏病、肾衰竭之类的疾病症状。然后送入医院做手术,在手术台上将仿生跟踪器植入他们的骨内。这种跟踪器每隔一小时向周围发出信号,自动切入普通通信网络,并传回总部。平时则不发出任何信息,并且不用电源。

各国警方估计这些罪犯中有人知道"钟声"的秘密,只是不能确定是谁。在将他们释放后,警方撤掉监控,让这些人产生麻痹,以便刺激他们和恐怖网络去接触。结果出乎意料,原来,作为这些人里最晚被捕的一员,永田芳子掌握了全部的"钟声"计划,并将它们带到了东方。

在大西洋的另一边,美国司法部门拘捕了移民的部族领袖王宝,理由是他雇用美国退役特种兵,对与美国有外交关系的国家发动袭击。此举违反美国法律。

不久,加拿大《汉和军事评论》发表文章称,从"钟声"的袭击效果来看,其可能会成为一种对抗航母的简易战术。与南岛会议中心相比,一个航母战斗群的目标要大得多。在沿海山地布置几十门电磁炮,将几千根重金属棒倾泻过去,覆盖几平方公里海域,任何反导系统对此都无济于事。

文章这样写道:"航母编队的核心是航空母舰,而航空母舰的核心是飞行甲板,只要有几十根金属棒以每秒数公里速度击穿飞行甲板,令飞机无法起飞,航母编队就不得不撤退,否则就会被敌方的空军所包围……"

揣上高科技一起去冒险

吕哲

一个极端犯罪主义的幽灵,穿越二十年,在毫无预兆的情况下,突然在东南亚现身。一捆高科技"铜带"意外遭劫,数根高铁钢轨在运输途中被哄抢,柔佛高科技工业区上演了一场黑吃黑血腥戏码……所有这些看似毫无关联的事件,最终却指向了一个足以改写世界历史的惊天阴谋。而能阻止这一切的只有一个人——詹姆斯·邦德?错了,她的名字叫杨真,来自作家郑军笔下的"双刃剑"系列科幻作品。

在当今的中国科幻文坛,生于一九六九年的郑军可以说是一位理论与实践相结合的"非典型"科幻作家。当年,他以普通科幻迷的身份走入科幻界,凭着自己对科幻创作的执着与坚韧,在而立之年投身科幻创作,用了十五年的时间从边缘走向中心,可谓大器晚成,坚忍不拔。

从某种意义上说,郑军的成就和艰辛都源自他独特的科幻创作理念。早在一九九七年第十二期《科幻世界》杂志上,郑军就发表了他的"创作宣言"——《关于科幻创作的断想》,指出中国的科幻创作如果只是围绕着时间旅行、外星人、机器人这"老三样"展开是没有前途的,并在此之后,坚持以真实生活为创作背景,在科技发展的最前沿寻觅科幻素材。

追本溯源,这些前卫理念很大程度上来自郑军对迈克尔·克莱顿式的"高科技冒险小说"的极度推崇。在他看来,克莱顿承袭科幻宗师儒勒·凡尔纳的衣钵,以当今时代为背景,以真实科学为素材,与"老三样"式的典型科幻拉开了距离。在创作技巧上,克莱顿小说深谙畅销书写作的个中三昧,情节设置悬念迭起,故事曲折而不荒诞,常有出人意料之笔,不读到最后很难猜中结局。这些特色在郑军的科幻小说中都有明显的体现,但郑军并非单纯模仿克莱顿,而是把高科技冒险作为一个大方向,结合自身的人生阅历、创作逻辑和文化底蕴,形成了郑氏的科幻独特风格。

受创作理念的影响,郑军的创作重点从一开始就放在了中长篇科幻上。事实上,郑军的大部分长篇科幻创作都可以归入三个系列:"奇迹三部曲"、"双刃剑"系列和"神秘世界"系列。而《钟声》就是其中"双刃剑"系列里的一篇,除此之外,这个系列还包括《极速》、《黑暗感觉》、《浴血圣杯》、《噩梦长存》、《风车斗士》等五部中篇以及《生命之网》、《神使》和《西北航线》等三部八到十万字的小长篇。相比郑军其他的科幻作品,"双刃剑"系列没有厚重的主题和复调式的叙事结构,而是更接近倪匡的"卫斯理"系列的风格。该系列小说虚构了国家高科技犯罪侦查局这个机构,当读者随着在这个机构中工作的女探员杨真和她的伙伴们穿梭于形形色色的高科技犯罪案件时,作者赋予"双刃剑"系列的主旨也跃然纸上——科技本身没有善恶之分,关键看谁在运用,为何而用。

《钟声》在整个"双刃剑"系列中具有承上启下的重要作用。主角杨真在参与侦破了一系列高科技犯罪案件后,已经成长为一名精明干练、经验丰富的资深探员。与人们以往印象中的人高马大、年轻力壮的犯罪分子不同,这次她要面对的是一群爷爷级的犯罪分子,他们虽然身处未来,但思想却还活在过去的老皇历,妄图通过极端犯罪活动实现所谓的"伟大理想"。最终,杨真又一次化险为夷,成功地挫败了国际犯罪分子的阴谋。

值得注意的是,"双刃剑"系列中的杨真并不是传统意义上詹姆斯·邦德式的超级英雄,而是一个典型的平民英雄。尽管供职于广义上的国家安全部门,但她的身上并没有太多的神秘感,反而是平民百姓的成分更多一些。她成长在一个双亲离异的破碎家庭,但性格上仍然积极乐观,对工作敬业投入。有一个再婚的丈夫,对自己继母的角色也甘之如饴。所有这些角色设定都拉近了杨真与普通读者之间的距离,让人有仿佛"她"就生活在你我身边的感觉。这在以往的原创科幻小说中是不多见的。从某种意义上说,这是一种更加"成人向"的故事建构模式,更加适合那些对阅读娱乐性有较高要求的中青年读者的口味,同时也与类似题材作品拉开了间隔,实现了差异化。这也是符合郑军一直以来对自己的科幻作品坚持走商业化道路的定位。

　　客观地说,郑军不是一位天才型的作家,但对科幻创作却有着超乎常人的热情和执着,而且他是一个有着强烈理论自觉的作家,对认定的道路绝不轻言放弃。十几年来的笔耕不辍,已经让他从一个写作的初学者成长为出色的科幻小说家,而且在他的近作中已可以明显地看到他开始把大量影视技巧运用到小说创作中,作品的画面感和整体的协调性得到了显著地加强。这些都是他在创作上走向成熟的表现。

　　如果说现在还有什么阻碍着郑军成为畅销书作家的话,那恐怕就是市场的问题了。当年,郑军提出的"老三样"没有前途,提倡科幻题材的多元化,毫无疑问是具有理论上的前瞻性的。但事实上,郑军也并不完全拒绝传统科幻题材,他所创作"星球大战后传三部曲"系列就是不折不扣的典型科幻小说。而他主张用高科技冒险题材的新型科幻作品来作为"老三样"以外的新选择,主要是希望恢复科幻小说创作紧盯当代科技发展前沿的优良传统,同时也源于他一直以来提倡和推广的"大科学文化"的理念。至于这种新类型的科幻作品能否真正成为"老三样"的终结者,主要取决于相互关联的两点:第一是"老三样"是否真的黔驴技穷,第二是读者群体是否能接受新类型科幻作品。在第一点上,刘慈欣的出现制造了一个巨大的变量,尽管刘慈欣并不专写所谓的"老三样",但不可否认的是刘慈欣创作的一系列涉及外星人的科幻作品,把这个题材类型提升到了一个全新的高度,而《三体》系列的出现又成为当代中国科幻创作与阅读的新标杆。因此,寄望于既有的科幻迷群体,也就是科幻读者群中的存量,大面积地转变阅读口味,向新类型科幻靠拢显然不现实。

对于这些,郑军本人也有着清醒的认识,他一直努力的方向就是用自己的新类型作品去争取新的读者,也就是制造新的增量读者,形成自己的稳定读者群。这无疑是一条更加艰难的道路,这么多年来,郑军几乎一直是一个人在默默地前行。此次《钟声》获得华语科幻星云奖(银奖)是他第一次斩获科幻文学领域的重要奖项,也可以说是对他多年来努力和坚持肯定。相信,这对于郑军来说,会是一个重要的转折点,也是迈向新征程的起点。

高维度渗透

碎石

“见鬼！”

“怎么了？”

“目标体！目标体的偏离预测值突然非线性增长！”

“什么？”

“三号监测位报告！偏离值超过可接受范围百分之二百三十，已经突破第一道警戒线，约百分之三百三十后将突破第二道警戒线！”

“前方 A 组报告，他们已经失去了目标体！GOCE（地球重力场和海洋环流探测卫星）发出引力波异常警告，引力变化尺度在过去四十秒内达到十亿分之十三！”

“哦……真是见鬼！”①

那天，夏后一点钟就爬起来。用冷水洗脸的时候，他抑制不住地把头伸到龙头下，让水稀里哗啦地冲了三分钟。天气预报说气温不到十摄氏度，他觉得水冷得像冰，真爽。

夏后抬起头，看着镜子里的自己，看着那张消瘦惨白的脸，那张绝望痛苦的

---

① 一段紧张刺激的引子，用以激起读者们的阅读渴望。——批注

脸,那张已经失去人性、失去人格、失去生命的脸。看着看着,眼泪又怔怔地下来了。

他没有阻止眼泪往下流。

三个多月了,这是第一次看见眼泪,很好,说明抑郁症已经有所缓和了。从行尸走肉,看一切迷迷茫茫的状态,走到了半死不活,看世界一片哀号的状态。[①]

是个好的开始,夏后对自己说。他擦干净了脸,把长到鼻尖的头发往后梳,梳得一丝不乱。穿上衬衣,穿上外套,最后一次照了照镜子。

他的目标是嘉悦大桥。选择这座桥是因为三方面的原因:一是不太著名。这是外环路上一座横跨嘉陵江的斜拉桥,距离市区很远。二是其下方专门有游人通道,但因地处偏僻,基本上没有人。三是足够高。距离江面超过七十米,如果心理素质差一点,在接触水面前就已经昏厥,痛苦能减少到最低限度。即使没昏,死是肯定的,断不至于摔个高位截瘫,卧床数十载,死得臭气熏天惨不忍睹……

心理学家贝克曾说,抑郁症患者最危险的时刻,不在抑郁的谷底,而在康复到有力气走出家门的时候。那时候,抑郁症患者才打得起精神来寻死。他说得真他妈的对。

夏后把一个黑色笔记本放在桌子最显眼的地方。上面记录着这几个月的研究所得。这些稀奇古怪的研究尽管对他不再有意义,对他的导师也许会有帮助。

他出了门,在门口静待了片刻。在屋内他止不住眼泪,等到门关上,却霎时心中一片平静。手机是早已停机了,他把钥匙、钱包、身份证扔进垃圾桶,只拿了一百元,叫了辆出租车。

一百七十千米上空,近地轨道,通勤四号卫星正同时启动两组伺服电机,将两组高敏电磁探头同时指向地球的某一坐标。显然,事态达到最高预警级别,通勤四号自动启动了关联网络。

在它下方二百六十千米,本应对东亚海域某国军事演习进行辅助监视的通勤三号卫星,临时中断了所有应用,把目标指向通勤四号提示的位置。更高的二

[①] 抑郁症是一种较为常见的心理疾病,致病原因较为复杂,以显著而持久的心境低落为主要临床特征,严重者可出现自杀念头或行为。以前有一种观点认为,抑郁症多发于高智商及脑力劳动人群,但临床统计显示,各类人群罹患抑郁症的概论大体相当。——批注

百二十千米轨道上，飞驰者一号天链卫星也打破静默命令，同时链接三大洲的十四个点位，将通勤系列卫星、欧洲航天局的 GOCE 卫星，以及 NASA 的两颗磁场观测卫星接受到的信息，以每秒约三千兆的高速向地面发送。

"第一波电磁屏障在三十六秒前生成！"三号抬起头大声宣布，"地点在 E–2330、D–7607 与 E–2401、H–4400 之间，地壳产生的能量偏移还未消除，还无法准确定位。与预测位置相距二十六千米左右！"

"预计第二波电磁屏障将在七十秒后达到可观测强度！"四号说道，"通勤四号观测到的第一波热辐射已抵达平流层下部，高空磁场扰乱现象明显！"

"目标体完成态已经达到大约百分之七十六，能量反馈误差在千分之三以内，符合量子谐振子第三波函数特性，生成形态完整！"二号紧紧盯着屏幕，"误差值继续缩小，各指数进一步收缩于标准形态！"

"目标体作用范围？"泛所有项特别执行委员会执行官问。

"计算……"一号回答道，"完成了！范围比预期略高，覆盖范围超过二点三平方千米，可观测体约五十平方米，持续增长中，可能属于第二种接触模式……二号，预计最终形态会达到几级？"

"达到五级标准的几率升高到百分之四十一。"

一号皱起眉头："几率相当高了……这一次为何会偏离预测位置这么远？"

"形态开始变化！"二号突然说，"两侧似乎受到干扰，大量热辐射向中间挤压！"

"是工业区？"

"不能确定……形态呈流体变化，现在正高速突破地面，可观测范围正在急剧增长，首次波涌已提前至一千六百二十秒后！根据目前的能量阀值，波涌持续时间大约十六纳秒！"

"时间不算长。"执行官喃喃自语，"如果地域情况不复杂，也许不会造成太大影响……"

"有可能是江，"一号说，"目标区域的地质条件不可能出现大规模的地下水系，如果流体变化过大，很可能是因为接触到了江河下方的渗透带。三号，区域还没有确定下来吗？"

"等等……出来了，通勤三号卫星连续收到规律反射信号，基本确定该目标体突出部。"

"投射出来。"执行官命令。

大厅中央巨大的显示屏上,高解析的地图正显示出来,地面以绿色模板表示,江面是蓝色,在这两者下方,一个巨大的红色气泡正高速接近地面。许多数据围绕着它,其中最关键的经纬度、体积、与地面的距离等字形最突出。气泡在半分钟内,从一个完美的球形,迅速演变成一根长长的圆柱体,其顶端稍稍探出地表,长约一百米左右。不过尚未能突破江水范畴。受到江岸和水流的共同影响,探出地面的可观测体收缩到江面宽度,其表面呈现出非常明显的流体效应。

"是江……至少远离居民区。"一号明显松了口气。

"首次波涌将在一千二百秒后形成!"二号再次宣布,"能量反馈将在一千一百七十秒后达到首次峰值,预计波涌时间——十六纳秒!"

"行动小组情况如何?"

一直没动静的五号焦头烂额地说:"由于跟预期值相差过大……呃……最近距离的三个地面小组到达观测点至少需要十分钟……不过当地警方在十分钟前,已封锁了通向目标区域的道路。"

"但我们的人必须赶在波涌前确定该区域!空中支援单位呢?"

"两个空中单位离得更远……"五号一头大汗地拼命寻找着,忽然眼睛一亮,"有一个单位离目标只有三分钟距离!哦……是后备支援部的一架备用直升机……"

"命令该单位顶上去,确认区域是否干净是最核心任务!"执行官站起身,环视四周,厉声下令,"所有单位必须在规定时间内抵达目标区域,切断一切交通,屏蔽无线电信号。本系统只允许保持激光单链通讯。通知警察,出动所有当值特警支援,以目标体为原点,封锁范围扩大至十千米。在目标体消失前,本系统自动提升至最高级别,拥有特别执行权,所有与本行动相违背之行为将视为非法。行动、行动、行动!"

夏后在离嘉悦大桥两百米时下了车,把一百元都给了司机,等出租车彻底消失在视线之外,才迈步向桥走去。

天气很怪异。高空一片澄清，只有西方极远处有些微云层。它们属于高空云系，被半玄月照亮了，散发出一种暧昧的暖色。天穹是藏青色，愈接近地平线愈淡，直至完全化为城市的灯光漫射。这种典型的北方深秋干燥的夜晚，在重庆真是非常罕见。

夏后仰头看天，一直走到桥上，想起此行的目的，转而向下看。见鬼……哦，不、不，是好事。

大雾正从桥下滚滚涌过。目力所及的江面全被大雾笼罩了。雾气浓密，活像真的凝成了雾的江面。雾的厚度至少有三四十米，因为大雾的顶部离桥不到三十米了。江风凛冽，吹得人骨头发寒，更将大雾顶端切割得非常平整。雾气在寒风中散发出一种诡异的青色辉光，让人觉得一旦掉进去，立即就要变成冰碴，继而被永无休止翻滚着的雾之江水直接冲入幽冥黄泉。

非常好，在雾中看不见江面，死亡的沉重又轻了三分。夏后这样想着，小跑着下了阶梯，跑进大桥的观光通道。

这座大桥两侧下方，专门修建有供行人经过的通道。不过因地处偏僻，平时只有车经过此桥，行人非常之少。栏杆是普通的不锈钢栏，脚下就是江水，翻越太容易了。夏后一口气跑到桥中央，才扶着栏杆。他在那个位置站了很久……很久很久。

一小时后……也许两小时，也许更久。时间对他来说已经不重要了。他闻到有股微酸的味道，便往下看。

桥下的雾气更加浓重了，颜色变成灰黑，活像桥下有什么东西燃烧起来，浓烟融入了雾里。不过并没有什么烟味，倒是那微酸的味道越来越浓烈。[1]

就在他脚底正下方，从江面升起的水汽与被桥面阻挡、转而向下的一股乱风较劲，雾气便翻卷着形成一个漩涡，漩涡中心内部混沌一片，偶尔有什么青白色的东西一闪。是江面吗？夏后不知道。只是看那漩涡久了，禁不住得头晕目眩，好像要被它一口吞没似的……

其实该想的都想了，能做的都做了。为了治疗抑郁症，这一年来他翻遍了所

---

① 感官描写非常到位。——批注

有心理学著作，但没用就是没用。抑郁让他完全无法入睡，胃溃疡、肠道痉挛、无法进食、耳鸣、头痛、恶心、尿血……已经没任何可以留恋的了。夏后慢慢脱下外套。

这个时候，他听到了声音。轰轰轰……当头压下来的狂风吹得他连退两步。

"大桥两侧快速通道已经封闭，十分钟内没有车辆进出通道记录。卫星显示，封锁区域内没有车辆滞留！特警已成功封锁十六处人行通道。"

"大桥两侧可观察到目标体的居民楼已被封锁，警方已将所有人员带至两千米以外，正进一步撤离！"

"A组已经成功推进到离目标体六千米处，接近滨江公路，预计在四分钟后抵达观测点！B组离大桥约三千米……"

"飞驰者一号传回第一批高解析图像，已经观测到可观测体！"三号叫道。

所有人都抬头看中央屏幕。卫星地图显示，一大团灰褐色的雾正盘踞在江面之上，并有向两侧扩散的迹象。地图迅速拉近，经过多层、多频段曝光的图片很清晰，可以看见桥面上干净得连一条狗都没有。

"非常好，"执行官看表，"现在是凌晨三点，应该没有什么人。它拢起的雾气掩盖了自己，之后的新闻封锁就好做了。"

众人都松了口气。这次行动经过数月精心准备，临到头才发现预测错了几十千米，已经惨败，只求能平平安安过去。没有人在目标区域内就出不了大事，回头向上级汇报时，责任就要小得多。

执行官想起一事："那个后备空中小组在什么地方？"

"空中小组已到达嘉悦大桥上方，离目标体约一百米。大桥范围内没有发现车辆，亦没有人行通道。电磁干扰越来越强，小组请求进一步指示。"

"波涌的最终时间确定没有？"执行官回头问。

"三百七十七秒后，误差约二十毫秒。约三百六十秒后，可观测体就将达到桥面高度。"

"命令空中小组，暂时撤离到岸边，关闭系统，等待命令。"

"明白。"

"是……第二后备支援小组明白，我们将在北岸着陆，等待进一步……见鬼！"

强烈的电磁干扰让频道瞬间只剩下背景噪音，这意味着波涌即将到达，必须立即远离此地了。机长关闭了通讯，扳动操纵杆，直升机略转了半圈，向左侧倾斜，快速掠过桥面，向北岸靠拢。就在机身刚下降到与桥身的高度相同时，副驾驶座上的泛所有项特别执行委员会第三期见习生齐姜突然尖叫一声。

"有人！"

"什么？"

机长吓得一哆嗦，直升机向前猛冲一段，又拼命拉起。从桥下刮上来的风吹得直升机左右摇摆不定，电磁干扰又使仪表们开始不受控制地乱动起来，这对飞行来说异常危险。但是目标区域一旦出现人，那可是最重大事故，机长拼老命稳住机身，齐姜伸长了脖子仔细看。

"真是一个人！哦，真见鬼！人行通道在桥下方！拉上去，快拉上去！"

咄咄咄……螺旋桨劈开厚重的雾气，艰难地重新升到与桥面齐的高度。现在看得更清楚了，那家伙呆呆地站在栏杆后，大概没有料到突然有直升机出现。下方翻滚的雾气几乎就要漫到他的脚了！

"这里是……嘶嘶……总部，请求指示！这里是……完全不行！"机长转头看齐姜，"通讯中断了！波涌要开始了！"

"那怎么办？"

"我们必须撤离！"机长握着操纵杆的手抖个不停。

"不行！"齐姜大吼。

"……"机长也知道不行。事态太严重了，严重到他不敢想象……机舱内温度只有十几度，他们两人却同时汗透了衣服。

只犹豫了几秒钟，机长就下了个决心："好，我下去……"

"不！"齐姜截断他，"我通过了资格考试，我下去！"

"你疯了！你只是个见习生，根本没签那份协议，选择离开一点责任都没有！"

齐姜看着他的眼睛，一字一句地说："放我下去。"

直升机迅速爬升到大桥上方,顶着狂风朝人行通道入口处降落下去。齐姜摘下头盔,解开安全带,直升机还没有停稳,她就咕咚一声跳了下去。风吹得她站立不稳,不得不紧紧抓住栏杆。

"齐姜!"机长叫住她,"你知道标准程序吗?"

"我知道!"

"我……我是说……最后的标准程序?"

齐姜做了一个手势。

"妈的……坚持住!"机长挥舞手臂,朝她狂喊,"他妈的一定要坚持到最后,懂吗?!"

齐姜点点头,猫着腰一路小跑着下了通道。直升机机头翘起,想要拉升起来。但所有的仪表都开始疯狂旋转,警报震耳欲聋。尾部螺旋桨液压失衡,带着飞机横着向左侧撞去,哗啦一下撞断护栏。直升机往前一口气拉断了十几米长的护栏,才勉强拉起。但是护栏却勾住了滑橇式起落架,它在离桥不到十米的高度盘旋着,周围能见度降到不足十米,已彻底失去了规避的方位和时机。

金色、红色的闪电开始频繁闪现。这些高能粒子流如同一条条游龙在浓雾里穿梭,任何一束都可以轻易把直升机打成废铁。机长摘下头盔扔到一边,抹去脸上的汗水,啪啪啪打开几个按钮。他看着疯狂翻涌的黑雾背后,那团越来越明亮的紫色光团,喃喃地说:"他妈的,来真的了吗?"

夏后全身都在颤抖。

刚才直升机上升的时候,他看到了机身上有个显眼的标志——是警察?这么快就被发现了?他这么想着,抓住栏杆,一步跨了上去。

哦,桥下那是雾吗?简直是一团扭动的墨色的怪物。什么时候雾气已扑上来了?夏后仓皇四顾,才发现整个桥都已笼罩在了雾中,看不出十米远。酸味更加浓烈,他的皮肤刺痛难忍。不时从浓雾深处传来闪光,静电导致所有的毛发都竖立起来,让他一时恍如跌入了夏季可怕的积雨云内,雷暴正形成……

咚咚咚!突然,通道里脚步声急,有人急切地叫道:"不要跳!不要跳下去!"

夏后回头看,只见一个纤细的身影正朝自己全力冲刺。那人一身黑色的警服……是了！他们来阻止我了！

夏后大吼一声，猛地往下跳去。腰间一紧，那人竟然跟着跳出栏杆，一把抱住了自己！

风骤然狂暴起来，夹杂着开天辟地般的巨响。夏后觉得身体瞬间被撕扯、被扭曲、被抽打、被击穿、被粉碎、被……

被不可思议的虚空融解、吞噬……

他最后的意识，是看到高空之上，一团红色的火球掠过……

屏幕剧烈地闪烁了两次，跟着不到一秒钟时间，大厅内瞬间一片漆黑。几秒钟后，备份电池才紧急启动，所有的屏幕都自动进入了检查程序。有个抑扬顿挫的女声在大厅内回荡道："第一次波涌于四点七秒前爆发，爆发等级：五级。爆发持续时间：十六纳秒。爆发形式：观测范围内呈现的标准形式……系统正在重新启动中……六十秒后开始接触监测网。重复，六十秒后开始接触监测网……"

所有人都呆呆地盯着漆黑的主屏幕不动。

第一次是波涌的正常反应，极高能量电磁爆发，导致周围空气被击穿产生了闪光。在第二次波涌来之前，本应该陷入沉寂，然而可观测体再一次闪烁，就只能意味着一件事——有超过标准值的信息体穿越了屏障，穿透到了更高维度……

换句话说，至少有一个浑蛋他妈的掉进去了！

沉寂了一分钟，三号的系统最先恢复，飞驰者一号的数据正源源不绝地掠过。他看到了一行代码，禁不住叫出声来："直升机发射确认信号，两……两发！"

人群又是一阵骚动——进去了两个人！

执行官深深吸了几口气，拍手大声喊道："好！好了！第二次波涌时间？"

二号的脸几乎凑到了屏幕上："第一次波涌的伽马辐射强度还在统计中，江水吸收及反射模型还没构建出来……根据以往模型的计算结果，预计第二次波涌将在二十三小时四十分四十秒之后形成……"

"水体对辐射不可能影响第二次波涌。"一号面色惨白地说，"我们只有二十三小时了……"

"好……好。"执行官揉揉太阳穴,重新打开耳麦,向所有单位下令道,"都听好了,事态为四级,并有可能向五级扩散。从即刻起本系统维持最高级别不变,自动转入引导程序。都给我打起精神,把那些家伙弄出来!"

喂……醒醒……喂……

喂……快醒醒……

夏后竖起耳朵,觉得这声音很是陌生。是谁?他想看,但似乎怎么也睁不开眼皮。身体好像消失了,意识空空荡荡地飘浮在空空荡荡的宇宙间……有星光……到处都是星光……这……这是死去后的世界?

醒来……我们必须……快……

声音催促得更加焦急,忽大忽小,蒙蒙眬眬……突然之间,仿佛红巨星内部终于生成了铁元素,引力骤然间超越聚变产生的能量,不可思议的质量以光速向内塌陷,所有的感觉一下子涌回了身体。

"啊!"夏后翻身坐起,只觉全身皮肤无一处不火辣辣地疼,像刚从火焰中钻出来,头更是像要裂开一般。周围的一切都在高速旋转,什么也看不清楚。他腹内翻涌,四肢不受控制地抽搐,刚坐起身,重又扑倒,哇的一下吐了出来。

有人拍打他的背,压低声音说:"好了,好了……吐出来就好。快点,我们必须走了!"

夏后吐了半天,除了胃液再也吐不出什么,才勉强止住。眩晕感稍有减弱,他勉强回头看,见扶着自己的是个年轻的女孩。

女孩眉目极深刻,双目如漆,皮肤白得发亮,长发垂到胸前,遮住了胸前风光。她虽然扶着自己,脖子却伸长了,不住张望四周,眉头皱成一团,神色颇为紧张。忽而一阵风刮上来,吹得女孩的头发上下翻飞,周围窸窸窣窣地响。他这才发现自己趴在一簇荒草丛中,而荒草丛则处在两座山头之间的坳口。

两侧山头上都长满粗大的柏树,柏树林又密又高,枝蔓遮天蔽日。天空中浓云密布,云层非常低,沉甸甸地压在山头之上。风从左侧山头刮来,哗啦啦地刮得荒草漫天飞舞,纷纷扬扬地飞到右侧林子里去了。

"呃……"

女孩见他缓过劲,忙把他扶正坐好,仍然压低声音说:"快走,快!"

"这是……哪里?我……我死了?"

女孩脸上露出恼怒的神情,狠狠把他一拉:"死不了,也不能死在这里!快跟我走,他们要搜上来了!"

"谁?什么?哦!"

女孩用力一拉,夏后竟被她拉起来。他身高一米八,几个月没好好吃一顿,瘦得像根竹竿。他一眼望见山下方有座宏伟的古代城池,而且似乎正冒着滚滚浓烟,吓了一跳。①

啪!女孩一巴掌把他打得弯下腰,叫道:"你想找死啊!跟着我!"猫着腰,拨开荒草,向左边山头树林里摸去。

嗯……有什么地方不对劲。但夏后脑子此刻仍然混沌一片,懵懵懂懂地跟着那女孩走。林子前长满了低矮的灌木,女孩身体纤细,几下就钻了过去。夏后侧身钻入灌木,被灌木刮得通体疼痛。他低头往下看,突然明白哪里奇怪了——他与那女孩竟然浑身赤裸!

再看仔细点,赤裸的肌肤隐隐散发出一层暗红色的辉光,特别是四肢,活像刚从蒸笼里端上桌的大闸蟹。夏后忍不住举起手闻闻,真的有股烘烤过的味道。

"我……"

"来啊!"女孩那同样泛着红润光泽的身影一晃就消失在灌木后。夏后头晕目眩地站了片刻,忽听不远处传来草丛的刷刷声,有人大声吆喝,似乎正带着大队人上来查看。

夏后浑身一激灵,猫下腰就跑。他一口气跑过灌木,爬过一片岩石,茂密的柏树林就在眼前。越靠近林子,地面越不平坦,东一个坑西一道沟。这些凹陷处被草甸覆盖,又刚下过雨,潮湿冰冷。夏后深一脚浅一脚地跑着,淤泥、草叶沾得满脚满腿都是,身上到处是被锋利的叶片拉出的小口子,这辈子还没如此狼狈过。但生死事小,失节事大,要是被人看见他宅了二十几年的赤裸身体,真比死了还惨。

---

① 不用说,他们穿越了。——批注

眼看就要跑到石墙,夏后深吸一口气,发力猛冲。突然斜刺里跳出一人,从后面死死抱住他腰,两人一起向前扑去,哗啦一声跌入草丛深处的坑里。

这个坑至少有一米深,虽然坑底铺着厚厚一层草垫,但夏后面朝下直摔下来,仍然摔得眼前发黑。那人的身体从上面压下来,冲击力压得他一声都发不出来。那人继续紧抱住他,一手捂着他的嘴,在他耳边说道:"嘘……他们追上来了!"正是那女孩。

坑上的草丛反弹回去,自然而然遮住了坑口。夏后不知来的是谁,但第一,自己的状况极不自然;第二,这女孩似乎也不像坏人,那么必然追上来的人就有问题;第三,背上传来炙热的肌肤赤裸相贴的感觉,让他还能说什么呢?他点点头,表示自己不会出声,女孩才慢慢收回手,不过仍然趴在他身上不动。

坑里草木被水浸透了,有股泥腥和腐败的味道,偏偏鼻子边却隐隐有股少女的香味,夏后一时如在梦中……

那女孩却一直尖着耳朵听。山坡上的风吹得蔓草窸窸窣窣地起伏不定,柏树林方向却少有声音。须臾,传来刷刷刷的脚步声,偶尔有兵刃相交的叮当声。这些人小心地散开,大概正以一个扇状队形向前搜索。有人咕噜着什么,女孩既听不清,更听不懂。她身下的夏后却颤抖了一下。她无声地低下头,把耳朵凑到夏后嘴边,听他低声说:"他们要刺草丛……"

戳……戳……果然传来长枪刺穿草丛的声音,偶尔还有人骂骂咧咧地用刀乱砍灌木,一路清扫过来。夏后觉得那女孩的心怦怦乱跳,一下一下撞在自己背上。这感觉真正怪异,在极度迷惑、茫然与恐惧之中,他居然有个念头,想就此过一辈子也不错……

女孩垂下来的头发搔得他鼻子发痒,张嘴就要打喷嚏,慌忙用手拼命捂住。女孩从他身上悄无声息地滑下来,指指对面,自己慢慢往后靠。她退到坑边,又俯下身,侧身贴着坑壁。

夏后立即明白她的意思。坑深一米,如果对方枪够长,就能刺到坑底。但宽有近两米宽,两个人分开贴紧坑壁,才有可能躲开对方的试探。他也学女孩的模样靠着坑壁侧躺,只觉得坑壁冰冷潮湿,浑身止不住微微颤抖起来。

覆盖在坑口的草大半已枯黄,光透过来,变成一种暧昧的暖黄色。对面的女孩侧身躺着,光投射在她身上,泛起一层乳黄色的光辉。她那深刻的脸线突出于灰暗凝重的背景之上,柔美和刚毅这两种决然相反的神情同时浮现出来,让她看上去既美艳,又诡异,夏后只觉得口干舌燥,不敢多看,抬头盯着头顶的草盖。

嚓嚓……刷刷刷……搜索逐渐接近泥坑。夏后的心又开始狂跳,用手捂着口鼻,身体用力往下压。刚才还嫌坑底的腐草肮脏,这会恨不得整个人钻进去。对面的女孩腾出一只手,无声地把草叶往身体上盖。

唰!一柄枪头刺进草盖,刺入他们刚才趴的地方。那人用力刺了几下,喃喃地说:"凭么大的坑?"语调极怪异,有点像闽南语,又有点客家方言的味道。

枪头扯上去,等到再次刺下,却换成了一柄长刀。长刀在坑内横着划了几道,似乎想要探寻泥坑的边缘。最后一刀从女孩肩头掠过,扑地砍在坑壁上。夏后爆出层冷汗,因为那人确定了一侧的边缘,又朝自己的方向划来。他惊慌之下,身体忍不住收缩,啪的一声压断了一根枯枝。

上面那人立即喝道:"谁!"

夏后全身的血都冲上脑门,见那女孩眼中瞬间露出恐惧的神色,心想:"不能连累她,反正我都要寻死!"手一撑就要站起来。忽听外面有人朗声说:"阿弥陀佛。"

刹那间,只听抽刀出鞘之声不绝,脚步声纷乱,都向那发声的人跑去,将他团团围住。有带头的喝道:"和尚!你于此作甚?大人前日已下令,方圆三十里所有人等,须立即远离,不得逗留!感业寺、感恩寺、圣天寺诸僧与皇觉庵群尼皆已散去,尔何敢抗命不遵!来呀,为我擒下此人,带回营前处斩!"

和尚平淡地说:"阿弥陀佛。贫僧元空,乃奉大行皇帝敕命于此修行,非诏不得下山。阿弥陀佛。"

那领头的还要说,另一人惊讶地说:"元空?元空大师?大人,此、此人乃大行皇帝之弟,先皇之十三子,奉命于此出家,为皇陵祈福。如此……似乎……"

众人顿时哗然,惊讶中更带着某种异样的情绪,交头接耳,议论纷纷。领头的迟疑片刻,方道:"即是奉诏,身不由己,姑且饶恕。但当今天下,唐室暗衰,气数已尽,尔……尔还是速速下山为好。若执意不去,切记,数月之内都不得往前山,否则为他人所擒,恐……性命不保。尔自珍重罢!"①

他说着招呼一声,众人收了兵刃,开始往回撤离。还听见许多人上前向那和尚跪拜。有人暗自抽泣,有人轻声道:"皇室暗弱,子嗣不存,先生何不还俗……"

领头的厉声道:"荒唐,还不快走!"于是再无人说话。草丛窸窸窣窣地响,这群人迅速去远了。

直到最后的脚步声都消失不见,夏后才长出口气,过度的惊吓加上寒冷,只觉身体酸软,再也撑不住,一下匍匐在腐草中,冷得牙关咯咯作响。

哗啦一声,对面的女孩也翻倒下来。她接连滚了两圈才停下,双眼紧闭,面色白里发青,右边肩头鲜血淋漓——原来那一刀真的劈中了她,她居然忍痛不发一声。但这会再也支持不住,已然昏厥过去。

夏后刚要爬过去,忽然头顶一亮,有人扒开草盖,扔了两件衣服下来,说道:"阿弥陀佛,施主且上来吧。"

"头!已经确认那人了!"

从耳麦里传来的直升机的轰鸣声震耳欲聋,五号尽量提高声音喊道:"目前有十三组监视头拍下了那人的行踪,他从早上一点左右就进入大桥下方的人行通道,一直没有离开!警方已经确认了该目标身份,夏后,男,二十六岁,本地户口,没有前科!目前正在追查他的住址!"

"知道了,继续与警方合作。立即签发搜查所需手续,一旦确认地址就开展搜索工作。记住,进入搜索程序后,要求警方回避,所有物件均需置于保密状态,明白吗?完毕!"

这个时候,直升机上下颠簸了两下,在桥上着陆了。执行官摘下耳机,刚跳下飞机,B组组长七号就顶着风迎了上来。

"情况怎么样?"

"很糟糕,刚与医院联系过,说他生命体征很弱,肺部的伤势尤其严重。"七号一脸阴郁,"他在紧急规避距离内发射的确认信号,根本没有时间着陆。万幸

---

① 穿越到一个不太妙的时间和地点,大唐最后一丝余晖燃尽之时。——批注

390

的是直升机没有起火。我们赶到时他还保持着意识,通报了'渗透'的基本情况。"

他一边说,一边领着执行官走向那架坠毁在桥面上的直升机。消防车已经撤离,机身和桥面到处是消防泡沫。一群穿着防护服的人正指挥吊车上前,准备吊上拖车。从破碎的桥面、被撞断的栏杆来看,直升机当时在旋翼的带动下翻滚了老长一段距离。

一名工作人员递上防护服和头盔,执行官铁青着脸推开,大步跨过直升机残骸,走到桥边。这一片栏杆都被撞断,江风刮得呜呜作响,他却毫不在意,钻出临时警戒线,半边身体都探出桥面,向下俯瞰。

几十分钟前,这里爆发了一次第四等级的波涌,瞬时能量甚至超过了一次太阳风暴的总和。但能量几乎全集中在高维度爆发,所以此时此刻,雾气早已散尽。几只探照灯照耀下,黑色的江水奔流如常。除了桥面上这片混乱,那场超越时空的剧烈爆发没有留下任何痕迹。

波涌的程度和变数都超出预期太多了,非人力所能驾驭啊……执行官问七号:"确认那是一名见习生吗?"

"是。第三期见习生齐姜,非常优秀的学员。毕业于国际关系学院,是同期生中最年轻的人。"

"在你那里见习多久了?"

"三个月,"七号说,"两期测试她都是第一名,所以被提前派来做后备任务。"

执行官叹了口气。

"光优秀不行的,"他叹息着说,"光优秀不行……这种情况,不是优秀,就能做出符合规则的……的……决断。"

"机长说,她是自愿下去的。我相信……她自己很清楚这意味着什么。"

执行官摇摇头,没有再说话。

咄咄咄……在一名地面指挥人员的指挥下,另一架标有"DFHD"的直升机降落了。一名全副武装的人员不等飞机停稳就跳下来,跑到执行官身边喊道:"头!特执会通报会,十五分钟后开始,快!还有关于事态等级提升的命令等待签署。"

他把一个 Pad 递到执行官面前,执行官在上面飞快签写姓名,一面头也不抬地说:"命令所有单位做好出发准备,天英号、天琴号和巨爵号飞机在机场热机待命。七号,你和 A 组准备完毕后就立即分乘天英号和天琴号起飞。你们……"

他看了一下表:"距离第二次波涌还有二十二小时十五分,你们起飞后,与本部保持四百千米的距离,在空中等待进一步指示。空军的预警机应该在半小时内就位,通讯和具体的部署将交由它来控制,去吧!"

他们匆匆跑回直升机。进入舱门之前,执行官略停了一下,回头看去。几十辆大大小小的警车将桥头围得水泄不通,警灯不停闪烁,但没有鸣笛。四辆应急照明车把桥面照得雪亮。两辆吊车和一辆拖车围绕在坠毁的直升机旁,正进行回收操作。三辆巨型房车顶着七八具各型雷达,停在靠近桥中心的位置,收集已经非常细微的残余辐射。七号的轻型直升机在轰鸣声中拔地而起,低空掠过大桥东侧,急速朝机场飞去。应急灯光照亮了飞旋的螺旋桨,活像一团跳跃的光圈。

特执会通报会……责任、特别执行权、非线性后果、危机处理……又是一场硬仗。执行官一边想着,弯腰钻入机舱。直升机立即翘起屁股往前冲了一段,地面指挥人员猛挥荧光棒,指挥它向左侧倾斜,迅速拔高,朝着离此最近的一个军事基地飞去。

嘎……嘎嘎……

几十只黑鸦嘎嘎叫着,一飞冲天。它们排成松散的队列,在高高的柏树上空盘桓了一阵,又一起掉头,嗖嗖嗖地快速掠过佛堂顶端。

天空中浓云密布,但此刻应该已过了中午,西方的天空却比东边还要黯淡。事实上,东面天空的云层更像是着了火。十几里之外地方一定有个巨大的光源,照亮了低矮的云层。

"此非云霞也,乃玄武门与献殿之火。"

"嗯?"齐姜回头,见元空和尚扛着柴火,正艰难走上庙宇前的阶梯。他见到齐姜迷茫的神色，指着东方的云霞说，"温纵部劫掠，焚玄武门、青龙门、献殿，已三日矣。"

"哦……"

元空走上阶梯，回头也眺望东方的天空，半晌，才淡淡地说："下宫或亦不免。四门具毁，宫阙次第焚燃，而至于天相异变。二百余年之皇皇盛世，终俱成过往云烟。宗室毁坏，子嗣断绝，天乎？运乎？阿弥陀佛。"①

"……"齐姜还是不说话。虽然在进入特执会时的各国古语学习中，她名列第一，然而真正听到这样似曾相识又全然不同的音调、词句，还是觉得怪异之极。回答的话在喉咙里转来转去，却一个字也吐不出来，只好继续装傻。

衣服是麻质的，又薄，在这深秋时节，虽然她两手紧紧抓着衣角裹紧，仍觉得刺骨寒冷。但是刚才她已在庙堂内寻了一遍，简直空空如也，连两侧侍立的菩萨身上挂的布都被人扯走了。她赤脚蹲在庙门的石狮子旁，冷得全身哆嗦。抬头看天，才意识到这不是梦，自己是真的"渗透"进来了。

她醒过来时，肩头的伤被人草草包扎，血已经止住，已不甚疼痛。她记得伤口不深，却很长，若不能及时消炎，恐怕会感染。好在到目前为止，所有的"渗透"最长不会超过二十四小时，这点时间还能撑过去。如果第二次波涌时，引导小组不能准确定位自己，那也用不着消炎处理了……

在这紧急关头，自己竟然从早昏睡到现在，耽误太大了！想到这里，齐姜十根脚指头抓紧地面，颤抖着把衣服裹得更紧。不过，从另一个角度讲，自己昏睡着，其实也最大限度地减少了熵值增加……

元空坐在阶梯上歇息片刻，拖着柴火向后院走去。忽听脚步声急，有人飞快跑上阶梯。他一眼看见齐姜坐在庙门，顿时松了口气，跑到她面前坐下，大口喘气。

齐姜等他喘得差不多了，才问："你叫什么名字？"

"我……我叫夏后。你呢？"

"齐姜。"

夏后回头看她，"你是警察？"

①　"君以此始，必以此终"，长安见证了大唐王朝的兴起与繁盛，也终于随着唐帝国的覆灭而化为乌有。——批注

"……比你想得要怪得多……"

夏后跑得一身大汗，没留意齐姜的话。他抹着脸，四处看看："那个和尚呢？"

"后面去了。"

夏后一跃而起，走到齐姜身后，低声而神秘地说："我……我发现一件事！很可怕、很怪异的事！说了你可能不相信！"

齐姜斜眼看他。见他整个人都绷紧了，说："但是你要相信我，真的！我说什么，你都别大声喊出来，听我解释行不行？"

齐姜点点头。

"我……我们……"夏后他把嘴巴凑到齐姜耳朵边，极轻微地说，"可能……穿越了！"

"嗯。那你刚才是出去打探情况了？"

"是！你知道这是哪里吗？"夏后激动得颤抖不停，"这里是梁山的山阴！我的天！你瞧那边的云霞，你瞧见了吗？通红的天空，知道是为什么？哦！你一定不敢相信！"

"真幸运，"齐姜拍拍身边残缺不全的石狮，"我们至少还在中国境内。你怎么了？"

"你……你不吃惊？"夏后眼珠子几乎蹦出眼眶，"你……你当我是开玩笑是吧！"

"不，"齐姜叹口气，"等你知道我要说的话，才会以为我是在开玩笑呢。继续说吧，你打听到此刻的年代了吗？"

眼前这纤弱女子镇定从容，夏后顿时觉得自己太失态了，搔着脑壳重新坐下。他把刚才得到的消息迅速汇总，沉吟着说："如果这个和尚说的是真的，那么现在应该是大唐末年，公元八百九十年……不，应是九百年前后的深秋。那片火焰……我去看了那片火焰……太大了，真的一直烧到天上去了——那是崇州节度使温韬正在纵火焚烧乾陵的地面宫殿！"

他回头看，想从齐姜的脸上见到惊恐或是茫然的神情，却大大吃了一惊——齐姜双眼幽幽地发出光芒。待注意到他在看自己，齐姜嘴角往上翘，对他宛然一笑。夏后的心突然怦然乱跳。

"你怎么知道是在哪一年？"她问，"和尚告诉你的？"

"我推测的。"夏后不自然地转过头，"温韬镇辖关中地区，大约是在八百年末至九百一十年之间。这期间他大肆挖掘皇室陵寝，唐朝的十几座皇陵皆被挖掘。若外面燃烧的真是乾陵外围宫殿城池，那一定在这个时间范围内。"

"你是学历史的？"齐姜眨巴着眼睛问。

"我……我是考古专业研究生……"

"哦……"齐姜用手支着下巴，若有所思地望着远方的云霞。西边天空已经彻底陷入黑暗，来自东边的红光隐隐照亮了她的脸。她那深刻的眉眼和鼻梁被光勾勒出来，随着光芒忽明忽暗，有种不真实的美。

夏后呆呆地看着，想到几个小时前她那散发出乳白色光芒的赤裸的身体，觉得心中没有一丝邪念……呃，真见鬼，真的一点邪念都没有，是被这寺庙感染了？

"你在想什么？"

"我……我想……我觉得奇怪，为什么你一点都不紧张，或者怀疑？"

齐姜刚要说，忽听元空的声音说："阿弥陀佛，二位施主请用斋饭。"她立即闭嘴。等夏后走到她身边时，她偷偷抓住他的手，低声问："你没有向他透露任何我们那时代的事吧？"

"没有……"夏后稍有犹豫，立时觉得被齐姜抓住的手腕要折断般疼痛，忙说，"真、真的！就算说了，他懂计算机、飞机是什么吗？我可不傻！"

"很好，千万别说。一个字都别提。"齐姜口气变得冰冷，"否则我会立即杀了你。"

那名队员回头看一号，见他点头，便用力将撞门器向前撞去，大门应声而开。三十几名队员立即一拥而进。

搜查令还在等待签发，不过这一过程基本已可以略过。因为就在外面的街道上，五十几辆客车正往下倾倒四百多名全副武装的特警。八辆轻型装甲车和一百多辆警车封住与此相同的四个街口，三架直升机在空中盘旋。特警掩护着宣传车边走边喊："通告，通告！特别通告！鉴于食品安全方面的原因，本街区从即刻起将逐家逐户进行安全检查。居民们，请不要惊慌，没有危险，重复一遍，没有危险！请准备好您的身份证明，跟随我们的安全人员到安全的地方。你们可能将接受必要的身体检查，请保持冷静……"

无数人惊慌失措地叫起来……特警开始排成队列，沿着街道把人群往中间驱赶，跟在他们后面的特警则将一栋栋楼房控制，等待更多增援到来时，往上逐户清理。有人放声大哭，有人怒骂呵斥，有人朝街上扔花盆……枪声响了，橡皮子弹打得啪啪作响，人们开始陷入彻底的慌乱中……

砸这点门算什么？

一号一面往里走，一面大声喊着："所有的物品：照片、证件、笔记、医疗记录、资料、衣服、头发、皮肤组织、摆设、日用品……所有你们看得到的，统统带走！直系亲属、朋友、老师、同学、同事、邻居、情人、仇人……每个人建立独立档案，立即追查！该目标的行为模式必须在一个小时内得出初步结论！快、快、快！"①

队员们在他的咆哮声中，疯狂抓取看见的每一件物品，塞进箱子里，打包，运到外面标有 DFHD 标志的集装箱车内。两名队员将四台便携电脑同时连上夏后的电脑，攫取里面的每一个字节。行为模式小组的成员用放大镜观看房间内各处细节。有人趴在床上搜寻皮肤，有人从马桶里取样，有人翻检垃圾桶内用过的纸巾……

突然有个人叫道："报告！"

"什么？"

那人一脸绝望看着手里翻到的一张照片，结结巴巴地说："我、我发现……曾经跟他、他同一个中学……"

"带出去。"一号简洁地下令。

队员们无限同情地看他被几个人蒙上头罩，飞也似的拽出房间——这家伙现在荣登"渗透者关联体"榜单，在波涌未结束前，将接受最为严厉的监管。当然，最坏的结果是——因为渗透者的"异动"而骤然消失……

---

① 要调查和控制一个人的全部社会关系看似简单，其实却是一个几乎不可能完成的任务，但故事中的相关人员却别无选择，只能成功不能失败。——批注

一号在屋里转了一圈，走到书桌前，颇有些意外。桌上放着放大镜、扫描仪、镊子、胶带、笔记本。除此之外便全是书。有《古籍考辨》《北魏拓文考》《隋唐文字考》《西周断代编年体系论》……密密麻麻，有一些一号连名字都认不出来。甚至有四本古书，装在密封袋里，上面贴着陕西博物馆的外借凭证。一号眉毛不由得跳了几下——信息量非常之多，代表此人的熵值也将出奇的大。

"报、报告！"

"又怎么了？"一号正拿起书桌最上面的一本笔记本，头也不回地问。

联络员关闭耳塞，说："特执会公告，截止到五分钟前，共有相关联的七十五人消失，目前其余关联人员还在统计中。特执会已准备在半小时内发布进一步提升危机等级的消息！"

队员们都努力学习、并深切理解关于波涌和渗透的灾难性后果，但是第一次如此活生生血淋淋地展现在面前，还是一个个面如死灰。谁也不知那家伙渗透到了哪个时间点，更不知道自己的几百代祖先是否与此关联……理论上讲，两次波涌之间的几十个小时内，全世界七十亿人中，任何一个都可能在下一秒消失，甚至是人类大灭绝，而且没有任何办法阻止……

"都他妈给我接着干！"一号怒吼。他顺手翻开笔记本，一页纸从里面掉了出来。

一号盯着那张缓缓飘落的纸，突然间太阳穴怦怦乱跳。

啪——咔——

厚重的门关上了，房间立即陷入一片漆黑。只有角落里隐隐发出低沉的嗡嗡声，那是量子通讯设备正在预热。执行官摸到沙发坐下，松开领带，艰难地吸了几口气，又赶紧系紧。

名义上，即将到来的是通报会，其实已经是特执会联盟最高级别的会议了。因渗透事件将影响整个人类历史进程，所以特执会联盟最基本的一条原则，就是审核每一次波涌，并根据评估判断警戒级别。如果警戒级别提升到最高的红色，六大特执会将无条件联合行动扑灭真相……这后果执行官连想都不敢想。

超过四级的波涌不是没有，不过绝大多数都是在人迹罕至的荒漠，几乎没有引发超过同等级别的渗透事件。一九九○年美国落基山脉一次四级波涌引发的五级渗透事件，他那时刚好以观察员身份在场，觉得非常险恶。现在才知道，渗透这种事没有最严重，只有更严重。

此次渗透事件是整个亚洲地区历史上的第一次五级渗透，又处在对亚洲历史起决定作用的中央帝国，后续如何发展，谁也无法预料。而且与渗透者同时进入的是名见习生，她是否能够应付，甚至为此牺牲，实在没有把握……

他正焦头烂额地想着，忽然闪了几下光，正前方一个巨大的矩形屏幕慢慢亮了起来。

屏幕被大致分成六个部分，其中五个一样大小的矩形，最左侧是两个小矩形排列在一起。所有的矩形框内都出现一个人影，人的脸被刻意模糊，只有每个人身后的国旗看得清楚。安理会于一九五二年秘密成立的"泛所有项特别执行委员会"，五大国各占一席。一九八五年和一九九六年，日本和德国以观察员身份先后加入。

执行官先看看最右侧的中国代表，他朝自己微微点了点头，又摇摇头，意思是五大国内部已经有所沟通，但分歧仍在，要自己从容应对。

根本不是分歧，一定是有人要乘机追责。十年前亚洲特执会行动部队刚组建时，还只是特执会联盟中最小的一个，而且差点让日本抢了先，现在单论规模，已发展到第二的位置。执行官一面觉得自豪，一面又有些悲哀——这十年，在亚洲区发生的波涌事件呈几何级数增长，指不定什么时候一次巨大波涌，大家彻底玩完。

"执行官，报告情况。"最中间的美国代表说。同声翻译得非常流畅。

"关于之前的状况，我已经在报告内写得非常详尽。"执行官稳住情绪，不紧不慢地说，"此次波涌的偏转率远远超过预期，我们已经设立了十千米范围，并提前疏散了十一万人，但偏转距离最终达到二十六千米，超出了第二道警戒线……"

"我们需要知道现在的情况，以及你们的应对，以此得出评估，看是否需要更改指挥权。"英国代表打断他，"时间太短，不容细谈。"

"大西洋特执会已在路上，最快三小时后能协助调查。"法国代表补充道，

"如有必要,美洲特执会也能在五小时后提供协助。""第一次波涌的预测偏得太离谱了,"日本代表咕哝着,"让整个事态陷入被动……"

"让他报告下去!"中国代表不耐烦地用两根手指敲桌面,"时间太短,已不容临时更换。而且预测值是由六大特执会论证通过的,现在说这些有什么用?你继续报告目前的应对方案,执行官。"

"是。"执行官面前的屏幕亮了,他用手放大里面显示的地图——几名代表都低头看桌面上同样的屏幕显示。

"根据前方测得的波涌爆发的辐射量,通勤三号、通勤四号卫星绘制的磁暴波形分布图,NASA半小时前提供的地球磁场的变化数据,以及GOCE卫星观测到的地球引力波变化曲线,我们初步估测出第二次波涌的范围——以本地为中心,直径约六百千米。也就是东至岳阳,西到川西,南至百色,北面不超过银川,涉及大中城市二十六个,中小城镇约一千四百五十七个,人口……一亿三千万。"

几名代表都不同程度地抽了口冷气。日本代表喃喃地说:"够呛……"

执行官硬着头皮继续说:"这个数据和预测值已提交特执会指派的四个独立小组,最终预测结果将在四个小时后出来。波涌前我们已经调集十四个小组,并有两千两百名警察协助外围,现在我们已要求军方支持。三小时内,将会在各城市及重要设施周围部署超过十万名军警,协助布控。"

"十万人……恐怕还不够。"英国代表说,"即使出现在一个村落,都将引发严重事态。"

执行官没有丝毫犹豫地说:"如有必要,八小时内应该能动员超过四十万人。空军有四个师,三架预警机参与行动,我们规划了一下,基本能完全覆盖整个可能的范围。"

法国和英国代表对看了一眼。一亿三千万人口、四十万军警……两个人一时不知该说中国人太多了,还是中国人真他妈的厉害……

"引导程序呢?"特别执行长官问。

"嗯……我们有一名队员与渗透者同时、同地点渗透……"

"哦,一名见习生!"英国代表更正说,"这就是你们的应付能力?"

399

"波涌偏差率达到史上最大，整整偏离了二十六千米，但我们仍然成功地将一名熟知波涌本质的人送入时空隙，恰恰证明我们的能力是足够应付的。"

俄罗斯和中国代表同时点头，德国代表说："同意。"

"但她不是正式成员。理论上讲，她应该算是第二名渗透者！"法国代表比出两根指头，"两名渗透者！此次事件已经与落基山脉渗透事件同级，我建议联盟立即宣布将警戒等级提升到红色！"

"她是一名经验丰富的见习生，并且意志坚定！"执行官不由自主提高声音，"我必须提醒你注意，她是在知道后果的情况下，自愿发生渗透的。她必将完成所有的标准程序，将后果缩减至最低程度。如果我没有记错，落基山脉事件中，那位牺牲者甚至不是特执会成员。人类的自我牺牲精神是在面对族群威胁时最自然的表现，这是本特执联盟得以建立、特执会得以成功应对渗透的最核心基础，相信你不会忘记。所以，请尊重我的队员，代表先生！"

法国代表张了张嘴，似乎想到了什么，身体缩回椅子里，不再说话。房间里沉默了片刻。

"如果她是自愿，并且熟知渗透本质，那么我认为她已经具备了特别执行队员的资格。"一直没说话的俄罗斯代表开口了，声音低沉，"每一名特别执行队员都是人类共同的英雄，我建议联盟准备起草向她致意的文件。同时，我认为到目前为止，亚洲特执会的措施无可置疑。在这资讯太过发达的时代，为保持稳定性，以便更好地准备第二次波涌，我建议继续维持橙红色警戒级别。"

德国代表首先举手："我同意。"

"我表示谨慎的同意。"法国人说。

"到目前为止仍在标准程序内……同意。"日本人说。

"同意。希望她能完成任务。"英国代表说。

"同意。"特别执行官点点头，"本联盟委员会要求每半小时得到最新进展报告，并根据报告决定是否提高警戒等级，同时要求其余特执会行动部队继续向目标区推进，于规定地点待命。一旦发布红色警报，根据一九五四年签订的《维也纳特别框架协议》和一九九六年达成的《大阪强制议定书》及其副本，所有特执会行动部队将自动获得特别执行权，进行全方位清洗措施。祝你好运，执行官。"

最后一个字刚说完,画面骤然变黑,除了中国代表外,所有的窗口都关闭了,房间顿时黯淡不少。执行官艰难地咽了口唾沫,发现不知何时出了一身的汗。

"步骤要再快,再果断一点,"屏幕上的人说,"控制事态为第一要务。"

"明白。"

"我已签发特别执行权,放手去干吧。"

"是!"

等执行官从屋子里走出来,一名队员立即把耳麦递给他:"头,一号在线上等你!"

执行官戴上耳麦,先点了根烟,靠在墙上狠狠嗑了两口,才接通了频道:"怎样?"

"我们找到了一个线索!"一号在那一头大喊,"这家伙早上是在桥上准备自杀!他留了一封信给他的导师,大概在一点左右就出了门!"

"信上提到什么?"

"除了告之他要自杀外,其余全是考古研究,石刻、碑文什么的,"一号说,"其中几项的出土位置很可能就在第二次波涌范围内!"

"找到他的导师。"执行官一字一句地说。

"我们正在路上!"

执行官关了耳麦,继续靠在墙上休息了片刻,才往通道外走。一名队员迎上说:"已经有人观察到了异常,在微博上发布了,怎么……"

执行官终于勃然大怒:"怎么办?删帖!封ID!关论坛!立即逮捕那浑蛋,无限期关押至事态平息!除此外还能怎么办?"

那队员狼狈地说:"是、是!同时安排一些花边八卦新闻捅出去,吸引注意力,我、我立即去办!"①

---

① 细节决定成败。——批注

篝火熊熊燃烧,偶尔柴火发出一两声爆响,除此之外,四周一片寂静,连一个虫鸣、一声鸟叫都没有。现在应该还是下午,但也许是云层太厚的原因,头顶的天空已然漆黑,整个梁山都已沉沉睡去。

东面天空中那团暗红色的云压得更低,几乎直接压到了山头之上。云团无声无息地翻滚着,旋转着,时而挤成一堆高高的云山,时而散成无数倒立的乳锥形状。只有那暗红的颜色永恒不变。仰望云团久了,有种奇特的错觉,仿佛天地倒转,那是遥不可及的地域深处的烈火,而自己却正从高天之上向下坠落,不知什么时候才会坠入烈火之中。

寺庙的后半殿已经塌了,厨房也只剩下一个空灶,两只破碗。看情形很久以来这里都只有元空一个人。元空就在后院一个小池塘边燃起篝火,用只破瓦罐煮了一锅菜粥。说是粥,其实只是从不知哪里弄的野菜,和着糙米一起熬成,苦涩难咽。夏后只吃了几口就放下,齐姜却连喝两碗,一副明天就没得吃的模样。

他俩吃完了,元空收了瓦罐,朝两人合十行礼,转身进去收拾。齐姜看着他的背影,轻声说:"我俩好像出来旅游的。"

"可不是旅游吗?穿越了一千多年呢。"夏后叹息着,"而且看上去没有回程票。真是不知道该怎么办了……"他看了看齐姜,低声说,"连累你了……"

"连累?"

"如果……如果你不救我,就不会失手被我带来……"夏后惭愧地搔着头皮,"真是对不起,我当时已经跳在空中,没注意到你拉我……"

"你完全错了。"

"嗯?"

夏后抬头看齐姜,被她眸子里冷冷的光射得一凛。她说:"我不是失手落足被你带进来的。恰恰相反,我是自愿跟你一起参与'渗透',当然罪魁祸首仍然是你。"

"自愿?渗透?我……我不是太明白……"

"这事解释起来太困难了。"齐姜叹口气,"特别是你们这些文科生,要跟你们讲多维宇宙、弦、时间、熵,真是怎么也说不清。"她丢了块柴火进火堆里,沮丧地说，"总之，你必须听我的话，你也不能伤害任何人，但也绝对不能让任何人伤害到你，别碰任何事物，最好是连话都别跟人说……唉，我们逃脱追捕、与人交谈，还吃了别人的饭，熵不知道已增长了多少了！只有挨过这十几个小时，再想办法，看能不能把熵值降到最低……"

夏后爬到她身边，央求道："拜托，给我讲吧！我从来不相信真的有穿越这种事情发生，到现在我都完全茫然，像做梦一样！你告诉我怎么回事，求求你！"

齐姜咬着牙不回答。夏后说："如果我不清楚事情的真相，我肯定不可能遵守许多规定，你也不可能事事都提醒我，是不是？万一我做了什么坏了你的计划，让那什么……什么熵又增加，让我们回去更麻烦了，怎么办？"

"唉！你说得也有道理。虽然回去的希望微乎其微，但……也绝对不能让熵值再增加了。"齐姜挪动身体，离篝火更近一些。

风开始大起来了，四周的密林发出窸窣的声响，林涛从山的这一头打到另一头，又折返回来，周而复始。篝火也不时跟着跳跃不定。齐姜裹紧了衣服，低声说："先说我的身份吧。我是泛所有项特别执行联盟亚洲特别执行委员会第三期……呃……成员。"

"什么特别……什么会？啊，等等！"夏后毛骨悚然地站起来，"难……难道我发生穿越，是你们干的？"

"别傻了。如果人类能做到自由返回过去，这世界早乱了。你坐下来，耐心听我说嘛。"齐姜的脸被火烤得有些干燥，这里可没有补水精华露。

她转身面朝池塘，背对着篝火，拍拍身边的枯草，夏后不由自主坐在她身边。火光从背后照亮了她的头发，一根一根如同金丝一般，池塘里的反光又照亮了她的脸，随着池水微微荡漾，光就在她脸上跳跃不定。

齐姜说："事实上，我们特执会的工作，就是当发生时空紊乱时，阻止历史被更改。为什么会发生紊乱？嗯……其实我们也不知道。到目前为止最合理的解释是一九九七年，由剑桥大学的保罗·汤森德教授提出——他是从数学角度发现存在十一维度的第一人，也是目前特执联盟的首席技术顾问。他证明，如果有一根宇宙尺度的'弦'，处于第五至第九维度之间，当它快速振动时，将对第九维以下所有的维度产生'波震'效果。在其他维度，'波震'将无限、永恒地扩散下去,变成一种普通的能量的形式。但我们这个三维度世界'波震'却略有不同。因为我们的世界是'闭合'的……你听得懂吗?"

"啊……是,听得懂!三维空间嘛,中学时就学过。"夏后装作听懂了,连连点头,"你接着说!"

"从我们人类现在掌握的知识来看,三维是十一维度里唯一完全闭合的空间。超过了这个维度,空间就变得分外复杂……复杂到我们无法理解,甚至无法想象。但正因为完全闭合,所以'波震'的能量没有办法无限扩散。就像往一个闭合的池塘扔块石头,泛起的波澜向外扩散,却必将在某一个空间、某一个时间点,各种反射的波形会相互叠加,形成波峰。这就是'波涌'。"

"波涌?"

"对。同时,高维的波震在低维世界里,是无法消散或被吸收的。波震持续扩散着,但无论如何都无法突破三维的闭合态,将能量宣泄出去。于是,某个看似与十一维度不相干的……的……嗯……独立的一维,终于被击穿了。你猜那是什么?"

夏后呆呆地想了片刻,忽然一激灵:"时间!"

齐姜点点头:"正是时间。时间是独立于十一维度,却又是所有维里最原始、最核心、最根本的组成部分。我们不知道在其他维,时间是多相的?闭合的?循环的?但恰恰在我们这个闭合的维度,时间只有一个方向,永远直线前进,永远无法回头。"

"……"夏后环视四周,"那……那我们在哪里?如果照你所说,时间永远向前,那么我们究竟在哪里?"

齐姜叹口气:"你显然没有仔细听我说。"

"每、每一个字我都听进去了!"他站起身来,激动得不停跺脚地叫道,"看看这四周,这庙宇,看看那边烧到天上去的熊熊大火!你能告诉我消防车在哪里?还有那些追赶我们的人,你、你肩头的伤,这都是骗人的?如果时间无法回头,那我们这是见鬼了?"

"你没听我说的这个词吗?"齐姜慢慢地说,"击穿。"

窗外闪了一下，不久又是一下。

几十千米之外正在雷鸣电闪，只是距离太远，声音传不过来。只有闪电沉默地照亮天空中浓重的云层，照亮了蜿蜒起伏的山脊，又沉默地隐去。有一根银色的根状闪电击穿了厚重潮湿的空气，击打在山脊之上。如果那下面有座三代之前的大墓，里面的酸碱度是否会发生微妙的变化？

已经是十一月中旬了，还出现这样黑云遮天蔽日、雷鸣电闪的天气，真是古怪。古人说十月打雷，老牛死光，难道明年又是大灾之年？

考古学家、古代文字及符号学教授郎云望着车窗外，胡思乱想着。他的车被堵在了 G-70 虎山高速路的泄湖服务区附近。此刻才刚到下午三点，天却已经黑透了。往前看去，茫茫一片红色的车尾灯，往后看，是更多更加刺目的车大灯。二十分钟之前，他们被卡在这里，根本动不了分毫。是出了什么重大事故了？

让他揪心的还有件事。昨天他接到了夏后，他最有天赋的学生打来的电话。电话里，夏后语句通顺、逻辑严密地告诉自己，他，不想再跟抑郁症纠缠下去了。当时他正在开一个研讨会，还以为他已经走出了抑郁状态，急匆匆应付了几句就挂了。现在想想，这句话同样也有彻底放弃的意思……

他忍不住问开车的秘书："夏后还没联系上？"

秘书拨打电话，片刻放下来说："还是处于关机状态。郎老，你别担心了，现在这些孩子呀，一个比一个任性，哪像我们当年……但真敢去死的还是少数。不过是些孩子气的话罢了。"

郎云叹口气："也许吧，希望如此……奇怪，为什么我们这边堵得水泄不通，对面通道上却一辆车都没有？"

"一定是特大交通事故，"秘书满有把握地说，"大货车，集装箱车或是客车连环相撞，撞到对面通道上，导致整条高速路封闭。唉，看样子起码要堵到晚上十点了。"

郎云没有奈何，拿出一份发掘报告，就着车灯看。不一会，只听车顶上噼噼啪啪地响，下雨了。雨声很快就从噼啪声，变成了轰然之声。在这深秋时节，竟然下起了瓢泼大雨。

郎云有些茫然地看窗外，忽然，一道强烈而奇怪的光照亮了隔离带——光是从头顶上投射下来的！巨大的光斑在地上晃动，又投射到前面的车顶。

郎云吓了一跳，想歪着脑袋看，那道光骤然划过窗户，照得他两眼刺痛。等他从天旋地转中回过神来，秘书惊讶地叫道："直升机？"

两架直升机顶着大雨强行降落在了对面通道上，风吹得隔离带的植物纷纷倒伏。几名黑色装束的人跳下飞机，径直翻过隔离带，跑到这边道路上。其中一个人大喊着什么，指挥其余人手持电筒分散开，仔细打量每辆车的牌照。

"他们在找人？"秘书紧张地问，"警察？缉毒还是走私？"

郎云摇头。忽见有人指着自己的车大喊着，立即有几道电筒光照射过来，照得车内雪亮。郎云本能地一缩头，问："他们要找你？"

秘书结结巴巴地说："不……我……我想……这可不是什么好玩的事……"

"砰！砰砰！"那群人围了上来，领头的人猛拍窗户。郎云哆哆嗦嗦地摇下车窗，秘书立即尖叫："不要！"他吓得又赶紧把车窗往上升，那人戴着黑色手套的手不顾一切地伸进来，阻挡车窗升上去。

"郎云教授吗？"他用手电照着郎云，大声问，"陕西博物馆的郎云教授？"①

"啊……"

"征召令！"他掏出一张纸啪地拍在窗户上。纸已被雨水浸湿，光线又暗，根本看不清上面的字迹。不过下面一连串的红印章倒是让人触目惊心。

"什么？"

"特别征召令！郎云教授！"

"别回答他！"秘书尖叫，"他们不是警察！等、等我打'110'……"

另一人用手枪敲敲秘书的车窗，冷冷地说："放下来。"秘书立即丢了手机，屁滚尿流地放下了所有窗户。狂风和豆大的雨点立即劈头盖脸向郎云砸去。

领头的半边身体都探进窗户，把瘫软的郎云扯起来，将纸塞到他手里，朝他喊："你有一个学生叫夏后，是不是？"

"啊？是……是……"

---

① 博物馆系统专业技术人员的职称通常都是走馆员系列，一般很少有人有教授职称，除非他之前在大学任教，评了教授之后，再调到博物馆工作，又或者他在大学任教，是兼职教授。——批注

"跟我们走,我们需要你帮忙,教授!你被特别征召了,而且同时你也将因为特别关联体而限制行动!"那人哗地拉开车门,另两人连架带扯,将郎云抬着过了隔离带,朝直升机跑去。那人又揪着秘书的领子,把他上半身拽出车窗,说,"帮我一个忙,好吗?"

"什……什么……"

"等会在下一个出口下道,到离这最近的警局报到,告诉他们你是'特别关联体',然后到他们的牢里蹲好,什么都别问。不然等我找到了,打得你妈都认不出来,明不明白?"

秘书哭喊着拼命点头:"明白,明白!"

那人翻回隔离带,钻进直升机。直升机立即起飞,沿着高速路走了一段,才转向西南方向,同时迅速拉高。

那人全身都被雨淋湿了,他脱下风衣,露出一身同样黑不溜秋的西装,胸前有个银色的造型奇怪的标志,下面有 DFHD 四个缩写。他把一副耳机戴到已然僵硬的郎云头上,帮他开了耳麦,自己也戴了一副,才向他伸出大手:"你好,老爷子!请叫我一号。接下来的时间请跟我们通力合作,好吗?很好,谢谢你。"

"怎……怎么合作?"郎云颤抖着问。

"不要问不该问的,不要看不该看的,不要想不该想的,但是要做必须做的,好吗?"

"……"

"好吗?"一号一脸诚挚地问。

"好……"

"谢谢你。"一号勉力笑笑,重新沉下脸,切换了一个频道,"头,一切顺利,我们已经找到他了!最迟十分钟后就能开始鉴别和遴选,完毕!"

"……击穿?"

"击穿。"

夏后看看齐姜,又看看自己,再看四周。风更加大了,从密林间穿过,呼啦啦地响。篝火在风的助威下猛地拔高了几尺,柴火堆仿佛承受不住火焰的重量似的,噼噼啪啪地塌了半边。齐姜用手按住翻飞的头发,在寒风中缩紧了脖子。

"你说……时间被击穿,才导致我们到了这……这……乱七八糟的唐末时代?"夏后转了几圈,脑子里一片混乱,重新坐倒。他顿了片刻,忽然说,"不对!如果……如果时间被击穿了,断裂了,那我们的时代呢?我们的时代难道进行不下去,彻底……彻底的……世界末日?"

"不。"齐姜捡起一枚小石子,丢进池塘。咕咚一声,一些气泡冒了起来。她看着那些被火光照亮的气泡在水面漂浮,转瞬消失不见,轻声说,"我说过,时间在所有维度上都是最核心、最基本的构成,如果时间真的断裂,整个物质世界都会烟消云散。波涌的能量虽大,但也只能在极短时间内干扰时间的轴线,使其在某个空间、某个时间点产生奇点。瞧,石子击破水面,水面瞬间便复原了,却产生了气泡。所以有些人也把'渗透'称为时间泡,虽然其本质是时间隙。掉进时间隙的人,就被称为渗透者。"

"……"夏后想了半天,还是摇头,"我……我还是不明白……"

齐姜顺手扯了一根长长的狗尾巴草,把它中间一段弯曲成圈,说:"再形象一点说吧,就当这根草是时间线,现在一个时间泡产生了,使已经或尚未到来的一段与当前的时间重叠。"

"那……那可不可以说,时空隙是某种……嗯……异次元空间?"

"可以这么说,但也不全面。你也可以想象成一条时空的缝隙,将两个不同时间点连接了起来……"齐姜使劲拍拍自己的脑袋,"其实说到底,没有人能真正完全明白这一现象。单纯的数学模型倒可以解释,但那是以假设我们身处高维度空间为前提的。"

风猎猎地吹着,潮湿冰冷,但让夏后衣服湿透的却是他的汗。齐姜说的他根本无法理解,只喃喃地说:"我们……再也回不去了,是吗?"

"不。有、且仅有一次机会,能让我们重返自己的世界——第二次波涌!"

夏后张大了嘴:"还有一次?"

"你忘了波震的本质,"齐姜说,"波震绝大部分发生在高维度,在那些空间里,波震可以无限制扩散。但在我们这个闭合世界,波击穿时空,产生时空泡。维持这个违反时间本质的时空泡需要极高的能量,所以波震一定会在某个时间反向震荡回来,将此时空泡彻底泯灭,达到能量上的平衡。理论计算显示,一次时空泡的产生与泯灭,需要的能量大约在十的二十八次方焦耳,但这也许仅仅是那根宇宙尺度的弦的最轻微振动而已。我们人类在这样巨大的能量面前,实在太过渺小了……"

"十的……呃……"

"大致相当于一次特大太阳耀斑所发出能量的一百倍,"齐姜看这个文科生还在抓脑壳,只得继续解释,"也就是超过一万亿颗百万吨级原子弹爆炸释放的能量。"

"那……泯灭的时候,如果我们没能出去,就会死,是吗?"

"……比那还糟糕。我们将从此真正地活在过去,从而产生高得不可思议的熵值,使我们原本的世界完全天翻地覆。"

夏后举起双手:"我彻底迷糊了,真的!你不是说这是一个异次元世界,为什么跟我们那世界有关系?什么是熵值?啊……我突然想起来了,你说你是自愿进来的,为什么?如果时空泡泯灭,我死或者活在了过去,值得你也跟进来吗?"

齐姜把脑袋埋进手臂里,呻吟着说:"唉……我就知道说不清楚!唉!所以我讨厌文科生!"

夏后还要再说,忽听有人说:"阿弥陀佛。风寒露重,施主请入内就寝吧。"

齐姜跳起身,一把捂住夏后的嘴巴,低声说:"记住,一个字都别乱说!"

他俩跟着元空进了庙内。庙宇大半都已破败不堪,只有大殿两侧有两间小偏房。元空安排两人一人一间,夏后刚要进去,齐姜却一把抓住他,说:"我……我怕……"

夏后忙说:"此,吾妻也,性柔弱,尤惧黑,望大师行个方便。"

元空一言不发,合十而退,自去大殿中央打坐。齐姜拉着夏后进了房间,拴上门,附在夏后耳边轻声说:"你说,他晚上不会来偷听吧?"

夏后说:"你以为这时代的和尚,都跟我们那里一样是花和尚啊?那些追杀我们的人曾说,他似乎是皇室末嗣。像他这样的人甘愿在此苦修,境界一定非常高了。修行都还嫌时间不够呢,还有闲心来偷听我们?"

齐姜这才安心。房间太小了,进门两步就是一个冰冷的榻,榻上一个竹枕,一床破席,除此外再无一物。两人坐在榻上。这里没有窗户,只在两丈高之上,屋梁下方有一排风窗隐隐透进光亮。夏后还在想着时间泡啊渗透啊波震啊……背上忽得一暖,齐姜靠了上来,低声说:"好冷……真冷,早知道我们就在外面继续烤火呢……"

"……"夏后感到她柔软的身体挤着自己,虽然不及上午两人赤裸的肌肤相贴那样强烈,但那时正在逃命,又冷又怕,不比此刻黑灯瞎火,两人独处一室……

"喂,你又在想什么?"

"啊……没有……我在想……呃……想你为什么要跟进来……"

齐姜想了半天,叹气说:"如果说道理,你肯定还是听不懂。我给你讲讲特执会的历史,大概还能明白一点。嗯……一九四七年六月,美国军方做了一次实验,在驱逐舰埃尔德里奇号装上大功率磁力产生器,及四组巨大的线圈。实验开始三分钟后,军舰从雷达上消失。但是五分钟之后,整艘军舰从人们视线里消失,仿佛从未存在。"

"啊,我看过电影,《费城实验》是不是?"

"是。不过确切的实验位置根本不在费城,而在诺福克的海军基地。美国人当时很快从慌乱中镇定下来,他们相信是电磁实验导致军舰消失,因此在搜寻无果的情况下,反相吸收电磁辐射,大约二十四小时之后,军舰才重新出现。船体损坏严重,一百七十名参与实验者中,只有三十七人活了下来。军方随即封锁消息,并在谣言扩散开后,谨慎地承认进行了实验。但事实上,那是人类观测史上第一次渗透事件。"①

"难道是军方实验击穿了时间?"

"啧啧,怎么可能?"齐姜用一副"真是服了文科生"的口气说,"目前整个人

---

① 费城实验据说是美国海军于上世纪四十年代在费城进行了一次人工磁场的机密试验。起初,这项实验的目的只是为了验证一项雷达隐身技术。但实验结果是军舰不仅实现了雷达隐身,而且几乎达到了物理隐身的效果——另一说,军舰穿过了时空隧道被移送到了四百七十九公里以外的诺福克军港码头。后来,费城实验的故事被拍成了同名电影,一九九一年时该片的译制版曾在中央电视台正大剧场栏目中分两集播放。然而,对于费城实验的真实性,美国海军一直予以否认。——批注

类社会一年产生的能量,都不可能击穿时空。我们估计那次波涌地点离测试地点很近,被军舰产生的极高频电磁辐射所吸引,才使军舰整个陷入时空隙。"

"不过也许是埃尔德里奇号本身质量的原因,它及其上面的船员只回到一个星期前,而且地点维持不变。同时该事件展示给我们,如何才能从时空隙里回来,那就是电磁效应能产生引导作用。"

"之后几年,美洲和非洲又观测到几次波涌,联合国安理会为应付这一严重威胁人类进程的现象,终于在一九五四年抛弃偏见,组建了泛所有项特别执行委员会联盟,并赋予其超越国家和意识形态的特权。甚至在冷战最为紧张的二十世纪六七十年代,当贝加尔湖和阿拉斯加发生波涌时,苏美两国的特执会也携手合作,成功地将事态降至最低。到目前位置,美国落基山脉渗透事件,是对人类影响最大的一次。我们这一次渗透,也光荣地与那次级别相当了,唉……"

"……"夏后沉思片刻,问,"我就不明白了。即使你说的是真的,像我们这样渗透到时空隙里,哪怕不能回去呢,跟人类社会有什么关系啊?"

"你看过霍金的《时间简史》吗?算了,一定连名字都没听过。"齐姜蹲坐在榻上,抱紧了双腿,说,"霍金认为,如果时间倒转,也即是回到过去的话,哪怕打个喷嚏这样一丁点的小事,都将使熵值急剧增加,并最终导致现实社会发生重大变化。"

"哈!我才不信呢……"

"你们这些文科生真是死脑筋,仔细想想啊!比如一个人回到北宋时代,打个喷嚏,使另一个人感染上了……"

夏后立即打断她:"难道那人就这么死了?"

齐姜严肃地说:"那个人也许不至于死,但因为感冒而没出门,他本该被强人一刀砍了,却就此躲过一劫。而后他那本不应该出生的后代出现了,长大,刻苦读书,官至丞相。为了抵御北方的威胁,他一改宋朝由赵普开创的文臣时代,以庞大的国力支撑,开疆扩土,灭了金、夏、辽等国,从此再没有靖康之耻。成吉思汗也根本冒不出头,于是欧洲继续陶醉在骑士和城堡的时代,没有伟大的航海、文艺复兴、工业革命……"

"等等,你说的这是穿越小说啊!"

"何尝不是呢？"齐姜不知想到了什么，神色黯淡下去，颓然说，"你看我们俩渗透进来后，好像没怎么跟人接触。但说不定追杀我们的那群人失去了原来的目标。那个目标存活下来，已经开始深刻地改变我们的时代了……就在此刻，一些不该存在的人出现，一些原本是你熟悉的人凭空消失。也许根本没有苹果这个公司，也许乔布斯供职于微软，一八九八年西班牙人在马尼拉湾打败了英国，而中国人第一个登月……什么事都可能发生！一只蝴蝶扇动翅膀，尚且能引发太平洋对岸的风暴，更遑论几百、几千年呢？左右这个宇宙的是四种力，左右我们人类的却是时间。再小的一个因子，也会被它无限放大。即使我们能回去，理论上讲，那已经是另一个世界，另一个时代了……"①

她疲惫地把头埋进双臂中，不再说话。夏后跳起来，在狭小的房间里无头苍蝇一样转来转去，脑子里混沌一片，有个声音对他狂喊："她在骗你！这不可能！一定有个地方不对……啊，是了！"

眼前忽然闪烁了几下，风窗透进闪电的光芒，但也许离得还远，还没有听到雷声。

他颤抖着说："不对……你说得不对……如果我们真的能引发世界改变，那……那按道理，一千年之后也不应该有我们啊？即使有我俩存在吧，但肯定也会因为世界不同而发生完全不同的事，拥有完全不同的人生，很可能根本不会有渗透的事发生——既然没有渗透发生，我们又怎能回到过去，改变历史？"

"你能这样想，倒也不错，"齐姜说，"可惜这只是常人的逻辑推理，是在能看见的、完全无法更改的时间线上得出的逻辑。但若站在更高的维度看，就会发现这很正常。我们渗透了，而后改变历史，而若真的改变历史，导致一千年后我俩再次渗透的几率为零，那么我们就真的不会再次渗透。世界就会继续按照更改后的模式往前。这一千多年的时间的确是混乱的，然而恰恰由于混乱导致我们无法第二次渗透，因此在更大的尺度上，时间仍然保持了直线前进，而世界也保持了完整性，你明白吗？我们，就是熵，永远不会回头地改变着世界……"

夏后愣了好久，才说："意思是，无论渗透与否，回去与否，我们的命运仍然

---

① "蝴蝶效应"，堪称最科幻的物理学理论之一。——批注

是唯一的、决定了的、无法更改的？"

"是。"

夏后失魂落魄地重新坐下，又想起一事，忙问："那你说，波涌反弹回来的时候，我们还有一次机会，是什么意思？"

一道电光，照得小屋通明，跟着轰隆隆一声惊雷，就在头顶响起。大殿稀里哗啦一阵响，好像不堪雷电的冲击，就要崩塌一般。夏后吓得一跳，但光最亮的时候，他却分明看见齐姜眉头也不皱一下。

她左手的手臂不知什么时候袒露出来，闪光照耀下白得几乎透明。同样白皙的右手从灰黑的衣服后伸出，摸到左边手臂上。雷声从头顶轰然滚过，她说："引导。"

一道厚重的门在眼前打开了，炫目的光刺得郎云根本睁不开眼。两人一左一右架着他，跟在一号后面一路小跑向前。后面还有二十几号人，每人抱一口塞得满满的纸箱跟着。一号大声咆哮，赶走任何挡道的人，用他那授权级别高得吓死人的身份卡，刷开一道道紧闭的门，直至进入一间足有三百平方米的巨大房间。

这房间刚被特执会征召，本是一个被闲置的会议室。许多人正来来往往，埋设线路，架设大功率灯光，建立网络，安装防火墙……

房间正中是个巨大的会议桌。一号手一挥，身后的人将箱子里的东西稀里哗啦倒在桌上，全是从夏后屋里抄出来的书、笔记本、稿纸……工作人员同时放置了五台电脑，分析从他的电脑内获得的信息。

郎云到此时总算镇定下来，因为这样的排场，的确只有政府公务员才搞得出来。他兼任陕西博物馆招标专家组的组长，对保密法也是研究过的，当即只问："究竟要我做什么？"

"老爷子，事情非常紧急，我也不方便跟你多解释，"一号凑近他，极诚恳地说，"你只需知道这件事关系重大，非常非常重大，关系到国家……世界的前途。"

"你不必说了，"郎云一个劲点头，"我明白的，我、我也是老党员了，组织安排我做什么,我就做什么,其余的一概不问。"

"好。"一号指指桌子,又特别拍了拍一堆笔记本,说,"这都是您的学生夏后的东西,这些应该是他做的笔记。我望您能尽快从这里面挑选出'不同寻常'的东西来。"

"……请定义不同寻常?"

"就是……嗯……怎么说呢?"一号顺手拿起一本笔记本,"就是异常的、不同于常识性的,甚至不应该出现在历史中的一些标示、记号、物品、字句……总之是这方面的信息。您是考古专家,又是夏后的导师,您应该清楚他平时都研究·些什么。在这些资料里,一定会有不大对劲的信息,请尽可能快地找出来!"

"好吧……"郎云擦了擦眼镜,问,"尽快是多久?"

一号看了看表:"您最多还有十个小时。"

"我有助手吗?"

一号打个响指,围着桌子的二十几个人同时抬起头。他说:"这些人全部听您的。相信我,他们熟悉统计学、古文字学、鉴别学、分类学,对于历史的认识也不少,一定能帮上忙的,请您尽管吩咐!"

他的通讯器响了,便走出会议室。才接通信号,那一头的执行官急匆匆地问:"怎样?"

"开始鉴别了。范围呢?"

"把引力波偏转曲线精确到十亿分之一,经过三次校正,我们大致否决了西、南、东三个方向,把范围收缩到天水市、银川市、南阳市与汉中市这一片地带中。"

"还是太大……"一号叹息。

"熵值进一步增长了,"执行官加重语气,"现在接到异常失踪报告的国家已增至十六个,消失人口一千二百六十二人。五十七个公司正在异常消亡。各特执会到处灭火,事态已接近失控的边缘,我要通知你,警戒等级正式提升到红色。从现在起,所有事项都必须通报到特执联盟,你准备好配合进入国境的其他特执会吧。"

不用看,也知道执行官此刻一脸死相。这次渗透的影响正逐渐显现出来——人口失踪、组织、公司消失，再下去就是社会动荡……也许再过许多年都无法完全统计出这次影响的结果，只能听天由命。一号看着已精神抖擞忙碌起来的郎云的身影，低声说："有结果了我会立即联络你，完毕。"

"引导？"

"嘘……"齐姜轻手轻脚走到门口，推开一道缝往外看。大殿内漆黑一片，不过不时闪动的闪电光照亮了元空和尚。他在业已塌了一半的香案前端坐不动，如同一尊泥塑。

"怎么办？他醒着，我不好做事啊！"

"你要做什么？"

"听着，这事你得帮我，"齐姜说，"我必须在这庙里留下信息！"

夏后脑子转得飞快，脱口说："引导？你要留下信息，让千年之后的人知道你的位置？"

"这次你倒不傻了，"齐姜指指他，又指着自己的胸口说，"别忘了，我们俩是渗透的主体，也就是畸形能量的中心，因此无论我们身在哪里，第二次波涌一定会作用在我们身上。但特执会无法确定第二次波涌的位置，只有一个大致范围，从几十千米到几百千米，甚至上千千米都有可能。而波涌发生的时间又极其短暂。若光靠猜，我们能被高频电磁发现，并成功接收回去的可能性几乎为零。"

"所以说……必须留下信息，让他们精确定位我们的位置？"

"是，这就是我跟你一起渗透的原因。如果能精确定位，特执会就能通过吸收电磁辐射的方式，把我们引导回去。"齐姜又朝门缝里看，"我估摸着，在佛相背后留下些什么，也许有用。"

"嗤。"

"你笑什么？"

"这座庙宇根本不可能保留到千年以后！"夏后说，"梁山这一片我在几年前就踏遍了，根本没有这座庙宇，它早就湮没在战乱之中了！你睁大眼睛瞧瞧，这梁、这柱、这山墙，别说千年，今年冬天第一场雪下来，只怕就要塌了！"

"……"齐姜愣了片刻，"但……总有……地基会留下吧？"

415

"留下跟被找到是两回事。"

"什么？"

"要流传下来，并且是有价值、能被文物考古者发现，还要拓片、保存、发表，才能最终被你们那什么特执会搜索到，是不是？"夏后冷静地说，"相信我，中国历史太浩瀚、太庞大了，即使是重要文物，被发现、被整理、被解读的几率也低得你不敢想象。故宫博物院里一百多万件文物，件件都是国宝，但别说展出，到现在还有绝大部分根本没人仔细看过，只能简单地编码注册，就放进保险箱束之高阁，等一代接一代的研究员们慢慢翻来。你要在这地基上随便留点东西，即使过一千年它没被掩埋、被磨损，被发现的可能也小到可以忽略不计的程度。"①

又一阵滚雷从头顶隆隆滚过，大殿上方的瓦片震得啪啪乱响。齐姜一脸惨白，茫然地看着夏后。

"只有一个办法减少熵了……"

"我有一个想法。"

半晌，两个人同时开口，都是一怔。夏后问："什么办法？"齐姜立即拼命摆手说："不、不，没什么……说说你的想法吧！"

夏后凑近齐姜，低声说："这里是乾陵后山，你懂吗？"

齐姜摇摇头。

夏后一个字一个字地说："唐朝十几个皇陵，就只有乾陵地宫从未被人发掘。它，穿越千年，保留下来了。"

银色的闪电撕破西方的天空，他们朝着红彤彤的东方跑。云层愈低，天际便愈红。火光经过漫反射和吸收后昏暗了不少，使云层看上去活像某种野兽的胃部。这场面对于在重庆生活了几十年的夏后来说太熟悉了，恍然间仿佛回到了原来的时代。红云标示了目标，而闪电照亮了脚下的路。

"我们还有多久？"闷着头跑了一个小时后，夏后问。

"大、大概六七个小时，"齐姜回答，"每一次波涌的间隔都是二十三小时四十五分十秒十二毫秒。"

---

① 文科生开始夺回话语权。——批注

“这么精确？谁确定的啊？”

“宇宙！”齐姜说，“我们人类没有任何办法阻止、干扰或是破坏，哪怕一毫秒都无法影响。这是宇宙尺度的力量。”

“那……你们特执会究竟做什么？”

“我们……”齐姜在夏后的帮助下爬上一块岩石，又反身将他拉上来。两人一起躺在岩石上喘气。齐姜说，“除了尽可能地观察和预测外，我们最大的任务其实是善后。”

“也就是说，历史发生偏差，人类社会急剧改变的时候，你们要负责隐瞒，隐瞒不了就解释，解释不了就动用一切手段平息？”

“对。”

“如果……我是说如果有些人发现了异常，你们会……关押他们，甚至是秘密处决吗？”

“任何事态都必须被平息。”齐姜坚定地说，“我们的信念是：现在就是最好的。永远不要去猜测世界是否会变好变坏，因为人类社会是经过几千年磨合而成，一旦有任何一丁点不同寻常地改变，都将是灾难性的，是绝对不能接受的。与整个世界相比，个人太微小了，太微小了啊……”

她转向夏后，口气轻了许多，说：“别说其他人了，就是你我的亲人、朋友，因为与我们关联最为紧密，现在已经处于完全隔离状态下了。我希望无论发生什么，他们都能平静接受，那才是最好的结局。你……你能明白吗？”

夏后的脸隐藏在阴影之中，看不清楚。他点点头，又颓然摇摇头。

“我还是不明白，难道渗透是从一九四七年才开始的？难道之前就没有？你又怎么保证几百几千年后，没有特执会了，发生渗透到我们之前的历史的事件发生？”

齐姜摇头：“我也不知道。根本没人知道。但你忽略了一个事实：地球并非永远在同一个地方。虽然它绕行太阳的轨迹是大致恒定的，但太阳系却在以每小时九十万千米的速度前行。我们只能这样假设：一九四七年开始，太阳系的轨迹切入了某个高维度宇宙弦的振动范围，才导致渗透开始发生。当然，也根本无人知道什么时候太阳会带着我们离开这区域。也许在那之前，人类早就因各种渗透事件而彻底灭亡了。"

夏后深吸了一口气。

"你害怕了?"她问。

"是你疯了。"夏后回答,"如果不是,那一定是这世界疯了。"

他俩都不再说话。片刻,两人同时站起来,继续赶路。前面已经没有道路,齐姜燃起一根柴火,带头向林子里钻去。好在这里是皇家陵园,经过两百多年开拓维护,大型野生兽类已销声匿迹,只偶尔有狐狸或是野猪一类的动物出没。

没有鞋子,两人的脚早就破了;单薄的衣服既不能御寒,也挡不住尖锐的灌木、树叶等物。夏后被一簇灌木划破了手,正要叫痛,却见前面齐姜的手臂和大腿被划得鲜血淋淋,她哼都不哼一声继续往前跑。

那一瞬间,他突然想到了一件事,霎时明白了齐姜的真正使命。他脚下连着绊了几下,险些跌倒。

齐姜回头问:"怎样?"

夏后咬牙忍住脚踝的疼痛:"没事,走!"

会议室的门开了,一号丢了烟头焦急地问:"查到了吗?"

郎云摘下眼睛,沉重地叹口气:"没有。一点违背历史常识的都没有。他所作的笔记全是基于已知历史的阐述,看不出有异常的地方。"

一号待了片刻,见郎云要走,他一把拉住了,恳切地说:"教授,请您再审视一次。"

"我已经全部看完了。"

"不、不,您不明白……"一号深深看进他的眼睛,"现在还剩下三小时二十七分钟,请您继续审视。"

郎云跟他对视了几秒钟,勉强说:"好吧……那我再看一次。"

"不,不是一次,您还是没明白。在时间没有结束之前,请您一直审视下去。"一号说,"这是关于全体人类的事,教授。"

郎云重新戴上眼镜,没有说话,转身回到了会议室。一号刚长出口气,通讯器响了:"熵值进一步增加!异常失踪报告已增至五千四百份,涉及四十七国!十六个组织和公司已经完全消亡,涉及人数约十六万人!特别执行权现在下放到AAA级,拥有此级别的单位将自动获得无限制拘押、审查、隔离、及其他符合标准程序的权力,所有与之相违背之法律将自动更改,所有不予合作举动将视为特别严重违法行为,必须在事态扩散前予以处理……具体名单已传送至各授权单位……"

"神啊,"绝望的一号单膝跪下祈祷,"请饶恕我们吧!"

"等……等等……我……实在走不动了……哎呀!"

齐姜停下脚,只听哗啦一阵响,夏后失足从斜坡上滚下来,撞在齐姜腿上。齐姜本摆好姿势要顶住他,没想到自己体力也严重透支,双腿一软,两人一起往下滚。好在斜坡不长,又长满草甸,两人抱着滚了十几米,摔进一道沟里。

虽然没有受伤,头却滚晕了。两人也顾不上头顶着头、腿缠着腿的奇怪姿势,因为彼此都只剩下喘气的力了。

喘了老半天,夏后突然听不到齐姜的喘息声了。他有些奇怪,屏住呼吸听——她在刻意压低呼吸。有人?不……四周一片寂静……

也不是真的寂静……怦!怦!她的心跳得好快,怦!怦!心脏透过她的肌肤,一下一下撞在自己胸前……

"如果……"齐姜的嘴几乎贴在夏后脸上,轻声说,"如果现在就要死了,你能不能抱紧我?"

夏后刚刚有些清醒的脑子,立即因血液过度涌入,又有些犯晕。他双手自然一收,抱紧了齐姜,忽然脸上一凉,接着又是一下。他诧异地抬起头,只听不远处的林子像被什么重物砸到,轰然作响。这响声刹那间扑到了自己身上——暴雨终于下来了。

豆大的雨点打在身上,倾泻在山林间,须臾,他们躺的沟里便有水哗哗地流淌。山洪……夏后想……这么大的雨,也许不到一刻钟,这条沟就要被淹没了……

他刚要动,齐姜反过来抱紧了他,喃喃地说:"别杀人,别被人杀死……"

"什么?"夏后挣扎着要起身,"起来,小心山洪暴发。"

"要降低熵值……"齐姜整个人都钻进夏后怀里,继续收紧手臂,双腿也缠住夏后的双腿,说,"你后不后悔遇到这种事?我们人类啊,始终还是太弱小,太弱小了……"

不知哪里来的力气突然涌入夏后身体,他一下挣脱开齐姜,跳起身,又一把将齐姜拉起来,顶着大雨对她吼道:"走!继续走!"

"我们走不了了!"齐姜哭出声来,"被引导的几率太低了,你不明白!如果我们不在三十平方米内被感应到,根本就无法反相渗透!我们完了!"

"我有办法!"

"你根本不懂!"齐姜用手指着东边方向,"大雨马上就要浇灭火焰了,我们往哪里走?而且温韬正在挖掘乾陵,他们焚烧了宫殿,焚烧了城门,封锁了方圆十几里,我们怎么留下痕迹啊!"

她神经质地摸到夏后的咽喉处,低声而急促地说:"别再与人接触,别增加熵值了!为你的亲人朋友想想,为我们的世界想想!时间马上就要到了,我们根本来不及引开那些人,再留下印记!想想啊,好好想想!你也说过,文物太多了,也许根本就不可能有人发现那些印记,也许……"

她的手慢慢收紧,收紧……夏后突然一动,她本能的双手一下掐紧他脖子。但他却只是伸出手摸到她的脸上,挤出一口气说:"你……试着相信文科生一次……"

齐姜的眼泪哗啦啦和着雨水往下淌。她想加把劲,但冰冷的雨在带走体温的同时,似乎把力量也带走了。夏后并没有反抗,她的手却怎么也掐不紧,甚至于渐渐的手臂酸软,腰背酸软,全身酸软……

她软软地倒下,被夏后抱住了。夏后凑到她耳边大喊:"我相信你受过特别的训练,一定坚持得下去!跟我走,快跟我走!"

哗……哗……雨越下越大。夏后死拽着齐姜,把她扯上一座小丘。站在小丘上,眼前骤然开阔。

小丘下一马平川,几里之外,与长安玄武门建制完全一致的乾陵玄武门城楼,已经在大火和暴雨的连番打击下坍塌了,与它同时坍塌的还有它身后的几座宫殿。这些建筑太大、太华丽了,燃烧了几天几夜,此刻还未被大雨完全浇灭。残留的火焰把倾泻下来的雨都渲染成了红色,如同血雨。

银灰色的闪电在其后高大的山体上方,在两位伟大皇帝合葬的陵墓上空盘旋,有一段时间,天空连续闪烁了几分钟,照得整个大地一片雪亮,雷声却寥寥,仿佛正在云端观看的天人也陷入了沉默。

不知是累、是冷、是痛,还是目睹了中国历史上最为辉煌伟大的陵墓宫殿最后的时刻,夏后抑制不住地颤抖。齐姜抱紧他的手臂,喃喃地说:"他们烧完了……他们一定已经进山,准备挖掘地宫了……我们要靠近吗?"

夏后摇摇头:"温韬没有找到地宫。他挖掘了十几天都未能找到地宫,由此还留下了一道四十几米长的深沟。不,真正的地宫在一九五八年,几个农民炸石取材才无意间发现的。温韬挖遍了唐室的陵墓,唯独这一次却没有得手!"

"那……那我们怎么办?"

"来呀!"夏后拉着她飞也似的跑下小丘。半小时后,他们靠近了玄武门。城楼烧毁了,宫殿崩塌了,只有高高的宫墙仍然屹立。贯穿宫门的道路泥泞,车辙印又深又多,到处都是珠宝、绸缎,甚至是整箱的物品陷在泥中。也有散乱的车辆,倒毙的马匹。

显然,地面宫殿几天前就被洗劫一空了。宫门前后一个人影都看不到,大概所有人都已加入到挖掘地宫的行动中去了。毕竟,大唐王室已倾,天下大乱,谁也不会再来管死人的闲事。

两人从坍塌的城门一侧钻进去,夏后始终紧紧抓住齐姜的手,带着她一路往南走。走了一段,身后"轰"的一声,两人一起回头,只见城楼下方的石墙迸裂,导致整个城楼向前倾覆,轰然倒下。大雨倾盆,城楼方向的火一会就彻底熄灭。

这里离内城还远,火光微弱,天空中也好久没有雷电了。好在城墙内的土曾经被仔细平整过,一百多年了,仍然比较平坦。两人摸黑前进,不知走了多久,他们走上了一片整齐的青石铺就的地面。齐姜忽然说:"我觉得……"

就在此时,一道闪电打在一百米之外的城墙上,两人眼前大亮,齐姜立即毛骨悚然地尖叫起来——几十个人就站在他们面前,最近的一人离他们不到两米!

夏后一把捂住她的嘴,说道:"别喊!仔细看,来,仔细看看!"他强拉着齐姜的手摸到那人身上。齐姜一惊:"石头?"

"是则天皇后建造的六十一番臣石俑，"夏后长出了一口气，"它们至今仍矗立在这个位置，矗立在朱雀门外，守护着大圣皇帝和则天皇后的灵柩，一刻也未曾离开。我相信它们也能把我们的印记传到千年以后。"

齐姜激动回身抱住夏后："你一开始就想到了，是不是？"

"当然，所以说文科生还是有点用的。来吧，让我们来，想想刻点什么呢？"

他俩在石俑身后蹲下，齐姜从腰间取出庙里找到的唯一的一把柴刀递给夏后，说："我们刻下我们的名字，这样最直接，也最引人注目。"

"不好。"夏后沉吟道，"你显然不大了解古人。我问你，乾陵最著名的是什么？"

齐姜想了想："武则天的无字碑。"

"对。但其实碑上是有文字的。大概在宋以后，许多游历到此的文人都在碑上留下了诗词，这证明即使在古代，这里也是旅游胜地。但如此珍贵的碑文题字，根据我们的考察，却都曾被后人修改、更正过。只要是有误的、有悖当世之正理的、有伤物化的，甚至词句不佳、文字不同、有违避讳的，后世之人见了，就忍不住铲去谬误，重新题写。还有，自宋开始，中国再也不复大唐的盛况，所以文人骚客皆对唐推崇备至。宋的开国重臣赵普就曾出千金购得李世民的头盖骨，重新厚葬。我们大笔一挥，写下'齐姜与夏后到此一游'，只怕还不必等到宋代，就被人铲得干干净净了。"

"……"齐姜彻底说不出话来。她在特执会学习成绩一直优秀，曾经踌躇满志，一定要大展手脚。没想到真正渗透到了古代，竟是寸步难行。她沮丧地说，"那……那怎么办？唉，都已经到了这里了，却还是……"

夏后摸着光溜溜的下巴，沉吟道："既要写得不让人怀疑，却又必须被现代的人怀疑……对了，你说，我们的亲人、朋友都已经被严密看管起来了，是不？"

"嗯。因为跟我们有关的，是最有可能得到我们从古代传回去信息的关联体，所以要严密排查。"

夏后眼睛一亮："那就是说，我们的房间早就已经被抄了个底朝天了？让我想想……"他绕着石俑转圈，转啊转啊……齐姜蹲坐在一旁，看得头都昏了，忍不住说："随便刻点什么吧，只要不是太怪异，不至于被铲去就好。"

夏后突然猛一拍巴掌："我想到了！"当即拿起柴刀，就在石俑身后用力凿起来。

会议室内突然起了一阵骚动，一号一惊，却不敢上前询问。只听数不清的脚步声朝门奔来，"砰"的一声撞开了门。郎云手里紧紧攥着一页纸，难掩激动地说："找到了！"

"在哪里？"一号双腿发软，几乎跪下，结结巴巴地说，"地、地点你能确认吗？"

"大的能确认，在西安乾陵，但是更进一步的地点，我必须亲自到场。"郎云说，"这件事我能参与吗？"

"当然！"一号几乎喜极而泣，对着耳麦大吼，"通知机场，立即准备起飞。头、头！是咸阳乾陵，我和教授马上就到！"

"所有引导单位立即向目标方位推进！"执行官也在频道里大喊，"通知西安咸阳国际机场，实行军事管制，等待一号的到达。A组，你们距离目标有多远？"

"头，这里是A组，我们在西北关村，距离目标约二十三千米，十五分钟内赶到！从西安到咸阳的高速路已经封闭，军事管理组和设备组大概在二十分钟后抵达！"

"通知特质联盟，我们正式进入引导标准程序。距离第二次波涌还有五十七分四十三秒，行动、行动！"

在四架预警机作为先导通讯，十二架歼击机护航下，六架大型运输机从四个方向朝西安飞去。与此同时，特执会特别行动A组和四个军事管理组，在地面从三个方向朝乾陵推进。超过二十三颗卫星将自己的监测面转向西安方向。GOCE卫星为此第二次调整姿态，准备捕获最细微的地球引力波变化。全球特执会的目光都集中在这里，所有人屏息静气，等待前方传来的消息。

与最近单位空间距离不到二十千米，时间上却相差一千一百年的夏后，正凿得一头大汗。这些石俑的材质非常坚硬，柴刀又钝，砍在上面只留下浅浅一道印。印记必须深到能抵抗千年风雨才行。他凿一会，齐姜凿一会，两人轮流凿了三十几分钟,才勉强凿出七个字。

"歇会,唉,这可真是力气活。"两人一起靠着石俑坐下。几秒钟后,两人同时对望一眼,发现对方正紧紧靠着自己。两人又立即回头,不过谁也没挪开。风雨小了一些,但还未停止,头发湿漉漉地贴在脸上,衣服冷得像冰。寒冷使体力消耗得更快,他们快要撑不下去了。

夏后顺手捧起一捧水喝,剩余的抹到脸上。很冷,比今天早上的还要冷。但他心中却比早上热得多了。

"你……你当时为什么要跳下去?"齐姜把头靠在他肩头问。

"抑郁症。"夏后老老实实地说,"很严重的抑郁症,折磨我一年多了。我策划了几个月,以为跳下去只有七十米,没想到足足有一千年,哈。"

"抑郁症……不是可以治疗吗?你没看医生?"

"当然看过,可惜没有成功。也许是我想太多了,"夏后摸着后脑勺,"我拒绝药物治疗,以为这纯粹是心理方面的问题,可以完全凭自我意识抵抗。唉,现在想想,实在太蠢了。把你……连累了你……"

齐姜笑笑:"别说了。虽然危险,可是……该怎么说呢?每个女孩子都梦想着能穿越时空呢。"她瞧着远处仍在燃烧的宫殿,柔声说,"我加入特执会,就想着有一天能亲眼瞧瞧,自己究竟能到哪里,能走多远……"

她的手背一阵温暖,被夏后握住了。她心中泛起难以遏制的柔情,转头眨巴着眼睛问夏后:"那你回去后还跳不跳?"

"唉……谁知道?也许……"

他说不下去,因为齐姜温柔的嘴唇紧紧贴了上来……十秒后……也许一千年后,她离开他的唇,却又将额头顶在他的额头上,双手捧起他的脸,眼睛里有种不可思议的光芒。她轻声说:"如果能回去,别这么傻了。"①

"好。"夏后简单地回答。

他凝视着齐姜的眼睛,过了一会又说:"好。"转身继续一刀一刀地凿起来。

---

① 这到底是共患难引发的激情膨胀,还是另类的斯德哥尔摩症候群呢?——批注

十几辆车直接驶进跑道，他们刚坐好，还没来得及系上安全带，引擎声就骤然拔高，飞机迫不及待地向前滑行。一号看着郎云手中的纸，问他："哪里有问题？"

郎云把纸递给他，上面是不知从哪里拓来的十个字："王祀于天室降天亡于王"。他看了半天，摇头表示不懂。

"这十个字是这么念的，"郎云戴上老花眼镜，说，"王祀于天室，降，天亡于王。天室是周朝前期对于明堂的称谓，这是周代最重要的建筑之一，周天子在此祭天，是以为天室。降，指的是天降，而这个亡并非后世的亡，在周代这是佑的意思。意思是天子于明堂祭天，天降佑于王。"

"这……这段文字出现在哪里？"

"乾陵地面宫殿有内外两层，外层早已被毁，但内城保存完好。内城朱雀门遗址旁，有一片六十一番臣石俑群，是武则天所立。根据夏后笔记上的记载，这段文字出现在其中一具的背后。真是很惭愧，这些资料我第一次翻阅居然没有发现。"

"那不要紧，"一号赶紧说，"可……这也没问题啊？也许是后人无聊，在石俑身上刻的？"

"从字迹的磨损程度来看，至少在明代以前，甚至两宋之前了，"郎云脸上露出一个微笑，"然而这不可能。"

"为什么？"

"因为这是大丰𣪘里的铭文。大丰𣪘的确是武王时代为祭祀而制造的铜器，有铭文七十七字，高二十四厘米，口径二十一厘米，座边长十八点五厘米。"郎云如数家珍地说，"它最早是在道光年间，于陕西岐山出土，保存完好。即使是现在，也只有研究西周历史的人才会读这段铭文，唐人是不可能知道的。"

一号死死盯着这张草草写就的纸，不敢置信地说："真是对神奇的师徒。"

"好了！"夏后扔了柴刀，后退两步，仔细打量石俑身上的字。齐姜轻轻念道："王祀于天室降天亡于王……是什么意思？"

"周武王祭祀所用的一句话，相信我，如果它能留存到后世的话，一定会出现在我的笔记本里。"夏后揉着酸痛的手臂,"我这两年收集了整个唐代皇陵的所有铭文和石刻记录。如果你们的组织足够聪明,拿这些东西去找我的导师,他就能看出其中的问题来。现在……"

他突然往前一扑,把齐姜紧紧压在石俑背后。齐姜一惊,随即从他眼睛里看出了恐惧,立即把已经涌到嘴边的话生生吞进肚里。

只听夏后用极低极低的声音说:"他们……过来了……"

下了飞机,又立即登上直升机,他们在夜幕中快速前进。左侧遥远的地方灯火通明,那是咸阳市区。

二十分钟后,他们直接降落在乾陵园区内,离石俑群落不到两百米。郎云走下直升机,先抽了口冷气。整个乾陵园区亮如白昼,在十几台军用发电车辆强力支持下,十六组二十米高的巨型灯组被竖立起来。远远近近全是警车、军车,以及两辆明显经过改装的大型集装箱货车,四辆救护车,四辆消防车。架设有雷达天线的通讯车在最里面,各种电缆、通讯线路拖得满地都是。头顶上隆隆声响个不停,六架直升机在空中盘旋,探照灯光始终指向包围圈的最中心——六十一番臣石俑群落。

五十名全副武装的特警持枪守在石俑旁,一号带着郎云跑过去,执行官已在那里等待。他简单地跟郎云交谈了两句,手一挥,十几名副手立即散开搜寻。不到半分钟,就有人大喊道:"这里!"

郎云凑上前看,石甬上的字迹已经很模糊了,但是用手摸还是能清楚地摸出字迹。他在众人的注视下摸了两次,肯定地说:"是它,字迹的笔画完全一致!"

"谢谢你教授,请退到安全位置。引导组!"

马达声响起,四辆巨型吊车在队员的引导下缓缓驶近石俑。每台吊车的吊臂伸到四十米高的空中,吊臂下各有一根钢缆,吊着正中一个奇怪的东西。

那东西约有二十平方米见方,呈深蓝色,材质非常奇怪,这么多强力的灯光照在上面,却完全没有反光。它被吊到离目标石俑顶上十米的位置,队员们一拥而上,给吊臂加上各种固定装置,务必要让它纹丝不动。装备完后,有人大声呼喊,队员们有秩序地撤退。

郎云被客气地带到了直升机旁,刚要登机,有人喊道:"时间不允许了,立即关闭发动机!"

他回头看,所有人都在往后撤,活像石俑里有炸弹似的。忽然,一声尖利的警报声响起,所有车辆同时关闭了发动机,连供电车都停止发电。现场顿时陷入一片黑暗。空中直升机的声音迅速远离,撤退到更远的地方去了。

郎云的心禁不住怦怦乱跳起来,手心里全是冷汗。他悄悄往前走了几步,站在人群后方往里看,没人在管他,因为也实在看不到什么。整个现场鸦雀无声,直到有人大声喊道:"第二次波涌——一百八十秒!波涌强度——三点六个标准值!波涌预计持续时间——十六纳秒!"

郎云毛骨悚然地往上看,天空不知什么时候亮了起来,活像有人在云层后打开了灯光。他正在找寻光的源头,忽然一滴、两滴……一瞬间,暴雨毫无征兆地倾泻而下。

闪电又开始频繁,雷声滚滚,大雨倾盆而下。两人紧紧贴在石头上,侧耳聆听。在雷暴的间隙、风雨声中,十几个……或许几十人,正向这边走来。

夏后偷偷往前看去。一道闪电几乎横贯了整个天际,光从头顶正上方照下来,照亮了几十个模糊的身影。不知是被开天辟地般的巨大雷声震撼,还是故意隐藏身形,所有人都没有动,一时间竟无法把他们与周遭的石俑分别开来。

夏后心提到了嗓子眼。他急中生智,眯起眼睛,并不把焦点放在某个固定位置。几秒钟后,又一道闪电,他的眼中同时有几十个光点闪了起来,隐隐形成一个包围圈——那是兵刃的反光。

他缩回去,迎上了齐姜的眼睛。

"至少有二十人……"

"一……一定是听到我们凿石头的声音……"齐姜全身都僵硬了,死拽着夏后的手,"我们……我们分开跑?"

"这可不是你的本意。"

"呃?"

夏后看定了她,低声说:"我记得你曾说过一句话:只有一个办法降低熵值

427

了……我们就是熵,是不是?你还说,不能杀人,也不能让人杀死。你以为我不明白,其实我懂了——渗透者杀人,将严重改变历史,但被人杀,也将产生先人杀后人的悖论,从而导致更严重的事态,是不是?"

齐姜身体一下软了。她无力地埋进夏后怀中,点了点头。

"你说,你的任务是跟进来定位。其实定位的几率太小,根本无法跟你所引起的熵值相比。所以,你最重要的任务其实是使熵值降至最低——杀了渗透者,而后自杀。如此一来,我们两个同时代的只能算是死在了另一个地方,对时间的冲击最小。我,说得对吗?"

"……对……"齐姜叹息一声,捂住了脸。忽然夏后拉过她的手,把一件冰冷的实物塞进她手里。齐姜剧烈颤抖着,但还是把柴刀握紧了。

"真奇怪,"夏后笑笑,"二十四个小时之前,我可以毫无惧色地跳下大桥,现在却怕得腿肚子哆嗦了,哈哈,哈哈哈!"事一旦定下来,他也不怕对方听见了,仰天哈哈大笑。

石俑后的脚步声更大了,有人大声呵斥,开始全力冲刺。

"你很勇敢。"齐姜说,"很……"

夏后在她唇上笨拙地一吻,阻止她说话。他说:"才不是。勇敢的是你,我只是个胆小的逃避者而已。"

齐姜抬头看他,闪电照亮了她的脸,她眼中满是柔情。她举起柴刀,在夏后的脖子上比了比,说:"这次至少不会孤独,是吗?"

夏后闭上眼睛,点头说:"是……"

柴刀直直地劈了下来。

嘶——

一瞬间,这个音像狂奔的火车冲向夏后,而后又急速远离,声音因多普勒效应而急剧变化。他在声音的洪流中突然重新睁开眼,顿时被强光刺得双目剧痛。

他不能呼吸,不能听,感觉不到身体的任何部位,只觉得似乎有无数人跑来跑去……渐渐地,触感开始恢复,有好几只手同时抓住他,抓得那样紧,像要把他从石头缝里拽出去一般……

嘶……听到声音了……离他最近的一个人喊着："心率过缓……血压四十……输入一百五十毫升……快……"

"呼吸机……"另一个人喊，"他不能自主呼吸，肺部未收缩……同时注射二十毫升……防止心搏骤停……准备开胸手术……"

也有人喊："……"

算了，这些都不重要了……夏后，二十六岁，考古专业研究生，宅男，严重抑郁症患者，亚洲历史上第一位五级渗透者，不能呼吸，没有心跳，全身麻痹，却不知哪里来的力气，偏转脑袋，四处搜寻着。直到看见另一堆忙碌的人群中，有双明亮的眼睛正一眨不眨地看着自己，他才心中一宽，全身放松，彻底昏了过去。

滴滴……滴滴滴……滴滴……

"喂。"

"是夏后先生吗？"

"是的。"

"这个通讯器符合安全标准，并且已根据十分钟前的编码，切换到保密编码状态了吗？"

"是的。"

"你是否已通过泛所有项特别执行联盟、亚洲特执会指定的所有测试，并已获得特别授权编码？"

"是的。授权编码：YZ050113。"

"你是否认可，并将以下这句话视为信条，并终生遵守？请听：现在的就是最好的。"

"现在的就是最好的。我认可，并将其视为信条，发誓终生遵守。"

"你是否认同，并将随时准备遵守以下条款：必将尽全力，甚至生命，将由渗透引发的熵值降至最低？"

"我认同，并将随时准备遵守：必将尽全力，甚至生命，将由渗透引发的熵值降至最低。"

"很好。现在根据特执会半小时前颁布的亚洲区第十四次波涌警告,特别征召你作为此次行动队员。请立即出门,夏后先生,你的搭档在等着。"

夏后关了通讯器。他看着镜子里的自己,看着那张依然消瘦,但却不再惨白的脸,那张努力把嘴角往上翘,却还是不怎么像笑容的脸。

没有关系,有人会笑,而且笑得很好看,好看得他都快忘记抑郁症了。

他将一张白纸郑重地放在桌子上——也许十几个小时后,这上面会布满穿越时空的痕迹也说不定——穿上外套,把手机、钱包放进抽屉,开门走了出去。

五十米之外,一架直升机正徐徐降落。舱门打开了,齐姜把通讯器挂在一边,摘下头盔。夏日的阳光投射在她的脸上,她一手按着翻飞的头发,一手扶住舱门,向夏后嫣然而笑。①

---

① 作者到底还是心软了,最后一刻饶过了夏后和齐姜的性命。——批注

时间旅行者之妻

吕哲

一个饱受抑郁症折磨的考古专业高才生决定结束自己悲催的人生。他走上了一座大桥的观光通道,准备一跃而下,一了百了。谁知,一次发端于高维度空间的波涌,鬼使神差地在他的脚下打开了一道时空缝隙,他这一跳非但没有死成,反而穿越去了唐末的长安。而更令他没想到的是,随他一起穿越的竟然还有一个绝色的美人,只是他这时无论如何也想不到她的身份竟然是个女杀手……

最近两年,穿越题材不仅横扫大陆文娱圈,还波及日韩等地,就连大名鼎鼎的德云社班主郭德纲的相声里都喊出了"我要穿越"的口号!结果,很多不明就里的人,把穿越也当成了科幻,大讲特讲,让一众科幻迷听得郁闷异常。其实,虽然现代科幻文学的两大鼻祖之一H.G.威尔斯首开了时间旅行题材的先河,但并不是所有描写在"时间隧道"里穿来过去的小说都是科幻小说,真正的时间旅行科幻必须以现代理论物理学或者是建立于其上的科学假说为基础展开故事情节,至少也应该包含与时间、空间有关的科学哲学命题,不会因为随便在什么地方睡了一觉就成了皇帝、王爷的嫔妃，更不会不知从什么地方冒出个什么"历史的修正力"之类的神秘主义东东来。然而，就是有这么一篇令人啧啧称奇的小说，明明写的就是地道的穿越题材，却又偏偏严丝合缝地扣上了时间旅行科幻的标准，而且悬念迭起、扣人心弦，煞是好看！读罢，只能由衷地称赞一句："高，实在是高！"——这便是碎石的《高维度渗透》。

提起碎石，可能很多平常只喜欢读科幻的纯科幻迷会觉得有些陌生，但要提起他的孪生弟弟拉拉，那却是无人不知无人不晓。没错，碎石就是更生代科幻作家中的"名人"拉拉的孪生哥哥。他毕业于西南师范大学（现为西南大学），曾在《电脑报》供职，所炒作 DIY 理念至今风靡中国。二〇〇二年开始在网上连载武侠小说《你死，我活》，风靡一时，从此投身新武侠小说的创作，著有《逝鸿传说》、《纤雨刀》等作品。二〇〇五年，被评为《今古传奇·武侠版》年度最具潜力武侠作家。因此，《高维度渗透》可以视为是碎石这位新派武侠作家转战科幻圈的试水之作。

不过，碎石自己对《高维度渗透》的定位是"有科幻元素"的小说，并认为自己的创作始终更关注小说里的"人物"，关注他们的性格、命运，这与他的孪生弟弟拉拉更关注小说的"宏大背景"有很大区别。事实上，在这篇小说的人物塑造上，碎石的确是费了一番工夫的。男主角夏后是个才华横溢，但却长期受到抑郁症困扰的研究生，女主角齐姜则是一个外表冷艳、内心却有着高度的使命感，并愿意为之献身的人。可以说，这两个人物都有着不完美的一面，而类似的人物设定在碎石的武侠作品中也有所体现，比如《你死，我活》中的阿柯，《逝魂传说》中的小荆，都是有心理创伤的孩子。对此，碎石曾解释说，这是他的一种写作技巧，让人物的性格矛盾从其最深处爆发出来，才有足够的看点。可见，对于人物塑造这个小说创作中的关键要素，碎石已经有了一套驾轻就熟套路，运用起来可谓挥洒自如。

碎石的《高维度渗透》借用了"多维空间"、"弦理论"、"波涌"、"熵"等众多与时间旅行相关的科学概念或假说，为他的穿越故事量身定做了一件科幻外衣。但这也大大提高了小说创作的困难程度，或者说，作者面对的是一道自相矛盾的课题：要想让穿越故事变得精彩，肯定要浓墨重彩地描写穿越后的种种情节，但小说自身的科幻设定又极大地压缩了可写的空间。由此，穿越实际上变成了整个小说结构中的一块鸡肋。简单地说，为了把夏后和齐姜的"穿越"对现实的影响降低到最小，就不能让他们的戏码太多，因为会造成过高的熵，引发自洽性的矛盾，但如果穿越后的戏码太少，穿越本身的情节价值也就大打折扣了。很显然，作者从始至终都小心翼翼地平衡两者之间的关系，并通过不断地切换场景来制造紧张感和临场感，而且通过齐姜的言语叙述几乎把所有能造成硬伤的"坑"都给填平了。这些都在相当程度上说明作者非常在乎这篇小说的科幻属性。不过，所有这些努力似乎都不足以扭转原始设定上的缺陷，给整个小说的情节平衡造成的损害。在这一点上，类似题材的作品，如迈克尔·克莱顿的《重返中世纪》就处理得比较好，小说从一开始就用一个颠覆性的时间理论把穿越可能对现实造成的影响降到了最低，从而让作者能够更加从容地构建穿越后的故事情节，而通过传输机意外被炸这个情节也保持了现实情景中的情节张力。

总的来说，碎石的《高维度渗透》可以说是篇挺靠谱的科幻穿越小说。虽然，作者戏言，《高维度渗透》是在两部长篇之间的间隙写出来的，但只要认真读过它的人都会从中品出作者为这篇小说所花费的心思。在这个喧嚣的时代，肯花心思来写作的人已经不多了，所以我们有理由相信，碎石会有更多的优秀作品问世——无论是科幻、武侠，还是其他类型，我们都期待着！

最佳短篇科幻小说奖：

金奖

《G 代表女神》　　　　　　　　陈楸帆

银奖

《回到原点》　　　　　　　　　陈奕潞
《杀死一个科幻作家》　　　　　夏　笳
《在冥王星上我们坐下来观看》　宝　树
《时间画廊》　　　　　　　　　黄　海

最佳中篇科幻小说奖：

金奖

《多余的世界》　　　　　　　　张系国

银奖

《汪洋战争》　　　　　　　　　何　夕
《移魂有术》　　　　　　　　　江　波
《钟声》　　　　　　　　　　　郑　军
《高维度渗透》　　　　　　　　碎　石

最佳长篇科幻小说奖：

金奖

《与吾同在》　　　　　　　　　王晋康

银奖

《银河之心：天垂日暮》　　　　江　波
《雪城》　　　　　　　　　　　龚钴尔
《上海：最后时刻》　　　　　　钟拓奇
《小城市》　　　　　　　　　　叶覆鹿

《行星风暴——第二届全球华语科幻星云奖获奖作品集》

第三届全球华语科幻星云奖最佳长篇科幻小说奖银奖:《雪城》